쌍
옥
루

한 국 의 번 안 소 설 · 2

조중환 번안 소설

쌍옥루

편 자 박진영
펴낸곳 현실문화연구
펴낸이 김수기

편 집 좌세훈 이시우 허경희
디자인 권 경
마케팅 오주형
제 작 이명혜

첫 번째 찍은 날 2007년 4월 27일
등록번호 제22-1533호
등록일자 1999년 4월 23일
주소 서울시 서대문구 충정로 2가 190-11 반석빌딩 4층
전화 02)393-1125
팩스 02)393-1128
전자우편 hyunsilbook@paran.com
값 12,500원
ISBN 978-89-92214-15-5 04810
        978-89-92214-13-1(세트)

* 이 도서의 국립중앙도서관 출판시도서목록(CIP)은 e-CIP 홈페이지
(http://www.nl.go.kr/cip.php)에서 이용하실 수 있습니다. (CIP제어번호:
CIP2007001136)

한국의 번안 소설 · 2

쌍雙옥玉루淚

조중환 번안 소설

박진영 편

현실문화연구

한국 문학사에 이름을 남기지 못한
삼대 전문 번안 작가에게 이 책을 바친다.

일재(一齋) 조중환(趙重桓)
하몽(何夢) 이상협(李相協)
우보(牛步) 민태원(閔泰瑗)

그들은 '순 한글의 한국어 문장'으로
지금 우리 시대의 근대 소설을 향한 첫발을 내디뎠다.

'한국의 번안 소설'을 펴내며

근대 문학 초창기의 번안 소설 가운데 수작을 가려 뽑아 '한국의 번안 소설'을 펴낸다. 지금 우리 시대의 장편 양식을 처음으로 맛보고 향유하기 시작한 것은 〈매일신보〉의 전문 번안 작가 일재 조중환, 하몽 이상협, 우보 민태원을 통해서였다. 그들은 '순 한글의 한국어 문장'으로 된 소설을 쓴다는 것과 읽는다는 것이 어떤 의미를 지니는지 투철하게 의식하고 있었다. 따라서 '한국의 번안 소설'은 일간지 연재 당시의 형질과 감각을 살리기 위해 각별히 힘을 쏟았다.

당대 최고의 인기 소설이었을 뿐만 아니라 그 뒤로도 오랫동안 대중의 정서를 대표해 온 번안 소설은 아직 객관적이고 공정하게 평가받지 못했으며 번안 작가의 이름 역시 말뜻 그대로 말끔히 지워져 있었다. 이를테면 《혈의 누》는 이인직의 《혈의 누》이고 《무정》은 이광수의 《무정》이되, 《장한몽》은 오자키 고요의 《장한몽》이거나 《곤지키야샤》의 《장한몽》인 식이다. 순수한 창작이 아니기 때문이라면 그나마 다행이라 하겠지만 식민지 점령 당국의 기관지에 연재되어 한국인의 감성을 오도하고 민족정신을 훼손시킨 싸구려 읽을거리라는 그릇된 선입관이 너무나도 강하게 자리 잡고 있었기 때문이다. 이런저런 이유로 주체로서도 주류로서도 인정받을 수 없었던 셈이다.

초창기의 전문 번안 작가들은 일본이나 서구의 소설을 번역하는 것이 아니라 번안함으로써만 자신들의 시대에 맞닥뜨린 문화적 동요와 새로운 질서 수립의 역로를 드러낼 수 있다고 믿었다. 창조적인 상상력을 발판으로 근대의 한국과 한국인 그리고 한국어의 전망을 제시하는 것이야말로 그들에게 부여된 역사적 소명이었다. 실제로 그들이 펼쳐 보인 상상력의 지평은 결코 빈약하거나 초라하지 않았으며 그 나름의 고유한 가치와 시선을 무기로 삼고 있었다. 그래서 십여 년에 걸쳐 이어진 번안 소설의 시대는 명실상부한 번안의 시대이자 소설의 시대였다.

번안 소설을 다시 읽는다는 것은 근대 한국, 한국인, 한국어의 길지도 깊지도 않은 역사적 연원을 생생하게 드러내 줄 것이다. 그것은 통쾌할 수도 씁쓸할 수도 있으며 가지런하고 갈피가 설 수도 혹은 모순투성이일 수도 있다. 어느 쪽이냐는 그리 중요하지 않다. 다만 지금 이곳에서 펼쳐지는 우리의 삶과 언어를 되짚어볼 수 있다면 그보다 더 가치 있는 일은 없을 것이다. 엄격한 교열과 방대한 낱말 풀이를 덧붙인 비평적 정본이어야 하는 것은 그래서다. 이 원칙이 같으면서도 다른 두 시대의 독자들이 가장 행복하게 만날 수 있는 지름길이라는 점을 강조해 두고 싶다.

매일 아침 설레는 마음으로 신문을 펼쳐 들고 주인공이 밟는 길을 따라 나란히 걸으며 울고 웃는 독자들의 모습을 그려 본다. 바로 그런 장면을 떠올리면서 '한국의 번안 소설'을 펴낸다. 마지막으로 삼대 전문 번안 작가 일재, 하몽, 우보의 이름을 거듭 새겨 둔다. 잊혀 버린 그들의 자취를 비롯하여 숱한 한국 문학 번역가들의 고투와 공적이 지금 우리 시대의 말과 글에 스며 있다는 역사적 사실이 기억되기를 바란다.

이 책을 펴내는 데에는 겉에 드러나지 않는 많은 분들의 값진 품이 숨어 있다. 자료의 조사와 수집부터 사진 촬영에 이르기까지 갖은 도움을 아끼지 않은 여러 대학 도서관의 담당자 분들께 가장 먼저 감사의 뜻을 전한다. 특히 연세대학교 중앙 도서관 국학 자료실의 협조가 아니었다면 정교한 판본 비교와 삽화 수록이 대단히 어려웠을 것이다. 또한 편자가 오랫동안 공을 들일 수 있는 여력과 기회를 마련해 준 각종의 사회적 지원은 물론 '한국의 번안 소설'이 지닌 문화적·학술적 가치가 비로소 빛을 발할 수 있도록 힘을 한데 묶어 낸 현실문화연구에도 거듭 사의를 표한다.

2007년 4월
편자 박진영

차이례이

일러두기

- 《쌍옥루》는 1912년 7월 17일부터 1913년 2월 4일까지 총 151회에 걸쳐 〈매일신보(每日申報)〉 1면에 연재되었으며, 1913년 보급서관에서 상·중·하권으로 간행되었다.

- 이 책은 교열(校閱)과 이본 조합(異本照合)을 거친 '결정판'이자 '비평적 정본'으로서 〈매일신보〉에 연재된 최초의 판본을 저본으로 삼았다.

- 표기법과 띄어쓰기는 지금의 한글 맞춤법 및 표준어 규정에 맞게 바로잡았다. 다만 일부의 옛말이나 어말 어미, 서로 다른 용례를 보이는 몇몇 낱말들(얼핏/얼풋, 짐짓/진짓 등)은 구분하여 살려 두었다.

- 옛말, 의성어와 의태어, 센말과 여린말 등은 될 수 있는 대로 살려서 원문의 어투와 어감을 잘 드러낼 수 있도록 하였다.

- 외래어는 지금의 외래어 표기법 규정에 맞게 고쳤다.

- 분명한 오류와 오식은 바로잡았으며, 그렇지 않은 경우에는 몇 종의 우리말 사전들을 참고하여 정확한 본딧말을 확인하고 이를 '낱말 풀이'에서 밝혔다.

- 말뜻의 풀이는 그 낱말의 어근만을 풀이하였다.

- 구두점과 문장 부호, 행갈이 등은 신문 연재본과 단행본을 두루 참고하여 결정하였으며, 특별한 경우가 아니라면 신문에 연재된 상태를 그대로 따랐다. 다만 큰따옴표와 작은 따옴표로 처리된 대화, 속생각 등은 모두 독립된 문단으로 처리하였다.

- 한자 표기는 원문에 괄호 처리되어 있는 것을 그대로 따랐으며, 명백하게 잘못 표기된 경우에만 바로잡아 주었다. 그 밖의 경우에는 모두 '낱말 풀이'에서 밝혀 주었다.

상편

1

"에구머니, 나는 몰라. 선생님께 여쭐 테야"

하며 나이는 열 오륙 세로부터 열 팔구 세까지나 되었을 듯한 여자 사오 인이 의복은 다 같이 검은 치마저고리에 반결음도 신고 혹시는 구쓰도 신었으며 머리는 서양 머리도 하고 땋아서 내리고 자주댕기 드린 여자도 있는데 지금 학과 시간이 마침 파하여 서로 얼크러져서 학교 운동장으로 지껄이며 나오니 이는 여학교 학생이러라.

"저 애 형님이 쉬 시집을 간다지. 어디로 가누. 인제 열여섯 살밖에 아니 되었을걸"

"하하, 쟤 정자는 남 시집간다는 소리가 퍽 부러운 걸세. 그럼 너도 어서 시집보내 달라려무나"

"쟤는 남을 그렇게 무안 잘 주더라. 내가 언제 시집가고 싶댔니"

"그래도 너는 일상 말이 나는 사나이가 되었더라면 미술가가 될 걸 그리하였다 하였지"

"아니, 모르겠다"

"그렇게 성낼 것이야 무엇 있니. 미술가가 좋거든 미술가에게로 시집가렴, 응. 그렇지―, 애, 영순아, 너는 무엇이 좋으냐"

"영순이는 의학가가 좋다더라"

"얼싸, 잘은 알았네. 영순이가 의학가를 좋아해. 의학가 좋아하는 사람은 경자란다"

"아, 경자는 그 말이 정말이냐, 응"

하며 서양 머리 한 여학생 하나가 목소리를 가만히 하며 묻는데 그중 나이 많아 보이는 여학생 한 사람이 손목을 끌어 잡아당기더니 사면을 휘휘 돌아보면서 말소리를 나직이 하여

"아, 너는 입때지 몰랐니. 아주 소문이 짝자글하단다"

"아, 그래, 그런데 의학교 학생이라지. 그게 정말일까. 아마 거짓말인 게지. 경자야 그럴 리가 있을라고. 품행 점은 학교 중에서 제일인데. 사람도 단정하고 친절하고 공부도 잘하는 사람인데"

그 옆에 있던 여학생 하나가

"아따, 개, 자세 알지도 못하면서 남의 발명은 퍽도 하여 준다"

"발명해 주는 것이 아니야. 정말로 그렇지. 나 같은 공부도 잘 아니 하는 왜장녀와는 다르지. 그것은 거짓말이지 그럴 리가 있다고"

그 나이 많은 학생은 입을 삐쭉하며

"애, 너도 고만두어라. 벌써 확실한 증거가 다 나섰는데 너 혼자 그러니"

"그럼 전부터 부모가 서로 언약하여 주었던 사람인 게지. 그러하면이야 무슨 큰 변 될 것 있나"

"언약이 다 무엇이야. 본래 혼인 언약이 있던 사람이면이야 누가 무엇이라 할까. 그렇지 못하니깐 걱정이지. 애, 너도 경자 만나거든 자

세히 그 모양을 좀 보아라. 요새는 어깨로 숨을 쉬더라"

"아, 정말이야"

하며 삼사 인의 여학생은 깜짝 놀라 있는 목소리로 그 나이 많은 여학생을 쳐다보며

"나도 대강은 들었지만 설마 그럴 리야 있으랴 했지…… 정말일까, 응"

그 나이 많은 학생은 가장 큰 공이나 세운 듯이 사면을 돌아다보며 목소리를 나직이 하며

"그 속 알 사람은 나 하나뿐이야. 가만히 눈여겨보면 숨소리도 숨찬 모양 같지 아니하다. 그리고 또 배는 노— 남을 뵈지 아니하려고 하는 것이 다 수상하더라. 아마 대여섯 달이 된 게야. 그래도 학교에는 그 배를 해 가지고 오는지 몰라"

"옳지, 그래서 경자가 요새 그렇구면. 전에는 운동장에도 나와서 장난도 하고 남 같이 놀더니 요새는 풀이 하나도 없이 다니길래 웬일인가 했더니 다 까닭이 있어서 그러했구나. 그저, 아, 망측해라"

"나는 그래도 경자가 그런 줄은 몰랐지. 사람이란 것은 외양으로는 아니 갈 것인 게야. 어쩌면 그럴까"

"그러게 뜻밖이란 말이지"

하며 나이 많은 학생은 말한다.

"호랑이도 제 말 하면 온다더니 저기 저 대문으로 들어오는 것이 경자 아니냐, 그렇지"

"아—, 참, 그 애가 경자다…… 우리 불러 가지고 조롱이나 한번 해 줄까"

하며 나이 많은 여학생은 다른 여학생의 의견을 묻는다. 다른 여

학생들은 말리는 말로

"아서라, 애, 부끄러워한다"

나이 많은 여학생은 입으로 비웃으면서

"관계치 아니해요. 그런 학생이 있으면 학교의 명예가 손상해서 못쓴다. 암만해도 그냥은 둘 수 없어"

하며 오륙 간이나 동안 뜬 곳으로 지나가는 한 여자 학생을 손짓하며

"애, 경자야, 경자야, 잠깐 이리 오너라"

경자라 이르는 여학생은 자기 이름 부르는 소리에 고개를 휙 돌려 바라보니 삼사 인의 학생이 모여 서서 웃음들을 머금고 있는지라. 이 경자라 하는 여학생은 동무들의 실없는 장난으로 불렀는가 하며 바로 교실로 들어가려 하니 그중에 나이 많은 여학생은 소리를 더욱 높이 하여

"아, 이리 좀 와요, 응. 경자야, 좋은 이야기 한 가지 있으니 잠깐만 오너라, 응. 애, 동무가 부르는데 아니 올 것은 무엇이야"

2

그 경자라 하는 여자는 부르는 의미는 알지 못하나 자기를 부르는 여자들은 평일에 서로 친근히 놀지도 아니하였거니와 별로이 심지가 좋은 붕우가 아니라 또 무슨 말을 하려 하는고 하며 한편으로는 마음에 실쭉하나 그러나 아니 가 볼 수도 없는지라 하릴없이 찬찬히 다

시 걸음 하여 이 여학생 삼사 인 모여 있는 곳을 향하여 온다. 그 여자는 연기는 십칠팔 세나 되어 보이고 백옥 같은 얼굴에 양협에는 홍도색이 은은히 나타나며 미목이 수려하여 사람으로 하여금 한번 보매 사랑스러운 마음이 스스로 일어나게 되겠으며 서양 머리로 쪽 찐 머리 위에는 남빛 나는 리본을 꽂아 있고 검은 무명을 밟다듬이하여 주름을 듬성듬성 잡은 통치마는 발뒤꿈치까지 잘잘 끌리게 하여 바싹 치켜 입고 남 왜중 겹저고리는 몸에 낙낙하게 지어 입었으며 오른손에는 책보를 들었으나 은근히 얼굴에는 심란하고 경황없는 기색이 나타났더라.

아까 부르던 나이 많은 여학생은 그 외 이삼 인의 여학생을 눈짓하면서

"애, 경자야, 너는 요사이 어디가 아프지"

"아니, 아픈 데는 없어"

하며 기운 하나도 없는 대답으로 한다.

"그런데 요새는 왜 운동장에도 놀러도 나오지 아니하니. 아마 너는 몸이 어디든지 성치 못한 게다"

또 한 여학생은

"우리가 그리 아니해도 지금까지 네 이야기를 하면서 어디 몸이 불평해서 그리하나 보다고 한참 걱정하던 차이다"

"아이참, 고마워라…… 별로 아픈 곳은 없어도 노― 두통이 나서 그러지…… 그런데 나더러 무슨 말을 하려고 불렀니, 응"

하며 경자는 그 여러 여학생의 입에서 무슨 말이 나오는고 하며 의심을 진정치 못하고 쳐다보며 아무쪼록 이 앞을 속히 지나가려고 마음이 조급하다.

"가만히 좀 있어요. 내 인제 좋은 이야기를 들려줄 터이니. 저 정

자는 네 병이 마음이 너무 태워서 난 병인가 보다고 해요"

경자는 이 말을 듣고 얼굴이 별안간에 발개지는데

"아, 내가 언제 그런 소리를 했니. 그것은 말간 거짓말이다. 걔는 남의 이간을 붙이지 못해서 애를 쓰네그려"

"하하, 그렇지만 그까짓 말에 성낼 것이야 무엇 있니. 그런데 애, 경자야, 공연히 병을 그렇게 없이 여기지 말고 의원을 보이고 약을 먹어야지 한다"

"나는 그만 가겠다. 공연히 쓸데없는 소리만 하는구나. 나도 급히 볼일이 있는데 그러니"

하며 경자는 핑계하고 빠져 가려 하는 것을 그 나이 많은 여학생이 또 소리쳐 부른다.

"이리 와요. 할 말을 채 다 하지도 아니해서 달아나려고만 하니. 그러면 내가 모두 여러 사람에게 이를 테야"

무슨 일인지는 모르나 여러 사람에게 이르겠다 하는 소리에 경자는 마음이 깜짝 놀라워 그 여학생들의 얼굴을 쳐다본다.

"호호, 하하"

하며 여러 여학생들은 입을 가리고 웃는 소리는 사람을 앞에 끌어다 놓고 마음대로 놀려 주는 모양이라.

이때 한 여학생은 나이 많은 여학생을 쳐다보며

"나는 저 경자더러 물어볼 말이 있어. 그것은 저—, 은근한 말이야"

나이 많은 여학생은

"나는 모르겠다. 은근한 일이 있거든 물어보렴. 그렇지, 경자야"

"아이, 나는 가겠다. 공연히 쓸데없는 소리들은……"

나이 많은 여학생은 경자의 앞으로 바싹 가더니 귀에 입을 대고 가만히

"너 자꾸 달아나려고 하면 내가 모두 여러 학도들에게 죄다 말할 테야. 공연히 하라는 대로 하고 가만히 있어"

경자는 이 말을 들으매 무슨 나의 은근한 일이 누설되어 이와 같이 심사 사나운 동무들에게 잡힌 바가 되었는고 하여 마음이 놀랍고 또한 슬퍼 어찌할 줄 모르고 우두커니 다시 서서 있다.

"우리가 그렇게 경자의 병을 걱정할 것도 없단다. 경자는 의원이 노— 따라다닌다는데"

"아, 그래"

여러 사람의 눈이 모두 경자를 바라보니 경자는 얼굴이 붉어지며 고개를 들지 못하고 발끝만 내려다보고 있다.

"그렇지만 경자의 병은 의원만 가지고는 아니 되어요"

"의원에 산과의는 없다더냐"

다만 보건대 경자는 이 두어 마디 소리에 아까부터 수그리고 있던 얼굴이 점점 더 수그러지며 백설 같은 귀 뒤로부터 머리끝까지 별안간에 다홍물을 바른 것같이 된다. 이때 삼사 인의 여학생이 불시에 경자의 얼굴을 들여다보며

"애, 경자야, 왜 그리하니. 아마 별안간에 상기가 되나 보다. 얼굴이 왜 이리 붉으냐"

"그것 무슨 짓이냐. 영순이 때문이지. 남을 무안을 그렇게 준단 말이냐"

"경자야, 그럼 내가 잘못했다. 나는 정말 자세히 알지 못한다. 부러 그랬지. 만일 그런 일이 있더라도 우리야 여기서 뿐이지 누구더러

말이야 하겠니. 나는 아니 한다"

경자는 무안에 취한 몸을 어찌 처치할는지 어쩔 줄을 모르다가 간신히 고개 숙였던 채로 몸을 돌려 대문을 향하고 달음질하여 나오는데 뒤로 좇아 깔깔 웃는 소리가 나더니

"경자야, 너무 달음박질하지 마라. 배가 울리면 못쓴다"

경자라 하는 여학생은 심사 사나운 동무들에게 조소를 받으며 운동장을 나서서 다시는 이 학교 문에 아니 들어오리라 결심하고 그 길로 학교 대문을 나서 나의 기숙하는 곳으로 돌아오는 터이러라.

3

"나는 인제 학교에는 다시 안 가…… 남도 보지 아니하고 이대로 그만 죽어 버릴 테야……"

하며 흑흑 느끼는 목소리로 책상 위에 두 팔을 걸치고 엎드려서 정신없이 울다가 드는 얼굴은 눈물에 눈이 툭 수수러지도록 부었는데 혼잣말로 중얼거리며 한탄하는 가슴속에는 무한한 슬픔과 애통이 첩첩한 모양이니 이 여자는 경자라 이르는 아까 학교로부터 돌아온 여학생이더라.

이 여자는 충청남도 공주군에서 누대 거생하여 명망과 재산이 일군의 으뜸으로 지내는 이기장(李箕藏)이라 하는 사람의 딸이니 십 세에 그 모친을 여의고 그 후는 부친의 손으로 전혀 양육한 바가 되었는데 그 부친이 노래에 다만 일녀를 두었을 뿐 아니라 가세 불빈하므로 이

모친 없는 딸 하나를 금지옥엽같이 하여 쥐면 깨질까 불면 날까 하여 오늘날까지 부친의 총애 중에서 장성한 이경자러라. 이경자는 비록 부친의 사랑과 응석으로 자라났으나 천성이 영리하여 만사가 남보다 뛰어나매 사람마다 극히 사랑하며 기특히 여겨 어렸을 때부터 일군에 소문이 자자하였더라.

경자는 부친의 힘으로 가정에서 대강 여자의 닦을 만한 학문과 침공은 배웠으나 재주가 또한 출중하여 문일지십할 뿐 아니라 자기가 스스로 학문하기를 즐겨 그 부친에게 항상 고등 학문을 배우고자 청하나 부친은 허락지 아니하며 여자는 고등 학문의 필요가 없음을 말하는지라. 경자는 이러므로 부친의 명이라 어찌할 수 없더니 이때 마침 그 동리에 이웃하여 사는 김 승지라 하는 사람이 있으니 본래는 경성 사람으로 사환에 종사하다가 청운에 뜻이 없어 이삼 년 전부터 가속을 데리고 이곳으로 낙향하였는데 위인이 관후하고 신실하여 공주 일읍이 다 앙망하는 터이니 경자의 부친도 김 승지와 이웃으로 삶을 인연함이 아니라 자연 서로 추축하매 지기지우가 되었던 터이라. 그러므로 이, 김 양가는 안팎 없이 형제같이 내왕이 빈삭하며 김 승지의 부부는 경자를 사랑하기를 친자식같이 하던 터이더라. 김 승지는 경자를 위하여 그 부친을 간절히 권고하되 금일 세상은 전과 다른 고로 비록 여자라도 보통 지식이 있음이 필요한 뜻으로 누누이 깨우친 바가 있었더니 과연 이기장도 김 승지의 말을 옳이 여기고 방년이 십사 세 된 가장 사랑하는 여아를 경성으로 올려 보내 경성 중에도 제일 유명하고 신용 있는 여학교에 입학을 시킨 지 이미 사 년이 되었더라.

고상한 학술을 닦고자 함은 경자의 본래부터 원하던 바이므로 경성에 올라온 후도 학과를 힘쓰는 고로 학교 중에서도 칭찬이 지극하며 나이 점점 먹어 갈수록 여자의 어여쁜 태도도 점점 하여 나이 이미 십 칠 세에 이르매 꽃 같은 얼굴과 정숙한 태도는 사람의 눈을 놀랠지라. 그러므로 자연 부랑한 학생들의 입 위에 오르는 일도 적지 아니하더라. 경자는 시골서 처음 올라온 후 이 년 동안은 김 승지의 일갓집에 김 승지의 발 연으로 몸을 부쳤더니 그 집에서 마저 시골로 내려간 후는 매일 다니는 학교의 재봉 교사로 있는 오정당이라 일컫는 여자 교사의 건넌방을 빌어 나의 처소를 삼아 있는 터이더니 지금 이경자가 책상에 엎드려 우는 방이 즉 오정당의 집 건넌방이러라. 대저 이경자가 이날 학교에서 친구에게 수치를 당하고 돌아와 홀로 호읍하는 연고를 불가 불 말 아니 하지 못할 것은 이는 다름이 아니라 이경자가 점점 여러 타락한 학생들에게 주목하는 바 되더니 그와 같은 학생 중에 서병삼이라 부르는 의학교 학생 하나가 있는데 이 서병삼이라 하는 사람은 기독교 교도이니 무슨 연고로 기독교도가 되었는지는 알지 못하되 우연히 이 경자의 얼굴을 한번 본 이후로 어찌하면 이 꽃을 나의 수중의 희롱하는 물건을 만들고자 하는 야심이 불 일듯 하여 주소로 그 계책을 생각하는 터이라. 이 남자의 집은 경상북도 대구부 십여 리 나가서 달성촌이라 하는 곳에 있으니 집안이 본래 부요하여 학자금의 군색이 없을 뿐 아니라 그 외에 방탕히 노는 데 쓰느라고 서류 편지가 한 달에도 삼사 차씩 되는 터이라. 그러므로 기독교 신도들은 이 서병삼의 행실을 보고 눈살 찌푸리는 일이 한두 가지가 아니러라. 그러나 의학에는 대단 열심 하여 학교 중 준재로 지목하더라. 이 남자는 연애라 하는 것은 즉 육욕이라 하며 더욱이 의학상의 지식으로 육욕 이외에는 연애라 하는 것은 없다고 주창하는 사람이니 신성하며 또는 고상한 취미가 그 사이에 있음은 모르는 연고로 결백한 남의 여자의 몸을 더럽혀 놓는 것이 곧 그 심령에 다시 씻지 못할 흔적 되는 줄은 조금도 모르는 터이라. 가련 무죄한 이경자는 이와 같은 냉담 무정한 남자에게 주목을 받는 바가 되었더라. 이 서병삼은 이경자를 수중의 희롱하는 구슬을 만들고자 하여 생각할 때에 대장을 잡으려 하는 데는 먼저 그 말을 쏘라 하는 말과 같이 경자를 내 장중에 넣으려 하는 데는 그 몸을 부쳐 있는 주인을 먼저 내 손에 넣음만 같지 못하여 이에 서병삼은 이 계책을 실행코자 자주 이경자의 기숙하는 집 주인 오정당을 꼬이기를 시작하였더라.

4

의학생 서병삼은 이경자를 수중에 집어넣으려 하매 우선 먼저 그 집 주인 오정당을 농락하여 나의 심복인을 만들고자 함이러라. 이 오정당이라 하는 여자는 본래 대구 사람으로 소년 과거하여 시부모에게 의탁하여 지내다가 시부모가 구몰한 후는 호구할 계책이 없어 근근이 날을 보내더니 서울 아는 사람의 주선으로 수년 전부터 여학교 재봉교사가 되어 홀아씨 살림으로 동관 근처에 집을 하나 장만하여 가지고 지내는 터이러라. 그러므로 전일 대구에서 거생할 때는 서병삼의 집과도 서로 왕래가 있었고 서병삼이 어렸을 때에도 오정당의 집에 가서 가끔 논 일도 있었으나 서병삼은 십여 세 후부터 경성에 올라와 학교에 다녔으니 오정당의 집은 거의 잊어버리게 되었더라. 그러나 서병삼은 사면으로 오정당의 연줄을 알고 환천희지하여 잊었던 얼굴을 새로

이 인사하고 전일 구의를 찾아 그 후로는 자주 왕래하여 오정당과 다시 친밀히 사귈 기회를 얻었더라. 서병삼은 영민한 눈으로 벌써 오정당의 성품이 엄절치 못하며 또는 재물을 얻는 일에는 무슨 일이든지 사양치 아니하는 줄을 알았던 고로 민활한 수단과 나의 임의로 사용하는 재물로써 드디어 오정당 마음을 흡족히 하였더라. 그러나 심중에 있는 이경자 일절은 입 밖에 내지 아니하되 이 능청스러운 오정당은 심중에 이미 서병삼의 뜻을 팔구분이나 짐작하였던 고로 마음으로 은근히 저 사람을 위하여 주선하는 수고는 사양치 아니하겠다고 생각을 하였던 바이러라.

서병삼은 미목이 수려한 호남자라 오정당의 집에 자주 출입함으로써 이경자와도 자연 서로 수작을 사귄 일이 있으나 이경자는 본래 심중에 아무 뜻 없이 선생의 집에 왕래하는 사람인 고로 의심치 아니하고 지내나 심중에 뜻이 있는 오정당은 은근히 경자에게 향하여서 병삼의 인물을 칭찬하며 품행과 의리가 있음을 포양하고 또는 의학교에서도 성적이 초인함을 말하며 이 세상에 믿을 만한 남자라고 항상 말하여 경자의 마음을 은연지중에 움직여 놓으려 하며 경자는 소설을 좋아함을 보고 이를 이용하여 청년 남녀의 연애라 하는 것은 극히 신성한 일이라고 가르쳐 주어 아무쪼록 경자로 하여금 남녀의 애정이라 하는 뜻을 깨닫도록 힘을 쓰니 서병삼과 오정당 두 사람 사이에 사로잡힌 바가 된 가련한 이경자는 이미 함정에 빠진 몸이라 졸연히 빠져 나오기 어렵게 되었더라.

의심스럽고 믿을 수 없는 것은 남녀 간의 사랑이라. 이것을 비유하건대 물 위에 뜬 부평초 같아서 사랑이라 하는 뜻을 알아 있는 남녀는 벌써 그 몸의 부침이 달려 있는 것이거늘 그도 알지 못하고 있을 동안이 진실로 완전한 꽃이라 이르리로다. 대범 상상의 즐거움이라 하는 것은 제반 즐거운 중 더욱 즐겁다 하나 더욱이 묘령의 남녀가 비로소 세상사를 분변할 지경에 이르러 미래를 상상하는 마음으로 남녀 간 연애의 즐거움을 상상하는 것같이 즐거움은 없는 것이라. 사나이와 한가지로 꽃을 구경하며 달을 완상하기를 상상하며 즐거움을 같이 하고 근심을 또한 서로 나눠 하기를 생각하여 금슬이 화합하여 단란한 가정의 대략한 재미를 맛보고자 하며 서로 떠나서는 듣는 듯한 정으로 서찰을 서로 주거니 받거니 하여 그리는 회포를 위로하기를 생각하며 이것을 생각하고 저것을 생각하여 장래까지 생각할 때는 바라는 마음이 점점 더하고 즐거운 마음이 지극함을 마지못하나니 이럼을 인하여 청년 남녀의 연애라 하는 마음이 비로소 일어남이라. 이러하므로 비록 친치는 못하나 이와 같은 청춘 남녀가 만날 때는 홀로 신기스러운 마음이 날 뿐 아니라 한낱 말할 수 없는 쾌미가 감동 되나니 이는 이른바 타성이 서로 감화되는 묘리에서 나오는 일이요 별로이 이상한 일이라 이를 것은 없나니 이경자는 미래를 상상하는데 좇아 남녀 간 연애라 하는 것을 스스로 심두에 일으키며 이경자는 더욱이 이와 같은 상상이 많은 사람이라. 그런 고로 심중에는 이미 고상한 연애를 이상하며 연애라 하는 것이 극히 신성한 일인 줄로 믿고 의심치 아니한다. 본래부터 정욕의 즐거움은 꿈에도 구하는 마음은 없고 절대적으로 신성한 연애에 충실한 사람이 되고자 원하던 터이라. 슬프다, 세상에 경력 적은 처녀로 연애에 대한 마음은 비록 신성할지라도 이는 모래밭 위에 쌓은 담과 같은 모양이니 장차 어찌하리오. 서병삼을 찬양하는 오정당의 말을 들을 제마다 경자는 공연히 마음이 기껍고 서병삼이 오기를 은근히 마음으로 기다리게 되매 오정당이 남녀 간 연애라는 말로 이야기를 할 제마다 몸에 새겨들려 심지를 서로 통하는 남녀가 서로 한가지로 부부될 때까지 청결한 교제로 지내면 그 고상한 즐거움이 오죽 좋으랴 하여 마음으로 생각하는 상상계의 즐거움이 실상으로 오늘날 나타남과 같이 생각이 되매 이에 비로소 가련한 이경자는 가슴속에 연애라 하는 물건이 가득하였더라.

슬프다, 결백한 남녀의 교제로 서병삼도 이경자와 같은 이상을 품은 청년일 것 같으면 그와 같이 결백하고 즐거운 교제를 계속하여 연애에 대한 이경자의 이상을 실행할 날이 있었을 것이거늘 서병삼은 이경자의 눈으로 보고 판단함과 같은 좋은 청년이 아니라. 가련한 것은 이경자의 장래 신세러라.

계책이 있는 오정당은 학교에서 서중 휴가 함을 이용하여 이경자를 데리고 개성 대흥산성에 피서차로 내려갔더라. 그곳에는 벌써 서병삼이 정결한 곳에 주인을 잡고 오정당과 이경자가 내려오기를 기다리고 있는 터이니 이경자를 대흥산성으로 데리고 내려오는 것은 다 서병삼의 계책이니 서병삼은 자기 뜻을 비로소 오정당에게 고하고 그 부인의 동의를 얻은 후 이경자에게 서병삼이 그곳에 있어 우리 두 사람 오기를 기다린다는 말은 이르지 아니하고 데리고 왔던 터이니 이는 서병삼이 자래로 먹어 오던 마음을 이루고자 함이러라.

5

이경자는 선생 오정당과 한가지로 송도 대흥산성에 이르니 뜻밖에 서병삼이가 먼저 와서 있으므로 심중에 깜짝 놀랐으나 본래 내가 싫어하는 남자가 아니므로 도리어 친한 남자가 한 사람 와서 같이 있는 것이 든든하며 비록 남자와 함께 있으나 선생 오정당과 한가지로 있음을 한편으로 믿었더라. 그러나 믿는 마음과 같지 못하여 이삼일 지난 후에 경성으로부터 한 장 전보가 왔으니 오정당을 급히 상경하라는 뜻이라. 이는 미리 짰던 일인 고로 오정당은 급급히 행장을 차려 경성으로 올라가려 하더라. 경자는 선생의 올라감을 보고 남자와 홀로 떨어져 있음을 싫이 여겨 지재지삼 같이 올라가자 하나 오정당은 잠깐 다녀 다시 오겠으니 잠시 며칠 동안만 이곳에서 기다리라 하는지라. 하릴없이 경자는 오정당의 말을 좇아 서병삼 한 사람을 의뢰하여 있게 되었으니 일이 이 지경에 이르매 가련한 양의 몸으로 독한 사람의 수중에 들었더라. 그 훗일은 차마 기록하지 못하겠으며 다만 이경자는 자기의 이상의 청결한 교제는 이미 더럽혔더라. 시랑의 수중에 들어간 양이 아무리 버르적거리나 도망키 어려울 것이요 개가 제아무리 영리하다 하나 여우의 감언이설에 속을지라. 서병삼의 꿀보다 단 말과 경자를 후리던 수단으로 이경자보다 더한 여자인들 어찌 그 독수에게 벗어났으리오. 이경자가 비록 발명할지라도 몸은 이미 더럽혔음이 분명하니 슬프다, 어제까지 백설같이 청결하던 이경자가 오늘부터 없어짐을 면치 못하였더라.

　이경자가 오늘날 학교로부터 울며 돌아온 사정은 누누이 설명하지 아니하여도 알 것이니 이경자는 그날부터 서병삼에게 수태한 바가 되었으며 이와 같은 비밀한 사정을 학교의 여러 학생에게까지 누설되었더라. 경자가 비로소 태중 됨을 스스로 짐작하였을 때는 놀랍고 심란한 마음을 칭량키 어려운지라. 그러나 선생 오정당이든지 서병삼에게는 말하지 아니하고 다만 홀로 근심하며 마음을 태우는데 어찌하면 이 일을 온당히 처치하며 몸소 지은 죄를 뉘우치고 한편으로는 두려운 마음이 금키 어려우나 서병삼을 생각하는 마음은 간절하여 전일과 다름이 없다. 이리하여 오늘날까지 이르렀으나 뒤에서 사람이 나를 향하여 손가락질하는 것이 스스로 양심에 부끄러운 바가 되어 매일 학교에 다닐 마음이 점점 감하며 백 가지로 생각하나 그 학교에서 퇴교 아니할 수 없는 지경에 이르렀는지라. 그러나 고향에 계신 부친에게는 퇴교한 연유를 무엇이라 꾸며 말을 할 도리가 없으므로 금일까지 이리저리 혼자 근심으로 이름이러니 벌써 여러 학생들에게 나의 흠절이 발각되었으니 무슨 낯으로 사람을 보며 무슨 얼굴로 학교에 가리오 하며 이 생각 저 생각 하다가 내 몸의 장래를 생각하니 공연히 슬프고 처량하여 좋은 계책이 없으니 오히려 선생 오정당과 서병삼에게 나의 내심을 의논하며 몸주체를 함만 같지 못하다 하니 이러한 사실을 부친이 알 지경이면 무엇이라 말씀하실는지 또는 은혜 입은 김 승지 집 내외분이 얼마큼 이 몸을 천히 여길는지 모르겠으며 그보다 더욱 염려되는 것은 부친은 이 일을 알 것 같으면 필연코 우리 두 사람의 정을 떼게 할 것이니 이를 생각하매 앞서는 것은 눈물이라. 가슴은 찢어지는 듯하며 눈은 부어오르도록 체읍하는데 홀연 밖으로서 사람 들어오는 기척이 나며

"경자야"

하고 부르는 소리 난다. 그러나 경자는 부르는 소리를 못 들었는지 책상 위에 엎드려 있고 대답도 없다.

이 부르며 들어오는 사람은 그 집 주인 오정당이니 이제 학교로부터 돌아와서 경자의 방으로 들어옴이라. 이 부인은 사십여 세나 되

었으며 불그스름하고 우둥퉁한 얼굴이요 반고수머리에 꼬부장한 눈이니 역시 검은 치마저고리를 입고 경자를 부르되 대답 없이 엎드려서 우는 모양을 보고 말소리를 싹싹하게 하여

"애, 경자야"

하며 경자의 어깨에 손을 걸치고

"왜 그리 우니. 오늘은 오후부터는 학교에서도 못 보겠더구나. 응―, 왜 그러니, 응―, 경자, 대답 좀 해……"

"예……"

한마디 하고는 흑흑 느끼는 소리뿐이라. 오정당은 경자의 옆으로 바싹 다가앉으며

"글쎄, 왜 울고 있니. 웬일이야. 글쎄, 말 좀 하려무나…… 응"

경자는 간신히 얼굴을 들며

"나는 분해서 못 견디……"

오정당은 경자의 눈을 한참 들여다보더니

"아, 눈이 저게 무엇이야. 그이하고 싸움을 한 게로구나, 응. 그런 일은 나는 모르겠다"

"아이고, 선생님, 그런 게 아니에요. 똑 분하고 섧어서 못 견디겠어요"

하며 설움이 가득한 모양으로 오정당을 쳐다본다. 오정당은 같은 회포가 나는 듯이

"그럼 무슨 일이 있어 그러니"

6

경자는 책상 위에 엎드린 채로

"오늘 학교에서 정자하고 영순이한테 별소리를 다 들었어요"

오정당은 껄껄 웃으며

"응, 그 일이야…… 그까짓 일에 무얼 이다지 하니. 너는 마음이 너무 약해서 그렇지 나 같으면 선선히 그렇다고 대답할 테야, 하하하"

"선생님, 그 일뿐이면 그래도 오히려 관계치 아니하게요…… 별 못된 소리를 다 하니까 그렇지요"

오정당은 고개를 기울이며

"응, 별 못된 소리가 무슨 소리냐, 응"

"…………"

"글쎄, 애, 무슨 못된 소리를 학도들에게 들었다 하는 말이냐"

하며 경자를 들여다보나 경자는 종시도 다시 대답을 못 한다.

"옳지, 알았다. 나도 못된 소리 들었단 말을 알겠다. 내 말하랴, 응, 경자야"

"예예"

하며 경자는 놀라는 모양으로 얼굴을 번쩍 든다. 오정당은 서서히

"경자야, 네가 나를 속이는 것이 안 되었다"

경자는 까닭을 알 수 없는 듯이

"내가 선생님께 무엇을 속였어요"

"오늘 여러 학도들에게까지 말을 들었다면서 그러니"

경자는 별안간에 얼굴이 붉어지며

"예예"

32

오정당은 웃으면서 소리를 가만히 하여

"내가 안다. 네가 지금 태중인 줄을 모를까"

깜짝 놀라 책상에 엎뎌 있던 목뒤가 홀연히 진홍색이 되어지며 부끄러워 치신무지하여 하는 경자를 오정당은 이윽히 보다가

"경자야, 나더러 말하는데 부끄러울 것이 무엇이냐. 남들이 다 아는데. 오늘 학교에서 못된 소리 들었다는 것이 아마 그 말이지"

경자는 대답이 없으나 대답도 없고 발명도 아니 하는 것이 옳다 하는 대답인 줄 짐작하고 오정당은

"그러나 여러 학생들이 벌써 알아서 이 일을 어찌하면 좋으냐. 그러게 진작 내게 먼저 말을 하였더라면 좋았지…… 나도 그런 기미를 안 지가 불과 사오일이로구나. 그러나 인제 어찌할 수 없으니 내 다 잘 일이 폐도록 하여 주마. 염려 마라. 그리고 학교는 어찌할 테냐. 그래도 다닐 터이냐"

경자는 간신히 얼굴을 들어

"학교는 인제 다시는 아니 갈 테야요"

하며 원망하는 것같이 오정당을 바라본다.

"그것은 다 내가 잘못한 까닭이다…… 이 모양 된 것도 다 내가 지어낸 일이니 어떻든지 내가 맡아서 잘 하여 주마. 그러나 전후 험구 영순이가 이 일을 알았으니 그것이 안 되었구나. 일이 이 지경이 되었으니 불가불 서씨에게 말해서 폐도록 하여 줄 터이니 안심하고 있거라. 학교도 며칠 동안은 좀 더 다니게 하지 그렇게 부끄럽고 원통할 것이야 무엇 있니"

경자는 슬픈 모양을 띠어 가지고

"학교는 벌써 다시 안 가기로 작정하였습니다. 그렇지만 고향의

우리 아버지가 이런 사단을 아실 것 같으면 어찌하나 하는 생각이 또 걱정이 되어서……"

"예서 삼백 리 동안이나 되는 곳에 앉아 계신 부친께서 당초에 이 일이야 아실 수가 있니. 그리고 또 서울 다녀가신 지도 얼마 못 되니깐 다시 올라오실 리도 없고……"

경자는 눈물을 씻으면서

"그래도 나는 서씨하고 서로 헤어질 생각은 없어요"

"글쎄, 애야, 나도 다 알아요. 서씨도 네 마음과 마찬가지야. 나도 아무쪼록 길게 장래까지 부부가 되어 살도록 주선할 터이니 염려 마라, 하하하"

"그렇지만 그런 일은…… 우리 아버지가 아셔야 할 터인데요. 나는 암만해도…… 암만해도 우리 아버지의 허락을 받아야 마음이 놓일 테야요"

"그러면 어떻게 하라는 말이냐. 너의 부친께서 아시면 큰일 나겠다고 걱정하면서 또 부친 모르게는 서로 부부가 되지 못하겠다 하니 이 일을 어찌하면 좋단 말이냐"

"글쎄, 나도 어떻게 하면 좋겠다는 말이 아니 나와요"

"하하하, 원, 이 일을 어찌한담"

오정당은 한참 있더니

"경자야, 그래 네 말은 아무리 하여도 서씨하고 헤어질 마음은 없단 말이지"

"이위 이 모양이 되었는데 만일 서로 헤어지게 되면 나는 자처라도 하여서 죽어 버리는 것이 낫지요"

하며 경자는 다시 얼굴에 독한 빛이 나타난다.

"그럼 내가 너의 부친께 편지하고 이와 같이 따님이 골똘히 생각하여 이사 자처하니 서씨와 혼사를 이루게 하여 주라고 한 장 부쳐 볼까"

"만일 못 한다고 답장이 오면 나는 그 자리에서 죽어 버릴 테야요"

"그럼 편지나 어디 경솔히 하여 볼 수 있니"

하며 오정당은 눈살을 찌푸리고 한참 있다가

"그럼 우리 이리해 보자꾸나. 내가 서씨를 청해서 그 일을 우선 의논 먼저 해 보았으면 그게 제일 상책일 듯하다"

하며 오정당은 허허 웃는다. 경자는 정색하며

"그래도 그이는 일상 무슨 말을 정신 들여 듣지 아니하니깐 나는 재미없습디다"

"그러하면 그도 그만둘까"

"아니, 선생님은"

"하하하하"

7

"어두운 밤에 주먹 내밀기로 별안간에 이런 말을 하니 어떻게 하잔 말이오"

하며 여송연을 태우면서 있는 이십육칠 세 된 준수한 남자가 나사 다치에리 양복을 입었으며 그 옆에는 네모진 모자에 '의' 자 휘장을 달아 있는 모자가 있으니 이 사람은 즉 의학교 학생 기독교인의 서

병삼이요 이 남자와 서로 대좌한 부인은 오정당이니 손에 궐련을 들고 뻑뻑 피우면서

"그것은 누가 할 말인지 모르겠소. 나도 지금 와서 독 틈에 탕관으로 어쩔 수가 없구려"

"그러면 나더러 어찌하라시는 말씀이오. 응, 당신은"

"대체 어쩐 의향으로 이렇게 하고 있어"

하며 오정당은 정색하는 모양이라. 서병삼은 예사로

"무엇을 어찌할 생각이냐고 그러시오"

오정당은 서병삼을 눈 흘겨보면서

"저 양반은 공연히 저렇게 시침을 잘 떼더라. 무엇이라는 것이 무슨 소리야, 이경자 말이지. 내가 뚜쟁이란 말이오. 어찌하여서 당신만 믿고 이리하였다가 내가 무슨 모양이란 말이오"

"내가 이경자를 데려가든지 내버리든지 당신은 아무 상관 말고 계시구려"

"그것이 무슨 말이오. 이경자의 불쌍한 것은 고사하고 제일 나를 사람으로 알면 그런 소리를 하겠소. 당신이 처음 나더러 말할 때에 이번 내 소원을 이루어 주면 그 은혜는 죽어도 못 잊겠다 하였지. 그리고 이후에라도 당신의 이우가 되게 한다든지 당신이 시비를 듣게 한다든지 하는 일은 없게시리 할 터이니 제발 사람 하나를 살려 달라 하기에 나도 미친 마음으로 이 모양을 하여 놓았더니 사람의 인사가 그럴 수가 있소"

"아, 그것은 그때니까 그리하였지요"

"아이고머니, 원, 기가 막혀 말이 아니 나오네. 그러니까 남의 집 처녀를 기생이나 삼패 가지고 하듯이 잠시 잠깐 희롱으로 그리하였단

말이오. 명색이 사나이가 그렇게 마음을 먹어서 어찌하오"

"그래, 나는 그러한 사람이오"

"당신은 남의 힘써서 하는 말을 코로 대답하는구려. 이것이 농담이 아니니 좀 정신 들어서 말을 들어 주시오. 진정으로 눈물을 흘리고 속을 태우며 있는 사람 하나가 있으니"

"예예, 그럼 정신 차리지요"

"에이, 여보, 예예가 다 무엇이오. 보기 싫소"

"그럼 예 소리도 하지 말고 가만히 있으리까"

"아무려나 하시구려. 그런 줄 몰랐더니 그렇게 사람이 빡빡하단 말이오. 남은 죽느니 사느니 하는데 자기는 태연무심하고 있단 말이오"

"아니, 내가 태연무심하는 것이 아니라 당신이 너무 쓸데없는 긴 수작을 하니깐 나도 그리했지요"

"내가 언제 긴 수작을 했단 말이오. 아까부터 이경자를 어찌하느냐고 했지. 만일 당신이 그 처녀를 인제 와서 돌아본 체를 아니 하면 그 처녀는 죽을 터이니 남의 집 외딸이 아무 죄 없이 죽는 것을 보시려오"

하며 오정당은 진정으로 정색하는 모양을 보고 서병삼도 참스러이

"언제 내가 그 여자를 돌아보지 아니하고 내버린다고 말하였소. 지금 별안간에 살림은 서로 할 수 없다는 말이지"

"그러면 당신이 졸업한 후에는 서로 같이 살림을 하겠노라 하시는 말씀이오그려"

"실상은 나는 그런 생각은 조금도 없는데……"

"그러면 그 여자는 당신이 잠시간 정욕을 위로하기 위한 일이로구려"

"이를테면…… 그렇달 수도 없고……"

"여보, 그래, 남의 집 숫색시를 몸까지 더럽혀 놓고 인제 와서 이를테면이 다 무엇이오. 이를테면 소리 한마디에 일이 다 폐겠소"

"살림살이를 하는 것도 어린아이들의 소꿉질이 아니니 오늘 시작하였다가 내일 파하는 수도 없고 오래되면 또 싫증이 나니깐 그렇지"

오정당은 이 말에 골이 버럭 나서

"그러면 이경자를 기생이나 삼패로 알았습더니까. 처음부터 숫색신 줄은 당신도 안 일이지요. 노는계집 같으면 한 달을 데리고 살든지 두 달을 데리고 살든지 하다가 내 뜻에 불합하면 버려도 관계치 않지마는 남의 집 숫색시를 요리조리 속여 오다가 인제 돌아본 체도 아니 하고 시치미를 떼니 그런 천하에 무도한 일이 어디 있단 말이오. 사람치고야 그렇게 말할 수가 있단 말이오. 당신도 교인이지요. 그래, 성경에 남의 계집아이를 속여 희롱하여도 관계치 않다고 써 있습더니까. 그런 인정머리가 어디 있단 말이오"

"여보시오, 그다지 역정 낼 것 없소. 의논대로 합시다그려"

"나는 성 좀 낼 테야. 대체가 뱃속에 들어앉아 있는 어린애는 어찌할 생각이오"

"아, 그까짓 것이야 걱정할 것 무엇이오. 낙태해 버리면 그만이지"

하며 어렵지 아니하게 말하는데 오정당은 기가 막혀 입을 딱 벌리고 한참 말을 못 하다가

"어디 사람이라고 말할 수 있소"

8

오정당은 서병삼에게 이경자의 일을 위하여 담판하였으나 대답하는 말이 도무지 요령을 잡을 수 없이 이리저리 청탁하니 서병삼의 마음은 벌써 이경자가 싫증이 난 모양이라 졸연히 화합한 부부가 되어 백년을 기약하기 어려울 줄 짐작되니 이경자를 위하여 내념에 불쌍한 마음 칭량키 어렵더라. 원래 자기는 서병삼과 이경자 두 사람의 장래는 길게 생각지 못하고 다만 재물에 눈이 어려서 중매쟁이의 행실을 하여 서병삼의 소원을 성취케 하였으나 스스로 양심에 부끄러운 바가 있어 자기가 이경자의 손목을 이끌어다가 이와 같은 비참한 운명에 빠지게 한 일이 마음속에 뉘우치며 서병삼의 하는 행동이 심히 분하나 지금 이르러 후회막급이라. 비록 지금 서병삼을 억지로라도 권하여 이경자와 혼례를 이루게 할지라도 저와 같은 경박한 소년에게 보냈다가 도리어 장래에 고생만 더하게 할 뿐이요 조금도 쾌락한 재미는 보지 못할 일은 반듯한 형세라. 그러하므로 차라리 이제 이경자와 서병삼의 두 사람으로 하여금 서로 이별케 함만 같지 못하며 복중의 아이는 서병삼의 말하던 바와 같이 아무리 측은하더라도 떨어트리는 것이 오히려 나으리라 하며 무수히 생각을 하더니 서병삼이 돌아간 후 조금 있다가 밖으로 나갔던 이경자가 비로소 돌아오는 것을 자기의 방으로 불러들였다.

이제 들어오는 이경자의 얼굴을 보건대 눈물도 다 거두었으며 부어올랐던 눈꺼풀도 내렸으나 다만 심령상에 받은바 더러운 흔적은 나을 도리가 없으니 우느니보다 더한 설움은 안색에 나타나며 풀기 없이 한편에 펄썩 주저앉는 모양을 오정당은 가만히 보더니

"애, 경자야, 서씨의 일에 대하여서 네가 깊이 생각할 일이 있다. 나도 네 마음을 다 아는 터이지마는 젊어서 철없을 때는 공연히 마음에 저 남자 아니면 나는 죽어도 다른 사람은 섬기지 아니하겠다 하는 생각이 없는 법도 아니지마는 그때를 다 지나 놓고 다시 생각하면 왜 내가 그때 그 사람에게 그다지도 미쳤던고 하며 뉘우치는 일이 많은 법이니라. 그러게 네 나이 적이 제일 어려운 때야. 이때 한번 먹는 마음에 일평생 고락이 달렸단다. 남녀라는 것은 처음은 미쳤느니 홀렸느니 하다가도 그때를 지나고 보면 그 사람이 다 그 사람이니라. 내가 서씨를 두고서 빗대고 하는 말이 아니라 세상사가 다 그러하다는 말이다"

경자는 말없이 듣고 있더니 얼굴을 들어 오정당을 쳐다보며

"선생님, 나는 얼굴이 잘생긴 남자라고 이러니저러니 하는 것이 아니야요. 얼굴은 아무래도 관계치 않아요"

"하하, 글쎄, 너는 그러하지만 얼굴에 미쳐서 일생을 그르치면 못 쓴다는 말이지"

경자는 오정당의 말뜻을 알아듣지 못하는 모양으로

"선생님은 일평생의 고락이 달렸느니 운수가 달렸느니 하시지마는 지금 그런 말씀이 쓸데 있습니까, 이 지경 되어 가지고서……"

오정당은 고개를 기울이고 흔들면서

"아―니, 이 지경이라 할 것이 아니라 인제라도 달리 도리가 있으면 더 좋지"

경자는 묵묵히 있어 무슨 말인지 몰라 오정당의 얼굴을 쳐다보며 있다.

"어떻게든지 되지 아니하겠니. 네 마음 하나 결단하기에 달렸느니라"

경자는 맺고 끊은 듯이

"나는 결심하였습니다"

"그것이 철없는 어린 마음의 결심이 아닌가 하여 나는 의심나서 못 견디겠다. 그러하니깐 일평생에 내 몸을 의탁하는 첫째라 하는 말이지"

경자는 그 말을 듣더니 별안간에 점잖은 사람같이

"선생님, 지금 와서 그런 말씀 하시는 것은 오히려 원통합니다. 지금까지라도 선생님은 말씀이 무어라 하셨습니까. 서씨 같은 양반하고 한가지로 사는 여편네는 참 복록이 겸전한 사람이라고 말씀하시지 아니하셨습니까. 선생님이 그렇게 말씀만 하시지 아니하셨더라도 내가…… 아무렇기로 내가…… 모두 다 내가 잘못이지요마는 선생님이 처음부터 이런 말씀을 하셨더라면 나도 이렇게 근심은 아니 하고 있을 것을 지금 와서야 어찌할 수 없습니다"

오정당은 얼굴빛이 붉어지며

"아니, 그런 말은 으레 할 말이라고 하겠으나 내 역시 서씨에게 눈이 어두웠었으니깐 할 말 없지마는 지금 와서 가만히 생각하니 모두 미친 일 같더라. 처음에는 나도 대단히 좋은 사람으로 알았더니 오래 교제해서 보니깐 그렇지 아니한 일이 많이 있더구나"

고개를 숙이고서 듣고 있던 경자는 얼굴을 들며

"아, 오늘 그이가 오셨지요, 예?"

9

오정당은 한참 대답하기를 주저하다가

"서씨는 왔다가 지금 막 갔다"

경자는 극히 염려하는 빛을 띠어

"그럼 내 의논도 하셨겠구려"

"아무렴, 하고말고. 하기는 했어도 네 장래를 멀리 생각하면 암만 하여도 걱정이 아니 될 수 없구나"

경자는

"그래, 그 양반이 무엇이라 말씀하십더니까"

"글쎄, 애, 깊이 생각 좀 해 보아라. 뒷길 없는 남자하고 같이 살면 무슨 소용이 있겠니"

"그러면 나를 내버린다고 합디까"

"서씨의 말이, 지금 와서 그 양반이기로 그런 무정한 소리야 할 리가 있겠니마는 피차 지금이야 어찌 살림할 수야 있느냐고……"

"그러면 어찌하겠다 하더란 말씀이오니까. 좀 분명히 말씀해 주십시오그려"

하며 경자는 그 말뜻을 채쳐 물으려 한다.

오정당은 연해 말하기를 어려워하며

"너는 그 양반하고 헤어질 생각은 없니. 이다음 생각을 깊이깊이 할 것 같으면 오히려 고생거리를 장만하는 것 같아서 내 생각으로 하면 애저녁에 서로 헤어져 버리는 것이 낫겠다 하지……"

경자는 마음속에 깊이 결단한 모양을 보이면서 입술에는 혈색이 걷혀서 벌벌 떨며

"그 말씀은 몇백 번 말씀하셔도 밤낮 마찬가지올시다. 내가 기생 삼패가 아니올시다…… 나는 아무리 고생을 이후에 겪을 줄을 알지라도 제가 지은 죄오니 어찌할 수 있습니까. 아무리 괴로워도 견디겠습니다. 그리고 만일 그 양반에게 내 몸이 버려질 지경이면 나도 그때는 다시 할 도리가 있겠습니다마는 지금 내 손으로 헤어질 생각은 조금도 없습니다. 예, 선생님, 그 양반은 무엇이라고 말씀하십더니까. 그 말씀만 해 주시면 나도 결심할 일이 있겠습니다"

오정당은 이경자의 마음이 철석같아서 용이히 움직이지 못할 줄 짐작하고

"그야 서씨기로 너를 버린다고 하는 말은 아니지만 피차에 다 학생의 몸이니깐 지금 졸지에 살림은 할 수 없다고 말하더라……"

"나는 벌써 학교는 아니 가기로 결심하였습니다"

"너는 학교를 아니 가더라도 서씨까지 학교를 폐지할 수야 있느냐"

"그렇지요. 나 한 몸만 학교에 다니지 아니하면 살림살이하기로 그 양반에게 공부야 방해될 것 없지요"

"그야 상관이 없을 듯하지마는 세간 살림에 마음을 쓰면 자연 공부도 되지 아니하고 또 어린아이라도 낳을 것 같으면 암만해도 방해가 될 것이요 너도 일껏 학교를 얼마 아니면 졸업할 것을 중간에 폐해 버리기도 아까우니 지금은 잠깐 몇 해든지 일이 펼 때까지 참았으면 좋겠다고 그렇게 말하더라"

하며 아무쪼록 두 사람으로 하여금 잠시간이라도 헤어져 있게 하면 그동안에 경자도 깨달을 날이 있으리라 하여 입에서 나오는 대로 그럴싸하게 말한다.

"그것은 진정으로 한 말씀일까요. 잠시 위로하노라고 그리 말하였다가 아주 헤어질 생각으로 하신 말씀이신 게지요. 대체 그런 말씀을 하시지만 제일 내가 몸이 이 모양이 되었으니 어찌한단 말씀입니까"

하며 고개를 숙이고 앉았다. 오정당은 목소리를 나직이 하여

"어찌할 수 없기야 무슨 어찌하지 못할 것 있느냐. 뱃속에 있는 아이는 지금 아무렇게든지 할 수 있지"

"무엇이요?"

하며 경자는 깜짝 놀라 안광이 빛이 난다. 오정당은 다시 말한다.

"서씨는 의술 배우는데 걱정할 것 무엇이냐"

"선생님은, 그것이 무슨 말씀인지 못 알아듣겠습니다"

경자는 몸을 벌벌 떨며 묻는 뜻을 오정당은 자세히 알지 못하여 잠깐 주저하다가

"조금도 걱정할 것이 없다. 서씨가 있는데. 글쎄, 남모를 새 떨어트려 버리라고 그이도 그러더구나"

이때 경자는 눈에 화광이 빛나며

"선생님, 그래 그 양반이 그, 그런 말을 하더란 말씀이오, 그, 그 양반이―"

하며 얼굴빛이 홀연 변해지는지라. 오정당은 이 모양을 보매 기가 막혀 잠자코 있을 뿐이라.

10

오정당은 이경자의 하는 모양이 예사가 아님을 보고 놀란 마음에 할 말을 두서를 잡지 못하며

"글쎄, 애, 그이가 그렇게 꼭 말하더라 하는 것이 아니라…… 피차 학생의 몸이니까 그리하면 좋을까 하는 말이지……"

경자는 오히려 격앙한 얼굴로

"나는 몸이 이 모양이 되어서 어떻게 괴롭고 신산한지 모르겠습니다마는 괴롭고 신산하다고 이러한 무서운…… 참혹한 마음은 없습니다. 그야말로 세상 사람이 알았다가는 사람 아귀라고 말할 터이요 각 신문에 날 것 같으면…… 생각만 하여도 몸서리가 끼칩니다. 지금까지 지은 죄도 많이 있는데 그 외에 또 죄를 지을 마음은 조금도 없습니다. 이 일은 법률의 죄인이 될 뿐 아니라 사람의 도리에 벗어나는 그러한 무섭고 더러운 죄악을 범할 수는 없습니다. 아무리 하여도 이 몸은 더러워졌지마는 이 위에 또 그러한 죄를 지으면 어찌하잔 말씀이오. 이런 말을 만일 그이가 하셨으면 그 양반은 참 아귀 같은 양반이올시다"

하며 별안간에 목이 메더니 눈물이 가득하며

"선생님, 선생님은 마음에 어떠하십니까. 듣기만 하셔도 몸서리가 끼치지요. 그런데 그러한 죄를 나더러 범하라 하시는 말씀이오"

오정당은 무안한 빛을 나타내며

"나도 그야 모르는 것이 아니야. 이 세상에서도 그러한 죄악을 짓는 사람이 많이 있는 일을 나도 항상 개탄하는 일이지마는 네게 권하는 것이 아니라 다만 네 장래 생각하는 마음으로만 하는 일이지. 또 서

씨도 꼭 그리하라고 말한 것이 아니라 의논을 하노라니깐 자연 이런 말 저런 말이 나온 것이지. 내 마음도 아무쪼록 그리하도록 권하는 말이 아니라 잠깐 의향을 떠보는 말이니 공연히 그렇게 걱정하지 말고 있거라"

하며 분주히 발명하는데 경자는 고개 숙인 대로 말없이 있다. 오정당은 내 생각이 전혀 헛된 바가 되어 이경자로 하여금 서병삼을 단념케 할 계책도 성사치 못할 뿐 아니라 그 외에 태아의 처치할 계책도 도저히 실행키 어려울 줄 알고 이에는 이경자와 서병삼으로 하여금 서로 백년을 누리도록 힘쓰지 아니하면 하는 마음이 불가불 일어난다. 오정당은 다시 이경자를 향하여

"애, 지금 하던 이야기는 한 귀로 흘려버리고 담아 두지 마라. 네 결심이 그러할 것 같으면 나도 힘을 다해서 백복의 근원을 이루게 하여 주마. 다시는 나도 헤어지게 하려고 말 아니 할 테요 서씨는 너하고 같이 살고 싶은 생각은 굴뚝같지……"

"예, 그 양반이 나더러도 굳게 맹세를 하다시피 하셨는데 지금 와서 그런 인정 없는 소리야 설마 하실라고요"

오정당은 이경자의 하는 양이 측은하여 못 견디는 모양으로 한참 보더니

"그야 그렇고말고. 그 양반도 가만히 보니깐 네게는 아주 반한 모양이더라, 하하하하"

"선생님은 별소리를 다 하시는구려. 그럴 리도 없겠지요마는…… 참 이번에는 그 양반의 마음을 꼭 들어야지 그렇지 아니하면 나는 어찌할지 방향을 잡을 수 없어요. 그 양반의 마음만 딱 그러하실 줄 알면 우리 아버지께는 오히려 걱정될 것 없어요. 나는 선생님만 바

라는데…… 만일 이번에 그 양반이 나를 버린다 하면 무슨 면목으로 살겠습니까. 나는 죽어 모르려 하는 결심이야요"

"그런 지각없는 소리 하지 마라. 어떻든지 내가 일간으로 네 마음이 시원하도록 힘써 주선하여 주마. 걱정 마라"

11

남촌 대전골 근처 큰길에서 막다른 골목 들어서서 몇째 집 아니 지나가서 와가 평대문 집에 문패는 김 소사라 하였고 또 한편으로는 서병삼이라 박힌 명함 한 장이 붙었는데 지금까지 지쳐 두었던 대문을 삐걱하고 떼밀며 들어가는 부인은 동관 사는 오정당이라. 대문 열고 사람 들어오는 소리를 듣고 그 집 안방으로서는 영창문 유리로 늙수그레한 여인이 내다본다. 오정당은 그 여인을 향하여

"여기 서병삼 씨라고 하는 양반이 와서 계시지 않습니까"

그 말이 다 그치지 못하여 마루 건너 건넌방 영창문이 부스스 열리면서

"아니, 거 웬일이시오. 여기까지 찾아오시니 참 의외올시다"

하는 사람은 서병삼이라.

"아이고, 아무 데도 아니 가고 오늘은 계시구려. 참 잘 만났소. 찾아오면서도 계신지 몰라서 애만 쓰이더니……"

서병삼은 지게문을 열고 마루로 나오면서

"어서 올라오시오. 이 먼 데를 오셔서 다리 아프시겠구려. 나도

학교서 지금 막 와서 앉은 길인데"

마루 끝에 우산을 세우고 마루 위로

"아이, 다리야"

하며 오정당은 올라와서 서병삼과 한가지로 방으로 들어가 방석 위에 앉는다.

"아, 그런데 요새는 웬일이오. 도무지 꿈쩍이 없으니. 어제도 사람을 두 번 세 번이나 보내도 아니 오시는 데가 어디 있소. 내 원, 당신 같이 인정 없는 양반은 처음 보았어"

"아니요, 인정 없다고 할 것이 아니라 요사이 며칠 동안은 학교에 임시 시험이 있어서 눈코 뜰 새 없이 시험 준비 하느라고 나는 혼자 더 죽을 뻔하였소. 공연히 말 한마디라도 위로는 하여 주지 아니하고 당신은 나를 볼 적마다 나무랄 생각만 합디다, 아이참"

"무얼, 요새 또 어디 반한 데가 있는 것이지 시험이 다 무엇이야. 나는 속으로 어떻게 애가 쓰이는지 모르겠습디다"

"내가 아무리 반한 데가 있어서 아니 가기로 당신이 애쓸 것이야 무엇 있소"

"어째 내가 애가 쓰이지 아니한단 말이오. 그런데 요전에도 하던 의논이거니와 이경자는 어찌하려고 하는 의향이오"

하며 오정당은 고삐를 바싹 채쳐 잡는다.

서병삼은 눈살을 찌푸리며

"정말 귀찮구려. 요전에 의논하듯이 그렇게 하라 하니깐 그러시오"

"요전 의논이라니, 요전 의논이 무엇이란 말이오"

서병삼은 눈을 꿈쩍하며 손을 휘휘 내저으면서

"여보, 조용조용히 말씀하시오. 안방의 주인 들으리다"

하며 가만히 말한다. 오정당은 조용히 다시 말한다.

"글쎄, 요전 의논대로 하라는 것이 무엇이오"

"아따, 그, 그저―, 뱃속에 있는 것 말이야요"

하며 눈짓 손짓으로 가리킨다.

"엉―, 그것이요, 그것은 아주 못 하겠고―. 내가 오늘 오기는 아주 일을 끝을 내자고 온 길인데 하늘이 두 쪽이 나더라도 당신하고 이경자는 내외분이 되어서 살림까지 하시는 것을 내가 보아야 하겠소"

하며 기색이 녹록치 아니하게 덤비는 모양이라.

"무엇이요, 살림이라니. 그것은 할 수 없소. 그건 참 할 수 없어요"

하며 서병삼은 아주 잡아뗀다. 오정당은 다시 말한다.

"그것은 못 하겠다니, 그것은 못 하면 어찌하겠다는 말씀이오. 그럼 당신의 뜻을 좀 들어봅시다"

서병삼은 예사로이

"이렇게 죄인 닦달하듯이 할 것 없이 우리 조용조용히 이야기합시다. 그런데 그때 그 낙태시키자는 말을 그 당자더러 말하여 보았소"

"암, 해 보고말고요. 나는 그 때문에 이경자에게 공연히 원망만 들었소. 그 양반이 그래, 그런 말씀을 하시더란 말이요 하며 얼굴빛을 변해 가지고 펄펄 뛰면서 그런 못된 죄악을 범하라고 사람을 가르쳐 주느냐고 애꿎은 나만 중간에서 야단을 만났소. 이경자가 그리하는 것이 다 옳은 말이지 조금도 그르다는 말은 할 수 없습니다"

"무엇이요, 죄악을 짓는다고, 흥"

하며 서병삼은 냉소한다.

12

오정당은 앞으로 바싹바싹 다가앉으면서

"당신은 홍이니 무엇이니 코로 대답을 하나 보오마는 당신으로 하여 속을 태우며 근심으로 세월을 보내는 저 여자의 생각은 조금도 아니 한단 말이요. 저 여자는 당신의 좌우간 말 한마디에 자기의 몸을 어떻게든지 처치할 모양이니 저를 어찌하면 좋단 말이요. 다니던 학교도 벌써 퇴학하여 버린 지가 오늘까지 십여 일이 되도록 당신은 한 번도 와서 보는 일이 없으니 그 속이 오죽하겠소. 당신을 원망도 많이 하지요"

서병삼은 얼굴을 펴며

"그러면 여보시오, 어찌하면 좋겠단 말씀이오"

"또 새삼스러이 어쩌면 좋으냐 하는 소리가 무엇이오. 입때까지노 이기듯 실 이기듯 한 말이 다 그 말이지. 글쎄, 아주 부부로 한가지 살림 배처를 하고 살아야 하겠다 하는 말이지요"

"그러나 학생으로 계집 데리고 살림하는 수가 어디 있소. 졸업이나 하고 나면 아무리 하더라도 관계치 않지마는"

"지금은 성례하여 부부의 의를 맺을 수가 없다 하니 그러면 당신이 졸업한 후에는 단정코 공변되이 결혼식을 거행하겠다 하는 확실한 대답을 하여 주시오. 당신의 입으로만 하는 대답은 나든지 이경자든지 믿을 수가 없으니까 당신 양친께 허락을 받아야 안심하고 기다릴 수가 있지 그렇지 못하면 당신 말만이야 어찌 믿을 수 있소. 당신 부모께서 만일 규수 보고 싶다 하시면 내가 이경자를 데리고 시골로라도 내려가서 선을 보이고 올라올 터이니 양친께서도 이경자의 인물이라든지 범절을 보시면 허락 아니 하실 리도 없을 듯하오. 없을 듯이 아니라 없을 것이오. 한번 보시면 당신보다 당신의 양친이 더욱이 합의하여 내놓지 아니하려고 하실걸. 만일 당신이 말씀하기가 어렵거든 내가 대신 말씀하여 드리오리다. 나도 전에는 양친께 다 친좁아 지냈으니까"

서병삼은 깜짝 놀라며

"아니, 천만에, 그런 소리는 하지도 마시오. 우리 부모가 이런 일을 아시면 나는 서울서 학교에도 다니지 못하고 잡혀 내려가서 볼기가 터지고 남지 아니하라고 그런 소리를 하오. 우리 아버지가 어떠한 완고시라고, 당신은 우리 아버지의 성정을 모르시오. 그런 소리는 두 번도 하지 마시오"

"그럼 어떻게 한다는 말이오. 이리도 못 하고 저리도 못 하고 밤낮 이리하면 평생에 끝이 날 날이 없겠구려. 오늘은 끝이 아니 나면 나는 아주 여기 드러누워서 가지 아니할 터이오"

"자─, 그러면 어찌해야 좋단 말이오. 큰일 났구먼. 오늘은 남의 주인집까지 쫓아와서 사람을 못 견디게 구는구려"

"당신도 너무 그렇게 엉벙 수작만 하지 말고 참되이 말 한마디라도 하여 보구려. 남은 피가 끓어서 말하는데 자기는 흥흥하고 있단 말이오. 이경자는 무슨 죄란 말이오. 오늘은 내가 저더러 염려 마라, 내가 극력 주선하여 서씨하고 백년을 누리게 하여 주마고 간신히 위로하여 놓고 왔소. 그런데 만일 당신이 오늘 와서 이경자를 돌아보지 아니하고 버리는 지경에 이르면 이경자의 결심은 그때는 세상 사람이든지 자기의 부모에게든지 무슨 면목으로 살겠느냐고 죽을 터이니─, 거짓말이 아니라 가만히 내가 기색을 보니깐 그렇게 되면 죽으려고 독한 마음을 먹었습디다"

서병삼은 눈살을 찌푸리며

"아, 정말 죽을까"

"그러면 내가 남이 죽는다 하는데 에누리를 붙여 말할 리야 있소"

"글쎄, 그렇지요마는 정말 그래서야 어찌하나……"

"이경자가 죽는 날은 당신의 손으로 죽인 것과 조금도 다를 것이 없소. 당신이기로 그 말 들으면 마음이 별로 좋지는 못하리다. 그 모양이 되면 첫째는 내가 또 죽어서라도 나의 잘못한 죄를 자복하여야 내 양심에 떳떳할 듯하오"

하며 오정당의 기색이 심히 준절하다. 서병삼은 한참이나 고개를 기울이고 앉았더니

"그렇게 모두 죽는다고 해서야 어찌한단 말이오. 가만히 계시오. 나도 좀 생각을 하여 보겠소"

"밤낮 생각이라니 생각이 다 무엇이오"

"글쎄, 무슨 일을 생각하지 않고 어떻게 말하오. 가만히 계시오. 그러면 우리 이렇게 합시다. 아까도 말했소마는 우리 부모는 시골 문견으로 구습만 지금도 잔뜩 들어앉아서 옴나위가 없는 양반들인데 저희끼리 사통한 여자를 아내로 맞아 오게 하여 달라 하면 들으실 리가 만무하오. 만무할 뿐 아니라 큰일이 날 터이니 나하고 이경자 두 사람 사이에 계약을 하여서 친필로 계약서를 쓰고 도장을 쳐서 가지고 있다가 내가 졸업하거든 그때는 계약서대로 성례를 하고 살림을 하여도 관계치 않소. 그간에 우리 부모께오서 장가를 가라고 하시더라도 나는 졸업하여야 장가를 가지 그 안에는 아니 간다 핑계하고 있다가 졸업한 후는 내 손으로도 부모에게 의뢰 아니 하고 벌어먹어 갈 터이니 서울서 주저앉아 살았으면 그 계책이 묘하지 않소. 그렇게 하기로 합시다.

나도 마음에는 이경자만 한 인물과 범절 있는 여자는 다시없을 줄 아니깐 꼭 마음인즉 그 여자로 아내 삼을 마음이 미상불 굴뚝같소마는 별안간에 엄두가 아니 나서 그러하구려"

오정당은 한참 듣다가

"그래도 당신의 말을 나는 믿을 수가 없습디다"

"그게 무슨 말씀이오. 남자 일언이 중천금이라니 그런 말을 조금이기로 거짓말로 꾸며 낼 리야 있단 말이오. 만일 계약을 위반하거든 재판소에 정소라도 해도 관계치 않소"

13

오정당은 고개를 기울어트리고 못 믿어 하는 모양으로

"약조만 가지고는 믿을 수 있소. 내 마음도 꽉 믿을 수 없는데 더구나 이경자가 그 말을 믿고 안심할 리가 있단 말이오"

서병삼은 이경자의 속을 들여다보는 듯이

"아따, 그렇게만 말해 보시구려. 이경자는 알아듣소"

하며 오정당을 아무려나 잘 달래 돌려보내려고 이리저리 그럴싸하게 말을 꾸며 댄다. 오정당은 조급하여 못 견뎌

"글쎄, 여보, 이경자가 몸이 저 모양만 아니 되었더라도 당신 말대로 졸업할 때까지 기다리고 안심하고서 있겠지요마는 배는 점점 불러 가고 우리 집이라야 학교 학도들은 날마다 들락날락하는데 그 모양이 학도들 눈에 뜨이든지 하면 이경자는 그게 무슨 모양이 되겠소. 그

리고 소문인들 작게 나겠소. 차일피일하다가 아이를 낳을 것 같으면 어떻게 하려고 그러오. 이경자도 그래서 더구나 더하는 모양이지요. 그러하니까 폐일언하고 요사이 남이 아는 듯 모르는 듯 깊숙한 곳에 집을 하나 얻어서 이경자도 그곳에서 안심하고 해산하게 해 주고 당신도 그 집에서 학교에 다니게 하였으면 좋지 아니하겠소"

"아, 그러면 둘이서 살림을 하면서 날마다 학교에 다니란 말이오. 내 마음도 그리하는 것이 좋지마는 시골 우리 부친이 혹시 나를 보러 올라오시든지 해서 들키면 어찌하라고. 큰일 나게"

"아, 명색이 사나이가 그까짓 일을 방비할 꾀가 없고 겁을 내서야 어찌하오. 당신은 마음을 가만히 내가 보니까 말은 이리하여도 속은 벌써 딴 곳에 있는 모양이구려. 그렇지만 아니 될걸"

서병삼은 오정당을 좋은 말로 속여 보내고자 하였더니 도리어 자기가 오정당에게 속게 되었는지라. 내념에 생각하되 이 말만 가지고는 오정당을 돌려보내지 못할 줄 알고 한참 무슨 생각을 하는 체하더니 무릎을 탁 치며

"옳지, 좋은 일이 있소. 그다지 나를 믿지 못하겠거든 사오일 안으로 우리 두 사람이 백년을 맹세하고 결혼식을 거행하였으면 당신이 나를 다시 조를 일도 없겠고 이경자도 안심을 할 터이지요. 폐일언하고 그리합시다그려"

오정당은 별안간에 혼례를 이루자 하는 말에 도리어 깜짝 놀라

"무엇이오"

"일간으로 혼인을 하자 하는 말이오"

"왜, 졸업하기 전에는 혼인을 할 수 없다 하더니……"

"그런 것이 아니오. 내 말을 도무지 믿지 아니하니까 할 수 없이

일간으로 성례만이라도 하자 하는 말인데 우리 부모의 허락을 맡아 가지고 하자 하면 믿을 수가 없으니 그 외에 더 곧 성례하는 수가 있소. 그 혼인은 부모 앞에서 하는 것보다도 더 확실하지요"

"네, 그러면 그 혼인법은 무엇이란 말이오"

"그것은 다른 것이 아니라 내가 다니는 교회에서 결혼식을 행하자 하는 말이오"

오정당은 고개를 끄덕끄덕하며

"그럼 야소교회에서……"

"혼인하는 법식으로 말하면 이보다 더 좋은 법은 아마 다시없으리다. 피차에 학교 다니던 사람이니 이전 구식은 내버리고 신지식 배운 사람은 신식으로 혼인하는 것이 좋지 않소. 더구나 신성한 하나님 앞에서 부부가 됨을 서로 맹세하는 것이오그려. 그러게 서양서는 한번 신성하게 맹세한 이상에는 하나님의 힘이 아니면 사람의 힘으로는 도저히 그 두 사람의 사이를 떼지 못하는 것으로 인정하는 것이라. 조선처럼 사람이 갖다가 붙여 놓는 것은 저희끼리 수틀리면 헤어지기가 쉬워도 이 교회에서 하는 것은 천만년이라도 기록에 올려 두는 것은 다시 변치 아니하니깐 그 후라도 확실한 큰 증거가 되는 것이외다. 당신 마음에는 어떠하시오. 그리하면 좋지 아니하겠소—"

"글쎄요"

하며 오정당은 생각하는 모양이라.

"그렇게 생각할 것도 없소"

"그렇게 교회에서 혼례를 지내고 나서는 이경자하고 한가지로 살림을 하실 터이요"

"글쎄, 어렵지는 아니해도 우리 부친께 들킬까봐 무서워서 그리하여요. 그러면 나는 따로 있더라도 살림 배처나 하여 두고 나는 가끔 왕래를 하였으면 좋겠소. 나도 내년이면 졸업인데 그 안만 조심하였으면 좋지 않소. 만일 학교에서 그 말을 들어 보시오. 남의 속은 모르고 주색에 방탕한다고 잘못하면 퇴교요 잘하면 품행 점이 깎아질 터이니 그러할 것 무엇 있소. 이경자에게도 그렇게 말하면 안 들을 리가 없소. 인제 그리고 담판은 우리 결말 합시다"

　　오정당은 서병삼의 말을 본래 신용 아니 하는 터이나 그 말이 이치에 근사할 뿐 아니라 요사이 학교 출신은 남녀를 물론하고 야소교회에서 성례하는 것은 목격한 일도 많고 들은 말도 있는지라. 이 외에 다시 서병삼을 조른다 하여도 이보다 더 나은 결과를 얻기 어려울 듯하므로 마음은 놓이지 아니하나 돌아가 이경자더러 이 말을 전하면 이경자도 좋아할 뿐 아니라 자기가 장담하고 온 일이 성공을 한 모양이라. 오정당은 안색이 화평해지며

　　"그러면 올해는 그럭저럭 지내다가 내년에 졸업하신 후에는 당신 부모께도 이런 말씀을 여쭈어 허락도 받고 올해는 살림만 배처하여 놓고 당신은 남모르게 가끔 왕래만 하겠단 말씀이오그려"

　　서병삼은 쾌연히

　　"그렇지, 옳소, 그런 말이지요"

　　"그러면 또는 거짓말 없습니다"

　　"글쎄, 그렇게 몇 번씩 다질 것 없소"

　　"인제는 내 속이 시원하오. 애쓰던 본의도 있고. 이경자가 이 말을 들으면 오죽이나 좋아하며 안심하겠소. 그 교당은 속히 말씀을 해 두어야지요"

　　"그것은 염려하실 것도 없소. 그 교당 목사는 나와 절친한 터이니

간 내 일이라면 특별히 하여 주지요"

추호만치도 경건지심이 없는 서병삼은 이에 외람히 하나님까지 희롱코자 함이 아니냐.

14

오정당은 본래부터 경박한 서병삼의 심보도 대강은 짐작하는 바이로되 서병삼의 허락이 이만하니 이경자도 기꺼워할 것이요 자기의 책임도 얼마큼 가벼워질지라. 오정당의 성품은 먼 생각은 적고 목전만 알아 오늘은 오늘이요 내일은 내일로 지내 가는 성품이라. 이날도 서병삼의 말이 다 믿음직치 아니한 줄도 모름이 아니로되 잠시간 고식지계로 이경자를 달래려 하는 마음에 동관 자기의 집으로 돌아와서 바로 이경자의 있는 방으로 향하여 들어간다.

이경자는 오정당을 서병삼에게 보낸 후로 하회가 어찌 되었는지 궁금한 마음에 혼자 앉아 여러 가지로 궁리만 하고 있더니 급히 문을 열고 들어오는 오정당을 보고

"그 양반이 계시기나 합더니까"

"응, 만나 보았지. 이번에는 일이 아주 잘되었다. 이제 걱정 마라"

"아, 어떻게 잘되었어요"

하며 이경자는 반가이 오정당의 얼굴을 쳐다본다.

"요새 못 온 것은 학교에 임시 시험이 있어서 시험 치르느라고 못 왔다더구나. 그런데 오늘은 이렇게 아주 결말을 지었지. 그 말 한마디

듣노라고 별소리를 다하고, 참, 어떻게 애를 썼던지 모른다"

"아이참, 불안합니다. 처음에는 그 양반이 싫다고 그러시던 것이지요?"

오정당은 손짓을 하며

"그런 것이 아니라, 그이도 너를 싫어서 그러는 것이 아니라 시골 부모가 전 완고 덩어리가 되어서 사람의 인정이라든지 일의 사정은 조금도 생각 아니 하고 법만 가지고 말하는 양반이니깐 서울서 저희끼리 통간하여 잡되이 놀던 계집을 집안에 들인다고 하실 리 없다고, 말하는 눈치가 그렇더라. 그 말은 옳은 말이야. 내 고향도 그 시골이지마는 명색이 행세한다는 집 사람일수록 전 완고요 전 야만이지. 생원님의 줄거리만 남아서 내 마음에도 그럴 줄은 알아. 그러하니깐 지금 부모의 허락을 받아 가지고 혼인을 하자면 아니 될 터이니 내년에는 자기가 졸업이 된다고, 그래 졸업이 되면 약국을 벌이고 행술을 하면 부모에게 의뢰하지 않아도 내 손으로 넉넉히 벌어서 살 만하게 될 것이니깐 그때는 내가 부모가 못한다 하더라도 내가 말을 듣지 아니하면 부모도 할 수 없을 터이니 그때는 떳떳이 혼인하여 가지고 우리가 살아도 관계치 않다고, 그러하니 내년까지만 기다리라 하는 말이더구나. 그렇지만 내가 이 말만 들어 가지고야 집으로 올 수도 없거니와 네게 장담한 본의가 없겠기에 다시 내가 서씨더러 이렇게 말하였지. 당신 말씀이 당연한 말이지만 이경자는 그래도 그 말만 가지고는 안심을 시킬 수가 없으니 달리 또 좀 생각을 해 보시오 그리하였더니 한참 생각하다가 그러면 우리끼리 야소교회당에 가서 혼인을 하자 하더구나. 그런데 야소교에서 성례를 하면 그것은 나중에 이연도 하지 못한데"

이경자는 이 말을 듣더니 금방으로 얼굴에 희색이 나타나며

"그러면 야소교회에 가서 혼인하겠다고 하더란 말씀이지요. 그러니깐 회당에 가서 혼인을 하면 하나님 앞에서 이 두 사람이 부부가 됩니다고 맹세하는 것입니다그려. 그렇게만 해 주면 제 마음이라도 얼마큼 위로가 되겠습니다. 지금까지는 처녀로 실행한 것 같아서 남은 고사하고 제 마음에 부끄러워서 사람을 볼 수가 없어요. 그렇게만 되면 저도 남의 아내란 명목이 있으니깐 조금도 부끄러울 것 없겠습니다"

오정당은 이경자의 한없이 좋아하는 양을 보고 마음에 만족하여

"그러기에 나도 얼마큼 마음이 든든한지 모르겠더라. 그리고 살림하자는 이야기는 그이 말이 너하고 한가지로 있어도 좋겠어도 만일 시골서 아시든지 학교에서 알든지 하면 청문이 사나우니깐 너만 상직꾼이나 하나 얻어서 살림을 시키겠다고 하더라……"

이경자는 한참 생각하더니

"정 그러한 걸 어찌 합니까. 그래도 한 일 년 더 참고 지내보지요"

15

두 사람의 인연을 붙이노라고 남북으로 분주히 돌아다니던 오정당의 운동한 힘이 헛되지 아니하여 오늘날 서병삼의 허락도 받고 이경자의 마음도 적이 위로하게 되었는지라. 오정당은 급히 택일하고 서병삼을 재촉하여 어떤 날 야소교회에서 간략한 예식으로 혼례를 이루었더라.

대저 이 혼례가 정당한 혼례라 일컬을는지 또는 이 혼례를 이루

는 그 속에 어떠한 도덕 없는 일이 품어 있는지 모르리로다. 그러나 다만 이 순실한 이경자는 자기가 비록 야소교인은 아니로되 지극히 존엄하오신 하나님 제단 앞에서 부부의 계약을 맹세함이 가장 신성한 줄을 알았던 고로 이에 이르러 별별 안심함을 얻었으며 또한 마음에 생각하되 이 혼례가 비록 은밀한 중에서 지냈으나 나의 믿는 마음과 든든한 마음은 이에서 더 지나지 못하는 것같이 깨달았더라. 그러하나 이 위로와 안심이 며칠이나 계속함을 얻을는지 극히 위태하더라.

전일 이경자는 서병삼의 견확한 결심만 들은 후에는 고향 부친에게 고하여 나의 한마음 먹은 대로 되리라 생각하였더니 과연 오늘날 혼례를 행한 후에 이르러는 전일에 근심 아니 하던 고향 부친이 허락 아니 하실까 염려 놓이지 아니한다. 그 부친 이기장은 그 딸 경자를 사랑하는 마음이 비할 데 없어 무슨 일이던지 경자의 소청이라 하면 불청하는 일이 없더라. 그러나 이 혼인 일절은 필연 허락지 아니할 듯한 생각이 난다. 실상은 경자가 어렸을 때부터 혼사를 언약하여 두었던 곳이 있다는 말을 경자도 어려서부터 들었던 바이라. 그러나 이 일을 평생 숨길 수도 없는지라. 어느 날이던지 발각되는 날이 있으리니 그 날이나 기다릴까 하는 마음으로 지내 가며 또 이 외에도 부친에게 이 사실을 고하기를 주저하는 일이 있으니 이는 다른 것이 아니라 아직도 서병삼의 마음을 깊이 믿지 못하는 터이니 교당에서 혼례는 이루어 마음은 적이 위로나 남자의 내심은 지금도 자세히 알지 못하여 마음을 편안히 할 수 없어 다만 이로 또 초심하여 어느 때나 이 근심을 놓을꼬 하며 어린 처녀의 작은 가슴을 홀로 태우며 있더라.

"선생님, 시골 우리 아버지께서 허락하지 아니하시면 저는 죽겠다고 하면 설마 못 한다고 하시겠습니까. 그렇지마는 단지 저 양반의 마음을 도무지 알 수 없어서 그렇습니다그려"

"그러게 나는 생각하기를 이렇게 했으면 좋겠더라. 하루바삐 시골 아버님께 기별해서 올라오시면 암만해도 한번이야 야단이 나겠지만 네가 그렇게 결심한 바에야 부모는 어찌하시니. 나중에는 허락하시고 마실걸. 그러면 그때는 아버님께서 서씨를 보시고 부탁하실 터이지. 그렇게 되면 의리로 하기로 서씨가 너를 냉대할 리야 있을 리가 있니"

이경자는 한참 생각하더니

"그도 그럴듯합니다마는 만일 우리 아버지가 올라오셔서 야단이 나면 그 양반은 옳다, 좋다 하고 헤어지자고 할까 봐 그러지요. 그러게 제 마음에는 저 양반의 뜻을 아주 자세히 알아 가지고 하는 것이 좋을 듯해요"

"글쎄, 그럴듯하구나"

이경자는 서병삼의 진심을 알지 못하여 근심하며 오정당은 비록 서병삼의 마음을 유리 붙이고 보는 듯이 아는 바이나 자기가 모두 사이에서 들어 이리한 일인 고로 자기도 또한 이경자에게 기별함을 즐겨 아니 하는 바이라. 아무쪼록 고식지계로 이날저날 보내려고 하는 터이라. 이에 두 사람이 의논한 것이지마는 그 부친 이기장에게는 아직 기별 아니 하기로 결정하였더라.

이경자는 교당에서 혼례를 지낸 후 오정당의 집은 여러 학생들이 왕래하는 고로 점점 만삭되어 가는 모양으로 있을 수 없어 조용한 곳에 따로 집 한 채를 얻어 살림을 시작하게 되었더라.

16

이경자는 서병삼의 말을 좇아 사람의 이목도 번다치 아니하고 깊고 유벽한 곳을 가려 집을 구하매 자연 사직골 막바지 골목 깊숙이 들어가서 초가 팔구 간 되는 집을 구하여 살림을 배처하고 그곳으로 옮았는데 바깥 주선은 오정당이 모두 하여 주고 노파도 한 사람 얻어 상직꾼 겸 더부살이도 두었으니 이경자는 이날부터 신신치 못한 살림을 시작함에 이르렀더라.

가련한 이경자는 지금도 오히려 마음으로는 서병삼을 생각하나 서병삼을 믿는 마음은 전일 이경자가 아니러라.

이제는 무슨 일이든지 그날 자기 실상 뜻이 적음을 의심하며 아내에게 대하여 존중히 여기는 마음이 적은 것을 의심하며 또는 그 마음이 변하기 잘함을 의심하여도 정의 눈물이 적음을 또한 의심한다. 자기는 본래 진심으로 서병삼의 위인을 흠모하여 저와 같은 지혜 있고 재주 있는 남자와 한번 가정을 조직하는 날은 그 쾌락한 즐거움이 무한할 줄 알았더니 실상으로 지내보니 바라던 바와는 다른지라. 그러나 심중에 미혹한 몸은 여러 가지로 다시 돌려 생각하여 그토록 서병삼이 경박 무정한 사람으로는 뜻하지 아니하고 오히려 그 남자에게 칠팔분이나 바라는 마음을 가지고 오늘날 이 세상의 이 괴로움을 후일에 이르러 옛이야기같이 하고 웃을 날이 있으리라고 믿었던 터이라. 남녀 간의 사랑이라 하는 것은 실로 사람의 이목을 어둡게 하는 것이라. 거년 여름에 개성 대흥산성에서 자기의 가슴속에 새겨 있던 맑은 절행을 더럽힌 후로부터 처음 동안은 그 남자를 원망도 하였으나 한번 흰 실에 검은 물이 떨어지면 아무리 씻더라도 전과 같이 흰 빛은 나타나지 못하는 줄은 알지 못하고 다만 생각하기를 비록 이 몸을 더럽혔으나 그 더럽힌 흔적을 씻고 다시 나의 이상(理想)을 실행할 날은 그 남자와 서로 한집안을 조직한 후에 있으리라 하며 사랑에 미혹한 몸이라 미덥지 못한 일을 자기가 스스로 믿으며 든든히 여기고 또한 스스로 나의 마음을 위로하여 지내 왔더라.

이와 같이 전일에는 서병삼을 망령되어 믿어 왔더니 이제 이르러서는 일마다 서병삼을 의심하여 믿는 마음보다 오히려 믿지 못하는 마음이 날로 더하여 간다. 그러나 이경자는 마음으로 축원하기를 아무쪼록 그 남자로 하여금 경박 무정한 사람이 되어 남의 몸으로 하여금 망하여 주는 인물이 되지 않기를 원하며 또는 스스로 힘써 믿으려 함이러라.

이경자는 교당에서 결혼식을 거행하였음을 극히 정당하다 하여 마음에 위로할 길은 얻었으나 이 혼례가 공변된 결혼은 되지 못함으로 인하여 민적을 볼진대 서병삼과 이경자는 전혀 조금도 관계가 없는 사람이라 일컬을지니 그러면 만일 남편에게 버림을 입는 날이 있을지라도 자기는 아내 된 권리를 다툴 힘도 없을 줄 생각이 난다. 그러나 서병삼의 마음이 아무리 썩었다 하기로 몸이 교인 되어 하나님의 제단 앞에서 부부가 됨을 서로 맹세하고 설마 오늘날 이르러 나의 아내 아니라 일컫지 못할 줄로 믿으나 자연히 스스로 고적한 마음이 염두에 나타나며 간혹 보는 서병삼의 행동을 의아히 여길 때마다 한 집을 맡아 살림을 시작한 후로부터는 더욱이 심란하고 고적한 심회 날로 더하며 호부를 물론하고 그중에도 서로 심령을 통하며 의논하는 사람은 비록 멀리 떨어져서 있으나 오정당 한 사람뿐이러라.

오정당도 처음에는 재물이 눈을 가려 이경자를 유인하였으나 지금에는 의리와 인정에 걸려 모르는 체할 수도 없고 이곳으로 살림을 난 후에도 종종 와서 제반사를 모두 보살펴 주는 터이라. 오늘은 마침 일요일인 고로 아침부터 사직골 이경자의 집에 이르렀는데 지금 이경자를 대하여 궐련을 퍽퍽 피우면서

"애, 경자야, 그러니깐 그 양반은 너 이리로 이사 오던 날 다녀가서는 이때까지 한 번도 오지 아니하였단 말이냐"

"예, 아마 요사이 하기 시험이 쉬 된다니깐 그래서 못 오시는 게지요"

오정당은 머리를 득득 긁으면서

"글쎄, 바쁘기에 오지 못하는 것이겠지마는 네가 저렇게 마음을 먹고 있으니 어찌한단 말이냐. 오늘 같은 날은 공일인데도 도무지 오지 아니하니 그런 인정머리가 어디 있겠니"

"그렇지만 이따가라도 오실지 알 수 있습니까"

"너도 너지, 가끔 바가지를 긁으려무나. 너는 사람이 너무 좋기만 해서 이러라면 이러고 저러라면 저러니깐 사나이가 넘보는 것이지. 그러지 말고 가끔 야단을 좀 쳐라. 비꼬기도 하고 뒤받이도 해야지 지수굿하고 날 잡아 잡수시오 하고 있으면 도리어 그 사람의 마음에는 맞지 않는 법이에요"

이경자는 얼굴이 벌게지며

"저는 천성이 이 모양이 되어서 남의 비위 맞추어 가면서 그러할 줄을 몰라요. 그리고 그렇게 하고 싶지도 않고요"

"그러게 못쓴단 말이지. 그 서씨는 본래 난잡하게 놀기를 좋아하는 성품이니깐 네가 아무쪼록 그 비위를 맞추어 가면서 다른 계집에게는 눈을 뜨지 아니하도록 하고 내게만 혹하게 만들어 놓지 아니하면

나중에 후회할 때 있다. 정신 차려라. 서씨는 성품이 그러한데 너는 밤낮 점잖은 부인의 태도만 가지고 있으니 내외간에 뜻이 불합할까 겁나더라. 혼례 이룬 것만 가지고는 믿지 못한다. 내가 대강 좀 가르쳐 줄 것이니 한번 단단히 그이를 만나거든 강짜도 해서 보고 비꼬아서 보기도 하면 그가 필경 좋아할라. 사나이라 하는 것은 여편네가 그렇게 하는 것을 싫어하지 아니하는 법이란다, 흐흐"

이경자는 묵묵히 고개를 숙이고 듣고 있다. 이 몸은 남의 지어미요 몸을 파는 창녀가 아니거늘 이와 같은 추한 권고를 들을 경우에 이름을 내심으로 심히 분하고 원통하여 한다.

17

지금 남대문 정거장에 경의선 열차가 도착하였는데 해는 이미 석양에 이르렀으며 역부는

"난다이몬, 난다이몬"

하며 역명 외는 소리와 승객들은 물밀듯이 찻간으로부터 내려와 정거장 밖으로 향하여 나오는 신발 소리에 지금까지 조용하던 정거장이 불시에 분요한 장터같이 되었더라. 이 여러 승객 중에 오륙십이나 되어 보이는 시골 부인 한 사람이 머리에는 수건을 쓰고 손에는 꾸불꾸불한 철쭉나무 지팡이를 짚었으며 서양목 치마저고리에 풀은 세게 먹여 걸음 걸을 제마다 와삭와삭 소리가 이웃이 요란하다. 그 늙은 부인 앞에는 치마를 쓰고 모로 비슥비슥하며 한 남자에게 붙잡혀서 끌려

가는 젊은 부인 한 사람이 있으니 정거장 밖에 나와서 그 젊은 부인은 미리 기다리고 있던 교군을 타고 늙은 부인과 그 남자는 인력거를 불러 타고 뒤를 쫓아가더니 남대문 들어서서 구리개 병문으로 들어서 대전골 네거리 지나 한 골목을 들어서더니 김 소사라 한 문패 붙은 집으로 일행 세 사람이 한가지로 들어가니 뒤에 따라온 남자는 즉 서병삼이러라.

그 집 주인 김 소사는 일행을 영접하여 안방에 좌정케 하고 한편으로는 더부살이 계집을 불러 장국을 끓여라, 국수를 사 오너라 분별하며

"참, 오늘 올라오신다는 말씀은 사위 양반께 들었습니다마는 차에서 노인이 어찌나 삐쳐 오셨습니까. 언제 떠나셨는지 시장도 하실 것이오. 이 아가씨가 따님이옵니까. 어여쁘기도 하시지"

하며 늙은 부인 옆에 부끄러이 앉아 있는 젊은 부인을 정신없이 쳐다본다. 늙은 부인은 그 딸을 향하여

"그것 끄집어내어라"

하며 다시 김 소사를 향하여

"우리 사위가 여러 해를 두고 댁에서 신세를 지고 있어서 원, 감사하기가 이를 것 없소"

"아니, 천만의 말씀을 다 하십니다. 서 서방은 우연히 연전부터 우리에게 와서 있었지요마는 조석 한 끼 자실 만하게 하지 못하고 이런 말씀을 들으니까 되려 부끄럽습니다. 그 양반이 워낙 얌전하시니까 댁에서 다른 학도들 모양으로 주인을 이리 옮기고 저리 옮기고 하시지 아니하고 한 곳에서만 계시는 성품이야요. 그래서 우리 집에 오신 후 자연 여러 해가 되니까 인제는 숙친이 되어서 한집안 사람같이 흉허물

없이 지내지요. 어떻든지 사위 양반은 잘 얻으셨습니다. 저 아가씨도 남편 양반을 잘 만나셔서 일후에 팔자도 좋으시오리다"

늙은 부인은 그 딸이 봇짐 속에서 조그마한 채롱을 끄집어내어 그 모친 옆에 놓는 것을 다시 그 늙은 부인은 김 소사의 앞으로 밀어 놓으며

"시골서 가지고 온 것은 없고 엿을 조금 고아 가지고 왔소. 아이들이나 두고 주시오"

"아니, 그 천만에, 이것을 왜 다 갖다 주십니까. 불안합니다그려"

이때 서병삼은 교군 삯과 인력거 삯을 모두 치러 주고 다시 안방으로 들어와서 펄썩 주저앉으면서

"장모께서는 미리 기별도 없으시더니 어찌 이렇게 별안간에 올라오셨습니까. 차 속에서 모녀분이만 어떻게 오셨어요. 무섭지 않으셔요. 인제는 장모께서도 개화를 단단히 하셨습니다그려. 저런 젊은 제내자 같은 사람은 불가불 개화를 좀 시켜야겠습니다"

하면서 서병삼은 곁눈질하여 그 젊은 부인을 흘끗 바라보니 그 젊은 부인은 또한 서병삼의 얼굴을 바라보다가 눈이 서로 마주치매 다만 얼굴을 붉히고 고개를 수그린다. 늙은 부인은 서병삼을 쳐다보며

"나도 이 애를 더 좀 데리고 있었으면 좋겠지마는 친정에 온 지도 벌써 일 년이 넘었으니까 출가한 사람이 그렇게 오래 있기도 의외의 일이지. 그런데 요사이로 댁에서 편지가 수차 와서 이번에 자네가 여름에 방학이 되면 내려올 터이니 그편에 며느리도 보내게 하라고 하시기 부랴부랴 데리고 올라온 모양일세. 그러나 자네는 아직 학교 방학이 아니 된 모양인가"

"예, 일간 방학 될 모양이올시다. 방학만 되면 곧 내려갑지요. 그

러면 장모께서는 어떻게 하려고 하십니까"

"나도 딸 따라서 사돈댁 구경 좀 하러 가 보겠네. 지금은 사돈 간에 서로 왕래하는 세상이니깐 성인도 종시속이라니 나도 시속을 좇겠네. 딸을 여기까지 데리고 왔다가 혼자 집으로 내려가기가 정 섭섭하이그려"

"그러하시겠습지요. 제 집까지 참 뫼시고 갔으면 모녀분이 다 섭섭지 않고 좋으시겠습니다. 며칠 서울서 계실 동안은 구경이나 다니시지요. 제가 학교 시험만 없었으면 뫼시고 다니겠습니다마는…… 옳지, 참, 좋은 이가 있습니다. 여기 주인아주머니만 앞을 서시면 저보다 낫게시리 구경시켜 드립니다"

김 소사는 옆에 있다가

"그렇게 하지요. 어려울 것 있소. 내 뫼시고 다니리다. 노자만 많이 내구려"

서병삼은 젊은 부인을 한번 휙 쳐다보며

"여보, 주인아주머니가 저 내 내자도 좀 잘 구경시켜 주시오. 시골구석에만 있어 놓아서 개화를 좀 시켜 보아야 할 터인데, 하하"

늙은 부인은 허허 웃으며

"여보게, 자네가 장가든 지는 오륙 년이 되었어도 자네는 노 서울만 있어서 내외간에도 아마 잘 모르리마는 개화란 말을 하니 나는 내 딸이지만 너무 시체도 따르고 개화를 하려고 해서 큰 걱정일세"

하며 자기 딸의 얼굴을 들여다본다. 젊은 부인은 앉아서 앞만 내려다보고 있다가 얼굴을 찡그리며

"아이, 어머니는 또 망령을 피시네"

하며 부끄럼을 머금는다. 서병삼은 껄껄 웃으며

68

"그러면 더 좋지요. 요새 세상은 남녀 없이 완고해서는 못씁니다"
하며 서병삼은 무한히 기꺼운 빛이 얼굴에 나타난다.

18

서병삼은 지금으로부터 칠팔 년 전 열 삼사 세 때에 이미 이 여자
와 혼례를 이루었으며 그 후로 서병삼은 경성에 올라와서 유학하므로
내외간에 서로 친근히 이야기하여 본 일도 없으며 서로 얼굴도 의희할
지경이라. 그 장인 되는 사람은 권 진사라 하는데 황해도 황주 지경에
서 농업으로 살다가 권 진사는 다만 무남독녀를 십 세 때에 귀여워하
던 딸도 돈연히 잊어버리고 자는 듯이 이 세상을 영결하매 과거한 모
친이 어려운 살림에 삼년초토를 간신히 지내고 권 진사 재세하였을 때
에 서병삼의 집과 서로 언약하였던 혼사를 급급히 이루니 그때는 신부
나 신랑이나 다 미거한 아이들이라. 그러므로 신가에서는 친정으로 흔
히 보내어 홀로 있는 그 모친도 위로케 하며 또 아직 어리다 하여 제반
일을 다 더 배워 가지고 오기를 위함이러라. 이 여자가 점점 자라 나이
이십에 이르매 용모와 재질이 또한 남을 부러워하지 아니할 만하여 귀
에 듣고 보는 대로 남과 같이 쫓아가고 조금이라도 양보하지 아니하며
또는 협하고 암상스러운 성질은 있으나 외양으로 보기는 사근사근한
계집다운 여자이라. 그러하나 눈가에는 적지 아니한 암독이 은은히 보
이더라.
서병삼은 이 여자와 서로 어려서 보았더니 오늘날 또한 서로 장

성하여 만나니 전일에 보던 여자가 아니요 그 어여쁜 태도와 아름다운 얼굴은 진짓 사람을 놀랠지라. 그 외에 또 성품이 씩씩하여 전일에는 부모 슬하에서 서로 수문수답도 없었더니 오늘날은 그 남편 되는 서병삼에게 척척 분 내며 또는 그 남편의 뜻을 맞추어 가며 친절히 구는지라. 여러 달 동안 이경자의 다소곳하고 속으로만 정을 두고 겉으로는 범연히 하는 듯한 새로 신정한 부부의 정의로 지내는 서병삼과 같은 방탕한 사람의 뜻에는 서로 맞지 아니할 뿐 아니라 의외에 수태하매 그것을 처치하기에 근심하여 자연히 그 사람에게는 애정이 점점 엷어 가던 서병삼은 홀연히 이와 같은 세상에 다시없는 듯한 아내를 만나매 기꺼운 마음을 비길 데 없어 서로 주거니 받거니 하며 내외간 금슬도 별안간에 야단이 되었더라.

이러구러 며칠을 지내매 서병삼은 정신이 전혀 권씨에게만 빠져 이경자가 사직골 있는 줄도 거의 잊어버릴 지경에 이르렀으며 권씨는 그 집 주인 김 소사와 매일 장안 유명하고 구경할 만한 곳은 일일이 구경하고 돌아와서는 그 남편 되는 서병삼과 이야기라.

"오늘은 또 무슨 구경을 했소. 시골 사람이 서울 처음 오면 남대문 보고 절을 해야 하는 법인데 절이나 했소"

권씨는 서병삼의 얼굴을 물끄러미 쳐다보며

"나는 아주 천치로 아나 보구려. 아이고, 아니꼬워. 누구는 서울을 얼마나 오래 있었다고……"

"내가 틈이 있으면 좀 데리고 다니면서 구경을 시켜 주련만. 나를 따라다니면 별별 좋은 것이 다 있지만"

"아이, 그만두시오. 나도 그만하면 구경 다 했어요. 내일은 경복궁 구경을 할 터이니깐 그것만 하면 서울은 다 본 셈이지요"

서병삼은 껄껄 웃으면서

"공연히 너무 또 돌아다니지 마오. 못된 사나이들이 뒤좇았으리라, 하하하하"

서병삼은 권씨가 자기의 성미를 맞추어 난잡히 수작도 하며 기롱도 하여 만수받이를 다시없이 하는데 한없이 기꺼워하더라.

19

이경자가 사직골 가서 살림 시작한 지가 벌써 수삼 삭이 되었는데 백화는 떨어져 다 진하고 녹음이 성하여 초하 일기가 되었도다. 이경자는 팔구 삭이나 된 태복이 점점 불러 와서 현연히 사람의 눈에 띄게 되었으니 이경자는 남 보기가 부끄러워 호정출입 외에는 문밖을 나지 아니하고 좁은 집안에서만 날을 보내더라. 서병삼도 살림을 처음 시작하였을 때에는 닷새에 한 번도 오고 이레에 한 번도 오더니 요사이로는 십여 일 동안이나 도무지 소식이 끊겼더라. 전일에는 서병삼의 위인이 단정하고 미더운 일만 보이더니 점점 날이 가고 달이 가서 지내볼수록 그 사람의 신상에 결점만 나타나며 더욱이 남편 된 사람의 위엄과 믿음이 조금도 없으며 또는 아내라 하는 것이 한 집안을 다스려 가는 데는 크게 관계있고 소중한 줄을 전연히 모르고 있는 모양을 심히 분하고 절통히 여겨 전일에 깊이 생각지 못하고 내 몸을 경솔히 허락하였음을 뉘우치나 밎지 못할 일이라. 이제 몸이 이 지경에 이르렀으니 연래로 먹어 오던 이상은 벌써 바라지도 못하게 되었거니와 이런 이상에는 다만 남편의 버림이나 입지 아니하기를 바라는 것이 오히려 여자의 행실일까 하여 마음으로 깊이 결단하는 그중에는 첫정이 오히려 다 없어지지 아니함을 알러라.

여학교에서 활발한 기상을 기르던 이경자가 한번 남녀 간 애정이라 하는 물건에 사로잡힌 바가 되더니 전일에 보던 이경자는 다시 구할 수 없으며 난잡히 놀기 좋아하는 서병삼은 이로 인연하여서도 얼마큼 사랑을 감하였더라. 하물며 요사이는 더욱이 천사만려에 몸이 잠겨 마음으로부터 웃고 흥이 나는 날은 적어지는지라 변하기 쉬운 사나이의 마음이 재미없이 알기도 쉬운 일이러라. 그러나 이경자도 전혀 그러함을 모르지 아니하는 고로 서병삼의 앞에서는 강잉히 쾌락한 기색을 내나 마음을 좇아 나오지 못하는 고로 도리어 민망할 때도 있으니 서로 만날 제마다 정이 깊어 가지는 못하고 요사이는 점점 사이가 멀어 가는 듯하게 생각이 된다.

그러나 아내 된 사람이 그 남편에게 향한 마음이야 항상 경경하는 터이라. 서로 남북에 헤어져 있으므로 며칠 소식을 몰라도 궁금한 생각에 어떠한 때는 서병삼의 기숙하는 처소까지 찾아갔던 일도 있었으나 서병삼은 갈 제마다 오는 것을 불긴히 아는 모양이라. 그러나 내 몸이 이미 그 사람의 아내 되었거늘 남편의 안부를 묻고자 하여 찾아오는 것이 무슨 잘못함이 있으리오 하며 스스로 믿으며 그래도 이경자는 자기의 지위가 날로 위태하여 가는 것을 알지 못하고 이 복중의 아이만 나오는 날은 서병삼의 마음도 그로 인하여 잡을 수가 있으리라 하여 또한 스스로 위로하더라.

서병삼이 자기의 기숙하는 처소로 이경자가 오는 것을 싫이 여겨 오지 아니하도록 말하니 이는 학생 있는 집에 젊은 여자가 자주 내왕하면 바깥 청문이 괴이하다 하여 하는 말이나 이경자는 부득이한 일이 있고 서병삼을 볼 수 없고 하는 때는 하릴없이 찾아오는 터이라. 전일에도 이경자가 서병삼을 수삼 차 찾아왔으나 요행히 좋은 기색으로만 지냈더라. 그러므로 오늘도 여러 날 소식도 못 들어 궁금한 마음에 겸하여 볼일이 또한 있으므로 이경자는 사직골 내 집 대문을 나서 서병삼이 있는 죽동을 향하여 나섰더라.

꽃 송아리같이 화려하던 얼굴이 적이 수척하였으나 도리어 단아하며 아름다움이 더한 듯하여 속발로 쪽 찌었던 머리는 요사이 다시 내려 뒤로 쪽 찌고 수복 파란 놓은 비녀를 꽂았으며 귀이개와 국화잠하나를 찔렀으니 수수한 태도는 더욱이 아름다움을 한층 더 높이 보이더라.

20

이경자는 무거운 몸과 똥똥한 배를 남 뵈는 것이 부끄러워 인력거를 타고자 하나 몸이 울리면 복중 아이의 몸에 해롭다 하므로 부득이하여 치마를 내어 쓰고 서병삼의 우거하는 죽동 김 소사 집으로 향하여 온다. 이경자는 길에 오면서도 생각하기를 혹시 이 양반이 출입이나 하지 아니하였을는지 또는 손이나 와서 좌석이 분요나 아니한지 또 만삭한 몸으로 멀리 걸어왔다고 꾸짖지나 아니할는지 백 가지로 염려를 하면서 그럭저럭 김 소사 집에 이르렀는지라. 치마를 벗어 들고 대문에 들어서니 집안이 다 조용한데 다행히 건넌방에는 다만 서병삼이 책상을 향하여 홀로 앉았는지라. 마당에서 신발 자취 남을 듣고 고개를 돌려 이경자의 얼굴을 보더니 별안간에 눈살을 잔뜩 찌푸리며 혀를 끌끌 차더니

"글쎄, 왜 이렇게 가끔 온단 말이오. 그거 원, 이르는 말도 퍽 아니 듣는구"

하며 말하는 눈치가 대단 불긴하여 하는 모양이라. 이경자는 서병삼이 기색이 잔뜩 찌푸린 것을 보매 무슨 소리나 지르지 아니할까 염려하며 마루로 올라와서 조용히 방으로 들어가 앉으며

"자주 이렇게 찾아오지 말라고 하신 말씀이 있었지요마는 요사이 십여 일 동안은 소식이 없으시길래 혹시 무슨 병환이나 나시지 아니하였는가 하고 염려되고 궁금한 마음에 꾸지람 들을 줄 알면서도 찬찬히 왔어요. 그리고 다른 의논할 일도 있어서……"

"요새 며칠은 학교 시험으로 해서 골몰하여 놓으니까 어디 찾아갈 틈이 있나. 그렇지만 며칠 동안 오지 아니한다고 걸핏하면 툭툭 튀어나오니 남이 보면 학생에게 젊은 여편네가 종종 찾아온다는 소문이 나면 내 모양의 창피한 것은 어찌하라고 그리하오. 그뿐인가, 제일 내 몸을 생각해야지. 지금 만삭된 몸을 해 가지고 가만히 들어앉았어도 괴로울 터인데 몸을 운동을 하여 아이에게까지 해롭게 한단 말이오"

"그래도 남들의 말은 가끔 조금씩 행기하는 것이 좋다고 하길래……"

"어, 참, 답답한 사람이로고. 행기라는 것은 집 근처에서 잠깐씩 운동하여 보는 것이지 사직골에서 이 남촌까지 십 리나 되는 데를 행기한다는 데가 어디 있단 말이오"

"예, 이후에는 아니 오지요"

하고 이경자는 풀이 하나도 없이 앉아 시름없이 대답하는 양을 서병삼은 바라보며

"의논할 일이 있다니 무슨 일이란 말이오. 살림살이 일일 것 같으면 나는 듣지도 아니하겠소. 게서 마음대로 할 것이지 나더러 말할 것도 없소"

이경자는 서병삼을 쳐다보며

"집안 살림 의논이 아니라 일전에 시골 우리 아버지께서 편지를 하셨어요"

서병삼은 놀라는 듯이

"아, 장인께서…… 그래, 무엇이라고 하셨더란 말이오"

"이번 하기휴가에는 집에 내려와 다녀가라고 하셨어요. 그런데 만일 아니 내려오면 당신이 올라오시겠다고 하셨는데 하기 방학도 며칠 아니 남았으니깐 간다든지 못 간다든지 좌우간 답장을 해야지요. 이런 이야기는 당초에 말씀을 하지 아니하여서 우리 아버지는 이때지도 내가 학교에 다니는 줄만 알고 계신데 이 일을 어찌하면 좋을까요"

하며 벌써 눈에서는 눈물이 가득하여지며 고개를 수그린다. 수그린 고개 백설 같은 목뒤에 삼단 같은 머리를 얌전히 쪽 찌고 은비녀, 귀이개 꽂은 모양을 서병삼은 한참이나 들여다보다가 다시 음성을 유순히 하여

"내가 우리 부모께 말씀 못 하는 것과 마찬가지니 난들 어찌할 수 있소"

"만일 아무 소리 없이 있으면 우리 아버지가 올라오실 터이니 어찌해요"

"장인께서 올라오시면 그것은 그때 일이지 지금부터 걱정할 것

은 없소"

"아니, 그게 무슨 말씀이요. 서방님은 그렇게 예사로 생각하셔도 내 몸이 되어서 생각을 좀 해 보시오"

"그때 당하면 나도 또 무슨 다른 도리가 있지"

서병삼은 차라리 이경자의 부친이 올라와서 이경자와 자기의 관계를 끊고 데리고 내려가기를 은근히 축원하는 터이라. 서병삼은 이경자에게 대한 정이 전혀 없어진 것은 아니로되 그 성품이 너무 진정함과 또는 의외에 수태된 일로 인연하여 장래까지라도 이경자와 관계를 끊지 못할까 하는 여러 가지의 염려로 하여 오히려 일찍이 그 싹을 꺾어 버리고자 함이라.

이경자는 항상 서병삼의 마음을 의심하는 터이더니 이제 자기의 부친이 올라온다 하여도 조금도 겁내는 모양이 보이지 아니함을 보건대 과연 나에게 향한 마음이 적은 줄을 알겠는지라. 스스로 생각하되 만일 그대가 이와 같이 마음이 달리 들어갔을진대 나도 상당히 조처할 일이 있다 하는 듯이

"서방님께서는 무슨 의견이 계신지 몰라도 나는 벌써부터 한마음 먹은 일이 있소. 우리 아버지가 올라오셔도 상관없다고 하실 것 같으면 나도 걱정할 것 없소. 우리 아버지가 올라오시면 나를 데려간다고 하실 터이니 그때는 내가 죽기로 결단하고 벌써 혼인까지 지냈으니깐 죽어도 다시 다른 곳으로 가지는 못하겠다 하면 우리 아버지도 허락 아니 하실 리 없지요. 내가 원하는 일은 물론모사 하고 아니 들어 주시는 일이 없는데 하필 이 일에만 아니 들어 주실 리가 있을까요. 그렇게 되면 나는 도리어 일이 폐고 마음도 편안하겠소. 큰 짐이나 벗어 놓은 것 같아서"

서병삼은 이 말 한마디에 겁이 덜썩 난다.

21

서병삼은 난처해 하는 기색이 나타나며 고개를 기울이고 침음하더니

"글쎄, 나중 결과가 아무렇든지 우리가 서로 헤어지지 않도록 되었으면 다행하련만 만일 장인께서 올라오셔서 억지로 그대를 끌고 내려가실 지경이면 나는 닭 쫓던 개를 쳐다보기지 쓸데 있나. 며칠 아니 있으면 나낳을 어린아이의 얼굴도 보지 못하게 되면 어찌하오. 나는 제일 그것이 걱정이야"

하며 얼굴에는 심히 근심하는 빛을 나타낸다. 그러나 그 근심하는 모양이 실상 근심이 아니라 외양으로만 억지로 지어서 하는 근심이니 이경자도 대강 그 기색은 짐작한다.

"그러면 어찌하면 좋겠소. 예, 예, 서방님"

서병삼은 유순한 말로

"그것은 어떻게든지 해서 아무쪼록 장인께서 올라오지 아니하시도록 해야지. 어린아이가 나온 후에는 또다시 다른 계교가 있을는지도 모르겠지마는 지금 당해서는 장인이 올라오셨다가는 나는 또 딴 걱정이 하나 더 생길 터이니까 하는 말이야. 그 말은 다른 말이 아니라 그대가 예사 몸과 다르고 태중으로 있을 뿐 아니라 만삭이 되어 가는데 만일 야단이 나서 시골로 데려가느니 걱정을 듣느니 하면 잉부의 몸에

대단 해로운 일이 있는 것은 의학상의 정하여 놓은 일이니까 그 결과
가 대단 좋지 못할 터이니 잉부가 몸이 성치 못하면 어린아이까지 그
해를 입는 법이야. 그러하니깐 아무쪼록 여기서 시골로 내려가지도 아
니하고 장인께서도 서울로 올라오시지 아니하도록 일을 꾸며야만 한
단 말이야. 그러니깐 그것은 무엇이라든지 꾸며 대서 속이려면 쉽지.
하기 방학 동안에 강습회가 있다든지 그렇지 아니하면 학교에서 시골
로 수학여행을 간다든지 무엇이라든지 거짓말로 꾸며 대려면 많으니
시골로 곧 편지를 하게 하오"

"그렇지만 무엇이라고 답장을 한단 말씀이오. 곧 답장은 해야만
할 터인데요"

서병삼은 버럭 소리를 지르며

"글쎄, 그것이 무엇이 어렵단 말이오. 지금은 답장에 말하기를 하
기 방학에는 곧 내려가겠노라 하고 그 임시해서 별안간에 못 내려간다
하면 일이 되지 아니하겠소"

서병삼은 내념에 생각하기를 후일에는 그 여자와 한가지로 동거
하지 아니하리라 하였으나 어찌하면 감정 아니 나고 묘한 계책을 써서
비록 거짓으로 맺은 인연일지라도 끊어 버릴꼬 하여 임시응변으로 인
순하여 가는 터이라. 이경자는 서병삼의 말을 들으매 태중에 근심을
하든지 놀라운 일을 당하든지 하면 산모와 산아가 서로 다 해롭다 하
는 말에 그럴 듯이 여겨 내념에 생각하기를 부친의 상경함을 막으려
하였더라.

"그러면 아버지께서는 아무쪼록 아니 올라오시게 하지요. 그리
고 또 다른 의논도 할 말도 많이 있는데……"

하며 이경자는 소리 죽은 목소리로 무슨 말을 다시 하려 한다. 서

병삼은 처음 기색보다는 전연히 달라지고 극히 화평한 음성으로 허허 웃어 가며

"글쎄, 여보, 또 시름없는 사람같이 풀이 하나도 없이 무슨 생각을 하고 있소. 무슨 근심이 있더라도 마음을 좀 눅여서 가지고 기운을 씩씩하게 가지오. 밤낮으로 근심과 여러 가지 생각만 하고 있으면 첫째 몸에 해롭소. 이렇게 왔을 때라도 좀 웃어 가며 화평한 얼굴을 보여 주구려. 밤낮으로 지그르 하고 끓이고만 지내지 말고, 응, 안 그렇소?"

이경자는 고개를 번쩍 들며

"흐흐, 정말 나도 그러할 줄을 모르는 것이 아니에요. 나도 그러한 줄을 알지마는 본래 성품이 그 모양이니깐 어찌해요"

"아니―, 그것은 성품이랄 것이 아니라 이것은 자기가 자기의 고생과 근심을 구해서 사는 셈이야. 그러지 말고 마음을 좀 열쳐 먹고 있소. 사람이라는 것은 그날그날만 재미있고 유쾌하게 지내는 것이 제일입니다. 젊어 있을 때는 두 번 오지 못하는 것이니 그동안 마음대로 잘 놀아 볼 것이지 공연히 쓸데없는 세상 절차에 얽매여서 저 하고 싶은 마음을 억지로 서려 담고 고생으로 세상을 지내는 것같이 어리석은 일은 없어. 나는 제 마음대로 천성 타고난 대로 지내는 것이 첫째인 줄로 아니깐―. 사람이 억지로 만들어 놓은 그 불완전하고 되지 못한 도덕이니 윤리니 하는 것으로 사람을 속박하려 하는 것은 참 틀린 인사지―. 우리는 그런 일은 아주 대기야. 가령 말할 지경이면 사람의 연애라 하는 것은 역시 정욕에서 나오는 말인데 그 정욕이라 하는 것은 사람뿐이 아니라 이 세상에 살아 있는 모든 동물은 다 일반으로 있는 것이요 또 연애의 나중 목적인즉 사람과 동물을 구별할 것 없이 다 마찬가지거늘 이 세상에서 말하기는 사람의 연애는 신성하니 무엇하니 하

면서 공연히 말을 지어 가지고 하는 것은 참 우습더라. 그러하기에 남녀 간 관계라 하는 것도 한갓 정욕에서 지나지 못하는 것이야……"

하며 한참 설명을 하더니 졸연히 깜짝 생각이 나는 것같이

"하하, 공연히 쓸데없는 딴소리만 하였고. 지금 기다랗게 한 소리는 어떠하든지 간에 사람이란 것은 이 세상에서 재미있게 지내지 아니하면 오히려 틀린 일이야. 하나님이 처음으로 사람을 내실 제 결단코 걱정 근심으로 일생을 지내라는 것이 아니라 아무쪼록 재미있고 유쾌하게 살라고 내신 일이니깐 부인도 아무쪼록 덜렁덜렁하게 마음을 가지고 근심으로 지내는 버릇을 좀 버리오"

그러나 이경자는 자기의 원래로 먹어 오던 마음과는 전연히 반대되는 극히 추루한 언사를 다른 사람도 아니요 나의 친근하고 바라고 믿는 남편에게 듣는 생각을 하건대 하도 기가 막혀 무엇이라 대답할 방침을 모르고 다만 고개를 숙이고 묵묵히 앉아 있는데 밖으로서 사람의 신발 소리가 나며 마당에 사오십 된 늙은 부인 두 사람과 한 이십 세 된 여자 한 사람이 썼던 치마를 제가끔 벗으면서 들어오더니 건넌방에서 남녀 두 사람이 상대하여 무슨 이야기를 하다가 문득 그치는 모양이라. 그 젊은 여자는 그 모양을 보고 홀연 눈초리가 이상스러워지며 늙은 부인 한 사람은 빙그레 웃고 삼 인이 모두 마루로 올라와 안방으로 들어가니 한 부인은 서병삼의 장모요 또 한 부인은 그 주인 노파요 젊은 부인은 서병삼의 부인이니 오늘도 장안 구경차로 삼 인이 나섰다가 이제 집으로 돌아옴이러라.

22

지금 밖으로서 들어온 젊은 부인은 가장 친절히 앉아서 이야기하는 서병삼과 교태를 머금고 다소곳하고 있는 이경자의 모양을 보았을 때에 영민한 뇌수는 홀연히 일종 감응을 전하여 무럭무럭 치미는 듯한 질투의 화염이 불 일듯 일어난다. 이경자도 그 젊은 부인의 기색을 살피매 비록 자세한 이허는 알지 못할지라도 자연히 그 사람이 내 몸에 유익치 못한 사람같이 싫은 생각이 흉중에 왕래함을 깨닫겠더라.

젊은 부인은 안방으로 건너가서 세 사람 사이에 무슨 의논이 있었던지는 모르거니와 그 부인은 옷 갈아입을 사이도 없이 건넌방으로 건너와서 억지로 목소리를 나직이 하여

"여보, 서방님, 나 들어가도 상관없겠소? 손님이 오셨나 본데……"

하는 목소리가 목소리는 비록 나직이 하였으나 어투는 이상스러이 비양스럽게 하는 눈치라.

서병삼은 간신히 기색을 천연히 하여

"아, 들어오구려. 마침 잘 왔소. 그대 친구도 여기 한 분이 와서 계시니……"

젊은 부인은 이경자를 눈초리로 슬쩍 흘겨보며 방 안으로 들어가더니 서병삼의 옆에 가서 펄썩 주저앉으며 두 사람의 기색을 유심히 살펴보는데 이경자도 또한 두 사람 사이에는 하등 비밀한 관계가 있는 듯이 서병삼과 젊은 부인의 얼굴을 자주 바라본다.

서병삼은 두 사람의 적국이 서로 마주쳐서 앉아 있으매 그 사이에서 무슨 풍파가 일어날지 마음이 졸여 얼핏 꾸며 대어 흐지부지하

려는 생각으로 시치미를 떼고 그 젊은 부인에게 향하여

"이 양반은 나의 막역으로 지내는 친구의 부인이신데 이경자 씨라고 하는 양반이오. 내가 일상 이 어른 댁에 가서 노상 누를 끼친 일도 많고 신세도 많이 졌지요"

하며 또다시 이경자를 향하여

"여보시오, 이 사람은 나의 의누이올시다. 노상 시골서만 살다가 일전에 서울 구경도 할 겸 하여서 올라왔다가 지금 내 주인집에서 같이 묵고 있는 중이오. 두 분이 다 정다이 지내 주시오"

이경자는 마음속에는 의심이 가득하나 간신히 숨기고 온순한 말로

"예―, 아, 그러하셔요. 오늘 참, 처음 뵈옵습니다그려"

젊은 부인은 어디까지든지 불쾌한 언사로

"참, 인제 만나기가 늦었구려. 서방님께서는 늘 댁에 가서 신세를 끼친다니 너무도 불안하고 감사하오"

이경자는 내념에 헤아리되 저 여자가 만일 그 남편의 하던 말과 같이 의로 맺은 남매간일 지경이면 오라비와 누이 간에 언사와 행동이 이와 같지 아니할 것이요 또는 그 여자의 나를 대하여 하는 언사 중에는 바늘 끝 같은 날난 가시가 품어 있는 것같이 은연지중에 발표가 된다. 젊은 부인도 또한 생각하되 그 남편이 친구의 부인이라 소개는 하였으나 친구의 부인이 무슨 일로 그 남편의 친구를 홀로 찾아왔을 이유도 없을 뿐 아니라 얼굴의 화려함과 태도의 어여쁜 것이 그 젊은 부인에게 대하여는 무한한 가슴에 요동을 일으킨다. 황차 그 여자의 가슴 아래를 살피건대 평인의 몸이 아니요 완연히 태중의 만삭된 사람이 적실한지라. 그 부인은 이리저리 생각하매 홀연 질투의 화염이 삼천

장이나 솟아오를 듯이 일어나며 시기스럽고 미운 마음이 진정키 어렵다. 만일 저 여자가 나의 생각 먹은 바와 같이 부합할 것 같으면 내가 그 계집의 피를 마시고 고기를 씹어도 오히려 싫지 아니하리라고 생각하였더라.

서병삼은 두 여자 사이에는 벌써 바람과 물결이 일어나기 시작함을 보고 아무쪼록 평화를 보존할까 하여 얼굴이 푸르락붉으락하며 묵묵히 앉아서 두 무릎 위에 두 팔꿈치를 올려놓고 치마끈을 돌돌 말다가 확 폈다 하며 눈에는 노기 반 울음 반이 섞여서 우연히 뜰 앞을 내려다보고 있는 젊은 부인을 바라보며

"왜 그렇게 덤덤들 하고 있소. 두 부인이 재미있는 이야기나 하고 놀아 보구려"

젊은 부인은 별안간에 꼭 지르는 목소리로

"나 같은 시골 년이 재미있는 이야기를 알아야 하지…… 저런 아씨는 서울 양반이니깐……"

하며 말끝을 다 아물리지 못하고 목소리가 떨리더니 고개를 숙이고 치마꼬리로 눈물을 씻는다. 이경자는 그 말에

"아니, 그 양반이 왜 나를 가지고 그러실까. 나도 시골 계집이올시다"

서병삼은 가만히 그 형편을 살피건대 도저히 일이 온전치 못할 줄 알고 계획을 잠깐 생각하여 모피코자 이경자를 향하여 말한다.

"아, 그 사람을 보려 하면 벌써 시간이 늦지 아니하였겠소. 어서 가 보시오. 시간이 지나면 볼 사람을 보지 못할 터이니 어서 일어서시오"

하며 서병삼은 경자를 재촉하여 돌아가기를 말한다.

23

두 부인은 서로 반신반의(半信半疑)하는 중이라. 그 젊은 부인이 아무리 성질이 경솔하기로 다만 의아한 데 지나지 못하는 일을 구두에 올려 서로 말다툼을 하기도 어려우나 다만 눈에는 서로 용서치 못하는 기색이 보이며 언어 하는 가운데는 은연히 날카로운 칼날이 품어 있을 뿐이라.

이경자는 연약한 몸에 넘치는 고생과 근심의 무거운 짐을 지고 마음에 심히 꺼리고 염려되는 남녀 두 사람을 남겨 두고 하릴없이 그 집을 나서 나의 집을 향하여 돌아온다.

이경자가 수심에 싸여 작별하고 떠나가는 뒷모양을 대문 밖 나설 때까지 바라보고 있던 젊은 부인은 이제 비로소 가슴에 가득하던 말을 남편 앞에서 설파코자 하여 서병삼의 앞으로 무릎을 바싹바싹 내밀고 앉으면서

"여보, 서방님"

"아이고, 깜짝 놀랐구면. 별안간에 그건 무슨 소리야"

"왜 이렇게 시침을 뚝 떼고 이리하오. 더 밉살스러워 못 보겠네"

서병삼은 무슨 일인지 모르는 듯이

"무엇이라는 소리야. 그러면 언제는 나를 예뻐하였습더니까"

"공연히 그렇게 시침 따고 말하실 게 아니라요. 잠깐 여쭈어 볼 말이 있어서 그리하는 말이야요"

"응, 나더러 물어볼 말이 있다 하는 말인가. 무슨 말이오. 어서 하시오. 내가 알 만한 일이면 묻는 대로 다 대답하지"

젊은 부인은 진정으로 성난 얼굴을 하며

"남은 애를 써서 말하는데 그렇게 농판으로 말씀하실 것이 아니야요. 그런데 지금 여기 와서 앉았던 여편네는 도대체 웬 여편네요. 그런데 처음 아시기는 어찌해서 알았더란 말이오. 그 말대답 좀 하여 주시오"

서병삼은 허허 웃으며

"별안간에 그 말은 왜 물어, 쓸데없이. 또 무슨 생각을 가지고 하는 말인지 모르겠네그려"

"글쎄, 쓸데 있든지 쓸데없든지 묻는 말 대답만 해 주시구려. 나는 시골서 농토에 파묻혀 있던 못생긴 년이니까 알아듣도록 말씀해 주시면 그만이지요"

하며 눈에는 눈물을 머금고 얼굴에는 암상이 가득히 올랐으나 한편으로는 사나이에게 원정을 하는 듯하여 그 가운데로 가련하고 어여쁜 태도가 있는 듯이 서병삼은 이윽히 바라보고 웃음을 머금으며

"내게 여편네 손님이 좀 왔기로 그다지 몹시 질문할 것이야 무엇이오. 아니 내가 그 여편네하고 무슨 관계나 있어서 찾아온 줄로 알고 그러나, 하하하. 나 원, 우스워 못 견디겠네"

"글쎄 관계야 있든지 없든지 간에 묻는 말이나 대답하셔요"

"아, 그러하지, 어려울 것 있나. 어찌하여서 서로 친하였느냐 할 지경이면 막역간으로 지내는 친구의 부인이니까 혹시 통내외하고 친밀히 교제하기도 예사가 아니오"

"친한 친구의 부인이면 혹시 통내외하고 보기도 하겠지마는 그래 꽃 같은 젊은 여편네가 남의 사나이 있는 처소에를 찾아오기부터도 염문인데 더구나 저 혼자 하인 하나도 아니 데리고 온단 말이오. 서방님으로 말하더라도 그렇지요. 친구의 부인이라면서 넓은 방 안에서 따

로따로 앉아서라도 넉넉히 이야기를 할 터인데 고렇게 옆에다가 바싹 끌어다가 앉히고서 무슨 이야기를 그렇게 재미있게 하셨소. 그러다가 별안간에 내가 쑥 들어오니까 깜짝 놀라기는 왜 하시오"

서병삼은 더욱이 웃기를 마지아니하며

"이건 공연한 책망을 이리 하네그려. 친구의 부인이라도 볼일이 있으면 찾아오기도 예사지. 옆에다가 바싹 끌어다 앉혔다 하니 그것은 이상스러운 마음에 억지로 그렇게 본 것이지 내가 이렇게 예쁜 아내를 두고서 왜 다른 꽃에다가 손을 댈 리가 있소, 응, 글쎄"

하며 손으로 부인의 무릎을 탁 친다. 그러나 부인은 일향 한 모양으로

"암만해도 나 같은 년은 의심 많고 샘 많은 년이니깐 자세히 알기까지는 물어볼 테야. 그 친구라 하는 이는 무엇을 하는 이요?"

"글쎄, 그렇게 자세히 물어서는 무엇에 쓰려나. 나하고 막역으로 친한 사람……"

"글쎄, 그 말은 알았어요"

"알았으면 그만둘까"

"옳지, 그렇게 엉벙 해서 넘기려고. 글쎄, 그 남편 되는 이는 무엇을 하는 사람이냐 말이야요"

"제, 의원 노릇하는 사람이야. 성은 최가요 나하고 정말 막역 친구지……"

"아따, 친구 소리는 퍽도 내세우네. 그런데 어디서 사는 이란 말이오"

"사는 데까지는 알아서 무엇 하오. 살기는 저— 수구문 안 근처 산다오"

"그래서 무슨 일로 왔어요"

"일부러 나를 찾아보러 온 것이 아니라 마침 이 근처까지 오는 길이 있으니깐 그 남편 되는 이의 전갈을 전하려고 왔던 길이야"

"그런데 그이가 아이 뱄습디다그려. 배가 곧 크던걸"

"배가 부르던가. 나는 정신 차려 보지 아니했어, 응—"

"또 시침 딴다. 여간 큰 게 무엇이오. 지금이 아마 만삭인갑디다. 그래서 서방님께 무슨 의논차로 온 모양이던데 그래요. 그 여편네 하는 양이라든지 서방님을 흘금흘금 보는 눈치라든지 암만해도 친구의 부인은 아니야요. 가끔가끔 나를 쳐다보는 눈길에는 바늘 끝 같은 독살이 잔뜩 들었던데요"

서병삼은 그 부인의 힐문이 긴급하므로 적이 염려가 되는지 실없이 하던 얼굴을 고치고

"그야말로 이오지심으로 탁타인지심이로고. 자기가 언어와 눈치에 바늘 끝 같은 독살을 품어 가지고 말을 하고서 남더러 공연히 그런 말을 하여. 아까는 설왕설래에 트집 잡듯이 말하기에 나는 그 부인에게 대해서 어찌 불안한지 모르겠습디다. 그것은 다 무슨 짓이야. 그대만 하더라도 점잖은 부인이 처음 보는 손님에게 그게 무슨 언사란 말이오. 남의 부인은 고사하고 아이를 배서 만삭된 여편네에게 손을 댈 미친놈이 어디 있단 말이오, 글쎄"

젊은 부인은 무슨 생각을 하였는지 눈물을 뚝뚝 떨어트리면서

"응, 그렇지요, 나는 시골 년이니깐 의심도 많고 샘도 많은 년이오. 점잖은 부인이 다 무엇이오. 행실도 못 배우고 미친것 같은 년이. 그러니깐 남의 눈에도 들지 못하고 소박이라도 맞지요. 아까 부인네같이 점잖고 얌전할 수야 있소. 아이, 분해……"

하며 치마로 얼굴을 가리고 푹 엎드려서 느껴 가며 체읍한다. 서
병삼은 이러하게 난잡히 하는 계집을 즐겨 하는 성질이라. 가만히 그
부인의 뒤로 돌아가서 엎드려서 울고 있는 부인의 겨드랑이를 꾹 찔러
간질이며

"글쎄, 왜 이리하여. 못생긴 짓도 다 하네. 안방에서 장모 들으시
네. 어서 일어나오"

24

이경자가 서병삼의 처소에서 떠나 자기의 집을 향하여 돌아오며
노상에서 그윽이 생각한다. 현재에 목전에 당한 고생과 근심도 벌써
이런 약한 몸에 넘치거늘 지금 만나던 그 젊은 부인이 필연코 나의 적
국의 사람을 얻음이 분명하니 이후로는 이 몸의 장래가 어찌 되리오
하며 이 생각 저 생각을 하매 슬픈 생각이 가슴에 막혀 나오거늘 더욱
이 서병삼의 천루(賤陋)한 언사를 전부터 의심은 하였으나 이제 목전
에 그와 같은 천한 행세를 가지는 것이 좋다는 것으로 권고하듯이 하
니 그 말을 듣는 이 몸의 설움은 차치물론이거니와 이와 같은 주의(主
義)를 품은 사나이가 꿈엔들 여자의 정절(貞節)이라 하는 것을 중하게
여기기는 생각 밖의 일이라. 그 젊은 부인은 어떠한 사람인지는 모르
되 의누의라 하나 언사와 행동을 볼 지경이면 남매의 행동이 아니라.
그 여자에게로 사나이의 마음이 옮겨 가는지도 모르리로다. 근일에 이
르러 내 몸에 대한 애정(愛情)이 점점 엷어 가는 것같이 생각됨도 그 여

자에게 정이 더하여 가는 연고로 그러함이 아닌가 하며 그와 같이 생각하매 분함과 슬픔이 비길 데 없는지라. 이러한 때에 의논도 하며 힘입을 만한 사람은 다만 오정당 한 사람뿐이라. 나의 집으로 돌아가고자 마음 하였던 발끝이 스스로 오정당의 집으로 향하였더라.

오정당은 이경자의 수심에 싸여 들어오는 모양을 보더니 잠깐 눈살을 찌푸리고 방석을 주어 앉으라 하며 정다이

"날도 퍽 덥지. 여기 부채 있으니 부채질하게"

"예……"

하고 대답하는 말이 기운이 하나도 없이 나온다. 오정당은 또 무슨 일이 생겼는가 하며

"왜 또 무슨 걱정이 생겼나. 자네는 너무 마음이 좁아 못쓰겠으니 마음을 좀 크게 가지게. 그렇게 근심으로만 날을 보내면 몸에 해로워요"

이경자는 억지로 웃음을 지으며

"참, 저는 어찌해서 성미가 이러할까요. 제가 제 생각을 해도 그런 줄은 모르는 것도 아니지마는 암만해도 고쳐지지 아니해요. 무슨 근심이 조금이라도 있으면 그만 낙심이 되고서 어쩐지 깜깜한 곳으로 끌려 들어가는 것 같아서 저절로 환하고 명랑한 데는 싫고. 남은 싫어하더라도 본 성품이 그 모양이니 이를 어찌하면 좋겠습니까"

하며 무엇을 깊이 생각하고 있는지 고개를 숙이고 앞만 내려다본다.

"자네는 자네 손으로 자기의 마음을 약하도록, 약하도록 만드니까 그렇지. 아무래도 태중에는 신경과민(神經過敏)이 되어서 까닭 없는 일이 슬프기도 하고 심란하다지마는 그것도 자기가 마음먹기에 달린

것이야. 자네도 너무 그렇게 근심만 하지 말고 전에 학교에 다닐 때같이 씩씩하고 활발한 기상을 보이게나그려. 지금 그때에다 비하면 아주 딴사람이 되어 버렸어"

이경자는 슬픈 기상으로 오정당을 쳐다보며

"예, 참 그래요. 제가 생각을 해도 그러한 걸이오. 지금 생각하면 학교에 다닐 때같이 재미있고 즐거운 때는 없어요. 세상에는 이러한 근심이 있는 줄은 참 몰랐지요. 저는 그때 여러 가지로 공상(空想)에 파묻혀서 즐거워하던 것이 어찌 뉘우치는지 몰라요. 세상일은 알지도 못하고서 공상하는 것같이 시름의 근본 되는 것은 없는 줄 압니다……
저는 본래 못생긴 연고로 이와 같은 근심을 제 손으로 장만했지요"

"자네가 그렇게 말을 하면 내가 면목이 없네. 내가 다 생각을 멀리 못 한 까닭으로 이와 같은 일이 생겼으니깐—"

"아니요, 선생님, 그 일은 그렇지 않습니다. 모두 제가 다 구한 일이지요"

조금 있더니 오정당은 다시

"그런데 여보게, 자네는 너무 심려가 과하데. 내외간에 서로 각각 거처를 하니깐 혹시 호젓하고 심란한 생각도 날 때가 있겠지마는 그럴 것이 아니야. 얼마 아니 있으면 옥동자 같은 아들을 낳아 가지고 내외분이 희희낙락하면서 한집안에서 사실 터가 아닌가. 그러하면 세상 사람들이 누가 아니 부러워하겠는가"

오정당의 마음에도 이경자의 근심이 일일이 다 원인이 있는 줄은 아는 바이로되 위로하여 마음에 없는 좋은 말로 달랜다. 이경자는 여전히 간신히 웃음을 지으면서

"아니요, 그렇지 아니해요. 그 양반의 마음과 내 마음과는 온통

딴판이야요. 가령 한집안에서 살림하고 산다 하더라도 재미스러운 가정을 만들기는 암만하여도 어렵겠어요. 그래도 저는 저의 본래 먹은 마음은 다 쏟아 내버리고 한갓 남편의 희생(犧牲)이 되어서라도 남편의 뜻에 순종하고 싶으나 장장 세월을 나의 양심(良心)에 벗어나는 일을 하면서 마음으로 즐겁게 지내자 하는 일은 끝끝내 암만해도 어려울 듯해요. 그러나 저는 아무도 원망하지 않습니다. 그만하면 제 분에 과한 것으로만 알고 지낼 생각이올시다마는 다만 한 가지 근심되는 일은 남편이 이 몸을 헌 신같이 버리지 아니할까 하는 일이올시다.

25

이와 같은 말을 듣고 있던 오정당은 심중에 가만히 생각하되 이경자를 전일에 내가 처음으로 달래어 서병삼과 헤어지도록 권고할 제는 이경자가 서병삼에게 진정으로 홀렸던 때인 고로 나의 말을 반대하였거니와 지금 이르러서는 서병삼과 의기가 상합치 못할 뿐 아니라 그 사람의 무정한 것을 깨달은 이상에는 이번에는 내가 다시 묘하게 말을 집어넣을 것 같으면 혹여 성공할 기회를 얻을는지도 알지 못하리라 하여 이경자의 앞으로 바싹 다가앉으며

"여보게, 서병삼 씨가 그와 같이 못 믿을 사람이요 또 그 양반하고 같이 살아야 즐거이 한 세상을 보낼 소망이 없는 줄로 알 지경이면 진작 자네도 단념하여 버리는 것이 좋지 아니하겠는가. 아직 자네는 꽃으로 말하면 꽃방울일세그려. 그러한 일생을 장래성 없는 사나이에

게 끌려 다니며 허송을 하면 그런 원통한 일이 어디 있나. 자네같이 한 가지로 얌전한 남편 없겠나. 열녀는 불경이부라 하나 그것은 옛적 말이지. 지금 이 개화 세상에서 쓰는 윤리(倫理)는 그것으로만 구애하지 아니한다네. 그리고 여편네의 정절이라 하는 것이 그것만 가지고 정절이 아니야. 그러하니 차라리 그렇게 내 말대로 결심하게, 응"

이경자는 그 말을 이윽히 듣더니 길게 한숨지으며

"제 몸을 장래까지 그다지 염려하고 생각하여 주시니 너무 황송하고 고맙습니다마는 그 말씀은 몇백 번 하셔도 일상 마찬가지 말이올시다. 제가 구해서 얻은 일로 그 갚음을 제가 받는 것이야 당연한 일이 아니오니까. 가령 이후에 남편에게 천대를 받든지 학대를 받든지 다 참을 생각으로 하고 있습니다. 제가 좋아서 인연을 맺은 남편을 그 사나이가 결점이 있다고 무정하게시리 인연을 끊느니 헤어지느니 하는 그런 정리에 벗어나는 일을 어찌합니까. 저는 이전 성인의 열녀불경이부라 하는 교훈을 지키고자 하여서 그러는 것도 아니고요 한번 남의 아내라 하는 말을 들은 후에는 어디까지든지 남의 계집 된 직분을 지켜야 하지 아니하겠습니까. 그런 말씀은 다시 하시지 마십시오"

하며 날난 칼로 끊는 듯이 말을 한다. 오정당은 이경자의 굳은 마음이 지금도 오히려 움직이지 못할 줄 알고 역시 임시응변 하는 수단으로

"자네는 가위 참 여편네라 할 만하이. 그와 같이 결심이 굳을 지경이면 그런 사위스러운 소리는 다시 아니 함세. 자네의 마음이 그러하면 서병삼 씨로 말하더라도 똑똑한 양반이니까 불원간에 자네 마음 쓰는 데 감동 되어서 자네가 아니면 다시는 이 세상에 아내감이 없는 것같이 알 터일세. 정에는 귀신의 뿔도 굽힌다는 말이 있지 아니한

가……"

이경자는 다시 얼굴에 근심을 품어 가지고

"그러나 선생님, 한 가지 염려되는 일이 있어요. 오늘 죽동을 갔다가 지금 집으로 돌아가는 길이올시다……"

하며 말을 멈춘다.

"아, 죽동을 다녀왔어. 그래서?"

"그런데 거기 웬 젊은 여편네가 하나 있습디다"

오정당은 연죽을 손에 든 채로 이경자를 바라보며

"응, 그래, 나이는 몇 살이나 되어 보이는 여편네던가"

"열 팔구 세나 되어 보입디다. 일전에 시골서 서울 구경차로 올라왔대요. 그런데 서방님의 의누이라고 해요"

오정당은 눈에 이상스러운 기운이 보이며

"아, 그러면 얼굴 예쁘장스럽고 눈에는 독살이 좀 있는 것 같고 살빛은 희고 키는 호리호리한 사람이지"

"예, 그러해요. 선생님도 언제 보셨습니까"

"응, 요전에 한번 갔더니 있길래 내가 물어보니깐 서병삼 씨 말은 그 집 주인에게 온 손님이라고 하기에 나는 그러한 줄만 알았지. 그래, 그 여편네가 의남매 한 누이라고 하시던가"

"예—"

하며 홀연 눈물을 머금는다. 오정당은 이경자의 마음을 짐작하고

"의누이든지 친누이든지 자네가 그것 관계할 것이 무엇인가"

"그렇지만 저와는 오늘 처음 보고 인사할 뿐인데 어찌 말 한마디를 하여도 밉살스럽게 하는지 몰라요……"

"여편네라 하는 것은 내남 즉할 것 없이 모두 성품이 야박스러운

물건들이 되어서 그러하지. 더구나 시누이가 되어서 그 행티를 하노라고 그리하는 것인 게지"

"아니야요, 그렇지 않아요. 서방님이 처음 인사 붙일 때에 나는 서방님 친구의 부인이라고 하시던데요. 그렇게 속여서 말하였는데 시누이인지 오라범댁인지 알 수가 있어야지요. 그리고 어찌해서 서로 하는 것이 이상스럽습디다"

"그것은 아까도 말하였거니와 신경이 과민(神經過敏)해서 그러하게 생각이 자네가 나는 것이지. 서병삼 씨기로 자네하고 결혼까지 한 양반이 그럴 리가 있겠나, 설마"

"그럴까요. 저는 그래도 믿을 수 없어요"

"그야 그렇게 믿고야 있을 수 있나. 눈살펴야 하지. 사나이라 하는 것은 마음이 변하기 쉬우니깐……"

이경자는 고개를 숙이고 있는 채로 묵묵히 앉아 있다. 오정당은 과일에 서병삼에게서 만나던 여자가 과연 이경자의 적국인가 하는 의심이 일어나 은근히 가슴을 상하게 한다.

이경자는 오정당의 집을 심방하였으나 별로이 한 가지의 위로도 얻지 못하고 찾아오던 때와 일반으로 수운(愁雲)에 싸여서 초연(悄然)히 오정당의 집 문을 나서 종로 종각 근처에 이르러 홀연 한 여자와 만나니 이 여자는 다른 사람이 아니라 서병삼의 집에서 만나던 젊은 부인이라. 그 젊은 부인은 벌써 이경자인 줄 알고 뒤를 따라가나 이경자는 그 젊은 부인인 줄을 꿈에도 생각 못 하였더라.

26

젊은 부인은 서병삼의 감언이설에 잠시 요란한 마음은 진정하였으나 처음부터 의심스럽던 마음은 용이히 사라지지 아니한다. 더욱이 이 부인은 질투심(嫉妬心)이 예사 사람보다 한층 더한 여자이라. 언제든지 서병삼과 이경자의 관계를 명백히 사출하여 서병삼의 말한 바와 같이 진정 의원의 부인인지 혹시는 거짓으로 꾸며 대는 말인지를 확실히 알지 못하면 마지아니할 줄로 심중에 결단하고 그날로 최 의사 집을 찾아 서병삼의 말의 진가를 알고자 하여 나섰더니 다행히 종로 근처에서 이경자를 만난지라. 그 부인은 이경자 가는 데로 뒤좇아 따라가서 그 내용을 알고자 함이러라.

이와 같이 사람에게 투기를 받는 줄도 알지 못하고 무심한 이경자는 다만 길에 왕래하는 남자들의 보는 것을 부끄러워 치마를 우그려 쓰고 뒤를 돌아다 볼 여가도 없이 앞만 향하여 가는 고로 흉악한 적병이 내 뒤를 엄습하여 오는 줄도 전연히 알지 못하고 경복궁 대궐 앞 영문 모퉁이로 돌아서서 자하골 편을 향하여 나아간다.

오뉴월 장장 하일이 벌써 서로 기울어져서 붉은 노을 떠 있는 하늘에 저녁 까치와 참새 무리들은 경회루(慶會樓) 앞 연못가 나무 수풀 사이에서 지저귀는 소리 원근에 가득한데 이경자는 어언간에 사직골 동네에 들어서서 어떤 골목으로 들어서더니 조그마하고 정결 소쇄한 초가집으로 쑥 들어가서 대문을 지친 후에는 다른 행인은 없고 다만 두부 장사가 저녁 두부를 외고 갈 뿐이라.

그 부인은 이곳까지 다다라서 다시 그 집의 형편을 좌우로 살펴보니 십여 간이나 되는 초가집인데 장독대 앞으로는 석류분과 영산 꽃이 만개하여 마당 앞에 꽃 빛이 영롱한데 가만히 귀를 기울여 들건대 방 안에서는 노파의 목소리와 젊은 여자의 목소리로 서로 도란도란하며 지껄일 뿐이라. 이 부인은 다시 문 위의 문패를 쳐다보니 비록 여자의 무식한 눈이라도 그 남편 서병삼의 성명은 분명히 알아볼지라. 그 문패를 보더니 문득 가슴으로 좇아 화염이 솟아나오며 독기 가득한 안광으로 그 집을 향하여 한참이나 눈 흘겨보더니 혼잣말로

"아이고, 내 가슴을 어찌하면 좋은가…… 계집년을 몰래 치가해두고서 나를 속여. 이렇게도 사람을 속이나, 응. 친구의 부인이 다 무엇이야. 아무리 시골 년이라고 이렇게 업신여길 수가 있나. 아이고, 분해라. 이년, 너도 내 손에 죽고 말리라. 남의 남편을 뺏어 데리고 살아. 더구나 새끼까지 배어 가지고. 이년, 네가 그 자식을 나으면 잘 기를 줄 아니? 내가 죽어서 아귀가 되어서라도 못 기르게 할걸…… 서방님도 서방님이지, 나는 아무것도 모르다가 이렇게 속일 수가 있담…… 내가 들어가서 이년을 머리채를 휘어잡고 넙치가 되도록 짓뚜드려 줄까 보다…… 오늘은 늦었으니 내일이라도 서방님을 끌고 와서. 나에게 이년, 경칠 줄 알아라. 오늘은 십분 생각해서 너를 용서한다. 망한 년 같으니…… 나한테 좀 견뎌 보아라"

하며 분에 못 이겨 종종걸음으로 죽동을 향하여 다시 돌아가니라.

27

남녀 간의 정이라 하는 것은 한편으로 깊어 가면 한편에는 자연 엷어지는 것은 이 세상의 항용 있는 일이라. 사랑은 본래 나눠 하지 못하나니 하물며 서병삼은 이경자에게 대한 사랑이 점점 감하여 가는 때에 자기의 마음에 맞는 젊은 아내가 와서 한가지로 있으매 이경자를 사랑하는 정은 더욱더욱 엷어 가는지라. 그러므로 사직골 이경자의 집에는 서병삼의 발자취가 스스로 멀어져서 차차 가는 날이 전혀 없다 하여도 가할지니 이경자의 염려와 심란한 마음이 조그마한 몸에 가득하여 눈물로 날을 보내는데 이때는 하철 일기라 청량한 일기는 적고 음습한 날이 많은지라. 슬프다, 이경자는 그늘의 몸으로 음담(陰曇)한 가운데에서 재미스럽지 못한 세월을 보내고 있다.

오정당은 이경자의 가련한 정상을 보고 때때로 서병삼을 찾아가서 이경자의 불쌍한 사정을 설화하며 시시로 가서 그 마음을 위로하여 주라고 간곡히 부탁하므로 서병삼과 같은 위인도 그 말을 옳이 여겼던지 혹시 마음이 내키면 사직골로 향하여 가는 일도 있으나 그러나 심중에 탐탁하지 못할 터이라. 비록 서로 대할지라도 정담은 없고 다만 얼굴만 서로 보고 돌아올 뿐이라. 이경자의 간절한 마음은 조금도 헤아리지 못하는 무정 야박한 이 남자의 행동은 진실로 가증하도다.

이와 같이 변해 가는 사나이의 마음을 이경자도 짐작은 하나 나의 마음대로 원통한 말을 남편에게 향하여 한번 말이라도 해 보고 싶은 마음은 간절하나 도리어 나더러 투기하는 계집이라고, 행실 없는 계집이라고 알까 혐의쩍어 다만 원망만 할 뿐이요 홀로 연약한 가슴만 태울 뿐이라. 그러나 이 투기 많고 암독한 서병삼의 부인은 남편 되는 사람이 은근히 애첩을 두고 자기를 어디까지든지 속이는 것이 마음에 심히 불쾌하여 어느 때든지 서병삼이 사직골 가는 기미를 알 것 같으면 그 뒤를 밟아 가서 여러 날 동안 참고 참았던 한을 갚으리라 하여 마권찰장하고 그 기회 돌아오기를 고대하더라.

일일은 여름날이 서로 기울어져 오후 사오 시가량이나 되었는데 황토현 가로 상에서 남녀 두 사람이 우연히 상봉하니 한 사람은 서병삼이요 또 한 사람은 오정당이라.

"서병삼 씨요"

"아, 당신은 어디 갔다 오시는 길이시오"

"예, 나는 지금 사직골 갔다 오는 길이오. 그런데 여보, 요사이는 당초에 한 번도 아니 오신답디다그려. 오죽 야속하겠소. 만삭된 아내를 두고서 그렇게 모른 체한단 말이오. 사람도 무정도 하지. 아무리 다른 데 어여쁜 아가씨를 두었는지는 모르지만…… 너무 심하구려"

"이건 길에서 다 무슨 소리요. 남부끄럽소. 그러게 지금 가는 길이야요"

"사직골 가시는 길이야요. 그럼 어서 가 보시오. 좀 기다리고 있겠소. 나는 다른 데 가시는 줄 알았구려. 어서 가 보시오"

"그럼 일간 또 뵈옵시다"

"예, 안녕히 가시오"

오정당은 서병삼과 작별하고 조금 오더니 어떠한 여자 한 사람이 치마를 쓰고 분분히 가는데 얼굴이 심히 익은지라. 그러나 생각이 얼푸시 나지 아니하는 고로 서로 지나 삼사 간 동안을 지나 놓고 오정당은 다시 그 여자를 돌려다 본즉 그 여자도 또한 이쪽을 바라보는지라. 그때에 비로소 깜짝 생각이 나니 이는 서병삼의 주인집에 와서 있던 그 젊은 여자라.

그 여자는 오정당과 얼굴이 서로 마주치매 깜짝 놀라 도로 고개를 돌이키고 걸음을 급히 하여 서병삼의 가는 곳을 향하여 쫓아간다. 오정당은 그 모양을 이윽히 서서 보며

"저 여편네가 필연 무슨 일이 있는 것이로고. 일전에 이경자의 말이 서병삼과 의남매 간이라 하나 그 두 사람의 행동과 자기에게 말하는 언사가 심히 수상한 일이 많더라 하더니 저 여자가 서병삼의 뒤를 따라가는 모양이 매우 이상하다. 만일 동행일 지경이면 한가지로 가지 이렇듯 동안이 뜨게 갈 리가 없거늘 서씨가 이경자에게 간다는데 저렇듯 쫓아가는 것은 필유곡절한 일이니 참 이상스럽고……"

혼잣말로 하다가 심히 염려하여 또한 같이 쫓아가려 하다가 다시 생각하고 나의 집을 향하여 가니라.

28

사직골 막바지 초가집 안에 마루 뒷문을 열어젖히고 주렴을 늘였는데 그 안마루에 돗자리 깔고 꽃 같은 젊은 부인이 모시 항라 적삼에 옥색 모시치마를 입고 시름없이 앉아 타래버선에 수를 놓고 앉아 있고 그 앞으로 마주 앉은 오십가량이나 되어 보이는 노파 한 사람은 어린아이 누비포대기를 누비며 서로 도란거리니 이는 이경자와 노파러라.

노파는 누비던 바늘을 멈추고 이경자를 바라보며

"기운 드시는데 그만두십시오그려. 지금 달 찬 몸을 가지시고 일

을 어찌하셔요. 게 두십시오. 할멈이 나이는 많아도 그 수야 못 놓겠습니까. 그만두시고 좀 누워 쉬시지요"

이경자는 홀연 손으로 왼편 배를 쥐고 눈살을 찌푸린다.

"왜 그러셔요. 배가 아프십니까"

"요새는 아이가 어찌 뛰노는지 그럴 제마다 배가 지향 없이 아파서 못 견디겠어요"

하며 다시 배에 손을 떼고 눈살을 편다. 노파는 빙그레 웃으면서

"아이, 애기가 노느라고 그렇습니다그려. 사내 아기가 되어서 그렇습니다"

"할멈은 사내인지 계집아이인지 어찌 미리 그렇게 역력히 아나"

"그것이야 몰라요. 애기가 왼편에서 노— 논다고 하시지 않았습니까. 왼편에서 놀면 정녕 사내지요. 그것은 이 할멈이 다짐이라도 하겠습니다"

이경자는 미소를 띠며

"나는 계집년이나 아닌가 의심이 나는데. 만일 계집아이면 어찌해"

"계집아이면 어떻습니까. 첫딸은 세간 밑천이랍니다"

"그렇지만 딸년이 나오면 어떻게 하게. 나 같은 팔자를 타면……"

하며 부지중에 낙루한다. 노파는 위로하는 말로

"아씨 애기는 도련님이니 그저 걱정 마셔요. 이 할미도 경력이 많답니다"

이경자는 치마꼬리로 눈을 씻으며

"여보게, 할멈, 나는 해산을 어찌할는지 큰 걱정이야. 서방님은

병원에 들어가서 해산을 하라고 하시지만 암만해도 병원 가서 할 마음은 없어"

"아이고, 망측해라. 병원에 가서 해산이 다 무엇이야요. 그런 데서 해산하면 어린아이에게 해롭답니다"

"그렇기야 하겠나마는 서방님은 당신 다니는 학교의 한편에는 의원이 있으니깐 그리 가면 다 집안 내 같아서 해산구완도 잘해 줄 터이니깐 말씀이지…… 참, 집에서 하려면 사람이라고야 누구 있나. 할멈 하나뿐이지. 선생님도 멀리 계시고…… 나는 이 일 저 일 생각하면 모두 심란하기만 해요"

이경자의 심란하다 함은 해산구완할 사람이 부족하여 심란하다 할 뿐 아니라 남 같으면 초산에 친척 붕우 간에 옷을 해 보내느니 버선을 해 보내느니 할 터인데 피차에 부모를 속인 몸이라 즐거운 경사가 도리어 설움의 물건이 된 금일 경우를 생각하매 세상에 출생하는 어린아이도 저의 부모와 한가지로 그늘의 물건이 되어 낙 없는 세상 보낼 일은 생각할수록 한없는 눈물을 돋울 뿐인데 이런 설움일지라도 일생을 의탁한 남편과 서로 근심과 설움을 나눠 할 것 같으면 오히려 슬픈 중 위로되는 일도 있겠거늘 그 바라는바 사람은 작금에 이르러는 박정함을 깨닫겠는데 다만 홀로 작은 가슴이 썩어져 가는 근심만 더할 뿐이니 불쌍하다는 말도 이경자의 신상에 대하여는 오히려 예언이 되었더라.

노파는 비록 한집안에 동거하나 그 깊은 내용은 본래 자세히 알지 못하는 고로 위로하는 말로

"왜 그리 심란해 하십니까. 해산구완은 이 할미 혼자라도 넉넉히합니다. 염려 마십시오"

"지금이야 할멈에게 잘 부탁할 수밖에 있나……"

"그러나 원, 서방님은 요새는 한 번도 아니 오시니 그런 무정한 양반이 어디 계셔요. 궁금해서라도 그렇게는 못 하실 터인데. 언제든지 오시거든 이 할미가 좀 푸념을 하겠습니다"

하는 말이 그치지 못하여 대문으로부터 신발 소리가 나며 서병삼이 들어온다. 노파는 급히 일어서서 일감을 치우며

"아이, 서방님, 오래간만에 오십니다그려. 지금 서방님 원망을 이 할미가 하고 있었습니다. 어쩌면 그렇게 한 번도 아니 들여다보셔요"

29

이경자는 서병삼을 맞아 방석 위에 앉히고

"어째 늦게 오셨어요. 어디 다녀오셨소"

"아니, 일부러 여기까지 온 길이야"

하며 앉아 부채질하며 사면을 돌아보더니

"내 집이라도 하도 오래 못 왔더니 모두 서투르군"

하며 반짇고리에 바느질하다 둔 것을 보더니

"응, 이건 어린 놈 낳으면 다 쓸 소용이로구먼. 어느새 어린아이를 다 낳다니 원 잡갑스럽지"

하는 최후의 말 한마디는 비양스럽게 말을 한다. 이경자는 말없이 다만 얼굴을 붉히고 고개만 숙일 뿐이라. 노파는 재떨이와 성냥을

갖다 서병삼의 앞에 놓으며

"두 내외분이 그렇게 앉아 계신 것을 뵈오니깐 그 속에서 나오는 애기야 오죽이나 어여쁘겠습니까. 그런 경사가 어디 있어요"

서병삼은 비웃는 모양으로

"할멈은 그다지 경사스러운가, 응. 또 경사라 하여도 관계치 않지. 안 그렇소, 응. 여보, 아씨"

하며 이경자를 돌아본다. 이경자는 반쯤 웃으면서

"아이, 몰라요"

"아이고머니, 아씨, 그 위에 더 무슨 경사가 있습니까. 젊어서는 자손 많이 두는 것이 농사랍니다. 서방님도 지금은 그리 좋은 줄을 모르셔도 옥동 같은 아기를 낳아 보십시오그려. 날마다 재롱 보시느라고 야단을 하실걸"

서병삼은 냉소하며

"흥, 그러할까 모르겠네"

하며 궐련 연기만 입 밖으로 내불고 있다.

이경자는 눈치 없이 잔소리하는 것이 민망하여

"아이, 할멈은 잔소리도 퍽은 하네. 그만두고 저리 가 있게"

노파는 무료하여 건넌방으로 건너가는 것을 이경자는 쫓아가서

"여보게, 할멈, 서방님 시장하실 터이니 가게에 나가서 안주거리나 좀 사고 술이나 좀 사고 해 가지고 들어오게. 늙은이를 심부름 시켜 불안하지마는 원, 여기는 시골구석 같아서 흥성인들 마음대로 얼핏얼핏 할 수 있어야지. 한참 되더라도 큰 반찬 가게에 가서 잡술 만한 것을 사 가지고 오게, 응"

"예, 다녀오지요. 멀면 얼마나 멀겠습니까. 그러면 곧 다녀오겠습

니다"

하고 노파는 문간을 나서니 문 앞에 어떠한 아름다운 여자가 서서 있다가 노파가 나오는 양을 보고 깜짝 놀라 다른 길로 향하여 가려 하는지라. 노파는 그 여자를 심중에 개의치도 아니하고 동쪽을 향하여 간 후 그 젊은 여자는 노파의 멀리 감을 보고 다시 돌아서서 그 안에서 하는 이야기를 귀 기울이고 있으나 보지 못하는 서병삼과 이경자는 전연히 알지 못하니 이 부인은 즉 서병삼의 부인이러라.

30

이경자는 노파를 밖으로 내보내고 다시 건너와 앉으며
"아따, 그 할미쟁이는 어찌 잔소리도 하는지 몰라요"
"그래도 그 할멈이 사람에게는 대단 친절한 모양이야"
"예, 사람은 정답기는 하지요"
서병삼은 이경자의 배를 이윽히 여겨보더니
"인제는 배가 완연히 커졌구려. 아이가 뱃속에서 대단히 놀지, 아마"
이경자는 부끄러워하며 마지못하여 하는 말로
"어떤 날은 밤새도록 잠 한숨 자지 못하는 날도 있어요"
"그런데 산삭은 언제던가. 아마 새달이지. 내 요전에도 말했거니와 해산은 부인과 병원에 가서 하도록 해요. 산모 산아 할 것 없이 제일 구완을 잘해 주니까 모자가 다 편할 노릇을 아니 한단 말이요. 공연히 되지 못한 해산구완할 줄 안다는 할미쟁이 같은 것을 데려다가 하면 잘못하다가 큰 병만 장만하기 쉽습니다. 여편네들의 소위 달 구실이라 하는 것이 일상 제 한에 되지 아니하고 그로 인연해서 여러 가지 병을 장만하는 것도 다 해산구완을 잘못하는 데서 생기는 법이니깐. 병원에만 가서 하면 그런 염려는 조금도 없지"

"그럴까요……"

"그럴까요가 무엇이오. 그리고 또 낳는 아이는"

이경자는 그 소리에 무슨 말을 하려고 그리하는고 하여 염려스러워 서병삼의 얼굴을 쳐다보며

"예?"

"아이는 집에서 기르느니보다 친정으로 보내서 기르는 것이 좋지 않겠소"

남녀 간에 이 나오는 아이로 인연하여 남편의 무정하게 하는 설움도 잊어버리고 조금이라도 위로가 될까 하여 전부터 은근히 심중에 믿었던 터이거늘 이제 남편의 이 말을 들으매 더욱이 비창한 회포를 억제키 어려워

"그것은 왜 그리해요. 내가 기를 것 같으면 적막한 심사도 잊어버리고 서방님이 오시더라도 앞에서 고물고물하는 양도 보실 것을……"

서병삼은 냉담한 어법으로

"그것은 다른 까닭이 아니라 여편네라 하는 것은 만 십팔 세가 되지 못하면 아이를 젖 먹여 기를 만하게 체격이 발육되지 못하는 것인데 더구나 십칠 세 미만한 여편네가 젖 먹여서 자식 기른다는 것이 말이 될 말인가. 심히 체액(體液)을 잃어버리면 그 끝에는 무슨 병이 나느냐 하면 위황병(萎黃病)이라든지 그렇지 않으면 폐결핵(肺結核)이라는 무

서운 병을 일으킬 터이니 나는 단지 그대의 몸을 위해서 하는 말이오"

서병삼의 심중은 만일 이 아이가 나오면 그로 인하여 이경자와 인연을 끊기 어려울까 염려하여 아무쪼록 낳는바 아이는 멀리하고자 함이라.

이경자는 겁을 내며

"혹시 그러한 일이 있을는지도 모르지마는 내 몸은 아무렇게 되더라도 관계치 않으니 내 자식을 내가 기르지요……"

"내 몸은 아무래도 관계치 않다는 것이 그게 말이라고 하나. 무엇이라는 말인가. 어머니의 몸이 약하면 그 영향이 자식에게까지 미치는 법인데…… 제일 알기 쉬운 일이 있지. 젖을 내놓으오. 어디 봅시다, 아이를 넉넉히 기르겠나. 어서 내놓아요. 내가 보면 알 터이니. 나도 의원인데 부끄러울 것이 있나. 자―, 젖이 이 모양으로 입때지 붓지를 아니했으니 젖이 나올 수가 있단 말이오"

이경자는 치마허리를 치키면서

"젖이 없거든 유모라도 하나 대지요"

"아따, 돈만은 흔전흔전한 소리도 하네"

"그러면 어찌하나……"

두 사람이 서로 양구토록 말없이 앉았더니 이경자는 말하기를 심히 주저하다가

"이번 방학에 서방님이 댁에 내려가시거든 그때는 내 일을 시부모께라도 말씀하여 주시오. 시부모 모르는 며느리가 어디 있소"

"아이고, 천만에, 큰일 나려고 그런 소리를 하네. 어떠한 완고시라고. 내년만 되면 그때는 우리 부모가 아셔도 관계치 않을 터이니 염려 말아요"

"그때 부모께서 아시면 오죽 꾸중을 하시겠소"

"글쎄, 상관없다니깐 그러네그려"

"그런데 일전에 죽동서 만나든 그 젊은네는, 그이가 서방님의 의누이라고 하셨지요. 그이는 얌전은 합디다"

서병삼은 껄껄 웃으면서

"응, 얌전하다니, 그까짓 게 무엇이 얌전해. 이런 우리 아씨를 쫓아오려면 아직 멀었네. 발뒤꿈치를 어찌 쫓을 수 있나"

별안간에 어떠한 젊은 여자 한 사람이 치마는 벗어 왼편짝 팔에 걸고 달음질을 하다시피 하여 신발 신은 채로 마루 위에 우뚝 올라서더니

"응, 그렇지요. 그까짓 게 무엇이 얌전해. 우리 아씨를 쫓아오려면 발꿈치나 따를 수 있소"

하며 달려드는 바람에 두 사람은 깜짝 놀라 얼굴이 푸르락붉으락하며 서서 있는 사람을 쳐다보니 이는 의외에 지금 말하고 있는 서병삼의 의누이라고 하던 여자이라.

31

서병삼도 놀랐거니와 이경자의 끽경함이 더욱 심하여 전후 감각을 잃어버렸으며 이경자는 이 놀란 동시에 서병삼과 그 젊은 사람 둘 사이의 관계를 팔구분이나 짐작하였더라. 전일에도 그 두 사람의 관계가 다만 의남매가 아님을 의심하여 만일 다른 깊은 사실이 숨어 있는

날에는 나의 운명이 어찌 될는지 공구지중에 지내 왔더니 오늘날 그 의심과 두려워하던 일이 과연 사실로 나타남을 깨달았는지라. 지금 돌입한 여자의 얼굴을 보건대 전신의 끓는 피가 얼굴로 모두 오른 듯이 진홍 물감을 끼얹은 것 같으며 이경자의 얼굴은 흙빛같이 파랗게 질려서 다만 입술만 신경적(神經的)으로 떨릴 뿐이라.

젊은 여자는 몸단속을 하고 당장에 달려들어 싸움이라도 할 듯이 서병삼과 이경자의 두 사람을 좌우로 건너다본다. 이경자는 아무리 분하고 원통한 일을 당하더라도 망령된 거동을 하여 여자의 행실을 잃지 아니하는 사람이라. 고로 묵묵히 앉아 그 젊은 여자의 얼굴만 쳐다보고 있고 서병삼은 이 좌석에서 어떠한 계책을 베풀어 무마할 도리는 없고 망지소조하여 양구토록 망연히 앉아 있다. 한참 동안은 말 없는 삼 개 우상(偶像)이 솥발같이 서로 향하여 있을 뿐이러니 일에 임하여 침착한 태도를 취하는 데 득리한 서병삼은 조금도 주저하는 기색이 없이 예사로 젊은 부인을 보고 말한다.

"여보, 이게 무슨 행실이오. 남의 집에를 기침 한마디도 없이 쑥 들어와서 야단을 치니 무슨 해거야. 더구나 계집사람이 소문나면 남부끄러울 생각도 못 하나. 공연히 그러지 말고 어서 집으로 돌아가오. 무슨 말이 있으면 이따가 조용히 합시다. 어서 가오"

하며 서병삼은 눈짓콧짓을 하여 젊은 부인더러 어서 가라 눈치를 보이나 반은 미친 것같이 된 부인은 조금도 알아듣지 못하고

"예, 남의 집에 함부로 들어와서 그것은 내가 잘못되었나 보오마는 무슨 도적질하러 들어온 것은 아니오. 내가 가령 도적질을 하러 왔더라도 남의 남편 도적질하는 사람보다야 낫지 아니하겠소. 남이 부끄럽다니 다른 년에게 서방 빼앗기는 것이 나는 더 남부끄럽겠소. 서방

님은 요전에 나더러 무엇이라고 하셨소. 이 양반은 우리 친구의 부인이라 하셨지요…… 아무리 계집사람이라고 그렇게 업신여기고 속이지 마셔요. 그때도 나하고 인사 붙일 때에 누이니 무엇이니 하고 인사하라 할 제도 나는 벌써 반 넘어 짐작은 하였소. 그렇지만 내가 참고 있었더니…… 지금도 내가 문간에서 듣고 있노라니까 내년에는 펼쳐 놓고 내외로 산다지요. 응—, 너무 그러지 마시오…… 저이는 이름이 이경자라지. 어찌해서 남의 남편을 뺏어 가려고 아양을 떨고 있어. 내가 아무리 죽게 되었기로, 응, 참"

하는데 눈알은 불빛같이 광채가 난다.

이경자는 얼굴이 파랗게 질려 앉았다가 침착한 언사로

"지금 가만히 듣노라니간 당신 말이 이상스럽구려. 남의 남편을 뺏으려고 아양을 떤다니. 나는 남의 남편을 뺏으려 한 일도 없거니와 이 서방님은 내 남편이오. 그리고 벌써 성례한 지도 오래되었소. 당신은 누구인지는 모르겠소마는 당신이 정말로 남의 남편을 뺏으려 하는 사람 같소"

젊은 부인은 기가 막혀 한참 말을 못 하다가

"옳지, 그 말 좋소. 그러면 언제 어디서 뉘 허락을 받아 가지고 성례를 하였단 말이오. 그 말대답 좀 자세히 하오"

서병삼은 두 여자의 다투는 사이로 가르고 들어앉으며

"이것이 무슨 짓들이야. 점잖은 여편네들이 남부끄럽게 싸움을 하다니 말이 되나. 일후에 자세한 일은 다 알 터이니 오늘은 요란하니 그만두고 다 각각 헤어집시다"

젊은 부인은 서병삼의 말은 들은 체도 아니 하고

"서방님은 가만히 계셔요. 여보, 혼인을 글쎄 어디서 했느냐 말이야요. 말 못 할 것 무엇 있소. 입 두었다가 무엇에 쓰려오"

이경자는 부득이하여

"예, 그다지 알려고 물을 것 같으면 다 말하리다. 혼인은 예수교당에서 목사 앞에서 하나님께 맹세하고 부부의 인연을 맺었으니 그 외에서 더 어떻게 착실한 혼인이 있소"

젊은 부인은 이 말을 듣더니 눈에는 핏발이 일어서며 서병삼을 향하여

"여보, 서방님, 그 말이 정말이오. 회당에서 정말 저 사람하고 혼인을 하셨소. 조금도 숨기지 말고 말씀해 주시오. 나도 먹은 마음이 있으니"

서병삼은 좌우로 말하기 난처하여

"글쎄, 그 일은 다 나중에 알 때가 있으니 오늘은 그만두고 어서 가오"

젊은 부인은 홀연 두 손으로 얼굴을 가리고 체읍하며

"그…… 그러면 유처취처도 하나…… 나는 인제……"

이때에 한참 남산 근처로 화광이 일어나며 경찰서에서 불났다는 종을 자주 치는 소리 바람 쫓아 귀에 들어온다. 서병삼은 깜짝 놀라는 체하며 번연히 몸을 일어 그곳을 바라보더니

"아―, 불났군. 저것이 죽동 근천가 본데 우리 주인집이나 타지 않나. 암만하여도 위태한걸. 어서 가 보아야 하겠군"

하며 옷을 떼어 입고 황황급급 밖으로 나가서 젊은 부인을 향하여 눈짓한다. 그 부인도 뒤쫓아 황망히 따라 나간 후 남아 있는 이경자는 참고 참았던 가슴이 일시에 파열하여 앉았던 채로 쓰러져서 느껴가며 호읍한다.

32

이경자는 본래 마음이 강철 같은 사람이라 오늘날까지 무한한 고통(苦痛)을 억제하고 기색을 천연하여 지내더니 서병삼과 젊은 부인이 서로 군호 맞춘 것과 같이 선후하여 나간 후에 이경자는 조그마한 가슴에 넘치는 설움에 소리쳐 호읍함을 깨닫지 못함도 근리한 일이라 하리로다. 전일부터 그 두 사람의 사이를 의심치 않음은 아니로되 설마 그 사람의 이미 성취한 아내인 줄은 뜻하지 아니하였더라. 그러므로 내 몸의 장래가 비록 가을 부채와 같이 한참 동안은 쓰지 아니할 물건이 되더라도 다시 더운 날 오기를 기다림과 같아서 남편이 지금 사세로 인하여 탐탁지 못하나 일후 기회가 돌아오면 양친의 명을 거역은 할지라도 나와 한가지로 맹세한 언약을 굳게 지켜 가려 하는 생각이면 남편의 확실한 마음이나 믿고 바라서 위로를 할 것이거늘 서병삼의 근일에 이르러서 하는 무정한 거조와 오늘 당한 일을 보매 더욱 내게 향한 마음이 서어함이 분명하니 나의 몸은 벌써 등기한 데 이르렀는지라 무엇을 믿고 나의 권리를 보호하리오. 가령 남편이 나를 불쌍히 여기는 마음이 있어 돌아보려 할지라도 그 젊은 여자가 필연 저희하여 두 사람의 사이를 떼려 할 터이니 아무리 생각하여도 아내라 하는 이 몸은 벌써 바람 앞에 꽃과 같은지라. 실로 나의 이상(理想)의 낙원(樂園)은 이와 같이 꿈결 사이에 스러지고 드디어 비참한 말로(末路)를 보는 데 이르도다. 그러나 이것은 모두 나의 지혜가 부족함과 나의 처신 잘못한 연고로 스스로 부른 죄업(罪業)이니 뉘를 원망하며 한하리요마는 꽃 같은 성례한 아내를 두고 있으면서 이 몸을 즐거운 처녀의 생활로부터 빼앗다가 백설 같은 여자의 조행(操行)을 희롱하여 드디어 이 몸으로 하여금 여사한 운명(運命)에 빠지게 한 서병삼을 원망하며 또는 두 사람 사이에서 주선하던 오정당을 원망하며 셋째로는 그 젊은 부인을 원망하고 가증하며 다시 나의 몸을 원망하며 더욱이 불구에 출생할 뱃속에 있는 어린아이의 장래를 생각하매 그 불쌍하고 자닝함이 비길 데 없으며 또는 부친이 이 몸을 서울에다가 데리고 오셔서 부탁하고 내려가실 때에 남대문 밖 정거장에서 내 손을 잡고 공부 잘하라 경계하시던 말씀을 지금 새로이 생각하매 슬픔과 불효 끼치는 일이 가슴이 미어지는 듯하다. 부모가 허락지도 아니한 사나이에게 버림을 받은 이 몸이 더구나 한 몸도 아니라 무슨 면목으로 부모께 돌아갈 수가 있으며 또는 부친뿐이 아니라 은인이라 하여도 가할 만한 김 승지의 부부며 기타 고향 여러 사람을 무슨 얼굴로 상대하며 전일 학교에서 같이 수학하던 여러 동창 학생들과 아는 사람에게는 수치를 어찌 당하리오. 이 생각 저 생각을 하매 흉중이 산란하여 진정키 어렵다. 지금이라도 이 몸을 돌아보지 아니한다 하는 말을 들은 후에는 이 몸이 어찌 되리오 생각하매 머리털이 위로 올라가며 정신이 아뜩하여 몸이 지함 속으로 끌려 들어가는 것 같다.

이경자는 흉중에 만감(萬感)이 교집(交集)하여 창자가 끊어지는 것 같으니 가련하다, 이경자여. 지금까지 평온 안락(平穩安樂)하게 지내오던 처녀로 하여금 이 세상 풍파에 단련한 여자로 일찍이 알지 못하는 고통을 받으나 누구 한 사람 위로하는 이도 없는 저녁때 방 안에서 홀로 정신없이 울 뿐이로다. 오호라, 세상에 죄라 하는 것이 여러 가지가 있으나 가장 중하고 결백 무결(潔白無缺)한 처녀를 희롱하는 경박재자(輕薄才子)같이 죄가 중한 자는 없을지니 몇백 개의 백옥(白玉)과 몇천 개의 금강석(金剛石)이 있더라도 결백한 처녀의 마음 하나를 능히 당치 못할지라. 보석이라 하는 것은 아무리 귀하다 하여도 어떠한 곳에든지 구할 도리가 있거니와 한번 더럽힘을 받은 마음의 흔적은 다시 고쳐 얻을 수 없는 것이라. 이 세상에서 이르기를 범죄 중에 극히 중한 것은 살인범(殺人犯)이라 하나 그 피해자(被害者)에게 주는 고통은 다만 삽시간이거늘 사람이 그 말을 들을 때에도 오히려 전율(戰慄)하거든 하물며 죽이는 것보다 더욱 심한 영원한 고통을 백옥 같은 가련한 마음에 얹어 주어서 길게 육체 이상 영혼에까지 상케 하는 것이 어찌 참혹 무도한 소위라 일컫지 아니하리오. 아까 흥성하러 나갔던 노파는 이제 비로소 들어오는데 한 손에는 술병 들고 또 한 손에는 바구니를 들고 들어오더니 마루 위에 올려놓고

"아이, 아씨, 너무 늦었습니다. 여간 멀어야지요"

하고 부엌으로 들어가려 하다가 이경자가 대답 없음을 괴이히 여겨 다시 마루 위로 올라와 방 안을 들여다보니 이경자는 홀로 엎드려 울고 있는지라. 노파는 달려들어 이경자의 어깨를 붙들고 흔들면서

"아씨, 이게 웬일이셔요, 예? 그만 그치시오"

이경자는 대답 없고 더욱 소리 질러 느낄 뿐이라.

33

노파는 어찌한 연유를 알지 못하여

"글쎄, 아씨, 왜 이리하십니까. 왜 우셔요. 서방님하고 싸움하셨습니까"

이경자는 치맛자락으로 얼굴을 가리고 대답이 없다.

"글쎄, 왜 그러십니까. 서방님도 아니 계시고…… 서방님은 벌써 가셨습니까"

이경자는 울던 얼굴을 간신히 들며

"여보게, 할멈, 심부름만 자꾸 시켜서 너무 불안하이마는 동관 오 선생님 댁에 가서 틈이 계시거든 잠깐만 오시라고 좀 가서 뫼시고 오게"

이러한 때에 의논 한마디라도 할 사람은 오정당 외에 없는지라 오정당을 청하여 자기의 신상을 의논코자 함이러라.

노파는 고개를 끄덕이며

"예, 그러지요. 그럼 곧 다녀오겠습니다"

일어서려 할 즈음에 대문으로부터 사람의 자취가 나며 들어오는 지라. 노파는 마당을 향하여 내다보더니

"아이고, 선생님이 마침 오십니다그려. 지금 여쭈러 가려 하였더 니 잘되었습니다"

하며 심히 다행히 여기는 모양을 보고 오정당은 괴이히 여겨

"나를 부르러 가려고 했어. 무슨 급한 일이 있었나"

"예, 무슨 일인지 저도 심부름 갔다가 지금 와서 자세한 일은 모 르겠습니다마는 아씨가 자꾸 울고 계셔요"

"아, 그게 무슨 소리야"

하며 마루 위로 올라온다. 이경자는 오정당의 얼굴을 보더니

"아, 선생님"

하며 목이 메어 말을 다 이루지 못하고 다시 엎드러진다. 오정당 은 조용히 이경자의 옆으로 가더니 등에 손을 걸치고

"여보게, 웬일인가"

이경자는 간신히 얼굴을 들어

"저는 설워 못…… 살겠어요"

하며 더는 말을 이루지 못하고 다시 얼굴을 두 손으로 가린다.

오정당은 놀라운 가슴을 진정하면서

"지금 서병삼 씨가 왔었지요"

하며 물으매 이경자는 다만 고개만 끄덕인다. 오정당은 다시 묻는다.

"그 양반 혼자 왔던가"

이경자는 머리를 좌우로 흔들며 흑흑 느끼는지라. 오정당은 이미 반분이나 짐작하고

"그러면 그 젊은 여편네가 뒤쫓아 왔지……"

"선생님은 어떻게 아셔……"

"내가 아까 여기 왔다가 집으로 가는 길에 황토마루께서 서병삼 씨를 만나서 내가 길에서 만났지마는 너무 무정하다고 좀 나무랐지. 그리고 서로 헤어져서 조금 가노라닌간 그 젊은 여편네가 뒤따라오더구면. 그래서 나도 의심이 서씨를 따라가나 하였더니 집에 가서 가만히 생각을 하니깐 암만해도 염려가 되어서 지금 또 오는 길일세. 그러면 같이 왔었구면, 응"

이경자는 눈물을 씻으며 흐트러진 심사를 가다듬어 자초지종 이야기를 하여 오정당에게 들려주었더라.

이러한 일이 없지 아니할 줄은 이미 오정당도 짐작하였으나 이와 같이 일이 속히 탄로될 줄은 생각 밖이라. 가장 놀라며 무엇이라 위로할는지 방향을 잡지 못하여 길게 한숨지으며

"세상일이 이렇게 허무할 수가 있나"

"아—니요. 그 젊은이는 나무랄 수가 없어요. 그 사람이 나를 원망할지언정 나는 그 사람을 원망할 수 없이 되었습디다"

오정당은 그 소리에 더욱이 기가 막혀 이경자의 얼굴만 바라보고 있다.

34

이경자는 간신히 얼굴을 들며

"그것도 그렇지 않습니까. 그 사람하고는 벌써 어려서부터 혼인한 내왼가 보던데 남에게 남편을 빼앗겼다 하기도 당연한 말이지요"

오정당은 혀를 끌끌 차며

"자네는 마음을 그렇게 먹으니까 남편 아니면 무엇은 아니 잃어버리겠나. 남의 사정만 생각하였지그려 내 사정은 오히려 덜 생각하니 어찌하잔 말인가. 좀 정신을 차리게"

"암만해도 저는 어찌하면 좋을는지 도무지 다른 도리가 없어요"

"그러면 내 한번 서병삼 씨에게 또 단단히 담판을 해 보고 옴세. 도대체가 어찌할 의향이냐고 물어보면 좌우간 한마디에 결정 나리니 그다지 낙심하지 말게"

"선생님께서는 저를 위해서 말씀이시지요마는 아내가 있는 사람이 또 아내를 어찌 얻습니까. 저는 첩으로나 데리고 산다 하면 모르겠습니다마는 저 사람은 부모가 허락한 사람이요 저는 아무도 알지 못하는 사사로 맺은 부부니 그 일을 어찌 믿습니까. 아내 있는 사람인 줄을 알지 못하고 허신한 것만 지금 와서는 원통한 일이지요. 남편에게 인제는 아무 일을 당하여도 함구무언……"

말끝은 가슴이 막혀 마치지 못하고 치마끈을 입에 물고 있다.

오정당도 무엇이라고 위로할 말이 없으며 자기도 서병삼의 위인이 이와 같이 무정한 남자라고는 뜻하지 못하고 두 사람 사이에서 주선하는 수고를 하였더니 이경자를 이와 같은 운명에 빠지게 함에는 나의 책임도 없지 못함을 깨달으며 지금에 이르러 다시 전일 나의 몸이 금전에 눈이 어두웠던 일을 뉘우친다. 이 일을 어떻게 하면 잘 미봉함을 얻으리오 하며 고개를 숙이고 깊이 생각한다. 이경자는 눈물도 거두고 천연한 기색으로 눈에는 독기를 띠고 이상스러운 기색이 나타나며

"선생님, 이 몸을 장차 어찌합니까"

오정당은 이경자의 기색과 그 말 한마디에 가슴이 울리며 무엇이라 형언치 못하게 가슴만 두근거린다.

오정당은 다시 대답할 바를 알지 못하고 다만 이경자의 얼굴만 바라보니 이경자는 홀연 나오지 아니하는 웃음으로

"흐흐, 제가 제 일을 모르면서 있는데 선생님이 어찌 아시리라고 물어"

오정당은 가슴을 간신히 진정하여

"과히 그러지 말게. 내 한 번 더 가서 서병삼 씨더러 물어보고 올 것이니"

"다시 가실 것도 없습니다. 선생님이 마음을 아니 쓰셔서 그러한 것도 아니요 다 제 팔자가 이 모양으로 타고 나서 그러한 걸 어찌합니까. 인제는 천수나 바랄 수밖에 없지요"

오정당은 길게 한숨짓고 고개를 숙인다.

조금 있더니 이경자는 무슨 생각을 하였는지 고개를 들며

"참, 선생님이 언제든가 팔월 초승은 친정어머니 대상이니깐 칠월 스무날께는 불가불 내려가야 하겠다고 하시더니 인제 벌써 칠월 보름께니 일간 아마 떠나셔야 하겠습니다그려"

"응, 어제도 편지가 오고 어서 내려오라고 하였는데 자네 일이 마음에 걸려서 어디 가겠나마는 아무리 생각을 하여도 어머니 대상 참례야 아니 한달 수가 있어야지. 내려가도 제사만 지내고는 곧 도로 올 터일세"

이경자는 가장 낙담하는 모양으로

"저는 그동안에 어찌 될는지 모르겠습니다"

하는 소리에 오정당은 여러 가지로 염려하며 한숨을 짓고 있더라.

35

오늘 밤으로 급히 떠날 일이 생긴 고로 총총 중 작별 못 하고 떠나오며 자세한 기별은 시골 가서 서서히 기별하겠삽. 총총 수자 적삽.

칠월 이십일일 밤

서병삼 상장

이 엽서는 이십이일 아침에 이르러 이경자의 수중에 도착하였는

데 서병삼에게로부터 보내진 엽서러라.

지금 아침 열 시 때이라. 아침 일찍이 노파는 심부름으로 밖에 내보내고 홀로 적적히 앉아 기운 차리기 어려운 몸을 마루 기둥에 의지하고 유연히 남산을 바라보고 있으니 요사이 십여 일 이후로 수척한 형용과 양미간에 가득한 수심이 현저히 나타나니 그 가슴속에 한량없는 번민한 사정이야 다시 어떻다 형연하리오. 잊으려 하나 잊을 사이가 없으며 생각지 않고자 하나 스스로 생각이 나는 고로 몰려오는 근심의 구름이 홀연히 눈을 가리면 바라보던 먼 산도 눈에 보이지 아니한다. 다시 손으로는 엽서를 집어 이리 보고 저리 보더니 몸이 벌벌 떨리며 차마 볼 수 없는지 다시 눈을 감고 고개를 들어 공중을 향하여 한숨짓는다. 이 엽서가 이경자로 하여금 안심은 주지 못하고 도리어 공구(恐懼)한 마음을 감동케 하며 또는 이 엽서 한 장이 인연을 끊는 절차의 먼저 하는 통기인 듯이 생각이 된다.

"아씨, 다녀왔습니다. 오늘은 아침부터 이렇게 찌는 것같이 덥습니다그려. 아, 더워"

노파는 심부름 다녀와서 얼굴에 흐른 땀을 수건으로 씻으면서 경황없이 앉아 있는 이경자를 건너다보며

"여보, 아씨, 지금 길에서 서방님을 만나 뵈었지요"

이 말이 홀연 맥없이 있던 이경자의 안광으로 하여금 불꽃을 일으킨다.

"응, 서방님을 어디서 뵈었단 말인가"

"남대문 밖으로 나오시는 것을 뵈었어요. 아마 정거장에 가시나 보아요"

'옳아, 어제 떠나실 것을 아마 못 떠나셨던 것이로군. 그래서 오

늘 아침에 떠나시는 게지'

어젯밤에 만일 떠나지 못하였으면 오늘 아침 일찍이라도 잠깐 와서 얼굴이라도 보이고 작별을 할 터인데 그렇지 못함을 이경자는 한편으로 원통히 여기는 바이라. 이경자의 생각은 서병삼이 시골 내려가기 전에는 아무리 하더라도 한번 만나서 남편의 마음을 결단케 하며 나의 심중도 한 가지 남기지 아니하고 모두 토설하려 하였더니 한번 시앗 간에 전쟁이 일어난 날 이후로는 서병삼이 이경자에게 발그림자를 아니하였으므로 인하여 기회를 얻지 못하였더라.

눈치도 적고 간사위 없는 노파는 무슨 공이나 세운 것같이 옆으로 와 앉으며 가만히 말을 한다.

"그런데 아씨, 서방님은 혼자 가시는 것이 아니야요. 어떤 아씨인지 가마 한 채를 앞세우고 서방님은 그 뒤로 인력거를 타시고 천천히 따라가시옵디다. 그것은 누구 배웅을 가시는 게지요"

묵묵히 듣고서 앉아 있던 이경자는 입술이 벌벌 떨리며 해쓱한 얼굴에 한 점 핏기운이 오르더라.

36

이미 부부 된 사람이 한가지로 하기 방학의 여가를 얻어 귀성(歸省)한다 함은 당연한 일이라. 그러나 서병삼이 그 부인과 한가지로 발정하는 것은 의심 없이 그 부인이 승전고를 울리고 남편의 손을 이끌고 감이니 이경자는 생각이 이에 이르매 지금에 다시 원망과 투기와 한이 가슴에 창일하여 완연히 몸을 가마에 삶는 것 같아서 이 몸이 비록 아귀가 되더라도 이 원통한 마음을 설원코자 한다.

이때는 여름 일기라 서기는 사람의 몸을 시루에 찌는 듯한데 이경자는 홀로 섬약한 몸을 안과 밖으로 태우고 있으나 산란한 정신과 괴로운 몸을 강잉히 수습하여 다만 한 가지 기다리고 바라는 바는 서병삼의 자세한 편지 보내 주기와 복중에 있는 어린아이의 출생함이러라.

이경자가 이와 같은 비참한 경우를 만남도 원인을 말하면 부모가 허락지 아니한 악행(惡行)의 결과이니 이를 생각하매 원통한 마음을 진정키 어려우며 부친은 오히려 이 몸을 결백 무구(潔白無垢)한 처녀로 믿으시고 학교에도 지금까지 열심으로 다니며 이번에는 하기 강습회로 하여 귀성치 못한다 편지한 것도 진실한 일로 믿고 계시겠거늘 만일 불효한 이 몸의 사정을 조금이라도 아실진댄 얼마나 분노하시며 얼마나 한탄하시리오. 저와 같이 이 몸을 사랑하시는 부친까지 속인 불효의 죄 지은 일을 생각하매 일촌간장이 미어짐을 깨닫겠도다.

이 몸의 박명한 것을 뉘게 사뢰어 동정을 얻을 사람도 없고 홀로 슬퍼하며 홀로 번민하여 어언간 오륙일을 경과한 후 다만 의논 한마디라도 하고 지내던 오정당은 그 모친의 대기를 참례코자 하여 시골로 내려갔는지라. 이경자는 비록 너른 세계와 번화한 경성 내에 있으나 조그마한 이 몸을 의탁할 곳 없이 경경 고립(煢煢孤立)한 가련한 신상이 되었으니 비유컨대 동서를 분간치 못할 광야(曠野) 가운데 홀로 떨어진 행객과 같아서 적막 무상한 바람 부는 하늘에 해는 떨어지고 길은 험한데 사면은 흑동동천지(黑洞洞天地)요 음습한 야기(夜氣)는 사람의 몸을 엄습할 뿐이라. 하늘을 우러러 부르짖으나 대답이 없고 땅을 굽어 통곡하나 위로하는 물건이 없으며 몸을 붙여 걸음 할 한 가지 지광이도 없고 앞길을 보여 주는 일점 광명(一點光明)이 없이 홀로 흑암 암중(黑闇闇中)에 파묻혀서 다만 한낱 참혹 비참한 운명의 함정에서 번롱(翻弄)하는 데 맡긴 바가 될 뿐이라. 눈물이라 하는 것은 우는 자의 위로하는 것이요 통곡하는 자로 하여금 이 위로를 얻지 못하고 소리 없는 통곡은 진실로 통곡하는 자의 가장 슬픈 것이라. 오정당이 시골로 내려간 후 이경자는 그 눈물도 거두었으며 그 소리도 거두고 깊이 심중에 결단한 바가 있는 듯이 또는 무엇을 기다리는 것같이 극히 냉담하게 날을 보내니 오호라, 그 결심한 바는 무엇이며 그 기다리는 것은 무엇이리오.

37

찌는 듯한 삼복 절기의 더위는 또한 이곳에도 엄습함을 입어 가마솥 안에서 푹푹 삶는 듯한 괴로움은 다만 육체뿐이 아니라 정신상까지라도 침노하여 홀로 지향 없이 번민하는 이경자의 신상은 진실로 가련하도다. 저녁마다 피우는 모깃불 앞에서 눈물로 날을 보내며 흉중의 만단 근심은 뜰 앞에 있는 오동 잎사귀에 부쳤으니 음식은 조금도 당기지 아니하고 기운은 점점 쇠퇴하여 잠시라도 근심은 잊을 수 없으나 다만 복중에 있는 어린아이를 위하여 몸도 삼가며 음식도 강잉하여 먹는 데 이르니 그 몸의 수척함은 날로 심하나 큰 병이 있는 것은 아니라. 그러나 이경자의 이 병 없이 수척하여 가는 고통(苦痛)은 진실로 병보다 더욱 중하다 할지라. 사람이라 하는 것은 조그마한 병도 능히 저당치를 못하거든 이 몸은 병보다 이상의 고통을 저항하며 지탱하여 지내니 언제까지라도 이 괴로움을 어찌 인내하여 지내리오 하는 생각이 하일 하시에 없는 때 없다. 그뿐 아니라 심중에는 눈에 보이지 아니하는 벽력이 나의 머리에 떨어지려 하는 것 같은 생각이 나매 스스로 모골이 송연하고 몸이 벌벌 떨리며 안색까지라도 변하여 흙빛과 같아지는 일이 항상 있더라.

이경자는 이와 같이 생각할 제마다 참담한 얼굴에 미간 사이로는 무엇이라 형언키 어려운 비참한 빛이 나타나며 안광이 스스로 변해지고 혈색 없는 입술이 벌벌 떨리며

'아―, 만일 그때는 내가 어찌 될까. 내가 입때까지 참아온 것도 지루한데, 섧은지 원통한지 무엇이라 말하면 좋을지 알지 못하는 근심을 가지고서도 정신 잃지 아니하고 있는 것이 도리어 이상한데 만일 이 위에 내 생각한 바와 같이 무서운 기별을 들을 것 같으면 정말 내 몸은 어찌 될까. 필경 기절이라도 하여서 죽든지 그렇지 아니하면 미치기라도 할걸……'

몸은 스스로 벌벌 떨린다.

'만일 영위 미친 사람이 되면 그때는 이 수치 위에도 더욱 미친년 소리까지 들을 터이니…… 아―, 그렇게 되면 어찌하나'

하며 두 팔을 맥없이 무릎 위에 올려놓고 감았던 눈을 번쩍 뜨며 유연히 먼 하늘만 바라본다.

'정말 그렇게 되면 그 부끄러운 것을 어찌할꼬. 아무쪼록 마음을 단단히 먹고 있어야지. 그렇지만 오늘날까지 참은 근심도 기껏 참았는데 일평생이야 이 근심을 하고 어찌 살잔 말이야. 세상에 살아 있어서 남에게 수치 당하느니보다 진작 결심한 것과 같이 하면……'

하며 이경자는 길이 한숨지은 후

'아버지, 제 죄를 용서하여 줍시오…… 백번 죽어도……'

하며 홀연 부친을 생각하고 체읍한다.

이러구러 수일을 지내매 벌써 팔월 십일이 되었더라. 이경자는 마루 끝에 걸어앉아 기둥에 몸을 의지하고 수심에 싸인 몸이 정신없이 앉아 있더니 문간으로 좇아 우편배달부의 목소리가 나며 한 장 편지와 한 장 신문이 들어오는지라. 편지 부친 사람은 서병삼이요 그 신문 보낸 사람은 의심 없는 그 젊은 부인이러라.

이경자는 신문지 허리 맨 종이에 쓴 여자의 필적을 보더니 점점 얼굴이 변하여 대리석상(大理石像)과 같이 푸르고 흰 빛이 나타난다. 슬프다, 이경자가 오늘날까지 기다리고 기다리던 것은 즉 이것이러라.

38

이경자는 정신이 아득하고 가슴이 울렁거려 서병삼의 편지와 그 부인의 보낸 신문을 바라보며 감히 펴 볼 마음이 내키지 아니하며 편지 받아 들고 있는 손은 벌벌 떨린다. 요란한 가슴을 억지로 진정하고 한참 동안 엎뎌 가만히 있어 마음속으로는 하나님께 기도하였는지 힘없이 눈을 뜨고 편지부터 먼저 봉지를 떼고 읽는다.

수요 중 수자 적사오며 우리가 어찌하여 이와 같이 깊은 관계를 맺었던지 그간에는 자연 부인에게 대하여 심려도 많이 끼치고 고생도 많이 시켰으나 나의 사정이 그렇지 못하고 전일 서울서 만나던 여자는 즉 이 사람의 연전에 성취한 아내이라. 이왕 부모가 성취하여 주신 아내를 다른 연고 없이 인연을 끊고 그대를 맞아온다 하는 것도 도리에 틀릴 뿐 아니라 인정의 용서치 아니하는 바이며 그대와 서로 사귀어 오던 정의는 실로 일시 쾌락에 지나지 못하는 일이니 부인께서도 그 일을 남가의 일몽에 붙이시고 이 사람은 단념하고 달리 그대의 마음에 맞는 남편을 구하여 지내시기를 바라오며 전일에 그대와 교회당에서 거행한 결혼식은 이 사람이 금전을 많이 써서 그곳 목사에게 명하여 행한 것이니 이는 한때 그대의 마음을 흡족케 하고자 하는 마음에 지나지 못하며 이 일은 본래 그 교회의 기록에도 올리지 아니하였던 고로 어떠한 방면으로 보든지 그대와 나의 결혼은 조금도 효력이 없는 줄로 아시압. 불일내로 출생할 아이는 남녀 간에 그대가 임의로 양육하였으면 좋겠압. 그러나 만일 처치에 곤란이 있거든 그때는 이 사람이 데려다 기르기로 하여도 좋겠압.

> 팔월 구일
> 서병삼 상장
> 이경자 전

이와 같은 한 점 따뜻한 정이 없고 무정 냉담한 편지를 보기를 다한 이경자는 전신의 피가 일시에 뇌 속으로 올라와서 오늘날 이와 같은 참혹한 일을 당할 줄을 짐작하였으므로 전부터 스스로 경계하며 기운을 진정한 일이 없었을진댄 자기가 스스로 겁 하던 바와 같이 미치는 데 이르든지 그렇지 아니하면 잠시라도 기절함을 면치 못하였을 터이라. 그러나 이경자가 이 수일 내로 마음을 가다듬어 이러한 일이 있을 줄을 미리 짐작한 효험으로 미치지도 아니하였으며 기절도 아니 하고 어디까지든지 그 침정(沈靜)한 태도를 잃지 아니하였더라.

그러나 억지로 이 침정한 태도를 보존하는 속에는 얼마큼 그 가련한 흉중에 무한한 고통이 쌓였음을 알리오.

눈에는 한 점 눈물도 머금지 아니하고 입에는 한마디 소리도 내지 아니하나 처음부터 상기되었던 양협의 혈색이 변하여 청백색(靑白色)이 나타나며 다만 정신은 바람에 나부끼는 버들 잎사귀같이 벌벌 떨고 있을 뿐이라. 조금 있더니 이경자는 다시 젊은 부인이 보낸 신문을 집어 허리에 맨 봉을 뜯고 보니 첫째로 눈에 보이는 것은 '서씨가 경연'이라 한 제목이라.

서씨가 경연
본도 대구 달성촌에 거하는 부호로 또는 명망가로 지목하는 서 도사의 영식 서병삼 씨는 어려서부터 경성에 유학하여 의학을 연구 중이더니 금년 하기 휴학에 여러 해 만에 고향을 왔을 뿐 아니라 그 서 도사의 자부 권씨도 혼인 후 신부례를 지우금 오륙 년이 되도록 못하였다가 이번 기회를 이용하여 신부례를 거행하고 성대한 연회를 배설하고 일군 빈객을 모두 청요하여 화기애애지중에 잔치를 마쳤으며 신랑 신부는 외국 풍속을 본받아 명일부터 이 주일 예정으로 각처 명승지지를 찾아 신혼여행을 한다 하니 우리 경상북도로는 신식으로 신혼여행은 서병삼 씨로 효시(嚆矢)를 삼겠다더라.

39

서병삼의 편지를 볼 때까지는 침정한 태도를 보존하던 이경자는 이 권씨 부인이 보낸 신문의 기사를 보고는 드디어 침정한 태도를 동일히 보존하지 못하였더라. 서병삼의 편지에 대하여는 이미 결심한 바가 있거니와 권씨 부인은 자기를 희롱하며 또는 조롱하고 격동하여 미치도록 만들고자 일부러 이 신문을 보아라 하는 뜻으로 보낸 것이라. 그까지는 뜻하지 아니하였으므로 홀연 신문 보던 눈이 캄캄하여지며 동시에 흉중에 분기 일어나며 피가 끓고 살점이 튀어 악문 이에서 스스로 갈리는 소리 나며 눈 속에는 핏빛이 창일하여 분함과 원통함을 참고 있는 모양은 진실로 보기에 처참하며 나중에는 참다못하여 들었던 신문을 두 조각에 찢어 버리고 그대로 그 자리에 엎드러진다.

뜰 앞의 나무 위에서는 매미 우는 소리가 요란하며 나무 잎사귀가 바람에 흔들리다가 그치고 더운 기운은 다시 사람의 몸을 엄습하는데 사면은 잠든 것같이 고요한 중 이경자의 느끼는 소리가 잠깐 들리더니 매미 소리와 한가지로 홀연 뚝 끊긴 후 삼단 같은 쪽 찐 머리가 가끔 움직일 뿐이라. 꽂고 있던 은비녀가 점점 빠져 방바닥에 쨍그랑 떨어질 때에 죽었던 사람이 다시 정신 붙은 것같이 이경자는 고개를 번쩍 든다. 눈에는 눈물도 거두고 결심한 빛이 나타나며 얼굴에는 극히 냉랭한 빛이 가득하다.

다만 보건대 이경자는 무슨 말을 하려 하다가 막혀 나오지 아니하는 모양이요 몸만 벌벌 떨고 있기를 한참 하더니 적이 진정하여 눈을 다시 감고 가슴에 오른손을 대며 마음속으로

'아―, 지금 다시 남을 원망하면 도리어 점점 제 죄만 더하는 것

이니 나는 서씨도 원망치 아니하고 권씨 부인도 나는 원망할 수 없고 이것은 다 내가 뿌린 종자에서 거두는 결과라고 생각하면 그뿐이라. 아무리 하여도 나의 육신은 비록 움직이나 마음은 벌써 죽은 지 오랜 지라. 진실한 마음이 이미 죽어서 재와 같이 된 이 육신은 살아 무엇을 하리오. 잠시 동안의 고통도 능히 이기지 못하거늘 어찌 일평생을 생존하여 이 고통을 겪으리오. 계집의 제일 부끄러운 이렇듯 부정한 몸이 되어 남편에게는 내친 바가 되었으니 누구를 향하여 얼굴을 들며 누구를 대하여 수작을 하리오. 다만 나를 사랑하시는 우리 부친의 얼굴이나 한번 뵈옵고 가슴에 가득한 말씀을 자복한 후 부친께서 넓으신 마음으로 용서하여 주마시는 말씀이나 한마디 듣고 죽을 것 같으면 죽어도 원이나 없으련만 이 몸으로 가서 부친을 뵈옵고 말씀할 낯은 진정 없고 만일 오늘이라도 부친이 올라오셔서 만나 뵈올 지경이면 마음대로 실컷 울고 전후 죄를 자복하면 부친께서도 용서하여 준다고 말씀을 아니 하실 리 없겠지마는 내가 가서야 부친인들 무슨 낯으로 뵈오리오. 살아서 사람에게 수치를 나타내기는 나는 내 비위로는 정말 할 수 없으니 부친께는 막대한 불효를 끼치나 나는 죽겠사오며 내가 지은 죄는 지필로 써서 자복하고 가오니 나 죽은 후에 불쌍한 년이라고 말씀하여 주시면 지하에 가서라도 웃고 눈을 감겠사오나 내가 죽은 후에 우리 부친께서는 얼마나 비창하여 하실꼬. 그 생각을 하면 죽을 마음이…… 그러나 살아 있다 하여도 마음은 다 썩어 고목같이 된 딸을 일평생 데리고 계신다 한들 부친께는 무슨 유익이 있으리오. 도리어 이우만 할 뿐이니 차라리 한때 슬퍼하시더라도 길게 근심을 부모에게 끼치지 아니하는 것이 오히려 부친께 대하여는 자식의 도리가 되는지도 모르리로다. 또 서병삼 씨로 말할지라도 내가 죽었다 하면 불쌍하게는 생각하여 주겠지. 권씨인들 나 죽은 후까지라도 미워할 리야 있나. 아—, 나는 죽어야 오히려 마음이 편할 터이야…… 복중의 아이는 아무리 자닝하고 불쌍하지마는 아비 없는 자식으로 어미와 한가지 고생하느니보다 어미 가는 곳으로 멀리 동행하는 것이 제게도 유익할 터이요 무정한 저의 아버지 서병삼을 찾아 준다 하기로 그 집안에 가서 무슨 설움을 받을는지도 모르겠으니…… 아—, 나는 어찌해서 이와 같이 운수를 비색하게 타고났노. 전정이 구만리 같은 몸으로 제 손으로 제 목숨을 끊고자 하니 이것이 전생에 무슨 죄란 말이오. 남은 남의 사정을 알지도 못하고 나더러 미친년이니 지각없는 짓이니 할는지도 모르겠지마는 나도 좌우로 깊이깊이 생각한 후에 결심한 일이니 다시는 이 결심을 움직이지 못하리라…… 아—'

이와 같이 생각하매 스스로 가슴에 막혀 나오는 설움에 소리 질러 울음이 되는 것을 억지로 혀를 깨물어 참고

'아, 참, 죽기로 이왕 결심하였는데 지금 와서 무엇이 다시 섧단 말이. 나는 죽어야 죄를 속할 수가 있고 이렇듯 고생을 하다가 죽으면 하나님이라도 죄를 용서하여 주시리니 이 몸은 죽기 외에는 안심할 도리 없거늘 이렇게 마음이 약해서 어찌하나, 응. 차차 유언이나 써서 놓지'

40

이경자는 이제 죽는 것으로 안심을 얻는다 하여 마음을 결단하고

책상을 향하여 종이와 벼루를 내놓고 사후의 유서를 쓰고자 함이라.

먹을 갈려 하는 손에는 힘이 하나도 없고 주지를 펼쳐 놓으니 붓대 쥐기 전에 먼저 떨어지는 것은 눈물이라. 잡았던 붓대를 내던지고 다만 길게 한숨도 지으며 펼쳐 놓은 주지 위에 얼굴을 수그리고 들지 못하기를 몇 번이러니 그럭저럭 쓴 편지가 두어 발이나 되게 썼으니 이는 그 부친 이기장에게 보내는 것이니 자기의 자초지종의 사실을 하나도 은휘치 아니하고 세세히 자복한 것인데 가련하고 불쌍한 정세가 그 편지 속에 역력히 나타난다.

그다음에 쓴 편지는 이경자가 서병삼에게 부치는 것이니 그 편지는 이와 같이 기록하였더라.

초구일 부치신 편지는 오늘 자세히 받자와 뵈었사오며 내려가신 후 자세한 일을 기별하겠다 하시기 오늘 이러한 편지를 볼 줄을 짐작하고 있었사오나 너무도 매정하오신 데 야속하온 말씀은 이루 칭량키 어렵삽. 내 죄로 인연하여 제가 벌을 받는 것인데 지금 와서 뉘를 원망하겠사오며 권씨 부인은 본래 어려서 성취하신 터이라 하오니 더구나 그 부인도 원망할 수 없삽. 그러하오나 이곳은 서방님을 남편으로 알고 태산같이 바라고 믿고 지내옵다가 남편에게 내친 바가 되니 이 몸이 이 모양 되어 세상과 부모에게라도 부끄러운 일을 당할 수 없사오며 이곳더러 다시 얌전한 남편을 구하여 일생을 잘 보내라 하오셨으니 그 말씀하신 것을 보오면 이 사람의 마음을 지금까지라도 모르고 하시는 말씀인 듯하오니 더욱이 한심만 하오이다. 이곳은 오늘 밤으로 이 세상을 이별코자 하오며 다만 마음에 걸리는 것은 복중에 있는 아이가 며칠

안이면 이 세상을 구경할 터인데 제 어미 잘못 만난 죄로 무죄한 어린 몸이 어미와 한가지 황천에 동행을 하고자 하니 자닝하기 가엾사오나 비록 세상에 출생하기로 서방님의 사랑이 밎지 못할 터이요 저의 어미보다도 더욱 불행한 세월을 보낼 터이니 차라리 당초에 이 무정한 세월을 보지 아니하는 것이 도리어 이 아이의 행복이라 하겠사오며.

생전에는 이 몸을 구수같이 아셨사오나 서방님의 구만리 같은 전정에 더욱더욱 영화로이 지내시도록 이 몸은 지하에 돌아가서라도 명명지중에 축원할 터이오니 어린아이와 한가지로 이 세상이 자취를 떠나고자 하는 이 박명(薄命)한 계집을 죽은 후에나 가련하게 아실는지요.

권씨 부인에게로 부쳐 보내신 그곳 신문을 보오니 내외분이 일간 신혼여행을 하오신다 하오니 이곳이 마지막으로 눈물을 뿌리며 쓴 편지도 이곳이 죽은 후 며칠 지나야 아마 보실 듯하오며 두 분은 남이 부러워할 만한 재미있는 세월을 보내실 일 더욱이 감축하오이다.

하올 말씀은 하해 같사오나 미워하시는 계집의 손으로 쓴 긴치 아니한 편지를 일부러 보시라 하기도 도리어 불안하와 그만 그치오며 혈루(血淚)에 어린 필적을 눌러보시기 바라옵나이다.

팔월 십일
이경자 답 상장
서병삼 전

41

이경자는 그 편지 쓰기를 다한 후 오정당에게 영결하는 편지와 상직 자는 노파에게 수자 또 적어 놓았으니 노파에게 한 편지에는 나는 부득이한 사정으로 인연하여 죽으니 고향에서 우리 부친이 올라오셔서 일을 처치하시기까지 이 집에 기다리고 있으라 부탁하였고 또는 다소간 돈냥도 동봉하여 놓았더라.

이러할 때에 일곱 시 반을 치는 종현 천주교당에서 치는 종소리가 동남풍을 쫓아 귀로 들어오는데 해는 벌써 황혼에 이르렀더라. 이때까지 부엌 속에서 저녁밥을 짓느라고 골몰하던 노파는 저녁을 퍼 가지고 올라와서

"아씨, 저녁 다 되었습니다. 진지 잡수시지요"

하며 지게문 밖에 비켜서서 방 안을 들여다보며 말하는 노파의 소리에 이경자는 지금까지 꾸던 꿈을 깜짝 깨어 말하는 사람의 얼굴을 바라보며 간신히 입을 열어

"나는 어쩐지 몸이 아파서 밥 생각이 없으니 자네 먼저 먹게"

"아이고, 또 어디가 편치 못하셔요. 억지로라도 조금 잡수실 생각을 하여 보시지요. 어머님이 아니 잡수시고 기운이 지치시면 어린 아기에게도 해롭습니다"

이경자는 속으로 냉소하며

"나는 조금 이따가라도 먹을 터이니 자네 먼저 먹어 치우게"

"그럼 아씨, 저 먼저 먹겠습니다"

"응, 어서 먹게. 밥 먹고 내 심부름할 일이 또 있으니……"

"아이, 그러면 얼풋 먹겠습니다. 그러나 아씨가 진지 달게 잡수셔

야 할 터인데"

이경자는 말없이 다만 고개만 숙이고 있는데 노파는 홀로 재미없고 신산스러운 모양으로 숟가락을 올렸다 내렸다 하고 있다.

이경자는 아무쪼록 노파에게 기색을 보이지 아니코자 하나 가슴 속에는 일만 가지로 신세타령이 교집하여 심사를 어디다 비할 길 없다. 노파는 밥 먹기를 다하고 남포에 불을 켜 가지고 방으로 들어오더니

"아씨, 밥 다 먹었습니다. 무슨 심부름입니까. 얼풋 다녀오지요"

이경자는 편지 석 장을 집어 그중에 두 장을 가리키면서 조금도 사색이 없이

"이 편지 두 장은 우편통에 집어넣고 또 이 편지 한 장은"

하며 오정당에게 하는 편지를 가리키며

"동관 오 선생님 댁에 갖다 두고 오게"

노파는 석 장 편지를 손에 받아 들고 남포 불빛에 더욱 푸르고 흰 이경자의 얼굴을 이상스러이 바라보며

"웬 편지는 이렇게 여러 군데다가 부치십니까"

"아따, 잔소리하지 말고 하라는 대로나 하게그려"

"예—"

대답하며 노파는 오정당에게 가는 편지를 보며

"그러나 그 오 선생님이 일전에 시골 가신다고 하시지 아니했습니까. 벌써 올라오셨을까요"

"아직 올라오시지는 아니하셨지만 올라오시거든 보시게 드리라고 그 집에 있는 사람에게 단단히 이르고 오게"

이경자의 자기 마음은 조금도 사색을 보이지 아니하는 것 같으나 남이 보게는 언어와 기색이 수상스럽게 들리고 보인다. 노파는 이경자

의 얼굴과 편지를 번갈아 가며 바라보며

"이 편지 두 장은 요 앞 우체통에 넣고 들어오겠습니다. 그리고 동관 오 선생님께 가는 편지는 내일 일찌거니 다녀오지요"

이경자는 소리를 조금 크게 하여

"글쎄, 왜 그리 잔소리를 하나. 갔다 오라면 갔다 올 것이지. 남은 급한 일이 있어서 그리하는데 공연히 핑계만 하고 있네그려"

하며 노파를 핀잔준다. 노파는 머쓱하며

"예, 그럼 갔다 오지요"

노파가 문밖을 나간 후에 만일 더디면 발각이 될까 염려하여 이경자는 흰 옷은 벗어 장 속에 넣어 놓고 진솔로 말라 두고 입지 아니하던 새 옷을 내어 수의 겸하여 입고 또 집안에 자기가 쓰던 물건은 비록 조그마한 물건이라도 일일이 치워 정제히 하여 놓은 후 이제 이 집을 보는 것이 마지막이로다 하며 몇 달 동안 정들었던 나의 집을 돌아보며 시든 풀 잎사귀 같은 몸이 그림자같이 문을 나서니 마음도 어지럽고 다리도 어지러워 몸을 임의로 추신치 못할지라. 길가에 놓인 인력거를 불러 입 밖에 간신히 나오는 목소리로

"여보게, 인력거, 용산까지 좀 데려다 주게"

42

여러 달 동안을 태중의 몸을 삼가느라 걷지도 아니하고 타지도 아니하던 몸이 별안간에 인력거에 휘달려 용산 강변까지 나오니 신기

불평하며 복중이 심히 거북한지라. 그러나 지금 이 시각으로 죽을 몸이 무슨 일이 있기로 어찌 고기하며 기운 없는 다리를 간신히 옮겨 놓아 그럭저럭 노들 강가 철로 다리 놓인 데까지 이르렀더라. 이곳은 본래 인가가 희소한 강변이라. 마침 왕래하는 사람은 하나도 없고 다리 왼편으로 십여 간 동안이나 떠서 십여 호 사는 동네가 있는데 멀리 창밖으로 쏘여 나오는 등잔불만 반짝반짝한다.

이경자는 철교 난간을 더위잡고 다리를 침목 위에 올려놓고 한숨 쉬고 사면을 휘돌아본다. 이때 초승달은 엷은 구름에 싸여 캄캄해지고 강 가운데로서는 연기 같은 기운이 공중으로 솟아오르는데 언덕에 부딪치는 물결 소리는 은은히 애원하는 곡조같이 들려 완연히 황천의 소식을 전하는 듯하며 풍편으로 쫓아오는 용산으로 내왕하는 전차 다니는 소리와 때때로 나는 발종 치는 소리가 처량스러이 들리는데 이것도 또한 이 세상에서 마지막으로 듣는 소리가 아니리오. 이경자는 두 손을 모아 하늘을 향하여 절하고 구중으로 축원하며 지금 경각 사이에 이 세상을 버릴 일을 생각하매 졸연히 가슴이 막힌다. 오늘날까지라도 하나님이 도와주시는 몸을 가지고 제가 스스로 구하여 얻은 벌로 오늘 밤에 이 참혹한 지경 당하는 일을 이 외에 더 큰 죄악이 없을 줄로 생각하며 새로이 다른 생각이 가슴속에 번갯불같이 왕래하니 오늘날까지 여러 가지 견디기 어려운 고통(苦痛)을 참고 지낸 것이 진실로 하나님 벌을 적당하게 몸에 받은 것이니 이후로는 무슨 일을 헌신적(獻身的)으로 하여 전 죄악도 씻고 후일 복락도 빌 것이며 나의 몸은 나의 물건이요 또는 하나님의 물건이거늘 다만 나의 사정에 절박함만 생각하고 하나님이 벌을 내리신 후 다시 마음을 돌리게 하여 안신 입명(安身立命)할 곳을 얻게 하시는 것은 모르고 다만 좁은 마음에 스스로 죽는 땅에 나아가고자 하니 어찌 하나님의 본의에 어그러짐이 아니리오 하며 이제 죽는 데 임하여 그윽이 일점 미광(一點微光)을 보았더라. 뇌(腦)는 일신에 물 끓듯 하며 더욱이 아까부터 불평하던 몸이 지금은 심히 괴로우며 복통까지 겸하여 나며 복중의 아이는 돌리는 모양이 전일과는 다르게 현저한지라. 가만히 생각하되 산점이 보이는 것이 아닌가 하매 별안간에 몸이 벌벌 떨리며 진정키 어렵다. 잠시만 기다리면 이 세상을 구경할 것을 무죄한 어린아이까지 나의 죄악으로 인하여 한가지로 이 물에 빠지는 것이 하늘이 무섭고 땅이 두려운 생각이 감동 되어 망연히 서서 있기를 한참 하다가 이미 결심한 바를 돌이키고자 하지 아니한다. 유서도 우체로 벌써 부친 몸이 다시 살아서 목숨을 아낀 조소까지 받기 싫고 하나님께도 내친 바가 된 이 몸이 이 외에 죄를 더 지으면 얼마나 더하며 죽어도 하나님께 내친 바가 되어 저승에 가서도 오히려 악귀에게 무한한 침노를 받으라 하여도 감수하리라 하며 다시 마음이 암암한 칠야 중으로 들어간다.

이때 이경자의 몸의 위태함이 일순간에 있는데 홀연 뒤로부터 강중을 향하여 뛰어내리는 몸을 꽉 붙드는 사람이 있더라.

일편 고심을 만경창파에 부치고자 하던 이경자의 몸을 이곳에서 구한 사람은 나이 오십여 세나 되어 뵈고 과히 모양이 상스러워 보이지 아니한 노파러라. 그 노파는 깜짝 놀라는 목소리로

"아, 여보, 이게 웬일이오"

이경자는 벌써 맑은 정신은 잃어버리고 반은 미친 사람같이 되었는지라 몸을 뿌리치며

"아이, 이게 누구요. 남의 옷을 잔뜩 잡고 놓지를 아니하니. 죽으려고 하는 사람을 왜 이리 붙들고 귀찮게 굴어. 어서 놓으오"

그 노파는 힘껏 붙들고 놓지 아니하며

"누구신지는 모르겠소마는 자처하려고까지 마음을 자실 제는 무슨 까닭은 있는 일이오그려. 그렇지만 이 할멈이 보지 못했으면 모르겠지요마는 보고서야 그저 남더러 죽으라고 가만히 내버려 둘 수가 있소. 아무렇든지 우리 집으로 같이 가서 자세한 내평을 듣고서 돌아가야만 할 일이면 돌아가시게 하오리다. 이왕 죽기로 마음을 먹은 담에야 오늘 죽으나 내일 죽으나 마찬가지지 그리 급할 것이야 무엇 있소. 그리고 우리 집은 멀지도 않소. 저기 보이는 불 반짝반짝하는 집인데 다른 사람은 없고 늙은 여편네 둘이만 살고 있으니 조금도 염려 말고 갑시다"

마침 구름 벗어지는 틈으로 비치는 달빛에 이경자의 얼굴을 보더니 그 아름답고 가련한 형상에 더욱이 동정심이 감발하여

"뵈와 하니 어느 양반의 댁 새아기씨인가 본데 이게 웬일이오. 친구가에 부모도 계실 테요 아무리 어찌할 수 없는 일이 있기로 죽기까지는 너무 과하지 않소. 아무렇든지 우리 집으로 들어가십시다. 집은 누추하지마는……"

정이 뚝뚝 듣는 노파의 간곡한 말에 이경자는 비로소 마음을 돌려 얼굴을 들어 쳐다보니 머리는 반백이 넘었으며 손에는 염주를 걸었는데 그 말하는 것과 같이 눈에도 정다운 빛이 보이며 사람으로 하여금 감사한 마음이 스스로 나오게 한다. 이경자는 홀연 일만 가지의 설움이 일시에 솟아나와 와— 소리 질러 울며 정신을 못 차리고 그 자리에 엎더지려 하는 것을 노파가 간신히 부축하여 벌써 이경자의 마음이 돌린 줄 깨닫고

"어서 정신 차려 갑시다. 조금만 내가 더디었더라면 큰일 날 뻔하

였을 걸 이것도 부처님이 도와주신 인연인 게요. 자—, 어서 갑시다"

하며 이경자의 팔을 껴잡으니 이경자는 아무 말 없이 그 노파의 팔에 의지하여 발길만 내려다보고 따라간다.

43

그 노파의 집은 그 강변이니 집은 비록 초가로되 십사오 간 되는 정결한 집이라. 그 집까지 올 동안에 길에서 그 노파의 하는 말을 듣건대 자기는 중년에 남편을 잃고 홀로 되어 친척에게로부터 양자를 하였더니 불합하여 파양한 후 다시 세상에는 믿고 의탁할 곳이 없어 불교나 믿어 여생을 마치고자 하여 홀로 산중 초막같이 하고 지내는 터인데 본래 의식에는 과히 군색치 아니하므로 심부름하는 노파 하나 두고 두 늙은이가 한가히 염불이나 하고 세월을 보내노라 하며 그 노파의 성은 김씨러라. 김씨 노부인은 이경자의 손을 이끌어 방 아랫목에 앉히고 요를 깔아 주며

"자, 여기 좀 드러누우오. 기운을 좀 진정해야지. 우리 집에는 이렇게 늙은이 두 사람밖에는 아무도 없으니 조금도 불안한 생각은 자시지 마시오"

"아이, 너무도 불안합니다"

하며 간신히 입 속으로 말을 하고 기운 없이 자리 위에 엎드린다. 김씨 부인은 이경자의 기운 수습치 못하는 모양을 보고

"여보, 소주를 조금 자셔 보오. 통기가 될 터이니"

이경자는 대답 없는데 그 노부인은 옆에 앉아 있는 노파를 향하여

"마루에 나가서 소주 한 잔만 따라 가지고 들어오게"

노파가 따라 가지고 온 소주를 손에 들고 노부인은

"자, 조금 자셔 보오. 통기 좀 되게시리"

"예"

하며 이경자는 흉중이 산란하여 대답도 이루지 못한다.

"자―, 자셔요……"

여러 번 정다이 권하는 것을 물리치기 어려워 경자는 잔을 마지 못하여 받아 가지고 입술만 축인다.

"의외에 근심을 끼쳐 드립니다그려"

"별말을 다 하는구려. 조금도 그런 생각은 자시지 말고 내 집같이 알고 계셔요…… 그러나 꽃 같은 젊으신네가 그게 웬일이오. 인제는 차차 그 이야기나 좀 들어 봅시다"

경자는 아직도 가슴을 진정치 못하여 곧 대답을 못 하는지라. 노부인은 거듭하여

"나는 당신을 오늘 처음이라도 어쩐 일인지 다른 사람 같지 않고 나의 친척이나 되는 것같이 마음이 쓰이는구려. 이 할미더러 무슨 말씀을 하든지 해로울 일은 없으리다. 나도 그다지 향방 없는 사람은 아니요 말씀을 아니 하시더라도 대강은 짐작하겠소마는……"

하며 경자의 허리 아랫배를 눈주어본다.

"아니, 당신이 나더러 말하기가 부끄러워서 그리하오마는 조금도 부끄러울 것은 없소"

김씨 노부인의 친절한 말에 경자는 자초지종을 하나도 숨기지 아니하고 눈물을 흘리며 자기의 내력과 서병삼에게 속은 것과 심지어 아

이까지 밴 이야기와 오늘 자처코자 하던 사단을 일일이 말하였더라.

그 노부인은 동정을 다하여 들은 후 그윽이 눈물을 지으며

"그 말씀은 다 자세히 알아들었소. 사세가 그러하게 되었으니깐 자처하려는 생각 나기도 괴이치 않소. 그러나 당신도 지금 말씀하셨거니와 죽는다 하는 것은 죄에다 죄를 더하는 것이요 부모에게 대하여도 불효에 불효를 더 끼치는 것이 아니오? 죄라 하는 것은 대잡고 자복하는 것이 제일입니다. 당신일지라도 잘못한 일을 부모 앞에서 회개하고 부모가 용서하신 후에는 그때같이 마음이 좋을 때가 어디 있겠소. 온 세상 사람이 당신의 일을 다 알 것도 아니요 만일 안다 하기로 손가락질 받고 웃음 취할 일은 아니요 도리어 불쌍하다고는 할지언정 가령 또 그러하다 하기로 장래가 아직도 머신 터에 언제든지 전의 누명은 씻어 버릴 수가 있지요. 그런데 만일 당신일지라도 돌아가 보시오. 그야말로 남들은 있는 말 없는 말 할 것 없이 지어내서 소문이 왁자할 터이니 만일 그 물에 빠져 죽으면 그 이튿날은 각 신문지에 모두 소문이 나겠지요. 아무려면 좋은 소문이야 나겠소. 밤낮 당신의 이름만 누명과 함께 세상에 퍼질 터이니 그렇게 되면 당신의 수치뿐 아니라 부모의 이름도 들춰날 터이요 학교 이름도 날 터이니 그렇게 되면 그게 무슨 꼴이오. 일이 안 그렇소. 남부끄러우니 죽겠다고 하면 죽은 후에는 첫째로 부모의 가슴에는 못이 박힐 터이요 세상에는 죽은 후에 좋은 말을 듣지 못할 터이니 죽으려 하는 것이 도리어 더 남부끄럽겠소. 진소위 조그만 부끄럼을 참지 못해서 큰 부끄럼을 사는 격이 아니오. 그만하면 당신도 아마 알아들을 듯하구려, 응. 여보, 아니 그렇소, 이치가"

44

이경자는 김씨 부인의 친절한 충고하는 말에 자연히 감동 되어

"예, 그저 지금 말씀은 다 옳은 말씀이올시다. 아까 일은 지금 생각을 하여도 몸이 으쓱하여집니다그려. 인제는 무슨 어려운 일이 있더라도 죽을 생각은 아니 하겠습니다. 나는 인제 병원의 간호부 노릇이라도 해서 전에 지은 죄를 조금이라도 속할까 합니다"

하며 체읍한다. 김씨 부인은 우선 자기의 말에 감동 되어 마음을 돌림을 다행히 여겨

"아미타불. 인제는 내 마음도 어찌 좋은지 모르겠소. 무슨 간호부 노릇을 하여서라도 죄를 속한다 하니 남에게 적덕하는 것이 하필 간호부뿐이겠소. 세상에는 서병삼 같은 위인만 있는 것은 아니라오. 아무쪼록 마음을 가라앉히고 정신을 차리게 하오"

경자는 기운 없이 다만

"예—"

하고 대답할 뿐이라.

"그러면 당신은 아직은 우리에게 계시오. 다른 데는 별로 가실 데도 없고 누가 봐 드릴 사람도 없는 모양이니 불편은 하더라도 여기서 같이 얼마 동안이든지 지내는 것이 좋을 듯하오. 나는 당신을 남으로 알지 아니하니 염려 마시고 해산까지라도 예서 하시고 해산구완도 잘은 못해도 남 하는 대로는 할 터이니…… 그러나 사직골은 기별하지 않으시오. 아마 지금쯤은 야단법석이 났겠소. 사람을 보내서 기별하지요. 그리고 시골 댁에도 편지를 다시 부치오……"

이경자는 아까부터 눈살을 찌푸리며 몸을 진정치 못하며 배에 손

을 대고 몸을 폈다 구부렸다 하는 양을 보고 김씨 부인은

"왜 그리해. 배가 아파서 그러오"

"예—"

"그런데 몇 달이나 되었소, 응, 당삭이 되었어……"

"예—"

"아, 그러면 아니 되었소. 해산 제구를 차려야 하겠소그려. 대단히 아프오"

"예…… 때때 못 견디게 아프고 제일 허리가 곱아서 못 견디겠어요. 그리고 어디가 아픈지 지향을 할 수가 없어요"

김씨 부인은 한편으로 해산 제구를 차리며 또 한편으로는 사직골로 사람을 보내어 기별을 하며 자기는 경자를 붙들고 해산을 시킨다. 경자는 정신없이 김씨 부인에게 매달려 신음하는 소리만 들리더라.

이리 신고하기를 한참 하더니 홀연 어린아이 우는 소리가 방으로 좇아 나니 이는 이경자가 순산함이러라. 김씨 부인은 자기가 손자나 본 듯이 좋아하며

"고추배기를 낳았구면. 생기기나 좀 잘생겼나. 콧날이 서고 눈이 어글어글한 것이 똑 저의 모친을 닮았구면. 아이, 똑똑도 하여라. 여보, 정신 차리오. 옥동자 같은 아들을 낳았소"

하며 천에 덮어 아랫목 한편으로 누이니 세상에 처음으로 나온 손님은 벌써 고요히 잠이 들어 숨소리만 색색한다.

이때 사직골 보냈던 사람이 그곳 할미와 한가지 와서 그 할미는 눈물을 비죽비죽 흘리며 심부름 갔다가 와서 유서 써 놓은 것을 보고 놀라던 일장 설화를 하며 어찌할 줄을 모르고 속만 태우던 차에 마침 사람을 보내셨기에 같이 따라왔노라 하는지라.

그러나 경자는 여러 달 동안 심려로 지친 끝에 해산을 하였는지라 정신없이 혼침하여 누웠는데 만일 사직골 노파가 왔다 하면 필연 전일 생각을 다시 염두에 일으켜 심회를 좋지 아니케 하리니 그러면 산후 신체에 해로울까 하여 그날로는 보지 못하게 하였더라.

그 이튿날 김씨 부인은 경자와 의논하고 그 부친에게 죽지 아니하고 김씨 부인 집에 있음을 전보로 기별하였더라.

이경자는 이제야 안신 입명할 땅을 얻어서 전일과 같이 번뇌하는 일은 없으나 출산 후에 피를 많이 쏟은 고로 몸이 심히 쇠약해졌을 뿐 아니라 오히려 과거와 미래의 근심이 없지 못하므로 비상한 신경과민(神經過敏)을 일으켜 기의 '히스테리'라 하는 열병이 되는데 이르렀더라.

45

전일부터도 이경자는 수심으로 몸이 수척하였더니 이번 산후 피를 과히 쏟은 후로는 더욱 알아보지도 못하게 수척하여 눈은 꺼져서 쌍꺼풀진 눈꺼풀이 더구나 현저히 보이며 눈빛은 붓고 목자는 사람을 향하여 보는 것이 황당하여 보이며 뺨의 살은 여위고 혈색은 조금도 없으니 잠깐 보건대 불시에 한두 살 더 먹은 사람 같되 아름다운 얼굴은 파리하되 오히려 아름다우며 단장하지 아니한 삼단 같은 머리는 갈가리 흐트러져서 귀에 덮인 모양도 더욱이 어여쁘다.

이경자는 산후 여증으로 때때로 정신을 잃고 섬어도 하며 희로애

락을 때를 잃어 웃을 때에 울기도 하며 울 때에 성도 내어 거의 나의 원심을 잃고 실성한 사람과 같을 때가 종종 있는지라 김씨 부인은 크게 염려한다. 경자는 쇠년이 아니로되 어린아이 기를 만한 유도가 적어 못 먹이고 우유로써 기르다가 유모를 구하려 하더니 이삼일을 지난 후 하루는 김씨 부인의 집에 부쳐 있는 할미의 딸이 찾아왔는데 지금 살기는 전라남도 목포에서 여러 해 전부터 살더니 요사이 낳은 지 이십일쯤 된 아이 갓난이를 잃고 화도 나고 모친도 오래 못 보았으므로 다니러 올라왔던 터이라. 또는 위인이 정직하고 근실하여 믿음직함은 그 집 주인 김씨 부인도 아는 터이므로 경자와 의논하여 응낙을 받은 후에 이 간난어미를 아직 유모로 정하여 젖을 먹이게 하더라.

김씨 부인은 어린아이를 안고 어르며 경자의 앞에 와서

"지금 우리 아기가 간난어멈 젖을 잔뜩 먹었다오. 이것 좀 보아. 눈을 바로 둥그렇게 뜨고, 하하하, 똑 저의 어머니를 닮아서 어쩌면 고렇게도 몹시 닮았을까. 자—, 어머니나 좀 보시오"

하며 앞으로 들이미니 경자는 한참 들여다보더니 빙그레 웃으며

"나는 참 지각없는 짓도 했지요. 어찌하자고 그런 생각을 냈을까요. 저 마님이 나를 구원해 주시지 아니하였더라면 이것을 공연히 죽일 뻔하였지"

"글쎄, 그 일은 그저 잊어버리라니깐 그러는구려. 몸에 해로워요"

"예, 잊어버리지요. 인제는 우리 아버지나 한번 만나 뵈었으면 나는 더 원이 없겠어요"

경자의 기색이 가장 쾌락함을 보고 김씨 부인은 기꺼하며

"아버님께서도 아마 이삼일 안으로 올라오시겠지요. 올라오시거든 부모의 마음을 편안히 해 드리도록 하오. 그게 제일 효도외다. 젊은

때는 누구든지 잘못하는 일이 많지 어찌 잘하기만 하겠소. 아버님도
제일 어여쁜 아가를 보시면 오죽 좋아하시겠소"

하며 경자를 위로하는 말은 귀에 들리지도 아니하는지 경자는 방
안에 들어와서 날아다니는 나비만 바라보고 있더니 별안간에 소리를
크게 질러 김씨 부인을 부르며

"아이고, 저 나비 좀 보시오. 우스워 죽겠네. 저 나비 잡아서 어린
놈 주어 주시오"

김씨 부인은 경자의 얼굴을 한참 보더니 실성한 사람같이 뛰노는
지라 깜짝 놀라

"그것이 무슨 소리요. 어린 아가가 아직 아무것도 모르는데 나비
는 잡아 주어 무엇 한단 말이오"

경자는 다시

"나비는 아이들이 가지고 놀면 못쓴다지요. 잡아 주어도 쓸데없
구려. 아, 아―, 날아가 버렸네, 그만"

하며 나비 날아가는 곳을 바라보더니 나중에는 까닭 없이 눈물을
뚝뚝 떨어트린다.

김씨 부인은 경자의 모양을 가긍히 여겨 이윽히 보다가

"나비 가는 것이 그렇게 섧을 것 무엇이오. 마음을 좀 진정하오.
기운을 공연히 들뜨우지 말고"

이경자는 다시 무슨 생각을 하였는지

"아버지께서 무엇이라고 기별이 왔습더니까"

"아―니, 아직 아무 기별도 없소"

"나는 우리 아버지를 뵈어야만 할까요. 아버지를 어떻게 보나. 아
이, 나는 못 보겠어. 아이, 나는 못 보겠어. 정말 참 못 보아요. 당신이

어떻게든지 말씀을 잘 하셔서 도로 시골로 내려가게 해 주시오. 내가
왜 어저께 죽지 아니하였을까"

목자가 휘황하고 호흡이 천촉하며 번조하여 하는 것을 김씨 부인
은 물끄러미 앉아 바라보며

"왜, 아까는 아버지만 뵈면 원이 없겠다고 하더니 그리하오"

경자는 대답 없이 두 손으로 얼굴만 가린다.

46

이경자는 실성한 것이 아니라 일시 감정의 변화가 심하여 어린아
이와 같이 우습지도 아니한 일에 우스워서 못 견디다가 홀연 까닭 없
는 일에 섧어져 가는 듯이 호읍하니 지금은 비록 중치 아니하다 하나
날이 점점 오래게 되면 큰 병이 되지 아니할지도 알 수 없으므로 김씨
부인은 의사를 청하러 사람을 보냈더니 오후에 오겠다 하는 회답을 가
지고 돌아왔더라.

벽상의 괘종이 열한 시를 보하는데 이경자는 기운을 차리지 못하
고 방 안 한구석에서 누워 정신없이 자고 김씨 부인은 사직골 노파와
간난어미와 어린아이를 어르며 서로 이야기를 하고 있더니 문밖으로
서

"이리 오너라"

하는 목소리 나는지라. 하인 노파를 내보내 보니 연기는 오십여
세나 되어 보이는 남자인데 머리는 반백이 되고 이마는 대머리 졌는데

뒤에는 지게꾼이 가방과 겟토와 보퉁이 등속을 싸서 한 짐 잔뜩 지어 놓고 손에는 수건을 들고 이마에서 흐르는 땀을 자주 씻으며 문에 나와 선 노파를 보고

"여기가 김 소사 댁이오"

"예, 그렇습니다"

"나는 공주 사는 이기장이라 하는 사람인데 내 딸년이 여기 와 신세를 지고 있다 하는 기별을 듣고 올라온 길이오"

김씨 부인은 안마루에 서서 벌써 알아듣고

"아이고, 여보게, 할멈, 그 양반께 어서 이리 들어옵시사고 여쭙게"

이기장은 들어오라는 말에 딸의 얼굴을 잠깐이라도 어서 볼 생각에 남의 집 안에 들어가는 것을 조금도 사양치 아니하고 문을 썩 들어서니 김씨 부인은 반가이 내달으며

"말씀은 따님께 노— 들었더니 오늘이야 처음 뵈옵습니다그려. 어서 이리로 올라오시지요. 내가 주인이올시다. 따님이 요새 날마다 아버님 올라오시기를 어찌도 기다리는지 모르겠지요"

이기장은 이마의 땀만 씻으며

"아이, 그러십니까. 고마운 치사는 별안간에 다할 수 없으니 차차 말씀하겠습니다"

"어서 앉으시지요. 찬찬히 따님 지낸 이야기를 하오리다"

"예, 그저 나는 꿈인지 생신지 몰라요. 반은 미친 것 같습니다. 세상에 도무지 어미 아비같이 자식에게 눈이 어두운 것은 없는 게야요. 어제까지라도 딸년이 서울서 공부만 잘하고 있거니 하였지 서방을 얻어 가지고 이 모양 되었을 줄이야 어찌 알았겠습니까. 기가 막혀, 나,

원. 게다가 아이까지 배고 나중에는 사나이에게 소박까지 맞았다니 잠시 동안이라도 남 하는 것은 다 해 보았습디다그려. 허허허, 기가 막혀 웃음이 나오는군. 딸년이 전부터 그렇지는 아니한 줄로 알았는데 어찌해서 못된 귀신에 씌었던가, 웬일인지 나는 원, 분한지 원통한지 섧은지 도무지 가리를 잡을 수가 없더니 편지를 차차 보아 내려가노라닌간 나는 남이 부끄러워 죽노라 하였단 말이야요. 나는 어떻게 깜짝 놀랐던지 정신이 아득하여지옵디다. 죽다니 무슨 소린지. 아무리 부모 모르게 서방을 얻었다 하기로 이 아비가 그다지 몹시 꾸짖을 리도 없는데. 도대체를 말하자면 계집사람에게 학문이 당합니까. 더구나 서울 올려다가 혼자 내버려 둔 것이 다 잘못이지. 세상 사람을 무엇이라고 하든지 상관할 것이 있나. 남부끄럽거든 아무도 모르는 다른 곳으로 가서 살지. 나는 딸 데리고 그리까지라도 하려는 이 아비의 마음을 알지 못하고 그것이 무슨 지각없는 짓인가 하고 한참 실성하였지요. 날개가 있으면 날아라도 가련마는 기차로 가더라도 그동안에는 벌써 죽었으려니 하여 어쩔 줄을 모르던 차에 댁의 부치신 전보가 와서 딸년이 무사히 있는 줄을 알고야 마음이 홀연해서 숨을 좀 돌렸습니다. 정말 당신은 내 딸 살려 주신 은혜뿐 아니라 이 사람의 목숨까지 살려 주신 셈이니 이 은혜는 백골이 되기로 어찌 잊어버리겠습니까. 그래, 그 전보 보고서는 곧 떠나서 지금 용산 정거장에서 내려서 이리로 찾아 들어오는 길이올시다"

하며 이기장은 길게 한숨지으며 부채질을 훨훨 하고 있다.

47

김씨 부인은 어버이 된 사람의 마음이 걱정과 기꺼함이 과연 그러할 듯이 생각하여 고요히 이기장의 하는 말을 듣기를 다하고

"천만의 말씀을 다 하십니다. 따님 구한 것은 전생에 무슨 인연이 있었던 게야요. 그렇지 아니하고야 어떻게 고렇게 이상스럽게 일이 됩니까"

"그러니까 딸년이 저 강에 빠져서 죽으려고 하는 것을 당신이 마침 보시고 구하셨습다그려"

"예, 그랬어요. 그날 밤이 일기가 어찌 더운지 하도 덥길래 문밖에 나가서 바람을 좀 쏘일까 하고 강가에 나섰노라니까 철로 다리 근처에서 웬 사람의 그림자가 보이며 때때로 느끼는 소리가 나기에 이상스러워서 가까이 가서 보니까 당장에 강을 향하여 빠지려 하겠지요. 그래서 와락 덤벼들어 붙잡고 제반으로 위로하여 집으로 데리고 왔지요"

"아, 이 은혜를 어찌 다 갚습니까. 이 은혜는 우리 부녀 두 사람이 죽기로 어찌 잊겠습니까"

"그런 말씀은 다시 두 번도 마서요. 은혜가 다 무엇입니까. 그러나 또 반가워하실 말씀이 또 하나 있습니다. 그날 밤에 별안간에 순산 생남을 하고 아이가 생기기나 좀 잘생겼나요"

이기장은 깜짝 놀라는 모양으로

"아, 아들을 다 낳았어요. 당신께는 점점 신세만 더 끼치고 참 불안하외다"

"원, 망령이올시다그려. 신세가 다 무엇이오니까. 나는 친손자나

본 것같이 마음에 좋은 걸이요"

"그러나 딸년은 어디 있습니까. 얼굴이나 좀 보겠습니다"

"예, 저 건넌방에 누웠으니 들어가셔서 보시지요. 그러나 여러 달을 두고 근심하던 끝에 또 해산을 하여서 정신을 차리지 못하고 섬어를 하고 간간이 실성한 사람 같으니 보시거든 꾸짖지 마시고 듣기 좋게 말씀하시지요"

"아무렴, 그렇지요. 걱정은 조금도 아니 하겠습니다"

이경자는 자기의 부친이 딸을 찾아 멀리 올라온 줄도 알지 못하고 오히려 베개를 높이 하고 곤히 잠들었는지라. 지금 김씨 부인과 한가지로 들어온 이기장은 경자의 모양을 얼핏 보매 비록 산후라 수척하였으려니와 얼굴을 알아보지 못하도록 초췌하여 전일에 있던 어여쁜 어린 태도는 조금도 볼 수 없는지라. 이기장은 그 모양을 보고 우선 가슴이 내려앉으며 경자의 베갯머리에 펄썩 주저앉으며 눈물이 뚝뚝 떨어진다.

"얘, 경자야, 아버지 여기 왔다"

베갯머리에서 지껄이는 사람의 소리에 경자는 꾸던 꿈을 깜짝 깨어 눈을 번쩍 뜨고 부친의 얼굴을 쳐다보더니

"아이고머니나—"

하며 두 손으로 얼굴을 가리고 돌아눕더니 홀연 기절하여 인사를 차리지 못한다.

집안이 깜짝 놀라 의사를 청하러 사람을 보내며 환약을 갈아서 입에 흘려 넣으며 수족을 주물러 이윽하더니 경자는 간신히 숨을 돌리고 정신을 차려 눈을 뜨는지라. 이기장은 숨을 도르고

"오, 애, 정신 차렸느냐. 아버지 여기 있다, 응"

말과 한가지로 더운 눈물이 경자의 얼굴에 뚝뚝 떨어진다. 경자는 부친의 얼굴을 이상스러이 한참 쳐다보더니

"당신은 누구요?"

이때에 이경자의 눈은 벌써 변하여 온전한 정신은 잃었더라.

48

경자는 의사의 들어오는 모양을 보더니 깜짝 놀라 목자가 삽시간으로 변해지며 지금까지 어르고 있던 어린아이를 황망히 옆에 내려놓으며 주인 김 소사를 불러

"아이고, 주인아주머니, 이 아이 좀 얻다가 잘 감추어 주시오. 어서어서 감추어 주셔요. 서병삼 씨가 지금 왔소"

김 소사는 어린아이를 얼른 받아 안고

"여보, 그 양반은 서병삼 씨가 아니라 의원 손님이오. 자세히 보구려"

"예, 서병삼 씨가 의사가 되어서 왔어요"

하며 의사의 얼굴을 쳐다보며

"서방님은 어찌해서 여기를 오셨소. 나는 당신같이 무정한 양반은 다시 보기도 싫소. 어서 가시오. 당신이 아마 이 아이를 뺏어 가려고 오신 게구려. 공연히 남의 어린아이 데려다가 내외 번갈아 가며 몹시 굴려고. 이 아이는 내 자식이야. 당신에게는 조금도 상관이 없으니 어서 가오"

의사는 이미 병자의 대강 증세는 들었던 고로 경자의 하는 모양을 보고도 그리 놀라지도 아니하며 경자의 말 다하기를 기다려 친절하게 경자를 바라보며

"당신께서 아마 잘못 보셨나 보오. 나는 의원이올시다. 어디 맥이나 잠깐 보게 하시오"

경자는 여전히 의사의 얼굴을 쳐다보며

"나는 당신에게 꼭 속았어요. 인제는 무슨 소리를 하여도 속지 아니할 테야요"

하며 소리를 크게 질러 말하고 무서운 것을 만난 것같이 두 손으로 얼굴을 가리고 엎드린다.

이기장은 경자의 하는 양을 맥없이 앉아서 보고 있더니 의원을 나직이 불러

"딸의 병 증세가 미칠 지경은 아니오니까"

하며 염려가 되어 못 견디는 모양이라. 의사는 예사로 대답한다.

"아니요, 그렇지는 않소. 염려하실 것도 없소. 이따가도 또 진찰하여 보려니와 지금 대강 본 증세로도 짐작은 하겠소이다. 그러나 당신이 이 병인의 부친 되시는 양반이시지라지요. 그러면 잠깐 조용히 말씀할 말이 있으니 조용한 방으로 잠깐 동안 좀 뵈었으면 좋겠소"

"그러면 저 안방으로 가셔서 말씀하시지요. 그 방에는 아무도 없습니다"

하며 김 소사는 이기장과 의사 두 사람을 그리로 인도하고 자기는 이경자를 간호하고 있다. 이기장은 얼굴에 수색이 가득하여

"딸의 병이 암만해도 위중하지요……"

의사는 아무 걱정 없는 것같이

152

"그리 염려하실 병은 아니오. 그런데 잠깐 여쭈어 볼 것은 댁내에 혹시 실성한 양반이 계시지 아니하였습니까"

"아니요, 그런 일은 없습니다"

"그러면 조금도 염려하실 것이 없소. 혹시 유전하는 병이나 아닌가 하고 여쭈어 보는 말씀인데 그렇지 아니하면 아무 걱정 없소. 산후에는 혹시 이러한 병이 나는 사람도 있으니깐…… 그러나 내가 지금 진찰하여 본 걸로 말씀하면 해산 전부터 벌써 '히스테리'라는 병이 있었는데 여러 가지 근심으로 마음을 수고로이 하여 '히스테리'가 변하여 지금은 우울증(憂鬱症)이라는 병이 되었는데 이 우울증이라 하는 병은 극히 경한 정신병(精神病)이라 하여도 가한 것이라 무슨 일에든지 한번 단단히 마음을 충동여 놓으면 그로부터 미친 증세가 생기는 법이오. 그러나 따님의 병환으로 말하면 증세는 벌써 우울증이 지나 정신병이 되려 하는데 별안간에 당신을 보고 마음을 격동하여 놓아서 홀연 정신 착란이 되어서 정신병이 되었으나 극히 경한 증세니깐 염려는 되지 아니하오. 치료만 잘하면 곧 쾌복이 되지요. 지금부터 병만 더하지 아니하도록 조섭시키는 것이 제일 필요하고 첫째는 병자의 마음을 요동치 아니하게 하시오. 그리고 고요한 방에서 조용히 있으면 자연 정신이 회복되고 병도 감세가 있을 터이니 조금만 감세가 되거든 기후 좋고 한적한 곳으로 피접 가서 치료하는 것이 좋을 듯하오. 이 병은 급히 치료하려 하면 아니 될 터이니 천천히 쾌복하기를 바라시오. 아까도 말씀하였거니와 병자의 마음을 격동케 하지는 말도록 주의를 하는 것이 제일 약이니 그리 아시고 아무쪼록 조심하여 하시오. 일간 또 와서 한 번 더 진찰은 하겠으나 큰 염려는 없으니 걱정 마시오"

49

"애, 경자야. 나다, 아버지야, 응. 나를 모른다 한단 말이냐. 자세히 얼굴을 보아라. 나야, 나"

하며 내미는 이기장의 얼굴을 경자는 휘황한 목자로 한참 바라보고 있더니 깔깔 웃으며

"하하하, 나는 이런 사람은 당초에 몰라. 웬 사람이야"

하며 또다시 부친의 얼굴을 익히 들여다본다. 이기장은 의외의 딸의 모양을 보고 가슴이 미어지는 것 같아서

"애, 경자야, 내 얼굴을 모른단 말이냐. 이게 웬일이냐. 애비의 얼굴을 알아보지 못하여"

이경자보다 그 부친이 오히려 미칠 것같이 애를 쓰건마는 경자는 눈초리로도 보지 아니하고 실실 웃기만 한다. 김씨 부인도 전보다 가장 심함을 염려하여 경자를 부르며

"그러면 나는 누구요. 내 얼굴은 알아보겠소"

하며 손으로 자기의 얼굴을 가리키니 경자는 얼풋

"주인 마나님이지 누구야요"

"자—, 내 얼굴은 그렇게 잘 알아보면서 이 양반 얼굴 모를 리가 있겠소. 이 양반은 당신이 노— 기다리던 아비지시라오"

경자는 사면 휘휘 돌아보더니

"아버지, 아이 부끄러워. 나는 아버지 볼 수 없어요. 우리 아버지 좀 도로 시골로 주인마님이 보내 주셔요. 아버지를 만나 볼 것 같으면 진작 죽지. 어서 보내시오"

"아버지는 그 옆에 계신데 그리하오. 여보, 정신을 차리시오. 아

버지가 꾸지람하시지 않는다니 염려 마오"

"애, 경자야, 지금 와서 내가 너더러 무슨 꾸지람을 할 리가 있느냐. 염려 말고 아버지 하고 한번 불러 다고, 응"

김씨 부인이 경자의 얼굴을 다시 들여다보며

"인제야 아버지 얼굴을 알겠소"

경자는 오히려 머리를 흔들며

"우리 아버지는 충청도 공주 계신데 올라오시기는 언제 올라오셔요. 암만 그리해도 나는 아니 속아요"

하며 훌쩍훌쩍 눈물을 흘린다.

이기장은 이 모양을 보고 맑은 정신이 다 빠지고 얼빠진 사람같이 멀거니 앉아서 김씨 부인의 얼굴을 바라보며

"이 애가 미쳤습니다—"

"아마 별안간에 당신을 뵈옵고 놀라서 상기가 되었나 보외다. 조금 있으면 원 정신이 돌아오겠지요. 너무 염려 마셔요"

이기장은 근심이 얼굴에 가득하여 묵묵히 앉았는데 방 안은 고요하여 경자의 열기 뜬 숨소리만 시근시근하는데 마침 안방에서 어린아이 우는 소리 들리더니 경자는 깜짝 놀란 사람같이 별안간에 얼굴을 들며

"아이고, 아기를 누가 저렇게 울릴까. 가엾어라. 아마 동리 아이들이 와서 그러하지요. 주인아주머니, 어서 가서 그 아이들 좀 쫓아내시오"

김씨 부인 눈에 눈물이 그렁그렁하여 경자를 보며

"아가는 간난어멈이 안고 있으니깐 염려 없으니 걱정 마오"

경자는 다만 입으로

"어서어서"

재촉을 하는지라. 김씨 부인은 어린아이를 데려다 보이면 정신이 진정될까 하여 안방으로 건너가서 간난어미가 안고 있는 어린아이를 받아 가지고 건너와서 경자의 품에 안겨 주니 경자는 받아 안고 얼굴을 들여다보며 뺨을 대며

"오, 아가, 아가, 울지 마라. 누가 너를 귀찮게 하디? 아이, 불쌍해라. 서병삼 씨가 그리하디? 그러게 너더러 서병삼 씨 곁에는 가지 말라고 일러두었지. 왜 갔더란 말이냐. 거기는 아주 너를 미워하는 무서운 여편네가 있어요. 다시는 잊어버리고라도 가지 마라, 응, 아가"

이기장은 처음으로 보는 손자의 얼굴이 기특하기도 하나 경자의 정신없이 어린아이를 데리고 누누이 이르는 말을 가만히 앉아서 듣고 있다가 그 모양을 차마 다 보지 못하여 고개를 돌려 뜰 앞을 내려다보고 있고 김씨 부인은 고개를 숙이고 앉아 훌쩍훌쩍하고 있다.

이때에 아까 청하였던 의사가 지금에야 이르렀더라.

50

의사를 돌려보낸 후 벌써 날이 저물었는지라. 방 하나를 치우고 홀로 누워 경자의 신세와 자기의 팔자를 무수히 한탄하며 더욱이 서병삼의 자닝 박행한 청년으로 하여 자기의 가장 사랑하는 여식으로 하여금 이와 같은 운명에 빠지게 한 일을 생각하매 분한 마음에 그저 있을 수가 없을 뿐 아니라 제일 유아의 장래에 대하여 서병삼의 집과 크게

담판할 사건이 있는 고로 날이 밝으면 곧 서병삼의 집으로 내려가기로 결심하였더라.

그 이튿날 이기장은 과연 행리를 수습하여 가지고 용산서 기차를 타고 대구로 향하여 떠나려 할 새 우선 서병삼과 이경자의 결혼식을 거행하던 교당의 목사를 찾아보고자 하였더라. 그는 다름이 아니라 목사라 하는 사람은 하나님의 뜻을 직접으로 세상 사람에게 전하여 주는 중대한 책임을 가진 사람이거늘 정결 무흠한 남의 처녀를 속여 거짓 결혼식을 거행하였으니 그와 같은 부도덕한 목사는 당장에 면피를 깎아서 세상에 출두를 하지 못하게 만들고자 하여 우선 대구로 떠나가기 전에 그 교회를 찾아갔더니 서병삼과 친근한 그 목사는 그 외의 다른 부정한 행위로 인하여 교회로부터 방축하였다 하는 고로 이기장은 하릴없이 바로 대구로 떠나가서 서병삼의 집을 찾아가니 서병삼의 부부는 신혼여행으로 떠나가고 그 부친이 있는지라. 이기장은 그 부친과 인사 후에 전후 사실을 일일이 말한 후 경자는 지금 실성까지 하였다 하나 그 부친 되는 사람은 종시 믿지 아니하는지라. 그러나 서병삼의 장모 되는 부인은 그때 서울 있어서 그 이허를 일일이 다 아는 고로 그 일이 진적한 줄로 말하였더니 그때야 비로소 서 도사도 자기 아들이 대단 잘못한 줄을 깨닫고 백번 천번 사과하며 금화 이천 원을 주어 그 아이 양육비로 쓰라 하는 것을 재삼 사양하다가 마지못하여 받아 가지고 이 아이는 비록 장성한 후라도 서씨 집안에는 관계없기로 담판을 결정한 후 이기장은 곧 떠나서 그날 석양 때에 용산 정거장에 도착이 되었더라.

이기장이 대구 떠나던 날 저녁에 한 가지 일이 있었으니 이는 다른 일이 아니라. 이날은 경자의 병이 더하지도 아니하고 평일과 같은

데 다만 아이 우는 소리를 들을 제마다 요란히 굴며 아이를 어디로 치워 달라, 숨겨 달라 하며 그렇지 아니하면 남의 손에 죽겠다고 말하기를 수삼 차 하는지라. 의사의 말도 병자의 마음을 요동시키는 것이 대단히 병에 해로우니 유아를 멀리 치워서 도무지 보지를 못하게 하라 하매 김 소사도 그리하기로 대답은 하였으나 좌우간 이기장이 올라오기를 기다리고 있던 터이더라.

이때는 아직 초저녁 때이라. 경자는 방이 덥다 하여 마루에 모기장을 치고 유모는 어린아이를 젖 먹여서 안방 윗간에 재워 놓고 마루 뒷문 툇마루로 나와 김 소사와 노파와 삼 인이 눕기도 하며 앉기도 하여 앞에 모깃불을 피우고 부채질하면서 이 이야기 저 이야기 하는 차에 어언간 경자의 신세 불쌍한 타령이 되었더라.

다만 보건대 마루 모기장 속으로 경자는 기어 나와서 안방으로 들어가더니 탁자 위에 얹힌 창칼을 집어 손에 들고 얼른얼른하는 칼빛을 한참 들여다보더니 한번 무서운 웃음을 지으며

"이만하면 어린놈의 모가지가 베어지겠지. 그 못된 독한 사람 손에 죽게 두느니보다 내 손으로 먼저 죽여 버리는 것이 오히려 낫지"

하며 손에는 칼을 잡고 얼굴에는 살기등등하여 아랫간으로 건너간다. 마루 뒤에 누워 있던 유모는 어린아이 누워 있는 방에서 인기척이 나는 고로 몸을 일어 방 안을 들여다보니 천만뜻밖에 경자는 번쩍번쩍하는 칼을 손에 쥐고 모기장을 한편으로 치워 놓고 정신 모르고 자는 어린아이를 바야흐로 칼로 찌르려 하는지라.

"아이고머니, 저게 웬일이야"

하며 뛰어 들어가서 경자의 허리를 안고 자빠지니 이때에 경자의 손에 들었던 칼을 이미 포대기 위로 '콱' 찔렀더라.

51

경자가 어린아이를 향하여 찌른 칼이 유모의 소리 지르고 쫓아 들어오는 서슬과 김 소사와 노파가 놀라서 들어오는 요란에 쇠약한 팔이 떨려 다행히 칼이 바로 맞지 아니하고 다만 덮은 이불과 요를 꿰뚫을 뿐이라.

"아니, 여보, 이게 무슨 짓이오"

하며 김 소사는 목소리와 몸을 벌벌 떨며 경자의 손에서 칼을 빼앗아 노파를 주며

"여보게, 할멈, 이 칼 갖다가 멀리 치우게"

하고 다시 경자를 향하여

"글쎄, 웬일이오. 왜 이 어여쁜 아가를 죽이려고 드오"

유아는 내 몸에 큰 변이 미치려 하였던 줄도 전연히 알지 못하고 오히려 색색거리며 자고 있다. 경자는 김 소사의 놀라 묻는 말을 예사로 대답한다.

"그런 것이 아니라 이 어린것을 데리러 와서 죽이려고 하는 사람이 있으니까 남에 손에 내 자식을 죽이느니 차라리 내 손으로 죽이려고 그리하였지요…… 그런데 왜 그렇게 말리셔요"

김 소사는 경자의 모양을 측은이 보며 정다이 말을 내어

"그것은 아마 잘못 생각을 하였나 보오. 누가 이 아가를 죽이려 하겠소. 끔찍스러운 소리도 하네. 집 안에 사람이 이렇게 여럿이 있는데 누가 와서 달라기로 우리가 줄 리가 있소. 그리고 또 문간에는 순검이 와서 파수를 보는데 어떤 사람이 얼씬하겠소. 만일 수상한 사람만 있으면 순검이 곧 잡아갈걸. 조금도 염려 없소. 그런 걱정은 하지 말고

정신을 차려서 편안히 자오, 응"

경자는 비로소 마음을 진정하였는지

"예, 내가 병만 이렇지 아니해서 기운을 조금만 차릴 수가 있으면 어린것을 어디든지 멀리다가 감추고 오련마는……"

하며 기운 없는 목소리로 무수히 한탄한다.

김 소사는 경자의 하는 양이 차마 불쌍하여

"아가는 우리가 잘 감추어 줄 것이니 염려 마오, 응. 유모하고 안동해서 아버님하고 시골 공주 댁으로 보내 드리리까. 그러면 제일 마음이 놓이겠지요"

경자는 그 말을 알아들었는지 고개만 끄덕끄덕한다.

"그러면 오늘은 간난어멈하고 나하고 둘이서 아가를 맡아 가지고 있을 터이니 조금도 염려 말고 어서 드러누워 편안히 자오"

하며 경자를 재촉하여 모기장 속으로 데리고 들어가서 누이고 김 소사는 그 옆에 앉아서 경자의 마음을 위로하노라고 여러 가지 고담 이야기를 할 동안에 경자는 고요히 잠이 드는지라. 김 소사는 모기장을 떠들고 나와서 근처에 있는 칼 등속은 모두 치워 보이지 아니케 하고 다시 마루 뒤 툇마루로 나와서 지금 놀란 이야기와 명일 이기장이 돌아오면 어린아이부터 먼저 멀리 보낼 일을 의논하기로 하고 그날 밤은 무사히 지냈더라.

요사이 일기 증열하여 경성 내외에 각색 질병이 유행하는데 강건한 사람이라도 이와 같은 더위에는 병이 침노키 쉬운 것이거늘 더구나 경자는 병중이라. 더욱이 기후로 인연하여 일이 일 동안으로는 병세적이 더쳤다 할지도 모르겠더라.

그 이튿날 석양에 이기장은 대구로부터 담판을 마치고 올라왔더라.

52

이기장은 김 소사에게 작야에 지낸 광경을 듣고 놀랐으나 어린아이에게 큰일 없음을 하늘이 도우심이라 하여 다행히 여기더라.

이기장은 서병삼의 집에서 담판한 결과를 김 소사에게 말한 후 다시 김 소사를 향하여

"내 생각인즉 이런 일이 없더라도 어린놈은 딸의 곁에 두지 아니하려고 하였지요. 첫째는 남의 청문도 사납고 이후 시집을 보내려면 어린아이가 있어서는 큰 방해가 될 터이니깐 저도 자식이 있는 줄을 아주 잊어버리게 하고 아주 남모르는 곳에 갖다가 기를 작정이더니 어젯밤 같은 일이 의외에 또 생길 뿐 아니라 의사의 말도 아이를 멀리 치우는 것이 매우 좋다 하니 이것은 일이 다 죽이 맞았소. 아무렇든지 내게는 손자니깐 귀엽기야 가 있겠소마는 딸년의 나중을 생각하니깐 그렇습니다그려…… 그리고 내 생각은 또 그렇지요. 여기 내게 돈 이천 원이 있으니 누구든지 착실한 사람이 있으면 그 사람을 어린놈을 맡겨면 시골 가서 양육하여 달라 하고 싶은데 여기 지금 유모로 있는 간난 모라 하는 사람은 어떠한지. 근지나 튼튼하고 위인이 착실하면 좋을 터인데"

김 소사는 듣기를 다하고

"옳지, 그 생각 잘하셨습니다. 어린아이가 있으면 암만해도 이 훗날 혼처 얻기가 어렵지요. 착실한 유모만 있으면 어머니 앞에서 기르는 게나 그리 틀릴 것 없지요. 아까 말씀하시던 간난어미로 말씀하면 내가 근지도 자세히 알고 그 성품도 알거니와 그 서방은 지금 전라도 목포서 고기잡이로 생애를 하는데 내외가 다 사람이 정직하고 근간하

여 믿을 만하지요"

이기장은 그 말을 듣고 반가워

"그러면 당신께서 간난모더러 잘— 말씀하여 주서야 하겠소. 그리하고 이후부터는 어린놈의 일절은 딸년의 귀에 들어가지 아니하도록 하여야 합니다. 또 편지 내왕을 하더라도 유모와 나와 직접으로 내왕을 하면 딸에게 발각되기가 쉬우니 아무쪼록 간접으로 하여 그 중간에서는 당신이 좀 수고로우시나 중매쟁이 노릇을 하셔야 하겠습니다"

김 소사는 이기장의 마음을 짐작하고

"그러고말고요. 수고될 것이 무엇이오니까. 그렇게 하지요"

그 이튿날 어린아이는 간난어미를 맡겨 전라도 목포로 내려 보냈더라. 그 후에 경자는 때때 어린아이를 찾는 일이 있으나 먼 곳에 감추어 두었다 하면 그 말에 안심하여 억지로 보고자 하지 아니하더라. 이기장은 의사의 말을 좇아 경자의 신양이 조금 차도가 있으면 모처(某處)로 피접을 데리고 가고자 하나 공주 집일을 별안간에 올라오느라고 누구에게 부탁도 없이 왔던 터이라 우선 집으로 내려가서 가사를 정돈하여 놓은 후 다시 올라와 경자를 데리고 병 치료를 다니고자 하였는데 경자의 병은 쾌히 감세 있어 전일 맑은 정신이 회복되었더라.

사직골 집은 벌써 파하고 부리던 노파는 돈냥을 후히 주어 내보냈으며 오정당은 그 후에 어찌 되었는지 생사를 알지 못하더라. 사람으로 하여금 견디지 못하게 하던 삼복더위도 벌써 어느덧 지나가고 서늘한 가을바람이 일어날 시절이 되었는데 경자의 병세도 적이 소생이 되어 부친과 한가지로 새로이 세상에 나선 것같이 김 소사의 집을 떠나가니라.

중편

1

이기장은 딸 경자를 데리고 사방으로 명승지지를 찾아다니며 물 좋은 곳에서는 풍경도 완상하며 경자로 하여금 조금이라도 괴로움과 근심을 끼치지 아니하고 그 하고자 하는 바를 좇아 마음을 쾌락케 하여 주어 병을 조섭시키며 이기장은 경자의 병 증세 감하여 가는 것만 날로 기다리고 또는 그 외에 더 즐거운 것은 없는 것같이 정성껏 치료한 결과로 일 년이 못 되어 경자의 병이 쾌복되고 몸이 충실하여 전일 아리따운 얼굴이 다시 돌아오니 이기장의 즐거움은 비길 데 없으며 죽은 자식을 살려 낸 것같이 총애(寵愛)하는 마음이 일층 더하여 자기의 늙은 몸이 일 년 동안에 지낸 고생으로 하여 더욱이 늙었건마는 그도 알지 못하고 다만 딸의 장래를 위하여 복록을 원하고 축원할 뿐이라.

그해도 벌써 다 가고 며칠만 지나면 이경자가 십팔 세를 맞는 새해를 당하게 되었는데 경자는 부친과 한가지로 오랫동안 병을 가지고 사방으로 돌아다니다가 여러 해 만에 공주 본제로 돌아왔더라.

공주 읍내 사람들은 여러 해 만에 무사히 돌아온 이경자를 반기며 기꺼워 아니하는 사람이 없고 읍내 사람과 근촌 사람들은 매일 다투어 가며 경자를 위하여 오래 서울서 고생하였겠다고 닭을 가져오는 사람이며 계란 가져오는 사람이며 실과 가져오는 사람, 떡 해 오는 사람이 부지기수라. 공주 일경은 한참 동안은 이경자의 더욱 아름답고 점잖아져서 돌아온 것을 처처마다 여자가 두 사람만 모이면 그 소문이러라. 다른 사람은 경자가 중병으로 하여 거의 죽다가 다시 살아나서 그 부친과 한가지로 고향에 돌아옴을 축하할 뿐이요 조금이라도 경자의 비밀한 일 있는 줄은 전연히 모르는지라. 하물며 아이까지 하나 낳았던 줄이야 어찌 꿈에나 뜻하리오. 공주 근방에서는 소문이 나기를 이 색시 얻어가는 사람은 참 전생에서 복을 타고난 사람이라고 서로 부러워하는 터이라.

이경자가 자처하려 할 때에 유서와 용산 김 소사의 전보는 거의 일시에 이기장의 손에 들어갔던 고로 이기장은 이와 같은 일을 집안사람에게도 말하지 아니하고 다만 딸이 급한 병으로 하여 전보를 부쳤다 하고 서울로 올라왔던 고로 그 실상 내용은 한 사람도 알지 못하는 터이니 하물며 집안사람 외에야 누가 그 사적을 자세히 알리오. 이기장이 마음먹은 바와 같이 지금은 누구든지 경자의 결백 무구(潔白無垢)함을 의심치 아니하며 그 동리 김 승지의 내외도 어렸을 때부터 나의 자손같이 사랑하던 경자를 티끌만친들 품행 부정하였을 줄을 의심하였으리오. 이와 같이 공주 일경은 이경자를 여자의 거울로 삼아 서울 가서 유학하면 저와 같이 여자의 품위(品位)가 높아지는 줄로 탄상(嘆賞)하며 부러워하여 일경이 모두 칭도할 뿐이요 남모르는 홀로 근심을 깊은 밤에 하늘을 우러러 부르짖으며 사는 여자가 있는 것은 한 사람도 알지 못하더라.

다만 사람마다 마음의 한 가지 괴이히 생각되는 일이 있으니 이는 경자의 얼굴이라. 경자는 아직 얼굴의 수척한 기운이 아직도 쾌히 평복치 못한 고로 남은 생각하기에 지금 경자의 나이로 말하면 전신에 살이 올라 얼굴은 함박꽃송이같이 되었을 터인데 도리어 가장 연로한 태도가 보이며 냉랭한 기운이 떴으니 이는 중병을 지낸 사람의 얼굴이라고 짐작하겠으나 다만 양미간으로 한 점 이상스러운 기운이 잠겼으니 전일에는 근처 사람들이 경자의 쾌활하고 순직한 얼굴을 한번 보면 우수사려가 모두 눈 녹듯 하고 정다운 마음이 스스로 나더니 지금은 양미간에 보이는 기운이 남 보기에 점잖아 보이며 전일에는 한번 그 모양을 보면 저절로 웃음이 나오고 하더니 지금은 스스로 존경할 마음이 생기게 될 만한 귀부인이 되었더라. 그러나 그 촌의 여러 양반들은 경자가 돌아오면 내 아들과 혼인을 하려 하고 날로 기다리던 터이러니 마침내 온 후 그 모양을 보니 시골 농민의 아내가 되려 할 사람이 아님을 짐작하고 그 부모에게 말도 하지 않고 제 짐작으로 단념한 사람도 몇 사람인지 모를지라. 그러나 경자는 비록 형용은 무한한 풍상 중에 변하였을지라도 그 아름다운 마음은 전이나 지금이나 일호도 다름이 없더라.

2

이경자가 공주로 내려온 지 벌써 일 년이 넘어 거의 이 년이 되어 경자의 나이 갓 스물이 되었더라. 경자의 아름다운 태도는 더욱 그림

같이 어여쁘며 고상(高尙)한 행동도 점점 더하더라.

경자의 몸의 비밀한 사정은 날이 갈수록 점점 세상에 멀어져서 지금은 어떠한 사람이든지 그 비밀을 고하는 사람이 있으면 도리어 그 고하는 사람을 거짓말이라고 나무랄 만큼 동리의 신용을 얻었더라. 이 기장의 그 기꺼운 마음은 장차 얻다가 비하리오. 부녀 사이에도 이제는 그 일을 잊어버리고 지난 일을 다시 말할 기회도 없더라. 그러나 경자는 진실로 그 일을 잊었는지 모르리로다.

모르는 사람은 알지 못하되 경자의 은은히 보이는 태도 중에 전일 심한 고생을 맛보던 흔적이 날이 가고 달이 갈수록 현저히 나타나니 지금 비록 서병삼에게 대한 연연한 정리는 없으나 처음으로 받은 사랑의 흔적이 천백 년이 가기로 어찌 없어지리오. 그중에도 은애(恩愛)의 기반(羈絆)을 끊을 수 없이 마음에 항상 걸리는 것은 전일에 낳은 아들의 일이러라.

이기장은 전혀 경자의 장래를 위하여 잘되기를 비노라고 눈이 어두워 경자가 자식 있다는 말을 남에게 할 리는 무론 만무한 일이거니와 경자도 속여 알지 못하게 하고 낳은 지 수십 일을 지나지 못하여 죽었다 하매 경자는 그 말을 진정으로 듣고 처음 며칠 동안은 심히 불쌍히 여겼으나 차라리 아비 없는 자식이 세상에서 그늘 속에서 자라는 것보다 이 요란한 풍파를 겪지 아니하고 저 세상에 가서 있는 것이 첫째는 제 일신에 유익하고 둘째는 나의 몸이 세상에 있을 동안에는 잠시라도 잊고 마음을 편안히 할 날이 있으리라 하여 스스로 마음을 위로하고 지내더니 차차 날이 갈수록 생각을 하매 나를 사랑하시는 우리 부친이 나로 하여금 다시 생각지 못하게 하느라고 진즉 죽었다고 말함이 아닌가 하고 의심하여 기회를 타서 그 부친의 마음을 떠서 보아도 종시 죽은 줄로 말하는지라. 그러므로 경자는 부친의 말씀을 거스르지 못하고 그러한 듯하게 믿고만 지내나 속마음에는 진정 죽었는지 지금도 살아서 부모를 생각하는지 결정키 어렵다.

그 일을 탐지하려 하면 여편네의 몸으로는 능히 할 수 없는 고로 전일 몸을 구하여 주던 김 소사는 필연 그 일을 자세히 알듯 하기로 심중의 사연을 자세히 기별하였더니 이기장이 전일 김 소사와 약속한 일이 있는 고로 그 회답에 그 아이는 벌써 세상을 떠난 지가 오래다 하였는지라. 경자는 이제야 비로소 진정 죽은 줄로 믿었더라.

그러나 이것이 후일 의심의 단서러라. 만일 자기가 서울을 갈 기회가 있으면 김 소사를 만나서 사실을 자세히 물으려 하였더니 불행히 김 소사도 병으로 하여 작년 겨울에 다시 돌아오지 못할 길을 떠났더라.

김 소사가 죽은 기별을 듣고 이기장 부녀가 일시는 심히 비창하였더라. 그러나 경자가 나의 의심을 풀어 말할 사람은 이제 하나도 없음을 생각하매 고단함이 비할 데 없으나 이 세상을 이 몸이 살아 있는 것은 다만 나의 부친을 위하려 함이니 부친의 안심하시도록 하는 것이 나의 도리라 하여 어린아이의 사생존망은 다시 묻지도 아니하거니와 혹시 그 생각이 날 제 있더라도 스스로 마음을 꾸짖어 없이하더라.

그러나 경자가 남에게 말할 수 없이 스스로 내 몸을 책망하고 내 마음을 꾸짖는 일이 있으니 전일 정신 착란(精神錯亂) 하였을 때에 나의 손으로 칼을 들고 나의 자식을 죽이고자 한 일이라.

다행히 쇠약한 팔 기운에 바로 맞지는 아니하여 어린아이의 목숨은 부지하였으니 제 자식 죽였다 하는 오명(汚名), 만일 그때 손이 떨리지 아니하고 바로 들어갔더라면 나는 이 세상에서 자식 죽인 년이란 이름을 들을 뻔한 생각에 몸서리가 끼친다. 그러나 이런 말은 하기도 오히려 부끄러운 고로 그 부친에게도 말하지 아니하고 그 부친도 실성하였던 당시 일은 경자가 모르리라 하여 입 밖에도 내지 아니하였더라.

무남독녀를 사방으로 구혼하매 규수의 인물로 말하든지 재산으로 말하든지 일군의 제일이라 경향에서 통혼하는 사람이 있으나 항상 경자가 방해하여 파의하였더라. 이기장은 다만 외딸을 사위나 상당한 사람을 얻어 저의 고생도 잊게 하고 늙은 자기의 몸도 얼마큼 위로코자 하여 급급히 사위를 구하나 일일이 경자가 불평하며 경자를 위하여 하는 일을 경자의 마음에 조금이라도 부족하면 신랑의 재목은 어떠하든지 묻지도 아니하고 파의하니 그 후로는 시골구석에서 파묻혀 농사나 짓고 하던 토반의 자질들은 경자에게 장가가고자 하는 마음은 조금도 두지 아니하고 이기장은 경자의 허락을 받을 만한 사윗감이 나오기를 주소로 축수하더라.

3

이경자는 처음으로 남녀 사랑에 병들어 나을 도리가 없는 흠절을 받은 후로부터는 사나이라 하는 것은 가까이하지 못할 것으로 깨닫고 이미 남자에 대하여 봄 해와 같이 따뜻한 정은 끊어지고 자기는 일생을 독신으로 지내며 자선 사업에나 일신을 부쳐지내고자 하였더니 다만 한 분 계신 부친이 눈물을 흘리며 경자의 결심을 돌이키고자 하여 만류하는데 마음이 스러질 뿐 아니라 경자는 재미없는 세상일지라도 한낱 부친을 위하여 목숨을 부지하는 터이니 무슨 일이든지 부친의 마음만 편안히 할 일이면 사양치 아니하리라고 생각을 돌려 드디어 다시 혼처를 구하여 출가하기로 결심하였더라. 그러나 아직 나이 적은 고로 이삼 년 동안은 이대로 집에서 지내기를 자주 그 부친께 간절히 원하더라.

그러나 그 부친 이기장은 이미 여생이 얼마 남지 못한 몸이라 자연 마음이 조조하여 이날도 경자를 불러 앞에 앉히고

"애, 경자야, 일상 하는 말을 되하는 것 같다마는 너도 벌써 나이 올해 갓 스물이 되었구나. 이 시골 사람들은 열 육칠 세만 되면 벌써 혼인이 늦었다고 야단이고 성례는 하지 아니하였더라도 정혼은 다 하였지 갓 스물까지 있는 처녀가 어디 있단 말이냐. 열아홉 살만 되어도 벌써 혼처 얻기가 어려운데 더구나 스무 살이라니 말이 되느냐. 병신이 아닌 다음에야 갓 스물까지 왜 있단 말이냐. 부모의 눈이라 욕심껏 보아서 그러한지도 알 수 없다마는 너만 한 인물로 사위를 구한다 하면 말로 되어 내도록 덤빌 터인데 너는 밤낮 조금만 참아라, 조금만 참아라 하고 한이 없으니 장차 어찌하자는 작정이냐. 너도 나이 벌써 스무 살이 되었으니 대강 요량은 있겠구나. 네 아비 마음도 좀 생각을 해 주어야지, 응, 경자야"

우연히 쳐다보니 부친의 눈에는 눈물이 가득하였는지라. 나로 하여 이와 같이 근심을 하시는도다 하는 생각에 가슴이 미어지는 듯하여 고개를 숙이고 급히 대답을 하지 못하는 것을 부친은 다시 거듭하여

"경자야, 잘 생각해 보아라. 나도 나이 지금 육십이니 먹을 나이 다 먹었다. 갈 길도 멀지 아니하였는데 네 몸 하나나 어떻게 성취시켜서 손자 놈의 얼굴이나 보아야 내 원이 풀릴 터인데 그렇지 못하면 죽어도 눈을 감지 못하겠구나. 나는 이 세상에서 바라는 것은 아무것도

없고 네 몸 하나뿐이로구나. 그런데 네 몸 하나를 성취시키기까지는 내 속의 근심이 한 시각인들 어찌 놓이겠느냐. 나는 요새는 밤이나 낮이나 노— 그 생각이다. 그러나 설마 넌들 차일피일하여 핑계만 하고 날만 보내다가 이내 평생을 이 모양으로 보내려고 작정이야 할 리가 있겠니—, 응. 애, 그 생각으로 나를 속여 가잔 작정은 아니지, 응"

경자는 눈물을 흘리며

"그처럼 아버지께 심려를 끼치니 나는…… 나는 어떻다고 말씀 여쭐 수가 없습니다. 무얼 아버지를 속이려고 그런 불효의 마음을 먹을 리야 있겠습니까. 아버지 근심을 아무쪼록 풀어 드리도록 하겠습니다마는 나는…… 나는"

하며 말을 다 이루지 못하는 것을 그 부친은 앞으로 다가앉아서 등을 어루만지며

"그래, 나는, 나는 하니 나는 어찌하였단 말이냐. 부모에게 무엇을 숨길 것이 있으며 무엇을 말 못 할 것이 있겠니. 그러면 네가 다른 데 어디든지 유의한 데가 있느냐"

"아—니요, 유의가 무슨 유의야요. 나는 한번 더럽힌 몸이라 아버지께서 기꺼워하실 만한 사위가 오지 아니할 듯해서 그래요"

이기장은 황망히 손을 내저으며

"애, 그것이 무슨 소리냐. 그까짓 일 같으면 당초에 걱정할 것도 없다. 누가 네 지난 사적을 알겠니. 그것은 그때 네가 마귀에게 홀려서 흉한 꿈 꾼 셈이지 지금 와서 네 몸이 터럭 끝만치라도 더러울 것은 없다. 백옥 같은 몸이 되었는걸. 누가 전일이야 안단 말이냐. 도적이 발이 저리다고 네가 너 혼자 공연히 근심을 하고 걱정을 하지 네 입이나 내 입으로 말만 아니 하면 그 일을 누가 안단 말이냐. 그저 전사는 아주 잊

어버리고 늙은 네 아비의 마음을 일시라도 편안히 하여 주는 것이 너의 도리가 아니겠느냐, 응. 애, 그러하지"

경자는 말이 없는데 부친은 다시 말을 계속하여

"너도 생각을 가만히 하여 보려무나. 너의 전사를 아는 사람은 먼 곳에 있을 뿐 아니라 내가 곳곳이 찾아다니며 그런 말은 입 밖에 내지 말라고 부탁하였고 용산 김 소사는 그간 죽었다 하니 더 할 말 없고 오정당이라 하는 사람은 생사를 모르게 되고 그때 낳은 어린놈이라야 벌써 이 세상을 떠났으니 이 세상에서 그 일 알 사람이 누구란 말이냐. 너나 나나 이전에 하던 근심은 죄다 바람에 부쳐 보내고 지금부터는 쾌락한 세상을 보내야 아니하겠니. 내 속에 은근히 숨기고 있는 일이 있으면 제 마음에 자연히 죄만스러운 일이 있는 것이지만 그러하기에 아주 잊어버린다 하는 말이야. 이 세상에는 별별 일이 다 많으니라. 과년한 처녀가 사나이를 얻는 것을 그 부모가 알면 불시로 시집보내는 일도 있으니까 말하게 되면 이런 것이야말로 정말 당장에 더럽힌 몸이지. 실상 참 시집가서 면목이 없겠지마는 그와 이와는 사정이 다르다 하는 말이야, 응. 애, 아까도 한 말이거니와 너는 벌써 더러웠던 몸이 다시 정결해진 셈이니깐 다시는 전사 가지고 말할 것은 아니니라"

4

이경자는 흉중에 만감이 교집하여 한참 동안은 능히 말을 이루지 못하다가 간신히 고개를 들고

"아버지, 아버지께서는 나 때문에 이 이삼 년 동안을 못 하실 고생만 하셔서 별안간에 저렇게 백발이 되신 생각을 하면 나는 그만……"

하며 울음이 막혀 콧소리를 하며

"살을 에어 내는 것같이 마음이 쓰리고 못 견디겠어요. 인제는 제 몸은 분골쇄신이 되더라도 아버지께서만 마음을 편안히 하실 수가 있으면 하겠어요"

하는 말을 부친은 급히 막지르며

"애, 네 말을 들으니 내 마음이 얼마큼 기쁜지 모르겠다. 그러나 네 몸이 분골쇄신이 되더라도 관계치 않다 하는 말은 나 듣기에 대단 좋지 못하다. 네가 아직도 내 마음을 자세 알지 못하는 게로구나. 나야 살기로 며칠 살겠니. 내 몸은 아무렇게 되더라도 관계없으나 단지 나는 자나 깨나 잊지 못하는 것은 네 몸 하나 생각해서 그러는 것이지. 너만 좋은 남편을 얻어서 잘사는 것만 보게 되면 내 몸뚱어리는 아무렇게 되어도 관계없다. 내가 죽어서 네 몸이 잘된다 할 것 같으면 당장 이 자리에서라도 죽을 터이다. 네가 이 세상에서 재미있게 사는 걸 보아야 내가 눈을 감고 죽겠다. 너더러 내 마음을 살펴 달라 하는 것은 내 몸을 유익하게 하자는 것이 아니라 모두 다 네 몸을 위해서 하는 말이지. 아무쪼록 네 마음에 드는 사람이 있으면 시집갈 생각으로 있거라. 너 싫다 하는 사람은 내가 또 권하지 아니할 터이니……"

경자는 부친의 사랑하는 마음에 감사한 눈물이 옷깃을 적시며

"무슨 말씀이든지 아버지 말씀은 다 순종하겠으니 아버지께서는 안심하십시오. 그러나 시집을 가더라도 제 마음에 죄만스러워서 어찌 해요. 아버지께서 말씀은 나만 말하지 아니하면 당초에 알 사람이 없다 하시나 하나님이 밝게 내려다보시는 아래에서 어찌 그렇게 합니까.

전일 죄상을 모두 자복한 뒤에 자세한 내력을 알고서도 나를 아내로 삼겠다 하면 그때는 마음을 놓고 그 남편을 정성껏 섬기겠습니다"

이기장은 깜짝 놀라며

"글쎄, 네 마음에야 그 생각이 있을는지도 모르겠지마는 가만히 좀 생각을 해 보아라. 내 몸은 한번 더럽혔던 몸이요 하고 아주 문패를 걸어 놓으면 어떤 사람이 좋아서 오겠느냐. 오려 하던 사람이라도 파혼하고 천리만리 달아날 것을. 꿈에도 그런 마음은 먹지 마라. 내가 빌 것이니 그저 눈 딱 감고 있으려무나"

이경자는 여기 대답은 없고 얼굴을 들어 부친을 보며

"그리고 자식까지 있는 것이 어찌 그렇게……"

이기장은 경자의 얼굴을 정신없이 한참 들여다보다가

"그 어린것이 살아서 있는 것도 아니고 누가 알 사람도 없는데 왜 또 그리하느냐"

"그래도 내 마음에는 그 어린것이 아직 죽지는 아니한 것 같은데요"

"애, 글쎄, 내가 왜 너를 속이려 하겠니. 정녕 죽었으니깐 죽었다 하는 말이지. 내게도 첫 손자 자식이라 귀엽기가 짝이 없는데 만일 살아 있을 것 같으면 벌써 데려다가 집에 두었겠지 얻다가 내버려 둘 리가 있겠니. 너는 공연히 쓸데없는 의심을 다 하고 있구나"

"아이고, 죽었으면 오히려 다행하외다. 살아 있으면 내가 저 볼 낯이 없을 터인데요"

하며 경자는 안색이 변하며 눈에 슬픈 기색이 나타난다. 이기장은 황망히

"애, 볼 낯이 없다니 그건 또 무슨 말이냐"

경자는 숨을 휘하고 내쉬며

"아버지께서는 내가 그 일을 모르는 줄 아셔요. 나도 다 아는데요. 그때 만일 남들이 말리지만 아니하였더라면 제 손으로 제 자식을 죽이고 남에게 누명을 들었을 걸 그랬지요"

이기장은 경자가 실성하였을 때의 일은 알지 못하는 줄 알았더니 이 말에 또한 놀라

"네가 그때 일을 안단 말이냐"

"예, 다 알고말고요. 이런 무서운 죄를 질 뻔하던 계집이 시침을 뚝 떼고 염치 좋게 어찌 남의 아내가 되겠습니까. 암만해도 하나님이 무섭습니다"

하며 말을 마치고 그 자리에 엎드러져서 운다.

이기장도 비창한 마음을 금치 못하며

"네 말도 옳은 말이다. 그렇지만 본정신으로 한 것이 아니라 잠시간 병으로 하여 그러하였던 일을 누가 흠절로 잡을 리가 있니. 나 역시 네가 그 일을 기억하였을 줄은 몰랐더니 지금이야 비로소 알았다. 그저 너는 아무 소리 말고 나 하라는 대로 하여라. 나중에라도 네게는 누를 끼치지 아니하도록 할 것이니 내가 다 담당하마. 내가 목숨을 없이하더라도 네 몸에는 무사하게 할 터이니 아무 염려 말고 내 원을 맞춰서 얌전한 남편을 얻게 하여라. 애, 경자야, 아비가 이렇게 합장을 하고 빌다시피 하니 내 마음을 편안케 하여 다고"

이기장은 흐르는 눈물이 딸의 무릎 위에 떨어진다.

경자는 "예—" 하며 대답하는 목소리가 수그리고 있는 고개 아래로 간신히 나오는데 머리 뒤에 꽂은 조화(造花) 꽃 이파리만 발발 떨 뿐이라.

5

공주군(公州郡) 명망가(名望家)로 성명이 일군에 훤자한 김 승지는 자기 사는 동리 근처 청결 유벽(淸潔幽僻)한 곳에 집을 새로이 매수하여 가옥을 일신 개축하여 동서양 절충 제도로 수층 집을 날아갈 듯이 지었으며 전후 정원에는 수목 화훼(樹木花卉)가 운치를 극진히 하여 심었고 석상의 맑은 샘은 사면으로 굴곡하여 흐르며 송하에 졸고 있는 두루미는 이 세상의 한가한 겨를을 홀로 점령한 듯하여 사람으로 하여금 이곳을 한번 보매 유한 상쾌(幽閑爽快)한 마음이 스스로 감동 될 만하니 이른바 공주 일읍의 소공원(小公園)이라 하여도 가하겠더라.

김 승지의 집은 그곳으로부터 남편으로 일 마장이나 가서 있는데 와가 사오십 간이요 택지가 수천 평이라. 일군에서 전일부터 유명한 대가로 지목하는 집이거늘 무엇이 부족한 데가 있어서 이와 같은 큰 집을 새로이 장만하였는고 하며 모두 의심하던 바이러니 그 후에 얼마 아니 되어 서울로부터 소년 재상 한 사람이 그 별장으로 내려와 거접하니 이 소년 재상은 김 승지 부인의 친정 조카 되는 사람이니 그곳으로 와서 거접한 후에 그 동리 사람들은 어떠한 재상이 왕림을 하셨노 하며 다투어 그 재상을 추앙하며 알고자 하니 이는 본래 김 승지의 그 고을에서 얻은 신용이 그 인척 되는 사람에게까지 미침이라 하겠더라.

이 소년 재상은 사월 초순 때에 이곳으로 이접하였으니 두견, 진달래, 앵두화가 처처에 피기 시작하였는데 도회 사람은 물론이거니와 촌중 사람이라도 자연히 마음이 떠서 진정키 어려운 때이거늘 이 재상은 번화한 것을 피하고 한적한 곳을 취하여 이 고을로 내려왔으니 먼저 이 소년 재상의 역사를 대강 기록하겠노라.

이 재상의 이름은 정욱조(鄭旭朝)요 지위는 종이품(從二品)이요 연기는 이십팔 세라. 명문거족(名門巨族)의 후예(後裔)로 자소로 재덕이 겸비하여 어려서부터 신동(神童)이라 일컫더니 일찍이 일본 동경에 유학하여 제국 대학(帝國大學) 철학과(哲學科)를 마치고 문학사(文學士)의 칭호를 얻어 가지고 돌아와 청운에 종사하매 수년지내에 지위가 학부 협판에 이르렀더라. 지금으로부터 삼 년 전에 부인을 맞아 왔으며 또는 중추원(中樞院) 의장(議長)을 겸임하여 시무하였으며 또한 자기는 풍속 개량(風俗改良)과 여자 교풍(女子矯風)하는 사업에 열심 종사하며 여자 교풍회(女子矯風會)의 사업이 일일 진보되어 장래 유망할 소망이 있는 데 이르게 한 것은 전혀 정욱조(鄭旭朝)의 열심 진력한 효험이러라.

정욱조가 이와 같은 사업에 분주함에는 확실한 자격을 가지고 있으니 이는 대학교에서 공부할 때부터 품행방정하기로 유명하여 졸업 귀국한 후에도 일찍이 화류장(花柳場)에 발을 들여놓은 일이 없으며 항상 자기가 생각하는 바는 몸이 서민(庶民)의 수반(首班)으로 국가의 책임을 맡은 사람이 되어 있는 이상에는 가장 품행을 삼가 위로는 황실을 받들고 아래로는 국민의 모범이 되기를 힘쓰지 아니하면 불가하다 하여 스스로 깊이 경계하는 터이라. 그러므로 친족 간에서라도 왕왕 불미한 말이 들리는 때는 반족(班族)의 체면을 타락케 한다 하여 심히 분개하며 풍속을 개량하는 데는 먼저 반종(班種)을 개량하는 데 있다 하여 이 방면을 또 진력하더라.

다만 정욱조의 한 결점이라 할 것은 심히 엄혹(嚴酷)하여 너그러운 기운이 적은 고로 항상 자기의 엄중한 데만 비교하여 조금도 사람을 용서치 아니하며 심한 데 이르러서는 사람의 악한 일을 보고 그 사람의 좋은 일까지 등기하나니 이에 이르러서는 국량(局量) 좁은 사람이라 일컬을러라.

비유하건대 대해의 청탁을 물론하고 아울러 마시고자 하는 관대한 곳은 정욱조에 대하여는 구하려 하여도 호발만치도 없으며 어떠한 사람은 비평하여 말하되 인정도 모르고 남녀의 애정도 알지 못하며 자비심(慈悲心)이라고는 약에 쓰려 하여도 얻지 못할 철석심장의 남자라고 꾸짖는 사람도 있으나 정욱조는 결코 이와 같이 심한 남아는 아니라. 생각건대 정욱조의 온화한 인정은 타인보다 깊이 심중에 잠겨 있으나 아직 표면에 나타날 기회를 얻지 못함이 아닌가 의심이러라.

6

그러나 정 협판의 위인을 냉담한 남자라고 사람마다 말하나 대개 정 협판은 어려서부터 냉담한 가정에서 양육을 받은 연고러라. 정욱조 모친은 일찍이 별세하고 유치할 때부터 야심한 계모 수하에 자랐던 고로 조금도 가정의 온화한 기운은 받지 못하여 자연히 냉담한 성질이 제이(第二)의 천성(天性)을 이룸인가 하나 정욱조는 결단코 무자 무정(無慈無情)한 남자가 아니요 다만 죄악을 깊이 미워하는 마음만 비상히 발달한 연고로 죄악으로 관련한 일에는 전혀 인정을 희생(犧牲)에 이바지할러라. 슬프다, 따뜻한 인정의 취미를 해석치 못하는 사람 된 정욱조는 완연히 혹독한 옥리(獄吏)와 같은 사람이 되었더라.

정욱조가 무슨 연고로 이러한 원방 시골로 내려왔느뇨. 그 이허는 정씨 가정상에 일종 비극(悲劇)이 있었으니 그로 인하여 정 협판은 실망(失望)한 사람이 되어 이와 같은 시골에 은거코자 함이라.

정욱조는 일본에서 유학할 때에 부모는 이미 구몰하고 남녀 간에 다른 형제 없고 독신의 몸으로 귀국 후에 부인을 맞았더라. 정 협판은 근검 엄정(勤儉嚴正)하거늘 그 부인은 그렇지 못하고 만사에 사치를 극히 좋아하며 가정의 규모를 문란케 하므로 항상 내외간에 의사가 화합치 못하여 암상에 선 고목 같아서 두 사람의 사이는 날로 위태하더니 그 부인은 방자히 남편의 눈을 기이고 밖으로 타인 남자와 서로 정을 상통한 일이 있어 그 후 정 협판이 아는 데 이르렀더라.

스스로 인민의 모범이 되고자 하여 가장 품행을 근신하던 정욱조는 더욱이 풍속 개량과 여자 교풍 사업을 주창하여 죄악을 미워하기를 사갈(蛇蝎)같이 하며 죄악에 대하여는 인정도 돌아보지 아니하는 성품으로 자기의 집안에서 여차한 부정한 사실이 나타남을 보매 그 당시의 분통한 마음이 어디다 비하리오. 자기는 도저히 씻지 못할 수욕을 받아 이 세상에 얼굴을 들지 못하게 될 뿐 아니라 원래로 풍속을 개량하며 여자 교풍의 두 사업으로써 나의 일평생 사업으로 하고자 하던 몸이 자기 집안의 단속을 능히 못하여 소장에서 이와 같은 누추한 변이 났으니 무슨 면목으로 교풍 사업(矯風事業)에 종사하리오. 나의 몸은 이미 사회적(社會的) 자살(自殺)을 당하였다 하여 그 부인의 누누 복죄하고 애원하는 것을 물리치고 친척의 만류하는 충고도 듣지 아니하고 드디어 그 부인은 이혼하였으며 벼슬과 교풍의 사업도 일절 사퇴하고 이 세상사에 관계를 아니 하고 이 시골로 내려옴이러라.

일생을 풍기 교정(風紀矯正)하는 사업에 종사하여 점점 진취되어 오늘날에 하릴없이 관계를 끊게 되었으니 그때에 분함과 원통한 마음이 어떠하리오. 다행히 그 부인의 이혼한 일이 외간에는 정 협판의 무정 참혹한 성질로 인연 됨이라 비평하나 그 가정에서 부인의 품행 부정하였던 일은 알지 못하였더라. 그러나 정옥조는 별로이 발명코자 하지도 아니하며 실망한 끝에 부인을 이별하고 드디어 동양(東洋) 만유(漫遊)의 길에 올라 청국, 인도를 만유하고 금년 삼월에 다시 돌아왔다가 서울 풍진을 싫이 여겨 한적한 세월을 보내고자 가장 통정하고 지내는 김 승지의 사는 공주 지방으로 새로이 별장을 건축하고 몸을 숨겨 산수와 서책으로 벗을 짓고자 함이러라.

7

종이품 전 협판 정옥조는 경성 대사동 본제는 신임하는 문인에게 맡기고 자기는 노복 기인만 데리고 공주 읍내로 이접하였는데 그곳에 이른 후 오륙일을 지나 백화난만한 정원에서 성대한 원유회를 배설하고 일읍 남녀노소를 모두 청하여 접대하여 향당 제인과 친밀히 지내기를 원함이러라.

이 지방에는 자고로 경성 현혁한 사람이 이접하여 오는 일이 간혹 있으되 서로 친밀은 도모치 못하고 본토인과 항상 서어히 지내는 사람이 많더라. 그러나 이번에 새로이 별장을 건축하고 온 재상에게는 생각도 아니 하고 듣지도 못하던 정중한 향응을 받아 공주 일읍 사람들이 양일 동안을 즐겁게 보내고 그 후는 촌촌마다 좌석에서 원유회(園遊會)의 소문 아니 하는 데가 없으니 정 협판의 인망(人望)은 일읍에 가득하고 그 풍채의 헌앙함은 한번 보매 경애지심(敬愛之心)이 스스로 일어나니 정욱조의 인물은 뉘 아니 칭찬할 이 없더라.

그 읍에 사는 이기장도 김 승지를 신용함과 같이 정 협판을 깊이 신용하며 이기장은 순실한 인물이라 정 협판을 존경하는 마음이 타인보다 더욱 은근하여 만나 보는 사람마다 정 협판을 칭찬하는 말이라.

"정 협판 같으신 이는 없어. 젊으신 터에 지위도 높거니와 위인도 단정 엄숙하고 하향 사람에게 언어 수작이 공순하고 정다워서 조금도 교한 태도가 없고 소탈하니 그 같은 귀인으로 외국 가서도 공부를 잘해 와서 아무쪼록 이 모르는 백성을 깨우쳐 주려고 하니 그런 양반은 참 본받을 만한 사람이야. 다른 사람 같으면 지위가 그만하고 문벌이 그렇게 좋고 재산이 누거만이니 제가 젠체하련마는 조금도 그렇지 않고 요전에 잔치할 때도 촌 농민들에게 친히 술잔을 들어서 권하니 그런 소탈한 양반은 참 처음 보아"

하며 극구 찬양하니 이 말은 입으로만 하는 말이 아니라 실로 뱃속으로 고맙게 여겨서 우러나오는 말이라.

정욱조는 공주 일경에서 이와 같은 대환영과 대 존경을 받고 있으나 조금도 마음을 위로치 못한다. 전일 그 부인의 일로 인하여 정 협판의 마음은 더욱이 냉담하여 일반 여자에게 대한 마음이 심히 유쾌치 못하여 여자라 하는 것은 모두 더러운 물건으로 돌려보내며 지금까지 종사하던 여자 교풍회의 사업도 도리어 남부끄럽게 생각하며 그와 같은 더러운 여자와 한가지로 부부 되었던 일이 도리어 뉘우쳐 그러한 여자로 길게 동거하느니보다 일찍이 관계를 끊고 혼잣몸으로 지내는 편이 심히 합당하다 하여 지금은 한 뜻을 서책과 풍월에 부치고 그 외는 하는바 일이 없더라. 그러나 홀로 정 협판의 장래를 생각하고 크게 근심하여 요조한 숙녀가 있으면 아내를 삼게 하여 지금까지 정욱조의 마음에 가득한 불울한 기운을 풀고 봄날과 같은 온화한 가정의 즐거움을 알게 하여 다시 사회에 나아가 지위와 권능을 회복케 하고자 고심하는 사람은 그 고모 김 승지의 부인이러라.

그 고모는 날로 정 협판 집에 와서 주부 없는 새집의 서설한 일을 보살펴 주는 터이라. 이날도 또한 정 협판의 집에 이르러 가간사도 보아주려니와 제일 정욱조 마음을 돌려 다시 취처하기를 권고코자 함이러라.

8

뜰 앞에 낙화는 백설인가 의심하도록 여기저기 깔렸는데 나뭇가지 위에서 지저귀던 새 한 쌍 날아가는 날개바람에 떨어지는 꽃 이파리가 훨훨 날아 괴석 청태 위에 뚝 떨어지고 화초분 옆 향양한 곳에서 낮잠을 탐하고 있던 고양이는 잠을 깨어 기지개 한번 길게 켜고 다른 곳으로 달아간 후 흰나비 두어 마리는 훨훨 날아 쇠잔한 꽃 사이로 왕래하니 이것이 진실로 한적한 봄날 경치러라.

이 정원 오른손 편으로 수간 초당이 수목 사이로 따로 있으니 벽상에는 강태공이 위수 변에서 고기 낚는 족자를 걸어 있고 정면으로는 피기 시작하는 영산홍 한 분을 놓아 있으며 영창문을 열어젖히고 문 앞으로 가까이 화류 책상 한 좌를 서양 비단보를 덮어 있는데 책상에 몸을 의지하여 서양 서책을 펼쳐 놓고 정신없이 탐독하는 사람은 그 집 주인 정 협판이라. 몸에는 극히 검소히 의복을 입고 얼굴빛은 조금

검은 편이나 입술은 붉고 눈은 영민하여 미간에는 엄숙한 기운이 나타나서 늠름한 기운이 능히 사람을 항복 받을 만한 인물이러라.

정 협판은 책 보기에 정신을 잃었는데 뒤 영창문을 열고

"밤낮 공부만 하나"

하며 방으로 들어오는 사람은 나이는 사십여 세나 되었는데 키는 작지도 크지도 아니한 점잖스러운 부인이니 면주 겹저고리에 옥양목 치마 입고 눈병이 있는지 노랑 면주 수건으로 자주 눈을 씻으며 정 협판의 옆에 앉으니 이 부인은 김 승지의 부인이요 정 협판의 고모 되는 부인이니 교육 있고 어질기로 유명한 부인이라.

정 협판은 그 고모가 오는 것을 보더니 책을 얼풋 덮고 몸을 일어 맞은 후 다시 좌정하며

"아이고, 아주머니 오셨습니까. 요새는 너무 근로를 해 주시니 너무 황송하외다"

부인은 정욱조가 권하는 방석 위에 앉으며

"수고가 다 무엇인가. 안주장하는 사람도 없는 집안에서 하인만 맡겨서야 일이 되나. 나라도 힘에 자라는 대로는 일을 보아주어야지. 인제는 대강 정돈이 된 모양이니까 오늘은 내가 와야 별로 보살필 일도 없지마는 다른 의논할 이야기도 있고 해서 겸두겸두 온 길일세"

"예, 무슨 의논이십니까"

하며 고모의 얼굴을 쳐다보며

"의논은 차차 하시고 우선 담배나 붙이시지요. 요새는 저는 심심해서 도무지 못 견디겠어요. 찾아오는 사람도 없고 혼자 앉아서 책하고나 종일 씨름을 하고 있지요. 외려 한가해서 좋습니다"

"사나이가 그렇게 노 한가만 해서야 어찌하나. 동리 친구들이라

도 좀 심방을 하게나그려"

"나는 가끔 동리 양반들을 찾아가지요마는 그 친구들은 별로 내게는 오지를 아니해요"

하며 차를 따라 그 부인을 권하며

"그런데 아까 의논할 말씀이 있다 하시더니 무슨 말씀인지 어서 하시지요"

정 부인은 앞으로 가까이 다가앉으며

"내 말을 자세히 생각을 하여 들어 주게"

"글쎄, 무슨 말씀인지 하시면 자세히 듣잡지요"

"다른 말이 아니라 영감으로 말하면 아직 나이도 젊은 터에 일평생을 홀아비로만 어찌 사나. 좋은 혼처만—"

하며 말을 다 마치지 못하여서 정욱조는 말을 가로채서

"아니요, 천만에, 혼인 일절로 말씀하실 터이면 말씀도 마십시오. 나는 벌써 마음을 결단하였으니까 다시는 아내라고는 얻지 아니하겠습니다. 공연히 심려하실 것도 없습니다"

하며 그 부인이 말할 사이도 없이 거절한다. 정 부인은 정 협판의 얼굴을 물끄러미 쳐다보며

"그것은 무슨 까닭으로 그다지 심하게 할 것이야 무엇인가"

"예—, 그것은이요, 아내라 하는 것을 얻을 까닭이 없습니다. 암만 생각을 하여도 아내라 하는 것을 나는 얻어서 아무 필요가 없어요. 이렇게 혼자 사는 것이 좋지요"

"무슨 까닭으로 그러한지 나는 그 소견을 알 수가 없네"

9

정욱조는 가장 냉소하며

"아주머니께서 알아듣지 못하실 지경이면 내가 그 장가가지 못할 까닭을 대강 말씀을 하겠습니다. 아주머니께서도 아시거니와 나는 장가 잘못 들기 때문에 사회적(社會的) 자살(自殺)을 당하여 세상에 나서서 어찌 활동할 수가 있습니까. 사람이라 하는 것은 사회에 나서서 활동을 해야만 아내라 하는 것도 소용이 있지 사회에서 벌써 죽어진 사람이 아내는 갖다가 무엇에 씁니까. 이것이 아내를 얻지 아니할 이유의 한 가지올시다. 그리하고 나는 제 몸에 받은 욕은 차치물론하고 집안의 가명(家名)을 더럽혀 놓았습니다그려. 우리 집안으로 말하면 혁혁한 양반의 집으로 대대로 더러운 역사라고는 추호만치도 없던 정가의 집에서 내 대에 이르러서 씻지 못할 추행이 집안에서 났으니 나는 조상에게 대하여 득죄도 많거니와 제 분통한 마음도 정말 진정할 수가 없습니다. 그럴지라도 내 한 몸에만 당하는 수치 같으면 어떻게든지 참을 수도 있겠습니다마는 아주머니께서도 전일부터 아시거니와 나는 가문(家門)의 이름에 대해서는 한 가지 벽이 있어서 집안 이름을 위하는 데는 아무것도 돌아보는 것이 없습니다. 집안 이름을 손상하는 데는 인정(人情)도 없고 애정(愛情)도 없고 은의(恩義)도 없어요. 이러한 성품인데 그와 같은 부정한 아내를 얻어 와서 누대로 조금도 흠절이 없고 결백 신성(潔白神聖)하던 집안에서 일대(一大) 오욕(汚辱)을 당하였으니 내 마음이 어떠하겠습니까. 가만히 좀 생각하여 보십시오. 제 한 몸의 명예만 더럽힌 것이 아니라 조상의 이름까지 더럽힌 일을 생각하면 죄송하고 절통하기가 이에서 어찌 더하겠습니까"

하며 기색이 심히 격앙하며 두서너 점 눈물이 무릎에 떨어진다. 정 부인은 고요히 앉아서 조카의 하는 말만 듣고 있다. 정욱조는 다시 말을 이어

"나는 정말 조상에 대하여 면목이 없습니다. 이전 같으면 자처라도 하여서 죄를 속하려 할 터인데 더구나 무슨 얼굴을 들고 또다시 장가를 들겠습니까. 나는 다시 장가를 아니 들기로 아주 결심하였습니다. 이것이 둘째의 이유올시다. 그리고 또 한 가지는 이번에 당한 일을 두고서 가만히 연구를 하여 보니깐 계집이라 하는 것은 측량키 어려운 동물인 줄을 깨달았습니다. 아이고, 아주머니 앞에서 이런 말씀을 하여서 죄만하외다마는 나는 아주머니 같으신 어른은 진정 항복하고 존경하는 터이올시다. 그렇지만 이것은 일반 여자에 대하여서 하는 말씀이야요. 동서고금을 물론하고 속담에 이르기를 계집이라 하는 것은 더러운 물건이라, 계집의 창자는 씻을 수가 없다, 계집같이 은근히 숨은 사정 많은 사람은 없다고 여러 가지로 계집에게 대해서 평론하는 말이 있더니 나도 인제 와서 과연 그 말이 옳은 줄을 알았습니다. 나도 여자교풍회(女子矯風會)라 하는 사업에 관계할 때에 여자를 매우 연구하여 보았지요. 그러나 그때는 단지 마음으로 의심만 하였지 적당한 해석(解釋)을 얻지 못하였더니 이번에 내가 실제로 당한 후에 비로소 깨달았습니다. 이 세상에 계집이라 하는 것은 제반 못된 짓은 은근히 모두 하면서 입을 쓱 씻고 시치미를 뚝 떼는 물건입니다. 이것은 세상에서 문명하다고 추앙하는 구미 각국에서도 계집들의 행실이 거의 모두 이러하다 하기에 우리 동양은 여자의 절조(節操)가 오히려 문명하다는 서양보다 일층 나은 줄을 믿었더니 역시 마찬가지올시다그려. 계집의 성질이라 하는 것은 본래가 그러한 것이니깐 동서를 물론하고 다 같을

터이지요. 너무 여편네를 박살을 주어서 아주머니께서 노여워하실지도 모르겠습니다마는 이렇게 말씀을 하지 아니하면 내 속마음에 있는 주지를 자세히 알아들으시지 못하실 터이니깐 꺼리지 않고 말씀하는 것이오니 용서하십시오. 그런데 지금 그러한 세상에 믿을 수 없는 계집을 또다시 데려와서 다른 사람이라도 결백한 계집으로 알고 자기도 결백한 계집으로 알더라도 그중에 또 어떠한 비밀 사단이 있을는지 알 수 있습니까. 만일 또 그 몸에 더러운 흔적이 숨어 있는 계집일 지경이면 그때는 나는 아주 몸뚱어리가 어찌 되겠습니까. 그러한 위험한 것을 하여서 아내를 얻을 마음은 없으니까 이것이 셋째의 이유올시다. 나는 이 세 가지 이유를 배척하고서라도 아내를 다시 얻을 기운이 없어요. 그럴 뿐 아니라 홀아비로 사는 것이 또 대단 유익한 데가 있으나 그 말씀은 지금 여쭐 까닭이 없으니까 말씀 아니 하겠습니다"

정 부인은 듣기를 다한 후

"그러면 영감 하는 말은 이 말일세그려. 나는 세상에 내쫓긴 사람이요 그늘의 몸이니까 안일을 도와주는 아내가 소용없다 하는 것이 첫째요 또는 조상 부모에게 작죄한 모양이니까 다시 아내를 얻지 못하겠다는 것이 둘째요 계집이라 하는 것은 믿을 수 없는 것이요 정절 있는 계집은 세상에 없을 모양이니까 경솔히 장가를 다시 갔다가 또 전일 같은 부정한 일을 당할까 염려가 되어서 아내를 얻지 아니한다는 것이 셋째일세그려. 그러하니까 이 세 가지 연유로 해서 평생을 홀아비로 살겠다 하는 말이지"

"이를테면 대강령이 그러하지요"

"그러면 만일 이 세 가지 이유를 깨쳐 버릴 만한 또 다른 이유가 있으면 그때는 어찌하려는가"

"그렇지만 이 세 가지를 깨트릴 이유는 없습니다. 만일 있으면 아주머니 말씀을 아니 들을 까닭도 없지요"

"꼭 그러하지, 응"

정욱조는 미소를 얼굴에 띠며

"내 마음에 항복할 만한 이유가 넉넉히 있으면"

10

정 부인은 서서히 입을 열어

"그러나 지금 영감이 하는 말을 자세히 들으니 정말로 다 당연한 말일세마는 다시 자세히 생각을 하여 보면 그렇지 아니한 까닭도 있네. 그 까닭을 내가 조목조목 말함세. 첫째는 세상에 나서서 활동을 할 수가 없다 하나 그것은 자기 혼자 마음으로만 그러하게 결정한 일이지 당초에 세상에서야 아는 일도 아니요 영감이 지금이라도 나서기만 하면 세상에서는 더욱 좋아할 것이 아닌가. 공연히 제가 제 몸을 갖다가 망쳐 놓을 까닭은 없나니 자기가 무슨 부정한 행위를 한 것도 아니고 가령 영감의 말과 같이 도무지 세상에 얼굴을 들고 나서서 일을 할 수 없다 하더라도 사람이라 하는 것은 똑 세상에 나서야만 일을 하고 들어앉아서는 아무 일도 못 하나. 영감 하는 말은 세상 밖에 나설 수가 없단 말이지"

정욱조는 서슴지 아니하고 대답하기를

"암, 그러하지요. 그러나 아주머니께서 잘 생각을 하여 보십시오.

저로 말씀하면 풍속 개량과 여자 교풍한다는 두 가지 사업을 일평생을 할 일로 결심하여서 우선 양반 사회의 부패한 풍속을 먼저 교정한다고 당당한 현판을 걸고 일을 하다가 제 집안에서 이런 추행이 났으니 저는 정말 이 세상에서 죽은 사람이나 다를 것이 없습니다. 단지 세상 한 구석에서 목숨만 붙어 있는 모양이니 내 몸에 당해서 무슨 광명(光明)이 있겠습니까. 캄캄한 암흑계(暗黑界)에 단지 부쳐 있는 몸이올시다그려. 사람이란 것이 사회에 나서서 활동을 해야만 아내라 하는 물건도 소용이 있지요. 그러할 뿐 아니라 남의 좋은 처녀를 데려다가 아내를 삼아 가지고 저와 같이 흑동동(黑洞洞) 천지에서 살라 하면 그것도 사람의 할 도리가 아니올시다"

"옳지, 영감의 말이 다 옳아. 그러나 밤낮 명예만 가지고 말이지 영감의 말은……"

"그럼 사람이 명예를 돌아보지 아니하고 무엇을 취합니까……"

"응, 그것은 오히려 학문 없는 이 계집사람 나만큼 생각을 못 하였네. 명예라 하는 것은 단지 내 몸에만 유익을 돌리자 하는 뜻이지. 공평한 안목으로 볼 것 같으면 사람은 명예도 보겠지마는 제일 명심할 일이 있나니 그것은 무엇인고 하면 제가 이 세상에 나올 때에 타고나온 의무(義務)를 다하여야 한다 하는 말일세. 명예라 하는 것은 사람이 지은 것이요 사람의 의무라 하는 것은 세상에 나올 때에 하나님이 명하신 것인데 제가 명을 받아 가지고 나온 의무를 다하는데 무슨 세상 밖이니 안이니 할 것이 있단 말인가. 높으신 하나님이 내려다보시는 아래에는 사회의 이면(裏面)이니 표면이니 따로 구별이 없을 듯하니 가령 사회의 표면(表面)에서 내친 사람이면 사회의 이면(裏面)에서 진기력할 일도 작히나 많겠는가. 이것이 사람치고 제일 첫째로 깨달을 일일세그려. 사회 이면에서 생활하는 사람이 아내는 무슨 소용이냐 하지마는 그러할수록 아내를 얻어서 가정의 재미나 보아야지. 영감 말은 아내까지 암흑(闇黑)한 생활을 시키는 것이 사람의 차마 할 일이 아니라고 하지마는 여편네의 눈에는 가정이 첫째라네. 또는 남편 되는 사람이 세상에 나서서 벼슬도 하고 사회에도 다녀서 세력이 등등한 것을 좋아하는 사람도 있겠지마는 여편네의 성품이라 하는 것은 열이면 아홉은 다 즐거운 가정의 재미 보기를 원하는 것이요 또는 그 재미만 있으면 다른 것은 더 바라지 아니한다네. 그러하니깐 영감의 말한 첫째 조목은 온당치 않다고 생각하네"

단정히 앉아 나직한 말소리로 엉킨 실 풀듯이 실마리를 찾아 이치에 합당하게 하는 정 부인의 말에 정욱조는 그럴 듯이 듣는지 묵묵히 앉아서 듣더니

"예, 아주머니 말씀은 다 자세히 들었습니다. 아주머니 말씀도 일이 그러할 듯합니다. 저도 또 할 말씀이 있습니다마는 말씀을 다 듣자온 후에 또 말씀을 여쭙겠습니다"

정 부인은 담배를 두어 모금 빨고 다시 말을 한다.

"그리고 조상의 이름을 더럽혀 놓았으니깐 그 죄를 속하기 때문에 아내도 다시 얻지 아니한다 하나 그것은 더구나 말이 되지 아니하네. 자기의 혈속에서 그런 일이 났으면 그것은 조상의 이름을 더럽혔다 하겠지마는 남의 집에서 데려온 사람에게서 부정한 행실이 났기로 자식을 하나 낳은 일도 없는데 당초에 깊이 생각할 것도 없고 쫓아 버리면 그만이지 무슨 큰 걱정이 있겠나"

정욱조는 손을 휘휘 내저으며

"아니요, 그건 그렇지 않습니다. 그 흠절이 우리 집 세계를 더럽

혀 놓았으니 그릇에 묻은 흔적이나 같으면 물에 씻어 버리면 없어지려니와 이 흔적은 종이에 묻은 먹이올시다. 아무리 빨기로 그 먹이 없어지겠습니까. 아주머니께서는 듣기도 싫은 장가 말씀을 자꾸 하시니 제 성품을 아직도 자세히 모르셔서 그리하시지요. 아까도 말씀이올시다마는 제 한 몸의 명예만 아끼는 것이 아니라 온 집안 명예를 그중 중하게 아는데 내 대에 와서 씻지 못할 누명을 당하였으니 그 일을 생각하면 저는 침식을 폐하고 죽어도 시원치 않겠습니다. 이 누명을 어찌하면 회복을 하겠습니까. 장가 말씀은 다시 하시지 마십시오. 조상님께 대해서 무슨 면목으로 다시 계집을 얻는단 말씀이오니까"

11

정욱조라 하는 사람은 원래에 명예 벽이 심한 사람이라. 더욱이 한 집의 명예를 존중히 여기는 마음은 한층 더한 터이니 그러한 고로 집안 이름을 위하여서는 인정도 없고 의리도 없어 다만 몸을 희생(犧牲)에 이바지할지라도 마지아니하는 성품이라. 정 부인도 그 조카의 이와 같은 성정을 모르는 것이 아니로되 도리어 이 괴벽한 성품을 이용하여 정욱조의 마음을 돌이키고자 함일러라.

정 부인은 서서히 입을 열어

"여보게, 영감, 자네는 성미가 너무 청백하여서 생각을 너무 지나한 까닭으로 일의 경중을 잊어버리고 미처 생각지를 못한 모양인가 보오니 나도 우리 집일이 걱정이 되고 집안 이름을 위하는 까닭으로 이

의논이 아닌가. 아내를 다시 얻지 아니하겠다 하면 난들 억지로 어찌 권하겠나마는 그러면 정가의 집 혈속이 자네 대에 와서 끊어질 생각을 하니까 마음에 망창하기가 짝이 없네그려. 그나마 영감이 여러 형제나 될 것 같으면 영감 하나는 평생을 홀아비로 살더라도 우리 집안 혈속은 전하겠지마는 영감으로 말하면 남의 집 독자가 되어서 대대로 남의 자식 데려다가 봉사시키지 아니하던 우리 집안이 자네 대에 와서 끊어지면 그것은 조상님께 대하여서 득죄가 아니라고 하겠는가"

정욱조는 한참이나 생각을 하더니

"글쎄, 아주머니, 나도 그로 하여서 근심을 하는 중이올시다. 그 까닭으로 해서 나도 이미 결단한 마음을 다시 돌려 보기도 하였으나 암만하여도 할 수가 없어요. 일갓집으로서 양자라도 하면 대야 끊어지겠습니까마는……"

"그게 무슨 말인가. 더구나 말이 아니 되는 말일세. 일갓집으로서 양자를 한다 하여 대대로 양자하지 않던 집에서 지금 와서 양자로 봉사시키는 것이 좋을 수가 있나. 양자라 하여도 가까운 일가에서 데려오면 적이 낫겠지마는 가까운 일가라고는 없으니 먼촌 양자는 남 데려오는 셈이나 마찬가지야요. 그래도 영감이 다시는 아들을 낳지 못할 사람이면 그도 할 수 없겠지마는 영감은 내 손으로 내 발등을 찍는 격이 아닌가. 조상님께 대해서 그런 황송할 데가 어디 있나"

정욱조는 대답 없이 고개를 숙이고 다만 앉아 있는데 정 부인이 다시 말을 계속하여

"영감의 말과 같이 한번 더럽힌 가명을 다시 씻지 못하겠다 하니 아내를 얻지 않고 평생을 홀로 살기로 집안 누명이 없어지겠나. 아무리 그리한다 하여도 조금도 내 생각에는 유익함이 없을 듯해"

"그렇지만 제 한 몸의 허물은 벗을 수는 있지요"

"그러게 내가 경중을 모른다 하는 말이지. 그러니까 조상님께는 어떠하든지 내 한 몸이나 깨끗하게 지내자 하는 말이니 그러면 한 집안에 대해서야 무슨 유익이 있단 말인가"

"글쎄, 그러하기에 저도 난처하여 하는 중이올시다"

"그것이 난처한 줄을 알 양이면 한번 널리 다시 생각을 하여서 어진 아내를 얻어서 봉제사 접빈객을 정성껏 하여 가도를 정돈한 후에 전일에 얻었던 좋지 못한 이름을 씻어 버릴 생각을 하면 그도 좋지 아니하겠나. 종이에 묻은 먹과 같아서 한번 묻은 흔적이 없어지지 아니한다 하네마는 이후라도 수신제가를 해서 전일보다 더 큰 명예가 세상에 나타나면 그때는 전에 있던 조그마한 흔적은 스스로 없어지지 않겠는가"

정욱조는 묵묵히 앉아 있는데 그 부인이 다시 말을 시작하여

"그러한 까닭에 한 집안의 명예를 나타내려 하면 한 집안을 주장하는 현철한 부인이 있어서 첫째는 조선의 향화를 끊어지지 아니하도록 하고 또 한편으로는 집안을 일으켜서 조상께 대한 자손의 직분을 하여야 옳은 일이 아닌가. 그러하려면 불가불 아내라 하는 것이 없고서는 아니 된다 하는 말일세"

정욱조는 그 고모의 하는 말을 이윽히 듣더니 눈에는 유예하는 빛이 보이며

"아주머니 말씀은 다 자세히 듣자왔습니다. 그러나 지금 당장에 어찌하겠다는 대답은 할 수가 없으니 혼자 더 좀 생각을 해 보아야 하겠습니다"

정 부인의 마음에는 그 조카의 마음이 다소간 움직여짐을 다행히 여겨 허허 웃으면서

"그럼, 내 내일 다시 올 것이니 자세히 생각을 널리 하여 보게. 난들 왜 언짢은 말이야 조금이기로 권할 리가 있나"

정 부인은 그 이튿날 정욱조를 다시 만나 저저이 이해관계를 말하였더라. 지성이면 감천이라 하거든 하물며 사람이리오. 정욱조는 그 고모의 말을 드디어 항거치 못하니 그 고모의 열성에 감동이 되더라도 자기의 마음을 돌리지 아니하지 못하게 되었더라.

그 후 며칠 지나 정욱조는 그 고모를 찾아와서

"아주머니 말씀에 저는 몽롱한 잠이 깬 것 같습니다. 그러나 그것도 정절 있고 어진 여자가 있어서 우리 정가의 집에 들여도 부끄럽지 아니할 만한 숙덕이 겸비한 사람만 있으면 아내로 맞아오기도 하겠습니다마는 이 세상에 그러한 여편네가 있을는지 마치 모르겠습니다. 천백 사람 중에 하나나 있을지. 만일 함부로 얻어다가서 또 전과 같은 일을 당하면 어찌하게요. 내 생각에는 여편네같이 믿지 못할 것은 없는 줄을 압니다. 아무리 철석같이 믿었던 여편네라도 그 가슴속에는 어떠한 비밀 사정이 품어 있는지 모르니까. 나는 정말 위태해서 썩 장가가겠다는 말이 아니 납니다그려"

정 부인은 껄껄 웃으며

"여편네는 아주 사람 아니로 돌리는 말이로구면. 전에 덴 가슴이 되어서 그렇게 하는 말인 게지마는 여편네라고 모두 그러할 리가 있나. 정절 있고 숙덕 있는 여편네도 하고많으니 모두 여편네가 다 행실이 부정한 것들뿐이면 이 세상에 한 집도 쾌락한 집안은 없게"

"그야 여편네라고 다 그러하겠습니까마는 혼인이라 하는 것은 어두운 밤에 술래잡기 같아서 다행히 선량한 사람을 얻으면 좋지마는 그것을 어디 믿을 수 있습니까"

"영감이 그렇게 말을 하면 내가 아주 담당하고 열 가지에 한 가지도 흠절 없는 요조숙녀를 천거할 터이니 그러면 어떠하겠나"

"아주머니가 그 여자의 평일 행동이며 그 내력과 위인을 확실히 아시고 장담을 하실 지경이면 나는 아주머니를 믿고 장가가겠습니다"

12

정 부인은 정욱조의 전일 결심이 비로소 움직이며 다시 극가한 규수만 있으면 성취할 의사가 돎을 보매 그 부인의 기꺼운 마음은 얻다가 비하리오. 얼굴에 희색을 띠고 다시 말을 한다.

"그러하면 또 한마디 물어볼 일이 있네. 다른 말이 아니라 이번 얻을 색시는 어떠한 사람으로 구하려는가. 양반에 문벌 좋은 집 자손을 택할 터인가. 여간 시골 토반 같은 사람의 딸은 아마 자네 성미에 싫다고 할 듯하기에 묻는 말일세"

"그게 무슨 말씀이십니까. 이전 완고 시절 같으면 문벌이니 가풍이니 하고 요란을 피지요마는 지금 세상에야 원, 당자 하나 보면 그만이지요. 나는 문벌에 대해서는 조금도 상관하지 않습니다. 백정의 자식이라도 위인만 똑똑하고 얌전해서 정가의 집 주부 되기에 부끄럽지 아니할 만한 사람이면 그만이지요. 나는 도리어 혁혁한 집 자녀라 하면 더 믿지 못하겠습니다. 어려서부터 호활한 데 자라나서 도량방자만 하기 쉬우니까 그따위 인물 가지고는 단란한 가정은 조직해 볼 수 없지요"

"하하, 원, 아무렇기로 그렇기야 하겠나. 너무 심하게 하는 말이지. 그러나 영감의 말은 다 옳은 말일세. 문벌을 아니 볼 수도 없지마는 첫째로 당자가 합당해야지. 내가 지금 하겠노라고 말한 사람은 다시 두말할 것도 없고 이루 칭찬은 다할 수 없네. 나는 세상 밖에 나온 후로 그런 색시는 처음 보았어. 백 가지에 한 가지 나무랄 데가 없는 사람일세그려"

정욱조는 얼굴에 미소를 띠며

"아—니, 벌써 아주머니께서는 마음속으로는 결정해 두신 신부가 있는 게올시다그려. 저도 다시 장가를 들까 하는 생각은 먹었습니다마는 그렇게 급작이야 할 수 있습니까. 서서 도지를 하지요"

"글쎄, 나도 급작시리 장가가란 말이 아니라 합당한 혼처가 있을 때에 정해 두기는 해야지. 때를 잃으면 그런 색시를 다시 구하기가 극난할 터이니깐 지금은 정혼만 하여 두고 성례는 서서히 하게나"

"아주머니가 그다지 추시는 사람은 대관절 뉘 집 규수오니까"

정 부인은 다시 웃음을 머금으며

"지금 내가 말하는 규수는 비록 시골 토반의 딸이지마는 그 행동과 위인으로 말하면 서울 재상가 행검 있는 집 딸이라도 쫓아가지 못할 터이요 우리 정가의 문중의 부인네로도 그만한 이는 내가 보지 못하였어. 학문으로 말하더라도 깊은 학문은 없어도 여편네로는 면무식이나 된 셈이요 서울서 여학교에도 다녀 보아서 개명도 하였으니까 영감의 마음에도 합당한 줄로 나는 아네. 성품이 제일 순량해서 나는 그 규수의 어렸을 때부터 귀애해서 내 자식같이 알고 있는데 그만치 천백 가지로 흠절 없는 색시는 없는 줄 아네. 태도와 어여쁜 얼굴은 누가 보든지 칭찬 아니 할 사람은 없으리"

"아따, 아주머니는 입에 침이 없이 추십니다그려. 사람은 아니고 선녀가 하강한 것같이 하십니까. 도리어 믿음직치가 않습니다"

"왜 내가 없는 말을 할 리가 있나. 돈 받아먹고 다니는 중매쟁이도 아닌데 손톱만치라도 없는 말이야 하겠는가"

"아, 그러실 터이지요. 나도 실없는 말씀이올시다. 내가 믿는 아주머니 말씀이니까 범연할 리야 있겠습니까. 대체 어디 사는 색시란 말씀이오"

"아마 영감도 더러 보기도 했을걸. 말은 많이 들었을 터이요"

정욱조는 고개를 기울이고 생각을 하며

"그 색시의 집이 어디게요"

"집은 이 동리 안이지. 왜 요전에 영감이 처음 여기 내려왔을 때에 공주 일읍 사람은 모두 청해다가 잔치해서 대접한 일 없나. 그때 내가 왜 이기장의 딸 이경자라고 영감에게 인사 붙이지 아니하던가. 내 말하는 색시가 즉 그 색시야"

정욱조는 이제야 비로소 생각이 나는지

"예, 그 색시야요. 참 인물도 똑똑하고 위인도 단정해 보입니다. 나는 그때 그 색시를 보고서 시골구석에 저런 색시가 다 있나 하였지요. 그러니까 아주머니가 입때지 칭찬하시던 사람이 그 색시오니까"

"응, 그 색시는 내가 다짐이라도 할 터일세. 어려서부터 내 자식같이 길러서 성품 알고 행동도 알 뿐 아니라 내가 주선을 해서 서울로 공부까지 시키러 보냈었네. 서울서 공부하다가 내려온 지가 벌써 이태나 되었지마는 아직 출가하지 아니하고 있는데 그 어르신네의 말인즉 무남독녀라고 데릴사위를 구하겠다 하데마는 말이 그러하지 합당한 사윗감만 있으면 그렇게 할 리야 있나"

"저는 여편네에 대해서 남이 보증한다 하는 말을 결단코 믿지 아니합니다마는 아주머니 말씀이니까 믿고 말씀이올시다. 그러나 그 색시에 대한 일은 모두 일동일정을 보증하실 터이지요"

"그것은 내가 보증할 뿐이 아니라 그 색시가 무슨 잘못하는 일이 있으면 그 허물은 내가 당하겠네. 정말 백옥 같은 색시니 다시 두말하지 말게. 이기장이라 하는 사람도 이 시골 양반으로는 문벌도 있고 행검 있는 집안이지 예사 시골 토반으로는 알 사람이 아니라네. 우리 집하고도 통내외하고 지내는 터이니까 그 색시에 당한 일은 조금도 염려 말게"

"아주머니 말씀과 같으면 저는 저편에서 허락만 하면 결혼하겠습니다. 아주머니 말씀같이 그런 결백 무흠한 여자일 것 같으면 제가 도리어 짐이 무거울 줄로 압니다"

"공연히 그러한 겸사의 걱정은 하지 말게. 그러면 내가 일간 그 집에 가서 기회를 타 가지고 통혼을 하여 봄세"

13

"오늘 댁에 온 것은 다른 일이 아니라 따님 혼사를 의논하려고 온 길이올시다"

하며 정 부인은 이기장을 찾아와서 통혼코자 함이러라. 이기장은 그 부인을 원래부터 존경하며 또는 신용하는 터이라 공손히 대답을 하며

"일상 이렇게 딸년의 당한 일에 당해서는 마음에 두시고 심려를 해 주시니 너무도 황감하오이다. 딸년의 혼사로 하여서 저도 큰 걱정 중이올시다. 나이는 점점 먹어 가고 마땅한 사윗감은 썩 나서지 아니 해서 일상 근심이야요. 낫살이나 먹으면 앞길이 짧아 그러하온지 마음 이 조급하여서 하루바삐 성취를 시켜 주려고 하나 다 일이 여의치 못 하외다그려"

"그러하시겠지요. 차차 연세가 많아 가시니까 그러하시기 쉽지 요. 그러나 요전에 들으니까 따님은 데릴사위를 하시겠다 하시더니 정 말 그렇게 하실 터인가요. 혼인만 해서는 인류의 대사이니까 그렇게 급급히 하시지 마셔요. 너무 급히 하면 얌전한 사람을 구하기도 어렵 고 따님 같은 규수를 두시고서야 사위야 내 마음껏 잘 골라서 얻으시 지요. 아직 나이가 그리 많습니까. 아무렇기로 이 세상에 상당한 사윗 감이 없겠습니까"

"예, 그저 그렇습지요마는 단지 딸 하나를 어서 성취시켜서 재미 를 보자고 마음이 일상 조급하오이다그려. 제 마음 같으면 데릴사위를 얻어서 사위 겸 아들 겸하여 데리고 있고 싶으나 또 한편으로 생각하 면 내남 할 것 없이 처가살이하러 오는 놈이 변변한 놈이야 오겠습니 까. 자연히 못생긴 편에 가까운 놈이나 처가살이라도 하려고 덤벼들 터이니 그렇고 보면 딸년의 장래 신세가 가긍하겠으니 난처한 일이올 시다. 좌우간에 신랑감만 극가한 사람이 있으면 오늘이라도 불계하고 시집을 보내려고 합지요"

"실상인즉 다름이 아니라 따님께 통혼하는 데가 있어서 내가 의 논차로 온 길인데 먼저 한마디 말씀할 것은 본래 혼인이라는 것이 그 부모도 합당하게 알겠지마는 첫째로 원 당자가 좋아해야 처음부터 마음에 부족한 일을 억지로 마지못해서 하고 보면 장래에 피차 서로 다 재미없는 일이 생기는 법이니 내가 통혼을 한다고 조금이라도 어려이 여기시고 말을 못 하실 것 없으니 만일 마음에 부족하시거든 조금도 어려워하시지 말고 못 할 것은 못 한다고 하고 할 것은 한다고 말하여 주셔야 합니다. 따님으로 말하면 두서너 살부터 나를 저의 어미같이 알고 따를뿐더러 나도 저를 친자식같이 아는 터인데 조금이나 제 몸의 후분에 관계될 일은 할 리 만무하니 내 말에 불합당한 데 있거든 은휘하시지 말고 다 말씀하여 주셔요"

"천만에, 왜 그렇게 말씀을 하십니까. 도리어 섭섭합니다. 어서 말씀을 하여 주십시오"

"그럼, 내 말씀을 하오리다. 신랑은 다른 사람이 아니라 나의 친정 조카 정욱조에게 배필을 맞추고자 하여 하는 말이니 의향이 어떠하신지요"

이기장은 정 부인의 말을 들으매 속마음으로는 기쁘기 이를 데 없으나 외양으로는 사양하는 모양을 보이며

"아, 천만에, 그런 귀하신 재상이 이런 시골 농토에 묻힌 사람과 결혼을 하려 하시겠습니까. 천만의 말씀이시지요"

정 부인은 빙그레 웃으며

"그게 무슨 말씀이시오. 나는 진정으로 하는 말인데. 내 조카도 위하거니와 내 딸같이 아는 따님을 위하여서 중매를 들려고 하는 것이니 십분 생각하여 보시오. 내 조카로 말하더라도 나이는 젊어도 위인이 점잖고 상없지 아니하니까 댁 따님하고는 과연 천정배필이 될 듯하니 불계하고 내 말대로만 하시오. 바로 당신 마음에 없어서 못 하겠다 하시는 것은 할 수 없지마는 그렇게 겸사로 말씀하실 것은 아니야요"

이기장은 이 통혼하는 말 한마디가 얼마큼 기꺼우리오. 장중보옥같이 귀중히 여기는 여식을 두고 사방으로 상당한 신랑을 광구하나 마침내 얻지 못하므로 일일 번민히 지내더니 이날 정 부인의 말은 진소위 주린 범이 고기를 당한 격이라. 정욱조는 본래 일읍이 모두 흠앙하던 터이며 지위도 재상에 이르고 학식과 인물이 모두 출중하여 사람마다 공경하고 사모하는 터이요 중매의 수고를 하는 사람은 자기가 친형제같이 믿고 바라는 김 승지의 내외라. 이기장이 어찌 심중에 기쁘지 아니하리오. 다시 그 부인을 향하여 고마운 뜻을 표하노라고

"그저 너무 황감하오이다. 제 딸년은 낳기는 제가 하였어도 사람 만들고 못 만들기는 댁 영감 내외분 손에 달렸으니 저는 하라시는 대로 할 뿐이올시다. 자량하여서 하십지요. 그러지 아니하여도 신랑을 구하지 못해서 일상 근심이더니 이렇게 마음을 써서 주시는 생각을 하면 정말 고마운 마음에 눈물이 납니다그려. 하—"

14

이날은 이경자가 마침 그 동리 친척의 집으로 심방 갔던 날이라 늦도록 집에 돌아오지 아니하고 다만 이기장이 홀로 정 부인이 돌아간 후 기쁜 마음을 이기지 못하여 앉은 자리가 따뜻할 사이가 없이 앉았다 일어섰다 하며 이경자의 돌아오기만 기다리며 혼자 중얼거리다가 또는 웃었다 하고 있더니 마침 이경자가 문으로 좇아 들어오는 것을 보고

"오, 인제 오느냐. 오늘은 왜 그리 오래 가서 있었느냐. 나는 너 오기를 눈이 빠지도록 기다렸구나"

이경자는 그 부친의 형색이 평일과 다름을 보고 심히 이상히 여겨

"오늘은 무엇이 그리 더 늦었다고 그렇게 기다리셨어요. 아버지 말씀하시는 것이 어쩐지 무슨 좋은 일이나 생긴 것 같습니다그려"

"아, 좋은 일이 생기고말고. 이 외에 더 좋은 일이 어디 있겠니. 어서 이리 올라와 여기 앉아라"

"오늘 저 너머 마을 아주머니 집에를 갔더니 저, 그 아주머니께서……"

"아따, 그 이야기는 있다 하고 내 말부터 먼저 좀 들어 보아라"

이경자는 그 부친의 황황히 날뛰는 모양에 어찌한 영문을 알지 못하여 부친의 얼굴을 물끄러미 쳐다보며

"아, 무슨 말씀이셔요. 갑갑하니 어서 말씀하셔요"

"응, 다른 말이 아니라 요 이웃 김 승지 집 아주머니가 계시지 아니하냐. 그 어른이 오늘 오셨더구나. 달리 오신 게 아니라 네 혼사 일절로 해서 일부러 찾아오셨는데 신랑은 누군고 하니 월전부터 여기 내려와서 사는 서울 유명한 소년 재상에 정욱조, 정 협판이라고 있지 아니하냐. 그가 너를 데려다가 아내를 삼으려는 작정이니 나는 재상 사위를 둘 모양이로구나. 이러한 경사가 어디 있겠니. 우리 집같이 한미한 집안으로 그런 좋은 가문과 혼인할 수가 있겠니마는 지금은 세상이 모두 개명을 해서 문벌을 보지 않고 사람만 보는 세상이라 그러하지. 옛적 같으면 어림도 없다. 그 부인만 하시더라도 너를 친자식같이 아시니까 아무쪼록 네게 유익하도록 마음을 쓰는 터이로구나. 그 양반이 가실 제 말씀이 너를 보면 또 자세히 말하겠노라고 하시더라"

이경자는 부끄럼에 얼굴이 취하여지며 고개를 숙이고 말이 없는
지라 이기장은 다시 타이르는 말로

"얘, 너도 마음에 좋겠지. 내 마음이 이러할 제야"

이경자는 간신히 얼굴을 들며

"아버지, 나는 싫어요"

이기장은 그 소리에 깜짝 놀라

"아, 이게 무슨 말이냐. 이런 좋은 기회를 놓치고 어찌하려고 너
는 그느냐. 다시 잘 생각해 보려무나"

"요전부터 아버지께서는 눈을 꽉 감고 나 하라는 대로 하라 하시
기에 나는 아버지 한 분을 위해서 대답은 하였습니다마는 이 더럽힌
몸을 가지고 누구에겐들 무슨 낯으로 시집을 가라고 하십니까"

이기장은 팔짱을 끼고 한참 동안 깊이 생각을 하더니 홀연 무슨
생각을 하였는지

"그러하지, 네 말도 옳다. 그러나 너의 과실은 다 내가 맡아 가지
고 있으니까 무슨 일이 있든지 다 내가 당할 터이니 너는 조금도 염려
할 것은 없다. 내가 살아 있어서 너를 시집보내서 잘사는 것을 보지 못
하면 죽어서라도 원혼이 될 터이니 아비의 마음도 좀 생각하여야 아니
하느냐. 이렇게 좋은 혼처를 놓치면 다시는 또 얻기 어려울 터이니 내
몸은 어느 지경에 가든지 네 죄는 내가 다 뒤집어쓰고 너 하나 시집을
보내서 잘사는 것을 보아야 하겠다. 나는 하나님이든지 부처님께든지
버력을 입어서 지옥에 가 빠지더라도 너 하나를 위해서 무슨 짓이라도
하겠다. 만일 네가 시집을 가서 잘살다가 전일의 흠절이 탄로가 되어
서 인연이 끊어지게 되면 그때는 네 죄를 내가 지고 있는 터이니까 내
손으로 자수라도 하여서 네 죄를 풀어 달라고 하면 설마 사람치고야

그 사정이야 아니 보아주겠니. 또 김 승지 부인만 하시더라도 네 일이라면 주야를 불계하고 극력 주선하시는 양반이니 네가 시집가면 조카 며느리가 되겠구나. 그때는 더구나 네 치다꺼리야 좀 잘하여 주시겠니. 아무 생각 말고 나 하는 말대로만 하여라. 내가 이게 네게 마지막 원이다"

이경자는 심란한 기색이 얼굴에 나타나며

"아이고, 아버지께서는 자꾸 그렇게만 말씀을 하시니 시집을 갈 터이면 차라리 전일 제가 지은 죄를 일판을 이야기하여서 그 김 승지 집 아주머니도 내가 그러하던 계집인 줄을 아시고서도 혼인을 하신다 하면 그때는 아버지 말씀대로 하겠습니다마는 제 죄를 속이고야 하늘이 무서워 어찌 시집을 가라고 하셔요"

이기장은 또한 깜짝 놀라며

"이게 무슨 지각없는 소리냐. 그 말이 났다가는 그렇게 네게 친절하시던 김 승지 부인도 절교하실 터이요 너와 나는 그때 가서야 더구나 무슨 꼴이 되겠니. 아예 실없는 말소리도 그런 소리는 하지 마라. 전일에는 네 말이 네 몸은 어느 지경에 가든지 내게 아주 맡겨서 나 하라는 대로 순종을 하겠노라 하더니 그럼 그 말은 거짓말이냐. 설마 거짓말은 아니겠지. 어이 내 마음이 좀 시원하게 대답을 해라"

15

이경자는 묵묵히 말이 없는데 이기장은 조급한 마음을 이기지 못

하여

"애, 경자야, 너는 지금 아무리 싫으니 어쩌니 하여도 나는 벌써 마음을 결단하였으니까 네가 아무리 싫다 하여도 아마 쓸데없겠다"

이경자는 그 부친의 말이 평일과 다름을 보고 얼굴에 원망하는 기색을 나타내며 부친의 얼굴을 쳐다본다.

"아버지께서는 벌써 결정을 하셨다 하오니 내가 아무리 해도 듣지를 아니하면 어찌하셔요"

이기장은 길게 한숨을 지으며

"네가 정히 못 하겠다 하면 할 수 없지마는 그 대신 나는 어찌 될는지 알 수 있니. 만일 이번 혼사가 파의가 되는 날에는 나는 성병이 되어서라도 죽지 살지는 못하겠다"

이경자가 내념에 생각하건대 부친은 불초한 이 몸으로 하여금 근년 이래로 더욱이 쇠패하신 모양을 뵈올 때마다 자식 된 마음에 황송한 마음을 금키 어렵거늘 또한 이 몸의 혼사로 하여 저렇듯 심려하시니 만일 내가 부친의 말씀을 응종치 아니하면 그때는 부친께서 낙심을 하시고 공연히 슬퍼만 하시리니 자식이 되어 비록 효도는 하지 못할지언정 어찌 도리어 심려만 끼치리오. 지금 이 몸이 이 세상에서 구차한 목숨을 부지하여 가는 것도 다만 늙은 부친 한 분을 위하여서 살아 있는 것이니 이 몸은 생각하지 말고 부모를 안심하시도록 하는 것이 나의 떳떳한 도리가 되리라 하여 비로소 마음을 결단하고 강잉히 좋은 기상을 보이며

"그렇듯 아버지께서 심려를 하시니 제가 어찌 아버지 말씀을 아니 듣겠습니까. 아버지 의향 계신 대로 하시는 것이 좋겠습니다"

"오, 그러하겠지. 인제야 내 말을 알아들었구나"

하며 기꺼운 마음에 늙은 눈으로 눈물이 가득하여지며 경자의 등을 어루만진다.

"애, 경자야, 다시는 그런 지각없는 소리 하지 마라. 아, 내 속이 인제는 시원하다"

이경자는 고개를 숙이고 간신히 입 밖에 나오는 목소리로

"예—"

하고 대답은 하나 속마음으로는 내가 아무리 나의 과실을 숨기고 시집을 갈지라도 어느 때든지 기회를 얻으면 남편의 앞에서 자기의 작죄한 일을 자복하리라고 결심하였더라. 이기장은 경자의 허락을 들은 후 즉일로 양가가 서로 결혼하는 언약을 마치고 불일내로 길일양신을 택하여 성례코자 하더라.

이와 같이 혼인이 결정되매 이기장의 환천희지하는 모양은 이루 형언키 어려우나 경자는 도리어 각색으로 근심이 흉중에 왕래하는도다.

혼인은 이미 결정이 되었으니 이왕 일이 이에 이른 후에는 다만 부친의 마음을 더욱 편히 하여 드림이 옳으리로다. 부친은 저와 같이 기꺼워하시거늘 이 몸은 어찌 부모에게 기꺼운 낯을 보이지 아니하리오. 부친의 마음을 영구토록 편안히 하려 하면 이 몸이 출가한 후라도 남편을 극진히 받들어 내외가 서로 화합히 지내야 부친께서는 더욱 좋아하시리니 내 몸은 잊어버리고 남의 아내가 된 직분을 다하리라. 이 몸은 본래 부친을 위하여 이 세상에 살아 있는 것이거늘 부모를 위하여 하는 일에야 무엇을 사양하리오. 내가 비록 출가하는 것이 나의 본의는 아니나 사세가 이러하니 억지로 하지 못할 일이로다. 그러나 이 몸이 전일에 지은 죄과를 숨기고 남편을 다시 섬기다가 만일 나의 허

물이 탄로되어 남의 집으로 좇아 남편의 귀에 들어가는 날은 그때는 이 몸이 다시 남편과 헤어지는 비참한 경우를 당할지니 그러하면 그는 도리어 죄상첨죄가 될 터이니 차라리 처음부터 남편에게 내 허물을 말하는 것이 오히려 나으리로다. 그도 다시 생각하면 할 수 없는 일이요 그러하다고 인순 도일하다가 중간에 발설이 나서 남편이 용서를 하여 주면 좋으려니와 만일 그렇지 못하여 이혼을 하는 데 이르면 이 몸은 본래 이 세상에 없는지라 한가지로 아는 바이나 저렇듯 즐거워하시던 부친께서 오죽이나 낙심을 하시리오. 백이 사랑을 하여도 좌우간 난처하니 어찌하여 이 몸이 무슨 업원으로 이 세상에 출생하여 이렇듯 부모를 고생시키는고. 어찌하여 전일에 행실을 잘못 가졌던지. 내 몸을 조심하여 결백한 몸으로 있었던들 이 근심 저 근심 할 게 없을 것을 이 몸으로 하여 부친이 이게 무슨 죄리오 하며 옥안에 누수가 왕왕히 떨어진다.

16

이번에 이 결혼을 호연(好緣)이라 일컬을는지 또는 악연(惡緣)이라 할는지 미리 기약하기 어려운 일이라. 정욱조와 이경자 두 사람 사이에 기어이 인연의 실을 맺은 고로 결혼의 절차를 속속히 진행하여 성례하는 일자를 택하여 오월 이십팔일로 결정하고 성례하는 처소는 경성 정씨의 본제에서 거행하기로 하니라.

이 혼사가 확정된 후로 공주 일읍 사람들은 남녀노소를 물론하고 사람사람이 모두 이기장은 시골 생원님으로 졸지에 재상 사위를 얻었다고 놀라지 아니할 사람이 없으며 또는 이경자의 행복을 부러워하고 이기장은 비록 재상의 장인감이 부족하다 하나 그 규수 이경자의 지식과 품행은 능히 재상가의 주부가 됨 직함을 일컬으며 이경자를 위하여 모두 치하함을 마지아니한다. 그러나 이경자는 양심에 부끄러운 바가 있어 사람의 얼굴을 대하기도 부끄러워하여 문을 나서지 아니하고 홀로 고요한 방에 앉아서는 한탄과 근심으로 세월을 보낸다. 그러나 부친 이기장은 이 혼사의 결정된 일을 이 세상에 없이 즐거워하며 혼수 범절을 극치 극미케 하여 재물을 아끼지 아니하고 화려함을 주장하여 조금이라도 서울 재상가의 혼인으로 남의 이목에 초솔치 아니하도록 주선하더라.

살같이 가는 세월이 벌써 꽃은 떨어지고 처처에 녹음이 성하여 오월 중순이 되었는데 불일간 이기장은 서울로 경자를 데리고 올라가서 혼례를 이루려 하더라.

이경자는 이위 출가하기로 부친 앞에서 결정은 하였으나 항상 속마음에 용서치 아니하는 생각이 있으므로 근심하는 얼굴을 펼 날이 없으나 다만 부친의 마음을 위로코자 하여 스스로 강잉하여 부친 앞에서는 웃는 얼굴과 기꺼워하는 모양을 보이되 깊고 깊은 마음속에 박혀 있는 한낱 근심은 졸연히 사라지기 어렵더라. 더욱이 부친은 자기의 혼인 제구를 준비하시느라 주야로 근로하며 일읍 사람들은 모두 경자를 위하여 치하하며 즐거워하거늘 만일 이 몸이 출가한 후에라도 내 가슴속에 있는 비밀한 사정이 탄로되어 이혼을 당하고 집으로 다시 돌아오는 지경이 되면 무슨 면목으로 옛집 대문에 다시 발을 들여놓으며 또는 동리 사람들에게는 무슨 염치로 얼굴을 대하리오 하며 생각할 때에 심중에 솟아나는 근심은 실로 한두 가지가 아니라. 슬프다, 이 한 몸은 비록 희생에 이바지할지언정 다시는 구가에 돌아오지 못할 몸이니 한 번 몸을 허락한 후에는 선악 간에 일생을 남편을 잘 받들어서 부친의 마음이나 편안케 하는 일이 마땅하리라. 그러나 이혼을 당할 작정으로 하지 아니하면 이 몸의 비밀한 사정을 자복하지 못할 터이니 어찌하면 이 몸이 지은 죄를 남편에게 자백(自白)함을 얻으리오. 도대체 이 몸은 무슨 연고로 이와 같이 죄 많은 사람으로 태어났는고 하며 고요한 밤에 자리에 누워 번뇌하다가 인하여 철야한 일도 여러 번이러라.

정욱조는 전거하여 경성 본제로 올라와 혼례 준비를 하고 이기장의 부녀도 또한 상경하여 처소를 정하였는데 이미 택일한 일자가 다다르매 신랑 신부의 집을 물론하고 친척 빈객이 구름같이 모여들어서 그 혼잡한 거동은 지필로 다 하지 못할레라.

그날을 당하여 이기장은 아침 밝기 전부터 잠시도 앉지 아니하고 공연히 분주하다가 어언간에 시간이 되매 신랑이 이르러 전안 교배하고 신부는 신랑을 쫓아 신가로 보낼 때에 웅장 성식을 갖추고 사인교에 오르려 하는 경자를 다시 불러 손을 잡고 조용히 경계하여 이르는 말이

"어―, 참, 그렇게 단장하고 나서니까 정말로 어여쁘구나. 너의 어머니가 오늘날 살아 있어서 네 모양을 보았더라면 오죽이나 좋아하겠니"

하며 눈물 두서너 방울이 소매를 적신다.

"아―, 오늘같이 좋은 경삿날에 공연히 쓸데없는 소리를 너더러 하였구나, 허허허. 그러나 애, 경자야, 너는 지금으로 우리 집을 떠나서 시가로 가는 날이니 너와 나와 작별이로구나. 너를 보낼 제 내가 한마

디 부탁할 말이 있다. 이 말은 너더러 항상 하던 말인 고로 또다시 길게 부탁할 것도 없지마는 오늘날 너의 몸은 이 세상에 다시 태어난 사람으로만 알고 이전 지난 일은 잊어버려 다고. 어떠한 큰일이 생기더라도 그것은 내가 다 담당할 터이요 너에게 근심은 끼치지 아니할 터이니 부디 명심하고 너는 단지 너의 남편만 잘 받들어서 평생을 화락하게 지내게 하기를 나는 축수하고 바란다. 내가 들으니 정 협판은 부모가 다 돌아가시고 다른 자매도 없다 하니 시집살이하기도 대단 편하겠더라. 정 협판만 잘 받들어서 내외간에 의좋도록 산다 하는 말을 내가 들으면 늙은 얼굴에 주름이 펼 듯하다. 이것이 나의 평생소원이니 지금까지 지내 온 일은 물에 흘려보내고 가서 시집살이 잘하여서 이 늙은 아비의 마음을 편케 하여 다고"

하며 정에 못 이겨 또한 눈물이 방울방울 떨어진다. 경자도 부친의 자애지정에 감동 되어 눈물이 단장을 흐리며 느끼며 말을 못 이루다가

"예, 인제는 마음을 아주 결단하였으니까 결단하고 아버지께 심…… 심려를 끼치지 아니하도록 하겠습니다"

하며 부친의 손을 얼굴에 대고 고개를 숙이더니 자주 느낄 뿐이라.

"오—, 그 말을 들으니 인제는 내 마음에 어찌 좋은지 모르겠구나. 아서라, 울지 마라. 이런 좋은 날 우는 것이 무엇이냐. 어서 진정하여서 가마 타고 가거라"

하며 등을 어루만지며 수건을 내어 눈물을 씻기고 손을 이끌어 사인교에 태우니 경자는 목이 메어 부친에게 똑똑히 인사 한마디도 못하고 총총히 집을 떠나 신가로 향하여 가니라.

17

이경자는 수모와 시비의 인도로 돌아간 시부모께 사당 폐백이며 원근 친척에게 일일이 상우례를 마치고 다시 방 안으로 인도하여 좌정한 후 잔치를 시작하여 여러 친척이 환희지중에서 원만히 예식을 마치고 황혼에 이르러 모두 헤어져 돌아가니라. 그러나 김 승지의 부인 정씨는 일래로 몸의 수고를 잊어버리고 대사를 주장하여 지휘를 하며 첫째로는 자기의 친가에는 이만한 경사는 다시없는 줄로 생각하여 밤을 새우며 잔걸음을 걸어 일을 주선하나 괴로운 빛은 조금도 없고 희색이 얼굴에 가득하여 세 가지로 즐거워하니 첫째로는 자기의 친정 후사를 다시 잇게 됨이요 둘째는 친정 조카로 하여금 마음을 다시 돌려 어진 배필을 구함이요 셋째로는 비록 기출은 아니로되 친딸과 조금도 다름이 없는 경자를 합당한 신랑에게 출가시켜 백년을 누리게 함이러라.

슬프다, 일조일석에 꿈결같이 정가의 집에 이르러 사람사람이 모두 서투르나 다만 때때로 정 부인이 앉아 있는 옆에 와서 이 이야기 저 이야기 할 때는 마음이 적이 진정이 되다가 그 부인도 밖으로 나가고 홀로 앉아 있을 때는 가련 무죄한 아녀자의 조그마한 가슴에 천사만념이 물결같이 도는도다.

이러구러 야심하매 정욱조는 사랑에 모였던 빈객을 모두 접대하여 보내고 내당으로 들어와 경자가 있는 방으로 들어오니 휘황한 등촉이 고운 단장과 찬란한 의복으로 모로 고개를 숙이고 앉아 있는 경자의 얼굴을 비추니 그 연연한 형용과 단아한 태도는 진짓 천상 선녀의 강림이 아닌가 의심할 지경이라. 인비목석이라 정욱조도 얼마큼 감동이 되었던지 목소리를 정당히 하여

"이번에 다행히 부인과 인연이 있어서 나 같은 사람이라도 멀리 버리지 아니하고 와서 주시니 내게 대하여서는 이 위에 더없는 행복으로 아는 바요. 그러한 고로 우리가 오늘날 부부가 된 이상에는 내 마음에 있는 감정과 희망은 조금도 감추지 아니하고 말을 할 터이니 들어주시오. 더구나 내외라 하는 것은 서로 통정을 하지 못하는 까닭으로 나중에는 좋지 못한 결과를 맺는 법이니 그러한 것은 아주 대기하는 사람이오"

경자는 수그리고 있던 고개가 점점 더 수그러지며 대답을 못 하는데 정욱조는 다시 말을 연하여

"아마 부인도 우리 고모 어른께로 하여 내 집 일을 대강 들었을 듯하니까 자세히는 말하지 않소마는 나는 전일에 아내라고 하나 얻었다가 불미한 행위로 인연하여 친가로 도로 보내고 그 후로는 한 가지 염세증(厭世症)이 생겨서 세상에서 활동하기가 싫고 이 세상을 멀리 떠나 숨어 살려고 결심하였던 바이요 또는 바로 말할 지경이면 세상에 계집이라 하는 것은 당초에 믿지 못할 물건으로만 알았더니 다행히 우리 고모 말씀에 그렇지 아니함을 깨닫고 오늘날 이와 같이 부인과 즐거이 인연을 맺었으니 나는 진실로 부인과 같이 아름다운 아내를 맞은 일에 대하여는 전일에 괴벽하던 마음을 이제야 비로소 깨달은 일이 후회막급이오. 그러므로 부인도 내 마음을 그러한 줄로 알아주시기를 바라오. 그리하고 나의 전일 여자를 불신용하던 마음을 전혀 돌이켰다 하는 말은 아니로되 부인께 대해서는 티끌만치도 의심을 두지 아니하오. 이 세계에서 내가 진실한 마음으로 믿는 여자는 우리 고모와 부인과 두 사람 뿐이오. 그런 고로 부인에게 대해서는 조금도 마음을 은휘하지 아니하오. 내 마음과 부인의 마음이 서로 연락이 되어 떠나지 아

니할 줄을 믿고 바라는 바이요 부인의 마음의 결백한 일과 부인의 행실의 완전한 일은 내가 부인에게 가장 믿는 터이니 부인과 나 두 사람의 사이를 화합하는 물건은 즉 부인의 결백한 마음 하나뿐이오그려. 만일 부인이 내 마음에 믿지 못할 여자였으면 당초에 이 혼인이 되지 못하였을 터이니 나는 이제부터 몸에 가득한 사랑을 부인에게 대하여 드리고자 하니 이 애정(愛情)을 영구하도록 북돋아 줄 사람은 부인의 마음 하나뿐이오. 정당한 의리로 사랑과 정으로 맺은 두 사람의 사이는 어떠한 물건의 힘으로도 능히 사이를 떼지 못하는 법이오. 나는 이생이든지 두 사람이 몸은 각각이라 하여도 마음은 한가지로 가기를 바라오"

언언사사이 가슴을 찌르는 듯한 남편의 말에 경자는 사지가 나무 잎사귀같이 벌벌 떨리니 얼굴빛도 파랗게 질렸으련마는 다행히 분 바른 얼굴이라 남은 알지 못하였더라. 남편의 말을 무엇이라 적당한 대답을 하지 못하여 떨리는 목소리로

"나…… 나는 그렇게 결백한 계집이 아니야요. 죄도 많고…… 결점도 많은 계집으로 이렇게 추어주시니 너무 황송하오이다. 더럽고 더러운 계집인데 어떻게 내…… 내가 그 말씀을 감당합니까"

"아니, 그 말은 그렇게 할 말은 아니라. 더러운 계집이라 하는 것은 너무 겸사하여 하는 말이지마는 사람이라 하는 것은 잘만 하라는 법이야 어디 있소. 무론 결점도 있겠지. 그런 고로 잘못하는 결점은 서로 경계하여 가며 도와 가며 살아야지. 처음부터 결점 없는 사람이 어디 있소. 그까짓 것은 걱정할 것 없소. 단지 내 성품은 거짓말과 바르지 못한 일을 행하는 것은 조금도 용서를 못 하는 터이니까. 거짓말과 바르지 못한 것은 결점이 아니라 죄악이니 부인은 그러한 죄악은 가지고

있지 아니한 줄로 아는 고로 나는 제일 그것을 기꺼워하는 터이오”

경자는 남편의 얼굴을 감히 쳐다보지도 못하고 수긋하고 앉아 있어 전신만 떨리니 대답하려 하던 말도 목 밖에 나오지 못한다. 정욱조는 여자의 연약한 마음을 너무 경동케 하였는가 하여 다시 말소리를 나직이 하여

“너무 여러 가지로 잔소리를 하였더니 부인의 마음을 공연히 공동케 하였나 보오. 그러나 그 말을 다하여 두지 아니하면 내 마음이 항상 깨끗지 못한 고로 그리한 말이니 그만하면 내 마음도 대강 아실 듯하니 그만두겠소. 그러나 나는 괴벽하고 결점 많은 사람이니 남편으로 정하신 이상에는 어디까지든지 사랑하여 주시오. 나는 벌써 흉금을 열고 부인을 사랑할 터이니 우리 두 사람 사이에는 영구히 애정이 변하지 않도록 합시다”

하는 애정이 가득한 남편의 말에 경자는 간신히 얼굴을 들어

“나야말로 아무것도 알지 못하는 결점만 있는 계집인데 영감께서 그렇게 말씀하시니 아무리 못생긴 계집이기로 몸이 가루가 되더라도 건즐을 받들어 견마지역이라도 도와 드릴까 합니다”

하며 간신히 말을 마치매 정욱조는 그 모양을 이윽토록 보다가 가까이 나아가 그 옥수를 잡고

“여보, 나는 아무러한 일이 있더라 하여도 벌써 부인 외에는……이 나의 사랑을 줄 데가 없소”

할 때에 경자의 눈에서는 남모르는 눈물이 뚝뚝 정 협판의 손등에 떨어진다.

18

그 이튿날 정욱조는 평생에 처음으로 온화한 기색과 만족한 모양이 현연히 얼굴에 나타나며 경자는 다만 얼굴에 부끄러워하는 기운이 가득하며 안색이 적이 푸르렀으나 다른 사람들은 그 기색을 자세히 알아보지 못하더라.

경자의 시비와 수모가 돌아가 신랑 신부가 극히 희열하더라는 소식을 이기장에게 전하매 이기장은 그 기별을 듣고 환천희지하여 다시는 더 바라고 부탁할 것이 없는 듯이 행장을 수습하여 가지고 기꺼운 마음과 든든한 정리를 회중에 품고 일찍이 공주로 향하여 떠나가니라.

이날로부터 정욱조의 부부는 교밀한 금슬이 조제화소(鳥啼花笑)하는 삼춘 화기가 다시 이 정씨 가정에 이른 듯 애애(靄靄)한 춘풍이 만당온화(滿堂溫和)하더라.

날이 가고 달이 지날수록 경자는 남편의 따뜻한 정이 몸에 미치매 더욱 자기의 지은 죄가 두려우며 지금은 벌써 내 죄를 남편에게 자복할 기회를 잃었으니 이후에 다시 자복할 기회를 기다리려 하면 그 안은 어찌 내 죄를 숨기고 남편을 하루라도 받들리오. 더욱이 남편의 성품은 거짓말과 바르지 못한 일에 대하여는 원수같이 아는 터이거늘 바르지 못하고 거짓말 많은 이 몸으로 그 남편을 속이고 받드는 생각을 하매 스스로 하늘이 무섭고 마음에 두려워하여 몸이 얇은 얼음을 디딘 것 같되 다시 마음을 가다듬고 삼가 다만 남편의 뜻을 어기지 아니하고 받드니 본래부터 경자의 결백함을 믿고 또한 아름다운 용모에 마음이 움직인 정욱조는 정 부인에 기약한 바와 같이 비로소 내외간 사랑을 깨달아 경자를 총애하매 경자는 남편의 애정을 혼신에 받드나 그러나 기꺼운 마음이 일어날 제마다 한낱 근심은 붙좇아 다니더라.

정욱조는 본래 경성 번화한 곳을 좋아하지 아니하는 성품이라 혼인 후 십여 일을 지나 다시 공주 읍내로 경자와 한가지로 내려가 한가히 세월을 보내더라.

정욱조와 경자 사이의 정리가 점점 친밀하여 감을 그곳 김 승지와 정 부인이 보매 기꺼운 마음을 이기지 못하니 정욱조가 따뜻한 가정의 재미를 알고 인생의 취미를 깨달아 세상에 활동케 함이 정 부인의 평생소원이러니 과연 그 부인의 바라던 바가 헛되지 아니함을 심히 기꺼워하더라.

그러나 정 부인보다 더욱이 기꺼워하는 사람은 이기장이니 정 협판 내외의 금슬 좋은 것을 볼 적마다 또는 들을 적마다 한없이 즐기며 매일 정 협판 집에 이르러 그 모양을 보는 것으로 제일 낙을 삼고 지내더라.

정욱조와 정 부인과 모든 집안사람이 이경자의 아름다운 얼굴에 단정하게 쪽 찐 머리는 누가 보든지 아름답다 일컫지 아니할 사람이 없으되 다만 열 칠팔 세 시대에 저와 같이 아름다운 머리로 지내던 일은 생각하는 사람도 없거니와 전연히 알지 못하더라.

그러나 이경자는 자기의 비밀한 사정을 오늘날까지라도 잊지 못하고 시시로 지난 허물을 생각하고는 가슴에 천만 가지로 근심을 진정치 못하며 이기장은 정욱조가 경자에게 향하는 마음을 보건대 비록 추후하여 아내의 비밀을 알지라도 화목한 부부 사이에 졸연히 인연을 끊지 아니하리라고 침작하며 만일 끊을 지경이라도 그때는 다시 내 몸이 최후 수단을 취하여서라도 부부의 사이를 견고케 만들리라 하여 스스

로 안심하며 또는 주소로 하나님과 부처에게 기도 축원하여 어린 외손
하나 출생하기를 바라더라.

19

철석심장을 가진 남자라도 꽃 같은 미인의 아름다운 태도에는 자
연히 마음이 움직이는 법이라. 하물며 내 몸을 환영하여 주는 마음이
있고 내 몸으로부터 저 사람에게 향하는 정이 있어 두 마음이 한가지
로 합하매 낙화유수(落花流水)의 정이 어찌 아니 통하리오.

정욱조와 전 부인 사이는 처음부터 상합치 못하여 지기가 서로
통치 못하므로 쾌락한 세월을 보내지 못하다가 마침내 불미한 결과를
당하였으나 이경자에 대하여는 이미 그 인물을 확실히 신용하는 바가
있으며 또한 경자의 행동을 볼지라도 사람으로 하여금 신용할 마음이
스스로 일게 하는 바가 있으므로 처음부터 마음을 허락함이요 전 부인
에게 덴 가슴이 아무쪼록 화목한 가정을 짓고자 하며 스스로 마음을
강잉하여서라도 감추어 두는 마음은 풀어 버리고자 하여 경자도 또한
그 남편을 지성으로 받들매 만사에 일체로 근신하는 성질이 남편의 성
품에 맞는지라. 그러므로 날이 가고 달이 지날수록 정욱조의 마음은
점점 경자에게 향하여 깊어 갈 뿐이러라.

사람이라는 것은 본래부터 완전무결하기를 어찌 바라리오. 경자
도 다소간 사소한 결점은 있을지라. 그러하나 그중에도 가히 용서치
못할 전일의 죄과를 품고 있는 몸일지라도 지금에 이르러서는 사람에

게 향하여 조금이라도 부끄럽지 아니할 만한 결백한 몸이 되었으며 또는 반복무상(反覆無常)한 인정 풍파(人情風波)를 지내 아는 사람이라 조금도 부허한 마음은 없고 더욱이 영리한 성품과 심신하는 마음이 사람에 뛰어나며 온순한 마음으로 남편을 받들어 여자의 도리를 지킬 뿐이니 이와 같은 현부양처는 다시없을지라.

그러나 이와 같은 어진 아내를 얻고도 돈연히 마음이 움직이지 아니하여 서로 정의를 통치 아니하는 남자가 만일 있을 지경이면 그는 진실로 인정을 모르는 한낱 혹독한 동물에 지나지 못할지라. 사람들은 말하되 정욱조는 표면과 과거사만 보고 다만 냉담한 사람이라고 일컬으나 마음 깊고 깊은 속에는 무한히 따뜻한 정이 쌓여 있나니 이 아내의 아름다운 바탕을 앎으로 좇아 점점 숨어 있던 정이 외양으로 나타나니 진실로 그는 역시 한 이치가 있음이라. 비유하여 말하건대 아무리 박토라 하여도 그 속에는 살진 흙이 있건마는 사람으로 그를 알지 못하고 곡식을 심어도 꽃도 아니 피고 열매도 아니 맺는다 말하나 만일 그 땅에 거름을 택하여 써서 속에 은복하여 있는 토지의 양분(養分)을 상승케 하면 비로소 향기로운 꽃이 피며 아름다운 열매가 맺는 것과 같을지로다.

그러나 정욱조는 사랑에 전연히 정신이 빠지는 사람의 성품이 아니라. 자기의 어디까지든지 목적하는 바는 정의(正義)니 사랑으로 하여 나의 주장하는 정의는 버리고자 하는 사람이 아니라. 만일 정의에 틀리는 일이 있으면 어떠한 사랑일지라도 부운에 부치나니 정욱조가 경자를 사랑함은 다만 그 용모의 아름다움을 취함이 아니라 가장 그 정당하고 아름다운 마음을 사랑함이니 정욱조는 꽃보다 열매를 귀히 여기며 그 열매를 사랑함으로 좇아 자연히 그 꽃도 사랑하는 데 이름이러라. 원래로 정욱조는 경자의 아름다운 얼굴과 태도를 사랑 아니함은 아니로되 그 사랑은 다만 그 마음을 사랑하는 나머지 사랑에 지나지 못하나니 비록 나머지의 사랑이라 할지라도 그 용모를 사랑하는 마음이 그 마음을 사랑하는 마음을 더하게 하여 두 가지의 사랑이 한곳에 합하매 그 사랑하는 세력은 진실로 무엇에 비유하기 어려우니 경자의 아름다운 마음과 용모의 세력이 합하여 정욱조의 애정을 점점 북돋우는 재료가 됨이러라.

이와 같이 정욱조는 정의를 사랑하는 열정(熱情)이 편벽된 애정 같이 되어 경자를 알기를 여신(女神)이 화신(化身)한 것같이 믿으며 또는 사랑하는 데 이르렀더라.

원래 무론 무슨 일이든지 오래도록 저축하였던 힘이 발할 때는 그 세력이 극히 강대한 것은 천지간 떳떳한 이치라. 그러므로 오랫동안 감춰서 발치 아니하던 정욱조의 애정도 또한 이 이치에서 벗어나지 못할지니 비로소 봄을 만나 맹동하는 풀의 싹이 일취월장하는 것과 방불하다.

정욱조는 자기의 이상적(理想的) 아내를 얻어 점점 인생의 따뜻한 봄을 만나매 이와 같이 어진 아내와 즐거운 천지가 있음을 모르고 경솔히 인생을 비관(悲觀)한 일이 뉘우치며 이제야 비로소 행복스러운 가정을 성립하여 쾌락한 마음으로 세상을 보냄을 즐거워한다.

20

이경자는 그 남편이 성심으로 내 몸을 사랑함을 보매 출가하기 전에 마음에 거리끼던 근심은 점점 없어지고 즐거운 마음이 한이 없다. 그러나 남편이 이 몸을 사랑함은 다만 내가 거짓말 없고 결백한 여자라 하여 사랑함이거늘 만일 이 몸의 전일 비밀한 사정이 숨어 있는 줄을 아실 지경이면 단정코 용서하시지 않으리라 생각하매 남편의 사랑이 점점 더할수록 가장 마음에 죄송하며 잠을 이루지 못하는 야반심경(夜半深更)에 홀로 하늘을 우러러 나의 죄를 용서하여 달라고 축수하는 일도 있더라.

이경자가 출가하기 전에는 마음에 생각하되 내 몸은 다만 부친을 위하는 마음으로 남편을 다시 얻고자 하였으나 한번 죽은 애정(愛情)이 다시 솟아나올 날은 없으리라 하여 그를 근심으로 하였으나 그는 나이 많은 여자는 알 수 없는 일이거니와 꽃 같은 청년 여자의 애정이라 하는 것은 비록 한번 실패를 하였을지라도 비유하건대 겨울에 낙엽된 초목과 같아서 그 이듬해에 봄이 다시 돌아와서 우로(雨露)의 은택이 내릴 때는 새로이 고운 싹이 나올지니 하물며 사물에 감각(感覺)이 영민(怜敏)한 여자의 일이라. 경자는 스스로 남편의 사랑을 맞으려 하여 힘쓰며 그 남편의 간격(間隔) 없는 사랑에 그 두터운 정을 안 후에는 다만 힘쓸 뿐 아니라 진실로 남편을 경애(敬愛)하는 마음이 자연 솟아나왔더라. 지금에 이르러서는 전일 서병삼에게 향하던 뜬 사랑이 아니라 실상이 있는 정이 되어 경자가 정욱조에게 대한 열정(熱情)은 정욱조가 경자에게 향하는 애정(愛情)보다 가장 심원한 물건이 되었더라.

비익연리(比翼連理)를 계약한 몸이 생즉동주(生則同住)하고 사즉동혈(同穴)하자 하는 마음이 간절할 때마다 만일 이 몸의 비밀이 나타나서 남편과 서로 헤어지는 일이 있을 것 같으면 부친의 낙심하시는 것보다 내 몸의 간절함과 비창함이 어떠하리오 하며 생각하매 남편에게 언제든지 내 죄를 자복하리라 하던 마음이 점점 엷어 가고 금병몽(金屛夢) 온화한 춘야(春夜)가 기천 년이든지 장구(長久)하라고 심중으로 축원하며 날을 보낸다.

일찍이 연애(戀愛)를 잃었던 두 사람 남녀가 비로소 연애를 깨달아 단란한 가정의 춘몽(春夢)에 취하여 금슬(琴瑟) 종고지락(鐘鼓之樂)이 여칠여밀해지는 동안에 어느덧 공주 읍내에 여름이 지나고 금풍이 삽삽(颯颯)하고 낙엽(落葉)이 만정(滿庭)한 만추 절기에 이르렀더라.

이기장의 하늘과 부처에게 빌고 바라던 마음이 헛되지 아니하여 경자는 수삼 월 전부터 음식의 냄새를 싫어하고 초와 같이 신 물건만 즐기게 되었더라. 이미 한번 경험한 일이 있는 몸이라 처음에는 수태함을 심중에 깜짝 놀랐으나 한편으로는 즐거운 마음이 한이 없다. 지금까지는 아무리 남편이 이 몸을 사랑할지라도 숨어 있는 죄악을 가진 몸이라 항상 나의 지위가 위태함을 근심하던 바이라. 이제 어린아이라도 낳을 것 같으면 이 아이는 진실로 내외간의 거멀못이라 일컬을지니 두 사람의 육연(肉緣)은 도저히 끊기 어려울지요 가령 내 몸의 비밀이 나타날지라도 이 어린아이와 한가지로 죄를 뉘우치고 부도를 지켜 가면 아무리 전일 죄과가 있을지라도 지금을 보아 남편의 용서를 받으리라고 스스로 믿는 마음이 생겨 그 후에는 내 죄를 자복하여도 남편이 오히려 불쌍히 알 날도 있으리라 하더라.

일일은 남편과 조용히 방에 앉았을 때에 태중으로 있는 말을 하매 정욱조의 즐거워하는 기색은 얼굴에 나타나며 경자는 그 남편의 즐

거워함을 보고 더욱 기꺼워한다. 정욱조는 경자를 향하여

"나는 전연히 그런 줄을 몰랐더니 그러면 지금 몇 달이나 되었단 말이오. 부인께서는 아마 짐작이 계시겠구려"

정욱조는 항상 그 아내에게 향하여 말할 때에 극히 존경을 하는지라. 경자는 처음에 생각하되 남편이 내게 향하여 쓰는 말이 필연 나를 소원히 생각하여 함인가 하여 근심하더니 하루는 조용한 틈을 타서

"여보시오. 영감께서는 일상 나더러 말씀하실 때에 너무 존대를 하시니 무슨 일인지 모르겠습니다마는 내 생각 같아서는 되려 서어하게 마음이 됩니다. 그렇게 서어하게 하시면 내외간이라고 어찌 하겠습니까"

21

경자의 하는 말에 대하여 정욱조는 허허 웃으며

"아니, 그것은 부인이 아직 모르고 하는 말씀이오. 내가 부인에게 대해서 존경하는 것은 결단코 서어하여서 그리하는 것도 아니요 통정을 아니 하느라고 그리하는 것도 아니라 이것이 즉 나의 주의(主義)요. 대체 나는 동양 풍속으로 남존여비(男尊女卑)라 하는 말을 반대하는 사람인 고로 지위(地位)의 등급(等級)을 따라서는 피차의 남자 사이라도 높고 낮은 구별이 있으려니와 사나이와 여편네 사이에는 천품 타고나기는 다 같이 탔거늘 그곳에 어찌 사나이는 높고 여자는 낮다 하는 이치가 있겠소. 그러나 오늘날 이 세상 여자의 처지를 가만히 볼 것 같으

면 거의 남자에게 눌려서 고개도 들지 못하는 모양이오. 내외간으로 말하여도 사나이는 제 마음대로 함부로 거동을 하되 그 아내 되는 사람으로 하여는 정절(貞節)을 지키는 것이 일반 풍속이 되어 사나이는 으레 그러한 줄로 알며 여자는 또한 으레 그 압박(壓迫)을 받을 줄로 아니 그리하고야 어찌 여자의 지위를 보존하며 지위가 있는 나라 여자라 하겠느냐 하는 생각으로 여자 교풍회(女子矯風會)라 하는 사업을 시작하여 진력하다가 중도에 불우의 일을 당하여 중지하였었지요마는 그 일을 행코자 하는 데는 제일 내 몸부터 행하는 게 상책이라 하는 마음으로 부인께 대해서 하는 말도 자연 존경하는 것이니까 부인께서는 서어하다 말씀하시나 나는 그 말은 고치지 못하겠소. 부인께서는 나를 남편이라고 존경하시니까 나도 부인을 어찌 아니 존경하겠소. 존경치 아니하고 사랑하는 애정은 고상한 애정이라 할 수 없는 것이외다. 그러한 까닭인 고로 부인께서도 그런 줄 아시기를 바라오"

하고 흐르는 듯이 이론을 펴는 말에 경자는 억지로 다투지도 아니하고 들을 만하고 앉아 있을 뿐이러라.

경자는 남편이 몇 달이나 되었느냐 묻는 말을 대답 아니 하지 못하여 얼굴을 조금 부끄러워하며

"예, 글쎄 몇 달인지 자세히는 알 수 없어도 아…… 아마 서너너덧 달 되었나 보아요"

"아, 그러하면 속히 의원을 불러다 보고 보태할 약을 써야 하겠구려. 그러면 어서 장인께도 아시게 해야 하지 않소. 더구나 이번에 초산인데 그렇게 예사로이 있어서는 못씁니다"

경자는 초산이라 하는 말에 가슴이 꽉 걸리며 말없이 고개를 숙이고 얼굴에는 청색을 띠었더라.

정욱조는 조금도 경자의 기색은 의심치 아니하고 기꺼운 낮으로

"과연 그러하면 이런 경사가 다시 어디 또 있겠소. 이후로부터는 우리 두 사람이 더욱이 행복을 받을 터이니 이도 또한 정당한 사람에게는 지공무사하신 황천이 복을 쉬이 주심인가 하오. 내가 믿는 바는 애정이라든지 자비라든지 동정이라든지 모든 일이 다 바른 곳으로 좇아오는 것인 고로 마음이 바르지 못한 바가 있으면 애정과 자비와 동정을 도저히 취하지 못하는 법이라. 그런 까닭으로 부인과 내가 오늘 이와 같이 가정의 행복을 누리는 것은 바른 사람과 바른 사람이 서로 모여서 있는 고로 그 사이에서 스스로 정이 솟아나온 것이오그려. 만일 그 두 사람 중에 한 사람이라도 마음에 거짓이 있을 것 같으면 이와 같이 단란한 가정이 성립되기 어려울 것이오. 가령 한때 성립이 된다 하더라도 영구히 그 복을 누리지 못하는 법이외다"

하며 도도히 설명하는 소리가 모두 자기의 목적한바 이상(理想)을 말한다.

"그리하고 아이를 교육하는 데도 나는 정으로 인도하느니보다 이치로 인도할 생각이오. 만일 아이를 낳거든 이 주의(主義)로 교육을 시키려 하오. 그러나저러나 우리 두 사람 사이에서 나는 아이는 단정코 단정한 아이가 생길 터이니 이런 좋을 데가 어디 있소. 아무쪼록 몸을 조심하여서 억지로 하지는 못할 일이지마는 아무쪼록은 사내자식을 낳아서 정가의 후사를 잇게 하여 주면 조선에 대하여서도 우리가 면목이 있고 더욱이 우리 집안은 대대로 조금도 부정한 말을 남에게 듣지 아니하던 집안인데 이 새로 낳으려 하는 아이는 더구나 결백한 몸일 터이니 이러한 경사가 다시 또 어디 있단 말씀이오"

22

경자는 스스로 수태됨을 기꺼하며 남편의 기꺼함을 보매 두 가지로 기꺼운 마음이 비할 데 없으나 마음 가운데 비밀을 감추어 둔 몸이라 기꺼운 마음이 날 제마다 근심도 한가지로 붙좇아 일어난다. 더욱이 남편의 설명하는 말을 들은 후에는 오히려 근심이 더욱 심하여 홀로 고요히 앉아 있을 때에 속으로 생각하되

'남편이 기꺼워함은 이 몸이 거짓이 없는 정당한 여자라 하여 즐거워하시거늘 만일 내가 죄 있는 계집으로 그 복중에서 낳은 자식으로 아실 지경이면 기꺼워하시던 마음이 없어지고 귀염을 받고 즐길 어린아이도 내 죄 하나로 하여 아무것도 모르는 철모르는 어린아이가 비참한 운명에 빠질 터이니 이 일을 장차 어찌하리오. 내 몸은 아무러한 지경에 이를지라도 철모르는 어린아이 하나는 사랑하여 주시면 좋으련마는. 어찌하여 이 몸은 불행히 이 세상에 나왔다가 태중이면 반드시 이러한 근심을 하게 되니 신세 한탄은 지금 새로이 하여도 쓸데없으나 새로이 출생하는 아이는 어미의 죄로 하여는 조금도 거리낄 일이 없으리라 하였더니 남편의 말씀을 들건대 부모가 죄악이 있으면 그 혈속을 받아 낳은 자식까지 누를 입는다 하시니 비록 사내자식 난다 하더라도 조상의 대를 잇지 못할 터이니 그 아이는 평생을 그늘 속에서 세월을 보내지 아니하면 다른 도리가 없으리로다. 내 몸은 용서하시지 아니한다 하여도 설마 나의 자식이야 용서치 아니시리오. 그러나 남편의 성품은 정보다도 이치를 중히 아시는 양반이라. 정을 두어 주시는 것도 필경 정당하다 생각하시는 사람에게 뿐이요 부정당하다 생각하시는 사람에게는 비록 전일에 두었던 정이라도 홀연히 냉담하여지실 터

이니 이 어린것으로 하여 나는 남편에게 죄를 자복하지 못할는지……
그러나 죄를 자복한 후가 아니면 평생 마음이 편안할 때가 없겠으
니…… 세상에 정이라 하는 것은 하필 도리상으로만 나오는 것이 아
니건마는 죄악이 있던 사람이라 하여도 일거일동이 모두 죄가 아니요
악인이라도 착한 마음 날 때가 있나니 죄 있는 사람이라고 인정을 두
지 아니한다는 것은 너무 심하신…… 죄악 있는 사람일수록 인정을
두어 주면 그 고마운 마음은 이루 다 말하지 못하고 감사한 눈물로 날
을 보내겠거늘 남편의 성품은 죄라 하면 어디까지든지 용서하는 마음
이 없어 나의 기출이라도 사랑하는 정보다 도리상으로만 하시려 하니
너무 성품도 과하시지…… 아니, 내가 왜 이런 지각없는 소리를 하였
는고. 내 몸이 결백하였던들 이 근심 저 근심이 당초에 있을 리가 만무
하거늘 이 더러운 몸을 가지고 도리어 나에게 친절하고 결백하신 남편
을 조금치라도 원망하는 생각을 먹으면 더구나 그른 사람이라. 모두
자기의 실책으로 인연하여 구한 죄거늘 뉘를 한하며 뉘를 원망하리오.
하루라도 일찍이 자복하고 남편이 용서하여 주마 하는 말을 들은 후에
다시는 근심 걱정 없는 몸으로 남편을 뫼셨으면 원이 없으련마는 가슴
속에는 비밀한 사정을 감추고 있는 몸이라 바람만 불어도 걱정이요 비
만 와도 근심일 뿐 아니라 항상 양심(良心)의 가책(苛責)을 면치 못하고
경황없는 세월을 보내니 이 신세를 어찌하나. 오늘도 초산이라고 크게
염려를 하시고 정다이 말씀을 하실 때에 그러한 체하고 '예─' 대답할
때에 내 가슴속이여…… 번연히 거짓말인 줄 알면서 또 거짓말을 하니
점점 거짓말만 늘 뿐 아니라 초산도 아닌데 초산인 체하고 있었으니
이는 죄상첨죄라. 어느 날이든지 이 죄를 자복하는 날까지는 죄 짐만
무거워 갈 뿐이요 조금이라도 가벼워질 날은 없을 터이니 어느 때나

남편의 용서를 얻어 가지고 깨끗한 마음으로 세월을 보내 보리오. 어찌하면 좋은가. 졸연히 자복하여도 남편의 그 성품에 이혼이나 될 것 같으면 내 몸은 둘째거니와 부친은 어찌하며 어린 자식의 신세는 어찌하리오. 자복을 하려 하여도 사정에 걸려 임의로 못 하는 이 몸의 근심을 황천후토나 어여삐 살펴 주실는지. 하나님께서나 죄 많은 사람이라도 자복하고 회과하면 다시 구원하여 주시건마는'

하며 길게 한숨지으며

'아이고, 내 팔자야. 태중마다 어찌하여 이 근심을 놓지 못하나……'

23

이경자는 남편의 허락을 받아 가지고 본가로 돌아와 부친을 뵈오니 이기장은 반가이 맞으며

"오, 너 왔느냐. 요사이 수십 일 동안은 나도 한 번도 못 가고 너도 한 번 아니 오기에 대단히 궁금하였더니 정말 반갑다. 너의 영감도 평안하시지"

"예—"

"그러나 네 얼굴이 전만 못하였으니 웬일이냐. 어디가 불평하냐"

"아니요, 별로 아프지도 아니해요……"

하며 사방을 돌아보며 사람이 들을까 조심하는 모양으로

"조금 신기가 이상스러워서 실상은 그 일로 아버지께 의논차로

온 길이야요"

이기장은 눈살을 찌푸리며

"그래, 어디가 불평하다 하는 말이냐. 그래, 병 조리차로 온 셈이냐. 그동안에 의원은 더러 보았겠지"

"아니요, 의원도 별로 보지 아니하고요 조섭차로 집에 온 것도 아니야요"

"그럼 무슨 병이란 말이냐. 어찌 하는 말이냐. 수상하구나"

경자는 부끄럼을 이기지 못하다가 간신히 입을 열어

"그런 게 아니라요 요 서너 달째 경…… 경도가 보이지 아니해요"

이기장은 눈을 둥그렇게 뜨며

"무엇이야, 석 달째 경도를 아니 보았어"

"예, 그리고 몸도 노— 깨끗지가 못해요. 아마 정녕 그건가 보아요"

이기장은 희불자승하여 무릎을 내밀고 나앉으며

"응, 그러면 네가 아이를 밴 것이로구나. 그러할 터이지. 내가 그만큼 축원을 하였는데 부처님이 소원 성취 아니 하여 주실 리가 있나. 하나님 고맙습니다, 부처님 고맙습니다. 이런 경사가 어디 또 있을까. 너는 정말 우리 집안의 복덩어리로구나"

하며 한없이 좋아하는 모양에 경자는 도리어 속으로는 근심이 일건마는 억지로 진정하고

"그런데 집의 영감은 의원도 보고 산파(産婆)도 대고 첫째 아버지께 가서 의논하라 하시기에 지금 왔어요"

"응, 그럼 염려 마라. 태중인 줄 확실히 알면 의원 볼 것도 없다.

오늘이라도 해산구완할 할멈은 내가 하나 구해 보내 주마. 다년 해산에 경력 있는 사람이니까 태중에 몸조심하는 것도 그 사람의 말대로 하면 조금도 해롭지 아니할 터이니 공연히 의원 볼 것도 없다. 어떻든지 이런 경사는 없다. 인제는 너의 집이 반석같이 편안할 것이다. 너도 아예 아무것도 근심 마라. 나는 너의 영감하고 금슬 좋단 말을 듣든지 너를 칭찬하는 소리를 듣든지 하면 너같이 복 있는 여편네는 없다고 나는 들을 적마다 기껍기는 기꺼우나 그것만 가지고는 암만해도 마음에 부족한 듯하더니 이번에 이 소식은 참 하나님이 도우신 것이니 아무쪼록 몸을 조심하여서 튼튼한 아들 하나만 낳아 다고. 나는 그것이 제일 원이다"

이경자가 그 부친에게 태중 된 말씀도 고하려니와 참고 참던 요사이의 근심을 부친에게 원정이나 하여 마음이나 좀 시원케 할까 하였더니 부친이 내외간 금슬 좋은 것을 즐거워하며 자기의 태중 됨을 더욱 좋아하시는 모양을 목전에 보매 기꺼워하시는 부친의 마음을 공연히 다시 비창케 할 생각에 차마 입을 열지 못하고 마음대로 울기도 하며 위로도 받으려 하였던 마음이 스스로 없어지고 이제는 무슨 일이든지 혼자 가슴속에만 넣어 둘지요 내 한 몸으로 소리를 머금고 울리라 결심하였더라. 다시 경자는 기색을 천연히 하여

"예, 아버지 말씀대로 하겠습니다"

이기장은 경자의 등을 어루만지며

"애, 경자야, 정말로 몸을 조심하여라. 억지로 할 일은 아니지마는 아무쪼록 아들을 낳아 다고. 나도 주야로 아들 낳기를 축원할 터이니 너도 심축하여라. 첫아들을 낳으면 너의 영감이 오죽 좋아하겠니. 그런데 너의 영감도 너의 태중이란 말을 듣고 좋아하였겠지"

"예—, 대단히 좋아해요. 아이고, 정말 나는……"

하며 눈물을 머금는다.

"오—, 애, 너도 눈물이 나오도록 좋으냐. 나도 좋아서 눈물이 난다. 이 말을 김 승지 내외분이 들으시면 오죽 좋아하시겠니. 정말 사람이라는 것은 오래 살 것이다. 오래 살면 이런 좋은 경사를 다 보는구나. 너의 어머니는 일찍 돌아가서 이런 좋은 경사도 알지 못하는구나. 이 즐거운 내 마음을 좀 나눠 주고 싶은들 이승과 저승이 현격하여 할 수 있느냐"

하며 수건으로 눈물을 씻으며

"애, 애비가 어리석다고 흉보지 마라. 늙으면 다 그러하니라"

24

이경자는 자기의 지은 죄로 하여 그 결과는 자기 한 몸이 받으리라 결심하였던 고로 몸에 넘치는 근심을 내 마음에만 감추어 두고 남에게는 알리지 아니하리라 마음을 결단하였으나 전일 사직골 집에서 태중으로 신세한탄과 눈물로 세월을 보내던 때에 비하면 마음에 위로될 일이 여러 가지라. 그러나 그중에도 더욱 남편의 애정을 깊이 입는 고로 여자의 제일 근심되는 투기와 원망되는 고생은 구하려 하여도 하나도 없고 도리어 복록이 겸전함을 겁 할 지경이라. 가령 일후에 나의 비밀 사정이 탄로할지라도 그날까지는 이 몸이 분골쇄신하더라도 남편을 진심으로 받들어 즐겁게 하는 것이 남편의 감사한 은혜에 만분지 일이라도 갚음이 되리라 하여 기약치 못할 아침 날 빛에 꽃에 맺힌 이슬과 같은 생명을 내 몸의 의무로 알고 생각하매 스스로 마음을 가다듬어 심란한 심사를 억지로 남에게 보이지 아니하고 남편의 즐거워하는 바를 좇아 한가지로 즐거워하니 이로 인하여 제반 근심을 잊을 날이 많이 있더라. 사랑으로 하여 살며 사랑으로 인연하여 위로를 얻는 여자의 몸은 명일을 기약하기 어려운 분꽃과 같은 사랑일지라도 아직간 남편의 진심으로 사랑하는 애정에 시들어 가던 꽃이 다시 피어나는 모양이러라.

그러나 여자의 수태한 몸이라 생리상(生理上) 감응(感應)으로 또한 신경과민(神經過敏)이 되어 지난 일과 오는 일에 대하여 여러 가지로 생각이 많이 있다. 본래 그 남편의 성질을 아는지라 장차 나올 자식의 신상은 어찌 되며 내 몸의 장래는 어찌 될꼬. 전일의 내 허물이 남편에게만 알 뿐 아니라 세상에 전파가 되면 그 일은 장차 어찌하리오. 지금은 정 협판의 부인이라 하여 사람마다 앙시하나 전일 여학생으로 있을 때에 정부를 얻어 그 혈속까지 받은 후에 다시 내침을 받고 심지어 낳은 자식까지 살해하려 하였으니 듣기만 하여도 모골이 송연한 악한 계집으로 남의 정하고 결백한 집안에 들어와서 더러운 악명을 씌게 한 몸이라. 가령 이 몸은 더럽다 하여 이혼을 할지라도 이미 실어 놓은 누명은 다시 씻지 못하리니 집안의 명예를 극히 중하게 아시는 남편이 그때는 오죽이 낙담 실망하시랴 하매 내 몸의 이혼 되는 것보다 이 몸을 믿고 믿으시던 남편의 일이 더욱 슬프도다. 이 생각 저 생각에 밤이 깊도록 잠을 이루지 못하고 장래를 멀리 생각하매 흐르는 것은 다만 눈물이라.

만일 이번에도 출산 후에 전일과 같이 실진 병이 발하면 어찌하며 그 병이 발하면 이 몸은 그날로 마치는 날이라 하는 생각으로 또 한 가지 근심이 더한다. 이와 같은 근심으로 야심토록 지친 몸이 간신히 잠을 이루면 흉한 몽사뿐이라. 전일에 부친이 죽었다고 말씀하시던 십여 세 되어 뵈는 옥동 같은 아들이 부모를 원망하는 듯이 창문까지 와서 모자 서로 상봉하여 껴안고 통곡할 때 난데없는 악한 사람이 들어와서 그 아이를 빼앗아 물리치고 오늘부터라도 다시 나와 한가지로 백년을 해로하자 하며 만일 불청하면 내가 정욱조에게 너의 전후 사실을 모두 고하겠노라 할 즈음에 깜짝 깨달으니 남가일몽이요 전신에는 땀이 흘러 옷을 적셨는데 이것은 다행히 몽사거니와 만일 실상으로 이런 일이 있으면 어찌하리오 하는 생각에 더욱 몸서리가 끼친다. 이러므로 경자의 얼굴은 자연 수척하며 만면에 수심이라. 그러나 정욱조는 태중인 고로 몸이 자연 곤뇌하여 그러함인가 하고 조금도 다른 의심은 두지 아니하며 도리어 정다운 언사로 위로하며 즐겁게 하여 줄 뿐이러라.

25

일일은 정욱조가 내당에 들어와 경자를 향하여 학리적(學理的) 이론(理論)으로 복중 아이에게 대한 일을 설명한다.

"옛적 성현의 말씀에 하기를 수태한 부인은 태교(胎敎)라 하는 것을 중히 여겨서 목불시사색(目不視邪色)하며 이불청음성(耳不聽淫聲)이라 하였으니 내 생각에도 대단히 당연한 이치라 하오. 모친의 마음이 그 복중에 있는 아이에게 미치는 영향이 과연 다대할 것은 생리상으로 보든지 무엇으로 보든지 확실한 일이오. 또는 의학가의 말을 들더라도 모친의 혈액(血液)과 태아(胎兒)의 혈액은 다만 엷은 막(膜)이 하나가 격한 고로 항상 서로 한가지로 영향을 받는다 하며 그 모친 되는 이의 혈액이 변화하면 그 태아도 한가지로 쫓아 변한다 하니 이런 까닭으로 그 부모에게로부터 유전(遺傳)이 된다 하는 것도 필경에는 혈액의 관계로 하여 그러한 것인 일이 분명하니 그 태교라 하는 것이 어찌 아니 필요하겠소. 그리고 복중에 있는 아이는 뇌수(腦髓)가 아직 견고치 못한 연고로 극히 영민해서 조그마한 일에도 다대한 감동을 받는 까닭에 그 아이가 나중에 장성하면 그것이 한 특성을 짓는 것이라 하니 아이를 교육하는 데는 태중에 있을 때에 그 모친의 태교가 제일이라 하오. 내가 서책으로 상고하여 본 것을 말하게 되면 나오는 아이가 계집아이면 그 몸의 위로 절반은 부친의 영향을 받아 그 부친을 닮는 것이요 아래로 절반은 모친을 닮는다 하며 만일 그 아이가 사내일 것 같으면 위로 절반은 그 모친을 닮고 아래로 절반은 그 부친을 닮는다 하는 연고로 가만히 경험을 하여 보면 지혜 있는 사나이 어버이의 딸은 그 부친의 지혜를 닮고 어진 부인이 낳은 아들은 또한 반드시 그 모친의 어진 성질을 닮는 법인 고로 예전부터 오늘날까지 현인군자의 모친은 대개 다 어진 부인네들이니 그것만 보아도 알 것이 아니오? 그런 고로 이번에 낳는 아이가 만일 사내일 것 같으면 필경 부인의 아름다운 성품을 받아 가지고 나올 터이니 이번 아이는 부인의 성품을 비추어 주는 거울이라고도 할 수 있소. 그래서 나는 더구나 즐겨 하는 것이니 이제는 아무쪼록 부인 몸을 조심하여 태중에 있는 아이가 좋지 못한 영향을 아니 받도록 태교를 잘 하여 주시기를 바라오"

태교(胎敎)에 대하여 남편의 순순히 설명하는 말을 듣고 경자는 지금에 새로이 마음의 고통을 이기지 못한다. 자기도 어머니 되는 사람의 마음이 어린아이에게 영향이 밎는 줄을 모르는 것은 아니로되 그같이 깊이는 뜻하지 아니하였더니 만일 이렇듯 모친의 마음이 태아에게 미치는 감동이 심할 것이면 요사이 이 몸은 항상 두려운 마음과 근심에 싸여 지내는 몸인데 얼마나 이 복중 아이에게 해를 미치리오. 더욱이 사내는 그 모친의 성품을 닮는다 하니 요사이 나의 심사와 같이 마음과 기운이 약하게 태이지 아니할지도 모르겠으며 만일 그러하면 그 아이의 장래는 어찌 되며 가령 이 몸의 숨긴 죄가 누설하지 아니한다 하여도 그것이 한낱 조마경(照魔鏡)이 되어 이 아이의 성품에 비추어 나온다 하니 그 생각은 꿈에도 못 하였던 터이거늘 무슨 연고로 이 몸의 죄는 이와 같이 길게 빌미를 받는고 하며 다만 탄식할 뿐이라. 그러나 지금 비록 탄식한들 다시 전일 몸으로 돌아갈 리 없으며 한갓 탄식하고 슬퍼하면 점점 태아(胎兒)에게 대하여 악 감화(惡感化)만 줄 뿐이니 차라리 복중 아이를 위하여 스스로 지금까지 지은 죄를 잊고 결백한 마음으로 있어서 이 출생하는 아이로 하여금 착한 아이를 만드는 것이 어린아이의 몸과 이 몸에 다 한가지로 유익이 있으리라 하여 비로소 마음을 돌렸더라.

생각지 아니하자 결심하나 다시 생각이 일어나는 것은 사람마다 그러한 일이라. 경자도 어린아이를 위하는 마음으로 해산하기까지는 만사를 다 잊어버리려 하여 그 효험이 없는 것도 아니로되 점점 달이 차서 가매 처음같이 만면의 수심은 적이 사라지고 전일 있던 두통과 신기 불평하던 것도 점점 회복되어 잠깐 보매 근심 있는 사람으로는 보이지 아니하나 다만 양미간에 잠겨 있는 빛은 도저히 없어지려 하지 아니하더라.

26

물레바퀴같이 돌아가는 세월이 산과 들에 아지랑이 끼고 한가하던 촌가의 금수 같은 봄빛도 어느덧 호접의 꿈이 되고 청산 녹음 사이로 울고 지나가는 두견의 소리 처량할 때가 되었더라. 이경자는 벌써 산삭이 급박한 고로 그 딸을 사랑하는 마음에 날로 이르러 동정을 보는 이기장은 이날도 이르러

"애, 오늘은 기운이 어떠하냐. 아직 불일간으로 순산할 기망이 없느냐"

"네, 어제도 그 할멈이 와서 보더니 아직 급하지 아니하다고 말해요"

"그러나저러나 낳을 터이면 어서 낳아야지 도무지 궁금해 못 견디겠구나. 그런데 요새는 아이가 뱃속에서 더 뛰노니?"

"어떠한 때는 뱃속이 뻗쳐서 잠잘 수 없는 때가 있어요"

"응, 그러하겠지. 그렇게 몹시 아이가 놀아야지 사내지. 그렇지 아니하면 계집아이라더라. 내가 어제도 뒤 절에 놀러 가서 기도하고 또 오다가 점쟁이에게 점까지 쳐서 보았더니 사내라는 점괘더라. 그러니까 아들이 나올 것은 분명하고 내가 또 지성으로 축원을 하였으니까 부처님께서라도 설마 귀남자를 점지하여 주시겠지"

처음부터 풀이 없이 앉았던 경자는 무슨 염려가 있는지 이윽히 생각하다가

"나는 해산할 때에 큰 걱정 하나가 있어요"

"걱정이라니, 걱정은 무슨 걱정이란 말이냐"

"‥‥‥‥‥"

"해산이 중할까 하여 염려가 된다 하는 말이냐. 그것은 깊이 염려할 것도 없다, 너는"

하며 사면을 휘휘 돌아보더니

"요전에 해산할 때도 대단 순하였으니까 이번에는 더구나 순할 터이지"

경자는 얼굴이 푸르러지며 목소리를 나직이 하여

"내가 걱정이라 하는 것은 그 걱정이 아니라 만일 요전 모양으로 해산 후에 그런 병이 다시 생기면 어찌하나 하는 생각에……"

이기장은 깜짝 놀라며

"그래서야 되겠니…… 그러나 그럴 리는 만무하지. 전과 이번과는 좀 다르지 아니하냐. 전에는 근심만 하다가 심지어 물에 빠져 죽으려 하기까지 마음을 먹었었으니까 그로 해서 나중에는 그런 병이 다 생겼지 이번에야 근심이야 무엇이 있니. 그런 병이 다시 나서야 쓸 수가 있니"

"글쎄, 그러할까요. 예, 아버지……"

"너는 왜 또 무슨 근심을 하느냐. 병이라 하는 것은 제 마음으로 가는 것이니 마음을 첫째로 편안히 하고 있으면 병도 아니 나느니라"

"예……"

이기장은 경자의 근심을 위로하노라고 그리 말은 하였으나 경자의 풀기 없는 대답에 또한 염려가 없다 이르지 못할지라. 눈을 감고 이윽히 생각하다가

"그러나 애, 경자야, 그럴 리는 만무하지마는 세상일을 어찌 알 수 있니. 한번 지내 본 경험이 있으니까 네가 염려하기도 쉬운 노릇이다. 그러나 내가 지금 얼핏 생각난 일이 있는데 다른 게 아니라 내가 너

의 영감께 말하고 너를 오늘부터라도 데려다 두고 해산까지 시켜 보내게 하였으면 너도 염려 없고 병날 이치도 없다. 그러지 아니하여도 요전부터 너의 영감께서 나더러 말하기를 해산은 친정에 데려다 하는 것이 좋겠노라 말하기에 나는 대답이 친정이라고 안주장이 없고 사나이뿐이니 만일 해산구완을 잘못하였다가 그 일을 어찌 하겠나 말은 하였지마는 그것은 지금이라도 곧 너를 데려다가 해산시켜 보내겠다 하면 너의 영감은 곧 허락할 터이니 그렇게 하면 어떠하냐, 응, 경자야"

경자는 한참 생각하더니

"그렇게 해 주시면 나도 몸이 얼마큼 편할는지 몰라요. 그리고 요전에 영감께서 그렇게 말씀하시고 김 승지 댁 아주머니도 그렇게 하는 것이 대단히 좋겠다고 말씀은 하셨어도 마음에 암만해도 저하고 싶은 대로 하려는 것 같아서 안 되었어요"

"천만의 말이다. 친정에 가서 해산하는 것은 이 세상 사람들이 모두 하는 법인데 너만 그러한 줄 아느냐. 그것은 조금치도 걱정 마라. 내가 그러면 너의 영감더러 말하마"

"예, 그럼 아버지께서 잘 말씀하여 주셔요"

그 이튿날 경자는 그 남편의 허락을 받아 가지고 친가로 돌아왔더라. 비록 한 동리라 할지라도 잠시간 서로 작별을 고하매 부부간 섭섭한 정리는 이를 것 없으며 또는 출산 후에 만일 전과 같은 병이 발하여 부모와 남편에게 근심을 끼치지나 아니할는지 염려가 놓이지 아니한다.

27

경자는 친가로 돌아온 지 십여 일 후에 이르러 옥동 같은 남자를 낳았더라. 이기장은 경자로 하여금 순산 생남하기를 날로 축원하더니 이날에 이르러 해산하기를 재촉하다가 홀연 어린아이 목소리가 방 안으로 좇아 나매 깜짝 놀라 산모의 방 안으로 들어가서 고개를 길게 늘이고 엉거주춤하며 아이를 내려다보는데 그 마음은 외손자의 얼굴을 보기 바람이요 둘째는 만일 계집아이를 낳았으면 어찌할꼬 염려되어 어찌할 줄 모르다가 해산구완하는 노파가 삼을 가르고 정히 씻어 포대기에 누이며

"순산도 하였을 뿐 아니라 옥 같은 도련님을 낳으셨습니다"

이기장이 그제야 마음을 진정하고 들여다보더니

"오, 정말 사내놈인가. 어디 보자. 그놈 잘도 생겼지. 갓 난 놈의 목소리가 어찌하면 저리 영악한가. 아─, 참 고마운 일이다"

하며 정신없이 어린아이만 들여다보더니 깜짝 생각하는 듯이

"어─, 참, 잊었군. 영감께 기별해야지. 이 기별을 들으면 오죽 좋아할라고. 누구 갈 사람 없느냐. 그럼 내⋯⋯ 내⋯⋯ 내가 얼른 다녀오마"

하며 일어서다가 다시 경자의 누운 옆에 가서

"애, 경자야, 네가 아들을 낳아 주기로 해서 내 마음이 어떻게 좋은지 모르겠다. 신기는 어떠하냐. 아무쪼록 마음을 진정하여서 기운이 떠오르지 아니하도록 해라"

경자는 자리 위에 모로 누워 그 부친의 눈물 머금은 얼굴을 쳐다보는데 쳐다보는 눈에도 눈물이 가득하며

"예, 몸은 그다지 괴로운 줄 모르겠어요. 어서 저의 영감한테 기별이나 하여 주셔요"

"응, 글쎄, 내가 지금 그 기별하러 가는 길이다"

"아이고, 아버지께서 아니 가시더라도 아무나 누구 하나 보내시지요"

"아―니, 내가 갔다 와야지. 한걸음에 다녀올 것을"

이기장은 기꺼운 마음에 정신없이 한걸음에 정 협판의 집에 이르러 문을 열고 황황히 들어온다.

정욱조는 책상 위에 책을 펼쳐 놓고 눈은 책을 향하였으나 마음은 아내 신상을 염려하여 아무쪼록 순산 생남하기를 바라더니 홀연 이기장의 들어옴을 반분은 경자가 순산한 회보를 전하려 함인가 짐작하고 맞은 후 이기장은 숨찬 목소리로

"아, 영감, 희소식을 내가 전하려 왔네. 지금 딸이 득남을 하였네그려. 이런 경사가 어디 있나"

이 소식을 듣더니 정욱조는 눈에 기꺼운 빛이 나타나며

"아, 아들을 낳았어요. 참 저는 소원 성취를 하였습니다. 그런데 산모는 별로 후탈은 없습니까"

"순산이라니 그런 순산이 어디 있겠나. 언제 해산했던가시피 산모 산아가 모두 탈이 없고 어린놈은 생기기나 좀 잘생겼나. 관옥 같은 얼굴이요 두목지풍채데그려. 어서 좀 가서 보게"

"예―, 그럼 지금 같이 뫼시고 가겠습니다. 장인께서 이렇게 오셔서 너무 황송하오이다"

"천만에, 이런 희보를 내가 와서 전하지 아니하고 누가 하겠는가"

하며 이기장은 희색이 만면하며 정욱조와 한가지로 집에 돌아오니라.

정욱조가 이르매 이때 어린아이는 모친의 품에 안겨 이 세상 꿈을 처음으로 고요히 꾸는 터이라. 경자는 남편의 들어오는 모양을 보더니 반가운 낯으로 몸을 반쯤 일어 맞으려 하는 것을 정욱조는 억제하며

"아니, 일어나지 마시오. 그대로 누워 계시오"

하며 경자 베갯머리에 좌정하더니

"아, 그래, 사내놈이더라지"

하며 잠든 어린아이를 물끄러미 들여다본다. 경자는 아이를 아랫목으로 밀쳐 누이며

"예, 지금 막 잠이 들었어요"

정욱조는 어여쁜 어린아이의 자는 얼굴을 한참 보더니 다시 얼굴에 미소를 띠는지라. 경자는 그 모양을 보매 과연 이것은 진실한 골육지정으로 순전한 사랑이 진정으로 나옴을 보고 자기도 스스로 일층 더 기꺼움을 이기지 못한다.

"아, 그놈이 그만 잠이 깨어서 눈 뜬 것을 보았으면 더 어여쁘겠구면"

하는 남편의 말에

"아무쪼록 이 자식을 길래 사랑해 주셔요……"

하며 경자는 눈물을 떨어뜨린다. 정욱조는 허허 웃으며

"그건 무슨 소리요. 자식 사랑 아니 하는 사람이 어디 있단 말이오"

이기장은 그 옆에 앉아서 좋은 마음을 견디지 못하다가

"그렇지, 누가 내 자식 사랑 아니 하는 사람이 있을까. 나도 이런 경사는 낙지이후에 처음 같으이. 딸 하나를 시집보냈다가 남편이 합당하게 알고 첫아들을 낳아서 종사를 잇게 하니 이런 만행이 어디 있으며 이런 복이 어디 있겠나. 나는 인제는 사무여한일세"

28

이경자의 해산은 극히 경하였으나 산후 여증이 쾌히 소복치 못하여 신경쇠약(神經衰弱)으로 약간의 '히스테리'라 하는 병증이 되었더라. 이기장은 자기 여식의 득남한 것을 기꺼워하나 경자의 산후 여증이 쾌복치 못함을 근심하며 더욱이 태중으로 있을 때에 상심한 일이 많은 고로 인하여 산후에 중치는 아니하나 다시 전일에 앓던 병이 발하였으되 다행히 내 집에 와서 회복하는 고로 적이 안심되어 주야로 경자의 병이 쾌복되기를 축원한다. 경자는 다만 어린아이의 무병 장성하기를 날로 바라며 또는 즐거워하여 자기의 젖으로 기르려 하였으나 불행히 유도가 부족하여 넉넉히 양육할 수 없으며 또는 의원의 말이 산후의 산모는 지금 원기가 탈진하여 병이 발하였으니 산모로 하여금 젖을 먹이는 것이 불가타 하므로 부득이하여 유모 한 사람을 얻어 두었더라.

경자는 처음에 스스로 염려하던 바와 같이 병세가 중치는 아니하나 거의 맑은 정신이 시시로 왕래하는 데까지는 이르러 바람에 불리는 나무 이파리 한 조각이라도 능히 경자의 지금 병중 약한 몸을 좌우(左

右)할러라.

그러므로 사소한 일에라도 잠깐 기꺼워하다가 문득 다시 슬퍼하며 때때로 공연한 일에 놀라며 어떠한 때는 옆에 사람이 있으면 귀찮다 하여 물리치고 혹시에는 사람이 없다 하여 심란하다 탄식하는 때도 있다.

그러나 다만 어린아이의 얼굴 볼 제마다 위로함을 얻어 경자의 마음을 진정케 할 때가 극히 많으나 때때로 어린아이 우는 소리에 홀연히 무서운 소리나 들은 듯이 깜짝 놀라 누웠던 몸을 반쯤 일어 사방을 돌라볼 때에 그 얼굴은 청색이 돌며 안광은 휘황하여 전혀 정신을 잃은 사람 같다가 다시 나의 정신이 돌아오면 자리 위에 넘어져서 이불로 얼굴까지 덮는 일도 있더라.

정욱조가 그 아들의 이름을 정남(正男)이라 지었으니 이는 본래 정욱조의 원하던바 남아를 얻으매 자기의 목적하던 바를 정 자를 붙임이요 그 아이를 사랑함은 이루 말하지 않아도 알지라. 그러나 다만 그 아내 경자의 병상이 쾌복치 못함을 염려하여 날로 경자의 누워 있는 베개 앞에 이르러 고적한 병인의 몸을 위로도 하고 하루바삐 경자의 몸이 전일과 같이 건강한 사람이 되기를 원하더라.

이날도 정욱조가 이기장의 집에 이르러 경자 있는 방으로 들어와 보니 이때 경자는 바야흐로 잠이 들었는지라. 정욱조는 경자의 잠이 깨일까 염려하여 고요히 그 침변(枕邊)에 앉아 옆에 흩어져 있는 미선을 집어 부채질을 한다. 때는 정히 칠월 초순이라 아침부터 바람도 없고 찌는 듯한 더위는 삼복 고열(三伏苦熱)에 내리지 아니한다. 담 밖에 서서 있는 괴화나무는 해를 가려 마당에 그늘을 지었으니 청량한 기운이 때때로 일어나나 그 나무에 앉아 있는 매미의 우는 소리는 도리어 사람으로 하여금 더위를 감동케 한다.

정욱조는 서서히 부채를 움직이며 아내의 얼굴을 들여다보니 지난 이 주간 동안에 몸의 수척함이 현저하였으니 무엇을 생각하며 무엇을 꿈꾸는지 고민(苦悶)하는 빛이 미간에 가득하였고 이마 위에는 구슬 같은 땀이 흐르는 고로 사랑하는 아내의 일이라 수건을 내어 그 땀을 곱게 씻기고 부채로 다시 그 자는 얼굴을 부쳐 주며 앉았을 때에 이 기장은 사랑으로 좇아 부채를 한 손에 쥐고 들어오다가 이 모양을 보고 기꺼운 마음에 눈에는 벌써 눈물을 머금고

"어—, 애는 이 더위에 낮잠을 너무 자는고. 저의 영감 온 줄도 모르고. 어—, 그만 일으켜야 하겠네"

정욱조는 급히 손짓하여 말리며

"아서습시오. 졸릴 때는 잘 자는 것이 몸에 대단 좋습니다"

"그럼, 가만히 내버려 둘까. 어린놈은 지금 유모하고 저 건넌방에서 자는데"

"예, 그러나 요사이 더위는 너무 대단하오이다그려"

"글쎄, 이런 더위는 도무지 처음 같으니 요새로 서울서는 못된 병이 많이 다닌다는걸"

하며 서로 이야기를 할 즈음에 건넌방으로 좇아 어린아이 우는 소리가 나더니 점점 우는 소리가 높아지는지라. 이때 경자는 어린아이 우는 소리에 깜짝 놀라 몸을 반쯤 일더니

"아이고, 아가야, 내가 너를 미워서 죽이려 하는 것이 아니니 나를 원망하지 마라"

이와 같이 부르짖은 후에 경자의 눈에는 피눈물이 창일하며 얼굴은 독마가 들린 사람같이 괴로운 빛이 나타난다.

29

이기장은 경자의 잠꼬대같이 하는 말에 혼비백산하여 안색은 흙빛과 같아지며

"애, 경, 경, 경자야, 그게 무슨 소리냐, 응. 애, 가위가 눌렸느냐"

경자는 다시 본정신이 조금 돌아왔는지 파랗게 질려 있는 부친의 얼굴과 묵묵히 앉아 있는 남편의 얼굴을 좌우로 바라보며

"아이고, 내가 지금 꿈을 꾸었을까요"

이기장은 적이 안심은 하였으나 다시 정욱조의 안색을 바라보며

"꾸, 꿈이냐, 그 꿈이 무슨 꿈이란 말이냐. 가위를 눌렸어도 그렇게 몹시 눌렸느냐. 여보게, 영감, 몹시는 가위도 눌렸나 보이그려"

정욱조는 처음에 경자가 지각을 잃고 부르짖는 소리와 놀라운 말소리에 잠시간 가슴의 요동을 진정치 못하였으나 이도 또한 병으로 인연한 일이라 하여 그다지 의심은 두지 아니하고 고요히 아내의 동정을 살피고 있는데 이때에 이기장은

"여보게, 영감, 아마 열기가 심해서 못된 몽사를 보았나 보이"

아까부터 울고 있던 어린아이는 울음을 그치고 수음 사이로부터 매미 소리만 들리더라.

경자는 오히려 사면을 휘휘 둘러보며 무슨 소리를 들으려 하는 것같이 귀를 기울이며

"아이고, 여보시오. 입때지 울고 있구려. 멀리멀리서 울고 있으니 필경 나를 원망하고 우는 것인가 보오. 저것 좀 들어 보시오. 멀리서 우는 소리가 들리는구려"

이기장은 손으로 경자의 하는 말을 억제하며

"애, 무엇이 울고 있단 말이냐. 매미밖에 우는 것은 없는데"

정욱조도 입을 열어

"여보, 부인, 병으로 해서 그런 소리가 들리나 보오. 마음을 공동하지 말고 진정을 하오"

경자는 힘없는 말로

"아, 그렇습니까. 아버지께서도 들리지 아니하십니까"

"들리기는 무엇이 들린단 말이냐. 공연히 그런 헛소리 하지 마라"

"그런데 어린놈은 지금 어디 갔어요"

"응, 지금 유모에게 안겨서 젖 먹나 보다. 데려다 좀 보려느냐. 애, 애, 유모 거기 있니"

하여 유모를 부르니 유모는 빙글빙글 웃고 있는 어린아이를 안고 건너오는지라. 이기장은 고개를 기울여 들여다보며

"오, 눈을 커다랗게 뜨고 있구나. 벌써 사람을 다 알아보는 것 같구나. 어디 어머니에게 좀 안겨 보아라"

경자는 어린아이를 받아 안고 그 얼굴을 내려다보니 정욱조와 이기장의 눈도 모두 어린아이에게로 향하였더라. 유모는 옆에 섰다가

"정말 아기가 어여쁘기도 하지요. 눈하고 코는 어머니 마님을 빼쏘았지요. 그리고 입 근처는 천연 영감마님이시지요. 예? 생원님"

"그럴까, 나는 영감마님을 많이 닮은 줄 아는데"

"그렇습지요. 두 분 중으로 어디든지 다 같이 닮으셨겠지요, 호호호"

이러할 때에 경자는 정신이 온전히 돌아와서 익히익히 어린아이 정남(正男)의 얼굴을 들여다보더니 홀연 한 방울 눈물을 짓는다. 무엇을 생각하며 무엇을 슬퍼하는지 알 수 없으나 정욱조는 들여다보며 친

절히 묻는다.

"여보, 무엇이 슬퍼서 그리하시오"

"아—니요, 슬퍼서 그리하는 것이 아니라 아기를 들여다보니까 어여뻐서 귀한 마음에 눈물이 납니다그려"

경자의 마음은 지금 다섯 해 전에 낳은 어린아이의 신상을 생각한다. 지금 이 아이 정남이는 부모와 외조에게 귀염을 받고 즐거운 중에서 세월을 보내며 장성하건마는 그 아이가 지금껏 만일 살아 있을 지경이면 슬프다, 부모도 보지 못하며 외조도 보지 못하고 어느 곳에서 신산하고 재미없는 날을 보내고 있으며 저의 아범을 오죽이나 원망하며 있으리오. 무한한 슬픈 마음이 가슴에 창일하여 언제든지 무죄한 어린아이를 버림으로 하여 그 죄악의 갚음이 돌아올 날이 있으면 부모와 자식 세 사람이 한가지로 비참한 운명(運命)에 빠질는지도 모를지라. 그 생각을 하니 홀연 왕왕한 눈물이 소매를 적신다. 정욱조는 경자의 심중은 알지 못하고 다만 모든 일이 병으로 인연함인가 하여 도리어 경자의 신상을 가련히 여겨 정다이

"여보, 우리 내외가 이제야 처음으로 정남이를 얻었으니 귀히 기르기도 하려니와 이 아이를 아무쪼록 잘 양육합시다"

"나 같은 무식한 계집이야 무엇을 알겠습니까. 모두 영감께서 잘 가르쳐 주셔야지요"

30

　살같이 닫는 세월이 한래서왕(寒來暑往)을 몇 번 거듭하였는지 정 협판의 아들 정남의 나이 이미 칠 세에 이르렀더라. 정 협판의 부부는 장중보옥같이 기르며 다른 사람이라도 정남의 어여쁜 얼굴을 한번 보면 사랑스러운 마음이 스스로 일어나더라.

　정남은 그 모친의 아름다운 얼굴과 부친의 엄중한 태도를 겸한 고로 한 곳이라도 흠절을 잡을 곳이 없는 좋은 아이요 성질도 그 모친의 성품을 받았는지 온자하고 고요하여 일찍이 같이 노는 아이들과 다투는 일이 없으니 뉘 아니 정남의 위인을 칭찬하리오. 그러나 다만 한 결점은 그 부친과 같이 웅대한 마음이 적고 겁 하는 일이 많으며 일에 임하여 용맹이 적은지라. 그러므로 정욱조는 심히 우려하는 바이러라.

　정욱조는 처음부터 정으로 아이를 가르치느니보다 정리로 인도하여 어린아이의 마음을 굳세게 하며 정당한 일에는 몸이 없어지더라도 마지아니한다 하는 마음으로 힘을 쓰나 경자는 본래 마음이 약한 사람으로 남편의 주의(主義)를 표준 하여 정남을 가르치고자 하나 항상 경자는 깊이 아들을 사랑하는 마음에 그 주의를 잃을 때 많이 있으며 그로 좇아 정욱조의 교육하는 방법이 도저히 효험이 나타나기 어렵더라.

　경자가 만일 공명정대한 마음을 가지고 또는 자기의 양심(良心)이 사람을 향하여 꺼릴 것도 없으며 부끄러울 것도 없고 그 몸도 한가지로 건전하였을 것 같으면 그 건전한 몸과 건전한 마음으로 능히 완전한 감화를 어린아이에게 줄 것이로되 나의 마음에 여러 가지 약점(弱點)을 가졌으며 그 몸의 건전치 못함으로 인하여 어린아이를 제재

(制裁)하는 힘이 엷어 갈 뿐 아니라 또는 외아들의 귀한 마음에 항상 엄하게 꾸짖고 종아리 쳐 가르침을 차마 하지 못하며 부친에게 꾸지람을 듣고 어린 얼굴에 눈물 흘리고 있는 모양을 볼 제마다 자닝하고 불쌍한 마음에 가슴이 미어지는 듯하여 남편이 그 아들에게 엄하게 벌을 더할 때면 경자는 중간에 서서 정남을 위하여 보호한다. 그러나 경자도 교육 없는 여자가 아니므로 정남을 한갓 사랑하는 데 침혹할 뿐 아니라 나의 약한 마음을 면려하여 아들의 완전한 교육을 힘쓰고자 하나 어린아이 연약한 마음에 어른이 꾸지람할 때마다 겁을 먹는 것이 가장 자닝하여 때리지도 아니하며 꾸짖지도 아니하고 아이로 하여금 선량(善良)한 발육을 시키고자 하는 고로 자연 정에 편벽됨이 많아지매 부지불식지중에 정남의 성질을 해롭게 하는 줄을 깨닫지 못하더라.

정욱조는 경자의 애자하는 정이 너무 심함을 보고 때마다 마음으로 부족히 생각하나 아내의 성질로는 도저히 아이를 강경한 태도로 교육을 하지 못할 줄 짐작하매 아내의 부족한 곳을 내가 기우리라 하여 자기는 더욱더욱 엄하게 가르치고자 결심하였던 고로 아이가 만일 악한 일에 향하는 일이 조금이라도 보이면 조금도 용서치 아니하고 벌을 씌우는 터이라. 부친 되는 사람은 불로써 가르치고 모친 되는 사람은 물로써 가르치니 수화는 본래 반대되는 물건이라 강유가 서로 적당치 못하니 이와 같은 교육 방법으로 어찌 완전한 감화를 그 아이에게 주리오. 이러므로 정남이가 점점 자라매 그 부친의 항상 엄한 벌을 무서워하고 그 모친의 사랑하는 소매에 숨고자 하는 성질을 기른 고로 무슨 잘못한 일이 있으면 힘써 그 일을 부친에게 숨기고자 한다. 그러나 정남의 위인은 결코 편벽된 성질을 가진 아이가 아니라. 그 부친을 항상 두려워하나 한편으로는 그 부친을 붙좇으니 부친이 나를 사랑하는 줄을 어린 마음이나 능히 짐작하는 고로 부친을 호발만치라도 원망하지 아니한다.

정욱조는 평생에 식물(植物)을 좋아하며 과실나무에는 한 벽이 있는 고로 후원 넓은 곳에 각종 화훼와 진귀한 과목을 심고 그곳에 후원 수지기를 두어 나무를 배양케 하며 겸하여 과실을 수직케 하였는데 그 여러 과목 중에 극히 귀중히 아는 서양 사과나무 한 개가 있는데 이 나무는 전해에 서양으로부터 가져다가 심은 것이라. 이해에 비로소 꽃이 피고 열매 다섯이 열었는지라. 정욱조는 심히 귀히 여겨 수지기를 신칙하여 특별 간수케 하고 일야로 후원에 배회할 제 그 다섯 개 사과가 매일 커 가며 빛이 붉어지는 것을 날로 보고 기꺼워하더라.

일일은 경자가 화병에 꽃을 꽂을 구하고자 하여 정남을 불러 후원 수지기에게 가서 좋은 꽃으로 두서너 가지 얻어 오라 하였더니 정남이가 수지기에게 가는 길가에서 부친이 사랑하는 사과나무에 다섯 개 과실이 가지가 휘도록 아래로 처져 있는데 정히 어린아이로 하여금 침을 넘기게 되었는지라. 정남은 벌써 눈이 이곳에 이른 고로 잠깐 욕심에 부친이 애지중지하는 것을 잊어버리고 사방을 돌아보아 사람이 없으므로 그중에 익고 큰 것으로 두 개를 따서 한 개는 먹고 또 한 개는 품에 감추고 수지기 있는 처소로 향하여 가니라.

31

정남이는 후원지기에게로부터 꽃가지를 얻어 가지고 모친에게로 왔더니 후원지기는 뒤좇아 후원을 순행하다가 주인의 가장 사랑하는 사과나무에 금년에 비로소 맺힌 열매 다섯 개 중에서 두 개가 보이지 아니하는지라. 후원지기는 이 모양을 보고 한갓 놀랄 뿐 아니라 별안간에 얼굴이 파랗게 질려 주인의 꾸지람을 무엇이라 대답하리오, 지금까지 달려 있던 과실이 삽시간에 없어졌음은 필연 연고가 있음이라 하고 나무 아래를 자세히 살펴보니 어린아이의 작은 발자취가 두서너 곳에 현저히 나타났는지라. 이곳에 다른 곳 아이는 들어오지 아니하였고 다만 아가가 지금 지나갔을 뿐이니 필연 아가의 장난이 분명하니 차라리 사실대로 주인에게 고함이 가하다 하고 즉시 주인에게로 향하여 그 사실을 고하니라.

정 협판은 지금 뜰아래에서 화초를 손질하며 배회하다가 수지기의 고하는 말을 듣고 발연변색하며 노기 탱중한다. 정욱조는 사과를 그와 같이 아까워함은 아니라. 사과도 아깝다 할지나 그 아들 정남을 아끼는 데 비하면 천양지판이니 정욱조는 그 과실을 아껴 노함이 아니라 일찍이 그 아들에게 명하였던 부모의 경계를 지키지 아니하고 이와 같은 경솔한 거동을 행하였으므로 노함이라. 이제 정남의 행한 거조가 그 부친 정욱조로 하여금 치욕(恥辱)을 감동케 하였더라.

그러나 사과를 훔친 후에 정남이가 곧 죄를 뉘우치고 그 부친에게 사죄하였으면 정욱조의 노기가 아침 날에 눈 슬듯 하고 도리어 내 아들의 머리를 어루만지며 뒤의 일을 경계할 뿐이겠거늘 정남은 도리어 지은 죄를 감추고자 하였더라.

정욱조는 정남의 지은 바르지 못한 행위를 그 아내 경자에게 말하고자 하여 안으로 들어오니 이때에 경자는 화병에 꽃을 꽂고 있으며 그 옆에는 정남이가 앉아 있는지라. 정욱조는 정남이가 마침 있음을

좋이 여겨 정남을 향하여 눈을 부릅뜨며

"애, 정남아, 너는 아까 동산에 가서 사과 두 개를 따 왔지"

이 말을 듣더니 경자는 깜짝 놀라 손에 들었던 꽃가지를 땅에 떨어트린다. 그러나 모친보다 정남의 얼굴은 별안간에 흙빛이 되며

"아니요, 나는 아니 땄어요"

"아니 땄어? 아니 땄으면 좋지마는 너는 부모를 속이려고 그리하느냐. 정말을 하여야지 사람이 거짓말을 해서는 못쓰는 법이야. 너는 이전 유명한 영웅에 화성돈(華盛頓)의 사적을 내게 들었지. 화성돈의 아버지가 극히 애중하는 앵두나무(櫻木)가 있는데 하루는 화성돈이가 어린아이 장난으로 그 나무를 베었더니 그 부친이 대단히 노했는데 그 당장에 화성돈이가 즉시 잘못하였노라고 죄를 자복한 까닭으로 그 부친은 도리어 기꺼하고 하는 말이 앵두나무는 몇 주를 베더라도 아깝지 아니하다, 진짓 네 정직한 마음이 제일 보배라고 하였단 말을 너도 아직 잊지 아니하였겠지. 여기 있는 네 아비도 그와 마찬가지라 사과 따 먹은 것은 조금치도 아깝지 아니하다마는 너는 잘못한 죄를 숨기려 하니 사과는 몇천 개 몇만 개를 잃어버린 것보다 네 거짓말하는 소위가 더욱 밉고 분하다. 잘못한 일을 숨기려 하는 것같이 언짢은 것은 없느니라. 잘못한 일이 있으면 곧 그 잘못된 일을 뉘우쳐서 사죄하는 그런 정직한 마음과 용맹이 있으면 나는 너 잘못한 것을 결코 나무라지 아니할 터이다. 죄를 짓고 숨기는 것은 지은 죄보다 더 중한 죄를 가하는 셈이니 이후에는 잘못한 일이 있더라도 숨길 생각을 하지 말고 곧 부모더러 잘못하였노라 하면 할 수 없이 용서도 하려니와 너의 부모의 마음이 오죽 좋겠느냐. 그러나 사과는 정말 아니 땄느냐"

하며 노기가 등등하니 정남이보다 경자의 가슴이 그 남편의 말에

걸리고 찌르는 듯하여 감히 얼굴도 쳐다보지 못하고 고개를 숙이고 무릎만 바라보고 있다. 정남은 그 부친의 무서운 얼굴과 엄한 언사에 점점 기운이 축하여 모친의 무릎에 매달려 얼굴을 감추려 하며 떠는 목소리로

"아이고, 어머니, 나는 사과를 따지 아니하였소"

그러나 정남의 저고리 앞자락이 통통하여 무엇을 감추어 넣은 것 같은 것을 정 협판이 보았는지라 곧 달려들어 저고리를 헤치고 사실하려 한즉 정남은 저고리 섶을 두 손으로 가리려 할 때에 한 개 사과가 그 속으로 좇아 굴러 떨어진다.

그 사과를 집어 들고 있는 정욱조의 얼굴은 정남의 얼굴보다 더욱 푸르렀다. 경자는 참다못하여 얼굴을 가리고 체읍하며 정남은 겁이 나서 전신을 벌벌 떨고 있다.

32

정욱조는 더욱 분함을 이기지 못하여 한 손에 사과를 든 채로 또한 손을 내밀어 정남의 목뒤 옷 고대를 움켜잡으려 하는데 이 아이는 놀라고 겁 하여 얼굴에 혈색이 걷히고 전신을 떨며

"아이고, 어머니"

소리를 지르며 모친의 무릎 위에 안기는지라. 경자는 치맛자락으로 가려 주며

"여보시오, 영감, 그만 용서해 주셔요. 너무 놀라서 몸이 사시나

무 떨리듯 합니다그려. 그러다가 병이나 나면 어찌합니까. 나중에 내가 잘 타이를 터이니 그만 정지하셔요. 무슨 못된 마음으로 그것을 땄을 리야 있겠습니까. 어린아이들의 장난이지요"

정욱조는 그 말을 듣더니 더욱 기색이 엄하여지며 경자를 이윽히 쳐다보더니

"글쎄, 부인까지 그렇게 말을 한단 말이오. 못된 마음으로 딴 것이 아니라 하니 부인이 지금 내가 한 말을 알아들었소. 내가 지금 한 말을 자세히 생각을 하여 보오. 내가 평일에도 정남이더러 일상 이르는 말을 복종치 아니하고 아비의 명을 거슬렀으니 그것도 잘못한 죄거니와 더구나 거짓말을 하지 않았소. 정직한 마음으로 자복하면 내가 용서하여 주겠다 하고 자세히 알아듣도록 깨우쳐 주었건마는 그래도 종시 듣지 아니하고 아비를 속이려고만 하는데 부인은 이놈이 못된 마음이 없다 하니 정녕 잘못된 죄가 없겠소? 나와 부인은 이놈을 감독하는 권한을 가진 사람이라 어디까지든지 육형을 써서라도 가르쳐야 하겠소"

하며 무릎 위에 엎드려 떨어지지 아니하려 하는 어린아이를 억지로 빼앗아 옆으로 껴안고 아내의 얼굴을 바라보는데 그 얼굴에는 찬 서리 같은 기운이 보인다.

경자는 정신없이 몸을 벌벌 떨 뿐이라. 경자는 자기의 지은 죄가 자기 몸에 나타나지 아니하고 도리어 다른 곳으로 나타났도다. 나의 가장 사랑하는 아들이 벌써 이미 거짓말하는 물건이 되었더라.

그러나 경자는 오히려 애자하는 정리에 다시 남편에게 애걸한다.

"영감 말씀을 그르다 하는 것이 아니올시다마는 정남이가 너무 떠니까 병날까 무서우니 이번만 용서하여 주셔요. 나중에 내가 단단히 일러 주겠습니다. 이번에는 나를 죄를 주시더라도 그 애는 용서하여

주셔요"

"부인의 지금 말은 내가 요령을 잡을 수가 없구려. 자식의 잘못한 죄를 내게 씌워 달라 하니 그 말은 어떻게 하는 말인지 모르거니와 내가 자식을 가지고 잘못한 일이 없는데 그렇게 절제를 하는 것 같으면 나를 보아서라도 용서하라 하는 말도 괴이치 아니하겠지마는 이번 일은 전혀 이놈을 가지고 꾸짖을 일이오. 이 어린것을 나인들 이렇게 하고 싶어서 하는 것이 아니라 모두가 나든지 부인이든지 또는 이 어린놈이든지 그 세 사람을 다 위하노라니까 자연 그러한 것이오그려. 그런데 부인 말씀과 같이 만일 이놈을 이러한 일에 징계를 하지 아니하고 내버려 두면 우리 정가의 집 누대봉사할 한낱 자식이 인하여 거짓말쟁이로 장성할 터이니 그 아니 딱하오. 지금 내 속은 아프고 쓰리고 무엇이라 형언하기 어려운데 어찌하여서 우리 부부 두 사람 사이에서 저와 같은 두 가지 죄를 범하는 자식이 생겼는지 도무지 그 까닭을 알 수 없소"

하고 다시 정남이를 내려다보며

"정남아, 내가 지금 너를 징계코자 하는 것은 내가 골이 나서 그리하는 것도 아니요 네가 미워서 그리하는 것도 아니요 네가 나더러 거짓말을 한 고로 지금 네 아비, 나는 낙담이 되어서 가슴이 미어지는 것 같다. 네가 만일 이후에 아주 거짓말쟁이가 되고 보면 그때는 다시 회복될 수가 없으니까 그래서 지금 너를 징계코자 하는 것이다"

그러나 이미 부친의 엄한 모양에 놀란 고로 정남의 귀에는 그 말이 자세히 들어가지 못한다. 정욱조는 다시 슬픈 기색을 띠고 경자를 향하여

"내가 거짓말과 부정(不正)한 일을 싫어하기를 구수같이 하는 것

은 부인도 자세히 아는 바가 아니오. 그런데 아이니 용서하여 주라 하
는 말은 어찌한 의사에서 나는 말인지 모르겠구려. 어린아이들이니까
혹시 장난도 있을 것이요 못된 짓도 할 때가 있을 터이지마는 어찌하
여 잘못했든지 잘못하였거든 즉시 회과를 시켜서 다시는 아니 하도록
하는 정직한 마음을 길러 주는 것이 제일 필요하지 만일 잘못한 일을
어디까지든지 숨기려고 하는 성질을 배양하였다가는 과연 그때는 아
주 버리는 자식을 만들어 놓을 터이니 부인이 만일 나를 위하여 주고
또는 정가의 집을 위하려 하거든 아이들로 하여서 거짓말과 바르지 못
한 일을 일절 엄금하시고 만일 그래도 잘못된 때가 있거든 곧 회과하
도록 가르쳐 주시오. 부인은 특별히 그럼을 주의해 주어야 하겠소"

　　이와 같이 설유하는 정욱조의 기색이 경자가 전일에 일찍이 보지
못하던 엄숙한 얼굴이라. 느껴 가며 우는 정남의 손을 이끌고 외당으
로 나가니라.

33

　　정남이가 그 부친에게 형벌을 당하러 외당으로 끌려 나간 후 여
자의 연약한 마음에 자닝함을 이기지 못하여 울음이 스스로 목이 메어
나오는 것을 강잉히 억제하고 황연히 앉아 있으니 다만 가슴만 일천
가지로 산란하여
　　'아—, 내 죄가 오늘 와서 자식에게 이를 줄을 어찌 뜻이나 하였
으리오. 저의 죄는 제가 홀로 그 결과를 받으리라 하였더니 철모르는

저 어린아이의 마음에까지 씻지 못할 흠점이 생겼으니 이 일을 장차
어찌하면 좋으리오. 나의 거짓말 많은 마음을 정남이가 닮았는가. 남
편은 나를 깊이 신용하는 고로 나와 부인 사이에서 낳은 자식이 어찌
하여 거짓말을 하느뇨, 해석하기 어려운 일이라 하시나 나는 그 까닭
이 환연히 보이는 것 같도다. 그러나 정남이가 지금껏 칠 세에 비록 어
린아이일지라도 별로이 못된 장난도 하지 아니하고 거짓말한 일도 그
다지 없거늘 하필 오늘날 이르러 그런 짓을 하였는고. 지금 오죽이나
매를 맞고 있을라고—. 아—, 우는 소리가 들리네. 아이고, 불쌍하여라.
자식 대신 내가 가서 형벌을 당하는 것이 나으리로다. 진정으로 정남
이는 잘못한 것이 없고 모두 이 어미가 죄가 많은 까닭이니 이 몸은 진
실로 죄를 당하여도 당연하겠거늘 이 몸은 도리어 아무 일도 없고 무
죄한 어린아이가 어미의 형벌을 대신하여 입으니…… 그것을 보면서
도 아무 소리 없이 모르는 체하고 있으니 어찌 인정이라고 할 수……
아—, 이게 하나님의 벌인가. 오장이 모두 녹는 것같이 정남이가 불쌍
하도다. 지금이라도 내가 쫓아 나가서 정남이를 품에 안고 그 형벌을
내 몸에 받았으면 이 마음이 시원할 듯하나 놀라 정신없는 어린아이를
저다지 하시니 비록 타이르신다 하기로 무슨 정신에 그 말씀이 귀에
들어갈 리가 있으며 옛적 영웅의 사적을 말씀하시더라도 어린아이의
놀란 가슴 조금 진정되거든 말씀하시면 잘 알아듣고 잘못하였다고 자
복하련마는. 아니 이 말도 내 좁은 소견의 생각이다. 나를 닮아 낳은 자
식이면 거짓말이 아주 천성이 되었을는지도 모르지…… 또 이 몸은 가
슴속에 비밀한 사정을 감추어 두고 있으면서 자식더러는 거짓말하지
마라, 무슨 입으로 그 말이 나오며 제 몸은 지금껏 자복을 하지 못하면
서 자식더러는 잘못하는 일이 있거든 곧 자복하라고 어찌 말하리오.

제 몸은 비록 그러하더라도 아이는 그렇지 않도록 가르치려 하나 그 일은 제일 양심에 부끄러워 못 하겠으니 과연 이 몸은 자식도 능히 교육할 자격이 없음이라. 처음으로 내가 이 집에 들어올 때에 마음은 비록 내가 한번 더럽혔던 몸이라도 지금은 다시 결백한 몸과 같이 되었으니 이후에 낳는 자식이나 넉넉히 교육을 시켜 전일 나의 죄를 조금이라도 씻어 버리리라 하였더니 그도 다 쓸데없는 생각이요 부부 사이로 말하여도 남편은 언제든지 이 몸을 사랑하여 주건마는 이 마음에는 물 위에 기름 섞인 것 같은 생각이 전혀 없다 할 수 없으니 이것은 모두 내 마음으로 자격하는 일이라…… 아―, 어찌하면 좋은가. 지금 와서 별안간에 전죄를 자복할 수도 없고…… 자복할 마음은 간절하지마는 남편의 성질로 피를 나눈 자식도 거짓말은 조금도 용서하시지 아니하는데 하물며 내가 자복한다고 용서하실 리도 만무하거니와 이 일이 어느 때든지 어느 곳에서 탄로하는 때는 무슨 슬픈 지경을 당할는지 모르니, 아―, 장차 어찌하면 좋으리오. 언제나 이 근심을 버리고 하루나 살아 볼는지. 여러 해를 지나면 이런 근심도 잊을 날이 있을까 하였더니 지금 이르러서는 어린아이 신상에 어미의 죄가 나타나서 잊고자 바라던 근심이 더욱 새로워지니 이 몸은 지하에 돌아갈 때까지 이 근심은 붙좇아 다니려는가. 아―, 이 팔자야'

하며 두 손으로 얼굴을 가리고 맥없이 벽에 몸을 실려 앉았더라.

34

이 일을 당한 후로부터는 경자의 근심이 더욱 새로워지고 조금이라도 즐거운 마음으로 날을 보내는 일이 적더니 이해 가을에 이르러서는 드디어 신경쇠약(神經衰弱)이라 하는 병이 일어났더라. 정욱조는 아내의 신양을 깊이 근심하며 의원은 경자를 권하여 온천(溫泉)을 하는 것이 대단 효험이 있겠다 하나 경자는 만사에 낙이 없는 사람이라 의사의 말을 좇지 아니하였더니 그 후 정남이는 홍역(紅疫)을 지내고 인하여 사소한 병이 몸에 떠날 사이가 없으며 겸하여 그 부친 정욱조도 한양하고자 하여 정욱조의 부부는 그 아들 정남을 데리고 세상 티끌을 피하여 개성군으로 내려가기를 결정하였더라.

경자는 떠나려 할 때를 당하여 그 부친에게 기별코자 하여 지필을 들고 편지를 쓰려 할 즈음에

"어머니"

부르며 달음질하여 들어오니 이는 곧 정남이라. 경자는 정남을 눈 흘겨보며

"글쎄, 왜 이리 요란히 구느냐. 찬찬히 다니지. 수선스럽게 그게 무슨 걸음이야. 행실도 고약도 하지"

정남은 꾸짖는 소리에 잠시 무료히 섰다가

"그런데 어머니, 저—어 시골 외할아버지가 오셨어요"

경자는 반가이 놀라며

"응, 할아버지가 오셨어. 아이, 그럼 잘 되었다. 어서 이리 뫼시고 들어오너라"

조금 있더니 이기장은 정남에게 끌려 히히 웃으며 들어오는데 나

인 육십오륙 세나 되었으나 별로이 큰 병은 없었더라. 그러나 이 오륙 년 동안에 반백이 되었던 터럭이 전혀 백설같이 되었으며 허리는 활등 같이 굽었더라.

이기장은 자리에 앉은 후 정남의 머리를 어루만지며

"인제는 아주 쾌히 나았느냐, 응. 나도 인제는 염려를 놓겠다. 시골 멀리 앉아서는 마음이 안 놓이더니…… 그러나 몇 달 만에 보니까 그동안 크기도 더하고 얼굴도 나아졌다. 암만하여도 씨가 따로 있는 것이야. 우리에게 있는 내종 손 덕동(德童)이란 놈은 애에게다 어찌 대기나 할 수 있나. 숯하고 눈하고 비교하는 셈이지"

경자는 부친의 앞으로 가까이 앉으며

"그래도 덕동이는 몸이 든든은 하지요"

"그렇지, 시골 놈이 되어서 실하기는 하지. 그러나 너는 어찌해서 이놈 낳은 후에는 다시 소식이 없느냐. 벌써 칠팔 년 동안이 되니 그게 웬일이야"

정남은 옆에 앉아 있다가 이기장의 무릎을 흔들며

"할아버지, 할아버지, 그런데 왜 덕동이는 데리고 오지 아니 하셨소"

"응응, 그놈은 너무 장난만 하니까 안 데리고 왔다. 그러나 그 대신에 내가 갈 제는 너를 시골로 데리고 가겠다. 뒷동산에는 너 좋아하는 감이 주렁주렁 매달렸으니 너 먹고 싶은 대로, 응"

정남이는 그 말에 마음이 움직여

"그러면 나도 할아버지하고 공주 갈 테야"

경자는 정남의 손을 이끌며

"공연히 지각없는 소리 하지 마라. 내일이면 다른 시골을 갈 터인데 공주는 어찌 간다고 그러니"

"옳지, 참, 나는 잊어버렸지, 그만. 할아버지 나는 저— 아버지하고 어머니하고 먼 시골로 가요"

이기장은 깜짝 놀라며

"무엇이? 시골을 가다니. 아—니, 정말이냐, 응, 경자야"

경자는 아직 대답하기 전에 정남이가 이기장을 쳐다보며

"정말이야요. 내일 가요. 그러니까 어디 할아버지하고 갈 수가 있나. 그런데 할아버지는 감이나 좀 따 가지고 오시지 않고"

경자는 나무라는 말로

"너는 실과라면 야단이더라. 그만 저리 가거라"

"오—, 참, 내가 잊었구나. 감을 가지고 왔는데 저 마루에 가 보아라. 상자 속에 감이 들었으니 끄집어내어 먹어라"

"할아버지, 정말이요"

하며 정남은 마루를 향하여 뛰어나간다. 이기장은 다시 경자를 향하여

"지금 들으니 시골을 간다 하니 정말이냐"

"예, 정말씀이야요. 그래서 지금 아버지께 상서나 할 양으로 편지를 막 쓰려고 하던 중이야요"

"아, 그래"

하며 이기장은 고개를 기울이고 무슨 생각인지 한참 동안 말이 없다. 경자는 그 부친의 모양을 이상히 여겨

"아버지, 왜 그리하셔요. 무슨 일이 있습니까"

"아니다, 무슨 별일이야 있겠니마는 실상인즉 이런 일이 혹시 있을까 하여 염려가 되어서 내가 일부러 올라온 길이다"

경자는 더욱 의심되어

"무슨 일이 있어서 그렇게 염려를 하셔요"

35

이기장은 다시 한숨지으며

"어찌해서 염려가 되느냐 하면 내가 일전 밤에 너하고 정남이하고 아주 멀고 먼 곳으로 떠나가니 지금으로 곧 서울 올라가서 만나지 못하면 다시는 만나 보지 못하리라고 까마귀 같은 새 한 마리가 나더러 말하는 꿈을 꾸었는데 꿈을 깨고 나니까 전신이 으스스하고 이상하기에 이불을 덮고 다시 잠을 이루려 하나 도무지 잠은 아니 오고 눈은 점점 반반해서 이내 잠은 못 자고 날을 밝혔는데 아침에 일어나서 생각을 하니까 암만해도 염려가 되더구나. 낫살이나 먹어 놓으면 자연 조그마한 일에도 걱정이 되는구나. 생각다 못해서 궁금한 마음에 집일을 젖혀 놓고 오늘 새벽에 떠나서 올라온 길이다. 그러나 올라와서 들으니 정말 어디로 간다 하며 또 네 얼굴을 보니 수심이 가득한 모양이니 내가 어찌 걱정이 아니 되겠니, 응, 경자야. 내 꿈이 맞으려나 보다"

경자는 웃으며

"꿈을 가지고 무얼 그리 염려하셔요. 꿈을 모두 믿기 시작을 하면 당초에 한이 없게요. 혹시 어찌하다가 우연히 맞는 일도 있지요마는"

"아—니, 그렇게만 말할 수도 없지. 꿈도 다 꿈 나름이니라. 까마귀라 하는 짐승은 새 중에도 그리 좋지 못한 새라 좋은 일에는 나오지 않는 새인데 그 새 말이 어서 가서 잠깐 만나 보고 오지 아니하면 다시는 못 만나리라 하니 부모 된 내 마음에 어찌 염려가 안 되겠니"

"그런 일을 무얼 다 믿으셔요. 당초에 다시 못 만나 뵈올 까닭이 있어야지요"

"글쎄, 그런 일이 없으면 좋겠지마는…… 그런데 어떤 시골로 가?"

"저—, 송도로 간대요. 저도 몸이 일상 깨끗지 못하고 의원의 말도 산수 좋은 곳으로 가서 수토를 갈아 마셔야 낫겠다 해요. 그리고 사랑에서도 뇌병(腦病)이 있다고 세 식구가 한가지로 가자 하니까 저는 마음에 가나오나 내키는 마음이 없어도 하도 사랑에서 그리하시니까 할 수 없이 내일 떠나기로 정했는데요"

이기장은 두 무릎 위에 팔을 올려놓은 채로 정신없이 한참 있더니

"그러면 지금 와서 안 간다고 말할 수는 없게 되었구나"

"예—, 어떻게 안 간다고 해요……"

이기장은 더욱 염려하는 마음을 놓지 못하며

"그러나 애, 경자야, 하고많은 데에 하필 개성으로 간단 말이냐"

"글쎄, 저도 개성으로 가기는 싫은데 사랑에서 지금껏 개성 구경을 자세히 못 할 뿐 아니라 대흥산성이라 하는 곳은 가을 경치가 자고로 유명한 곳이라고 이번에는 단정코 한번 간다고 하시니까 어떻게 말릴 수가 있어야지요"

"허허, 그러면 어찌할 수 없구나"

"그러나 아버지, 왜 그다지 염려를 하셔요. 가서 오래 있어야 한 보름밖에 아니 있을걸. 아버지께서도 잘 다녀오라고 좋은 낯을 보여 주셔야지 저도 마음이 좋지요. 그렇게 염려만 하시니까 제 마음도 어

찌 꺼림한지 모르겠습니다"

이 말을 듣더니 이기장은 다시 마음을 돌려

"허허허, 내가 잘못하였다. 그러면 잘 가서 무사히 다녀오너라…… 그러나 나는 암만해도……"

"무엇이야요?"

하며 부친의 나중 끝에 이상스러운 말에 문득 가슴이 울렁거린다. 이때에 정남이가 마루로 좇아 들어오더니 이기장의 옆으로 가서 앉는다. 이기장은 손을 들어 정남을 옆으로 끼며

"애, 정남아, 너는 송도 가지 말고 할아버지하고 함께 가자, 응"

"나는 어머니도 가야 갈 테야. 그럼 어머니, 할아버지를 우리가 뫼시고 송도로 갈까, 응"

"어, 그놈 기특하다. 할아비를 데리고 가겠다니. 그러나 나는 가지 못하겠으니 내 여기서 너 올라올 때까지 기다리고 있을 터이니 올라올 제 이 할아비 먹게 먹을 것이나 많이 받아 가지고 올라오너라, 응, 정남아"

정남이는 진정으로 받아 오라는 줄 알고 크게 근심하는 모양으로

"그러게 할아버지도 함께 가자니까 그러시네. 나는 할아버지 못 가게 할 터이야"

하며 이기장의 소매를 잡는지라. 이기장은 안아다가 무릎 위에 올려놓으며

"허허, 할아버지 떠나기가 섭섭하여. 애, 경자야, 암만해도 나는 염려가 놓이지 아니한다"

"…………"

36

정욱조와 그 부인 이경자는 사랑하는 아들 정남과 유모 만복 어미를 데리고 개성군 대흥산성에 이르러 어떠한 집 하나를 치우고 두류한 지가 벌써 십여 일이 되었더라.

대흥산성은 산중이라 더욱이 가을 경치는 이루 형언키 어려우니 단풍의 붉은 잎사귀는 골골이 물들었으며 산용수태(山容水態)의 절묘한 경치는 진짓 여름보다 절승하다 일컬을지라. 정욱조와 부인 이경자는 정남의 손을 이끌고 이 사이로 소요(逍遙)하니 자연 마음도 쾌락하며 천지자연(天地自然) 한 승경(勝景)은 경자의 몸으로 하여금 기허 간 건강(健康)을 회복하였던 고로 하루라도 일찍이 이곳을 떠나 경성으로 돌아오려 하더라.

슬프다, 이곳은 전일 경자가 서병삼(徐丙三)의 간계에 빠진 바가 되어 결백 무구(潔白無垢)한 이경자의 몸을 더럽혀 놓은 곳이라. 벌써 십 년 전 옛일이거늘 오늘날 이 경치를 대한 경자의 마음은 어찌 그때의 생각이 나지 아니하리오. 경자는 억지로라도 그 일을 잊고자 하나 자연히 이전 생각을 금하지 못하고 밤에 이르면 홀로 탄식하며 체읍하는 일도 있으며 또는 내려올 때에 부친의 말씀도 들었는지라. 그런 고로 하루라도 마음을 놓지 못하고 근심으로 지내는 일이 많으니 경자는 하루라도 일찍이 이곳을 떠나고자 하나 정욱조는 이곳 경치를 탐하여 용이히 돌아갈 생각이 없는지라. 일일은 기회를 타서 남편에게 말한다.

"영감, 서울은 언제 가실 테야요"

하며 의향을 물은즉

"나는 잠시 동안 이 세상 풍진을 잊어버리고 이런 경치 좋은 곳에

서 한양(閑養)을 하여서 그러한지는 모르지마는 신기가 요사이는 대단
히 좋아졌는데…… 언제든지 올라가려면 올라가겠지마는 부인의 병
은 아직도 쾌히 낫지도 못한데 그리하오"

"아─니요, 나는 벌써 병이 다 나았으니 염려하실 것 없어요. 영
감이나 더 계시고 싶으시면 나는 더 있으나 없으나 마찬가지니까 아무
상관은 없지요마는 집안일이 걱정이 되어서 그래요. 그리고 몸도 인제
는 다 나았으니까 자연 집 생각이 납니다그려"

"집안일이야 무슨 별로 큰 걱정할 일은 없는데 왜 그리하시오. 내
가 벼슬이나 다니는 것 같으면 모르지마는 나는 사무한신이요 무슨 그
다지 급할 일이 있소. 이런 좋은 곳에서 몸을 더 조섭하는 것이 좋지.
부인이 아직도 신양이 쾌복치 못한 것 같은데…… 아마 여기도 오래
있으니까 벌써 싫증이 나는 게구려"

"아니요, 싫증이 나서 그러는 것이 아니야요"

정욱조는 허허 웃으며

"그러면 장인이 별안간에 뵈옵고 싶은 것이지"

경자는 간신히 웃으면서

"흐흐, 뵈옵고 싶다면 무슨 변인가요. 그렇지만 그래서 그러는 것
도 아니고 집일이 궁금하여서 잠깐이라도 다녀왔으면 좋겠어요"

"정 그러하면 서울로 올라가도 좋겠소마는…… 나는 올라갈 마
음이 없는데…… 그러면 이번에는 부인 좋아하는 데로 다른 데로 갑시
다그려. 이곳은 차차 추워 오면 재미가 없을 터이니 겨울이 되어도 그
리 춥지 아니한 데로 가 보려오?"

"글쎄, 그렇게 하시면 좋겠어요. 여기는 그만큼 구경을 하니까 재
미도 없어요"

정욱조는 허허 웃으며

"그러게 내가 벌써 알았지. 여기 정녕 싫증이 난 게라니까"

경자는 고개를 숙이고 부끄러운 웃음을 띠며

"글쎄, 이곳이 염증이 났는지도 모르겠어요"

"응, 그렇지, 내가 바로 알았소. 그러나 한 삼사일 동안은 참아 주어야 하겠소. 내가 여기서 무슨 알아보고자 하는 일이 있으니까 그 일을 안 후에는 곧 서울로 올라가든지 그렇지 아니하면 다른 데로 가든지 합시다"

"그러면 아무렇게나 하지요"

경자는 자기가 꺼리고 염려되는 이곳을 떠나게 됨을 심히 기꺼워하여 이삼일 지나가기를 급히 기다리나 경자의 소원이 여의치 못하여 정욱조의 일행으로 하여금 이곳을 속히 떠나지 못하게 하고 가장 슬픈 일이 새로이 생겼더라.

37

이로부터 칠팔일 전 일이니 일일은 정남의 유모가 저의 볼일이 있다 하여 개성 읍내를 갈 때에 정남도 유모를 따라 한가지로 가고자 하는지라. 경자는 정남이가 오랫동안을 적적한 산중에서 동무가 없이 지냈던 고로 적적한 마음에 그러하나 하여 유모와 한가지로 보냈더니 유모는 정남과 개성 읍내에 이르러 머물 사이에 정남은 그곳 아이들과 섞여 이웃집에 가서 놀고 오래 돌아오지 아니하는 고로 유모는 사방으로 찾아서 볼일을 마친 후 대흥산성으로 돌아왔더라. 그때에 개성 읍내에는 마침 장감이라 하는 열병이 성행하여 정남이가 그곳 아이들과 가서 놀던 집에도 장감으로 신고하는 사람이 있었으나 그 유모는 전연히 그런 줄을 알지 못하였더라.

그러나 정남은 개성 읍내로부터 돌아온 후 수일 지나서부터 신기 불평하며 때때로 오한 발열이 났는지라. 정욱조의 부부는 대단 염려하나 학질 기운이 있어 그러함인가 하고 수삼 일 지나면 쾌복되어 경성으로 곧 올라가리라 하였더니 며칠을 지나되 종시 깨끗지 못한지라. 하릴없이 읍내로 사람을 보내 의원을 청하여 보이매 의원은 학질이나 그렇지 아니하면 감기 기운이라고 진찰하고 약방문을 내주며 일이 첩만 연복하면 낳으리라 하고 돌아간 후 그 이튿날 이르러는 더욱 병이 더하며 열기도 심한지라 또 의사를 청하여 보인 후 해열제(解熱劑)를 연복시키더라.

그 후 이삼일을 지나나 병세 더욱 침중하여 약은 써도 일점의 효험이 없고 저녁은 아침보다 중하며 오늘은 어제보다 열기 더하여 사십도에 이르렀더라. 어린아이의 몸은 점점 혼침하여 두통, 신열, 오한이 빈삭히 왕래하며 입에는 백태가 가득하여 음식은 조금도 대지 아니하고 눈을 감으면 섬어를 발하는지라. 정욱조의 부부는 크게 근심하며 더욱이 경자는 밤이면 잠을 이루지 못하고 간호하며 하늘을 우러러 정남의 병이 쾌복하기를 축원한다. 정욱조는 생각하되 이곳 시골 의원으로는 이 병을 만족히 고칠 기망이 없으니 차라리 서울 있는 단골 의원을 불러내려 보이는 것이 나으리라 하여 전보를 띄워 서울 의원을 청하였더니 답전 내에 '금야 출발 명일 도착'이라 하였더라.

이날도 아침부터 그곳 의원이 두 사람이나 와서 정남의 병세를

서로 의논하여 진찰한 후 두 의사는 조용한 방에 이르러

"지금 병을 보시니 당신 생각은 어떠하시오"

"글쎄 노형에게 처음 시초부터 오늘까지 병자의 지난 경과를 들었고 또 지금 내 손으로 자세히 집중을 하여 보니 내 생각에는 암만하여도 장감인 것 같소"

"옳지, 나도 그런 듯한 의심이 있어요. 그러나 이 산성에 있어서 장감이 날 리는 없고 지금 개성 읍내에서는 그 병이 더러 다니는 모양이니까 어느 때 어떻게 하여서 그 병이 전염되었는지. 어떻든지 당신 생각과 내 마음이 모두 일치한 모양이니 그러면 아주 장감으로 집중을 합시다"

"병 증세가 정녕 나는 장감으로만 알고 있는데……"

"정녕 장감인 줄을 알면 서 박사를 청하여 와야 하지 않겠소. 요사이 마침 읍내에 내려와서 있으니. 장감에는 그 서 박사 아니면 속히 고칠 도리가 없지"

"아, 서 박사가 지금 내려와서 있나. 그러면 우리가 공연히 애만 쓰고 있을 것이 아니라 그 서 박사의 혈청 주사(血淸注射) 하는 법을 썼으면 한번에 대강 낫지 않겠소"

"그렇지, 그러면 곧 정 협판과 의논하고 병자의 혈액(血液)을 조금 얻어 가지고 내가 그 서 박사 집으로 가서 시험을 하여 달라고 하겠소. 서 박사더러 감히 와서 현미경으로 시험하여 달라 할 수야 있소"

하며 두 의사는 다시 병실로 들어오니라.

38

　의원 두 사람은 한가지로 정남의 병실에 들어가니 방 안에는 정욱조의 부부가 서로 향하여 수심에 싸여 앉았는데 두 의원은 정욱조를 향하여 말한다.

　"지금도 자제 병환을 뵈었습니다마는 요사이 며칠을 두고 병을 진찰하온즉 암만 생각하여도 장감 같습니다. 그런 연고로 오늘은 영감께서 보시다시피 다른 의원, 이 사람까지 데리고 와서 진찰을 하였습니다마는 제 의견과 같이 부합하니까 장감인 것은 분명하오이다"

　정욱조는 아내를 향하여 눈살을 찌푸리며

　"장감이야요. 그러면 치료하기가 대단 어렵겠소그려. 더구나 이런 어린아이가 그런 중병이 들어서……"

　"아니올시다. 그다지 심려하실 것은 없습니다. 장감인 줄만 알면 치료할 재료가 있으니까 다른 열병과는 달라서 도리어 고치기 쉽습니다. 저희들은 그 치료하는 방법에 서투릅니다마는 서 박사의 장감 고치는 법은 참 신출귀몰하니까 우리 의학 사회에서는 정말 유명하오이다. 주사 한번이면 장감치고는 아니 낫는 일이 없지요. 그런데 그 의사가 지금 마침 송도 별장에서 한양하고 있으니까 정말 이런 좋은 기회는 없습니다. 영감께서 만일 승낙만 하시면 한번 그 서 박사를 뵈시고 오겠습니다마는 영감 의향이 어떠하신지요"

　정욱조는 이 말을 듣고 기꺼하여

　"아, 그러하면 한번 청하여다 보았으면 정말 다행하겠소. 서 박사가 마침 여기 내려와서 있기가 다행이오그려. 어려우시더라도 한번 힘을 써 주시면 좋겠습니다"

"예, 그러하실 의향이 계시면 지금으로 가서 그 서 박사를 뫼시고 오겠습니다"

서 박사라 하는 말을 듣고 문득 생각나는 바가 있는지 홀연 기색이 변하는 경자는 강잉히 태도를 침착히 하여 의원에게 묻는다.

"그 서 박사라고 하시는 이는 이름은 무엇이라고 하는 양반인가요"

의원은 다시 경자를 향하여

"예, 그 양반의 이름이오니까. 성명은 서병삼 씨라고 이르는데 여러 해 전에 동경에 유학하여 의술을 연구하다가 덕국으로 건너가서 다시 삼 년 동안을 세균학(細菌學)을 전문으로 연구하여서 그곳에서 박사의 칭호를 얻어 가지고 월전에 귀국하였는데 우리 의학계에서는 그중 고명하게 아는 사람이올시다"

경자는 이 말 듣기를 다하매 깜짝 놀라 부르짖는 소리가 입 밖에 나오려 하다가 간신히 진정하였으나 얼굴은 흙빛과 같이 되었는지라. 이때 경자가 만일 무병하여 평상 사람 같을 것이면 곧 보는 사람으로 하여금 의심을 일으키지 아니하지 못하였을지라. 그러나 요사이 자기의 몸에도 신양이 있거니와 그 아들의 병으로 하여 주야로 노심초사한 결과로 얼굴의 혈색은 걷히고 푸르고 흰 빛에 자연히 감추어졌던 고로 다행히 타인은 그 내용을 알지 못하였더라.

경자는 이윽히 마음을 진정한 후 남편을 향하여 원정이 나는 것 같이

"여보시오, 영감, 지금 그 서 박사라 하는 의원을 청하여서 뫼도 좋겠지요마는 조금 참으면 내일은 우리 집 단골 의원이 올 터이니 그 때까지만 참아서 하시면 어떠할까요. 그 서 박사라 하시는 의원은 주

사(注射)를 하여서 병을 고친다니 나는 어찌해서 그런지 무서운 생각이 나오"

정욱조는 아무 말 없이 앉아 있는데 그 옆에 앉아 있던 의사 한 사람이 경자의 하는 말을 변명하노라고

"여보십시오, 그렇지 않습니다. 혈청 주사(血淸注射)라 하는 것은 결단코 무서운 것도 아니고 위태한 것도 아니올시다. 서투른 사람은 혹시 주사를 잘못하여 정맥(靜脈)을 주사하여 위험한 일이 없는 것도 아니지요마는 서 박사의 주사하는 법은 터럭만치도 염려할 것은 없습니다. 주사 한번이면 반드시 병이 낫는 것은 저희가 담보라도 하겠습니다. 전일에 장감 병을 치료하던 방법으로 말씀하면 이 약을 써 보았다가 그 약이 맞지 아니하면 저 약도 써 보고 하여서 병을 집중 못 하여서 갈팡질팡하였지요마는 이 서 박사의 혈청 주사 하는 방법은 정말씀으로 신출귀몰하는 터이니 조금이라도 의심하실 것 없을 뿐 아니라 장감이라 하는 병은 본래가 세균(細菌)의 장난으로 나는 병이니까 이 박사의 여러 해 세균 전문한 수단으로 손만 대면 나을 걸 그리 염려하십니까. 조금이라도 염려가 있으면 무슨 까닭으로 권할 리가 있습니까. 두말씀 마시고 서 박사에게 이 병은 맡겨 버리십시오"

정욱조는 이때야 비로소 입을 열어

"아, 그렇고 여부가 있소. 여자라 하는 사람은 본래 마음이 약한 사람이라 무서운 줄로만 아나 확실히 집중한 이상에야 무슨 염려가 있겠소"

39

정욱조는 경자를 향하여

"부인은 무엇을 그다지 심려하시오. 분명히 병이 나을 증거가 있으면 그 외에 다행이 어디 있겠소. 서울서 우리 단골 의원이 온다 하더라도 기필코 나을는지 못 나을는지 알 수 없는데 다행히 이러한 고명하신 의사가 계시다 하니 그런 의사를 청하여다가 보지 아니하고 어찌한단 말이오"

경자는 숙였던 얼굴을 들지도 아니하고 기운 없는 목소리로

"예……"

정욱조는 거듭하여

"여보, 아이의 병이 지금 생사가 조석에 달렸거늘 부인은 혈청 주사(血淸注射)를 하기 싫어하니 그러하면 어찌하자는 소견이오. 아이를 죽일 작정으로 그리하시오. 부인의 마음인들 그럴 리야 있겠소"

경자는 숙였던 얼굴을 비로소 들며

"아니요, 그럴 리가 있겠습니까. 무슨 약이든지 하여 낫기만 하면 좋지요"

두 사람의 의사는 비로소 이 말을 듣고 반겨 말한다.

"그러하면 그 서 박사를 곧 청하여 오겠습니다. 그러하나 그 박사를 청하여 오려 하면 병인의 혈액(血液)을 조금 얻어 가지고 가서 그 피를 시험하여 본 후에 진정 장감인 줄을 알면 모르거니와 그렇지 아니하면 서 박사를 청치 못하겠사오니 자제의 피를 내어서 저희가 가지고 온 기계에 넣어 가지고 가면 대단 좋겠습니다"

하며 두 의원은 기계를 가지고 정남의 옆에 이르러 손가락을 찔

러 피를 내어 가지고

"인제 자제의 혈액(血液)을 받았으니까 지금으로 곧 개성 읍내 서병삼의 별장으로 가서 시험하여 본 후 정말 장감일 것 같으면 그 서 박사를 이리로 뫼시고 오겠습니다"

"참, 이렇게 근념을 하여 주시니 너무도 불안하오이다"

의사가 돌아간 후에 정욱조는 적이 안심하여 다시 그 아내 얼굴을 쳐다보며

"부인은 아직도 마음이 놓이지 아니하나 보구려. 내 생각 같아서는 정남이 병은 벌써 고친 것같이 마음이 놓이고 조금도 걱정이 아니 되는데 왜 그리 걱정스러운 얼굴을 짓고 있소"

"예―, 글쎄, 공연히 주사한다는 소리가 무서워서 그래요. 그렇지만 시험을 해 보아서 장감이 아닌 줄을 알면은 주사할 일은 없겠지요"

정욱조는 눈살을 찌푸리며

"그야 그러하지. 장감이 아니면 그 서 박사라 하는 사람이 당초에 올 까닭도 없고 왔다 하더라도 소용없는 일이 아니오"

"아니, 그러면 장감이 아니면 좋으련만……"

하며 입으로 말하는 것을 정욱조는 벌써 듣고

"허허, 지금 하는 말이 무슨 지각없는 말이오. 나는 도리어 장감이면 좋겠으나 만일 장감이 아니면 혈청 주사도 할 수 없고 하릴없을 모양이니 내 생각에는 장감으로만 진찰이 되었으면 좋겠소. 그리고 혈청 주사라 하는 것은 조금도 치료법이 위태하지 않은 것을 공연히 그다지 심려를 하는구려"

경자는 간신히 고개를 들어

"나는 어린아이만 구할 것 같으면 아무려나 상관이 없습니다. 어

서 서 박사라 하는 의원이 오셨으면 좋겠습니다"

하며 말하는 경자는 얼굴에 무슨 결단을 하는 모양이 보이나 정욱조는 깊이 유의하여 보지 아니하였더라.

정욱조가 밖으로 일어서 나간 후 지금껏 산란한 가슴을 억제하고 있던 경자는 이를 악물고 참던 울음이 홀연 치맛자락을 얼굴에 대고 느끼는 소리 들린다. 슬프다, 서병삼이라 일컫는 소리를 들을 때에 경자의 귀에는 벽력같이 울렸으리로다. 서병삼이라 하니 이 세상에 동성동명을 가진 다른 사람이 아닌가 의심하나 의사라 하는 말을 듣건대 분명한 전일 서병삼이라. 그 사람이 오늘날 의학 박사의 지위를 얻어서 의술 사회에 이름이 높을 줄 어찌 뜻하였으리오. 이 일은 진실로 꿈에도 생각지 못하였거늘 아―, 어찌하면 좋으리오. 지금까지 숨기고 숨겨 있던 죄상이 불과 기 시간 내에 살아 있는 증거물(證據物)과 한가지로 남편의 앞에서 탄로가 되리로다. 이 몸은 출생 이후로 무슨 천벌이 그다지 많이 있어 사랑하여 주시는 남편과 명재경각 한 어린아이의 앞에서 다시 전일 원수를 만나게 되니 비록 십여 년 동안이나 그 사람도 내 얼굴을 알 것이며 이 몸도 그 사람을 알아보니 그때에 이르면 그중에서 무슨 일이 나타날는지 모르겠도다.

40

이경자는 두 손을 얼굴에 댄 대로 정신없이 쓰러진다.

'이 몸이 어느 때든지 이러한 비참한 일을 당하리라 하여 근심하였더니 과연 오늘날 이르러 서병삼을 만나게 되니…… 어린아이의 병이 장감만 아니면 아니 오련마는 정남의 병이 장감이면 오히려 고치기 쉽다 할 뿐 아니라 의원이 두 사람이나 모두 장감으로 집증을 하였으니 필연 장감인 것은 분명한지라. 만일 그러하면 아무리 하여도 이 몸이 다시 서병삼을 만나 보게 될 것이요 나의 죄상도 그 시로 탄로될 터이니 이 몸이 이전 구습으로 내외나 할 것 같으면 외인이라고 보지 아니하여도 관계치 아니하련마는 전일부터 내외한 일도 없거니와 더욱이 영감의 성품은 예전 풍속으로 여자가 내외만 하고 집안에만 들어앉아 있는 것은 원수같이 미워하시는 고로 자식의 병이 위태한 때에 유독이 내외한다 함도 남의 의심을 일으킬 터이요 정남이가 병난 이후로는 더욱이 어미를 잠시도 떠나지 못하게 하니 좌사우량하여도 오늘이 비로소 이 몸의 운수가 진한 날이라. 이 몸은 그와 같은 죄악을 숨기고 행여나 탄로될까 하여 거짓말로 이 세월을 지내 왔으니 진소위 죄상첨죄라. 어찌 하늘이나 사람에게 용서 받기를 바라리오. 도리어 무식한 아녀자의 욕심이요 만일 하늘이나 사람이 이러한 죄에 벌하지 아니하면 도리어 공평한 이치가 천지간에 없다 일컬을지라. 이 몸은 오늘날 이르러 천벌을 입는 것이니 뉘를 원망하며 한하리요마는 저 서병삼은 그와 같은 잔인박행으로도 오늘날 의학 박사의 칭호를 듣고 사람에게 존경을 받으니 이 세상에 공평한 이치가 없다 할지라. 하필 이 몸만 오늘 이르러 하나님의 벌을 입게 되었으니 하늘을 우러러 원망도 할 것이요 땅을 굽어 부르짖으리로다. 그러나 이 몸의 슬픈 사정은 다시 풀어 줄 사람이 없도다. 이곳으로 내려올 때에 부친의 말씀이 몽사가 좋지 못하다 하여 심히 염려를 하시더니 과연 오늘 이러한 일을 당하려고 징조가 보인 것이요 내 마음으로도 이곳에 오기가 진정으로 싫은 것을 하릴없이 왔더니 그 일이 모두 지금 이르러 생각하니 명명하기 한이 없다. 그러나 부친이 또 말씀하시기를 다시 만나 보지 못하겠다 하시더니…… 설마 그런 일은 없겠지마는 만일 잘못하여…… 무슨 까닭으로 내가 다시 그 병이 발작되어 실성이라도 할 것 같으면…… 정남이는 지금 명이 조석에 왕래하였으니 다시 어미를 성한 얼굴로 보지 못하고 사별을 당하며 남편과도 헤어지게 되면……'

하며 몸서리를 친다. 다시 경자는 얼굴을 들어 실낱같은 숨이 붙어 있는 정남의 얼굴을 들여다보니 이때에 정남은 괴로움을 이기지 못하는 목소리로

"어머니―, 아이고, 아파, 냉수 좀 주―, 냉수 좀 주……"

경자는 그 모양을 보고 흐르는 눈물을 금치 못하며

"오냐오냐, 내 물 주마―, 응"

하며 머리맡에 있는 오미자 물을 사시로 떠서 입을 축여 주며

"오―, 아프냐, 응, 아마 대단히 아프지, 응, 정남아"

울음에 떨리는 입술에 힘을 다하여

"너도 괴롭겠지마는 네 어미는 지금 창자가 끊는 듯한 괴롬을 당하고 있다. 너는 몇 시간 동안만 괴로움을 참고 있으면 고명한 의사가 와서 네 병을 고쳐 줄 터이니 너는 그 괴로움이 잠깐 동안이다마는 네 병이 낫는 때에 네 어미는 너와 서로 생리사별(生離死別)이 될는지도 모르겠구나. 너의 아버지는 아무리 미운 어미의 자식일지라도 서로 피를 나눈 자식이라 설마 너까지야 나와 같이 이별하겠느냐마는 이후에 어미가 없거든 행여 너는 어미 생각을 하지 말고 아버지를 잘 섬기고 아버지의 교훈을 잘 들어서 이후 장성하거든 좋은 사람이 되어 다고. 네가 그렇게 되어 주면 이 어미는 황천에 돌아가더라도 웃음으로 날을

보내겠다"

하며 말을 다 마치지 못하고 눈물이 가려 어린아이 얼굴이 보이지 아니한다. 경자는 두 손으로 얼굴을 가리고 길게 한숨지으며

'아, 내가 이 근심을 잊으려면 차라리 한마음을 결단하는 것이 나으련마는 그러하면 우리 부친이 불쌍하여 오늘날까지라도 부친을 위하는 마음으로 부친 생존 중은 무슨 일이 있더라 하여도 그런 마음을 먹지 아니하고 부친을 위로코자 하여 전일에 지은 죄도 아무쪼록 탄로치 않기를 원하였더니 오늘 와서 벌써 일이 이 지경에 이르렀으니 다시 어찌할 수도 없고 늙으신 부친께서는 홀로 탄식하실 일이 뼈가 저리고 살이 아프게 슬퍼 못 견디겠으니…… 아―, 내가 무슨 까닭으로 내 몸을 버리던 이곳에 다시 와서 그 사람을 만나게 되니 이것도 명명하신 하나님이 죄인에게 벌을 내리시노라고 하심이라. 이제 이르러서는 슬퍼하여도 쓸데없고 원통하여도 쓸데없고 다만 내 마음이나 가다듬어 결단하려니와 단지 이 어린 자식을 두고 어찌 발길이 돌아서…… 아, 정남아, 너는 왜 이런 병이 들었더란 말이냐'

수척한 어린아이 얼굴 위에 더운 눈물 두서너 방울이 뚝뚝 떨어진다.

41

이제 비로소 의사가 들어오는지 문밖으로부터 사람의 발자취 나며 남편과 한가지로 수작하는 소리가 들리니 이는 의심 없는 서병삼의

목소리라. 경자는 홀연 얼굴이 파랗도록 질리며 가슴이 내려앉아 몸을 어찌할 줄 모르다가 다시 생각하되 내 몸이 이미 이 지경에 이르렀으니 차라리 운수의 하는 대로 맡겨 두리라 결심하고 정신을 가다듬어 천연한 기색을 보이더라.

홀연 방문이 열리며 처음부터 병을 치료하던 의사와 정욱조가 앞으로 서서 들어오며 그 뒤에는 의학 박사 서병삼이 들어오는데 십 년 전의 얼굴은 그대로 있으나 입에는 수염이 흩날려 잠깐 보매 연치가 사십 가까웠다 하여도 가할러라.

그 얼굴을 한번 보매 경자는 정신없이 고통 하는 정남의 손을 쥔 채로 고개를 숙이고 맥없이 앉았으니 전일 세상일을 자세히 알지도 못하던 처녀 시절에 자기를 장중에 희롱하는 꽃을 만들었다가 다시 내쳐버려 조금도 돌아보지 아니하고 무정 각박하여 찬 얼음 같은 그 눈과 자기의 눈이 서로 마주쳤다. 그러나 경자는 지금 이르러 이미 십 년 이전에 철모르던 여학생이 아니요 이제는 세상의 모든 풍파와 고락을 맛보아 단련한 몸이라 마음을 다시 단단히 먹고 조금도 겁 하는 기색이 없다. 처음부터 다니던 의원은 서 박사와 한가지로 자리에 앉으며 경자를 향하여 서병삼을 소개한다.

"이 양반이 서 박사올시다. 그런데 아까 제가 가지고 갔던 피를 시험하여 본즉 과연 장감인 줄을 분명이 알았삽는 고로 이 어른을 뫼시고 왔습니다. 이 어른이 인제 오셨으니까 자제 병환은 걱정하실 것 없이 쾌차될 터이오니 너무 염려 마십시오"

경자는 냉담한 태도로

"이렇게 멀리 와 주시니 너무 감사하오이다"

하며 간신히 인사를 마치매 서병삼도 또한 인사를 마쳤더라. 그

러나 서병삼은 벌써 이경자인 줄을 마음으로 짐작하고 내념으로 생각하되

'저 사람이 여학생 시대와 다르고 점잖은 사부가의 부인이 되었으니 어찌 천만의외가 아니리오. 그러나 지금 잠깐 보건대 경자는 눈에 두려워하는 기색이 나타났으며 정욱조가 나의 이름을 듣고 나의 얼굴을 보아도 조금도 다른 기색이 아니 보이니 이는 필연코 경자가 전일에 나와 한가지로 관계한 일을 숨기고 이곳으로 출가함이 분명한지라. 이는 진실로 불기지회요 기이한 일이니 한번 다시 경자를 내 수중에…… 십 년 이전부터 나의 아내로 있던 사람을 남에게 맡겨 두는 것은 대단 불가할 뿐 아니라 이 넓은 천지에서 어디가 없어 이 대흥산성에서 다시 만나게 되니 이는 진실로 기이한 인연이로다'

하며 서병삼은 혼잣말한다.

그러나 서병삼은 자기의 직무로 하여 이곳에 왔는지라 다시 마음을 돌이켜 병으로 누워 있는 어린아이에게 주의한다. 본래에 서병삼이라 하는 사람은 사람의 따뜻한 정이라 하는 것은 없고 냉혹 참인(冷酷慘忍)한 마음을 가져 있으나 한갓 자기의 직무에 대하여는 어떠한 것이라 하여도 희생에 공하는 성질이 있는지라. 그러므로 서병삼이 지금 이르러 의술 사회에서 이름이 나타남은 자기의 고유한 재주와 그 특별한 성질이 있는 연고라. 지금 정남의 병세에 대하여 자세한 말을 들으며 자세히 진찰할 때에는 가장 침착한 태도로 비록 옆에 사람이 있으나 병자와 자기의 두 몸만 있는 것같이 주의하여 진찰하니 이것이 진짓 이 서병삼의 성질 중 아름다운 것이러라.

42

서병삼은 아이의 병을 진찰하기를 마치고

"참, 대단히 위중하외다그려"

정욱조는 그 말을 듣고 염려되어

"병이 너무 한도에 넘어서 약을 쓸 도리가 없지 아니한가요"

서병삼은 수염을 좌우로 쓰다듬으며

"병으로 말하면 아주 극도에 달하였습니다마는 주사(注射) 한 번만 하면 염려 없이 쾌차합니다"

"예—, 그렇습니까. 너무 감사하오이다"

서병삼은 가방으로 좇아 자기의 연구한바 혈청 주사(血淸注射)라 하는 기계를 내어 병자의 상각부(上脚部)를 정하게 씻은 후 한 개의 주사를 하였더라.

서병삼은 다른 의사를 돌아보며

"인제 주사를 하였으니까 병근은 없어질 터이니 그 후에 쓰는 약은 노형이 생각하여서 보혈지제로 쓰시오"

"예—, 그렇게 하겠습니다"

서병삼은 다시 정욱조를 향하여

"열기는 오늘 밤 안으로 없어질 터이요 내일부터는 두통과 백태와 설사도 걷힐 것이오나 이후에는 소복시키는 데 대단 주의를 하셔야 할 터이니까 그 주의하실 조건은 영감께 말씀하느니보다 부인 되시는 어른께 말씀을 자세히 하여 두어야 하겠습니다"

정욱조는 희색이 만면하여

"선생님의 덕택으로 이 자식의 목숨을 건졌으니 이런 고마운 은혜는 도무지 없겠습니다"

정욱조는 다시 그 아내를 돌아보며

"이 어른께 말씀을 자세히 들어 두시오"

경자는 서병삼을 향하여 공손히

"자식의 병을 이렇게 구해서 주시니 너무 감사하오이다. 이후에
조섭시키는 일도 자세히 가르쳐 주시면 하라시는 대로 행하겠습니다"

조금도 사색이 없이 모르는 사람에게 향하여 말하듯이 말하는 경
자의 얼굴을 서병삼은 희끗 바라보며

"예—, 그 말씀도 인제 하겠습니다마는 지금 잠깐 뵈오니 부인께
서도 신색이 대단 좋지 못하신 모양이니 자제 병으로 너무 심려를 하
셔서 그러하신지는 몰라도 내가 뵈옵기에는 다른 신양이 계신 것 같소
이다"

경자는 고개를 숙이고

"어린놈의 병으로 해서 자연 심려를 하였더니 그러한 것이지요.
별로 다른 병은 없습니다"

저간 그 두 사람 사이에 은복하여 있는 자세한 사실을 알지 못하
는 정욱조는 얼른 대답을 한다.

"그 말씀이 옳습니다. 보시는 바와 같이 내 내자라 하는 것은 본
래부터 몸이 충실치 못해서 일상 잔병이 몸에서 떠날 사이가 없는데
이곳으로 오기는 내자의 병으로 하여서 산수 좋은 데서 좋은 물과 신
선한 공기를 마시게 하면 좀 차도가 있을까 하고 이리로 내려왔더니
조금도 차도는 보지 못하고 의외 어린놈이 이렇게 중병이 들었습니다
그려. 노형께서는 부인과(婦人科)는 진찰하시지 아니하실 터이니까 좀
보아주십시사고 원할 수도 없고……"

"아, 그러하십니다그려. 암만해도 얼굴을 뵈오니까 병색이 있는 것 같아서 아까도 한 말씀이올시다. 그러나 나는 지금 와서는 전염병(傳染病)을 전문으로 연구합니다마는 전일에는 부인들의 병도 보아 준 일이 있으니까 만일 의향이 계실 것 같으면 잠깐 진찰하여 드려도 관계가 없을 듯하외다"

하며 경자를 곁눈으로 흘끗 건너다본다.

경자는 고개를 숙이고 공순한 말소리로

"말씀은 너무 고맙습니다마는 내일이면 서울 우리 집 단골 의원이 올 터이오니까 그 의사하고 한번 의논하여 보고서 말씀을 여쭙겠습니다"

정욱조는 눈살을 찌푸리며

"왜 또 그렇게 고집을 세우고 있소. 다행히 서 박사께서 여기 와 계시니 이런 좋은 기회를 놓치고 어떻게 하려고 그리하시오"

서병삼은 점잖은 태도로

"아니요, 결단코 억지로 권하는 것은 아니올시다. 서울서 유명하신 의원이 내려오신다니까 나 같은 사람이 어찌 진찰하게 할 수 있습니까. 그것은 부인께서 의향대로 하시고 자제 병에 대하여서는 특별히 명심하실 일이 여러 가지가 있으니까 조용한 방이 있으면 그리로 가셔서 자세히 들어주시면 좋겠습니다"

마음에 결단한 바 있는 경자는 조금도 주저하지 아니하고

"예, 그러면 저편에 조용한 방이 있으니 그리로 가셔서 말씀을 하여 주십시오"

하며 경자는 먼저 일어서서 서병삼을 인도하여 다른 방으로 건너간다. 그러나 이 두 사람의 담화가 다만 정남의 병만 위하여 함인지 경

자의 운명이 오늘 이르러 판단이 되는지 가슴은 전율하나 억지로 마음을 가다듬어 단단히 먹고 서병삼을 한 방 안으로 인도하여 두 사람이 들어간 후는 문을 닫치고 사면이 고요하다.

43

이경자는 서병삼을 인도하여 고요한 방 안에 좌정한 후 경자는 다시 공손한 언사로

"어린것의 병을 이렇게 고쳐 주시니 감사하온 말씀은 이루 무엇이라 여쭐 말씀이 없습니다. 이후 소복시키는 데 대하여서 일러둘 말씀이 있다 하시니 무슨 말씀인지 자세히 일러 주시면 그대로 시행하겠습니다"

서병삼은 가벼이 점두하여 한번 예하며

"부인께서 그다지 과히 치사를 하시니까 이 서병삼의 마음에는 도리어 황송하오. 옥동 같은 아드님을 두시고 장중보옥같이 총애하시는 것을 생각하니 내 마음에 정말 부럽소이다. 세상에 사람치고 자식 사랑 아니 하는 사람은 없으니까, 홍"

경자는 예사로이 대답한다.

"예, 그 말씀이야 다 이를 말씀이오니까. 그런 말씀은 그만두시고 아이 병에 대한 말씀이나 하여 주시면 좋겠습니다"

서병삼은 비웃는 모양으로 웃으며

"응, 여보, 부인, 내가 지금 당신을 이리로 청하여 가지고 온 것은

어린아이 병을 위하여서 청한 것이 아니라 따로이 내 일이 있어서 그리한 것이오. 아이 병은 다른 의사에게 내가 단단히 말하여 둘 터이니까 부인에게까지 말씀 아니 하여도 좋소"

하며 말을 마치고 한참 동안이나 경자의 얼굴을 바라보더니 급히 어투를 변하여

"여보시오, 정 협판이라 하는 사람은 당신의 두 번째 얻은 남편이지요"

경자는 다시 놀라는 기색도 없고 겁 하는 모양도 없이 냉담한 태도로

"그 말씀은 어찌하여 하시는 말씀인지는 모르겠습니다마는 아마 당신이 잘못 생각을 하시고 말씀인 듯하오이다. 내가 지금 남의 정당한 아내가 되어서 있는 것이 이번이 처음이요 또 마지막이오. 가령 이번 남편이 두 번째 얻은 남편이라 하기로 당신께야 무슨 관계가 있어서 이 말씀이오"

서병삼은 경자가 전사는 모르는 체하고 타인에게 대하여 말하듯이 하는 모양에 얼마큼 분기가 격동되었는지 무릎을 앞으로 내밀어 앉으며

"여보, 정 부인 마님, 이 서병삼이라 하는 사람의 정신은 결단코 당신 같지는 아니하오. 그것이 아마 벌써 십여 년 전 일인가 보오마는 그때에 어떠한 아름다운 숙녀(淑女)에게 애정을 다하여 아내로 알고 있던 당시의 학생 서병삼을 아마 잊어버렸나 보오그려. 그러나 그때에 서병삼이라고 일컫는 즉 이 사람은 그때에 아내로 정하였던 그 여자의 얼굴이 지금도 눈에 밟히고 마음에 가득한데 혹시 내 눈의 동자가 틀렸으면 모르겠으되 만일 그렇지 아니하면 지금 나는 그때 여학생으로

있던 이경자라 하는 여자와 수작하고 있는 줄 아는데……"

서병삼이 가장 비웃으며 후욕하는 모양으로 자기를 바라보는데 경자도 자연 심사 격앙하여

"예, 내 이름이 이경자는 이경자올시다마는 나는 당신에게 속아서 목숨까지 버리고자 하던 계집이오. 그런데 지금 당신은 나를 아내로 알고 있었다 하시니 그런 말씀을 어찌 입으로 하십니까. 그때에 당신 말씀이 처음부터 내가 그대를 아내로 삼고자 함이 아니라고 하시던 생각은 못 하십니까. 나는 진정으로 당신을 백년을 같이 지낼 남편으로만 알고 교당에서 결혼한 것도 진정한 혼식으로만 알았더니 그 일이 모두 물 위의 거품으로 허사가 되고 단지 당신의 독한 수단에 속을 뿐 아니니 당신도 아마 잊으셨을 리는 없지요마는 이 몸은 그로 하여 이 세상에서 살아 있을 때까지는 괴로움을 받을 터이요 저 처신 잘못한 천벌도 받을 줄 압니다. 당신도 적이나 마음에 인정이라 하는 물건이 있을 것 같으면 이 불행한 신세를 가엾고 불쌍히 여겨 주시는 것이 오히려 도리에 옳을 듯하지요"

하며 서병삼의 행동을 면박하매 서병삼은 더욱 안광에 분기를 띠며 무슨 말을 하려 할 즈음에 경자는 다시 슬픈 기색이 나타나며 오열하는 음성으로

"그러나 대체 당신이 무슨 일로 나를 이리로 청하셨소. 인제는 나와 당신과는 터럭 끝만치라도 관계가 없는 남남이올시다. 그때로 말하더라도 내가 당신을 끊은 것도 아니요 당신이 억지로 나를 끊어 버린 일이니까 지금이야 길에 지나가는 타인과 마찬가지지요. 다만 나는 제가 행실을 잘못 가진 것을 뉘우치고 조금이라도 지금은 당신을 원망치 아니합니다. 이 몸은 전일 잘못한 죄로 일평생을 고통으로만 지낼 불

쌍한 계집이올시다. 당신이 나를 이리 불러 가지고 오신 것은 이 위에 더욱 곤란을 주려고 하시는 뜻인가 보오이다그려"

44

"여보, 정 협판 부인, 지금 당신 말씀은 신세가 불행하다 하시나 내 눈으로 보기에는 대단히 팔자 좋게 지내는 것 같은데. 그러나 나 같은 사람을 남편으로 얻었더라면 일생을 파묻혀서 세상을 보냈을 것을 명예 있고 지위 있고 재산 많은 정 협판의 집에 와서 걱정 근심 없이 세월을 보내니까 아마 당신 마음이 만족하실 줄도 아오. 그러나 당신은 말이 불행한 몸이라 하니 그 이허를 이 서병삼이란 놈은 알 수 없소"

하며 경자의 얼굴을 뜻이 있는 것같이 들여다본다. 서병삼은 이미 경자가 지나간 전일 사정을 숨기고 정욱조에게 출가한 줄을 짐작하고 경자가 가장 겁 하는 곳을 들춰내고자 한다. 경자는 고개를 숙이고 묵묵히 앉았는데 서병삼은 다시 소리를 높이 하여

"여보, 부인, 사람이라 하는 것은 외양으로만 보아서는 그 사람의 마음을 알지 못하는 것인 고로 그대가 근심으로 세월을 보낸다 하는 말이 진정한 말일 것 같으면 나도 대강 깨달을 일이 있소. 그러면 여보, 그대가 전일에 지낸바 일은 정 협판에게 숨기고 있는 것이 분명하구려"

경자는 그 말에 깜짝 놀라매 서병삼은 경자의 놀라는 얼굴을 보고 사실을 십분이나 짐작하였더라. 서병삼은 입을 다시 열어

"그대가 만일 전사를 정 협판에게 바른대로 고하고 그 허락을 받

아 가지고 부부로 사는 터일 지경이면 조금이라도 근심을 가지고 이 세상을 보낼 리가 없는데…… 그만하면 나도 알겠소. 그러니까 지금 그대의 사정이 잠깐 비유하여 말하면 날카로운 작두 위에 벗은 발로 올라서서 춤추는 무당과 한 격이오그려"

경자는 대답 없이 다만 길게 한숨만 짓고 있다.

서병삼은 다시 목소리를 나직이 하며

"그러나 여보시오, 부인, 당신의 사정을 가만히 생각을 하니 참 가엾소. 당신의 근심 되는 까닭도 내가 다 짐작하오. 당신을 그와 같이 근심 되도록 만들어 놓은 사람은 모두 이 서병삼의 잘못이오. 지금 내가 그 사정을 안 이상에는 내가 어디까지든지 힘을 다하여 단정코 그대의 근심하는 몸을 구원하여 주오리다. 여보, 그 구원하는 방법을 지금 내가 말하오리까"

경자는 혈색 없는 얼굴을 간신히 들고

"구원을 해 주신다 하니 어떻게 하겠다시는 말씀이오니까"

"그 말은 다른 것이 아니라 막 잘라서 말하면 정 협판하고는 이혼을 하고 다시 서병삼의 아내가 되게 하라는 말이오"

경자는 홀연 변색을 하며

"당신은 참 말할 수 없는 양반이오. 그래도 부족하여서 이 위에 또 나를 조롱하고 욕을 보이려고 그러하십니까"

"아—니요, 결단코 내가 당신을 욕보이고자 하여서 하는 말이 아니라 어디까지든지 당신의 몸을 구하려고 하는 마음이오. 이 서병삼도 이전같이 지각없는 사람이 아닌 고로 내가 오늘날까지 그대에게 대하여 무정히 하던 죄를 갚기 위하여서 이번에는 남편 된 직책을 다하여서 그대를 더욱 사랑할 터이오"

경자는 분한 마음에 눈물을 씻으며

"당신은 정말정말 담대한 말씀도 하십니다. 나도 인제는 전과 같이 세상을 모르는 여자가 아니요 떳떳한 남편을 뫼시고 있는 몸인데 그런 더러운 소리는 듣기 싫습니다. 만일 그런 무례한 소리를 하실 터이면 나는 저 방으로 가겠습니다"

서병삼은 더욱 혹독한 목자를 두르며

"저 방으로 갈 터이거든 어서 가시오. 그러면 나는 직접으로 정 협판과 담판을 하고 그대를 데려갈 터이니 그런 줄 알고 어서 저 방으로 가오"

경자는 일어서려 하다가 일어서지도 못하고 산란한 심사가 그 자리에서 소리쳐 한없이 통곡을 하고 싶으나 사람의 체면을 보노라고 억지로 분한 울음을 참고

"그것이 무슨 억지의 말씀이오니까. 당신은 요조숙녀 같은 권씨를 아내도 두시고 왜 이리 사람을 괴로이 구십니까"

"응, 있기는 있었지요. 그러나 작년에 그만 죽었다오"

"예, 그이가 죽었어요. 에구머니나"

45

서병삼은 경자의 놀라는 얼굴을 바라보며

"그 사람은 벌써 작년 가을에 죽었소. 아마 당신 마음에는 시원하겠지요. 그 사람은 해산할 제마다 항상 위경으로 지내더니 세 번째 해

산을 하고는 인하여 죽었는데 내 힘으로도 어찌할 수가 없어서 그만 죽었소마는 그 사람은 죽은 게 제 팔자에는 오히려 편할는지도 모르지요. 본래 성품이 어떻게 투기가 많은지 조금만 하여도 샘을 하니까 나도 어떻게 제어를 할 수 없이 진정 못 견디겠더니 저도 이 세상의 재미라 하는 것은 알지도 못하고 죽었으나 지금 지하에 가서는 오히려 마음이 편안하게 길게 잠들어 있을 듯하오"

서병삼의 그 말을 들으매 비록 당장에 서로 다투던 사일지라도 다정한 이경자의 마음은 죽은 사람을 위하여 비창한 마음을 금치 못하며

"아, 그이가 돌아갔단 말씀이오니까. 아이고, 가엾어라"

하며 아름다운 동정심을 표하며

"그러니까 당신은 그이에게까지 못할 노릇을 하셨습니다그려"

"천만에, 내가 왜 못할 노릇을 할 리가 있소. 제가 명박하여서 죽은 것이지. 자—, 지금 내 사정이 그러하여서 이 서병삼은 지금 홀아비로 있으니까 아무리 생각하여도 다시 속현을 해야 하겠는데 그대가 있는 바에야 따로 다른 곳에 구할 필요가 없으나 그대는 또 정신 차릴 일이 있소. 다른 일이 아니라 그대는 남편이라 하는 물건을 두고 다시 시집을 간 모양이니 만일 내가 탄하여 말을 하면 그대는 무슨 말로 대답을 하려 하오"

하며 깊은 뜻이 있게 말하는데

"예, 내가 남편을 버리고 다른 데로 시집을 가요. 그게 어떻게 하시는 말씀입니까. 내가 당신의 아내도 아무것도 아니요 당초 알지도 못하는 타인과 다름이 없는데 그 말씀이 웬 말씀이오. 나는 그때에 차라리 죽어 모르려 하여 이 세상을 떠나려 결심하였던 고로 최후에 당신이 보내신 이혼하시던 편지를 모두 없이하였지마는 당신의 필적으

로 이혼하는 글발을 보내시지 아니하였소. 그뿐도 아니라 교당에서 결혼한 것은 모두 거짓 것이라고 정녕히 말씀하시고 이제 이게 무슨 말씀입니까"

서병삼은 꾸며 대는 말로

"응, 그러하지, 이혼장도 써서 주었고 결혼도 거짓으로 한 일이라고 말은 하였소. 그러나 암만 이혼장을 하여 주었더라도 지금 와서 내가 그런 일이 없다 하면 그만이요 또 거짓 결혼이라 하였으나 그것은 그때 임시변통하여서 하는 말이지 지금이라도 그 교당 일기책에 나와 당신 두 사람의 성명이 부부가 되었다고 씌어 있으면 어찌할 터이오. 나는 그것을 증거로 삼아 가지고 송사를 일으킬 수도 있소"

하며 입에서 나오는 대로 연약한 여자의 가슴을 협박하니 경자는 겁을 품고 몸을 떨며

"그것은 전혀 거짓 말씀이올시다. 오늘 와서 이런 말씀까지 하실 줄은 몰랐지요. 어찌하면 이런 사갈 같은 독한 말씀을 하십니까. 전일에는 교당에도 치부도 올리지 아니하고 아무 증거가 없다고 하시더니…… 어쩌면 이런 박절한 말씀을 하십니까"

"그때에 그렇게 말한 것은 잠시간 고식지계로 말한 것이지……"

"그렇게 말씀을 하시고 보면 당신이 오히려 송사를 하더라도 이기지는 못하시리다. 그때는 귀밑머리를 마주 푼, 부모가 결혼하여 주신 아내를 두고도 남의 집 처자를 속여 몸을 버려 놓았으니 죄로 말하면 당신이 더 중하겠지요"

서병삼은 그 말은 대답지 아니하고 다른 말을 집어내어

"내가 지금 하는 말은 다른 말이 아니라 지금이라도 그 교당에 있는 기록에 만일 내 이름과 그대의 이름이 씌어서 모년 모월 모일에 결

혼식을 거행하였다 하는 필적이 있는 것을 지금 정 협판이 한번 보게
되면 무엇이라고 하겠소? 어떻든지 그대는 지금 몸이 위태한 곳에 있
는 고로 그 위태한 것을 구원하여 주고자 하니까 자연 과도한 말도 나
오는 것이지…… 그대만 하더라도 잠깐 생각을 하여 보시오. 지금 그
대는 비밀한 사정을 숨기고 정 협판에게 사랑을 받고 있으나 그대에게
대하여는 극히 원수라도 할 만하고 도척이라도 할 만한 이 서병삼이가
이 세상에서 떠나가기 전에는 잠시라도 그 근심을 잊을 날이 없을 터
이니 다만 그대가 안신 입명(安身立命)할 곳을 얻으려 하는데 한 방법
이 있으니 그것은 다른 것이 아니라 전일 남편에게로 다시 돌아오는
것이 제일 상책이라 하오. 이 일은 그대만 마음을 그렇게 결단하면 정
욱조와 인연 끊기는 아주 지이한 일이오"

경자는 떨리는 목소리로

"당신에게 다시 가려면 이런 근심은 아니 하고 지내게요. 길이 아
니면 가지 말라고, 말이 아니니까 탄치도 아니하겠습니다마는 그런 더
러운 소리는 다시 하시지 마시오"

"흥, 대단히 수작이 강경하군. 정 그렇게 말하면 나는 내 마음대
로 할 밖에 없소. 나는 다른 사람 열을 보느니보다 정 협판을 한 번만
보았으면 일이 얼풋 결말이 날 터이지"

하며 눈초리로 경자를 흘겨보나 경자는 몸을 조금도 움직이지 아
니하고 고개만 숙이고 대답이 없다.

서병삼은 다시 무슨 생각을 하였는지

"옳지, 내가 한 가지 잊은 일이 있소. 그중 긴한 말을 아니 물어보
았구려. 다른 말이 아니라 내 자식은 그간 어찌하였소. 들으니까 용산
강변 어떠한 사람의 집에서 낳았다고 하더니 그 후에 어찌 되었소. 자

세히 가르쳐 주시오"

경자는 홀연 모골이 송연하며

"알 수 없어요"

46

경자는 무거운 고개를 간신히 들어

"그러나 용산서 내가 해산한 일은 어찌 아셔요"

서병삼은 경자의 묻는 말을 도리어 이상스러이 여기며

"그것을 내가 모를 리 있소. 그대 아버지께서 우리 시골까지 내려
오셔서 우리 부친과 담판을 하시고 그 아이 양육비(養育費)로 돈 이천
원을 드렸는데 그때는 내가 마침 신혼여행으로 외방에 가서 있을 때인
고로 나는 보지 못하였거니와 그대가 모를 리가 있겠소"

이 일은 경자가 이제 비로소 처음 듣는 말이라 깜짝 놀라

"아, 그 말씀이 정말씀이오니까"

서병삼은 경자가 그 일을 전혀 알지 못하는 모양을 보고

"응, 그 일은 그대의 부친께서 권도로 속이고 말씀 아니 하셨는지
도 모르겠지마는 그 아이 양육비로 돈 이천 원 드린 것은 적실하오"

경자는 자기의 부친이 속이고 말 아니 한 일을 새로이 원망하며
지금 한방 안에서 서로 대좌하여 있는 사람의 혈속을 낳았던 그 당시
를 멀리 생각하매 가슴이 막혀 말을 이루지 못하고 초연히 앉았으매
서병삼은 다시 말을 거듭하며

"까닭이 그렇게 되었던 고로 용산 강변에서 사내아이를 낳은 줄을 내가 알았고 그뿐이 아니라 그 후에 그대가 어린아이를 죽이려고 하던 일까지 다 알았소"

경자는 놀라는 즈음에 홀연

"애고머니"

하는 말이 저절로 입 밖에 나옴을 깨닫지 못한다. 서병삼은 냉연히 앉아서

"그 말은 그대 부친께 들은 말씀이 아니라 그 후에 오정당에게 들은 말이오"

서병삼의 말하는 것이 일일이 경자로 하여금 놀라게만 한다.

"아, 오 선생님께 들었어요?"

"그것도 오정당이 직접으로 안 것이 아니라 그 후 이태쯤이나 지난 후에 오정당이 어디서 우연히 그대가 사직골서 집을 정하고 있을 때에 상직잠 자던 노파를 만나서 그 말을 들었노라고 말을 합디다"

경자는 다시 한숨짓고 고개를 수그린다. 비웃는 모양으로 경자를 바라보며 서병삼은

"응, 그것은 내가 미우니까 자식까지 미운 마음이 나서 죽이려 하기도 괴이치 않은 일이오"

"아니야요, 그런 일이 아니라 그때는 병으로 해서 정신이 없어지고 거의 미쳤던 때니까 그래서 그런 일을 하였던 것이지 아무리 밉다 하기로 자식을 죽이는 부모가 어디 있겠습니까. 그때는 진정으로 당신을 원망하는 마음이 심하여서 인해 그 병이 났었지요"

서병삼은 다시 말을 친절히 하며

"그처럼 내 생각을 하여 주시던 부인이니 그 아이를 위하여서 다

시 그 모친을 얻고자 하는 이 서병삼의 원을 맞추어 주시면 좋지 아니하겠소. 조금이라도 그대가 모자지정이 있을 것 같으면 내가 정 협판에게 담판을 하여서 당신을 데리고 갈 터이니 그 말이 어떠하오”

경자는 터지는 듯한 가슴을 참다못하여 두 손으로 얼굴을 가리고 눈물을 흘리며

“그게 무슨 말씀이오니까. 당신은 조금도 인정이라는 것은 없는 양반이올시다그려. 꿈에라도 자비지심이 있는 양반이거든 지금까지 당신으로 하여 하루도 즐거운 세상을 보지 못하고 천벌을 입고 있는데 이 위에 더한 설움을 주려 하시니…… 조금이라도 이 몸의 사정을 가련히 여겨 주시오. 지금 뫼시고 있는 이 남편도 언제까지든지 나의 전일 죄과를 숨기고 의 아닌 영화를 탐하려 하는 그런 못된 마음은 조금도 없습니다. 다만 늙으신 부친을 위하는 마음과 어린 자식 정남을 생각하여서 귀치 아니한 세월을 보냅니다…… 이 사정을 좀 생각하여 주십시오. 단지 그로 하여 그리하는 말씀이오. 조금도 제 몸에 유익코자 하여 하는 것은 아니올시다. 나는 몸은 이렇게 살아 있어도 마음은 벌써 썩어 재가 되었습니다”

서병삼은 가만히 앉아서 듣기를 다하더니 홀연 눈을 부릅뜨며

“흥, 그러하겠지. 어린것을 보아서 용서하라는 말인가 보오마는 부모치고 자식 생각 아니 하는 사람이야 어디 있겠소. 당연히 그러할 일이지. 그러하지마는 어떤 자식을 못 잊겠다 하는 말이오. 지금 병상에 누워서 앓는 아이만 그대의 아들이지 십여 년 전에 용산 강변에서 낳은 자식은 그대의 아들이 아니오. 서병삼의 자식은 아무렇게 되든지 정욱조의 자제만 부귀 장수하였으면 좋겠다 하는 말이오그려. 그런 편벽된 마음을 가지고 동정을 표하여 달라 하니 어떻게 내가 동정을 표

할 마음이 나오겠소. 이것은 내 말이 억지인가 당신의 말이 억지인가 가만히 좀 생각을 하여 보시오"

가슴을 뚫는 듯한 서병삼의 말 한마디에 경자는 대답할 바를 전혀 잃고 바람 부는 곳의 나무 이파리같이 떨고 있을 뿐이러라.

47

서병삼은 거듭 묻는다.

"내가 중언부언 묻는 말 같소마는 당신이 낳은 자식을 그 후에 어찌하였소. 잘 자라겠지요. 금년에 나이 벌써 열한 살이나 되었는데 지금 어디 가서 있소"

이경자는 떨리는 목소리로

"알 수 없어요"

서병삼은 다시 노한 목소리로

"알 수 없어요? 내 자식의 간 곳을 몰라요. 그게 말이 되오. 옳소, 그 말 내가 알아듣겠소. 갓 낳았을 때에도 죽이려고까지 하던 자식이니까 아무에게나 개구멍받이로 준 게구려. 만일 그렇게 하였으면 뉘 집에다가 주었는지 불가불 명백히 알아야 하겠으니 대답하시오. 내 자식을 내가 찾는 것은 아비 된 사람의 권리외다"

하며 경자의 얼굴을 들여다보며

"나는 하늘이 두 쪽이 나더라도 그 자식은 찾아야 하겠소. 나는 지금 자식이라고 하나도 없고 죽은 마누라라 하는 위인은 세 번이나 해산을 하였지마는 세 번을 다 사태를 하였다가 나중의 해산에는 저까지 죽은 자식을 따라갔으니 그 사람이나 있으면 이후라도 자식을 낳을 여망이나 있겠지마는 그렇지는 못하고 나이는 점점 많아 가니까 별안간에 그 자식 생각이 불같이 일어나는구려. 그런 고로 해서 요사이는 아무쪼록 그대를 한번 만나 보면 그 자식의 소식을 알고자 하였더니 오늘 다행히 여기서 당신을 만났으니 어찌하여 그 자세한 말을 묻지 아니하겠소"

경자는 터지는 듯한 가슴을 억지로 진정하며

"그러나 진정 나는 그 어린것의 간 곳을 알지 못합니다. 나도 제 자식의 일인 고로 해서 하루라도 생각 아니 나는 날 없습니다. 그 자식의 사생존몰을 나는 도무지 알 수 없어서 혹시 우리 부친께라도 여쭈어 보면 죽었다고만 말씀하시고 다른 말씀은 조금도 아니 하시니 난들 어찌 압니까"

서병삼은 깊이깊이 경자의 언사와 기색을 살피건대 과연 그 아이의 거처를 알지 못하는 모양을 보매 가장 낙심하는 모양으로

"그러면 그대는 도무지 모르겠다 하니 인제는 다시 기회를 타 가지고 그대 부친께 질문을 할 수밖에 없소"

하며 한숨짓는다.

"그러나 부인, 나는 지금 내 자식의 간 곳도 알지 못하였지마는 나는 그대의 아들을 오늘날 살려 준 사람이니까 그대와 정욱조에게 대해서는 내가 은인이 아니오? 그러니까 그런 공을 갚는 보수라 하는 것이 있어야 할 터이니 만일 그대가 보수(報酬) 주기가 싫으면 나는 정 협판에게 받을 터이오"

하며 의미 있는 것 같은 어조를 경자는 모르는 체하며

"예, 그 은공은 어떻게든지 해서 갚겠습니다"

"아무렴, 그러하실 터이지. 자제의 목숨을 전혀 내 힘으로 건졌으니까…… 내가 제 재주를 자랑하는 것이 아니라 자제의 병은 아주 극도에 올랐던 고로 이 개성 근처 의원의 힘으로는 도저히 고치지 못할 터이요 가령 서울서 명의가 내려온다 하더라도 이미 짐이 기울어져 놓으면 십중팔구는 못 고치는데 인연이 닿느라고 우연히 내가 이곳 별장으로 내려와서 있던 까닭으로 사람의 목숨 하나를 구하였으니까 거기 상당한 보수를 정 협판도 생각이 있으면 딴소리할 리는 없지요. 안 그렇소? 부인의 의향에는 어떠하오"

"예―, 지금 말씀한 바와 같이 돈은 몇만 금이 들더라도 그 공을 갚겠습니다"

서병삼은 위협하는 큰소리로

"그게 무슨 소리요. 나는 결단코 돈으로 그 공을 갚아 달라는 것이 아니라 사람 하나를 살려 주었으니 그 대신에 사람 하나를 얻어 가지고 가겠다 하는 말인데…… 즉 말하면 부인을 그 예물로 얻어 갈 생각이니까 정 협판도 못 한다 할 리는 만무하지요"

경자는 지금까지 떨고 있던 몸에 홀연 노기를 띠며 심중으로 무슨 결심을 하였는지 얼굴을 들고

"그와 같이 나는 사리를 타서 말씀을 하여도 점점 무례한 말만 하시니 그러면 인제는 당신 마음대로 하시오. 당신이 우리 영감에게 무슨 소리를 하시든지 나는 인제는 조금도 무서워할 일이 없으니 당신 마음대로 하시오"

48

경자는 다시 말한다.

"당신이 사이에 들어서 우리 영감에게 자초지종을 다 말씀하여 주시오. 그렇게 하는 것이 오히려 내게는 더욱 좋습니다. 나도 이리로 시집온 이후에 칠팔 년이 되도록 남편에게 전사를 자복코자 한 일이 몇 번인지 모르지요마는 항상 기회를 타지 못하고 약한 계집의 마음이라 결단 못 하는 일도 있어서 지금껏 자복을 하지 못하고 오늘날까지 근심으로 속을 태우고 세월을 보냈더니 천만다행으로 당신이 내 대신으로 말씀을 하여 주신다 하니 그런 좋을 데가 어디 있습니까. 나는 이후는 근심을 없이할 터이니 아무쪼록 우리 영감께 자세히 말씀하여 주시오. 평생을 남편에게 숨기고 살 수는 없을 터이요 언제든지 이 지경을 한번은 겪을 줄을 나도 아는 터이니까 하루라도 속한 편이 좋지 않겠습니까"

서병삼은 수염을 좌우로 쓰다듬으며

"그러면 부인의 몸은 내게 의탁을 하겠다 하는 말이오"

"그것은 또 무슨 말씀이오니까. 내가 지금 우리 남편에게 이혼을 당하면 당할 뿐이지 내 몸이 비록 죽어 흙이 되더라도 당신께는 다시 아니 갈 터이니 그런 더러운 소리만 하고 계실 터이면 나는 다시 듣지 아니할 터이니 어서 밖으로 나가시오. 어서 바삐 우리 영감께 내 말씀을 해 주시오. 나는 인제 당신의 위협하는 소리는 조금도 무서워하지 아니하오. 제 팔자 제 운수가 그러한데 이 세상일이 다시 무서울 것이 무엇이오"

경자의 얼굴과 기색이 추상같으며 도리에 적당한 말을 들으매 서

병삼은 대답할 바를 모르다가 다시 허허 웃으며

"청산유수 같은 수작은 전일 십여 년 전 이경자와는 딴판이오그려"

하며 어투를 다시 변하여

"그러면 부인 말씀과 같이 정 협판에게 말하겠소. 그대가 내 아내가 못 되겠다 하시면 어찌할 수 있소마는 내가 나를 박대한 갚음을 꼭할 터이니까 그리 아오"

하며 오히려 무한한 위협을 하나 그러나 경자는 조금도 겁 하는 빛이 없고

"예, 어떻게 하시든지 마음대로 하시오. 나도 벌써 먹은 마음은 있으니까 인제는 다른 일은 없을 터이니 나는 저 방으로 갑니다"

경자가 옷을 떨치고 일어서는데 서병삼은 마음을 돌리리라 하는 생각이 있었는지 다시 말소리를 나직이 하여

"여보시오, 부인, 잠깐만 기다리시오"

"나는 기다려도 쓸데없으니 인제는 당신 마음대로 하셔요. 나는 당초에 당신 같은 이하고 말하기도 싫어요"

하며 떨치고 가려 하매 서병삼은 허허 웃으며

"그저 잠깐만 앉으셔요. 인제는 다시 위협하는 말은 아니 할 터이니 잠깐만 앉으시오. 이렇게 서서야 이야기를 할 수가 있소. 인제는 내가 다시 사죄를 하겠소. 당신이 그렇게 좋은 마음을 가지고 계신 줄을 몰랐더니 이렇게 그동안에 얌전하고 엄하신 귀부인이 되신 줄을 모르고 부인을 괴로이 군 것은 나의 본의가 아닌 고로 나도 마음을 고쳐먹고 있으니 입때지 한 말씀은 한 귀에 듣고 한 귀로 흘려 주시오. 나는 단지 내 아들을 찾으려 하는 마음으로 말마디나 하다가 과격한 말씀을

하였으나 다름이 아니라 이것저것 할 것 없이 모두 애자지정으로 하여서 일이 이렇게 되었구려. 당신으로 말하더라도 아무리 내버린 자식이기로 어여쁜 생각이야 없겠소. 그저 다 그 없는 자식을 보고 나의 잘못한 말을 용서하여 주시오. 나는 결단코 당신의 전사를 조금이라도 입밖에 낼 리가 없으니 당신도 조금이라도 근심 마시고 앓고 있는 아이를 잘 보호하시오. 결단코 내 입으로 정 협판에게 당신의 지난 사정을 말할 리 없소"

그러나 경자는 조금도 반가이 알지 아니하며

"아이고, 그런 심려는 조금도 하지 마시오. 나는 당신 덕으로 우리 영감에게 말씀하여 주시면 좋겠소. 마음이 약한 나 같은 계집으로는 그 말을 할 수 없으니 제발 무정한 당신의 마음으로 그 말씀을 자세히 하여 주시면 대단히 고맙겠습니다"

49

서병삼은 여러 가지로 경자에게 논박과 수치를 당하였으나 조금도 분하여 하지 않고 가장 천연한 기색으로

"나는 자기에게 이익 없는 일에 무익한 혀를 놀리지 아니할 터이니 부인은 재상가 부인의 명예와 정 협판의 사랑을 영원히 보존하시오. 나는 다시는 결단코 부인을 괴로이 굴지 아니할 터이니 아무쪼록 염려 마시고 몸을 자중하여 지내시기를 바라오. 이 서병삼으로 말씀하여도 서해에서 명예도 있고 지위도 있는 사람인 고로 나도 내 명예를

돌아보아서 지각없는 행동은 하지 아니할 사람이고 또는 부인의 가정 상 재미를 방해할 리가 없소. 이후에 다시는 이러한 일로 부인을 보고 자 할 리도 없거니와 다시 부인과 만날 날도 없을 듯하니 부인은 조금 도 근심 마시오"

하며 서병삼은 수염을 쓰다듬으며

"그리고 나중에 이르러 한마디 말씀하여 드릴 일이 있소. 다른 말 이 아니라 당신의 몸도 지금 대단히 쇠약하였을 뿐더러 자제의 이후 소성시킬 일이 대단히 어려우니 이곳 깊은 산속에서 찬 공기를 받지 말고 일주일쯤 지나거든 일기 온화한 지방으로 해변에 가서 치료하는 것이 좋을 듯하오. 이 말씀은 나의 직책으로 권고하는 말씀이니 그대 로 하시는 것이 좋을 듯하오. 그러나 부인께 대단 실례를 하였습니다. 너무 오래되어서 저 방에서는 기다리겠고"

하고 일어서며 다시 경자를 향하여

"아까부터 부인을 내가 너무 졸라서 부인 얼굴이 상기되신 모양이 니 여기서 잠깐 기운을 내리시면 내가 먼저 가서 좋도록 말씀하오리다"

하며 서병삼은 문을 열고 밖으로 나간 후 경자는 지금까지 참고 참던 가슴이 일시에 터져 소리쳐 나오는 울음을 간신히 치마끈을 입에 악물어 소리를 내지 않고 치맛자락으로 얼굴을 가리고 한참 있더니

'하나님, 하나님, 굽어 살피십소사. 어린 자식 정남이와 우리 부 친을 보시고 또는 남편을 위하셔서 이 가련한 몸을 도와주소서. 아무 리 생각하여도 죄를 자복할 수 없습니다. 어찌하면 이 죄를 자복하겠 습니까. 하나님도 이 몸을 불쌍히 여기사 오늘 서병삼으로 하여금 마 음을 다시 돌리게 하여 주셨사오니 감사만만이올시다. 그러나 어찌하 면 내 입으로 내 죄를 자복하리오……'

서병삼은 그 방을 나서 다시 병실에 이르러 정욱조를 향하여 말한다.

"대단히 오래되었습니다. 이후부터 자제의 조섭시킬 일은 대강 말씀을 여쭈어 두었습니다마는 부인께오서는 너무 심려를 하시는 모양이기에 원래 그 병의 생긴 원인과 병의 이치와 쾌복된 후에라도 조심할 일을 말씀하였습니다. 그리고 부인께서도 병환이 계시다 하옵기에 진찰을 하여 본즉 다른 병환이 아니라 '히스테리'라 하는 병이온데 자제의 병으로 하여 여러 날 삐치시고 심려하신 결과로 신체와 신경(神經) 쇠약(衰弱)하신 모양인데 이후부터는 자제의 병보다 부인의 병환에 더욱 마음을 쓰셔야 하겠습니다. 그러나 내일은 댁 단골 의사가 내려온다 하오니 내가 별로이 말씀 아니 하여도 관계가 없을 듯하여 부인께는 자세한 말씀은 아니 하였습니다마는 자제의 병으로 말씀하면 이후 일주일만 지나면 아주 평복이 될 터이니 여기서 십여 일 지나 훨씬 차도가 있은 후에는 어디든지 기후가 온화한 해변으로 가셔서 치료하는 것이 대단 좋겠다고 부인께도 말씀하였습니다마는 영감께도 간절히 권하는 바올시다. 이곳은 산중이라 여름 동안은 매우 좋으나 이제 차차 추워 오면 병인에게는 적당치 못한 곳이니 아무쪼록 따뜻한 지방으로 부산이라든지 목포라든지 창원이라든지 남쪽 지방으로 해변 공기를 마시는 것이 병인에게는 그런 좋은 약은 없습니다. 그러하면 부인께서도 병환이 나으실 터이요 자제도 소복이 속히 될 터이니 아무쪼록 그렇게 하시도록 권고합니다"

정욱조는 서병삼의 친절한 말에 심히 기꺼워하여

"참, 이렇게 친절하게 보아주시고 또 이 훗일까지 경계하여 주시니 이런 감사할 데가 없습니다. 어린놈이 적이 근력이 나거든 말씀하신 바와 같이 어떠한 곳이든지 온화한 해변으로 데리고 가겠습니다"

서병삼은 윗간에 앉아 있는 유모를 향하여

"여보게, 지금 마님이 저편 방에 계신데 여러 날 지치셔서 근력을 차리지 못하고 계시니 미음이라도 있거든 조금만 갖다 드리게 하소"

하며 다시 정욱조를 보며

"부인께서는 병환으로 하여 신경과민이 되어 계시니 영감도 아무쪼록 친절하고 다정히 하여서 부인의 성품을 격동하지 않도록 주의하시는 것이 좋을 듯하오이다. '히스테리'라 하는 병은 조그마한 말을 들어도 성품이 일어나는 병이오니 그런 줄 아시고 지금 말씀 여쭌 것을 지키시도록 하십시오"

"예, 노형 말씀대로 지키오리다"

50

서병삼은 돌아갈 때에 임하여 다른 의사에게 두서너 가지 지휘를 한 후 정욱조와 서로 작별하고 개성 읍내 자기 별장으로 돌아가니라. 그러나 서병삼과 이경자 사이에 다투던 비밀한 사정은 조금도 타인으로 하여금 의심을 일으키지 아니하였더라.

정남의 위태하던 병세가 그 이튿날 이르러서는 푸른 하늘에 흰 구름 한 덩어리가 지나간 것같이 병근이 전혀 없어지고 식욕이 당겨 자주 음식도 찾으나 다만 여러 날 동안 병으로 수척한 몸만 쾌복이 되지 못하였더라. 정욱조와 이경자 두 사람의 기쁨은 이디다 비하여 말하리오.

정씨의 집 단골 의사는 과연 그날 아침에 일찍이 내려왔는지라. 정남에 대한 병세와 서 박사의 약 쓴 말을 대강 듣고 또는 일통을 진찰하매 다른 증세는 없고 다만 이후로부터 조섭시키는 데 선불선을 설명할 뿐이라. 그러나 정남의 병보다 그 모친의 얼굴에 병색이 있음을 보고 크게 염려하여 방문을 내어 급히 개성 읍내로 사람을 보내 약을 가져오게 하니라. 정욱조는 다시 서병삼의 권고로 남방 해변으로 피접하라던 말을 그 의사에게 문의하매 그 의사도 또한 그 의견에 대하여 동의를 표하는지라. 정욱조는 하루라도 일찍이 정남의 몸이 충실하면 삼남 지방 온화한 목포 해변으로 내려가서 자기도 잠깐 동안 이 세상 분요한 풍진을 잊어버리고 한가히 날을 보내고자 결단하였더라. 그러나 경자와 정남 두 사람에게 어떠한 비창한 일이 출생할는지 어찌 알리오.

서울로부터 내려온 의사는 그날 저녁으로 대흥산성을 하직하고 경성으로 향하여 올라가니라.

삼사일 지난 후에 정남은 방 안에 있기를 싫이 여겨 밖으로 나가 다니려 하는 것을 이리저리 달래어 방 밖에를 내보내지 아니하고 정 협판의 부부는 그 유모를 데리고 정남을 달래노라 이 이야기 저 이야기 하며 웃고 지껄이니 어제까지 고요하고 근심으로 지내던 방 안이 오늘부터 삼춘 화기가 다시 그 방 안에 이르렀더라.

그러나 정남은 점점 날로 쾌복되어 가나 도리어 그 모친 경자는 더욱더욱 쇠약하여 간다. 정욱조는 가장 그를 근심하여 본래도 몸이 쇠약하고 신경과민 하던 사람이 이번에 정남의 병으로 하여 더욱 쇠약하였으매 어느 때든지 간절히 위로하며 하루바삐 정남이가 쾌복되면 온화한 목포(木浦) 해안(海岸)으로 가서 아내의 신양을 쾌복시켜 전일과 같이 따뜻한 가정의 즐거움을 회복코자 한다. 그러나 그 목포 해안이 과연 그 아내와 그 아들에게 적당한 곳이라 일컬을는지 알지 못하리로다.

경자는 서병삼을 만나서 곤란을 받은 후에 원래 쇠약한 몸으로 신경(神經)을 격동한 고로 자기의 사실이 비록 누설치는 아니하였으나 정남의 다대한 영향을 받아 조금 하면 놀라고 가슴에 정충증이 일어나며 더욱이 자기의 지은 죄를 새로이 겁 하여 남편의 얼굴을 감히 바라보지 못하며 때때로 남편은 정다운 언사로 자기를 위하여 줄 때마다 일 배나 근심을 더하며 가슴이 찢어지는도다. 경자는 도저히 내 죄를 자복치 아니하면 일일이라도 이 세상을 편안히 지내지 못하리라 하는 생각이 더욱 심하여 이에 이르르는 그때에 서병삼이가 마음을 돌리고 아무 말 없이 그대로 돌아간 것이 도리어 원통하다.

그러나 경자는 스스로 자복할 용기가 없으며 다행히 남편에게 자복하는 기회를 얻는다 할지라도 그때에 이르르는 남편이 비로소 사실을 알고 낙심상혼 할 일을 생각하매 이리도 하기 어렵고 저리도 하기 난처하다. 차라리 그때에 서병삼이 왔을 때에 그 기회를 잃지 말고 남편에게 말한 바가 되었더라면 오늘 이르러서는 이 근심 한 가지는 벌써 없어지고 나의 운명도 결정이 되었으리라 생각하나 다시 서병삼의 이름은 호발만치도 원치 아니한다.

경자는 이 근심뿐이 아니라 개성 땅을 떠나서 다시 전라도 목포 해변으로 가게 됨을 가장 꺼리고 싫은 생각이 염두에 일어나더라.

하 편

1

정욱조는 그 부인과 아들 정남을 데리고 목포 해안으로 내려가기로 결정하여 날짜까지 정하였더라.

경자는 처음에 송도 내려갈 때부터 마음에 내키지 아니하더니 이번에 다시 목포 가는 길도 더욱 염려스러운 마음이 스스로 일어난다. 송도로 갔을 때에도 우연히 무섭고 슬픈 일을 당하였거늘 만일 이 목포 가는 길에도 그와 같은 비참한 지경을 당하면 어찌하리오 하는 마음이 있어 가기를 심히 주저하나 사나이가 이미 결정한 일이요 또는 정남의 병을 위하여 한다 하매 자기의 사사망념 된 생각으로 남편을 권하여 만류치 못하였더라. 그러나 경자는 목포라 하는 말 가운데 무엇이라 해석치 못할 의미가 포함한 것같이 마음이 이상하여 자기의 마음을 다시 생각하여 보나 원래 근본이 없는 생각이라 어찌 해석함을 얻으리오. 다만 나의 몸이 병중으로 하여 공연히 다심한 데에서 이런 마음이 생김인가 하고 다시 마음을 돌렸더라.

원래 목포라 하는 곳에는 십일 년 전에 이경자가 용산 김 소사 집에서 해복한 아들을 유모를 맡겨 보내서 지금껏 그곳에서 가련한 어린 아이로 부모의 얼굴도 알지 못하고 자라는 곳이니 생각건대 목포라 하는 이름을 경자에게는 깊이 숨겼으며 그때는 경자가 산후에 병으로 하여 정신을 상실하였던 때이라. 그러나 경자의 귀에는 그윽이 남아 있으며 심중에도 오히려 그때 일이 조금 남아 있는 것 같은 연고로 경자는 심리적(心理的) 작용(作用)으로 이와 같은 생각이 자연 일어나는지라. 그러나 경자는 꿈엔들 자기가 십일 년 전에 낳은 아들이 그곳에서 장성하여 가는 줄을 어찌 뜻하리오.

경자는 정남의 병에 대하여 한갓 부친의 심려만 일으킬까 두려워하여 한 번도 공주 부친께는 기별치 아니하였더니 대흥산성을 떠나는 날 당하여 비로소 부친에게 일봉 서찰을 부쳐 정남이 그동안 병으로 지내다가 요사이부터 평복되어 가는 일과 병후 조섭하기 위하여 의사의 말을 좇아 목포 해안으로 피접 가는 일을 일일이 보하였으며 서병삼과 그곳에서 우연히 만난 일을 깊이 숨기고 기록치 아니하였더라.

정남의 병세 덜린 후 십여 일이 지나 정욱조의 일행은 개성을 하직하고 경성으로 올라와 수일 묵은 후 다시 행장을 수습하여 가지고 인천으로 내려가서 기선을 타고 떠나서 그 이튿날 석양에 목포 해안에 도착하였더라.

목포라 하는 곳은 원래 정욱조가 일찍이 내지에 유학할 때에 기선으로 왕래하며 기후의 온화함과 풍광의 선명함을 사랑하여 지날 때마다 그곳에 하륙하여 기일을 머물던 곳이더라.

그 이튿날 아침에는 여관 하인 하나를 데리고 각처 풍경을 완상하며 산로와 해안으로 일행 사 인은 이시토록 배회하다가 오후에 이르러 다시 여관으로 돌아오니라.

이곳은 목포 항구에서 동으로 오 리나 나가서 번화한 것은 없고 수삼 호 있는 조그마한 어촌(漁村)이라. 그러나 광주(光州)와 나주(羅州)로 통한 대로가 있는 고로 비록 적막한 어촌이라도 정결한 여관은 두어 곳에 있으나 그중에도 높은 곳에 해변 경치를 바라보이는 여관 하나가 있으니 이름을 양신관(養神舘)이라 일컬으며 촌중으로는 가장 유명한 여관이러라.

정욱조의 일행은 이곳에 주인을 정하였는데 날로 보이고 듣는 것은 바다와 어부의 노래뿐이라. 정욱조는 잠시 동안 요란한 세상을 피하고 한적한 이곳을 택하여 있더라.

2

"어머니, 이리 와서 저 새들 좀 보오. 하얀 새들이 퍽 많이 날아다니고 있어"

하며 양신관 이층 다락 위에서 난간을 붙들고 서서 정신없이 바다를 내려다보는 아이는 정남이라. 아들이 부르는 소리에 경자는 방으로 좇아 난간으로 내려오며

"참, 정말 새가 많구나. 그게 무슨 새들일까. 애, 정남아, 저─기 바위 위에도 새들이 많이 있구나. 아─, 저것 보아라. 한 떼가 앉았네그려"

방 안에 있던 유모도 밖으로 나가며

"마님, 어디 새가 그렇게 많이 있어요. 아이고, 참 많이 있구먼. 그

게 무슨 새일까요. 까마귀는 아니지요"

정남은 해변 경치를 처음 보는 고로 신기한 마음을 이기지 못하여

"흰 까마귀가 어디 있단 말이오. 어멈은 알지 못하고 그러네"

"도련님, 그럼 그게 무엇이오. 갈까마귀인가"

"어멈은 까마귀밖에 모르는 걸세. 우리 서울서 보던 까마귀가 어디 저러합디까. 더 몸뚱어리가 작고 빛도 새까맣지"

"그럼 무슨 새인지 영감께 여쭈어 볼까"

마루 끝에서 세 사람이 웃고 지껄이는 소리에 정 협판도 방 안에 앉았다가 밖으로 나오며

"무엇들을 가지고 그렇게들 다투느라 야단이야"

정남은 부친의 바지를 붙들고 한 손으로 해변을 가리키며

"아버지, 저기 저 물 위에 흰 새들이 있지요. 그것을 어멈은 흰 까마귀라고도 하고 갈까마귀라고도 해요. 까마귀에 흰 것은 없지요, 응, 아버지"

"응, 저 새들 말이냐. 그 새는 두루미라 하는 새란다"

"저 새가 두루미야요. 아버지, 나는 두루미는 처음 보았어"

유모는 옆에 섰다가

"도련님, 나도 아까 두루미인가 보다 했지"

"얼싸, 인제 듣고서. 아까는 흰 까마귀라더니"

"호호호호"

경자는 해면을 이윽히 바라보더니 다시 남편을 돌아보며

"여기는 대흥산성보다 경치가 훌륭한데요. 저─기 보이는 섬같이 된 것은 무엇인가요"

"응, 그것이 완도(莞島)라 하는 섬이오그려"

하며 정남을 내려다보며

"이전에 죄인을 귀양 보낼 때에 저런 섬으로 보냈느니라"

"아버지, 귀양이 무엇이야요"

"응, 귀양이라 하는 것이 있지. 나라에 죄를 지은 사람은 저런 산속에다가 갖다 두고 다시 나오지 못하게 하는 것이 귀양이란다"

"여기서 저기가 아마 퍽 멀겠지요"

"여기서 보이기는 그러해도 가려면 여러 십 리 되느니라"

정욱조는 경자를 돌아보며 묘묘히 보이는 먼 산을 손으로 가리키며

"저—기 희미하게 보이는 산이 유명한 제주(濟州) 한라산(漢挐山) 줄기요"

"예, 그럼 여기서는 한라산이 다 보이네. 나는 하늘 끝닿은 데 있는 줄로 알았더니……"

정남은 물결이 몰아 들어오며 바위에 부딪치는 것을 흥이 나서 보고 섰더니

"아버지, 저 물이 왜 와서 저렇게 바위를 자꾸 때려요. 나는 저런 것은 처음 보았어요. 바람이 불어서 그런가요. 우리 송도 있을 때는 그 폭포수라 하던 물은 저렇지는 않던데"

"이 물은 먼 바다로 통한 물이라 바람이 부나 아니 부나 밤낮 이렇게 물결이 심하고 요란하니라. 대흥산성서 보던 물은 산 위에서 흘러 떨어지는 물이니까 이 바닷물과는 다르지"

정남은 더욱 신기히 여겨 바라보며

"응—, 아버지 나는 이런 것은 처음 보아요. 그런데 저기 있는 배들은 무섭지 아니한가요. 자꾸 물속으로 풍덩 들어갔다가는 나오고 또

들어갔다는 나오고 나오고 하니 이상은 하지요. 어떻게 해서 그렇게 들어갔다가는 다시 나올까요"

정 협판은 껄껄 웃으며

"이런 미련한 놈 보았나. 그게 물속으로 들어간 것이 아니라 물결이 일어나니까 앞에 있는 물결이 솟아오르면 배는 뒤에 있어서 보이지 아니하는 까닭으로 물속으로 들어가는 것 같지 아주 물속으로 들어가는 것이 아니다"

정남은 부친의 말을 듣고 그러이 여기고 점두하는데 옆에 섰던 유모는 도리어 이상히 여겨

"풍랑이 저렇게 요란한데 배가 엎어지지 아니합니까"

"암만 여기서 보기는 그러할 듯하여도 파도가 배를 뒤엎게 되지는 아니한다네"

"암만 그래도 그 배 탄 사람들은 간이 다 슬겠습니다. 여보, 도련님, 저것 좀 보오. 물결에 배가 넘어갈 제는 배가 아주 거꾸로 내려박히는 것 같지요. 아이고, 무서워라. 우리 도련님 같은 이는 저런 배는 무서워서 당초에 못 타겠군"

정남은 분연히 유모의 손을 탁 치며

"아, 내가 저까짓 배를 못 타요. 저보다 더 큰 배라도 탈 터인데"

"아참, 우리 도련님은 워낙이 장사라 무서운 것이 무엇 있나"

3

"아이고, 도련님, 그렇게 달음박질만 하지 말아요. 이 늙은 어멈이 따라갈 수가 있나"

하며 유모는 숨이 턱에 닿도록 달음질하여 정남을 간신히 붙들고

"아, 도련님, 어서 그만 들어갑시다. 다리 아픈 줄도 모르고 그러네. 바닷가에서 너무 오래 놀고 아니 들어온다고 마님께서 걱정하시겠소. 이 어멈까지 꾸중을 들려주려고 그러지"

"걱정 아니 하셔요. 아까 어머니 아버지가 다 실컷 나가 놀라고 하셨는데 공연히 어멈은 그리해. 그러면 나 혼자 여기서 더 놀다 들어갈 터이니 어멈은 먼저 들어가구려"

"그러면 혼자 내버려 두고 들어왔다고 걱정 들으라고. 글쎄, 그만 들어갔다 내일 또 나와 놉시다. 다리 아픈 줄도 모르지"

"나는 다리 아프지 아니해요. 사내도 다리 아픈가 여편네나 다리가 아프지. 이까짓 것을 다녔다고 다리가 아파. 아마 어멈이 다리가 아픈 것이지"

"그렇고말고. 나는 여편네니까 다리가 더 아프지. 그리고 어멈은 학슬풍이라는 병이 있어서 조금만 오래 다니면 무릎이 아파서 못 견뎌요"

"학슬풍이 무엇이야. 그러면 다리가 아프……"

"아프고말고. 뼈가 저리고 아프다오"

"어멈, 그래, 지금 자꾸 뼈다귀가 아파서 못 견디겠소"

"지금도 자꾸 아프지. 심하지는 아니해도"

"나는 그런 줄 몰랐지. 어멈, 아까 내가 흥보았다고 성났소?"

유모는 그 말에 신통히 여겨 정남의 얼굴을 돌아다보고 웃으며

"어멈이 성을 낼 리가 있나. 암만해도 여편네는 약해서 사내보다
다리가 더 아프다오"

정남은 휘휘 돌아보더니

"그럼 어멈은 저—기 저 산 밑에 가서 다리 쉬고 앉아 있수. 나는
어멈 보이는 여기서만 더 놀 터이니"

"그러면 도련님, 내 저기 언덕에 가서 있을 터이니 멀리는 가지
말고 요 근처에서만 노오, 웅. 그리고 물에는 들어가지 말고 이 모래 위
에만 놀아요. 물결이 몰아 들어오면 큰일 날 터이니"

"걱정 말아요. 요 가장자리로 다니면 물이 여기까지는 안 들어온
다오. 내 물에는 들어서지 않고 저기 아이들 모여서 노는 데 가서 구경
하고 오리다"

하며 말을 맞지 못하여 정남은 달음질하여 촌아이들 모여 있는
곳으로 향하여 간다.

그곳에는 열 이삼 세부터 칠팔 세까지 된 해변 아이 오륙 인이 얼
굴은 모두 해풍과 날 빛에 걸어 구릿빛같이 된 아이들이 모여 조개와
방게를 줍고 있더니 홀연 정남이가 옆에 와서 우뚝 서는 것을 보고 여
러 아이들이 모두 정남의 얼굴을 쳐다보고 이상히 여겨 아래위를 훑어
본다.

정남은 서슴지 아니하고 여러 아이들 옆에 있는 바구니 속을 들
여다보니 그 속에는 방게와 조그마한 생선들이 들어 있는지라. 정남은
그것을 보고 기꺼하여

"애들아, 이것이 무슨 조개냐"

하며 아이들에게 정다이 물으나 해변 아이들은 서로 얼굴만 바라

보고 대답이 없거늘 정남은 적이 무료하여

"애, 이것 나 하나 주렴. 너희들은 많이 가졌으니"

역시 대답하는 아이는 하나도 없는데 그 무리 중에 열 이삼 세 되어 보이는 아이 하나가 정남의 뒤로 가만히 돌아가서 손에 들었던 큰 방게 하나를 정남의 저고리 고대 속으로 집어넣어 주며

"자—, 가지고 싶거든 가지려무나"

하며 물러서는지라. 정남은 깜짝 놀라

"아이, 어머니—"

소리를 지르며 급히 등 뒤로 손을 넣어 방게를 집어내어 땅에 던지고 울음이 나오려 하는 것을 어린 마음으로도 수치 될까 하여 억지로 참으며 여러 아이들을 다시 바라보니 그 아이들은 손뼉을 치며

"아—, 아—, 쟤 운다. 저것 보아라. 운다, 운다"

하며 들레는지라. 그중에도 정남을 가엾이 아는 아이도 없는 것이 아니로되 그중 나이 많은 아이의 한 장난인 고로 감히 거역치 못하고 한가지로 정남을 놀리는지라. 이와 같은 조롱은 정남이가 일찍이 지내보지 못한 일이라. 지금껏 억지로 참았던 울음이 분한 마음에 일시에 터져 소리쳐 운다. 아이 우는 소리에 홀연 저편 바위틈으로부터 한 아이가 나오더니 이곳을 향하여 오는데 나이는 십일이 세나 되었고 미목이 청수한 일개 미소년이러라.

4

그 아이는 앞에 가까이 이르러 정남의 우는 모양과 아이들의 들레는 것을 이윽히 보더니 그중 나이 많은 아이를 가리키며

"얘, 이놈아, 네가 이 아이를 울렸지"

그 아이는 모르는 체하고 돌아서서

"아니다, 나는 모른다. 내가 왜 그 애를 울려"

"그래도 네가 여러 아이들을 시켜서 울려 놓은 게지"

"나는 그런 일 없다"

"정말이냐, 네 이놈, 어디 보자"

하며 그 아이는 정남의 등을 어루만지며

"얘, 울지 마라. 누가 너를 그러디? 저기 선 키가 커다란 저 녀석이지"

정남은 눈물을 씻으며 그 아이의 얼굴을 쳐다보며 고개를 끄덕이니

"그렇지, 저놈이 그랬지. 네 대신 내 저놈을 실컷 때려 주마"

"누가 네게 맞아. 네게 얻어맞을 몸뚱어리가 따로 있더냐. 우스운 놈도 다 보겠네"

하며 정남을 울리던 아이는 앞서서 달아나매 다른 여러 아이들도 쫓아서 사방으로 헤어지는지라.

그 아이는 여러 아이들 달아나는 양을 보며

"아, 못된 아이놈들이로고. 그 아이들에게 네가 맞았니"

정남은 눈을 비비며

"아니야, 그런 것이 아니라 저기 바구니 속에 조개들이 많이 있기

에 나 하나 달라고 했더니 내 등어리에다가 넣었어"

"아, 저런 못된 놈들이 어디 있담. 가만히 있거라. 내가 이따가 그 놈들을 만나거든 실컷 두드려 주겠다. 이런 게 네가 가지고 싶어서 그리했니. 이까짓 것은 여기 암만이라도 있다. 이따가 내 많이 잡아 주마. 그러나 너의 집은 어디게 여기를 왔니. 아마 서울서 온 게로구나. 너의 집은 서울이지"

"응"

"그러면 언제 여기를 내려왔니. 어디서 자니"

"나는 어저께 왔는데 우리 아버지하고 우리 어머니하고 또 우리 어멈하고 넷이 함께 왔어. 그래, 저기 보이는 집이 있니. 그 집에서 우리가 모두 자고 있단다"

"응, 그러니까 저기 양신관에 와서 있구나. 그래, 너는 아버지하고 어머니하고 다 계시냐. 여기도 함께 오고"

"너도 어머니 아버지 다 있지"

그 아이는 가장 비창한 기색으로

"나는 어머니도 없고 아버지고 없고 단지 젖어머니 하나뿐이란다"

"젖어머니가 무엇이냐"

"나를 젖 먹여서 길러준 사람이 젖어머니지"

"응, 그러면 다 돌아가셨니"

"아니, 돌아가신 것도 아닌데 내가 인제 더 커서 어른이 되어야 만나 본단다"

정남은 이상하여 하는 모양으로

"나는 그런 소리 처음 들었다. 나는 날마다 우리 어머니 아버지를 보는데 너는 왜 그러냐. 어른이 되어야만 보나"

그 아이는 다시 대답지 않고 해안으로 향하여 나아가며

"자—, 이리 오너라. 내 방게 많이 잡아 주마"

두 아이는 정다이 손을 서로 이끌고 나아가며

"너의 집은 전부터 여기냐"

"응, 우리 집은 여기 있어도 낳기는 서울서 낳았단다. 그래, 나도 여기서 소학교만 졸업하면 서울로 공부하러 갈 터이란다. 그러나 너는 어찌해서 여기를 왔니. 오래 여기 있을 터이냐"

"나는 요전에 송도 가서 있다가 병이 나서 퍽 오래 앓았는데 의원이 이리로 피접을 가라고 해서 왔는데 우리 어머니도 일상 편치 못하시니까 다 낫기까지는 여기 있을 터이란다"

"아, 그러면 너 서울로 올라가기 전까지는 우리가 이렇게 같이 놀겠구나"

"암, 그렇지"

하며 두 아이가 서로 손을 붙들고 희희낙락하며 나아가는데 길가 모래 위에 소라 같은 것이 조그마한 것이 조그마한 돌에 붙어 있는지라. 정남은 이것을 들여다보며

"애, 이것이 무엇이냐. 이게 소라 아니냐. 젓 담가 먹는 소라가 아니냐"

"소라가 무엇이냐. 그것이 여기 말로 물망아지라는 것이란다"

"응, 물망아지. 꼭 소라 같구나. 이게 죽은 것이지"

"아니다, 살았다. 그것을 물에다가 집어넣고 등어리를 꾹 누르면 시커면 물을 토한단다"

"그러면 정말 그런가 안 그런가 한번 해 볼까"

하며 나뭇가지를 꺾어 물에 집어넣은 후 나뭇가지로 그 위를 누르매 과연 검은 물이 나오며 물이 모두 검은빛이 되는지라. 정남은 그 모양을 보고 신기히 여겨

"아, 정말 그렇구나. 그것 재미있다. 내 집에 가서 어머니더러 이야기를 해야지. 물망아지가 이런 것인 줄을 다른 사람은 다 모르지"

"그까짓 것이 그렇게 신통하냐. 그것보다 더 우스운 것이 있지. 여울주머니라는 것이 있단다"

"여울주머니? 별 이름이 다 있구나. 그것은 어떻게 생겼나. 나는 이런 바닷가가 처음이니까 아무것도 모른다"

"여울주머니라는 것은 바위 위에 퍽 많이 붙어 있어요. 옳지, 옳지, 저기 있다. 저것 보아라. 물속에서 입을 딱 벌리고 있지"

"응, 이것이 여울주머니야. 아이고, 수염이 기다랗게 났구나. 수염을 꿈질꿈질하네"

"입을 나무로 꽉 찔러 보아라. 자―, 그만 쏙 들어가지"

"참, 그것 우습다. 건드리니까 그 기다랗던 수염이 모두 없어지는구나. 별 고기도 다 있네. 저기는 방게가 또 우물우물하는구나"

5

두 소년은 손목을 이끌고 재미스러이 이야기하며 해변으로 향하여 나아가는데 바다 물가로부터 두 사람의 어부가 한 사람은 그물을 둘러메고 또 한 사람은 노를 어깨에 엇메고 오더니 정남과 한가지로

가는 아이를 보고

"애, 옥남아, 어째 여기 나왔니. 방게 주우러 나왔구나"

그 아이는 희끗 쳐다보더니 웃는 얼굴을 지으며

"새말 아저씨, 인제 들어오시오. 오늘은 고기 많이 잡으셨어요"

"어—, 그놈 말하는 것하고 똑똑도 하다"

하며 홀연 정남을 바라보더니 다시 그 아이 얼굴을 바라보기를 한참 하다가 한가지로 오는 한 어부를 돌아보며

"아, 여보게, 원달이, 저 아이 얼굴 좀 보게. 똑 옥남이 같지 않은가"

"글쎄, 참 쌍둥이 얼굴 같으이그려. 옥남이 일가 아이인 게지. 암만 보아도 시골 아이 같지 아니한데. 얼굴이 분결 같은 아이가"

"애, 옥남아, 저 아이는 너의 집 일가 아이냐"

옥남이라 일컫는 아이는 그 어부 두 사람의 말을 이상히 여겨 정남의 얼굴을 들여다보며

"아니요, 일갓집 아이는 아니야요. 그런데 애하고 내 얼굴하고 정말 같아요"

"아, 같고말고. 한판에 박힌 얼굴 같다. 네 일가 족속도 아니라면서 어찌 알아서 그다지 정답게 놀고 다니니"

"그런 게 아니라요 저 태갑이란 놈이 지금 애를 자꾸 놀려 주어서 울고 있길래 내가 그놈을 쫓아 버리고 애를 달래노라고 지금 여기까지 왔는데 오늘이야 처음 친했어요"

어부 두 사람은 서로 얼굴을 쳐다보며

"아, 참, 남남끼리 얼굴도 몹시도 같다. 같다 같다 하기로 그렇게 지독하게 같은 아이들은 처음 보았네. 여보게, 누가 보기로 형제라고

하지 않겠나"

"참 이상한 일도 있네. 어서 가세. 늦어 가네. 애, 옥남아, 오늘밤에 놀러 오너라, 응"

하며 두 번 세 번 돌아다보며 어부들은 촌을 향하여 간다.

어부들의 말하고 지나간 후 그 아이는 정남의 얼굴을 이윽히 들여다보며

"너하고 나하고 정말 얼굴이 같은가 모르겠다. 내 얼굴이 정말 네 얼굴 같았으면 좋겠다"

"나도 얼굴이 너 같았으면 좋겠다"

큰 아이는 좌우로 돌아다보니

"애, 저기 물웅덩이가 있으니 우리 그리 가서 얼굴을 비춰 보자"

"참, 우리 그렇게 하자"

하며 두 아이는 손을 붙들고 바닷물이 들어와서 웅덩이에 모여 있는 곳에 이르러 두 어깨를 나란히 대고 고개를 숙이며 물거울을 향하고 들여다본다.

밝은 물에 비치는 두 아이의 어여쁜 얼굴을 보건대 처음에 어부 두 사람이 놀라던 바와 같이 정남의 얼굴과 그 아이의 얼굴이 흡사히 같은지라. 그 어글어글한 눈 모양이며 오뚝한 콧날이며 어여쁜 입맵시는 한판에 박혔다 할 뿐 아니라 웃을 때의 얼굴까지 전혀 한 모양이라. 다만 한 아이는 해변 사람으로 해풍에 걸었고 한 아이는 서울 생장으로 서울 물에 씻겨 희고 검은 것이 다를 뿐이요 천연적으로 아름다운 바탕은 해변 여러 아이 모인 중에라도 뛰어나서 닭 무리 속에 봉황이 섞임과 같더라.

두 아이는 아직 철모르는 마음이라 저희 두 사람의 얼굴이 과연

같은 것을 알았는지 몰랐는지 알지 못하되 다만 비춰 보던 얼굴을 들어 서로 바라보고 빙그레 웃으며 기꺼운 빛을 얼굴에 나타낸다.

"정말 우리 얼굴이 똑같구나"

하고 웃음을 띠며 큰 아이는 정남을 돌아보매 정남은

"나는 물을 들여다보아도 정말 같은지 모르겠더라마는 네 얼굴이 똑 우리 어머니 얼굴하고 같아. 아까도 네 얼굴을 보고 우리 어머니 같다고 했어"

그 아이는 홀연 눈에 광채가 보이며

"정말이냐. 너의 어머니하고 나하고 얼굴이 같으냐"

"아이, 저것 보아라. 눈을 그렇게 둥그렇게 뜨니까 어머니 얼굴하고 정말 똑같다"

그 아이는 더욱 심사를 정치 못하며

"나도 너의 어머니 좀 보았으면……"

"우리 어머니 보려면 우리 집으로 놀러 오려무나. 그렇지 않아도 우리 어머니는 가끔이라도 운동 나오시니까 그런 때 보면 좋지. 우리 어머니더러 네 이야기 하마. 우리 어머니는 나를 어떻게 귀여워하는데 너도 보시면 퍽 귀여워하신다"

그 아이는 가장 반가워하며

"너는 그런 어머니가 다 계시고 참 좋겠다. 나도 너의 어머니가 보시면 귀여워하시겠니? 나는 어머니가 없어서…… 젖어머니는 귀여워하지만…… 나는 참 어머니 한 번만 만나 보았으면 원이 없겠더라"

6

정남은 그 아이를 쳐다보며

"그럼. 유모가 있구나. 나도 유모가 있단다. 여기까지 함께 나왔지만 다리가 아프다고 저 산 밑에서 쉬고 있단다"

"어디"

"저기 보이지 아니하니. 산 밑에 하얗게 조그마한 사람이 보이지 않니? 그게 우리 유모란다"

옥남이는 가장 부러워하는 모양으로

"너는 너의 어머니 외에 또 유모가 다 있구나그려"

정남은 그 아이를 심히 위로하는 기색으로

"네가 정말 우리 형님 같으면 좋을 걸 그랬다. 나는 형님도 없고 아우도 없고 정말 놀 사람이 없어서 심심해요"

하며 한탄하는 모양을 그 아이는 물끄러미 보더니

"그렇지만 남남끼리 어떻게 형제가 되니? 그리고 너는 얼마 아니 있다가 서울로 가면 다시는 만나 보지 못하겠지"

"나는 그래도 이런 데가 재미있으니까 아주 여기서 살까"

"네 마음은 암만 그러해도 너의 어머니 아버지가 허락을 하실 리가 있니. 아무 때든지 한번 작별할 날은 있을 터이니 우리가 같이 여기 있을 때까지만 형제같이 놀고 지내자. 그런데 참 네 이름이 무엇이랬니"

"응, 내 이름은 정남이란다. 그리고 우리 아버지는 벼슬이 전에 대신까지 했단다"

"그럼 서울 재상의 아들이로구나. 나는 시골구석에 있는 상놈인데 나하고 같이 놀아도 관계치 않겠니"

"아니, 별소리를 다 하는구나. 같이 아니 노는 것이 무엇이냐. 그런데 네 이름은 옥남이라지"

"응, 내 이름이 옥남이라고 한단다"

"옥남이, 옥낙이, 이름도 어째 우습구나"

"우스워, 시골 사람의 이름이 되어서 우스운 것이지. 우리 저쪽으로 가자. 저기 있는 조개를 내 주어다 주랴"

"많이 좀 주어 다고"

하며 정남은 아까부터 주운 조개를 수건에 싸서 손에 들고

"네가 오늘 주워 준 조개 같은 것은 어제는 하나도 못 보았어. 집에 가서 우리 어머니에게 자랑을 해야지. 오늘은 산호 가지를 다 얻고. 우리 어머니도 보시면 퍽 좋아하실 테다"

"그까짓 것을 그러니. 우리 집에는 두 자 길이나 되는 산호 가지가 있는데. 내일 갖다가 너 주마"

정남은 눈을 둥그렇게 뜨고

"그렇게 큰 것을 네가 가졌니"

"암, 가지고말고. 정말 산호 가진지는 몰라도 물속에 고기 잡으러 들어가는 사람의 말을 들으면 그런 산호 가지가 바다 밑 바위 위에 나무처럼 나서 있대"

"응, 그것 한번 보았으면. 우리 같은 어린애는 그런 바위를 가서 못 보나"

"아이들은 가 보지 못한다. 그 산호 가지는 깊은 바다 속을 가야 있지 물 밖에는 없는 것이란다"

"그럼 어른들은 어떻게 물속에를 들어가니. 죽지 않나"

"죽기는 왜 죽어. 여기 사람들은 그것이 모두 여편네들의 벌이니

까 겨울 여름 할 것 없이 발가벗고 물속에 뛰어 들어가서 미역도 따고 생복도 따고 해 가지고 물 밖으로 나오는 것 보면 참 재미있단다"

"그래, 여편네들이 그렇게 물속에를 들어가. 요새도 그렇게 하니?"

"암, 하고말고. 저—기 산 밑에서도 지금 잡고 있다. 우리 가서 구경할까"

정남은 기꺼워 두 발로 경중경중하며

"나 구경 좀 시켜 다고. 나는 서울서 이런 구경은 하지 못했다. 아무 소리 아니 하고 멀리 가면 우리 어멈이 또 찾아다니느라고 애를 쓰게"

"그럼 이다음에 우리 가서 구경하자"

두 아이는 손을 이끌고 이야기하며 서서히 나아가는데 정남은 바다 가운데 우뚝하게 솟아나와 있는 큰 바위를 보더니

"애, 그 바위는 퍽도 크다. 그 바위 위에 한번 올라앉아 보았으면 좋겠다"

"저 바위 말이냐. 그 바위 이름이 투구 바위란다. 투구같이 생기지 아니했니. 지금은 물이 들었으니까 그렇지 물이 빠지면 여기서 바위 있는 데까지 걸어서도 들어간다. 물이 갓 빠진 후에 거기 들어가 보면 바위 사이에 별 고기가 다 있지"

"거기 한번 가서 보았으면. 언제든지 물이 빠지거든 한번 가서 구경하자"

"그래도 그 바위는 물이 들어올 때에는 산덩이 같은 물결이 들어와서 벼락같이 부딪치니까 잘못하면 큰일 난다. 언제든지 일기 좋은 날 한번 가서 잠깐 구경하고 오자"

7

"정남이 인제야 오니. 나는 아주 집을 잊어버린 줄 알았구나. 무얼 그렇게 해변에서 오래 놀고 있었니"

총총히 달음질하여 들어오는 정남의 뒤에는 유모가 뒤좇아 들어온다.

"마님, 이제 옵니다. 아따, 도련님이 집에 올 줄도 알지 못하고 장난에 골몰하는 것을 간신히 데리고 왔습니다"

정남은 유모의 얼굴을 돌아다보며

"아따, 어멈은 입때지 잔디밭에서 앉아만 있다가 와서는……"

"어멈은 다리가 병이 났으니까 그렇지"

경자는 웃음을 머금으며

"오냐, 정남이가 재미 붙여 노니 내 마음이 대단히 좋다. 아무쪼록 속히 소복하여 가지고 서울 집으로 올라가자. 나 모양으로 일상 병치레만 해서야 무엇에 쓰겠니"

"어머니, 나는 여기서 아주 살았으면 좋겠어요. 좋은 동무도 있으니까"

"얘, 이 촌 아이들하고 너무 섞여 다니지 마라. 못된 것만 배우기 쉽다"

"그래도 어머니, 옥남이란 아이는 여기 시골 아이들 같지 아니해요"

유모는 정남이 수건에 싸서 들고 있는 것을 가리키며

"여보, 도련님, 어머니 보시게 주워 가지고 온 조개들이나 좀 내놓구려. 나도 좀 봅시다"

정남은 아래윗간 방을 좌우로 둘러보더니

"아버지는 어디 가셨소"

"너의 아버지는 지금 막 운동 나가신다고 가셨는데 문 앞에서 뵙지 못하였니"

"그럼 아버지는 어디로 가셨나. 그런데 어머니, 오늘은 어떻게 구경을 잘했는지 몰라요. 조개도 별것이 많이 있고 고기도 별것이 많아요. 그리고 내일은 우리 동무 옥남이라는 애가 좋은 산호 가지를 갖다 주마고 그랬어요"

"너는 밤낮 동무, 동무 하니 동무가 어떤 아이냐"

하며 경자는 다시 유모를 향하여

"여보게, 애기 어멈, 애와 같이 놀았다는 옥남이란 아이를 자네도 보았나"

"예, 저는 다리가 아파서 도련님하고 같이 다니지 못하고 산 밑에 가서 앉았더니 도련님은 혼자 아이들 틈으로 가서 놀다가 동무를 하나 장만한 모양이올시다마는 저는 자세히 못 보았어요. 지금 도련님하고 올 때에 먼발치로 잠깐 보니까 나이는 아마 열두어 살 되었나 보아요. 모양도 얌전하고 얼굴도 희고 이곳 해변가 아이들 같지는 아니해요. 그런데 마님, 도련님은 그 아이 얼굴이 똑 도련님하고 같다고 그 애 같은 형님이 하나 있으면 좋겠다고 길에서 오면서도 노— 그 말뿐이야요"

정남은 모친을 쳐다보며

"어머니, 정말 내 얼굴하고 같아요"

경자는 얼굴에 이상한 그림자가 나타나며

"그 아이 얼굴이 너하고 같은 줄을 어찌 아니"

"그것은 어머니, 뱃사람들이 지나가다가 나하고 옥남이하고 보더니 너희들은 얼굴이 한판에 박아 낸 것 같다고 형제냐고 그래요. 그래서 우리가 얼굴을 물에다가 비춰 보았더니 정말 똑같은 것 같아요"

유모는 웃으며

"아따, 도련님은 의사도 좋지. 물에다가 얼굴을 비춰 볼 줄은 어찌 알았을까"

"그런데 나는 보아도 자세 알 수 없는데 그 옥남의 얼굴이 우리 어머니 얼굴하고는 같아요"

경자는 그 말에 홀연 가슴이 울리며 괴이한 염려가 일어나나 강잉히 사색을 나타내지 아니하고

"이 세상 억조창생 중에 같은 사람이 오죽 많겠니. 그 애 부모는 뱃사공이라디?"

"아이고 마님, 멀리서 보았어도 모양이 이곳 아이들같이 상스럽지는 아니해요"

정남은 모친의 무릎을 흔들며

"어머니, 그 옥남이는 시골 아이가 아니래요. 저의 어머니 아버지는 없대요. 여기서는 저의 젖어머니하고만 산다는데 그 애가 커다랗게 자라서 어른이 되지 아니하면 아버지 어머니를 만나 보지 못한대요. 어머니, 어째서 그러오. 나는 무슨 까닭인지 모르겠어요"

경자는 안광이 홀연 빛나며 깊이 한숨짓는다.

"어머니, 어머니, 옥남이는 어찌 놀기가 좋은지 몰라요. 다른 아이들이 모두 와서 나를 놀려 주어서 나는 울었지요. 그런데 옥남이가 와서 그 아이들을 쫓아 버리고 종일 나하고 같이 놀았어요. 나는 옥남이 같은 언니 하나 두었으면 좋겠어요. 그런 언니가 하나 있으면 어머

니도 좋겠지요. 옥남이도 우리 어머니 한번 보았으면 좋겠다고"

경자는 다시 한숨지으며

"그래, 너희들을 보고서 지나가던 사람이 얼굴이 같다고 하더란 말이지"

"응, 보는 사람마다 그래요"

"옥남이는 그 아이 이름이냐"

"응, 이름이 옥남이야요"

8

석양에 넘어가는 해는 벌써 유달산(儒達山) 봉우리 너머로 떨어지려 하는데 조각구름 사이로 새어 나오는 나머지 빛은 다시 해면의 잔잔한 물결을 채색하여 놓은 듯 저녁 햇빛을 안고 돌아오는 돛단배는 완연히 그림과 다름이 없더라. 원근에 연하여 있는 울울한 산과 봉우리는 점점 몽롱하여 연기 중에 싸인 것 같으며 몰려들어 와서 언덕에 부딪치는 물결 소리도 이날은 희한히 고요하여 잊은 것을 별안간에 생각한다. 시시때때로 몰려와서 바위에 부딪치는 물결 소리에 고개를 비틀고 한가히 졸던 백구의 꿈을 놀래 훨훨 날아가는 것도 한 경치라. 뒤에 있는 조그마한 산 밑에는 어느 틈에 저녁연기가 일어나고 넘어가는 해는 소나무 가지 끝에 걸려 있으니 적막하고 한정한 어촌 경치는 진실로 사람의 회포를 돕더라.

이때에 해변 경치를 완상하며 서서히 걸음 하여 배회하는 사람은 정욱조의 일행이니 그 부인과 아들을 데리고 이곳에 산보함이라. 정남은 그 부친을 대하여 전일 옥남에게 들은바 물망아지와 여울주머니 이야기며 방게 잡는 이야기를 하는데 정욱조는 다시 자세히 설명하여 들려준다. 경자는 말없이 남편의 뒤를 쫓아오며 조개와 방게 등속을 주우며 나아가는데 일행 삼 인은 얼마 아니하여 한 바위 앞에 다다랐더라. 정남은 별안간에 우뚝 서며

"아버지, 저 바위가 투구 바위라 하는 것이야요. 나는 그 바위가 그중 좋아"

"옳지, 그 바위가 정말 투구 모양같이 생겼구나"

"아버지, 나는 저 바위 위에 좀 올라가 보았으면 좋겠어요. 거기 올라가서 보면 별구경이 다 많이 있대요. 이 물이 다 빠지는 때는 저 바위까지 걸어서라도 올라간다는데 전에 아버지 여기 다니실 제 저 바위에 올라가 보셨겠지요"

"아니, 나는 올라가서 본 일 없다"

"아버지, 인제 물이 다 없어지거든 나하고 한번 같이 가서 구경해요, 응, 아버지"

"응, 그리하자"

이때에 마침 몰려들어 오는 물결이 맹호가 입을 벌리고 집어먹을 듯이 달려드는 것같이 그 바위를 물결이 뒤덮어 물속에 파묻히는지라. 경자는 이 모양을 보고 홀연 몸서리를 치며

"아이고, 애, 정남아, 아예 저 바위에는 올라가지 마라. 너도 지금 보았지. 물 덩어리가 그 바위를 뒤덮는구나. 만일 그런 때 그 위에 사람이 있으면 함께 쓸려 들어가지 아니하겠니. 아예 그런 장난은 하지 마라. 영감께서도 못 하게 하셔요"

"어머니는 알지도 못하고 그리하시네. 지금은 물이 자꾸 들어오니까 그러하지요. 이 물이 다 물러 나가면 관계치 않아요"

정욱조는 정남의 편을 들어

"지금 보기에는 한창 물이 미는 때이니까 그렇게 위태하여 보이지마는 물이 써면 그때는 조금도 위태할 것 없지요. 애, 정남아, 네가 정히 저 바위 위에를 올라가고자 할 지경이면 언제든지 물 빠진 후에 내가 데리고 올라가서 구경시켜 주마"

정남은 심히 기꺼하며

"그럼 아버지, 꼭 구경시켜 주어요"

"응, 그래라"

경자는 오히려 염려를 놓지 못하고

"아이, 여보시오, 영감, 나는 정남이가 너무도 바위 위에 올라가려고만 하니깐 암만해도 염려가 됩니다그려. 만일 까딱 잘못해서 별안간에 들어오는 물결에 싸여서 들어가면 큰일 나지 아니하겠습니까. 영감이 올라가지 못하게 하시지는 아니하시고서……"

정욱조는 미소하며

"그다지 염려할 것은 없소. 아이들은 너무 위해서만 기르면 아이들이 도리어 나약해져서 못쓰는 법이외다. 그도 만일 바람이 심하고 물결이 몹시 뛰노는 날이면 모르겠으되 고요한 날에야 조금이나 무슨 염려가 있을 리가 있소. 그리고 내가 데리고 올라갈 터이니까 아무 염려 없소"

경자는 다시 정남을 향하여

"정남아, 이후에 저 바위 위에 올라가려거든 아버지께 말씀하고 아버지하고 함께 올라가지 행여 혼자는 가지 마라, 응"

"예—"

정욱조는 바다를 향하고 유연히 서서 멀리 해중을 바라보니 높았
다 낮았다 하는 물결이 자주 움직이며 언덕에 부딪치는 물소리는 진짓
사람의 마음을 웅장케 한다. 보기를 이윽히 하더니

"참, 경치는 더 말할 수 없소. 지금 내가 한참 본즉 과연 상쾌하고
웅장하여서 사람의 미약한 마음도 능히 흥기를 시킬 듯하구려. 그렇지
않소"

경자도 한가지로 물결치는 것을 바라보고 있다가

"예, 그렇습니다. 그러나 나는 어째 그러한지 무섭기만 해요. 저
것 보시구려. 집채 같은 물 덩어리가 저—기 바위와 바위 틈으로 몰려
들어 올 제는 서서 오는 것 같다가 다시 속으로 쑥 들어가는 것 같았다
가 물거품이 일어날 때는 그 깊은 속에 무슨 것이 잠겨 있는 것 같아요.
그런 것이 나는 공연히 무서워요. 그리고 물결이 출렁거리며 살 닿듯
하는 것을 보면 내 몸까지도 끌려 들어가는 것 같아요"

9

정욱조는 허허 웃으며

"옳은 말이오. 나도 어쩐지 두려운 마음이 안 나는 것은 아니오.
이렇게 한참 내다보고 있으면 무슨 형용 없는 물건이 그 속에 은복(隱
伏)하여 있는 것 같고 또는 두려운 마음이 자연 생기는 것은 이른바 고
상(高尚)한 관념(觀念)이 이로 좇아 일어나는 법이니 가령 말하면 적막

한 심산궁곡에 홀로 들어가서 섰든지 푸르고 검은 깊은 소에 임하면 그곳에는 무슨 형용키 어려운 무서운 물건이 잠복(潛伏)하여 있는 듯이 마음이 되는 것은 사람마다 다 있는 마음인데 그 어떠한 물건이라 하는 것이 사람의 마음속에 있는지 천지자연(天地自然)에 있는지 그는 용이히 해석하기 어려우나 어떠하든지 간에 산중에 홀로 가서 있든지 큰 바다의 탁랑 노도(濁浪怒濤)를 보든지 하여 마음속으로 이상한 관념이 일어날 때에는 천지자연과 자기의 마음이 눈에는 보이지 아니하는 실로 연결(連結)하여 놓은 것 같은 마음이 나는 것은 사람마다 그러한 것이라. 지금 부인의 말이 몸이 물에 끌려 들어가는 것 같다 하는 것도 즉 천지의 자연과 부인의 마음이 서로 연결이 되는 까닭이요 그런 고로 만일 자기의 허물이 있는 사람이 이 경우를 당하면 그 지은 허물을 심히 두려워하는 마음이 생기니 천지의 자연이라 하는 것은 사람의 정신상(精神上)에 비상한 감화(感化)를 주는 법이오. 명산(名山)이 인걸(人傑)을 낳는다, 천지의 자연(自然)은 인심(人心)을 감화시키는 교회사(敎誨師)라 하는 것이 다 이러한 이치에서 나오는 것이오"

경자는 고개를 숙이고 남편의 말을 귀를 기울여 듣다가 다시 고개를 들 힘이 없더라.

부친과 모친이 투구 바위 앞에 서서 이야기하고 있을 동안에 정남은 홀로 앞을 향하여 나아간다. 저편 물가에는 고기잡이배가 들어와서 고기를 나누는지 고기 두서너 마리를 바구니에 얹어 들고 해변으로 좇아 촌가를 향하여 가는 사십여 세 된 노파 하나와 십여 세 된 아이가 있다.

정남은 벌써 그 아이를 보더니

"오—, 옥남이냐"

그 아이는 얼른 대답하며 정남에게로 향하여 오려다가 다시 그 노파를 돌아다보며

"어머니, 저 애가 아까 내 말하던 그 아이요"

노파는 눈을 옷자락으로 씻으며

"응, 네 얼굴하고 같다 하던 아이가 저 아이냐. 네 얼굴과 같다니 내 마음도 어찌 반가운지 모르겠다"

이리 말할 사이에 정남은 달음질을 하여 벌써 이곳에 이르렀더라. 옥남이는 반기며

"너는 해가 저물어 가는데 혼자 여기까지 나와서 놀고 있니"

"아니, 아버지하고 어머니하고 모두 함께 왔단다"

이 말을 듣더니 옥남의 얼굴에 이상한 기운이 보이며

"그러면 너의 어머니도 여기 나오셨니. 어디 계시냐"

"저기 아니냐. 저 바위 앞에 둘이 서서 있지"

"응, 저기 둘이 선 사람이냐. 내가 볼까. 나는 너의 아버지하고 어머니하고 좀 보았으면 좋겠더라. 제일 너의 어머니 좀 뵈었으면"

옥남은 가장 열심으로 말한다.

"그럼 나하고 함께 가자. 우리 어머니한테 데려다 줄 터이니"

"그렇지만 나는 부끄러워서 어떻게 가니…… 그래도 우리 가 보자"

하며 두 소년은 달음질하며 그곳을 향하려 할 즈음에 뒤에 서서 있던 노파는 옥남을 부른다.

"애, 옥남아, 가만히 있거라"

옥남은 부르는 소리에 몸을 돌이키니 정남도 몸을 돌이켜 그 노파의 얼굴을 쳐다보며

"얘, 이이가 너의 젖어머니냐"

그 노파는 나직한 말로 정다이

"내가 이 옥남이 젖어머닐세"

하며 눈을 씻고 정남의 얼굴을 자세자세 들여다보더니 한숨을 길게 지으며

"같기도 하다. 어쩌면 이렇게 얼굴이 같은가. 형제가 아니고야 이렇게 같을 수가 있나"

하며 입 속으로 하는 말을 옥남이가 듣고

"자—, 우리 젖어머니도 보고서 같다고 하는구나"

정남이도 신이 나서

"할멈이 보아도 우리 얼굴이 같지"

"같고말고. 그렇게 같을 수가 있나. 한판에 박아 낸 것같이, 아이고, 세상에도"

하며 차탄하기를 마지아니하고 정신없이 두 아이의 얼굴을 번갈아가며 들여다보다가 손에 들었던 고기 바구니를 땅에 떨어친다.

"여보, 할멈, 바구니가 떨어졌소"

하며 정남과 옥남이가 그 바구니를 집으려 할 때에 그 노파는 비로소 깜짝 생각을 하고 바구니를 땅에서 집는다.

"어머니, 왜 그러오. 무슨 일이 있소? 저 애하고 저기 가 보아도 관계치 않지"

옥남이는 말하기를 맞지 못하여 달음질로 그편을 향하여 달아난다.

"쟤가 저기는 왜 간다고 그리할까. 시골구석에서 자라나서 누구에게 변변히 대답도 할 줄 모르는 위인이"

뒤에 떨어졌던 정남이는 옥남을 쫓아 따라간다. 그 노파는 두 소년의 가는 모양을 망연히 서서 보고 있더라.

10

그 노파는 두 소년의 가는 모양을 물끄러미 바라보고 서서 입 속의 말로

'그 아이더러 자세히 좀 말이나 물어보려고 했더니 벌써 가 버렸구나. 정말 형제나 아닌지 모르겠구면. 친형제가 아니고야 얼굴이 그렇게 같을 수가 있나. 열한 해 전 일이니까 나도 자세히는 기억할 수는 없어도 그 아이 어머니라는 사람을 내가 한 번만 보았으면 얼굴은 짐작할 터인데. 그때 들으니까 이름이 경자라고 하던가 하였는데 그 아이 어머니가 정말 우리 옥남이 어머닌가 보다. 정말 그러하면 작히나 좋으리마는…… 철모르는 옥남이는 저의 부모의 얼굴도 모르고 이 시골구석에서 자라나니 아무리 해괴한 이 세상이기로 지금은 아직 철을 모르니까 아무 생각이 없겠지마는 차차 셈이 나면 부모 한탄을 오죽이나 할라고. 이런 불쌍한 아이도 있는데 저 아이는 저의 어머니 아버지 틈에서 금이요 옥이요 하고 귀염을 받고 재상가 자제로 남이 다 추어볼 테이니 한 뱃속에서 나온 형제도 팔자가 다 각각이로구나. 저 아이 어머니가 정말 옥남이 낳은 어머닐 지경이면 어떻게 해서 지금은 재상가 부인이 되었는지 몸이 잘 되었으니까 이전 자식은 당초에 생각도 아니 하는 것이지. 그 생각을 하면 더 미워서 못 견디겠네. 아무리 처음

부터 왕래를 끊고 소식까지 통치 아니하기로 약조는 하였지마는 조금이라도 인정이 있는 사람이면 자식 사랑에 끌려서라도 어떻게든지 남모르게 소식이라도 전하려마는 십여 년이 되도록 소식 한 번이 없단 말인가…… 다시 말할 것이 있나. 갓 낳은 자식을 제 손으로 죽이려고까지 하던 아귀 같은 여편네니까 옥남이 생각은 벌써 잊어버렸을 터이지…… 내가 그 경자라고 하는 이를 한 번만 보았으면 가슴이 시원하도록 원망을 해 주련마는. 어머니 되는 사람은 그렇게 무정하여도 옥남이는 그 매정스러운 어머니를 그래도 주야로 생각을 하니 자닝해서 그 모양은 차마 사람의 눈으로 볼 수가 없지. 오늘도 그 애 어머니가 제 얼굴하고 같단 말을 그 애에게 들었다고 신명이 다 가르쳐 주시는지 그 말 들은 후부터는 그래 어머니를 한번 보았으면 좋겠다고 조비비듯 하니 그런 불쌍한 내 자식의 마음을 알지도 못하고…… 정말 어쩌면 사람의 인정이 그러한고…… 어떻든지 내가 가서 먼발치로라도 잠깐 보고 오겠다'

하며 옥남의 유모는 두 아이가 가는 곳으로 뒤좇아 서서히 걸어간다.

옥남과 정남은 정욱조의 부부가 서서 있는 곳에서 육칠 간 동안이나 격한 곳에 이르러

"저것 보아라. 저거 아니냐. 우리 어머니가 보이지"

옥남이는 멀리 경자를 바라보며

"어디 보이니. 고개를 구부리고 계시니까 얼굴이 어디 보이나"

"그럼 더 가까이 가서 보자"

"나는 부끄러워서 어떻게 가니"

"관계치 않다. 어서 가자"

하며 정남이는 옥남의 손을 이끌고 앞으로 가까이 나아가니 정욱조는 해면 경치를 바라고 섰다가 아이들 달아 오는 발자취에 고개를 돌려 두 아이를 보니 옥남이 얼른 고개를 숙여 공손히 정욱조의 부부를 향하여 예한다.

정욱조는 옥남의 얼굴을 보고 내념에 이 근처 해변 아이로는 희귀한 소년이라 하여 자기도 고개를 끄덕여 답례하고 다시 옥남의 얼굴을 바라보니 홀연 한번 놀라지 아니하지 못할레라.

보건대 이 아이는 해변가의 보통 아이와 다르고 청수한 미목은 서로 나란히 서서 있는 정남의 얼굴과 심히 같도다. 신기한 일에 놀라기를 마지아니하던 정욱조는 혼잣말로

"참 이상한 일이다. 정남이하고 얼굴 빼쏘았구나. 정남이보다 저의 어머니 얼굴과 더 같다. 그 아이가 뉘 집 자질인지 잘―생겼다"

남편 옆에 서서 있던 경자는 옥남의 얼굴을 유심히 보더니 점점 얼굴이 변하여 파랗게 질리며 그 눈에 두려워하는 기색이 나타난다.

"여보, 이것 참, 이상한 일도 다 있구려"

하며 정욱조는 경자의 얼굴을 돌아다볼 때에 십일 년 만에 만나보는 모자 두 사람의 눈은 서로 바라보는 안광이 사람의 눈에 보이지 아니하는 실로 끝을 이은 것같이 한참 동안을 두 사람이 정신없이 바라본다.

11

철모르는 정남은 서서 있는 모친의 치마 앞에 와서 안기며

"어머니, 저 애가 옥남이라오. 아까 내가 이야기했지요. 어머니도

보고 싶다고 했지. 지금 저기서 마침 만났길래 내가 데리고 왔지. 저기서 저의 젖어머니하고 같이 있습디다"

경자는 대답도 하지 않고 목우인같이 서서 있다.

정욱조는 옥남의 앞으로 가까이 나아가며

"네 이름이 무엇이냐"

옥남이는 부끄러운 마음을 억제하고 정욱조를 쳐다보며

"옥남이에요"

"성은 또 무엇이니"

"성은 서가에요"

"서옥남이, 응, 그러면 네 집이 본래 여기더냐? 서울서 혹시 낙향을 했느냐"

"본래 여기에요. 그래도 여기서 학교를 졸업하면 서울로 또 학교에 들어갈 터에요"

"그러면 지금은 소학교에 다니니. 그래, 학교에 다니기가 좋으냐"

"예, 나는 글 배우기가 퍽 좋아요. 학교 선생님이 우리 집에 와서 계신데요"

"응, 나이는 지금 몇 살이니. 너의 부모 다 계시고. 너의 집에서는 무엇을 하니. 농사를 하니?"

"올해 열한 살이에요. 나는 아버지도 없고 어머니도 없고 집은 우리 젖어머니 집이에요"

정욱조는 점점 이상히 여겨

"허허, 그러면 외로운 몸이로구나. 가엾은 일이다"

정남은 부친의 앞으로 다시 나아가

"아버지, 그래도 저의 젖어머니가 퍽 귀애한대. 아버지도 어머니도 모두 없어도 젖어머니가 귀애하니까 조금도 섧지 않다고. 그래도 내가 우리 어머니 아버지하고 함께 여기 왔다고 했더니 그 말을 듣고는 저 애가 어머니 아버지 생각이 나서 울었다고 해요. 그런데 아버지, 접때 내가 아이들한테 맞아서 내가 우니까 재가 와서 그 아이들을 모두 쫓아 주고 그때부터 나하고 동무가 되었어요"

"응, 그랬어"

하며 정욱조는 경자를 돌아다보며

"그 아이, 좀 잘생겼소. 열한 살로는 숙성도 하고 묻는 말도 대답을 똑똑히 하고 영민해 보이는 것이 이 시골서 생장하는 아이라고는 할 수 없는걸. 첫째 기상이 좋아 보이니까 이 해변 어부의 자식은 아닌가 보오. 다만 그 아이 얼굴이 부인과 정남의 얼굴하고 같은 것이 이상한 일이지…… 어떻든지 정남이는 좋은 친구 하나 얻었소. 모르는 사람은 형제로 알기 쉽겠소…… 허허……"

경자는 더욱더욱 요란한 가슴을 진정하며

"정말, 참 그렇습니다"

경자는 다시 눈을 숨기며 옥남의 얼굴을 바라보니 옥남도 역시 경자를 향하여 바라보는 눈과 서로 마주쳤는지라. 경자는 깜짝 놀라다시 땅을 향하고 고개를 숙인다.

해는 벌써 황혼에 이르러 촌의 인가마다 저녁연기가 처처에 몽롱하여 가까이 있는 사람이 아니면 얼굴도 자세히 알기 어렵더라.

이때에 옥남의 뒤를 쫓아 서서히 걸어오는 옥남의 유모를 정남은 벌써 알아보고

"애, 정남아, 너의 젖어머니 온다"

"어디, 참말, 어머니……"

하며 옥남은 고개를 돌려 볼 때에

"애, 옥남아, 여기 와서 무엇을 하고 있니. 어서 가자"

하며 그 노파는 정욱조를 향하여 인사하고

"이것은 시골 자식이 되어서 아무것도 모르고 미거만 합니다. 어른 앞에 와서 잘못한 일이나 없었는지요"

하며 눈을 들어 가만히 경자의 얼굴을 바라본다.

정욱조는 그 노파를 향하여

"여보게, 이 사람, 자네가 이 아이 어머니 되는 사람인가"

"예, 그렇습니다. 제가 낳은 자식은 아니옵고 젖 먹여 길러 준 사람이올시다. 말씀 듣자오니까 영감마님께서는 서울서 내려오셨다지요. 어떻게 이렇게 먼 시골구석에를 오셨을까요. 촌구석이라 잡수실 것도 변변치 못할 걸이요. 아이고, 도련님은 잘도 생겼습니다. 어여쁘기도 하지. 그저 이 미거한 옥남이하고 날마다 정답게 노는 모양이어요"

하고 말하면서도 곁눈으로 경자의 얼굴을 자주 바라본다.

아무 이허도 모르는 정욱조는 웃음을 머금고 수염을 쓰다듬으며

"지금도 우리가 이놈의 좋은 친구가 생겼다고 이야기를 하였네. 우리가 여기 있을 동안에는 날마다 옥남이를 놀러 보내 주게. 우리는 요 너머 양신관이라 하는 주막에 유하니. 자네가 그 아이를 아마 잘 가르친 게데. 어린아이지마는 어찌 영민한지 모르겠데그려"

그 노파는 부끄러워하는 모양을 지으며

"천만의 말씀이올시다. 어찌 그럴 수가 있습니까. 그러오나 이 아이를 아무리 저의 친부모는 내버린 자식으로 알고 한 번도 찾지를 아

니하지요마는"

하며 홀연 비창하여 두 눈에 눈물이 돌더니 다시 말한다.

"이 늙은것이 이 아이 하나는 무슨 짓을 하든지 잘 가르쳐서 사람을 만들려고 합니다. 그저 시골 것이라 무엇을 알아야 합지요"

"그러면 자네가 전에는 서울도 있어 보았나"

"예, 젊었을 때에 육칠 년 동안이나 양반의 댁에서 드난도 좀 해 보았습니다마는 벌써 이 시골 와서 산 지도 십여 년이 되었습니다"

12

정욱조는 빙그레 웃으며

"아니, 그래도 할멈이 지도를 잘하였기에 어린아이가 그만큼 똑똑하지. 어떠하든지 간에 우리 정남이하고는 피차에 좋은 친구가 되겠으니 날마다 우리 있는 곳으로 놀러 보내 주게"

하고 경자를 돌아다보며

"부인도 그렇게 말을 하구려"

경자는 간신히 목소리를 내어

"예, 여보, 마누라, 그 애를 날마다라도 우리에게로 놀러 보내오"

옥남의 유모는 비로소 경자와 말할 기회를 얻으므로 경자를 향하여 다시 인사한다.

"이 어른께서 부인 되시는 마님이오니까. 아이고, 신색도 곱기도 하시고 새색시 같으셔. 이 변변치 못한 저것이 도련님하고 정답게 노는 것을 보니까 그것도 무슨 전생의 연분이던 것이야요. 아무쪼록 마님께서도 이 어미 아비 없는 것을 불쌍히 여겨 줍시오. 어린것이라도 부모를 어찌 생각을 하고 언짢아하는지 모르겠지요"

하며 경자의 안색을 눈여겨보는 옥남의 유모의 눈에는 눈물이 가득하다. 경자는 다만 들을 뿐이라. 노파는 다시 옥남을 돌아보며

"너, 저 마님께 인사 여쭈었니. 너 같은 미거한 것이라도 이렇게 들 귀여워하시는구나"

옥남이는 다만 부끄러움을 머금었더라.

정남은 옥남의 손을 이끌고

"애, 우리는 저리 가서 놀자"

"응, 그래, 가서 보자"

하며 두 소년은 어깨를 엇메고 저편으로 가려 하거늘 그 노파는 옥남을 부르며

"애, 옥남아, 점점 어두워 가는데 어디 가서 논다고 그리하느냐"

"아니야, 요기서 있을 테요"

정욱조는 노파를 향하여

"저 아이의 부모는 다 돌아갔다 하니 아마 상사람은 아니던 게지"

"아니올시다. 부모가 다 죽은 것이 아니라 지금 어디서든지 살아 있을 줄로는 압니다마는······"

하며 말을 마치지 아니하는지라. 정욱조는 그 말을 이상히 여겨

"허허, 그러면 부모가 죽은 것도 아니로고. 우리는 듣더라 하여도 관계가 없으니 자세한 이야기를 좀 하여 주게나그려"

"예, 그렇게 합지요. 이 아이의 자세한 내력은 입때지 몇 해 동안

을 누구 한 사람에게라도 말한 일이 없습니다마는 영감마님 내외분은 지금 처음 뵈올지라도 어쩐 일인지 남 같지 아니하고 한집안 양반같이 마음에 정답습니다그려. 그러니 무슨 말씀을 못 하겠습니까. 아무쪼록 저 마님께서도 자세 들으십시오. 정말 불쌍해서 못 견디겠지요. 아까도 말씀을 여쭈었습니다마는 부득이한 사정이 있어서 이 모양이 되었는데 이 할미도 저 아이의 아버지 이름을 알지 못합니다"

"그러면 개구멍받인가. 길에 내버린 것을 얻어다가 길렀나"

경자는 점점 몸이 떨린다.

노파는 다소간 분기를 띤 목소리로

"개구멍받이가 다 무엇이오니까. 저희가 이 아이를 기르려고 맡아 올 때에 약조하기를 저의 부모 편에는 통신을 끊기로 하였습니다그려. 저 아이 어머니 되는 이는 제가 얼굴을 보았습니다. 그것도 벌써 십여 년이 되었으니까 지금은 만나 보더라도 얼굴을 알아볼는지 모르겠습니다마는 어머니 되는 사람의 이름은 지금까지도 잊지 아니하고 기억하였습니다. 그러하오나 그 이름은 말씀해야 쓸데없는 일인 듯하오니까 이름은 여쭈어 드리지 아니합니다마는⋯⋯"

하며 경자의 기색을 살펴보니 경자는 그 노파가 이름 이르지 아니하는 것을 무한히 감사하여 하는 모양이 표면에 나타난다.

그 노파는 다시 말을 계속하여

"그리고 그 어머니로 말씀하면 그 신세도 저 아이보다 나을 것이 없다는 말을 들었으나 자세한 곡절은 당초에 알지 못하옵고요⋯⋯ 어쩌하든지 간에 저 아이는 어머니 정이라는 것은 조금도 알지 못하고 귀염도 받아 보지 못하였습니다. 오죽하여 갓 낳아서 며칠 되지 아니한 어린것을 자기의 손으로 죽이려고까지 하였더래요. 그때 마침 병으로

해서 실진을 하였더라나요. 아무리 병중에 모르고 그리했다 하기로 어
쩌면 그런 짓을 합니까. 저는 지금도 그 어머니 되는 이를 원망합니다"
하며 경자의 얼굴을 바라본다.

13

노파는 다시 말을 연속하여

"그까지 가는 사람이오니까 저의 어머니는 벌써 저의 아들 생각
은 잊어버렸겠습니다. 그렇지마는 저 아이는 그래도 저의 어머니 생각
만 하고 언제면 우리 친어머니를 만나 보겠느냐고 물어볼 제마다 이
할미는 뼈가 저리고 살이 에여 내는 것 같습니다. 이 천지 안에 저의 부
모 되는 사람이 어디든지 있으련마는 어미 아비의 이름도 가르쳐 주지
아니하는 그런 무정한 부모가 이 세상에 어디 있겠습니까. 차차 철이
나면 신세한탄을 오죽이나 하겠습니까. 저는 그 생각을 하면 불쌍하고
자닝해서 못 견디겠어요"

하며 노파는 눈물을 씻는다. 경자는 다만 고개를 숙이고 먼 산만
바라보며 몸은 바람 이는 곳에 나무 잎사귀같이 떨린다.

정욱조는 창연한 기색으로 노파의 말을 듣고 있는데 노파는 하던
말을 계속한다.

"아직은 나이 어리니까 아무것도 모르겠지요마는 그래도 오늘은
저의 부모의 생각 간절한 모양이에요. 저도 저 아이에게 듣고 도련님
이 저와 방불하다 하옵기에 한번 만나 볼까 하였삽더니 지금 도련님을

보오니까 과연 이상하게도 같습니다. 옥남의 말은 제 얼굴이 도련님보다 도련님의 어머니 마님하고 더 흡사하다고 하는 말을 도련님에게도 들었다고 혹시 저의 어머니도 저 마님 얼굴과 방불하지 아니한가 하는 생각으로 더욱 저 아이는 마님을 저의 어머니같이 따르려고 합니다그려. 저 아이의 정말 어머니도 저 마님같이 얼굴이 어여쁜 새아기씨온데 부모가 허락지 아니한 남편을 얻어 가지고 무한 고생을 하였다는데요. 그것도 벌써 열한 해 동안이올시다. 지금은 죽었습니다마는 그때 저의 어머니 되는 사람이 서울 용산 김 소사 댁이라 하는 데 가서 부쳐 있을 때에 그 김 소사가 하루 저녁에는 강가에를 우연히 나갔다가 강에 빠져 죽으려 하는 사람을 구하여 가지고 데리고 왔는데 그 사람이 즉 저 아이의 어머니올시다. 그날 밤에 저 아이를 낳았는데 그 후에 저 아이 외할아버지 되는 이가 올라와서 저 애 어머니는 자기 시골로 데려 내려가고 그때 저 애는 제가 맡아 가지고 기르려고 이 시골로 내려와서 삽니다. 저 아이 맡을 제 그 외조부 되는 이가 돈 십만 냥을 주면서 이 돈을 가지고 늘려서 이 아이를 장성하도록 길러 달라고 해서 그 돈으로 넉넉히 저 아이 하나는 공부를 시키게 되었습니다. 그러오나 저 아이는 입때까지 저의 부모의 얼굴은 고사하고 이름도 알지 못합니다그려. 그리고 혹시 부모 있는 곳을 알지라도 통신을 하지 말라고 신신당부를 하와서 정히 혹시 기별할 일이 생기면 서울 어떠한 양반에게로 부탁을 하여서 그 양반이 편지를 전하여 주시는데 아이는 벌써 저렇게 장성하였어도 한 번도 보러 오지 아니하고 어쩌면 부모 자식 사이에 그다지 무도하온지요. 저는 남이지요마는 속으로는 어찌 분한지 모르겠습니다. 철모르는 것이 무슨 죄가 있습니까. 남과 같이 생기기도 하였건마는 저 모양을 만들어 놓으니 불쌍해서 똑 못살겠습니다.

아이고, 공연히 쓸데없는 말씀을 기다랗게 여쭈었습니다"

하며 노파는 치맛자락으로 눈물을 씻으며

"남이라도 사정을 들으면 눈물이 아니 날 수가 없는데 친부모 되는 사람이 어찌 그다지나 모른 체할까요. 사람의 마음은 아닌 줄로 생각합니다"

14

노파는 열심으로 옥남의 신상에 대하여 말을 하다가 홀연 해가 넘어가고 사방이 저물어 옴을 깜짝 정신을 차리며

"아이고머니, 공연히 쓸데없는 이야기에 벌써 캄캄하였습니다그려. 너무 오래 지껄이고 있어서 황송하오이다. 너무 저물었으니 저는 저의 집으로 가겠습니다. 애, 옥남아"

하고 부르는 소리에 저편 바위 그림자로 좇아 옥남과 정남 두 아이가 달음질하여 온다.

정욱조는 감개(感慨)한 마음을 진정치 못하며

"오늘은 우연히 소설 같은 이야기를 들었네. 저러한 좋은 아이를 저의 부모가 잊고서 내버려 두다니 참 세상에는 별일도 다 있는 것이로고. 옥남이는 내가 오늘 보기는 처음 하였으나 마음에는 대단히 귀여운 생각이 나니 날마다 우리에게로 놀러 보내 주게"

"예, 그렇게 하겠습니다. 아무쪼록 불쌍히 아셔서 사람 되도록 가르쳐 주십시오. 안녕히 주무십시오. 마님께서도 안녕히 주무십시오.

저는 가겠습니다…… 애, 옥남아, 그만 집으로 가자"

노파는 인사를 마친 후 옥남의 손을 이끌고 자기의 집을 향하여 간다.

그 노파는 집으로 돌아가는 길에서 심중으로 생각하되 지금에 보던 부인이 옥남의 모친과 얼굴이 흡사하나 벌써 십여 년 전에 본 얼굴이라 확실하게는 짐작치 못하겠으나 옥남의 신세 이야기를 할 때에 가만히 그 기색을 살피건대 심히 염려하는 모양도 보이며 그 남편에게 천연한 동정을 보이고자 하여 사색을 억지로 나타내지 아니하는 것이 필연 옥남을 자기의 아들인 것을 짐작함인 듯하니 일후에 그 부인을 조용히 만나는 날이 있거든 전후 사실을 자세히 물어보리라 하며 이리저리 생각하고 정신없이 나아가는데 옆에서 따라가는 옥남이는

"여보, 어머니, 저 정남이 어머니하고 나하고 어머니가 보아도 정말 얼굴이 같소, 응?"

하며 옥남은 부끄럼을 머금는다. 노파는 그 말을 듣고 불쌍히 여겨 옥남의 어깨를 어루만지며

"같고말고. 여부가 있니. 너는 너의 어머니 얼굴을 보지 못하였지마는 나는 너의 어머니 얼굴을 보았는데 그이가 똑 너의 어머니 얼굴 같더라. 혹시 너의 정말 어머니가 되는지 또 알 수…… 얼핏 보면 너의 친어머니로도 알겠더라. 얼굴도 어찌 같은지"

옥남은 눈에 광채가 돌며

"정남 어머니하고 우리 어머니하고 정말 얼굴이 그렇게 같소"

하며 더욱 마음을 진정치 못하며

"그렇지만 정말 우리 어머니는 아니지요"

"아니다. 너의 어머니는 나이가 더 많았을 터인데 그이는 퍽 젊어

보이지 아니하다. 외양으로 보아서는 나이를 알 수 없지마는"

옥남은 더욱 열심으로

"그러니까 우리 어머니 얼굴이 그러하오. 나는 언제나 우리 어머니를 보나"

노파는 옥남의 모친을 사모하는 마음이 간절함을 보매 스스로 흐르는 눈물을 금치 못하며

"애, 옥남아, 그 양반들이 너를 대단히 귀애하시니 내일부터라도 놀려거든 양신관으로 가서 놀아라. 내가 보내마고 대답하고 왔다"

"그렇지만 나 혼자는 부끄러워……"

"부끄럽기는 무엇이 부끄럽단 말이냐. 정 부끄러워 너 혼자 들어갈 수가 없거든 그 문간 근처에라도 가서 놀고 있으려무나. 그러면 정남이도 놀러 바깥에 나올 터이요 다른 이들이라도 보면은 들어오라고 할 터이니. 그래, 들어가서 놀거든 그 사나이 양반이 안 계시거든 너의 어머니 얼굴 같다는 그 양반 옆에 가서 말을 해 보아라. 그러면 그 양반도 네게 떠나지 않고 귀애해서 못 견뎌 하실 터이니. 너도 친어머니로 알고서 이야기를 하려무나"

옥남은 점점 안광이 빛나며

"정말 나를 귀애할까요. 그렇지만 부끄러워서 어떻게 해…… 정말 어머니도 아닌데 어머니라고 해요. 우리 어머니가 아닌데 암만 어머니로 알면 쓸데 있소"

"그렇더라도 너의 어머니 얼굴하고 같으니까 어머니거니 하고 있으면 어머니도 되려면 되겠지"

옥남은 혼잣말로

"정말 우리 어머니가 아닌지 모르겠네. 정말 우리 어머니 같으면

좋겠지마는"

하며 어린 가슴에 무한한 생각이 가려 유예하여 정남의 모친이 곧 나의 모친인가 하는 의심이 가득하다.

15

노파와 옥남 두 사람이 자기의 집을 향하여 돌아가는 것을 정욱조의 부부는 이윽히 서서 보다가 홀연 경자를 돌아다보며

"오늘은 우연히 가긍한 이야기도 다 들었소. 부인은 어찌 생각을 하시오. 그 노파의 말하는 바와 같은 변변하고 영리한 아이를 친부모가 있다 하면서 버려두고 돌아본 체를 아니 하는 것은 어찌한 소견인지 진정 그것은 사람의 정이라 일컫지 못하겠소…… 응, 부인, 이 세상에는 무서운 죄악이 비밀지중에 유행하는구려"

하며 차탄하기를 마지아니하고

"그렇지 않소? 아무 상관없는 남이라도 그 사정을 들으면 불쌍히 알 터인데 아무 죄도 없는 어린아이를 저의 부모의 따뜻한 품속을 떠나게 하여 저의 부모는 아주 잊어버리고 세상에는 은근히 숨겨 두니 그것이 무슨 까닭인가 생각을 하여 보오. 그런 부모는 사람의 마음을 가진 것이 아니라 금수와 같은 마음이니 나는 이와 같은 죄악이 이 세상에 종시도 없어지지 아니하는 것을 생각하면 정말로 몸이 떨리오. 가만히 생각하여 보시오. 저 불쌍한 어린아이는 저의 부모의 죄로 하여 일평생을 그늘 속에서 지내지 아니하면 안 될 터이니 즉 다시 말하

고 보면 범죄의 희생(犯罪之犧牲)이 됨이로구려. 그러하니 이것을 자비심(慈悲心)이 없다 할는지 인도(人道)에 벗어났다 할는지 실로 가증 가애한 일이오"

지금까지 마음을 억제하고 정신을 지탱하여 있던 경자는 이때에 이르러는 벌써 인내를 능치 못하게 된지라 홀연 몸의 중심을 잃어 물가로 향하여 쓰러지려 한다. 그러나 그때에 마침 그 남편이 기절하여 넘어지는 아내의 몸을 붙잡았으므로 다행히 몸이 넘어지는 데에는 이르지 아니하였으나 경자의 눈은 충혈(充血)이 되고 얼굴은 흙빛같이 되었더라. 그러나 그때는 다행히 황혼이 되어 점점 어두워 가는 때인고로 경자의 이와 같은 괴이한 기색은 그 남편이 확실히 알지 못하였더라.

정욱조는 아내를 안아서 일으키며 황망히

"여보, 이게 웬일이오, 별안간에. 어서 일어서오"

경자는 간신히 목소리를 입 밖에 내어

"예…… 아…… 무릇…… 지도 아니해요…… 놓으십시오. 일어설 터이니"

"정말이오. 정신 차렸소. 위태하니 내게 잔뜩 의지하고 끌려서 오오"

"관계치 아니하니 놓으셔오, 영감"

하며 경자는 남편의 붙든 몸을 피하고자 하나 정욱조는 위태할까 염려하여 경자의 팔을 부액하여 붙들고

"자一, 이렇게 하고 갑시다. 이러면 다시 넘어지지는 않겠지. 내게 잔뜩 의지를 하오……"

정욱조는 서서히 경자를 붙들고 걸어가며 말을 한다.

"부인이 오늘 의외에 너무 비참한 이야기를 들어서 잠깐 상기가 되어서 정신을 몰랐던 것이오. 본래 사람이라 하는 것은 으레 그러한 것이야. 그러나 그러한 이야기를 연약하고 또는 병중으로 있는 부인의 귀에 듣게 한 것이 내가 잘못이오. 나도 그 이야기를 듣고서는 마음이 어찌 좋지 못했는지 모르는데 황차 부인이야 더구나 말할 것이 있소. 우리가 이리 내려올 제 의원의 말이 부인의 신경(神經)을 자격(刺激)할 듯한 이야기는 결단코 들리지 말라고 하던 것을 내가 그만 명심을 하지 못하고 깜빡 잊어버렸구려. 어서 여관으로 가서 편안히 쉽시다. 그런데 지금 어둡기는 하고 바람은 찬데 오래 바람을 쏘이고 있어서 그것도 몸에 해로웠겠소. 아, 그것 참, 내가 아주 오늘 지각없는 짓을 하였고"

"아니야요. 인제는 아무렇지도 아니해요. 팔을 놓으셔도 넉넉히 걸어갈 터인데 놓으셔요. 관계치 않으니……"

경자는 이와 같이 친절한 남편의 위로와 남편의 몸 의지한 것을 다른 날이면 마음에 심히 기껍게 생각할 터이로되 다만 지금은 자기의 죄 많은 신상을 생각하매 남편의 몸에 가까이 붓니는 것도 내념으로는 극히 공구하게 생각한다. 정남은 모친의 옆에 와서 얼굴을 쳐다보며

"어머니, 인제는 관계치 아니하오"

"응, 인제는 다 나았다"

정욱조는 허허 웃으며

"애, 정남아, 너는 어머니가 다 있어서 좋겠다. 그러하기에 어머니를 참 위하여야 한다, 응"

"아버지, 나는 어머니를 어떻게 위하는데요"

하며 정남은 혹선혹후 하여 따라가며 소리를 높이 하여 창가 한

마디 그 소리 산에 울리고 다시 해상 물 위에 흐트러진다.

16

이날 저녁에 경자는 손에 수저도 들지 아니하고 남편이 권하는 말을 좇아 일찍부터 자리에 누웠더라. 얼마 지나 침변에 다른 사람은 없고 다만 정남이가 잠들어 누워 잘 뿐이라. 경자는 사람의 이목을 꺼려 지금까지 참고 참았던 가슴이 일시에 터져서 얼굴을 가리고 체읍하기를 마지아니한다.

부친 이기장이 항상 말이 죽었노라 하더니 그 말은 거짓 하는 말이요 어느 곳에든지 내가 용산에서 낳은 자식이 지금까지 살아 있으리라 하는 것은 경자가 항상 심중으로 의심하는 바이더니 오늘 이르러서는 그 의심을 목전에서 해석함을 얻었더라. 그러나 경자의 몸에 대하여는 자기의 낳은 아들이 지금껏 무사히 장성하여 있다 하는 말을 확실히 듣기만 하여도 이미 가볍지 아니한 대사거늘 그 아이가 현금 자기가 병 치료차로 내려와 있는 이곳에서 자라다가 오늘은 남편의 앞에서 모자가 서로 묵묵히 상봉하였으니 이 일은 경자로 하여금 진실로 참기 어려운 곳이라. 그러나 그날 낮부터 그 아들 정남에게로 옥남의 사실을 대강 들었던 고로 내심에는 이미 칠팔분의 의심을 품었던 터이므로 그때에 십여 년 만에 만나는 나의 아들을 보고도 천연한 모양을 간신히 지었거니와 만일 그렇지 못했더라면 그때에 기절을 하든지 그렇지 아니하면 뜻밖의 일에 놀라 수상한 행동이 남편의 눈으로 깨우친 바가 있을는지 모를 것이로되 경자가 마침내 남편의 의심을 사지 아니한 바는 오늘날까지라도 공교히 극도에 이르는 경우를 당하여도 가슴에 쌓아 두고 외면에 표시하지 아니하는 성질을 양성한 소이러라. 그러나 경자는 남편의 안전에서 옥남이라 하는 아이를 한번 보았을 때에 나의 가슴 깊고 깊은 속에 감추어 있는 본능(本能)이라 하는 것이 홀연 옥남으로 하여금 나의 아들로 인정하는 동시에 남편을 속이고 있던 자신(自身)의 죄를 살아 있는 증거물(證據物)과 한가지로 목전에 상제(上帝)의 심판(審判) 접한 일을 깨달았더라.

어느 때든지 상제의 심판이 몸에 이를 줄은 이미 믿었던 고로 항상 두려워하던 경자는 가령 오늘은 심판을 면한다 하여도 그 심판하는 날이 오기가 멀지 아니함을 깨달았는지라. 그러므로 경자는 자기의 운명(運命)이 좌우간에 정할 줄을 짐작하였더라.

경자는 나의 신세가 장차 어찌 될까 하며 생각할 때에 남편을 위하며 정남을 위하며 또는 옥남을 생각하여 자기의 몸과 한가지로 만곡의 눈물을 금치 못한다. 자기의 죄로 하여 자기 홀로 받는 것은 가하거늘 남편과 아들이 모두 자기의 죄악으로 하여 일생을 참담지중에서 지내리라 하매 이러한 생각은 실로 경자의 아름다운 천성으로 하여는 잠시도 참기 어려운 일이러라.

경자는 남편과 아들에게 대하여 자기의 책임을 생각할 때에 한편으로는 오늘 처음 만났던 옥남을 위하여 무량한 생각이 일어난다. 서병삼에 대하여는 원한이 있다 할지나 어찌하여 나의 아들이야 미우리오. 정남을 사랑하는 마음이 즉 옥남을 사랑하는 마음이라. 정남은 그 모친의 따뜻한 사랑을 입고 양육을 받았거니와 옥남에 대하여는 그 노파가 원망하던 말과 같이 조금도 부모 된 의무를 다하지 못하였을 뿐 아니라 아무리 병중이라 하나 일시는 자기의 손으로 그 아들을 죽이려 하는 무정한 행동을 하였으니 이 죄를 속하려 하면 한없는 사랑을 옥남에게 준다 하여도 오히려 부족하리라 생각한다. 그 외에 또는 옥남의 위인이 출중하여 실상 정남과 형제라 하여도 조금도 부끄러울 것이 없도록 영민한 것을 보매 더욱이 나의 죄가 두려우며 마음대로 껴안고 마음대로 사과하여 본래부터 모자이던 일을 말한 후에 모자가 서로 붙들고 마음대로 통곡을 하고 싶은 마음은 간절하나 몸에 깊이 실려 있는 죄얼로 하여 모자가 서로 통정하기를 용서치 아니한다.

경자는 옥남과 모자의 의를 얻는 날이면 그날은 남편에게 죄를 자복하는 날이라. 슬프다, 저 여자는 자복함으로 인하여 한 아들 옥남은 얻을지나 또는 이로 인연하여 남편과 정남을 잃는 데 이를 터이니 이 일을 장차 어찌하리오. 이는 심약한 경자로 하여금 처사키 어려운 곳이러라.

17

더욱이 옥남의 사정을 들은 후 이 세상에는 은근한 죄악이 성행함을 심히 개탄히 여기는 남편의 말을 들으매 경자는 더욱더욱 두려운 마음만 더할 뿐이요 그 옥남으로 하여금 이곳에서 우연 상봉케 함은 하늘이 이 몸의 자복할 기회를 주심이 아닌가 생각하였더라. 그러나 경자는 그 자복코자 하는 마음은 다시 없어지니 이는 경자가 죄악을 억지로 숨기고자 하여 그러함이 아니라 섬약한 여자의 마음으로 능히 자복할 용맹을 결단치 못함이러라.

전일 같으면 오히려 말할 것이 있을 것이로되 지금에 이르러는 이미 정남이라 일컫는 아들도 두었으며 인연이 있어 부부의 의를 맺은 후 연구세심할수록 남편을 생각하는 마음과 깊은 정리는 경자의 마음으로 하여금 전혀 육욕(肉慾) 이외(以外)의 정신적(精神的) 연애(戀愛)를 깨달아 전일 경자가 여학생 시대에 이상(理想)하던 바와 같이 이상적(理想的) 가정(家庭)을 성립하였으매 육체(肉體)의 사랑보다 정신(精神)의 사랑이 점점 깊어 간다. 비록 육체적(肉體的) 애정(愛情)은 지금에 끊어져 버린다 하더라도 이 몸은 항상 남편의 몸에 정신적 사랑을 다하여 천만년을 가더라도 변치 아니하리라 생각하는 경자의 마음은 자기의 몸보다 무슨 일이든지 남편을 위하여서는 삼생(三生)의 괴로움이라도 사양치 아니할 몸이니 만일 자기가 오늘날 죄악을 자복하여 남편의 마음을 편안히 하고 남편에게 행복이 될 줄 알진대 비록 자기의 몸은 자복한 결과로 하여 이혼을 당하여 여하히 박명(薄命)한 여자의 몸이 될지라도 추호만치 싫어하지 아니할 마음이로되 원래의 사실이라 하는 것은 마음과 같지 아니하여 만일 자기가 죄과를 자복하는 날에는 자기보다도 오히려 남편의 몸이 더욱 불행한 지경에 빠질 일을 짐작하므로 지금에는 다만 남편과 정남을 위하여 번뇌하기를 마지아니한다.

이미 자기의 일신은 부침(浮沈)을 돌아보지 아니하는 몸이나 마음은 죽는 것보다 더욱 심한 고통(苦痛)을 겪고 있으니 실로 살아 있는 것이 도리어 죽음보다 괴로울지라. 지금 경자의 사정은 차라리 전사를 남편에게 자복한 후에 몸은 저와 같은 묘묘한 창해 물결 사이에 가라앉아 해초와 한가지로 썩는 것이 오히려 살아 있는 고생보다 나으리라 생각하나 남아 있는 남편과 정남의 신상이 어떠한 비참한 경우에 빠질는지 그를 근심하매 경자는 죽으려 하나 드디어 죽기를 능히 하지 못한다. 살아서 자복을 하자 하니 그 근심을 어찌 겪으며 죽어서 자복을 하자 하니 한번 결심으로 내 몸이 죽으면 이 몸은 오히려 안심할 땅을 얻을지나 이는 남편을 나의 손으로 죽이는 것과 같을지니 생각하여 볼지라. 그 남편의 연연한 애정과 당당한 덕의심으로 반드시 한탄하기를 마지아니하다가 자포자기하는 사람이 될지니 이는 원래 경자가 차마 능히 하지 못하는 바이라. 경자는 좌사우량을 하나 마침내 적당한 방편은 얻지 못하고 꿈결 같은 전신에 눈에는 일천 줄기의 뜨거운 눈물이 자리를 적신다. 산란한 정신에 창문을 열뜨리고 멀리 창밖을 내다보니 천지 암담하여 한 점 별도 보이지 아니하고 황천(黃泉)으로부터 불어오는 듯한 바람 소리는 한갓 요란한데 때때로 몰려들어 오는 물결 소리는 현세의 애가(現世之哀歌)를 아뢰는 듯 그 사이로는 이름도 알지 못할 바닷새 무리들의 우는 소리 적막한 밤 산에 울려 들린다.

경자는 다시 남편과 아들을 생각할 때에 오늘 처음 만났던 옥남을 생각한다. 경자는 가련한 옥남의 형용을 보고 또는 그 노파의 원망하던 말을 다시 생각하매 흉중이 칼로 에는 듯하여 저와 같이 장성한 나의 혈육을 지금까지 알지 못하고 있었을 뿐이 아니라 당장에 모자가 서로 상봉하고도 오히려 말을 하지 못하고 남남과 같이 지내니 이 몸의 기박한 팔자를 어찌하면 좋으리오. 남편의 눈을 기이고 모자가 가만히 서로 만나 나는 너의 어미다, 너는 내 아들이다 말을 일러 주기 어렵지는 아니하나 삼가기를 깊이 하는 경자는 남편을 다시 속여 죄를 거듭하고자 하지 아니하며 모자가 서로 내용을 안 후에 그 결과가 어찌 될는지 모르는지라. 경자는 오열 체읍하며

'은근히 옥남을 만나서 말을 하고자 하나 나의 부정한 사정을 아

무리 자식이기로 말할 수 없으며 어찌하면 옥남이가 저의 어미 전일 사정을 알게 하여 줄꼬. 저의 아버지 말도 해 주어야 할 터이요…… 공연히 모호히 말하는 것보다는 억지로라도 참고 남인 체하고 지내는 것이 도리어 옥남이에게는 유익할는지 모르겠으니 나나 마음으로만 알고 지내리라……'

18

옥남은 지금 학교로부터 돌아와서 책 보자를 방 안에 내던지고 집 문을 나서니 이 옥남의 발길은 스스로 이경자의 주인 하고 있는 양신관을 향하였더라.

저 옥남이는 정남을 만나고자 하여 가는 것이 아니라. 원래에 정남과 사이가 정답다 하겠으나 정남보다도 정남의 모친을 가장 사모하는 까닭이라. 나를 낳아주신 모친을 항상 만나 보고자 하는 마음이 간절한 옥남은 그 부인의 얼굴이 저의 친어머니의 얼굴과 조금도 다름이 없다 하는 말을 들었는지라 옥남은 어찌하여 정남의 모친을 사모치 아니하리오. 하물며 저 가련한 옥남의 흉중에는 경자로 하여금 혹시 나의 친모친이나 아닌가 하는 생각이 난 일도 있었더라.

옥남은 그 부인을 만나지 못하면 정남이라도 필연 이 근처에서 만나리라 하여 물가 모래 위로 나아가더니 홀연 옥남의 영민한 눈은 멀리 보이는 언덕 위 소나무 아래에서 손짓하여 이리 오라 부르는 어떠한 부인의 모양을 보았더라.

이 부인은 다른 사람이 아니라 이경자니 그 전날 밤에는 천사만념에 작은 가슴을 무한히 태우다가 그 이튿날 늦게야 몸을 자리에서 일어나매 애자하는 정리에 마음은 벌써 옥남에게 가서 있다. 옥남이가 학교로부터 돌아올 때쯤 하여 남편과 정남과 하인을 모르게 하고 홀로 후문으로 좇아 나와서 아이들 모여 노는 곳은 모두 다니며 옥남이가 혹시 와서 있나 하고 이리저리 찾아다니더니 이때에 마침 옥남이가 저편으로부터 옴을 보고 경자는 사람의 이목이 번다치 아니한 곳에 이르러 옥남을 손짓하여 부름이러라.

나의 친모친이나 만난 듯하게 생각하는 옥남은 부끄러운 마음에 얼굴이 홀연 붉어지며 한참 동안은 목우인과 같이 우두커니 서서 있으니 저 아이의 마음은 어제야 비로소 처음 만나 보던 부인인데 그 얼굴이 제 몸을 낳아 준 모친과 같다 하는 말을 들은 후 항상 사모하는 마음이 간절하던 부인을 이곳에서 다만 두 사람이 만나 보는 것을 가장 부끄러이 생각함이라.

옥남은 주저하는 동안에 경자의 부르는 손은 점점 급한지라. 옥남은 본래 활발한 아이라 곧 부끄러운 마음을 억제하고 천연히 경자의 앞으로 나아가서 공손히 예한다. 그러나 어린 얼굴의 눈가로는 부끄러운 기색이 창일하였더라.

경자는 그대로 붙잡아 안고 가슴에 쌓인 회포를 말하고자 하나 지금은 어디까지든지 나의 자식을 말하지 못할 사정이라. 세상 사정에 걸려 마음대로 말하지 못하고

"애, 네 이름이 옥남이랬지. 학교에서 지금이야 왔니. 나는 아까부터 네가 보고 싶어서 이리로 돌아다녔다, 하하"

하며 경자는 천연히 말을 하나 웃는 얼굴에는 도리어 눈에 눈물

이 가득하여 옥남의 얼굴을 한참 동안 들여다보는데 눈에 무한한 슬픔과 사랑이 가득하였는지라. 옥남은 어린 마음이 요동하여

"예, 학교에서 지금 왔어요. 그런데 나를 보시려고 여기까지 나오셨어요"

하며 쳐다보는 옥남의 눈에는 자기를 사모하며 자기를 붙좇는 기운이 은근히 보이는지라. 경자는 다시 말을 정다이 하여

"나도 나온 지는 얼마 아니 된다…… 네가 혹시 올까 하고 이리저리…… 너는 어찌해서 여기 왔니…… 놀러 온 길이냐"

옥남은 부끄러워하며

"놀러온 일이 아니야요…… 나도…… 저……"

"응, 무엇이야"

하며 말할 때에 경자의 몸은 벌써 옥남의 옆으로 가까이 나아갔는데 그 고개는 점점 숙여져서 그 향기로운 숨결은 옥남의 귓가에 불린다. 경자는 문득 옥남의 손을 잡고

"이렇게 서서는 이야기를 할 수가 없으니 저리로 가서 조용히 이야기하자"

하며 건너편 소나무 아래를 가리킨다. 옥남은 황홀한 정신으로 모친에게 손목을 끌려 한가지로 소나무 아래 뿌리 위에 걸어앉는다. 경자는 다시 돌아다보고 옥남의 옆으로 바싹 가까이 앉는다. 다시 그 향기로운 숨결은 꿈같이 황연한 옥남의 뺨에 닿으며 꿀과 같이 단 말소리는 귓가에서 쟁쟁하다.

"애, 옥남아, 놀러 오지 않았으면 어찌해서 왔니"

옥남은 눈을 둥그렇게 뜨며 부끄러움을 억제하고

"정말 나는 당신이 보고 싶어서 왔어요"

경자의 안광은 점점 붉어지며

"내가 보고 싶어서 왔어. 정말이냐, 응"

서로 얼굴을 쳐다보는 두 사람 사이에는 한참 동안은 말이 없으며 백옥 같은 경자의 팔은 어느덧 옥남의 어깨를 껴안았더라.

19

경자는 바람에 나무 잎사귀가 땅에서 구르는 소리에 인적이 있는가 의심하여 황망히 옥남의 어깨에 얹었던 팔을 내려놓으며 좌우를 돌아다보며

"옥남아, 어저께 너의 젖어머니가 무슨 하는 말이 없디. 아마 너더러 무슨 말을 하지"

옥남은 무엇이라 대답을 하여야 옳을는지 모르고 주저하는데 경자는 다시

"그러면 어찌해서 내가 보고 싶었니. 학교에서 나오는 길로 이리 먼저 왔구나, 응, 그렇지"

옥남은 어제 그 유모에게 들은 말을 하여야 좋을는지 하지 아니하여야 좋을는지 알지 못하여 대답치 못한다.

"응, 어찌해서 그랬니. 대답을 하려무나"

하며 경자는 여러 번 대답을 재촉하매 옥남은 하릴없이 들은 말대로

"저, 우리 젖어머니가요, 나더러 하는 말이 우리 어머니 얼굴이

똑 당신 얼굴과 같다고 하길래 그랬어요"

"그러니까 너의 젖어머니 말이 내 얼굴하고 너의 정말 어머니하고 얼굴이 같다 하더란 말이지. 그래, 그 말밖에는 아니하디"

"예, 그 말밖에는 없어요"

"응, 그러냐"

하며 경자는 적이 안심하는 모양으로 옥남의 등을 어루만지며

"나도 어저께 너의 젖어머니한테 이야기를 듣고 어찌 마음이 언짢던지 어젯밤에는 밤새도록 잠 한숨 자지 못하고 울고만 있었다. 네 사정이 불쌍해서"

옥남은 도리어 의아하여

"내가 왜 불쌍해요. 왜 우셨어요"

하며 자세한 이허를 묻는다. 경자는 아무런 줄 알지도 못하는 내 아들의 얼굴을 들여다보며

"그것은 다른 까닭이 아니라 네 일이 하도 가긍하여서 나까지 울었지. 그런데 너는 네 신세가 설운 줄을 알지 못하는 게로구나"

옥남은 오히려 그 뜻을 자세히 알아듣지 못하고

"나는 그렇게 설운 줄 몰라요"

"그러면 너의 어머니는 너를 내버린 자식으로 알아도 너의 젖어머니가 귀여워하니까 그래서 설운 줄을 모르는 것인 게지"

옥남은 그제야 비로소 알아듣고

"아, 그 말씀이야요. 나는 무슨 말이라고요. 나는 어머니를 못 보아서 설워 못 견디겠어요. 우리 어머니는 어째서 나를 한 번도 보러 오시지 아니할까요"

경자는 다른 곳을 향하고 눈물을 씻으며

"그 까닭이야 내가 알 수 있겠니마는 인정 없는 어머니라고 너는 어머니를 원망하겠구나"

"나는 어머니를 원망은 하지 아니해도 어째서 와 보지를 아니하시는지 그 까닭을 모르겠어요"

경자는 한참 있더니

"그것은 애, 옥남아, 세상에 사람치고 내 자식을 사랑 아니 하는 사람이 어디 있겠니. 너의 어머니도 너를 보고 싶어서 못 견디겠지마는 그 속에는 여러 가지로 사정이 있어서 마음으로는 보고 싶어도 너를 와 보지 못하는……"

말을 마치지 못하여 눈물이 앞을 가리며 목이 메는 것을 억지로 웃음을 띠며

"하하, 나는 눈이 여려서 남의 일을 생각하여도 눈물 먼저 나오더라ㅡ. 너를 암만 만나 보고 싶어도 그걸 하지 못하니 너의 어머니는 더구나 그 마음이 오죽하겠니. 그러니까 어머니를 너무 원망하지 말아라, 응. 너도 인제 차차 크면 세상사를 분간하겠지만 이 세상에는 별ㅡ 난처하고 의리 인정(義理人情)에 끌려 우스운 일이 많아서 가령 지금 너와 같이 이 자리에서 서로 만나 보면서도 모자가 서로 말하지 못하는 일도 있으니 그런 슬픈 사정이야 네가 아직 어찌 알겠느냐마는 아무렇든지 몸만 성하게 무병장수하여 점잖아지면 그때는 너의 어머니 볼 때가 있을 것이지"

옥남이는 경자의 하는 말을 알아들었는지 못 알아들었는지 가련한 얼굴로 경자를 쳐다보며

"그러면 우리 어머니는 나를 보시더라도 내가 네 어머니란 말을 아니 하시나요"

경자는 우는 얼굴에 웃음을 띠며

"무슨, 너의 어머니가 그리한다 하는 말이 아니라 이 세상에는 그러한 난처하고 설운 사정이 있으니까 그러하다 하는 말이다. 그러한 일에는 어머니 되는 이가 으레 세상에서 죄를 많이 지은 까닭에 그러한 것이지마는 죄 지은 사람만 하여도 어찌할 수 없는 까닭으로 그 모양이 된 것이니라. 그러한 사람은 옆에서 매일 보고 기르는 아들보다도 더 마음에는 불쌍히 여겨서 자나 깨나 잊지를 못하고 네 생각만 하고 있을는지 아느냐. 그러니깐 남들은 아무리 너의 어머니를 욕을 하고 몹시 말을 하더라도 너 하나는 너의 어머니 사정을 생각하여서 아무쪼록 원망하지 마라. 만일 너까지 그 어머니를 원망하면 너의 어머니 되는 사람은 참 설운 중에도 더구나 의탁할 곳이 없어질 터이니…… 하하, 참 우습다. 나야말로 정말 너의 어머니나 되는 것같이 눈물이 걷잡을 새가 없이 나오는구나"

하며 눈물에 어린 경자의 얼굴을 옥남은 무엇을 바라는 것같이 바라보며

"당신은 혹시 우리 어머니가 아니신가요"

20

경자는 그 말에 깜짝 놀라

"애, 그게 무슨 소리냐. 나는 너의 어머니 아니다"

옥남은 그 말을 듣고 낙심하며 자세히 알지도 못하고 경솔히 물

은 일을 부끄러워하며 고개를 숙이는 모양을 보매 경자는 더욱 긍측한 마음을 이기지 못하여 이 자리에 서서 붙들고 모자간 되는 일을 말하려 하다 다시 참으며

"그렇지 않다. 너의 어머니는 아니지마는 나는 네 생각을 하니까 내 자식이나 다름없이 불쌍하여서 못 견디겠다. 네가 정말 정남이 형이 되었으면 좋을 것을. 될 일 같으면 나라도 너의 어머니가 되어 주겠다마는…… 그렇게 할 수도 없고…… 네가 지금 어머니 못 만나 보는 것도 피차에 운수가 불행한 까닭이라고 알고 있으려무나"

옥남은 풀기가 하나도 없이 듣고 있더니 다시 고개를 들어 경자를 쳐다보며

"나는 암만해도 우리 어머니를 만나 뵈올 수가 없을까요. 내가 어머니라고 불러서 못쓸 것 같으면 어머니란 말을 아니 할 터이야요. 그리고 젖어머니한테라도 어머니 만나 보았단 말은 아니 할 터인데. 단지 우리 어머니가 나더러 내가 네 어머니라고 말 한마디만 하여 주었으면 좋겠어요"

하며 어린 눈에 이슬 같은 눈물이 눈썹에 어렸다.

경자는 다시 옥남을 껴안으며 느끼는 소리로

"아, 참, 애…… 나는…… 나…… 남이라도 그 말에 아니 울 수가 없는데 만일 너의 어머니가 들으면…… 네가 그다지 어머니 생각을 하고 있는 줄을 알 지경이면 뼈가 녹는 것 같겠다……"

하며 경자는 치맛자락으로 눈물을 씻을 때에 언덕 아래 산모퉁이로 좇아 어선(漁船) 한 척이 돛을 높이 달고 지나가는데 그 배 그림자가 지나며 언덕 아래로 한 어린아이가 나타나니 이는 정남이라. 정남은 모친을 찾아 이리 나왔다가 좌우를 살펴보더니 이편 언덕 위에 경자와

옥남이가 앉아 있음을 보고 달음질하여 쫓아 올라오며

"아, 어멈, 어머니가 저기 계시구려. 옥남이도 있고"

경자는 정남의 목소리에 깜짝 놀라 몸을 일어설 때에 산모퉁이로 부터 유모도 뒤쫓아 오는지라. 경자는 급히 눈물을 씻으며 옥남을 돌아보며

"옥남아, 어느 때든지 어머니하고 만나 볼 때가 있을 터이니 과히 그렇게 설워하지 마라. 너의 어머니는 또 너를 보고 싶어서 주야로 하나님께 축원을 하고 있는지 아느냐. 정남이하고나 일상 정다이 놀다고"

"예"

하며 대답할 때에 정남은 벌써 언덕 위에 이르러 모친의 치마 앞에 안기며

"어머니, 입때지 여기 있었소. 나는 어멈하고 아까부터 어머니를 찾아다녔지"

하며 다시 옥남을 향하여

"너도 여기 있었니. 나는 여기 있는 줄은 조금도 몰랐지. 아까부터 배가 가려서 이 위가 보여야지. 우리 어머니하고 이야기하고 있었구나"

"응"

정남의 뒤를 쫓아오던 유모는 이제야 간신히 이르러

"아이고, 마님, 여기 계셨습니까. 그런 것을 아까부터 도련님하고 다른 데로만 찾아다녔지요"

하며 옥남을 흘깃 바라보더니 무슨 생각을 하였는지 다시 경자의 얼굴을 쳐다보며

"아이고, 세상에도 마님, 이 아이올시다그려…… 원……"

하며 정신없이 옥남의 얼굴만 들여다보는 것을 경자는 천연히 하하 웃으며

"자네가 보아도 개 얼굴이 우리 정남이와 같은가"

"아이고머니, 마님, 같은 것이 무엇이오니까. 마님 신색을 아주 빼쏘았습니다. 저는 말로만 들었지 이렇게 잘생긴 아인 줄은 몰랐어요. 모르는 사람이 보면 도련님하고 정말 형제간으로 알겠습니다그려"

21

정욱조의 일행이 이곳에 내려와 유련한 지가 벌써 육칠일을 지냈는데 경자의 두려운 마음은 날이 갈수록 깊어 가나 그러나 날로 옥남의 얼굴을 대하는 것을 이 세상에 다시없는 즐거움으로 알고 스스로 위로하기를 마지아니한다.

경자는 하루라도 옥남의 형용을 보지 못하면 마음을 정키 어려운지라. 그러한 일을 알지 못하는 남편의 눈을 기이고 나의 감추어 둔 아들과 서로 만나 보는 것을 남편에게 대하여 가장 죄가 깊어 가는 줄을 모르는 것이 아니로되 지금 이르르는 좌우를 돌아볼 여가가 없이 다만 마음이 꿈속에서 방황하는 것 같으니 경우와 이치를 돌아보지 못하고 잠깐 동안의 즐거움일지라도 매일 옥남의 얼굴 보는 것으로 마음을 위로한다. 그러나 다만 홀로 해변에 나가서 옥남을 만나는 것이 여러 날

을 지나면 사람의 의심을 일으킬까 하여 어떠한 날은 정남도 데리고 나가며 그 남편을 좇아 산보할 때도 많은 고로 사람의 이목이 걸려 옥남과 모자의 정을 드디어 넉넉히 통치 못하였더라.

옥남은 내심으로 경자를 친모친으로 깨달았는지 못하였는지 모르겠으되 옥남도 항상 경자를 사모하는 마음에 매일 학교에서 돌아오면 반드시 양신관 근처에 이르러 경자의 형용을 기다리고 있으며 어린 아이의 마음이나 정욱조의 앞에서는 경자에게 붙좇는 것이 재미없을까 하여 범연하게 한다.

경자는 생각하되 가령 옥남과 모자 됨을 설파할지라도 저렇듯 영민한 옥남이는 타인은 고사하고 그 유모에게도 말 아니 할 줄을 짐작하는 고로 그 간절한 옥남의 마음을 생각하여 '내가 너의 어미다' 한마디 말하여 주고자 하기를 여러 번 하였으나 아직도 그 기회를 얻지 못하였다 하여 다시 마음을 돌렸더라.

만일 그러하면 어느 때에나 모자가 정리를 펼 기회를 얻으리오. 오늘은 모자가 말할 때가 아니라 생각하는 경자는 다시 그 기회가 이를 때를 생각하매 초연히 몸서리가 쳐짐을 깨닫지 못한다. 나의 죄상을 어느 때든지 남편에게 말하지 못하면 결단코 그 기회가 도래하지 아니할지니 슬프다, 경자는 어느 때든지 남편에게 자기의 죄를 자복할 날이 있으리라 하며 자기는 결단코 자기의 죄를 지하에까지 가지고 돌아가려 생각하는 사람은 아니라. 가련한 경자는 어느 날이나 옥남과 서로 손을 잡고 모자의 정을 통하리오. 경자는 야반 심경에 이 세상에서 죄얼이 깊은 모자 두 사람의 사정을 위하여 통곡 아니 하는 날이 없다.

일일은 공주 읍내로부터 이기장의 편지가 경자에게 향하여 왔으니 그 편지는 정욱조 일행이 목포에 도착하던 이튿날 부쳤더라. 이기

장은 개성서 부친 경자의 편지를 보고 목포로 내려간단 말에 홀연 심
경 담전함을 이기지 못하니 이는 누구든지 그 사람의 일은 가히 상상
하여도 알 일이러라.

부친의 편지에는 옥남의 일은 조금치도 말하지 아니하고 다만 요
사이에는 가장 몽사가 흉하여 마음이 미칠 듯하니 이 늙은 아비를 생
각하여도 그곳에 오래 있지 말고 돌아오라는 뜻으로 장황히 편지에 써
서 있는지라. 경자는 벌써 부친의 편지 사의가 그 외에 다른 염려가 있
어 하신 말씀인 줄 알았으나 그 부탁이 이미 쓸데없이 되고 지금에 비
록 서울로 올라간다 하나 옥남은 이미 나의 아들인 줄을 알고 모자가
은근지중에 서로 만나 보았으니 오히려 일은 늦었는지라. 그러나 경자
는 이와 같이 부친은 염려하여 편지 부치신 심중에야 오죽이 궁금하시
랴 하는 마음에 어떻게 회답을 하여 부친의 마음을 편안케 하리오 하
는 생각에 또한 근심하기를 마지아니한다.

22

두 아이가 서로 손목을 이끌고 창가를 화답하며 해변가 바위 사
이로 다니는데 이 아이는 옥남과 정남이라. 두 아이의 정다이 노는 모
양을 다만 홀로 해변에서 산보하며 있는 정욱조가 볼 때에 그 사람의
가슴에는 이상한 마음이 나타난다.

실로 이 두 아이 사이에는 보이지 아니하나 무슨 관계가 은연지
중에 있는 것같이 생각하니 이는 사람이 지은 관계도 아니요 또는 하

늘이 지은 관계도 아니나 다만 그 두 아이 사이에는 자연지중에 무슨 교칠 같은 관계가 있는 듯이 생각하였더라.

일찍이 그 결백한 몸에 한 점 의심을 두지 아니하여 거의 선녀가 하강한 듯이 두터운 신용을 두었던 경자가 숨어 있는 죄악이 있을 줄은 꿈에도 뜻하지 아니하였을 뿐 아니라 요사이 경자의 모양을 보더라도 다시금 그 아내를 의심하는 데는 이르지 아니하였더라.

정욱조는 원래에 그 아내를 신용하는 연고로 보통 사람 같으면 벌써 조금치라도 의심을 내지 아니하지 못하였으리로되 지금에 이르러 그 아내의 모자와 옥남의 얼굴이 그와 같이 흡사하건마는 심히 의심하는 데는 이르지 아니하고 오늘날까지 이르렀더라.

그런 고로 경자 한 사람에 대하여는 한 가지도 의심을 일으키지 아니하나 아무 관계없는 두 아이 사이에 이와 같이 용모가 방불한 데 대하여는 비록 조금이라도 이상한 일이라고 생각 아니 하지 못할지라. 그러므로 이 일은 해석키 어려운 암합의 일이라 하겠으나 다만 우연한 일이라 하면 모두 조물주의 교묘한 능력에 돌릴 뿐이요 사람의 지식으로는 해석치 못할지라.

그러나 정욱조는 오늘 우연히 심중에 괴이한 생각이 일어나니 오늘날까지는 천위(天爲)의 작용(作用)으로 돌리고 괴이히 여기지 아니하였더니 지금 이르러서는 천지자연 한 이치 외에 다시 어떠한 관계가 그 속에 포함하여 있는 것같이 몽롱지중에 마음이 움직인다.

한참 동안을 여러 가지 생각에 침음하고 서서 있던 정욱조는 이때에 저편으로부터 옥남의 유모가 옥남을 찾아오는 모양을 보고 정욱조는 그 노파의 앞으로 가까이 나아가며

"여보게, 할멈, 그간 기운이 어떠한가. 오늘은 일기가 매우 좋으

이그려"

"아이고, 영감마님, 나오셨습니까. 혼자 이렇게 운동을 나오셨어요. 옥남이는 날마다 영감께 가서 놀다가는 노— 무얼 많이 주셔서 가지고도 오고 먹고도 오니 제 마음에 어찌 황송한지 한번 가서 마님께도 뵈옵고 인사나 여쭙자 하면서도 밤낮 벼르기만 하고 못 갔습니다"

"아, 천만에, 그런 인사는 그만두게. 그러나 할멈도 틈이 있거든 더러 우리에게로 놀러 오게나그려. 옥남이는 요사이 날마다 두고 보니까 아이가 정말 장취성이 있고 쓰겠거든"

"아이고, 그렇게 여러 양반님께서 칭찬을 하여 주시니 황송무지하외다"

정욱조는 허허 웃으며

"정말 그 아이는 참 내 마음 같으면 서울까지라도 데리고 가고 싶은데. 내가 지금 말이지 그 옥남의 얼굴과 동작이 모두 우리 정남과 방불하니 그 어머니는 어떠한 사람인지 자네는 알지 못하나"

그 노파는 고개를 기울어트리며

"예— , 글쎄요, 자세는 알 수 없습니다"

"이름이 무엇이라고 했던가"

"저 아이 어머니 이름 말씀이오니까. 이름은 알려 드릴 수가……"

정욱조는 웃으며

"허허, 참, 그렇던가. 그러면 이름을 잠깐 가르쳐 주게"

그 노파는 더욱더욱 의아하여

"그 말씀은 여쭐 수 없습니다. 그 말씀을 만일 하였다가 그 어머니 얼굴에 깎이는 일이 생기든지 하면 어찌합니까"

"그러면 대단히 비밀하게 은휘하겠다 하는 말일세그려. 정히 그러한 것이야 내가 억지로 어찌하겠나"

별로이 정욱조는 굳이 알고자 하지도 아니하고 천연히 다른 곳을 향하는지라. 노파는 비로소 안심을 하며

"영감마님, 할미는 바빠서 먼저 갑니다"

하며 옥남의 뒤를 쫓아 따라간다. 정욱조는 그 노파의 가는 모양을 물끄러미 바라보며 팔짱을 끼고 한참 있더니

"대체 그 아이 어머니는 누구란 말인고"

하며 혼잣말한다.

23

경자는 늙은 부친의 멀리 염려하시는 마음도 생각 아니 함이 아니요 오래도록 이곳에 있으면 자기의 신상에도 유익이 적을 줄도 짐작하나 두려워하며 염려하면서도 오히려 이곳을 잠시라도 떠나기 어려워하니 이는 다만 나의 혈육 되는 옥남의 사랑을 떼치지 못하여 비록 잠시간이라도 꿈과 같이 믿지 못할 일을 계속코자 함이러라.

이날도 경자는 정남을 데리고 해변에 나왔는데 경자의 발길은 스스로 먼저에 옥남과 한가지로 앉아서 이야기하던 언덕 위 소나무 아래로 향하여지며 그 언덕을 경자는 이 위에 없이 사랑하니 이는 처음에 옥남을 이 소나무 아래에서 만났으며 그 후에도 항상 옥남을 이곳에서 만나 보기 쉬운 연고로 경자는 이 언덕 위 소나무 아래를 잊지 못함이라.

경자는 그 언덕 위를 향하여 가는 동안에 정남은 그 모친의 옆을 떠나 이곳저곳으로 장난하며 있다가 다시 모친의 옆으로 올 때에는 경자는 벌써 언덕 위에 이르러 솔뿌리 위에 걸어앉으며 한 손으로는 수건을 받쳐 턱을 괴고 시름없이 먼 산을 바라보며 만단 생각이 가슴에 얽혔다. 정남은 모친의 수심 있는 모양을 보더니 모친을 위로코자 그리하는지 어리광을 부리며 모친의 무릎에 매달려

"어머니, 왜 그러시오"

경자는 먼 산 바라보던 눈을 정남의 얼굴로 옮기며 간신히 웃음을 짓고

"아니다, 무얼 어쨌다고 그러니"

"그럼, 어머니, 옥남이 불러올까. 나는 옥남이 집도 알아요. 오늘은 반공일이니까 학교에서 일찍 파했겠지요. 어째 놀러 오지 아니하나…… 어머니, 참 내가 가서 불러오리까. 나도 옥남이하고 놀고 싶은데"

정남의 어린 생각이라도 옥남이를 불러오면 능히 그 모친의 수심을 위로함을 얻으리라고 생각함이러라.

경자는 눈에 눈물을 머금고 정남의 얼굴을 한참 보더니 무슨 생각이 났던지 정남을 이끌어 무릎 위에 안고 다시 말이 없는지라.

"응, 어머니, 내 가서 옥남이 데리고 오리다"

경자는 정남의 머리를 쓰다듬으며

"옥남이는 저의 집에 일만 없으면 네가 가서 부르지 아니해도 이리 온다. 조금만 기다려 보렴…… 걔는 노라도 나를 보지 못하면 섭섭해서 못 견딘단다"

"어머니, 나도 옥남이를 보지 못하면 못 견디겠어요. 인제는 올

때가 되었는데"

하며 옥남의 집 있는 동리 편을 바라보더니

"아, 어머니, 옥남이 저기 오오. 저기 오는 게 옥남이 아니오"

저편으로부터 오는 옥남의 모양을 보더니 정남은 마주쳐 가서 손목을 서로 더위잡고 두 소년은 모친 앞으로 나아온다.

경자는 형제 두 아이를 좌우로 앉히고 고요한 소나무 아래에 앉아서 망연히 해색을 바라보니 경자가 이때에 잠깐 동안은 천사만념을 다 잊어버리고 몸이 천상에 올라 쾌락한 가정의 재미를 다시 만난 듯이 즐거운 꿈을 생시에 꾸고 있다.

"너희들은 언제까지든지 형제같이 변하지 말고 정다이 지내어라, 응"

옥남은 이 말을 듣더니 홀연 비창한 기색이 얼굴에 창일하며 시름없이

"쉬 서울로들 모두 가신다지요. 일상 여기는 계시지 않겠지요. 나는 어머니도 없고 동무도 없으니까 다시 못 만나 뵈올 생각을 하니까 나는…… 나는 섧어서 못 견디겠어요. 나는 오늘 젖어머니한테 모두들 서울로 올라가신다는 말을 듣고 어찌 섧은지 아까부터 학교에 가서 이때까지 울기만 했어요"

24

경자는 옥남의 말을 들으매 가슴이 녹는 것 같다. 옥남이가 경자

와 이별하기를 이와 같이 슬퍼하면 경자가 옥남을 이별하는 마음은 오히려 더욱 슬프고 괴로울지라. 어찌 옥남과 이별을 하며 옥남을 잊어버리고 어찌 발길이 돌아서리오. 경자는 옥남과 이별할 날이 점점 멀지 아니함을 아는 고로 어찌 어린 자식을 잊어버리고 돌아가리오 하여 날로 그를 근심하는 터이라. 경자는 솟아나오는 눈물을 금치 못하며

"일상 이러하게 우리가 다 모여 있으면 좋지마는 이후라도 또다시 만날 날이 없을 리야 있겠니. 너도 여기서 소학교를 졸업하면 서울로 공부하러 온다고 하였지. 그러면 그때는 또다시 만나 보지 않겠니. 애, 정남아, 너는 아직 어리나 너희끼리 이후에라도 서로 잊지 말고 장성해서 어른이 되거든 또 이렇게 한가지로 정답게 지내 다고"

두 아이가 한가지로

"예"

대답하고는 다시 손을 서로 붙들고 몸을 일어 해변으로 향하여 조개를 주우러 가는 모양이라.

경자는 두 아이의 손을 엇결고 가는 모양을 뒤로 바라보며 망연히 한참 동안을 서서 있더니 문득 길게 한숨을 지으며

'어쩌면 아이들끼리 저다지 정다울까. 저희가 정말 형제 되는 것을 가르쳐 주고 나도 저희 어머니라고 말하여 주어서 정말 정답게 노는 양을 보았으면 이 세상에 살아 있는 낙이 있겠구마는…… 남남끼린 줄을 알면서 저렇게 정다운 것은 아마 핏줄이 키어서 그러한 것이지…… 옥남이는 워낙 영리한 아이라 내가 저의 어머닌 줄을 반이나 짐작한 모양이니 차라리 바로 말을 할까 보다…… 아니, 그래도 그렇지 아니하다. 오래 이곳에서 있을 것 같으면 모르지마는 며칠 아니 있으면 서울로 올라갈 터인데 아무 말 없이 가는 것이 오히려 옥남의 신

상에 유익할 듯하다'

　　두 소년은 해안으로 향하여 나아가며

　　"애, 우리 어머니가 너도 퍽 귀애하시지"

　　"그래, 참 너의 어머니께서는 퍽은 정답게 하시더라"

　　"그리고 우리 어머니 말이 너하고 나하고 다 같이 귀엽다고 하시더라"

　　"응, 정말"

　　"또 그리고 너는 우리 어머니를 하루도 못 보면 못 견딘다고 하시더라. 정말 그러냐"

　　"응, 그래요, 정말"

　　"우리 어머니도 너를 못 보면 보고 싶으신 게더라. 너하고 나하고 정말 우리 어머니 뱃속에서 나왔더라면 좀 좋았겠니"

　　"정말 우리가 형제같이 지내자꾸나. 그러다 우리가 다 어른이 되거든 한집안에서 살자, 응"

　　"나는 너하고 떨어지기가 싫다. 너도 서울로 올라왔으면 좋겠다만. 접때 우리 아버지가 네가 서울로 간다면 데리고 가겠다고 나더러 그러시더라"

　　옥남이는 기꺼하는 빛을 만면에 띠며

　　"아, 정말, 나도 참 정말 가고 싶다"

　　"그러면 너의 젖어머니더러 물어보렴"

　　"그래. 내가 물어보마"

　　하며 이야기할 동안에 벌써 두 아이는 투구 바위 앞으로 달아났더라. 정남은 그 투구 바위가 올라가고 싶은 생각이 간절하여

　　"애, 오늘은 투구 바위가 물 밖으로 쑥 나왔구나. 걸어서도 들어

가겠다. 우리 들어가 보자. 나는 벌써부터 가 보고 싶어도 접때는 비가 와서 못 가 보았지 엊그제는 물이 잔뜩 들어서 못 보았지. 오늘은 물이 그렇게 많지 아니하니 우리 들어가서 구경하자, 응, 옥남아"

그러나 옥남은 정남의 말을 말리며

"아이고, 지금도 못 간다. 여기서 보기는 갈 것 같아도 저 바위 근처에 가면 물이 거운 한 길이나 되게 깊단다. 그리고 지금부터 점점 물이 밀려들어 오니까 들어갔다가 잘못하면 다시 나오지 못한다. 봄이나 여름 같으면 물이 한번 써면 오래 있다가 다시 물이 밀지마는 요새는 물이 썼다가도 금시에 도로 밀어들어 온단다. 한 시간만 전에 왔더라면 가서 구경하고 와도 될 것을 지금은 아주 늦었다. 공연히 들어갈 생각은 하지도 마라"

"그럼 내일 가 볼까. 내일은 언제쯤 가면 좋겠니"

"열두 시쯤 해서 들어가면 관계치 않다. 내일은 공일이니까 나는 학교에도 아니 갈 터이니 나 오거든 같이 가자. 내일은 그 바위에 들어가서 보더라도 곧 도로 나와야지 한참 지체하면 밀물이 곧 들어오니까 큰일 난다"

정남은 열심으로

"응, 그래, 그러면 내일 우리 가서 구경하자—"

25

그 이튿날 정남은 정오 전부터 다만 홀로 여관 문을 나서 항상 하고자 하는 투구 바위 있는 곳을 향하였더라. 정남은 지금까지라도 홀로 문밖에를 내보내지 아니하더니 요사이는 점점 길도 익어지고 장난 친구도 많이 있으므로 이날은 정남이 혼자 해변에 나가는 것을 그리 단속치 아니하여 정욱조 이하 여러 사람이 모두 무심히 있는 중에 정남은 홀로 문을 나서 해변으로 나갔더라.

정남은 어제 옥남에게로부터 오늘 정오 때쯤에는 조수가 빠져서 걸어서라도 가히 투구 바위까지 득달하리라 하는 말을 들었던 고로 오늘은 기회를 잃지 아니하고 항상 유의하던 투구 바위를 한번 올라가서 보리라 하였더라.

급한 마음에 정남은 달음질하여 그 투구 바위 있는 해변에 이르러 그편을 바라보니 마침 조수가 다 나가고 삼십여 간 동안 되는 곳에 우뚝하게 서서 있는데 전일보다 더욱 높고 우뚝하며 발에 물을 묻히지 아니하여도 넉넉히 투구 바위까지 이르겠더라. 이날은 해상에 바람이 심하며 언덕에 부딪치는 물결 소리는 간간히 대포 소리를 멀리서 듣는 것 같은데 물새는 떼를 지어서 날아다니며 우는 소리는 사람의 마음이 스스로 처창하다. 그러나 정남은 항상 마음에 원하던 바이라. 그러므로 이와 같은 해중을 조금도 두려워하지 아니한다. 이곳은 인가를 가려 하면 고개 하나를 넘어가야 사오 가 되는 촌락이 있으며 이날은 해풍이 심한 고로 해변에서 노는 아이들도 없고 해중에는 어선 한 척의 그림자도 보이지 아니한다. 정남은 해중에 악마(惡魔)가 있어 어린 목숨을 앗고자 기다리고 있는 것은 알지 못하고 마음에 홀려 약속하였던 옥남이 오기를 기다리지 못하여 다만 홀로 발길을 투구 바위로 향하였더라.

전일에는 물에 잠겨 보이지 아니하던 바위와 바위들이 모두 나타났으매 투구 바위까지 이르기에 작은 바위들을 디디고도 능히 득달하겠으며 물에 잠긴 곳이 있다 할지라도 발만 빼면 건너갈 곳이라. 정남은 조금도 힘들이지 아니하고 투구 바위 위에 득달하였는데 그때 물 덩이 하나가 해변으로부터 바람을 쫓아 투구 바위를 스치고 사방으로 헤어져 작은 물결이 되는데 그 소리 뇌정벽력같이 정남의 귀를 엄습하였으나 어리고 철모르는 정남의 귀에는 아무 의미 없고 심상하게 들렸더라.

정남은 바위에 높이 올라서서

"이 세상에 장수는 나 하나로다"

창가를 부르며 전장에 나아가 적진이나 점령(占領)한 듯이 상쾌한 마음이 비길 데 없다. 슬프다, 저 아이의 지금 서 있는 곳은 비유컨대 일개 외로운 성곽(城郭)으로 적군의 중위(重圍)를 당하여 조석의 위태함을 면키 어려운 곳과 같아서 그 바위 아래에 몰려들어 오는 파도는 승승장구하는 군병의 물결이요 바위에 부딪치고 연기같이 일어나는 거품은 대포의 연기와 같도다. 그러나 저 아이는 완연히 한 성의 주인과 같이 장쾌함을 깨달으며 그 몸은 십만 대병을 거느리고 지휘명령을 시키는 사령장관(司令長官)이나 된 듯이 두 번 세 번

"이 세상에 영웅은 나 하나로다"

하는 창가를 부르며 투구 바위 위에서 용맹스럽게 뛰논다.

그 바위 위에는 여러 가지로 처음 보는 것이 많이 있으니 바위틈 물 고여 있는 곳에는 여러 가지 물고기와 해초가 이곳저곳에 있어서 어린아이의 눈에는 처음 볼 뿐이 아니라 신기하고 이상하여 거의 정신을 잃는 데 이르렀더라.

26

정남은 투구 바위 위에서 이리저리로 다니며 정신을 잃고 구경을 하는데 그동안이 벌써 이십여 분이 되었는지라. 이때에 정남은 눈을 들어 사면을 돌아보니 삽시 동안에 정남의 지키는 성곽은 벌써 천만 군병에게 에워싸인 바가 되어 대장을 사로잡지 못하면 마지아니할 용맹으로 승승장구하여 들어오는데 정남은 아직도 두려운 줄을 전혀 깨닫지 못하고 오히려 재미스러이 다닌다. 저와 같이 천군만마의 물결은 더욱더욱 성을 향하여 짓쳐들어오며 사방으로 일어나는 탄환의 연기는 발아래에서 일어난다. 그러나 저 아이는 어린 마음으로 기꺼이 뛰놀며 다시 목소리를 크게 하여

"이 성에 대장은 나 하나로다"

하며 창가를 부른다.

이때에 투구 바위를 향하여 해변으로 걸어오는 한 소년이 있으니 투구 바위에서 어린아이가 뛰노는 모양을 보더니 그 소년은 손에 들었던 나뭇가지를 땅에 내던지고 급히 달음질하여 그 바위를 향하고 닫는다.

그 아이는 소리를 지르며 급히 달아 가나 해중으로부터 육지를 향하여 맹렬히 부는 바람 소리에 그 아이의 부르짖는 소리는 조금도 투구 바위 위에 있는 정남의 귀에는 들어가지 아니한다. 그 아이는 옥남이니 옥남은 숨이 턱에 닿아서 달음질하여 오더니 점점 가까이 오매 비로소 그 바위 위에 있는 아이가 정남인 줄을 분명히 알았더라. 그때에 옥남은 이 모양을 보고 깜짝 놀라 얼굴빛이 파랗도록 변하여진다. 그러나 정남은 그 몸의 위험이 목전에 급박하여 오는 줄은 조금도 알

지도 못하고 천연히 바위 위에 서서 있다.

조수가 밀려들어 올 때에는 그 바위가 가장 위험한 일은 옥남이가 본래 익히 아는 바이요 바람에 불려 들어오는 물결은 투구 바위가 깨어져라 하고 맹호같이 밀려와서 부딪치고 다시 헤어져서 그 바위를 에워쌀 때에는 해변에 생장하여 물에 익숙한 아이들도 능히 헤엄을 치지 못하는 줄도 옥남이는 자세히 아는 바이라. 그러하나 옥남은 만난을 무릅쓰고라도 어떻게라도 정남의 위태함을 구하고자 결심하였더라.

옥남은 조력할 사람이나 혹시 근처에 있는가 하여 급히 사면을 돌아보니 멀리 보이는 언덕 위에 노옹 한 사람이 그물을 치느라고 정신없이 굼실굼실하고 있을 뿐이요 멀리 보이는 높은 산 위에는 초동목수 삼사 명이 나무하는 그림자가 보일 따름이라. 옥남은 인가를 찾아가서 사람을 얻어 구원코자 하나 인가 있는 곳은 이곳으로부터 더욱 초원하고 나무하는 사람들을 데리고 오자 하나 그동안에는 밀려들어오는 해수가 벌써 그 바위를 덮어서 가련한 정남으로 하여금 참혹한 죽음을 면치 못할지라. 오히려 지금은 밀려들어 온 물이 심치 아니하니 차라리 이때를 잃지 아니하면 십지 칠팔은 정남의 몸을 구하기 능할까 하여 다시 해중을 바라보니 그 바위 근처의 조그마한 바위들은 이미 물에 잠겼고 잠기지 아니한 것이라도 물 위로 바위 끝만 조금씩 보이는지라. 이때에 옥남은 그 바위를 향하여 들어가서 투구 바위까지 도달할는지 못할는지 그도 오히려 염려되거늘 더욱이 정남을 구하여 등에 둘러업고 나오기까지도 능히 하리라 생각하였더라.

원래에 옥남의 기상으로 장정의 어른이라도 오히려 주저하는 일을 일개 어린아이로 이와 같이 대담한 일을 행코자 함이 자기 신상에 가장 위험한 일이 있음을 알지 못하는 바가 아니로되 내 몸의 위태함은 조금도 염두에 두지 아니하고 용맹에 용맹을 더하여 죽기를 무릅쓰고 정남을 구하고자 하니 이는 정남의 몸을 위하여 함이요 또는 친모친과 같이 아는 경자를 위하여 정남을 구하지 못하면 내 몸까지 의리가 아니라고 결심하였더라.

27

옥남은 이와 같이 결심한 후 저고리와 바지를 벗어 던지고 맥연히 투구 바위를 향하여 들어간다. 그러나 이날은 풍세 심한 연고로 물결이 흉용하여 다만 한 몸으로 건너간다 할지라도 물결에 다리가 쓰러지겠거늘 옥남은 이를 조금도 두려워하지 아니한다.

이때에 산 덩어리 같은 물결이 바람에 몰려들어 오더니 꽝 하고 투구 바위를 부딪치며 헤어지는 물결은 바위 위를 넘어 전면으로 흩어진다. 이즈음에 물 기운에 쓸려 쓰러질 뻔한 정남은 이제야 비로소 금성철벽(金城鐵壁)이 이미 위태한 지경에 이른 줄 알고 창황망조하여 전후좌우를 돌아다본다.

사면으로부터 함성은 일어나며 천만 겹으로 에워 들어오는 군병은 그 형세 가장 참담하여 이제는 이와 같은 중위(重圍)를 벗고 살아 나갈 길이 전혀 없어졌다. 정남은 실색하여 울고자 하나 울음도 나오지 아니하고 어찌하면 이곳을 벗어나리오 하며 생각하나 정남은 나이 어릴 뿐 아니라 물에 익숙지 못하므로 물이 더 들어오기 전에 차차 육지를 향하여 나가리라 하고 투구 바위로부터 내려오려 할 즈음에 홀연 저편으로부터 구원병의 소리 들리니 눈을 들어 잠깐 보매 이는 곧 옥남이라 이곳을 향하여 들어오며 부르짖음이러라.

옥남은 목소리를 힘껏 하여

"정남아, 가만히 있거라. 내려오지 말고—. 위태하다. 큰일 난다. 내가 가서 붙잡아 주마. 가만히 있거라"

옥남을 가장 사모하는 정남이는 완연히 백만 대군의 구원이나 얻은 듯이 마음이 스스로 안정되며 그 명령을 좇아 고요히 그 바위 위에 서서 있으니 저 정남은 일신의 안위(安危)가 전혀 옥남의 몸에 달렸더라.

옥남은 조그마한 바위들을 징검다리 골라 디디듯이 디뎌 나아가며 투구 바위에 점점 가까이 다다르니 이곳은 투구 바위에서 상거가 사오 간에 지나지 못하는 곳이라. 그러나 그 사이에는 발을 붙일 바위도 없고 다만 거품 일어나는 푸른 물결만 울렁거릴 뿐이라. 그 아이는 다시 정남의 겁내는 마음을 위로코자 하여

"애, 걱정 마라. 관계치 않다. 내 붙들어 주마. 가만히 있어"

하고 물결이 잠깐 뺄 때를 기다려 건너가고자 하였더라.

조수는 점점 창일하여 옥남이가 한 걸음을 나아갈 때마다 처음에는 종아리에 잠기고 다음에는 무릎을 잠겨 그 바위 있는 중간에도 이르지 못하여 수심은 벌써 옥남의 가슴에 이르는지라. 그중에도 한편으로는 큰 파도가 엄습하여 오고자 하며 그러한 파도가 없더라도 풍랑 중에 서서 있는 다리가 그 지위를 보존치 못하겠거늘 하물며 맹렬한 파도가 있음이리오. 저 아이는 구태여 바위만 찾아 발을 붙이고 나아가느니보다 차라리 헤엄을 하여 건너가느니만 같지 못하리라 생각을 결단하고 몸을 모로 드러눕더니 가련한 두 팔은 앞의 물결을 헤치며

나아간다. 옥남은 비록 십일 세에 지나지 못하는 아이로되 해변 사람이 되었던 고로 물에는 심히 익었더라.

옥남은 이제 비로소 투구 바위에 이르러 더위잡고 기어 올라가려 할 즈음에 산과 같은 파도 한 덩어리가 옥남의 몸을 덮어 부딪치매 옥남이가 바위를 붙들었던 손이 다시 놓쳐 한 간 동안이나 멀어졌다가 물결이 지나간 후에 다시 헤엄하여 간신히 그 바위에 기어올라서 몸을 물 밖에 일어서니 아―, 가엾도다, 줄줄이 흐르는 피는 어린 옥남의 발과 다리를 드리웠더라.

이제 몰려오던 큰 파도에 옥남의 몸이 한가지로 쓸려 물속에 빠져 보이지 아니하는 모양을 보고 정남은 실색하였다가 다시 옥남이 바위 위로 올라옴을 보고 기꺼하여

"아이, 애, 이걸 어떻게 하니"

"응, 관계치 않다. 염려 마라"

하는 두 소년의 말소리는 벌벌 떨린다.

28

이때에 정남의 유모는 해변으로 찾아 나왔다가 이곳에 이르러 홀연 바위 위에 서서 있는 정남의 모양과 정남을 구호하고자 하여 헤엄하여 투구 바위 위에 다다른 옥남의 모양을 보더니 다만 놀랄 뿐이 아니라 허둥지둥하며 해변에서 이리저리로 왔다 갔다 하며 목이 막히도록 소리를 다하여

"아이고, 아, 아이고, 저를 어찌하면 좋은가. 아이고, 도련님도, 도, 도련님, 여기는 아무도 없소. 저것 좀 보오. 누구든지 와서 저것 좀, 아이고, 도련님"

유모는 이편을 향하여 부르며 저편을 돌아보아 부르짖으며 미친 사람같이 해안에서 날뛰고 있다. 그러나 여자의 몸이라 능히 쫓아 들어가 구원할 힘은 없고 돌아가서 주인에게 고하자 하나 그동안이면 저 두 아이의 목숨은 벌써 구하지 못함을 아는 고로 그 유모는 다만 그곳을 떠나지 못하고 소리를 다하여 구원을 청할 뿐이라.

옥남은 이제 이 바위 위에 득달함도 요행한 일로 아는 고로 정남을 데리고 한가지로 이 물을 무사히 건너 육지에 이를 바를 뜻하지 못한다. 그러나 두 사람이 이곳에 있어서 한갓 구할 사람이 들어오기를 기다리면 구하러 오는 사람보다 큰 파도가 오히려 먼저 이르러 두 사람의 목숨을 앗고자 할지니 두 손을 마주 잡고 앉아서 죽기를 기다리느니보다 일 분이라도 급히 백반 수단을 다하여 이곳을 벗어날 도리를 하리라 하고 옥남은 급히 등을 정남에게로 향하며

"애, 정남아, 자―, 내 등에 업혀라. 그리고 목은 위로 치켜들고 나를 잔뜩 붙들어라"

"응"

하며 정남은 곧 옥남의 등에 업히니 옥남은 정남을 업고 일어서서 잠시도 지체하지 아니하고 발끝을 더듬어서 서서히 나아간다.

물은 이미 다섯 치나 더욱 늘었는지라. 옥남의 제일 보는 이미 무릎을 잠기고 제이 보는 이미 가슴에 이른다. 옥남은 바위를 더듬어 디디고 가는데도 물이 이와 같을진대 이 앞으로는 필연 길이 넘도록 깊은 물이 있으리라 하여 어찌하든지 저편에 있는 바위까지 헤엄을 하

여 가고자 한다. 그 바위에 다다르면 그 후는 안전하다 함은 아니로되 그중에 위험한 곳이 이곳인 고로 이곳만 안전하게 지나가면 다른 곳은 크게 근심될 것은 없다 생각함이러라. 그러나 저 아이는 다만 한 사람으로도 건너가기 어렵거늘 하물며 등에는 정남을 지고 용이히 이 험한 곳을 안전 무사하게 건너갈는지 다만 하늘에 축수할 뿐이라. 정남은 발을 떼고 몸을 물에 띄우매 등 위에 무거운 짐을 지고 있는 몸이 어찌 감당하리오. 그 몸은 정남과 한가지로 물속에 잠겼더라. 물에 숙달하고 기골이 장대한 장정이라도 사람을 등에 지고 물에서 헤엄치는 것이 가장 어려운 일이거늘 십일 세 소동으로 아무리 헤엄을 잘한다 하기로 내 몸의 중량(重量)과 거의 같은 몸을 등 위에 올려놓고 헤엄치는 일은 진실로 어려운 중에도 더욱 어려운 일이라. 그러나 그도 수면이 평탄할 때이면 오히려 할 도리가 있으리라 하려니와 탁랑 노도(濁浪怒濤)가 물 끓듯 하는 이 사이에서 어찌 무사히 헤엄하여 나가기를 얻으리오.

그러나 이때에 옥남은 다시 물 밖으로 얼굴을 내드는데 정남은 두 팔로 옥남의 목을 더위잡았더라. 옥남은 간신히 몸을 움직여 사오 척 동안을 헤엄칠 사이에 큰 물결은 몰려와서 다시 두 소년을 덮었더라.

유모는 해변에 펄썩 주저앉아 소리를 지르며 구원할 사람을 부르고 두 아이가 물결에 싸여 들어간 후 물 위에는 갈매기 무리가 날아간다. 세 번째 옥남은 물 밖으로 얼굴을 내놓더니 심히 괴로운 모양으로 기진한 몸을 강작하여 죽기를 한하고 헤엄치는데 해중으로부터 일진 맹풍이 일어나며 투구 바위의 이 배나 되는 큰 파도가 바람을 쫓아 맹호같이 몰려들어 오더니 그 근처에 있는 바위는 모두 침몰을 시켰는데 파도가 바위에 부딪치는 소리는 처참하여 사람으로 하여금 몸서리가 스스로 난다. 이와 같은 물결에 두 소년의 그림자는 회오리바람에 말려 올라가는 나무 잎사귀와 같이 참혹히 싸여 들어갔더라.

그 후는 다시 옥남의 얼굴이 물 밖에 나타나지 아니하니 슬프다, 가련한 이 형제 두 아이는 물속에 장사함을 면치 못하였더라.

29

정남의 유모가 부르짖는 소리에 이곳저곳으로부터 한 사람 두 사람의 어부가 모여 오는데 이때는 이미 옥남과 정남의 몸이 파도 중으로 쓸려 들어간 지 십여 분 동안을 지난 후러라.

여러 어부 등은 유모의 말을 듣고 비로소 크게 놀라 일 분이라도 바삐 두 아이의 몸을 구하고자 하여 한 길 두 길 높았다 낮았다 하는 파도를 무릅쓰고 모두 물속으로 뛰어 들어간다.

이 어부 등은 모두 옥남을 사랑하기 나의 아들같이 하여 목포 일경에서는 옥남으로 하여금 어린아이의 모범을 삼았더니 이날 옥남은 정남의 위태함이 삽시간에 있음을 보고 일표 단기로 용맹한 구원병이 되어 중위를 헤치고 들어갔다가 드디어 의로운 죽음을 한가지로 하였으매 듣는 여러 사람들은 그 아름다운 마음에 더욱 감동 되어 자기 등이 오히려 때가 늦게 왔음을 분히 여겨 무슨 힘을 다하든지 이 두 소년의 목숨을 구하고자 한다.

이와 같은 때에 무정한 하늘은 두 아이로 하여금 더욱 고통(苦痛)을 주고자 함인가 사방으로 흑운이 몰려들더니 빗방울은 여기저기서 뚝뚝 떨어진다.

해중에는 사나운 바람에 거친 물결은 천만 장이나 높이 구천에 솟았다가 다시 내려지는데 물결과 물결이 서로 부딪치는 소리는 산명곡응(山鳴谷應)하여 사람으로 하여금 귀가 어두울 듯한데 물새들은 투구 바위 위에서 어지러이 날아다니며 지저귀니 이도 또한 심상한 일이 아니러라.

조금 있더니 근촌에 있는 여러 사람이 또 이르러 먼저 사람과 한가지로 합력하여 시체를 찾는데 이윽하여 여러 사람들은 두 아이의 시체를 구하여 해변 모래 위에 뉘었더라.

슬프다, 아이들의 자는 듯이 눈을 감은 모양을 보건대 정남의 조그마한 팔은 지금도 오히려 옥남의 목을 껴안고 있다.

피차에 서로 장성하는 날에는 반드시 한집에서 형제와 같이 지내자고 어린 마음에 서로 깊이 맹세하였던 두 아이는 장성하기를 기다리지 못하고 이 세상으로부터 후세에 가기까지 서로 안겨 있으니 그 서로 더위잡은 손은 삼생에 서로 떠나지 아니하리로다.

슬프다, 투구 바위 아래에 있는 물은 오늘날 가장 참혹한 일을 이곳에서 이루었으니 옥남과 정남 두 아이는 이제 서로 두 손을 마주 잡고 황천에서 아름다운 소리를 부르리로다.

비록 이 세상에서 누리던 인연은 작고 박하다 할지라도 누구든지 이 두 아이의 혼백은 천국에 올라가 있음을 의심치 아니할지니 두 아이의 고요히 자는 듯한 얼굴은 현저히 그 일을 말하는 것 같도다. 보건대 옥같이 희고 아름다운 형제 두 아이의 얼굴에는 조금도 고통 하는 빛이 없고 한번 피었던 꽃이 다시 입을 다문 것 같아서 기꺼하는 빛이 가득하니 이는 의심 없이 천지자연지주가 바야흐로 목숨이 끊어지려 하는 두 아이에게 너희들은 본래 한 어머니 배에서 낳은 형제간이라 일러 주었음이 분명하니 한 혈육인 줄을 알지 못하고 목숨을 버렸으면 어찌 저와 같이 기꺼운 빛이 얼굴에 나타나리오.

천국을 나간 동포 두 아이는 반드시 모친의 허물을 용서하리로다. 비록 두 아이는 모친의 죄로 인연하여 참혹한 죽음을 이루었으나 천상에 올라가서 상제 앞에 공순히 팔을 짚고 엎뎌 모친을 위하여 복을 빌 사람은 이 두 아이가 되리도다.

오호라, 목포에서 칭찬하고 사랑하던 옥남은 아무런 줄 모르고 나의 아우를 구하려 하다가 인생의 가장 아름답고 비참한 죽음을 이루었도다. 경자가 장중보옥같이 사랑하던 정남은 구하러 왔던 저의 형과 한가지로 모친의 손에는 돌아오지 않고 황천의 길을 지었으니 슬프다, 두 아이의 시체는 벌써 다시 소생할 기망이 없어졌더라.

30

두 아이의 시체를 물 위에 건져 놓으매 이때에 급보를 듣고 달려온 옥남의 유모와 정남의 유모는 두 시체에 매달려 방성통곡하며 몸부림을 하는데 그 두 노파의 슬퍼하는 모양은 사람으로 하여금 차마 보지 못할러라. 여러 사람들은 두 사람을 위로하며 일변으로는 양신관으로 사람을 보내 급보를 정욱조 부부에게 전하게 하고 일변으로는 짚불을 준비하여 물을 토하게 하며 옥남과 정남의 시체를 덥게 하며 그곳 의사를 청하여 보이나 이미 여러 시간을 지낸 고로 아무리 하여도 효험이 없는지라. 하릴없이 두 아이의 시체는 그곳에서 가까운 옥남의 유모의 집으로 우선 운전하여 베개를 같이 하고 두 아이의 시체를 나란히 뉘었더라.

이날 마침 정욱조는 십여 리 되는 어떠한 촌가에 나가서 있지 아니하고 경자 홀로 앉아 있더니 천만뜻밖에 이 놀라운 기별을 들으매 경자는 홀연 기절하여 땅에 엎더지는지라. 주막 사람들은 크게 놀라 경자의 몸을 주무르며 얼굴에 찬물을 끼얹어 정신을 차리게 하며 한편으로는 사람을 정욱조 나간 곳으로 보냈는데 그러할 즈음에 경자는 간신히 숨을 돌려 정신을 차리고 눈을 겨우 떴으나 그 얼굴은 흙빛과 같이 검푸르게 질렸더라.

그러나 경자의 얼굴에는 무슨 결단한 바가 있는 것 같아서 눈에는 한 점 눈물도 띠우지 아니하고 간신히 나오는 목소리로

"어서 나를 그리로 데려다 주시오"

하며 목소리는 벌벌 떨리니 가엾도다, 경자의 연약한 가슴은 벌써 파열(破裂)이 되었더라. 그 눈에 한 점 눈물이 없음을 보건대 실로 눈물보다 더욱 심한 슬픔과 고통을 당함이러라.

경자는 주막에서 나와 시체 있는 집으로 향하여 올 때에 기력 없는 몸으로 여러 사람에게 붙들려 비를 무릅쓰고 간신히 그곳에 다다를 때까지 경자는 말 한마디를 입 밖에 내지 아니한다. 그곳에는 두 아이의 참혹한 죽음을 불쌍히 여겨 동리의 남녀노소가 여럿이 모여 동정의 눈물을 금치 못하더니 이때에 경자가 이르매 정남의 유모는 울던 얼굴로 마당으로 뛰어 내려오며 경자의 옷자락을 붙잡고 느껴 통곡하며

"마…… 마님…… 이 일이 웬일이오니…… 까…… 웬일이야요"

하며 우는 것을 경자는 손짓하여 울지 말라 하고 자기는 옥남과

정남의 시체 뉘여 놓은 방으로 들어가매 그 방 안에는 여러 동리 사람과 옥남의 유모가 있다가 경자의 들어옴을 보고 모두 밖으로 나오는데 다만 옥남의 유모만 홀로 남아 있다. 그 노파는 경자의 들어온 줄도 모르고 실성한 사람같이 방 안 한구석에 고개를 숙이고 죽은 듯이 앉아 있다.

두 개의 베개를 나란히 베고 자는 듯이 누워 있는 옥남과 정남 두 아이의 시체는 몸은 흰 무명으로 덮여 있는데 두 아이의 아름다운 얼굴은 이 세상을 떠나 천국에서 노니는지 비록 죽은 얼굴이라도 쾌락하고 만족한 빛이 얼굴에 나타나는 것 같다. 경자는 이 얼굴을 바라보고 베갯머리에 몸을 펄썩 주저앉으매 가슴으로 좇아 솟아나오는 울음을 치마끈을 입에 물어 억지로 소리를 내지 아니하며

"아—, 내 죄가 이 두 어린 자식에게 미칠 줄을…… 이 일을 어찌하나, 어찌해"

하고 부르짖으며 경자는 두 아이의 시체를 붙들고 엎디어 통곡하기를 마지아니한다. 이때에 옥남의 유모는 비로소 사람이 옆에 있는 줄 알고 눈을 들어 바라보매 이 곧 경자라. 홀연 안광에 무한한 원망하는 빛이 나타나며

"여보시오, 마님, 예, 마님"

경자는 부르는 소리에 얼굴을 드는지라. 노파는 떨리는 목소리로

"여보시오, 글쎄, 이 일을 어찌하실 터이오. 나는 마님 얼굴도 자세히 압니다. 마님이 이 옥남이 친어머니가 아니십니까. 그때 갓 낳았을 때에 당신이 이 애를 죽이려고 하셨지요. 옥남이가 그때에 죽을 것을 면하였더니 이것 좀 보시오. 당신 아기 때문에 이렇게 죽었습니다그려. 이것은 당신이 죽이신 것이나 다름없습니다, 예, 마님. 당신은 왜

우리…… 우리 귀한 옥남이를 왜 죽이셨소. 인제는 어찌하실 테야요"

하며 노파는 경자를 한편으로 원망하며 한편으로 느끼며 울기를
마지아니한다.

31

경자는 솟아나오는 설움을 억제치 못하며

"여보, 할멈, 하…… 할멈 하는 말이 다 모두 옳은 말이요마
는…… 내…… 내 이 터지는 속도 좀 생각을 하여 주오. 내 죄가 태산
같은 고로 오늘 와서 그 벌을 받는구려"

그러나 원통한 마음이 가슴에 가득한 옥남의 유모는 더욱 경자를
원망하는 모양으로

"글쎄, 여보, 마님, 당신이 잘못하신 까닭으로 벌을 받든지 죄를
받든지 하는 것은 당연하려니와 나하고 오…… 옥남이에게야 무슨 죄
로 이 벌을 당할 까닭이 있습니까. 나는 옥남이 어서 장성해서 잘되기
를 날로 바라고 축수를 하고 지내더니 인제는 저게 죽었으니 나는 살
아서 무엇 합니까. 차라리 나도 따라서 죽는 게 낫지요. 아이고, 마님,
이 일을 원통하여 어찌하나"

경자는 고개를 숙이고 한참을 듣더니 길게 한숨지으며

"그 말은 내가 할멈에게 원망은 고사하고 꾸지람을 듣더라도 내
가 유구무언이오. 그러나 내 속도 조금 생각해 주어야 아니하오. 할멈
은 아들 하나나 잃어버렸거니와 나는 아들 형제를 잃었소그려"

이때의 경자의 말과 경자의 형용과 경자의 경우를 보건대 목석이라도 동정의 설움을 금치 못할지니 옥남의 유모는 경자의 말을 들으매 지금까지 내 몸의 설움만 생각하고 다른 사람의 더욱 비창한 생각은 조금도 생각할 여가가 없더니 이제야 비로소 일시에 아들 형제를 수중 고혼을 만든 경자의 신상을 생각하매 홀연 경자를 위하여 처창한 마음을 이기지 못하여 또한 느껴 울며

"마님, 이 일을 어찌합니까"

경자는 목우인같이 몸도 움직이지 아니하고 대답도 없이 정신을 잃고 앉았는데 그 노파는 눈물에 어린 얼굴을 들며

"마님, 만일 이 모양이 될 줄을 알았더라면 진작에 옥남이더러 은휘하고 숨길 것 없이 모두 바른대로 말이나 하여 줄 것을 그랬지요. 이 아이가 마님을 정말 어머니인 줄을 알았는지 핏줄이 켕겨서 그러하던지 어떻게 당신이라면 따르고 좋아하는지 모르겠지요. 하루라도 당신을 못 뵈면 못 견뎌서 하지요. 한번 우리 할미더러 그이가 정말 우리 어머니가 아니냐고 묻습니다그려. 그렇지 않다고 하였더니 어떻게 낙심을 하는지 몰라요. 그래도 그 후까지도 어머니로만 알고 있는지 어저께는 내가 하는 양을 보자고 옥남이더러 네가 암만 그 마님을 따르고 보고 싶어 하여도 며칠 아니 있으면 서울로 도로 올라가실 터이라고 하였더니 어찌 우는지 몰라요. 이 아이 성품이 여간 일에는 눈물을 내지 아니하는데 그 말을 듣고는 어떻게 슬퍼하는지요. 그것을 보니까 어찌 자닝하고 불쌍한지 바로 말을 하여 줄까 생각하였습니다. 어머니인 줄이나 알게 바로 말이나 하여 주었더라면 좋을 것을 저의 어머니인 줄도 모르고 정남 아기와 친형제인 줄도 알지 못하고 죽은 것이 뼈에 사무치게 불쌍합니다그려. 여보시오, 마님, 당신은 왜 이 아이더러

한마디 내가 너의 어머니란 말씀을 아니 하셨습니까. 옥남이는 죽어서 아마 원혼이 되어서 정처 없이 떠돌아다니겠으니, 아니…… 불쌍하여 어찌하나……"

경자는 죽은 사람같이 앉아 있어 대답할 바를 알지 못하고 입술만 벌벌 떨린다.

노파는 다시 말을 계속하여

"나는 날마다 마님이 옥남이더러 바로 말씀을 하여 주실까 하여 기다리고 있었는데 아무리 마음이 모지시기로 그렇게 따르는 아이의 그 측은한 마음을 조금이라도 생각을 하실 지경이면 나중에는 무슨 일이 생길지라도 이 애에게만 통정을 하여 주실 줄 알았지요. 그렇게 매정하게 하실 줄이야 어찌 알았습니까. 이 할미가 바로 말을 하여도 하겠지요마는 잘못하여 영감께서 아실 지경이면 마님 신상에 좋지 못한 일이 생길까 하여 마님 하시는 것만 기다리고 있었더니 오늘 와서는 이것저것 다 쓸데없이 되었습니다그려. 이 아이는 정녕 원혼이 되어서……"

경자는 노파의 말을 들으매 뼈가 녹고 살이 에이는 듯한 설움에 목이 메어 말을 이르지 못한다.

32

경자는 느껴 가며 말소리를 간신히 내어

"모두 다 내 잘못이오. 할멈에게 그 말을 들으니까 내 마음은 어떻다 말할 수가 없소. 이럴 줄을 알았더라면 진작에 모자가 서로 알기나 하게 하였을 것을…… 내가 그때에는 마음이 귀신에 씌었던가 어쩌면 마음을 그다지 독하게 먹었던지…… 언젠가 한번은 옥남이가 나더러 만일 내가 우리 어머니를 만나서 어머니라고 말하여서 좋지 못한 일이 있을 것 같으면 어머니라고 하지 않겠다 합디다그려. 그때에 나는 그 말을 듣고 어찌 측은하고 불쌍한지 미칠 것 같아서 그 당장에 내가 너의 어머니다 말을 하여 줄까 하다가 이내…… 나는 이 세상에 왜 나왔다가 자초로 설움이 떠날 사이가 없이 항상 마음에 잊지 못하고 있던 어린 자식을 우연히 만나서 보고도 서로 진정을 통치 못하고 인하여 형제가 서로 이끌고 다시 돌아오지 못할 곳으로 떠나갔으니 할멈, 할멈도 내 속을 좀 생각하여 주오"

노파는 다만 눈물만 흘리고 말을 이르지 못하는데 경자는 다시 말을 낸다.

"내가 비록 낳은 자식이라 해도 나는 저것에게 어미 노릇 하나 하여 본 일이 없고 할멈에게 이때까지 신세를 지다가 저만큼 장성한 것을…… 하루에 형제를 다 죽였으니 모두 이 어미의 죄로 하여 철모르는 자식들에게 버력이 미치니 나는 하나님의 형벌을 과연 깨달았소. 제 죄로 하여 제가 벌을 받는 것은 어떠한 형벌이라도 내가 당하기를 조금도 싫어하지 아니하겠소마는 제게는 그 벌이 오지 않고 모두 남의 몸에 미치게 하니 인제는 나는 다시 죄상첨죄는 못 하겠소. 다시는 참을 수도 없고 세세히 내 내력을 남편에게 자복하고 승이라도 되어서 두 자식의 후세 발원이나 하겠소"

경자는 실로 오늘을 당하여는 조금이라도 숨기지 아니하고 그 남편에게 토설하기로 결심하였더라. 그 남편은 추호만치라도 경자의 죄를 용서치 아니할지니 경자는 그 남편이 나의 죄를 용서하지 아니할 것도 모름이 아니로되 오늘에 이르러 상제의 천벌이 이와 같이 참혹한 것을 깨닫고 이 위에 더욱 죄 짐을 지고 숨기고자 하는 마음이 전혀 없어지고 죽은 아들의 베갯머리에서 남편에게 자복하려 하니 이는 죽은 아들에게 대하여도 사죄하는 방편이 될 줄로 앎이요 또는 경자의 눈에는 두 아들의 죽은 얼굴이 어미를 향하여 어서 바삐 죄를 자복하라 권고하고 이 세상을 떠난 것같이 현연히 눈에 보이고 귀에 들리는 것 같다.

정욱조를 찾아서 보냈던 사람은 정욱조가 중로에서 비를 만나 멀리 가지 못하고 돌아오는 것을 길에서 서로 만나매 서서히 그 사실을 고하니 정욱조의 놀람은 어찌 다 말하리오. 정욱조는 심중으로 가장 고통 하기를 마지아니하며 한편으로는 병중에 있는 아내가 오죽 슬퍼하랴 염려하기를 마지아니하며 몽중 같은 정신으로 그 사람과 한가지로 노파의 집에 다다르니 이때에 여러 사람들은 정욱조의 낙담상혼(落膽喪魂)한 얼굴을 보고 가엾고 측은한 마음에 은근히 눈물을 금치 못한다.

정욱조가 이르는 것을 보더니 방 안에 있던 노파는 마루로 나오고 경자는 얼굴도 들 기력이 없이 고개를 숙인 대로 남편을 향하여 앉아 있다.

베개를 나란히 하고 길게 잠든 듯이 누워 있는 두 아이의 얼굴은 완연히 칼날 같아서 정욱조의 가슴을 에는도다. 두 아이의 베갯머리에 아내와 한가지로 앉아 있으매 비록 사나이의 눈일지라도 왕연히 누수가 흐름을 깨닫지 못한다. 정욱조는 손을 들어 정남의 이마를 짚어 보더니

"아, 이렇게 벌써 궐랭 하니"

길게 한숨지으며

"이 일은 참 천만의외지…… 내가 가까이 있기나 하였더라면…… 아―, 인제는 때가 늦었는데 쓸데 있는 말인가"

경자는 말없이 숙이고 있는 몸이 바람에 불리는 나무 잎사귀같이 떨고 있을 뿐이라.

정욱조는 경자를 바라보며

"여보, 너무 과히 상심하지 마오. 지금 와서 아무리 슬퍼하면 소용 있소. 다 우리의 운수가 불길하여서 그러한 것이지"

"…………"

33

정욱조는 비창하여 하기를 마지아니하며

"정남이는 내 아들이니까 어떠하든지 오히려 상관이 없으나 내 아들로 하여 남의 자식까지 죽었으니 무엇이라고 할 말이 없구려. 저만큼 장성하고 저렇듯 영리하고 민첩한 아이를 내 아들로 하여서 무참한 죽음을 한 것을 보니…… 저 아이를 양육하던 노파의 마음이 어떠하겠소. 이것저것을 생각하니 실로 단장지정을 참기가 어렵소. 이러할 줄을 알았던들 이곳으로 오지 아니할 것을 아―, 참……"

경자는 오히려 말이 없더니 앞만 내려다보고 있던 얼굴을 간신히 드는데 백랍 같은 얼굴에 혈색은 걷히고 미간에는 무한한 고통이 현연히 보이며 눈에는 깊이 결심한 빛이 나타난다. 그동안에 잠깐 그쳤던 비가 다시 뚝뚝 떨어지는데 해변에 몰려들어 오는 물결은 언덕에 부딪쳤다가 다시 몰려 나가는 소리는 완연히 황천의 소식을 전하는 것 같으며 사이사이로 들리는 물새의 떼가 지저귀는 소리도 비창한 음조를 전하는데 홀연 하늘이 캄캄해지는데 방 안은 더욱 캄캄하여 두 아이의 누워 있는 얼굴은 점점 흰 빛이 더하며 음침한 기운은 실내에 엄습하며 여자의 느껴 우는 소리는 여원여모하여 실마리 같아서 끊어지지 아니한다.

"여보시오, 영감"

하며 경자의 부르는 소리가 입 밖에 간신히 나오는 목소리라. 정욱조는 딴생각을 하느라고 미처 듣지를 못하였는지 대답이 없으므로 경자는 다시 거듭하여

"영감"

정욱조는 잠결에 누가 깨우는 것같이 깜짝 놀라는 모양으로 아내를 바라보는 얼굴이 경자의 마음에는 가장 엄숙하여 경자는 다시 고개를 숙이며 마음을 결단하여

"나는 인제 영감 앞에서 자복할 일이 있습니다"

"응?"

하며 경자의 별안간 이상한 말에 요령을 알지 못하여 정욱조는 경자의 얼굴을 물끄러미 바라보고 있다.

"나는 죄 많은…… 더, 더…… 러운 계집이올시다. 이 옥남이라 하는 아이는 본래 내 자식이올시다"

정욱조는 눈이 휘둥그렇도록 놀라

"응?"

하며 경자의 얼굴을 이윽히 돌려다 보더니 도리어 불쌍하고 가엾이 여겨

"여보, 부인이 지금 무엇이라고 말하였소. 마음을 단단히 먹고 계시오. 아마 지금 꿈을 꾸지 아니하였소? 부인은 원래 병중에 정남이를 잃고 너무 설워하여서 신경 작용(神經作用)으로 아마 정신이 흐트러져서 그러한가 보오. 그러나 지금 와서 암만 슬퍼하면 쓸데 있는 노릇이오. 내 몸에만 해가 미칠 터이니 그저 기운을 진정하시오"

"아니요, 내가 정신없이 말한 소리가 아니야요. 밑도 끝도 없는 말이 아니올시다. 진정으로 말씀이올시다. 내 죄를 오늘 와서 자복할 터이니 만일 의심이 나시거든 이 두 아이의 얼굴을 자세히…… 자세히 보시면 아시오리다. 누구더러 보라 하여도 형제로 알 수밖에 없을 줄로 생각합니다"

정욱조는 경자의 하는 말이 조금도 정신이 착란하여 나오는 말이 아니라 진정임을 보고 말없이 다만 아내의 얼굴을 쳐다볼 뿐이라.

"내가 영감 앞에서 살아서 이렇게 자복할 마음은 없었습니다. 내가 자살이라도 해서 그리고 죽어서 영감께 사죄를 할지언정 이 몸이 영감 앞에 보이지도 못할 몸으로 못생긴 마음에 죽지를 못하고 이런 말씀을 여쭙니다. 아무쪼록 자세히 들어 주셔요…… 그 후에는 내 몸이 어떠한 지경에 가더라도 조금도 싫어하지 아니하겠습니다. 영감께 태산 같은 은혜를 지고 십여 년 동안을 뫼시던 생각을 하면 이 마음도 어떠하다 할…… 실상인즉 내 병도 이 까닭으로 해서 나고요. 전일부터 이 말씀을 영감께 하고 마음을 편안히 할까 하였더니 제 몸으로는 조금도 상관이 없으나 어린 자식의 사랑에 끌리고 또는 영감이 너무 이 몸을 위로하여 주시는 고로 그 말씀을 하였다가 오죽이나 낙심을 하오시랴 하는 생각으로 입때지 숨기고 지내 왔더니 오늘은 상제의 벌을 입었으니 이 위에 죄를 더 숨기고 있어서 죄상첨죄는 할 수도 없고 또는 제 죄를 자복하는 것이 죽은 자식들에게 대하여도 좋은 데로 천도가 되겠습니다"

경자의 하는 말이 가장 비창하여 초목이라도 가히 위하여 슬퍼할러라.

34

정욱조는 맑은 정신을 잃은 사람같이 다만 묵묵하여 귀를 기울이고 들을 뿐이요 완연히 흙으로 만들어 놓은 우상 같아서 한 개의 수염도 움직이는 것이 없다. 경자는 가슴에서 뛰노는 괴로움과 아픔을 억제하며

"나는 영감께로 오기 전에 한번 남편을 얻은 일이 있습니다. 내가 서울서 학교에 다닐 때가 열여섯 살 적인데 그 나이에 무슨 철이 있겠습니까. 내가 몸을 부쳐 있는 우리 학교 교사에게 속아서 어떠한 사람과 이상스러운 관계를 맺은 후에 일후에는 남편으로 섬기자고 마음에 먹고 있었지요…… 내 마음은 본래부터 학교를 졸업한 후에 부모의 허락을 받아 가지고 시집을 가려고 몸을 정히 가지려 하였더니 뜻밖에 학교 선생님과 몹쓸 사나이로 하여서 기어이 몸을 더럽혔지요…… 그동안에 그럭저럭 지내서 열일곱 살이 된 후에 아이를 배어서 할 수 없이 학교에는 다니지 못하게 되고 시골 우리 아버지께는 일절 속였습니다. 그 후에 암만 후회를 하니 소용이 있습니까. 그러다가 그 사나이는 점점 내게 정이 없어지고 그뿐 아니라 그 사나이는 나를 속이고 예수

교회당에서 결혼식을 거행하였는데 그것이 정말 결혼식이 아니라 그 교당 목사와 서로 짜고서 나만 속이느라고 한 일을 나는 조금도 알지 못하고 정말 부부가 되었거니 하고 믿고 있었더니 그게 다 거짓 것이 되었습니다그려. 실상인즉 그 사람은 본래 장가든 색시가 있는데 그동 안은 시골 친정에 있다가 그 여름에 올라와서 자기 남편과 같이 시골 로 내려갔지요. 그래서 나는 제가 행실을 잘못 가진 죄라고 결심하여 서 아무도 원망하지 아니하였습니다마는 뱃속에 있는 어린아이를 어 찌 주체하면 좋을는지 모르고 남에게 대면할 면목도 없어서 지각없는 일이지요마는 죽으려고 용산 강가로 나가서 빠지려 하다가 어떤 사람 에게 구원을 입어서 죽지 아니하였으나 그날 밤에 그 구하여 준 사람 의 집으로 가서 낳은 자식이…… 이 옥남이올시다. 그 후 산후 여증으 로 병이 나서 나중에는 실성 병이 되어서 그 어린 자식을 죽이려고까 지 하였습니다. 그 말씀은 요전에 저 아이 유모에게도 들으셨겠지요마 는…… 그 후로는 우리 아버지께 근심을 끼쳐 여러 가지로 약을 쓴 결 과로 병은 나았으나 우리 아버지께서는 나를 너무 사랑하실 뿐 아니라 이후에 네가 남의 집에 시집을 갈 때에 자식이 있다 하면 방해가 된다 하셔서 남더러는 물론 말씀하실 리가 없거니와 나더러도 그 아이는 벌 써 죽었다고 속이셨습니다그려. 내가 공주 집으로 돌아간 후에는 일평 생을 시집 아니 가려고 결심하였더니 우리 아버지는 그 말씀을 들으시 고 어찌나 낙담을 하시고 심려를 하시는지 자식 마음에 그저 있을 수 가 없어서 부친의 명령대로 눈을 꽉 감고 시집을 가겠다고 말씀을 하 였습니다. 그러나 나는 전일 내 행실을 남편에게 말한 후에 남편 되는 사람이 관계치 않다 하면 시집을 가겠노라 하였으나 아버지께서 하도 자식더러 비시는 말로 하시니 자식 되어서 어찌 부모의 말씀을 아니

들을 수가 있습니까. 하릴없으니까 내 몸은 죽은 몸으로 치고 늙은 부친의 마음이나 편안히 할까 생각하여 그때 공주 사시는 김 승지 내외분의 신세와 주선으로 더러운 죄를 숨기고 이리로 시집을 왔었습니다마는 항상 마음은 편할 날이 없었습니다"

경자는 더욱 말을 하고자 하나 가슴이 막혀 말을 이루지 못하며 정욱조는 묵묵히 앉았다가 얼굴을 든다.

그 드는 얼굴은 푸르기가 경자보다 더하며 앉아 있던 몸이 뒤로 쓰러지려 하다가 간신히 몸을 수습하며 눈에는 용서치 못할 위엄한 기운이 나타난다. 경자의 몸은 나뭇잎과 같이 벌벌 떨릴 뿐이러라.

35

정욱조의 마음은 전혀 파열(破裂)하였도다. 강잉히 입을 열어
"전에 얻었다 하는 남편은 누구라 하는 말이요"
경자는 숙였던 얼굴을 들지 못하며
"예, 다른 사람이 아니라 영감께서도 아시지요마는 의원에 서병삼이라 하는 사람이올시다. 그때는 그 사람이 아직 서울서 의학교에 학도로 다닐 때야요"
정욱조는 다시금 놀라며
"응, 서병삼이야"
크게 한숨짓는다.
경자는 다시 남편의 얼굴을 바라보며

"내가 그 후에 서병삼과 만나기는 요전에 송도서 정남이가 병들어서 앓을 때에 그 후로는 처음 보았고 또는 그렇게 유명한 의원이 되어 있는 줄도 몰랐습니다…… 인제야 조금인들 은휘하고 말씀할 리가 있겠습니까. 바른대로 여쭙는 말씀이올시다. 그때에 나를 서병삼이가 다른 방으로 데리고 간 것도 정남의 병으로 하여 한 것이 아니라 실상은 이전 관계로 하여 나더러 말을 하는데 서병삼이는 지금도 전일과 같이 냉독한 사람이야요. 자기의 마누라가 작년에 죽었는데 내가 지금 홀아비로 있으니 이제는 나와 한가지로 백년을 누리는 것이 어떠하냐 하면서 협박이 대단해요. 만일 내 말을 듣지 아니하면 그 말을 그대의 남편 되는 정 협판에게 말하겠노라 합니다그려. 나는 오히려 다행히 여겨서 나는 입때까지 마음이 약하여서 남편에게 말씀을 못 하였더니 만일 남이 내 대신에 말을 하여 주면 그런 다행이 없을 듯하여서 아무렇게든지 마음대로 하라 하였더니 이내 말씀을 하지 아니하고 그대로 갔습니다그려"

정욱조는 다시 한숨만 지을 뿐이요 경자는 혼잣말같이

"아이, 그때 서병삼이가 영감께 그 말씀을 하였더라면 지금 와서 정남이가 이 모양은 되지 아니하였을 것을…… 지금 와서 이런 말씀을 하……"

하며 남편의 얼굴을 눈으로는 남편에게 향하여 간곡한 정이 기색에 나타난다.

"벌써라도 나는 이 말씀을 하자, 하자 하면서도 지금까지 못한 것은 모두 정남이 불쌍한 마음과 옥남 생각으로 하여서 말씀을 못 하였습니다. 이런 더러운 계집의 말씀을 들으시니까 영감의 정하신 귀를 더럽혀 놓았을 듯하오나 이 죽은 정남이를 보아서 내 마음속을 다 말씀하겠습니다. 단지 영감을 사모하는 이 마음을……"

하며 어느덧 눈에서 눈물이 뚝뚝 흐른다.

"여쭈려 하는 말씀은 다른 말이 아니라 실상 마음으로는 다시 남에게 시집가지 아니하자 하였삽더니…… 가령 다시 남에게 몸을 허락한다 하기로 벌써 이미 없어진 애정이 다시 솟아나올 이치도 없고 애정이 없는 모양으로 남편 되는 사람을 섬기면 도리어 죄가 될 듯하였삽더니 영감의 두터운 사랑에 없어졌던 애정이 다시 싹이 나서 처음에는 영감을 한낱 남편으로만 섬기다가 나중에는 진정으로 영감을 사모하는 마음이 나서 이 세상에는 영감 같으신 이는 없는 것같이 알고 있었습니다. 이 죽은 두 자식을 앞에다 누이고 무슨 마음으로 영감겐들 어여쁘게 보이고자 하겠습니까. 지금까지는 거짓말도 많이 하고 죄상도 많은 계집이올시다마는 오늘 말씀은 티끌 하나 섞이지 아니한 진정 말씀이올시다. 영감께선들 지금 와서야 이런 더러운 계집에게 다시 전과 같은 깊은 사랑을 주실 리가 만무하시거니와 아마 한가지로 대하여 말씀하시기도 오히려 더럽다 하시려니와…… 그렇지만…… 영감"

하며 목이 메어 울음을 짓는다.

"내 몸은 비록 더럽고 더러우나 이 마음은 영감께 대한 애정이 조금도 변할 리는 없습니다. 육체(肉體)는 아무렇게 되더라도 영감에게 대한 사랑은 조금도 변치 아니하고 언제까지든지 영감께 향하여 있을 터이니 아무쪼록 영감께서도 몸을 내내 보중하오시어 계시기를 바라오며 이 몸은 영감이 버리셔서 어떠한 비참한 지경을 당할지라도 조금도 영감을 원망하지는 아니할 터이오니 나의 마음이 이러한 줄로 생각하여 주시면 삼생에 원이 없겠습니다"

36

정욱조는 경자의 말을 듣기를 마치매 흉중에 무한한 고통을 참으며 가장 엄숙한 얼굴로 경자의 얼굴을 바라보며

"부인이 지금에 회과하는 말을 들으니 만일 그 말이 사실과 같을진대 부인의 지금 자복하는 말이 대단 잘 생각한 일이오. 이제 이르러서는 나는 아주 이 세상에서 절망(絶望)한 사람이 되었소. 나는 그대를 숙녀 중에도 더욱 결백한 숙녀로만 알고 있었더니 이와 같이 숨겨 있는 허물이 있었던 줄이야 꿈에도 어찌 생각을 하였겠소. 나의 가슴은 이제 터지는 것 같소…… 한번 내가 아내를 얻지 아니하기로 결심하였다가 절개를 고치고 다시 부인을 맞아 온 것이 내 평생의 잘못이오. 나는 본래부터 허물이라 하는 것은 조금도 용서치 아니함은 부인도 아마 자세히 알듯 하거니와 내가 오늘 그대의 몸에 이렇듯 추루한 흠절이 있는 줄을 알고야 어찌 용서할 수가 있소. 십여 년을 동락하던 아내를 나 일개인으로는 그대를 불쌍히도 알겠지마는 일반 도리상으로든지 또는 정가의 집안 명예로 말하든지 결단코 그대의 죄과를 용서할 수가 없소. 정가의 집이 이 일로 하여 크게 명예가 손상하였으니 나는 정남이의 죽음보다 집안을 위하여 더욱 슬픈 눈물을 금하기 어렵소"

경자는 다만 얼굴을 가리고 느껴 가며 울고 있을 따름이라.

"그러나 정남이가 비록 지금 살았다 하더라도 그 부모가 이러한 죄악이 있는 사람의 소생으로는 도저히 우리 집안의 향화를 받들릴 수가 없는 터이니 제 일신상으로 말하면 저 세상으로 가서 있는 곳이 도리어 나을는지 모르겠소. 여보, 부인, 그대는 오늘로부터 정욱조의 아내라고 생각은 하지 마시오"

경자는 다시 소리쳐 느끼며 통곡한다.

"나는 여러 해 동안을 그대와 한가지로 지낼 때에 그대가 나에게 친절하던 마음은 내가 평생을 잊지 못하겠소. 그러나 그동안에 지낸 일은 일장춘몽에 지나지 못하는 것이니 나는 가정의 이 세상 재미도 이위 경험하여 보았으며 이리저리 생각하면 내가 깊이 생각 못 한 연고로 이러한 결과를 당하였으니 지금 이르러 그대도 원망하지 않소. 나는 인제 와서는 아무것도 없고 무 밑동 같은 사람이 되었소. 자식도 없고 아내도 없고 희망도 없고 명예도 없고 단지 남은 것은 침침칠야에 심산궁곡에 들어앉아 있는 절망한 일개 동물이 되었을 따름이오"

경자는 다시 세 번째 통곡한다.

정욱조는 다시 목소리를 가다듬어

"여보시오, 지금도 말한 바거니와 그대와 나와 인연은 오늘까지로 아시오. 우리 선조 사당에 대하여서라도 그대를 이혼 아니 하지 못할 터이니 그런 줄 아시오"

경자는 간신히 목소리를 내어

"예—"

"아—, 나는 그대를 잃고는 절망(絶望)이라 하는 벗을 얻었으니 이 정욱조는 절망이라 하는 벗과 한가지로 지하에까지라도 한가지로 가지 아니하지 못하겠구려"

경자는 그 말을 들으매 가슴이 미어지는 듯하여

"아까도 말씀하였습니다마는 이 지경 되어서 이혼당할 줄은 미리 짐작한 일이올시다마는 지금 영감 말씀이 절망을 하였다 하시니 왜 그토록 말씀을 하십니까. 그 말씀을 들으니까 이 마음은 어떻다 할 수 없습니다. 이 몸이 마지막으로 영감께 원하는 말씀이 있사오니 다른 말씀이 아니라 나의 죄로 하여 영감까지 이 세상에서 몸을 버린 몸으로 하신다니 아무쪼록 그런 마음은 잡수시지 마시고 아무쪼록 천금같은 몸을 보중하오시어 계시기나 나는 원하고 바랍니다"

하며 눈물을 흘리고 충정을 권고하는 경자의 말에 정욱조는 마음이 움직인 바가 있는지 창연한 기색으로 눈을 감는다.

정욱조는 이윽하여 눈을 뜨며

"자기의 장래를 저도 모르는 것이오. 그러나 그대의 충고하는 말씀은 어디까지든지 잊지 아니하고 있겠소마는 이 훗일이야 어떻게 될는지 알 수 있소. 그러나 제일 급한 일은 저 어린것을 장사나 지내 주어야 하겠는데 처음에는 내 생각에 우리 집 선영하에 정남이를 묻어 줄까 하였더니 지금 부인의 자복하는 말을 들으니 차마 정리에는 박절하지마는 선산하에는 갖다 묻을 수가 없고"

경자는 느끼는 목소리로

"영감, 잠깐 좀 내 말씀 들어주시오. 나는 죄가 만사무석이지요마는 정남이야 무슨 죄가 있습니까…… 그저 정남이 하나는 불쌍히 여기셔서 선산발치에나 묻어 주시기를 바랍니다"

정욱조는 엄연히

"응, 정남이는 백백 무죄하지. 그렇지마는 정남의 몸은 더러운 모친의 피를 받았으니 선산에 어찌 입장할 수가 있소. 조상까지 더럽히고자 하는 마음은 없소. 나는 결코 그 청은 들을 수 없소"

경자는 어찌할 줄을 모르고 근력 없이 고개만 폭 수그린다.

37

정욱조는 다시 말한다.

"정남이를 이 근처에 장사 지낼 수밖에 없소. 그러나 옥남이의 신체는 그 아비 되는 서병삼에게 기별하여 주는 것이 내 마음에는 온당할 줄로 아오. 그대의 마음에도 그리하는 것이 옳은 줄로 아는 것 같으면 내가 곧 개성군 서병삼의 집으로 전보를 띄우겠소. 지금도 아마 개성 집에 있는 모양이니…… 그리고 공주에 계신 부인의 부친께로 이 말을 전보로 통지해야 하겠소"

경자는 묵묵히 앉아 있더니 간신히 얼굴을 들며

"우리 아버지께는 전보를 그만 두셔요. 별안간에 그 말을 듣고 놀라서 기절을 하면 어찌합니까. 내가 편지로 자세히 말씀을 해서 부치겠습니다"

"그러면 나도 그 편지 속에 두어 자 써서 넣어야 하겠소. 이혼한다는 말도 통기해야지"

"…………"

이날 밤에 정욱조와 이경자는 어린아이의 시체를 위하여 그 노파의 집에서 달야하였으며 장식은 두 아이를 한가지로 장사코자 하였더라.

개성군에 유하는 서병삼에게는 벌써 전보를 띄우고 또는 서울 정욱조의 본제로 전보하였으며 공주 이기장에게 경자와 이혼하는 이유를 간단히 기별하였으며, 경자는 지금에 이르러는 부친에게 숨기지 못할 경우에 이른 고로 부친의 상심과 비회 할 일을 생각 아니 함이 아니로되 정남과 옥남 두 아이가 오늘에 이르러 참혹한 죽음을 이루었으며 동시에 자초지종의 사실을 하나도 빼지 아니하고 모두 기록하여 그 부친에게 기별하였더라.

그 이튿날 저녁에 이르러 한 사람의 신사가 그 노파의 집을 찾아왔으니 이 사람은 즉 서병삼이라. 그 전보에 놀라 망야하래함이러라. 노파는 서병삼을 인도하여 두 아이의 베갯머리에 앉히니 서병삼은 두 아이의 죽은 얼굴을 이윽히 들여다보며 홀연 처창한 기색이 얼굴에 나타난다.

이때에 정욱조는 양신관으로 가서 있고 이곳에는 경자와 노파 두 사람이 시체를 지키고 있는데 서병삼은 옥남의 얼굴을 한참 바라보더니 길게 한숨지으며 다시 경자의 얼굴을 바라본다.

"나는 지금이야 비로소 십 년 전 죄를 뉘우쳤습니다. 회개한 아비를 향하여서 이 아이의 내력과 어찌하여서 죽은 것인지 자세히 들려주시오"

경자는 엄연히 눈물을 씻으며

"이 아이의 죽음으로 하여서 당신이 전의 죄악을 뉘우치셨다 하니 만일 그 말씀이 정말이면 이 죽은 자식이라도 아마 원이 없어졌을 듯하오며 내 마음에 대단히 반갑습니다. 이 아이의 자초지종은 나도 자세히 알지 못하고 이곳에 와서 비로소 저 할미에게 들었습니다"

하며 경자는 옥남의 아름다운 성질과 정남을 구하려 하다가 인하여 용맹스러운 죽음을 이룬 이야기를 한다.

서병삼은 듣기를 다하고 한숨지으며

"여보시오, 부인, 나는 지금 죽은 자식의 신체 앞에서 부인에게 사죄합니다. 지금 와서 내가 사죄를 한들 무슨 효험이 있겠소마는 내가 이렇게 사죄를 하오니 부인이 받으시고 내 죄를 용서하여 주시오.

이전에 이 서병삼이는 참 잔혹도 하고 못생긴 놈이었습니다. 처음부터 부인과 한가지로 아름다운 가정을 지었더라면 오늘 와서 이 옥남이로 하여금 적막한 촌중에서 무정한 세월을 보내다가 무참한 죽음을 하였을 리가 만무할 것을…… 아…… 부인, 내 죄를 용서하시오"

경자는 서병삼의 말을 들으매 여러 가지 생각이 흉중에 가득하여

"나는 결단코 당신을 원망하지 아니합니다. 용서니 무엇이니 할 것도 없습니다. 그러나 마음을 고치셨다니 그게 제일 반가운 말씀이오"

"그러나 정 협판 부인께서는……"

하며 서병삼은 무슨 말을 하려 하는 것을 경자가 먼저

"나는 인제 정 협판의 부인은 아니올시다"

서병삼은 깜짝 놀라는 모양으로

"그러면 전사가 탄로되어서 정 협판이 이혼을 하였단 말이오"

"예"

"그래서 정 협판이 아무렇기로 부인에게 대해서 그렇게 무정한 짓을 한단 말이오. 내가 부인 앞에서는 인정이니 무엇이니 말할 자격은 없으나 나로 인연하여 부인이 오늘 이 결과를 당하는 것이니 내가 어찌 부인을 위해서 힘을 아니 쓸 수 있소. 내가 정 협판의 마음 돌리도록 운동을 하겠소"

38

경자는 이윽토록 말이 없더니 문득 얼굴을 들어 서병삼을 바라보며

"그 친절하신 말씀은 대단히 고맙습니다. 나는 당초에 당신이 도와주시는 힘을 입고자 바라는 사람이 아니올시다. 가령 지금 당신이 아무리 힘을 다하여서 나를 도와주고자 하시더라도 한번 결심한 마음을 그다지 용이하게 다시 돌이킬 정 협판이 아니올시다. 그러니까 그런 무익한 걱정은 그만두시는 것이 오히려 좋을 듯하오이다"

하며 두말없이 퇴각하니 서병삼은 적이 노여운 마음이 일어나며 경자의 얼굴을 바라본다.

"당신이 아마 지금도 내 말을 의심하시고 하시는 말씀이 아니신가요. 나는 조금치라도 죄를 속할 수가 있을까 하고 당신의 이번 일을 도와 드리마 하는 일인데 그렇게 부인이 말씀을 하시면 종시도 이 서병삼의 전일 죄상을 용서치 못하겠다는 말씀이 아닌가요"

"아니요, 그러한 말씀은 아니야요. 나와 당신 사이에 지금 와서는 은혜도 없으며 원망도 없는 아무 상관없는 남남끼리가 아닙니까. 남이 남을 도와주려 하는데 한 사람이 도움을 받지 아니하겠다 하면 그뿐이지 당신으로 말씀하시더라도 억지로 말씀하실 것은 아니올시다. 그러하니까 이후라도 내 일신상에 상관되는 일은 아무 관계 말아 주시기를 바랍니다"

서병삼은 가장 무료하여

"그러면 다시 내가 당신을 위하여 도와 드리겠다는 말씀은 아니하리다. 그러나 나와 당신 사이의 전일 관계를 정 협판에게 말씀하여

서 죄는 전혀 내게 있고 당신의 몸에는 조금도 있지 아니한 것을 설명하려 하니 그것까지 부인이 하지 말라 하시지는 아니할 터이지요. 나는 다만 일개인의 생각으로 정 협판의 마음을 다시 한번 두드려 볼 생각이오"

경자는 고개를 숙이고 다만 묵묵하여 대답이 없다.

이곳은 양신관이니 서로 향하여 말하는 사람은 정욱조와 서병삼이러라.

서병삼은 격앙한 모양으로 침착한 태도를 가지고 있는 정욱조를 향하여

"그러면 어떠하든지 영감은 부인을 이혼하겠다 하시는 말씀이오"

정욱조는 고요히

"나는 이 이혼 문제에 대하여는 우리 집안일이니까 외인이 중간에 들어서 가부를 말할 것이 아니라고 생각하오. 자기의 부부가 서로 동의하여 이혼을 하든지 이혼을 아니 하든지 결단코 타인에게 말할 일이 아니나 그만한 이유를 가지고는 나의 한번 결단한 마음을 돌이킬 수 없소"

"예, 그것은 나 역시 다만 영감을 권고하는 데 지나지 못하는 일이요 최후의 결단은 영감의 마음 하나에 있는 일이올시다그려. 그러나 영감이 만일 나의 주장하는 마음대로만 하실 것 같으면 영감 부인 되신 이는 과연 너무 불쌍치가 않습니까. 본래로 말씀하면 그 부인에게도 다소간 죄책이 없다 할 수는 없으나 그 죄라 하는 것은 다만 영감에게 전일 죄상을 숨기고 말하지 아니한 것뿐이요 또는 자기는 전일의

지은 죄를 회과하였으나 세상일이 여의하지 못하여 박부득이한 사정으로 그를 근심하며 두려워하면서 항상 자복하고자 하는 마음을 두었으니 그것을 볼 지경이면 지금 와서 영감이 그것을 죄라 하여서 이혼까지에 미치는 것은 너무 과하신 일이올시다. 그 부인이 본래부터 품행이 단정치 못하고 허랑방탕하여 자기의 음행을 속이고 시집을 온 것이 아니라 다만 두 번째 시집가는 것을 초혼인 체할 뿐이요 그도 그 부인의 입으로 초혼이라 일컬은 것이 아니라. 더욱이 부인에게 걸린 죄는 모두 나의 죄로 하여 원인 된 것이니 실상 말하면 부인은 다만 내 죄의 부속물이 되어 있을 뿐이요 원범은 아니올시다. 만일 동양 풍속으로 열녀는 불경이부라 하는 습관으로 말씀하면 부인에게도 죄가 없다 할 수 없겠지요마는 영감도 고등 교육을 받으신 양반으로 설마 남의 사정을 그다지 통치 못하실 리는 없겠지요. 가령 이 일이 넉넉히 부인을 이혼할 증거가 되는지는 모르겠습니다. 그러나 여러 해 동안을 두고 죄를 뉘우치고 또는 정씨 문중의 주부가 되어서 봉제사 접빈객도 하였고 정씨의 혈속까지 받았을 뿐 아니라 더구나 오늘날 이와 같은 불행한 일을 만났을 때에 설상가상으로 이혼까지 하신다는 것은 진정 차마 하지 못할 일이라고도 하겠고 그다지 할 이유도 확실히 있다 할 수 없습니다. 이 서병삼이 같은 전일에 냉담 참혹한 역사를 가지고 있던 사람도 오늘 이르러서는 비상한 감동을 받아서 인정이라 하는 것과 측은이라 하는 것을 다소간 깨달았습니다…… 실로 부인 일에 대하여서는 내 마음에도 가련한 마음을 이기지 못하겠는데 영감으로 말씀하면 가장 사랑하시던 영부인에게 대하여서 이와 같이 극단에 가는 처치를 하고자 하시는 일에 대하여는 나는 대단히 유감으로 생각하는 바올시다. 진정으로 자신(自身)에 죄가 있어서 그 결과로 벌을 받는 것은 수

원수구를 못 하겠지요마는 타인의 죄로 인하여 제 마음을 번뇌(煩惱)하는 것같이 이 세상에 박명(薄命)한 사람은 없을 터이니 이와 같이 박명한 부인을 불쌍히 여기는 것이 사나이 된 사람의 의협심(義俠心)이라 할 듯하오이다…… 만일 영감도 부인을 불쌍히 생각하시는 정이 계실 것 같으면 이러한 불행한 지경을 만나신 부인에게 대하여서 조금이라도 자비심(慈悲心)을 쓰시는 것이 한 아름다운 덕이라 하겠소이다"

정욱조는 고요히 앉아 듣기를 다하고 서서히 얼굴을 들며

"서 박사는 지금 와서 죄를 뉘우쳤노라 말씀하시고 또는 나에게 충고하는 말씀이 당연한 말씀이라고 아니 하는 것이 아니라 그러나 이 경자에게 대한 서 박사의 생각과 나의 보는 바와는 전혀 다른 고로 그 주장을 삼아서 하시는 말씀이 도저히 나는 감복할 수가 없소이다. 그뿐 아니라 나는 따로 한 주의가 있어서 항상 이 주의(主義)를 좇아서 몸의 진퇴를 삼는 고로 어찌 보면 나의 하는 일이 대단히 무정도 하고 자비한 마음도 없는 것같이 보일지도 모르겠지요. 그렇지마는 나의 깊은 마음은 오히려 나의 아내 되었던 이경자가 자세히 알고 있을 듯하오"

39

정욱조는 다시 얼굴에 위엄한 모양이 나타나며

"그런데 지금 말씀하신바 자비심이니 인정이니 하시지마는 원래로 나는 죄악과 인정이라 하는 것에 대하여는 일정한 나의 주론이 있으니 지금 나의 마음을 자세히 아시도록 간단히 설명하여 드리오리다.

대저 덕의상(德義上)에 관하여서 인사 문제(人事問題)에 대하여 그 심판자(審判者)의 지위에 있어서 평론할 사람은 반드시 자기의 과거와 현재에 가장 청결(淸潔)한 역사를 가지고 있는 사람이 아니면 도저히 불가한 줄로 나는 인정하오. 만일 그 이외의 사람이 그 지위에 처하고자 하려면 이는 이른바 속담의 말로 똥 묻은 개가 겨 묻은 개를 나무란다는 말과 같으니 어찌 시비곡직을 말할 수 있소. 대단히 미안한 말씀 같지마는 서 박사의 몸으로는 능히 나의 처치하는 일을 비평할 자격이 없는 줄로 아오…… 자격 유무는 차치물론하고 불쌍히 여긴다 하는 문제로 말씀하오리다. 죄악에 대하여 불쌍히 여긴다 하는 말은 불쌍히 여겨 용서하는 사람도 이미 그와 같은 죄악을 범하였던 일이 있든지 그렇지 아니하면 자기도 만일 그와 같은 경우를 당하면 그 죄를 범할 수밖에 없다 하는 마음이 있음으로 하여서 자연히 남의 죄악에 대하여도 동정을 표하고 측은히 아는 것이니 측은지심(惻隱之心)은 가위 사람의 아름다운 덕이라고 말할 수 있으나 그러나 죄악에 대하여 측은지심을 쓸 것은 결코 아름다운 덕이라 일컬을 수 없소. 내 생각으로 말을 하면 죄악에 대하여 동정을 표하는 것도 한 죄악이라 말할 듯하오"

서병삼은 정욱조의 하는 말이 고집불통 하고 다만 자기의 주견만 가지고 침작하는 도리가 없음을 보고 가장 분히 여겨 정욱조의 얼굴을 물끄러미 쳐다보며

"예, 영감의 심사는 가히 알겠소. 그렇듯 교주고슬(膠柱鼓瑟)로 어디까지든지 나의 고집으로만 말씀을 하시면 내가 아무리 혀가 닳도록 말씀을 하기로 조금도 효험은 없겠소이다. 그리고 부인으로 말씀하면 이렇듯 편벽된 주의를 가지신 남편과 오래도록 부부간으로 사느니보다 일찍이 인연을 끊고 서로 헤어지는 편이 도리어 그 부인에게 대하

여서는 행복이 될는지도 알 수 없소…… 대체가 그 부인이기에 오늘날까지라도 영감의 부인으로 영감 같은 협한 마음을 가지신 남편의 마음을 만족케 하였지 만일 다른 부인이었더라면 영감 같은 성품을 맞추어 하루라도 원만히 지내지 못하고 벌써 이혼 선고(離婚宣告)를 당하였으리다. 전일의 죄상은 어떠하든지 간에 그 부인같이 결점 없는 부인은 아마 이 세상에는 드물 터올시다. 세계를 물론하고 다소간 허물없는 여자가 어디 있으며 허물없는 사람이 어디 있소. 이 일에 대하여서 다시는 말씀하지 아니하겠소. 말씀하여야 영감이 들을 리도 없거니와 한갓 진담누설에 지나지 못하니까 말을 다시 할 리 없소"

서병삼은 분연히 앉아 수염만 가지고 쓰다듬더니 홀연 무슨 생각을 하였는지

"부인에게 대한 말씀은 다시 아니 하겠소이다마는 나의 죽은 자식의 장사 지낼 일에 대하여 말씀할 일이 있소이다"

"예, 나도 그 말씀을 지금 하려고 하던 차이오"

이와 같이 두 사람은 그 이튿날 두 아이의 장사 지낼 것을 상의한 후에 서병삼은 그 근처 어떠한 주막에서 머물더라.

서병삼은 정욱조의 마음을 돌이키고자 하여 만단으로 권유하다가 인하여 성공치 못하고 분연히 자기의 처소로 돌아온 후에 흉중에 한낱 새로운 생각이 일어난다. 금일에야 비로소 경자에게 대하여 자기의 죄를 뉘우치고 진심으로 다시 정욱조와 경자의 인연을 잇게 하여 미진한 행복을 영구히 누리게 하고자 원하였더니 그와 같이 후의는 생각지 아니하고 도리어 배척을 받으매 격앙한 감정과 분한 마음이 일어날 뿐 아니라 더욱이 정욱조의 고집한 결심을 보매 경자의 운명은 드디어 이혼을 면치 못하리니 전일을 생각하더라도 경자를 위하여 동정을 표할

418

것이요 자기가 정욱조에게 격동된 일로 인하여 차라리 경자를 내 몸에 의탁케 하여 이후에 행복을 누리게 하리라는 생각이 생하였더라.

대흥산성에서 우연히 경자를 만났을 때에 서병삼의 야심은 지금에 이르러는 전혀 재와 같이 차더니 이제 정욱조와 언쟁한 결과로 그 마음이 다시 불꽃같이 일어난다.

서병삼은 경자가 과연 나의 뜻을 복종할는지 오직 그 의향을 물어보지 아니하면 못 되리라 하여 두 아이의 장식을 마친 후 경자를 달래고자 하여 조용한 기회가 이르기를 고대한다.

그 이튿날 오후에 두 개의 조그마한 관이 한가지로 그 노파의 집을 떠나 나오는데 촌중에 거생하는 남녀노소가 이날은 모두 일을 쉬고 슬픈 기색이 얼굴에 보이며 묵묵히 관 뒤에 쫓아간다. 이날은 철없는 아이들까지라도 큰 소리와 웃는 빛이 없고 산천까지라도 두 아이를 위하여 조상하는 듯하며 촌가에는 한 집에도 저녁연기가 오르는 곳이 없더라.

이와 같이 여러 사람의 마음을 상케 하는 두 소년의 신체는 어느 덧 이 세상을 하직하고 푸른 소나무 아래 청정한 땅 아래에 형제가 어깨를 나란히 하고 길게 한가히 잠들었도다. 아우와 한가지로 지하에 붙인 옥남의 마음은 아마 편안할 것이요 정남은 이 세상의 명예와 죄악을 꿈결에 부쳐 버리고 영원히 떠나서 또는 정씨의 선영을 떠나서 한갓 정다운 형과 한가지로 베개를 같이 하고 누웠음을 기꺼이 생각하리로다. 현세에서 사로잡힌 그 모친은 날로 탄식하고 설움으로 세월을 보낼지라도 그 아들 두 아이는 길게 안락한 땅을 얻음을 즐기리로다.

40

옥남과 정남의 장식을 마친 후 그 이튿날 서병삼은 양신관에 이르러 경자에게 면회하기를 청하나 경자는 사절하고 드디어 보지 아니하였더라.

이날 경자는 정남의 유모와 한가지로 두 아이의 산소 앞에 이르러 눈물을 뿌려 통곡하며 차마 그곳을 떠나지 못하다가 돌아오는 길에는 옥남의 유모 집에 들려 또한 눈물을 금치 못하였더라.

경자는 그날 형제의 묻혀 있는 곳을 항상 가서 있어서 조금도 떠나고자 하는 마음이 없으며 사람의 이목만 없으면 하루도 몇 차례씩을 그 산소에 올라가련마는 이목이 번다하여 그도 마음대로 능치 못하고 다만 자기의 방 안에 홀로 앉아서 슬픈 마음과 원통한 마음으로 탄식으로 날을 보내니 살아 있는 것이 도리어 죽어 모르는 것보다 더욱 심하도다.

남편의 장래를 염려하며 부친 이기장은 이 기별을 들으면 어떻게 탄식하시며 슬퍼하여 이 위에 다시 무슨 비참한 기별이 있을는지 모르리로다.

옥남과 정남 두 아이를 수중으로 데려간 후로부터 투구 바위 근처에는 날로 풍랑이 심하여 일기도 항상 흐린 날이 많아서 물새 무리가 지저귀며 그 바위 근처로 모여드는 모양은 무슨 물건을 보았는지 알지 못하겠으며 침침칠야 중에 다만 하늘에 보이는 두 개의 별이 투구 바위 근처에서 광채가 나타나니 경자는 이것을 보매 심중에 묵묵히 기억하는 바가 있어 고요히 하늘을 우러러 축원하기를 마지아니한다.

그 이튿날 아침에 서병삼은 다시 양신관에 이르러 경자에게 면회하기를 간청하는지라. 그러나 경자는 역시 전과 다름이 없이 거절하여 보지 아니하고 돌려보낸 후 경자는 유모와 한가지로 아들의 산소에 올라갔더라.

다만 보건대 두 개의 우뚝한 토만두(土饅頭)는 아직 흙도 마르지 아니하였는데 그 앞으로 치마로 얼굴을 가리고 처량하게 앉아 있는 두 여자는 다른 이 아니라 경자와 유모 두 사람이러라. 경자는 하염없는 눈물이 잔디를 적시더니 간신히 진정하여 몸을 일어나나 그곳을 차마 떠나지 못하여 그 무덤을 한번 휘돌아 걸음 하고 경자는 다시 유모의 얼굴을 바라보며

"여보게, 유모, 나는 일상 여기서 이 산소 앞에서 살았으면 좋겠네"

유모도 눈물을 금치 못하며

"예, 저도 말씀이올시다"

"여보게, 그리고 나는 유발승이라도 되어서 이 앞에다가 조그마한 암자나 하나를 짓고서 평생을 지냈으면……"

유모는 얼굴에 설움이 가득하여 대답을 이루지 못하고 다만 흐르는 눈물을 씻고 있을 뿐이라.

"여보게, 사람같이 독한 물건은 없네그려. 옥남이 정남이 두 형제를 이와 같이 적막하고 소슬한 산중에다가 내버려 두고 나는 차마 발길이 돌아서지 아니하네그려. 그…… 그런 생각을…… 하면 나는 뼈가 녹…… 녹는 것……"

그 후는 목이 메어 말을 이르지 못하고 다시 느껴 가며 통곡한다. 유모는 무슨 말로 위로하면 좋을는지 요령을 얻지 못하여

"아이, 참, 그렇습니다"

하며 한가지로 오열 체읍하기를 마지아니한다.

한참 있더니 경자는 눈물을 씻으며

"여보게, 유모, 이 아이들이 정녕 이런 산중에서 외롭겠지……
그렇지만 저희 형제가 함께 있으니까 조금 나을까…… 이 아이 형제
는 어떤 세상에를 가든지 남에게 미움은 받지 아니하고 귀염을 받을
줄로 아네"

"그렇습니다. 도척이가 아닌 담에야 아기네 같이 남에게 붓니는
아이에게 귀한 마음이 어찌 아니 나겠습니까"

하며 눈에는 눈물이 마를 때가 없다.

경자는 두 무덤 앞에서 타 오르는 자단향 연기를 정신없이 건너
다보더니 급히 유모를 부르며

"아, 여보게, 저것 좀 보게. 옥남이 산소 앞에 있는 향불 연기하고
정남이 연기하고 위에 올라가서는 한 줄이 되어 버리네그려"

유모는 눈을 씻으며 향의 연기 오르는 곳을 자세히 바라보더니

"아이머니나, 정말 그렇습니다그려…… 이상도 합니다"

경자는 황연히 서서

"두 아이들은 아마 지금도 서로 손목을 붙들고 다니겠지…… 응,
여보게, 연기 올라오는 데를 가만히 보고 있으니까 두 아이 얼굴이 보
이네, 저거…… 저것이……"

하며 경자는 손을 벌리고 연기 속에 있는 아이를 붙잡고자 하여
가는 것을 유모는 황망히

"여보시오, 마님, 정신 차리셔요"

41

경자의 노주 두 사람은 이윽토록 묘전에서 배회하며 차마 그 앞을 떠나지 못하더니 하릴없이 발길을 돌려 서로 위로하며 소나무 사이로 조그마한 초동의 길을 찾아 나아가며 주막을 향하여 내려온다.

그 산을 다 지나 내려오기까지 옥남과 정남의 얼굴이 안전에 현연히 보이는 듯한데 다만 흐르는 것은 눈물이라. 이곳을 떠나가기 섭섭한 마음에 자연 내치는 걸음도 지지하여 꿈결같이 길을 찾아 내려오는데 뒤로서 어떠한 사람의 부르는 소리 들린다.

경자는 부르는 소리에 깜짝 놀라 뒤를 돌아다보니 이는 다른 사람이 아니라 어제로부터 오늘까지 수삼 차를 경자에게 면회를 청하였으나 거절하고 보지 아니한 서병삼이라. 서병삼은 경자를 만나고자 하다가 인하여 어찌 못하고 이곳에서 경자의 오기를 기다리고 있던 터이라. 경자는 심중에 가장 편안치 못한 마음이 일어나 강잉히 사색에는 나타내지 아니하고 서병삼을 다시 바라보는 기색은 완연히 추한 물건을 상대한 것 같은 형용이 나타난다.

서병삼은 앞으로 가까이 나아오며

"여기서 이러하게 만나 뵈오니 너무 다행하오. 어제 오늘 여러 번을 가서 뵈오려 하여도 도무지 만나지를 못하여서 대단히 마음에 섭섭하더니…… 실상인즉 과연 긴히 할 말씀이 있어서 여기서 기다리고 있던 터이오"

하며 말하는 모양이 무슨 의미가 있는 듯도 하며 비창한 기색도 보인다. 경자는 심히 몰풍정한 언사로

"나는 다시 당신을 뵈올 일도 없습니다. 그런 까닭으로 몇 번이나

나 있는 곳으로 찾아오시는 것을 만나 뵈옵지를 아니하였는데 이런 데까지 쫓아와서 가는 사람을 붙잡고 억지로 말씀을 하겠노라 하시니 나는 대단히 무례한 줄로 생각합니다"

"그저 무례한 줄도 모르는 것이 아니지요마는 잠깐만 내 말을 들어 주시면 좋겠소"

경자는 머리를 숙이고 대답이 없는데 그 유모는 서병삼의 눈짓함을 알아보고 멀찌가니 물러간다. 경자는 얼굴을 들어 서병삼을 바라보며

"무슨 말씀이오니까. 어서 하시지요"

"그 말씀도 지금 하려니와 그간에 내가 정 협판을 찾아가서 보고 그대를 변명하여 주기 위하여서 전후사를 모두 나의 죄라고 자복하고 정 협판의 마음을 돌이킬까 하였더니 철석같은 정 협판의 마음은 조금도 움직이지 아니하는구려. 나는 실상 생각에 정 협판과 그대의 인연을 다시 계속하도록 하여 드리는 것이 나의 책임이요 나의 죄를 얼마간이든지 속량할 방법이라 하여서 무한히 힘은 썼지마는 정 협판의 마음은 조금도 움직이지 아니하니 내 힘으로는 도저히 할 수 없습디다"

서병삼의 말이 다 그치지 못하여 경자는

"예, 그 말씀을 하시려고 그리하셨습니까. 그 말씀은 지금 내가 다시 더 들을 것이 없어요. 당신이 아무리 말씀을 하시기로 한번 결심한 것을 다시 변할 정 협판도 아니고 나도 인제는 결심한 일이 있으니까 남의 주선을 입어서 다시 정 협판에게로 갈 생각도 없습니다. 그런 쓸데없는 걱정은 그만두시는 것이 도리어 좋지요"

서병삼은 열심으로

"아니, 아니, 그 말만 하자는 것이 아니라 정 협판의 결심이 그와

같고 그대가 역시 정 협판의 집에를 다시 들어서지 못하겠다고 마음을 결단하였을 것 같으면 이제는 서병삼이가 그대에게 사과를 하고 그대는 나의 전일 작죄를 용서하여 주는 기회를 주어야 아니 하겠소"

"나는 지금 와서 조금치라도 당신을 원망하지 않노라고 전일에도 말씀하지 않았습니까. 그러한데 지금 와서 다시 사죄니 사과니 하실 일이 무엇이오니까"

서병삼은 허허 웃으며

"그렇게 몰풍지게 말할 것이 아니라 그대의 생각에는 그러할는지 알 수 없으나 나는 오늘날까지 그대에게 대한 죄를 조금도 벗지를 못하였으니까 이제야 비로소 제 죄를 깨달은 나로 말하면 그대가 오늘날 이와 같이 불행하게 된 것도 모두 나의 탓이라 어찌 내가 마음이 편안히 있을 수가 있소. 지금 자세히 알아 두실 것은 나는 이미 어제 날까지 있던 서병삼이가 아니라 다소간 인정도 알고 자비도 안 고로 충심으로 전일의 죄를 뉘우쳤으니 오늘부터는 그대의 노예라도 되겠고 그대를 위하여서 하는 일에는 견마지로를 사양치 아니하오리다. 지금 말씀은 조금치라도 간사히 하는 말이 아니니 이 마음이 그런 줄이나 알아주시오. 그리고 다시 한마디 말씀하는 것은 내가 조금이라도 정욕(情慾)을 채우고자 하는 마음이 아니라 개성서 그대를 만나서 위협하던 서병삼은 벌써 죽어서 없어지고 지금은 양심의 자격(刺激)을 받아 회개한 서병삼이가 그대를 위하여서 장래에 그대의 몸을 보호하여 드리고자 하오니 전일에 잔혹하던 사람이라도 뉘우치면 이와 같이 관후한 사람이 된 것을 알리고자 하니 제발 나의 소원을 들어 주시오"

경자는 홀연 얼굴이 파랗도록 변하여지며

"그러면 나를 어찌하겠다 하시는 말씀이오니까"

서병삼은 주저주저하더니

"그런 말이 아니라 내 말을 자세히 알아들으셨으면 다시 한번 이 서병삼과 한가지로 원만한 가정을 만들었으면……"

"예, 그러면 나더러 다시 당신의 아내가 되라 하시는 말씀이오"

"예, 간단히 말을 하자 하면 그러한 말이니 아무쪼록 거절하지 마시고 나의 회과한 마음을 가상히 여겨서 들어주시기를 바라오. 이 말씀을 그대가 듣고 아니 듣는 데에 나의 신명이 좌우간에 달렸으니 깊이 생각하여서 대답을 하여 주시오"

하는 서병삼의 말을 이윽히 듣고 있던 경자는 몸을 벌벌 떨며

"나는 인제는 홀어미로 평생을 지낼 터이니 그런 말씀은 다시 하시지 마오"

분연히 말을 마치고 유모를 경자는 소리쳐 부른다. 서병삼은 황망히

"여보, 잠깐 참으시오. 다른 사람에게 새로이 가는 것이 아니라 우리는 옥남이라 하는 아들까지 낳았던 터이오. 오늘날 서병삼은 전일 서병삼이가 아니니 그 분간은 다른 사람과는 다르지 않소"

"예, 말씀은 다 알아들었습니다마는 남의 신세도 다시는 아니 지자고 이 몸은 결심하였는데 더구나 남의 아내가 다시 되라는 말은 더욱 우스운 말씀이올시다"

하며 유모를 데리고 다시 길을 찾아 내려간다. 서병삼은 낙망하여

"여보, 그러면 아무리 하여도 나를 용서치 못하겠다 하는 말이오"

"예, 아무래도 나는 할 수 없어요"

하며 얼음 같은 태도로 걸음 하여 지나가니 서병삼은 하릴없이

우두커니 서서 그 내려가는 곳만 바라보고 있는데 얼굴에는 무한한 통한(痛恨)한 기색이 나타나더라.

42

경자는 서병삼을 뿌리치고 유모와 한가지로 나의 유하는 처소로 돌아오니 주막 사람이 황망히 나아오며

"아이고, 마님, 인제 오십니까. 지금 영감께 전보가 한 장이 왔는데 영감께서 곧 마님을 여쭈어 오라 하셔서 막 나가려고 하던 차에 오셨습니다그려"

경자는 전보 왔다는 말에 가슴이 울리며

"응, 전보가 왔어. 전보가 어디서 왔을까"

하며 무한히 근심을 하고 정욱조의 있는 방으로 향하여 영창을 열고 보니 정욱조는 한 장 전보를 앞에 놓고 팔짱을 끼고 눈을 감고 정신없이 무슨 생각을 깊이 하다가 문 열리는 소리에 눈을 들어 경자를 보더니

"응, 어서 오시오. 지금 주인더러 여쭈어 오라고 말을 막 하였더니"

하며 말하는 기색이 심히 이상한지라. 경자는 더욱 의심이 나고 가슴이 두근거린다.

"지금 주막 주인에게 말은 들었지요마는"

하며 정욱조 앞으로 가까이 나아가 앉는다.

"이 전보가 공주 장인 댁에서 왔소"

"아이고, 이 전보를 우리 아버지께서 하셨어요"

하며 전보를 집어 보는 손이 벌벌 떨리며 펴고자 하는 기운이 없다. 그 전보에 쓰이기는 이와 같으니

'부친 작고 급급 상래'

보기를 마치매 경자는 '악' 하는 소리를 지르며 뒤로 쓰러지더니 기절하여 정신을 차리지 못한다. 정욱조는 깜짝 놀라 급히 안아 일으키며

"여보, 부인, 정신 차리오"

하며 부를 때에 문밖에 있던 유모가 그 소리에 놀라 달음질하여 방 안으로 들어오며

"아이고머니, 마님, 이게 웬일이십니까. 영감마님, 이를 어떻게 합니까"

하며 창황망조하여 어찌할 줄을 알지 못한다.

"어서 냉수를 떠 오게. 저기 물이 있구먼"

두 사람이 백반으로 구호하는 동안에 경자는 간신히 정신을 차려 눈을 실낱만큼 뜨는지라. 정욱조는 다행히 여겨

"어―, 정신이 났소"

"아이고, 마님, 이게 웬일이십니까"

경자는 겨우 입을 열어

"예, 관계치 않아요. 정신이 났습니다"

"자―, 이 물을 한 모금 자시오"

서리 맞은 풀잎 같은 몸을 안겨 있어서 간신히 팔을 들어 물을 받아 마시는 경자의 얼굴을 물끄러미 들여다보는 정욱조는 비창한 기색을 금치 못하는데 경자는 눈을 다시 감으며 고개를 들고 천장을 향하여 길게 한숨짓는다.

경자는 점점 맑은 정신이 돌아오매 그 몸이 정욱조의 가슴에 의지한 줄 알고

"아이고, 황송하오이다. 그만 이 몸을 놓으시지요…… 인제는 정신이 났습니다"

하며 억지로 몸을 일어나려 하는지라. 정욱조는 구태여 말리지도 아니하고 안았던 손을 풀며

"관계치 않소? 인제는 정신이 확실히 났소"

경자는 의복을 다시 단정히 하고 자리를 피하여 앉으며

"예, 아무렇지도 아니해요"

"마님, 그런데 전보는 어디서 왔습니까"

"공주서 온 전보인데 우리 아버지께서 돌아가셨다네"

유모는 이제야 깜짝 놀라

"이게 웬 말씀이오니까. 아이고, 세상에도……"

눈물을 뿌린다.

경자는 머리를 수그리고 이윽토록 묵묵히 앉았더니 눈물을 씻으며 옆에 서서 있는 유모를 향하여

"여보게, 내가 영감께 조용히 여쭐 말씀이 있으니 자네는 밖으로 좀 나가서 있게"

유모는

"예"

대답하며 밖으로 나간 후 눈물에 어린 얼굴을 들며

"영감, 우리 아버지는 아마 자수를 하셨나 보오이다"

정욱조는 그 말은 대답지 아니하고

"나는 이 지경까지 이를 줄은 몰랐소그려"

정욱조는 경자의 얼굴을 보지 아니하고 고개를 기울이고 침음하는 모양이라.

경자는 다시 천연한 태도로 정욱조를 향하여

"아버지의 돌아가신 일은 지금 와서 어찌할 수 있습니까. 그러나 다만 소원이 한 가지 있으니 그 소원을 들어주시겠습니까"

"응, 무슨 말씀이오"

경자는 손을 땅에 짚고 공손히

"다른 말씀이 아니라 오늘날 영감과 인연이 끊어지지 아니하였더라 하여도 이와 같이 추한 몸으로 어찌 영감 아내라고 말씀할 수 있겠습니까. 지금 돌아가신 우리 아버지로 말씀하여도 남남간이 되셔서 영감께는 아무 관계가 없는 남이올시다…… 그러한 고로 우리 아버지의 장사에 회장하여 줍시사 할 염치는 없습니다마는 지금 소원이라고 말씀한 말이 그 말씀이올시다. 영감 의향에 어떠하오신지요…… 조금치라도 이 추한 몸을 가지고 영감을 떠나기가 어려워서 이런 말씀을 하는 것이 아니라 아버지의 장사 지내는 날까지는 부부간같이 아시고 초종범절을 돌아보아 주시면 그 은혜는 백골난망이올시다. 우리 아버지께오서 노래에…… 이…… 불초한 여식을 두었다가 사위 겸 아들을 구하셔서 나의 몸을 의탁하노라고 항상 말씀을 그리하시더니 오늘 와서 이와 같이 비명에 돌아가시니 그 죄는 모두 이 몸에 있습니다마는 영감의 손으로 우리 아버지 장사나 지내 주시면 돌아가신 아버지라도 원을 푸시고 도리어 웃음을 머금으실 듯하오니 마지막으로 이 소원 하나만 들어주시기를 바랍니다"

정욱조는 창연히 말을 듣기를 다하더니 길게 한숨지으며

"그 말은 참 당연한 말씀이오. 내가 아무리 무정한 사람이기로 그 소원이야 어찌 못 듣는다 할 수 있소. 내가 전일 장인의 대접으로 말을 하기로 나의 도리에 당연한 일이니까 장사는 우리가 같이 가서 지내려니와 장사 안에는 부인과 나의 이혼한 관계는 발표하지 아니할 터이니 그리 아시오"

경자는 그 말을 듣더니 기꺼운 눈물을 흘리며

"아이고, 이렇게 말씀을 하여 주시니 고마운 말씀은 얻다가 비하여 말씀을 여쭐 수가 없습니다"

정욱조는 한참 있더니

"그러나 정남의 일주일 되는 제사나 지내 주고 가자 하였더니 다른 급한 일이 생겼으니 그 일은 마침 어제 서울 우리 집에서 내려온 하인에게 부탁하고 우리는 먼저 올라가게 합시다. 오늘 저녁에 마침 여기서 군산으로 떠나가는 윤선이 있다 하니 그 선편으로 군산(群山)까지 가서 군산서 다시 소증기선(小蒸氣船)을 타고 가면 일주야 동안이면 공주에 도달할 터이니 그리하옵시다"

정욱조는 일변으로 하인을 불러 뒷일을 부탁하고 급급히 행장을 수습하여 정욱조, 이경자, 유모 세 사람은 목포에서 오후 오 시에 출범하는 윤선을 타고 군산으로 향하여 가니라.

그 이튿날 오전에 군산항에 도착하여 소증기선을 잡아타고 마산(馬山)을 향하여 다시 태전(太田)까지 가는 기선을 타고 그날 저물어서야 태전에 도착하였는데 일행 삼 인은 그곳에 내려 공주읍으로 가는 마차를 타고 성화같이 몰아서 읍내로 향하여 달려 떠나더라.

43

이기장은 과연 경자가 생각함과 같이 자살을 하였더라.

이기장은 경자의 부부가 목포에 이르렀다 하는 기별을 듣고 혹시 경자는 옥남을 그곳에서 만나 보고 저의 아들인 줄을 알까 염려하여 즉시로 편지를 부쳐 그곳을 떠나라 부탁하고 그 후로는 주소로 마음을 놓지 못하며 밤이면은 몽사가 극흉하여 항상 염려를 놓지 못하더니 정욱조의 경자를 이혼하겠다는 편지와 경자가 과연 옥남을 만나 내 아들로 인정하고 또는 옥남과 정남이가 수중고혼을 면치 못한 일이며 자기는 전일 사실을 자복한 결과로 이혼을 당한 연유를 하나도 숨기지 아니하고 자세히 기별한 편지를 받아 보고 이기장은 놀랄 뿐 아니라 뜻밖에 이와 같은 기별을 들으매 홀연 정신 상실(精神喪失)이 되어 그 자리에서 혼도(昏倒)하는지라. 일가가 모두 황황하여 구원하여 비로소 인사는 차렸으나 졸연히 맑은 정신은 돌아오지 아니하였으며 집안에 있는 사람들이 그 연유를 물으면 다만 정남이가 물에서 죽음이라 하고 옥남의 말은 조금도 말하지 아니하니 여러 사람들은 말하기를 다만 외손 하나를 금지옥엽같이 귀히 여기더니 졸연히 이 기별을 듣고 실신(失神)함인가 하여 여러 가지로 위로하여 그날은 무사히 지났으나 그날 저녁에 이르러 정욱조와 이경자의 편지는 찢어서 화로에 태우고 자기는 홀로 앉아서 먹을 갈아 정욱조와 경자에게 부치는 유서를 써서 놓은 후 집안사람이 모두 곤히 잠든 사이를 타서 환도를 내어 자살하였는데 그 이튿날 아침까지 집안사람은 전연히 알지 못하였더라.

지금에 마침 이기장의 집에 이르러 집안사람에게 끌려 시체 있는 방으로 들어갈 때에 이기장의 자살한 사실은 자세히 들었더라.

빈소의 문을 열고 방 안에 백설 같은 홑이불을 덮어 놓은 부친의 시체를 향하더니 경자는 그 부친의 시체를 두 손으로 더위잡고 방성대곡하며 정욱조는 침침한 실내에 처창한 마음을 금치 못하며 초연히 시체 앞에 향하여 앉는다. 경자는 부친의 시체를 붙들고 가슴에 가득한 말을 다하고자 하나 앞서는 것은 울음이라. 다만 얼굴을 들어 부친 뺨에 대고 한참 동안은 울음소리도 없고 기운이 막혔더라.

조금 있더니 이기장의 유서라고 편지 한 장을 정욱조 앞에 놓으며 집안사람들은 편지만 전하고 다른 방으로 피하여 가는지라. 너른 방 안에 적막히 있는 것은 이기장의 신체와 정욱조의 부처 두 사람이러라.

정욱조는 경자의 어깨를 탁탁 두드리며

"여보, 장인께서 유서 하여 두신 것을 내가 지금 읽을 터이니 들으시오"

경자는 우는 얼굴을 간신히 들어 정욱조를 바라보며

"예—"

경자 보아라.

너의 자세한 편지는 나도 자세히 보았으나 사사이 모두 나의 가슴을 에는 듯하여 그때에는 잠시 기절을 하였더니 다시 생각을 하여 보니 모두 이 늙은 놈의 죄로 하여 일어난 일이니 지금 이르러 너의 남편더러 무엇이라고 말할 면목이 없거니와 옥남의 일에 대하여서는 그 유모에게 자세히 들었을 듯하니 다시 말할 것은 없거니와 나에게 당하여서는 처음 손자라 항상 보고 싶고 주소로 잊지 못하였건마는 너는 어찌 생각하는지 조금도 아비는 원망하지 마라. 사진으로는 옥남의 얼굴을 보았건마는 정말 얼굴은 보고 싶으나 한 번도 보지 못하던 옥남이가 정남이를 구하려 하다가 인하여 이 세상을 버렸다 하니 불쌍한지 자닝한지 내 마음에는 얻다가 비하여 말을 할는지 모르겠다. 더구나 너의 마음이야 오죽하랴. 그러나 지금은 하릴없이 되었으니 너도 운수로 돌려보내고 단념하여라. 그러나 다만 근심되는 일은 네가 이혼을 당하였다 하니 나는 그 기별을 듣고 더욱 오장을 칼로 에는 듯하다. 처음에 너를 시집보낼 때에도 그 염려는 아니 한 것은 아니로되 요사이 이르러서는 비록 전사가 탄로된다 할지라도 이혼까지 될 리는 만무하리라고 어리석은 노부의 마음에는 안심하고 있었더니 그 마음이 과연 나의 잘못 생각인 듯하다. 너의 남편 영감의 성질은 원래 죄악은 용서치 아니하는 엄한 사람인 고로 너는 오늘날까지 하루 한시라도 마음을 편안히 지낸 날이 없다 하니 과연 노부의 잘못이 많도다. 지금 이르러는 증이파의라 무엇이라 너를 다시 위로하리. 노부는 처음부터 결심한 일도 있거니와 연치도 이미 육십오 세라. 오늘 죽기로 무슨 부족함이 있겠느냐. 노부는 이제 자처하여 너의 남편에게 노부의 과실을 사과하고 또는 너의 남편에게 유서를 써 놓았으니 너의 남편 영감이 죽은 노부의 원을 생각하시기로 너를 이혼하실 리 만무할 듯하니 너는 아무쪼록 남편을 다시 정성껏 섬겨 화합한 가정을 만들기를 노부는 지하에 돌아간 이후라도 축원을 하리니 다시 너의 부부가 무사히 지내게 되거든 그러한 연유를 나의 산소 앞에라도 와서 말하여 주면 천만번 염불하느니보다 나는 그 말 한마디에 극락세계로 가리로다. 너도 그 영감에게 이러한 연유로 빌어 보아라. 그리하여도 영감의 마음이 돌리지 아니하거든 이 유서를 김 승지의 내외분께 보이고 조언을 하여 달라 하면 그 양반은 네 편을 위하여 조력하실 듯하다. 김 승지 내외분께도 이 자세한 말은 지금까지 말씀하지 아니하였으나 급한 지경을 당하여 너의 입으로 자세한 내력을 말씀할 것 같으면 너의 사정을 긍측히 여겨 돌아보아 주시지 아니할 리 만무할 것이니 너는 명심하여 처사하여라.

이 세상을 영별하는데 임하여 너의 얼굴을 한번 다시 보고 싶은 마음은 진실로 간절하나 그도 하지 못하고 지하로 돌아가는 노부의 흉중을 살펴 주기를 믿는다. 꿈결 같은 세상을 하직할 때에 네 얼굴과 정남의 얼굴을 다시 못 보고 가는 일이 이 세상에 제일 유한이로다. 그러나 노부는 정남과 옥남은 황천으로 가서 조손이 서로 손을 이끌고 화목히 지내고자 도리어 든든한 마음이 없지 아니하다. 너도 안심하여 지내어라. 하고 싶은 말은 태산 같으나 다만 막히는 것은 가슴이라 붓끝이 보이지 아니하여 이와 같이 수자에 그치니 그 후의 일은 다만 너에게 믿노라.

연월일 부 혈서

44

부친의 유서를 읽기를 다하매 경자는 홀연 그 자리에 엎더져 유서를 붙들고 통곡하기를 마지아니한다. 이미 전보를 받았을 때에 부친의 성품으로 자처하신 줄은 짐작하였으나 이 유서를 보매 더욱이 부친의 자애하시는 마음을 새로이 뼈에 사무치도록 감사한 마음을 이기지 못하며 부친은 모두 나의 과실로 인정하여 이와 같이 비명에 돌아가심을 면치 못하셨거늘 이 몸의 죄악은 조금도 말씀하시지 아니하고 다만 당신의 잘못한 연고라고 자처하시고 불초한 이 몸을 위하여 돌아가시는 데까지 미치시는 마음을 생각하니 부모의 자식 사랑하시는 마음은 이와 같이 불초한 몸으로는 분골쇄신이 되어도 그 은혜는 갚지 못하겠으며 이 몸의 죄악은 더욱더욱 중하여 가니 어느 날 이르러 천벌을 면치 못하리로다. 실로 경자의 구곡간장은 모두 불에 탄 재와 같이 되는도다.

부친의 이 죽음은 정욱조와 이경자로 하여금 다시 인연을 잇고자 하여 정욱조의 마음을 돌리고자 함이라. 그러나 인연은 이미 끊어졌거늘 부친이 이렇듯 이 몸의 장래를 위하여 목숨을 끊으시니 비록 불초한 이 몸이라도 영원히 다시 남편을 의지치 못하면 돌아가신 부친의 혼령이 구천지하에서라도 안심을 하고 못 지내시리라. 경자는 얼굴을 들어 능히 남편의 얼굴을 바라볼 기운이 없이 다만 느껴 체읍할 뿐이요 정욱조는 눈을 감고 다만 한숨을 짓는데 그 무릎 위에는 이기장의 유서가 펼쳐 놓였으니

일전에 부치신 편지를 받자와 여식을 이혼하겠노라 하시는 자세

한 말씀은 부용의 생각에도 당연한 말씀이라 하오나 목숨을 버리는 데 임하여 한 가지 소원을 말씀하겠사오니 잠시 살펴 주시기를 바라옵.

부용의 잘못은 한두 가지가 아니로되 불초한 여식을 속여 그대에게로 출가케 한 것은 모두 이 늙은 제 아비의 허물이라. 여식은 그때에 다시 남에게 가서 건즐을 받들 몸이 못 되니 부친께서 정히 이렇듯 권하오시면 저의 전일 허물을 남편 될 사람에게 일일이 자백한 후에 허락을 받아 가겠노라 고집하는 것을 이 늙은 몸이 죽기로써 권하여 하릴없이 아비 하나 위하는 마음으로 드디어 제 몸은 돌아보지 아니하고 그대에게로 인연을 맺은 것이니 나의 여식의 가긍한 마음은 이제 와서 모두 이 늙은 사람의 눈물을 돋울 뿐이옵. 그 후로 여식은 그대의 사랑을 받고 또는 정남이까지 낳아서 화합히 지내는 모양을 보매 이제는 다시 염려가 없을 줄로 알았더니 세상일이 여의치 못하여 자식은 항상 양심의 부끄러움으로 하루도 편안한 마음을 가지고 지낸 날이 없다 하니 이 마음은 그제야 비로소 전과를 깨달아 그대에게 대하여 면목이 다시없으나 이는 모두 이 늙은 사람의 죄책이라. 자식에게는 조금도 허물이 없는 일이니 나는 오늘날 목숨을 끊어 그대에게 사죄하오니 전일에 지은 허물은 모두 용서하여 주시고 자식은 다행히 금일까지 동거하였사오니 불쌍히 생각하시는 마음으로 이혼만 하시지 말아 주시면 이 몸은 구천지하에 가서라도 즐거이 지내겠사오며 여식으로 말씀하오면 정남이도 불행히 잃어버리고 그 후에 이혼까지 하여 버리면 그 자식은 다시 이 세상에 살아 있지 못할 터이오니 나의 여식을 오늘날까지 지내 오신 정리로 불쌍히 여겨 딸

의 대신으로 목숨을 버리는 이 몸을 생각하시고 이혼은 마시기를
천만번 손을 들어 축원하옵.

연월일 부옹 이기장 돈수백배

정욱조 전

보기를 다하매 정욱조는 간신히 얼굴을 들어

"여보, 부인, 지금 장인께서 하신 유서는 자세히 뵈었소. 장인께
오셔 이와 같이 돌아가시는 데까지 이르시면서 나더러 청구하시는 말
씀을 내가 아니 듣는다 하여서는 인정이 아니요 나의 도리도 아니니까
나의 전에 먹었던 마음을 돌려 부인을 이혼은 하지 못하겠소. 영구히
부인은 정욱조의 부인이라는 이름을 유지하도록 하겠소마는 다만 장
인의 소원을 맞춰 드리고자 하는 마음이오. 깊이 부인이라도 생각하여
둘 일은 이혼은 하지 아니한다 하더라도 우리의 전일 같은 내외의 정
리는 도저히 회복할 수 없고 다만 이름만 전일과 같이 둘 뿐이니 조금
이라도 나의 하는 일을 야속히 알지 마시오"

경자는 이 말을 들으매 일변으로 반가우며 일변으로 섭섭한 마음
이 일어나나 본래에 다시 잇지 못할 인연으로 결심하였던 터이라 어찌
도리어 남편을 원망하리오. 도리어 자기에게 대하여는 과분한 일이라
생각하여

"예, 그 말씀은 자세히 알아듣겠습니다. 이렇도록 후히 말씀을 하
여 주시는데 조금인들 영감을 부족히 알 사람이 어디 있겠습니까. 이
말씀을 돌아가신 아버지가 들으시면 지하에서라도 아마 눈을 감고 편
안히 계실 듯하오이다"

하며 조금이라도 원망하는 기색이 없고 자기의 운명을 달게 받는 모양이 더욱 가련하다.

정욱조는 엄연히 경자를 바라보며

"그대의 마음에도 내 말이 부족하다 생각지 아니할 것 같으면 내 마음에도 대단히 만족하오. 그러나 나는 부인을 아내라 하여 전일과 같이 그대의 자유를 속박하고자 하는 마음은 조금도 없으니 그대의 하고자 하는 일은 나의 조금이라도 관계치 아니할 터이오. 아내라 하는 이름을 빌려 주는 것은 다만 돌아가신 장인의 소원을 듣고자 하는 마음에서 나온 일인 고로 그러한 사정도 그대는 깊이 생각하여 두시오. 그리하고 또 한마디 말하여 둘 일은 오늘날 이후로 나는 이 조선 천지에 있을는지 또는 외국으로 돌아다닐는지 아직 결정은 없으나 그대와 나는 영구히 각각 거처하고자 하는 마음이오. 그리하고 이곳에 있는 나의 별장은 부인을 주어 이곳에서 살게 할 터이오. 그 가대에는 일 년 양식을 할 만한 전답이 있으니까 곤란은 면할 터이오. 나는 다시 이곳에 돌아올 기회는 없을 듯하오. 부인이 여기서 지내다가 만일 생활에 곤란한 일이 있으면 서울 본집으로부터 내가 사람을 보내 족족히 하여 줄 터이나 그대는 결단코 서울 본제에 내왕은 하지 마시오. 그리고 우리 선조 산소에도 다니지 마시오. 나는 어디까지든지 조상의 혼령에게 대하여서는 그대를 배척 아니 할 수가 없소. 나에게는 일 년에 한 번쯤은 편지를 하여도 좋을 듯하나 내가 어느 곳에 있든지 우리 서울 집으로만 부쳐 주면 내 수중에 들어올 터이니 그리하시오. 또 만일 내가 먼저 죽어서 장사 지내는 날에는 부인이 서울 집에 올라와서 화장을 하여 주면 그때는 관계치 아니할 터이오. 만일 그대가 먼저 돌아가는 지경이면 내가 이 조선 천지에 있는 날이면 그대를 내 손으로 안장하여

줄 터이나 선영에 장사할 일은 내가 용서치 못하겠으니 이러한 일을
부인도 미리 알아 두어서 일후에 원망이 없도록 하시오"

"예, 일일이 다 자세히 알아들었습니다. 이렇듯 널리 생각하시는
일도 감사하기 측량이 없는데 어찌 감히 영감을 원망하겠습니까"

하며 대답하는 목소리는 한숨과 한가지로 나오는데 흐르는 더운
눈물은 무릎을 적신다.

45

정욱조는 다시 경자를 향하여

"부인의 허물은 즉 나의 허물과 다름이 없는 것이니 나는 결단코
이러한 말을 누구에게든지 향하여 입 밖에 내지 아니하고 우리 두 사
람만 알고 있을 터이니 세상 사람들은 우리 두 사람 사이의 깊은 관계
는 알지 못하고 나 한 사람만 시비를 들을 듯하나 그도 내가 이 땅에 있
지 아니하고 외국으로 멀리 돌아다니면 세상 사람들은 아마 우리 부부
사이에 무슨 일이 있었는지 알지 못할 터이오. 그러하니 나든지 부인
이든지 입을 봉하고 이 사정은 발각치 아니하도록 하옵시다"

"예……"

하고 경자는 대답하며

"이렇듯 후대한 말씀을 돌아가신 우리 아버지께서 들으시면 오
죽 좋아하시겠습니까"

"그러나 저 방에서는 여러 사람들이 기다리고 있겠으니 그만 저

방으로 갑시다"

"예, 잠깐만 기다리셔요"

하며 경자는 몸을 일어 신체를 향하여 향로에 일 주향을 피워 놓고 고요히 엎뎌

"아버지, 아버지, 지금 말씀을 혼령이라도 들으셨거든 안심하옵시고 극락으로 가시옵소서"

빌기를 다한 후 경자는 다시 남편을 돌아보며

"그러면 인제 저 방으로 건너가시지요"

정욱조와 이경자의 부부간 관계는 이미 끊어지려 하던 실이 이기장의 자살로 인하여 다시 이은 바가 되었으니 이로 인하여 경자의 비밀은 비밀한 가운데에 묻혀 정욱조와 경자 사이에는 여하한 사단이 있었는지 한 사람도 알지 못하는 데 이르렀더라.

김 승지의 부부도 전혀 깊은 사정은 알지 못하나 이기장의 자처한 원인을 의심하여 정욱조와 경자의 사이가 전일과 다름을 의심하여 그 사이에는 무슨 연유가 없지 아니하리라고 그윽이 생각하였으며 또한 의아하여 정욱조에게 연유를 묻되 일절 자세한 일은 말하지 아니하며 경자도 침묵하여 입을 열지 아니하는 고로 김 승지의 내외는 깊은 원인을 다시 거듭하여 묻지 아니하고 다만 정욱조 부부의 거동만 살피더라.

이기장의 장식은 가장 성대히 지내고 정욱조는 서울 본제로 올라왔다가 다시 공주로 내려와 며칠 동안을 머물더라.

정욱조와 경자의 사이는 가장 냉담하여 비록 한집에 거하나 아침저녁으로 얼굴만 볼 뿐이요 침실을 달리하며 식사를 또한 달리하여 정협판의 부인이라 일컫는 이름만 가져 있을 뿐이요 부부의 정리는 추호

도 없는지라. 경자는 그를 조금도 근심하지 아니하나니 만일 이혼을 당하여서 타인과 얼굴을 들어 감히 상대치 못할 괴로움에 비하면 가히 셀 것도 없는지라. 그러나 나의 몸보다 남편의 몸은 요사이로 울적히 날을 보내고 있는 모양을 볼 제마다 가여운 마음과 슬픈 생각이 비할 데 없으며 항상 그를 근심하여 어찌하면 남편의 마음을 위로하여 전일 정욱조와 같이 다정한 남편 되기를 주소로 축원하나 그는 이미 물 위의 거품이라. 경자의 힘으로는 다시 그 기회를 얻을 날이 없고 다만 홀로 근심하기를 마지아니하며 혹시로는 김 승지의 부인의 힘을 빌고자 하나 남편의 부탁한 말이 있는 고로 그도 할 수 없고 다만 울울히 날을 보내고 있다.

이때에 경자는 부친 산소에 올라가려는데 하인 노파가 들어오더니

"마님, 영감께서 잠깐 옵시사고 합니다"

"응, 나를……"

하며 경자는 고요히 몸을 일어 남편의 방에 다다르니 남편의 얼굴은 요사이 며칠 동안에 수척한 형용이 현저히 나타나며 의기저상(意氣沮喪)하여 어떠한 사람의 눈으로 보든지 전도의 희망을 잃은 사람의 얼굴같이 보이는지라. 경자는 홀연 남편의 그 얼굴을 보고 솟아나오는 눈물을 억제치 못하여 고개를 숙이고 남편의 옆으로 가까이 나아가 앉는다.

정욱조는 옷깃을 정제하며

"부인을 지금 잠깐 청한 일은 다름이 아니라…… 나는 부인과 결혼하기 전부터 철학(哲學)을 연구차로 항상 유의하는 일은 부인도 이미 들어 아는 바거니와 나는 이번에 다시 그 목적을 달키 위하여서 다

시 동양 만유차로 길을 떠날 터인 고로 나의 하던 사업은 모두 관계를 끊고 청국과 인도와 조선, 일본 등지를 편답하여 유산객을 짓고자 하니 이번 떠나면 하일 하시에 다시 이곳에 돌아올는지 모르겠고 마침 수일 후에는 부산서 천진으로 가는 선편이 있는 고로 그 배로 떠날 터이니까 그 말을 하자고 부인을 청하였소"

그와 같이 말을 들은 경자는 가슴이 막혀 대답을 이루지 못한다.

실로 정욱조는 세상에 절망(絶望)한 사람이라. 나의 몸을 자포자기하여 이름은 철학을 연구한다 일컬으나 실상은 인도(印度)와 서장(西藏) 등 위험한 곳을 탐험하고자 함이니 정욱조는 인생(人生)의 위험(危險)을 자연한 행로난(行路難)으로 잊고자 함이라. 그러나 전에 부인을 이혼할 때같이 분한(憤恨)한 마음은 없는지라. 전의 부인 사이에는 일찍이 진실한 사랑을 맛보지 못하였더니 이제 경자에게 대하여는 정욱조가 비로소 영성(靈性)의 사랑을 해득(解得)하였는지라. 영성의 사랑이라 하는 것은 하나님이 명하시는 사랑이니 그 사랑은 한번 해득하면 다시 끊고자 하여도 끊기 어려운 사랑이라. 정욱조의 도의심(道義心)으로는 아무리 경자를 배척한다 하여도 정욱조의 깊은 심중에 박혀 있는 영성의 사랑은 염념재자(念念在玆)하여 잊으려 하나 잊지 못하는 데야 어찌하리오. 그러나 정욱조는 이와 같이 신성한 사랑보다 죄악 있는 몸을 사랑함이 도덕상 위반이라 하여 영성의 사랑을 잊어버리며 경자를 또한 잊어버리고자 하는 마음으로 차라리 모험적(冒險的) 생활(生活)을 하여 반생(半生)을 위임코자 결심하였더라.

경자는 무한한 설움을 억제하고 다만 머리를 숙여 고요히 듣고 있더니

"동양 천지를 돌아다니시겠다고 말씀하오시니 계집사람으로 방

자히 무엇이라 말씀은 하지 못하겠습니다마는 전일에 듣자오니 인도와 서장이라 하는 곳은 대단히 위험하다는 말을 들었는데 불가불 가셔야만 하겠습니까"

"응, 그 지방이 위험하기는 하지마는 인간 생활(人間生活)의 위험에 비하면 조금도 위험하다 할 것이 없고 또는 내가 이위 결심하였으니까 다시 변통할 수 없소"

하며 하는 말이 준절하여 남편의 결심이 이미 움직이지 못할 줄 알고 경자는 위연 장탄하며 대답이 없다.

46

경자는 무슨 일을 결단하였는지 얼굴을 들어 정욱조를 바라보며

"그렇듯 결심을 하셨으면 다시 무엇이라 무슨 말씀으로 만류를 하겠습니까. 저는 제 죄를 저 한 몸에 받지 아니하고 모두 남의 몸에까지 여얼을 입으시게 하여서 지금 말씀과 같이 결심하시고 세상에 낙척하여 지내시려 하시는 것도 다— 나의 죄로…… 정남이와 옥남이도 남의 죄로 인연하여 죽은 것이요 우리 아버지 돌아가신 일도 내 까닭으로 그러하신 것이니 이 죄를 어찌하면 다시 속할는지 주소로 마음을 놓을 수 없습니다. 이 세상에 있을 동안은 무슨 짓을 하든지 이 죄를 속하고 하나님의 사업에 힘을 쓸까 하는데 이대로 죄를 가지고 공주 구석에서 썩어 버릴 마음은 조금도 없습니다. 그러나 여편네가 무엇을 하겠습니까마는 요사이 신문을 보오니까 어떠한 병원에서 간호부를

모집한다 하기에 그거라도 하여 보면 어떠할는지 모르겠어요. 더구나 요사이는 전염병이 대단히 유행하여서 사람이 많이 죽는다 하오니 간호부로 가서 내 힘껏은 병인을 간호하여서 열 사람 중에 한 사람이라도 살려 내면 적선이 될까 하여서 요사이로 그 생각이 점점 긴하여지는데 영감께서 그 말을 허락하여 주시면 좋을 듯하오이다"

정욱조는 그 말을 듣더니 가장 마음에 감동 되는 일이 있는지 이윽히 앉아 있더니

"부인의 마음은 대단히 좋은 마음이오. 부인은 나더러 물을 것도 없으니 마음 있는 대로 하였으면 좋을 듯하오"

경자는 기꺼운 마음을 이기지 못하며

"영감께서 그렇게 쾌락을 하오시니 내 마음에 어찌 좋은지 모르겠습니다. 그러면 하루바삐 간호부 노릇을 하겠습니다"

그 후 며칠을 지나 정욱조는 여러 사람의 권고도 듣지 아니하고 표연히 부산으로 내려가서 기선을 타고 청국 천진으로 향하니라. 며칠 후에는 경자가 또한 어느 유명한 병원에 특지(特志) 간호부(看護婦)로 출석하였더라.

애국 부인회 적십자 평양 지부 병원(愛國婦人會赤十字平壤支部病院)에는 꽃 같은 간호부 한 사람이 나타났으니 박애한 성질과 친절한 마음으로 무슨 일이든지 충실하며 아름다운 용모와 다정한 동작으로 경자는 간호부의 흰 옷을 몸에 걸고 적십자 표 붙은 흰 모자를 썼으니 어떠한 사람이 보든지 천상 신녀가 하강한 것같이 아름답다.

경자는 비록 간호학은 배우지 아니하였으나 영리한 천성으로 능히 병자의 간호하는 방법을 해득하여 시간과 약을 때에 맞추어 쓰며 의사의 명령을 어기지 아니하고 백사의 질서를 잃지 아니하며 또는 청

결을 주장하여 병인의 침구와 의복이며 병실에 쓰는 제구까지도 청결하여 티끌 하나가 없고 병인의 증세를 자세히 주의하였다가 의사의 묻는 말에 지체 없이 민첩하게 대답한다. 그러하므로 일반 환자는 경자를 믿고 따뜻한 동정에 감복하여 경자의 이르는 말은 조금이라도 어김이 없으며 병인을 감복케 하므로 뉘 아니 복종하는 자가 없으며 그 외의 간호부의 말은 병인 중에 거역하는 자가 있으나 경자의 말은 추호라도 복종 아니 하지 못한다.

경자는 간호부의 직무로써 가장 부인의 사업으로는 고상하다 하여 헌신적으로 그 사업을 온전히 하고자 하여 극히 충실하고 극히 열심 하여 종사한다. 이와 같이 평양에서 경자는 병원 중에서 세계의 모범 될 간호부라 하여 일반이 존경과 우대로 지내는데 이때는 전염병이 창궐하여 사망자가 연락부절하되 경자의 수중에서 치료하는 사람은 일일이 전쾌하니 여러 병인은 의사를 칭찬하느니보다 도리어 경자를 입에 침이 없이 찬송한다.

그뿐 아니라 이와 같이 아름다운 간호부의 친절을 한번 받고자 하여 심치 아니한 병인이라도 그 병원에 입원하여 치료코자 하는 사람이 적지 아니하더라.

47

살같이 닫는 광음은 어느덧 경자로 하여금 평양 적십자 병원에서 두 해의 봄을 지냈으니 그간의 지난 일은 몽중에 부쳤고 이제 다시 초하 절기를 당하였더라.

경자는 이곳에 이르러 간호학을 학습한 지 이미 일 년 반이라. 그 동안에 지낸 경험이 능히 그 병원 내에서 간호부의 이경자를 칭찬 아 니 할 이 없다. 얼마 아니 되어 경자가 다시 간호부장이 되어 그곳 병원 에서만 이름이 있을 뿐 아니라 일반 내외국의 학계에는 일개 모범적 간호부라 일컬어 송성이 회자하며 그 수하에 있는 간호부 등은 모두 경자의 덕에 감화되어 지금까지 여러 간호부 등은 간호부의 천직을 알 지 못하고 병자에게로부터 뇌물을 받고 병 치료에 친소를 붙여 각종 폐단이 적지 아니하더니 이제는 전혀 변하여 모두 자기의 책임을 깨닫 고 고상한 이상(理想)에 향하여 진보하는 풍속을 양성하여 일반 간호 부의 기풍을 개혁하여 평양 적십자사 병원의 신용이 조선 내지에 나타 났을 뿐이 아니라 일본과 청국 사람 등도 기꺼이 이 병원에 입원코자 함에 이르렀더라.

주무에 충실하여 조금도 권태함이 없는 경자는 병인을 간호하는 여가에는 병리(病理)의 연구하기를 게으르지 아니하여 병리에 대하여 도 대강을 짐작하여 신출 의사로는 능히 따르지 못하겠으며 환자의 진 찰함은 간호부의 직무가 아니로되 보통 시술에 대하여는 대개 아는 고 로 병증에 인하여 간호하는 방법을 달리 주의함도 스스로 깨달았더라. 경자는 이와 같이 세월을 보낼 때라도 항상 잊지 못하는 것은 남편의 일이라. 자기는 이와 같은 곳에서 여러 병인을 데리고 주야로 분주히 지내건마는 도리어 이 몸은 편안히 지낸다 할지라. 그러나 남편은 일 생을 비관(悲觀)하여 자포자기(自暴自棄)로 평생을 마치고자 청국과 인 도 지방으로 위험을 무릅쓰고 다니신다 하니 지금은 어느 곳에서 어찌 하고 지내시는지 지금도 안심치 못하시고 낙망 중으로 마음이 비회 하시리로다. 다만 남편의 사정을 생각하매 촉처마다 수심만 일으킨다. 이날도 병원 뜰 앞에 서서 있는 욱욱청청한 회화나무 그늘 아래에서 홀로 등교의에 몸을 의지하고 한 손에 미선을 가지고 게으르게 움직이는데 홀연 마음은 남편의 신상에서 배회한다. 이때에 병원 하인 아이 하나가 손에 전보 한 장을 들고 경자를 찾아와서 주는지라. 경자는 급히 전보를 받아 들고 자세히 보니 이는 곧 경성 정욱조의 본제에서 경자에게 부친 것이라. 경자는 깜짝 놀라 봉을 뜯고 보니

'협판 영감 병환 위중. 지금 장기 병원에 입원하여 자주 부인을 부른다 하니 그곳으로 지급 출발'

전보를 보기를 마치매 경자는 홀연 교의에서 떨어져 땅에 엎더진다.

정욱조는 인도로 서장으로 다니다가 그곳에서 가장 위험한 전염병에 걸려 목숨이 위태한 지경에 이르매 급히 선편을 구하여 귀국하더니 일본 장기(長崎)에 도착하여서는 병세 더욱 심하여 맑은 정신이 없는 고로 그곳 어떠한 병원에 입원하였는데 그 병원에서 정욱조의 본제로 기별하였던 고로 서울 본제에서는 이 말을 듣고 급히 그 뜻을 경자에게 전보로 전하였는데 경자는 남편이 자주 자기를 찾는다는 말에 경자의 가슴 가운데는 어떠하였으리오. 경자는 다시 전보를 받아 들고 바라보는데 떨어지는 눈물은 전보를 적신다.

그러나 남편의 병은 어느 날부터 시작하여 어느 날 병원에 입원하였는지 자세치 못하므로 경자는 더욱이 마음이 놓이지 아니한다. 전염병이라 하는 것은 시각을 다투는 병인 줄을 아는지라 잠시도 주저하

지 못하리라 하여 곧 원장에게 연유를 말하고 잠시 휴가를 청구하매 원장은 쾌히 허락하며 병인의 치료하는 절차와 전염병에 대한 주의를 자세히 설명하여 주는지라. 경자는 공손히 감사한 예를 하고 그날로 평양서 기차를 타고 부산으로 향하여 떠났는데 마침 장기로 향하는 선편이 있는 고로 그 선편에 몸을 붙여 망망한 현해탄(玄海灘) 해상에 몸을 띄웠더라.

경자는 장기 항에 도착하매 곧 인력거를 타고 그 병원에 이르러 온 뜻을 전하매 병원 원장 이하로 여러 의사들도 병인이 심히 찾던 그 부인이 다다라 옴을 기꺼하여 정욱조의 병세와 약용 범절을 자세히 들었는데 경자는 남편이 아직 목숨에는 관계가 없음을 기꺼워한다.

원래 그 병원에는 조선 사람으로 장기 의학교에서 졸업한 후 실지 연구를 하기 위하여 와서 있는 사람이 있는데 이 사람은 정욱조의 병에 주임으로 맡은 사람이라. 그런 고로 경자는 그 사람에게 자세히 말을 들었더라.

경자는 조선 사람 의사의 인도로 남편이 누워 있는 병실로 고요히 들어간다.

48

가슴의 요동을 진정하며 경자는 남편의 병실로 들어가니 정욱조는 철제(鐵製) 와상(臥床) 위에 흰 서양목으로 두루마기같이 지어 입혔으며 팔과 다리는 붕대(繃帶)로 감아 반듯이 뉘였는데 팔과 다리는 굵은 끈으로 와상에 매었으니 경자는 그 경상을 차마 정면으로 보지 못할러라.

조선 사람 의사는 심히 가엾어 하는 모양으로

"어느 때든지 이와 같이 매어 두는 것은 아니올시다마는 이번까지 세 번째인데 아무리 위로를 하고 깨우쳐도 듣지 아니하고 틈을 보아서 사람만 없으면 문밖으로 뛰어나가려고 하시고 또는 자처하려고 하는 까닭에 이렇듯 전신을 잡아매어 놓았습니다. 당신께서도 혹시 아시는지 모르겠지요마는 열병이라 하는 것은 종종 이러한 증세가 있는 법이니까 크게 걱정할 것은 없습니다"

"예, 나도 그런 줄은 대강 압니다"

경자는 남편의 와상 위에 감히 가까이 가지 못하다가 간신히 머리맡으로 가까이 나아가 반듯이 누워 혼침한 남편의 얼굴을 들여다보니 수척한 얼굴의 빛은 푸르고 양협의 관골은 우뚝하게 나타났으며 깎은 수염은 길게 자라 엉클어져서 전일 정욱조의 얼굴은 아니라. 이와 같은 모양을 보매 경자는 새로이 눈물을 금치 못할 때에 정욱조는 몸을 와상 위에서 뛰어내리려 하며 요동하나 속박하여 놓은 몸이라 다만 덮여 있는 이불만 흰 물결과 같이 움직이는데

"응, 참, 사람을 어찌하여서…… 이경자…… 경자…… 마누라"

경자는 깜짝 놀라 남편의 와상 앞으로 가까이 나아가 앉는다. 원래의 정욱조는 부인 경자가 옆에 와서 있음을 알고 부르는 것이 아니라 다만 감각이 없이 섬어로 하는 말이니 정욱조는 오히려 섬어를 그치지 아니하고 괴로운 숨소리로

"여보, 부인…… 경자…… 아무리 하여도 그대가 내게 오지 못하겠다 하는 말이오. 내가 다 잘못하였소. 정말 내가 잘못하였으니까 인

제는 나도 개심하였소. 진정 뉘우쳐서 인생 의의를 전혀 오해하였소. 나는 지금 죽더라도 관계가 없으니 다만 죽기 전에 한 번만 만났으면…… 나는 죽소. 정 죽지 살지는 못하여. 어찌하여서 사람을 이렇게 결박을 하여 놓아…… 괴이한 놈들. 경자, 경자, 어서 오셔요"

경자는 눈물을 지으며 와상 아래에 엎더

"영감, 영감, 경자는 여기 와서 있습니다. 병환을 구완차로 경자가 여기 와 있습니다"

하며 일천 줄기의 눈물이 일시 흐르면서 남편의 얼굴을 들여다보니 정욱조는 미친 사람의 동작을 하며 괴상한 눈을 뜨며 경자를 바라보더니

"나는 몰라, 그게 누구야, 응, 어서 이 잡아맨 것을 풀어 주어요"

"내가 경자야요. 영감이 부르시던 경자가 나야요"

정욱조는 과연 경자의 얼굴을 알아보았는지 고요히 입을 다물고 익히 경자의 얼굴을 들여다본다.

"알아보시겠습니까. 내가 경자올시다. 햇수로는 삼 년 만에 뵈옵는 경자올시다. 지금 풀어 드릴 터이니 가만히 계셔요"

정욱조는 대답이 없는데 경자는 옆에 서서 조선 사람 의사를 쳐다보며

"이 병인은 내게 맡겨 두시기를 바랍니다. 병인의 간호하는 법도 대강은 짐작하는 고로 염려 없습니다. 지금은 매우 병인의 기운이 가라앉은 모양이니까 인제는 풀어 놓아도 큰 염려는 없을 듯하오이다"

처음부터 지금까지 부부간의 비참한 광경을 이윽히 보더니 심중으로 가장 감동 되어 경자를 향하여

"지금 가만히 병인의 모양을 보니 당신께서 오셔서 병인이 대단

히 안심된 모양이니까 인제는 맨 것을 풀어 놓아도 관계없을 듯하오이다. 그뿐 아니라 당신은 듣자오니까 조선서 간호부장으로 오래 계셨다 하오니까 병인의 간호하는 법은 말씀 아니 하여 드려도 아오실 듯하오이다. 이 방 일은 모두 당신께 맡겨 드리오리다"

경자는 즉시 남편의 맨 것을 풀쳐 놓으며 다시 자리를 고쳐 편안히 누이며

"인제는 내가 여기 와서 있으니 자리에서 일어나실 생각은 하시지 마시고 내게다 무슨 일이든지 시키시면 좋겠습니다"

정욱조는 경자의 말을 알아들었는지 고개를 끄덕이며 다시 고요히 자리에 누워 눈을 감는다.

49

정욱조의 병세는 처음에 원장 이하로 모두 의사의 이르던 말과는 더욱 위중하여 열기 심하여 정신이 착란하고 신체가 쇠약하여 혼수상태(昏睡狀態)에 이르렀는데 혀에는 백태가 가득하고 치근(齒根)까지 부패하였으며 시시로 근력 없는 해소를 발하고 백담을 뱉으며 증세 극히 위험한지라. 경자는 심히 염려하여 다른 간호부는 일절 물리치고 여러 해 동안 경험을 얻은 가장 숙련한 간호법으로 경자는 친히 남편의 병을 간호하니 실로 병인에게 대하여는 가위 화타 편작(華陀扁鵲)을 얻음보다 나으리로다. 지금은 일신을 남편의 병구완에 부쳐 주소로 잠을 이루지 아니하고 남편의 병을 지성으로 간호하니 성심소도에 금석을

가투라 어찌 병이 쾌복치 아니하리오.

정욱조의 병세는 날로 감하여 전일과 같이 와상을 떠나 뛰어나가려 하는 증세도 없어지고 의사도 진찰한 후 불원하여 평복에 가까울 일을 담당하는지라. 경자는 의사의 말을 듣고 가장 기꺼이 여겨 더욱 간호하기를 힘을 쓰며 자기도 남편의 병이 쉬이 쾌복할 줄을 자신하더라.

오륙일을 지나 제반 증세가 모두 덜리고 다시 혼침하여 편안히 잠을 이루는지라. 경자는 스스로 생각하되 이 잠은 과연 병세를 돌려 안온한 잠이니 이 잠을 이루고 나면 원 정신을 차리리라 하여 남편의 잠든 얼굴을 들여다보고 있다.

병인은 밤이 깊도록 깨지 아니하는지라. 경자는 자주 시계를 내보니 이미 밤은 십이 시가 지났는데 적막한 깊은 밤에 달빛은 종려 잎사귀 틈으로 새어 유리창을 지나 들어와서 와상 위에 누워 있는 남편의 수척한 얼굴을 비춘다. 만뢰는 구적한데 다만 병인의 호흡하는 소리만 그윽이 들리더라.

경자는 잠시도 곁을 떠나지 아니하고 남편의 베갯머리에 앉아 때때로 약물을 떠서 입을 축여 준다. 밤이 점점 새어 새벽에 이를 때에 정욱조는 비로소 숨을 돌리며 눈을 번쩍 뜨는지라. 홀연 경자의 옆에 앉아 있음을 보더니 입에는 미소를 띠고 파리한 손을 간신히 들어 경자의 손을 더위잡더니 말은 없고 다시 편안한 잠을 이루어 이튿날 정오까지 잠을 깨지 아니하였으니 정욱조는 이로 인하여 병근을 놓고 다시 이 세상으로 돌아왔더라.

삼 주일이나 지나 장기로부터 인천을 향하여 오는 기선 갑판 위에 정욱조와 경자 두 사람은 서로 향하여 앉아서 담화한다. 병후의 사람인 줄은 누가 보든지 숨길 수 없으나 정욱조의 양협에는 점점 건강이 회복되노라고 화색이 나타나며 그 눈에는 따듯한 기운과 즐거운 기색이 보이며 경자는 수년래로 무한한 몸의 고생을 받아 심히 몸이 건강치 못하더니 이날은 해당화가 아침 이슬을 머금은 듯이 화색이 가득하며 여러 해 동안을 두고 양미간에 은은히 숨어 있던 수심은 반공에 솟은 달이 구름에 싸였다 다시 밝은 듯이 광명이 얼굴에 나타나며 나이까지 적어 보인다.

경자의 얼굴과 같이 화려하고 영롱한 달은 천심에 솟아 있어 고요히 만경창파에 비쳤고 서서히 물에 얼굴을 스치고 지나가는 바람은 서늘한 마음이 낮의 더위를 전혀 잊을지라. 씻은 듯한 갑판 위에 마음에는 티끌 하나 없이 화목히 앉아 이야기하는 남녀 두 사람은 진실로 지나간 비참한 사정은 전혀 잊어버릴러라.

정욱조는 경자의 손을 잡고

"여보, 부인, 그대는 나를 멀리 버리지 아니하고 있었으니 나는 무엇을 먼저 사죄하였으면 좋을는지 모르겠소. 그러나 오늘 저녁에 이 배 위에서 나의 잘못한 일을 다 말씀하오리다. 나는 전일에 먹고 있던 주의는 모두 없어졌소. 전일은 나의 편벽된 생각으로 죄악이라 하는 데 대하여서는 조금도 용서치 못한 것이 제일 잘못 든 생각이라. 나는 죄악이라 하면 어디까지든지 동정을 표하여 불쌍히 여기지 아니하고 도리어 죄 있는 사람을 불쌍히 아는 사람이 역시 죄악을 짓는 사람이라 하였더니 오늘 와서는 과연 전일에 잘못 든 마음을 깨달았소. 모든 세상에 사람의 몸에 관계되는 일이 도리도 무론 보려니와 정이라 하는 것도 돌아보지 아니하면 아니 될 일인데…… 나는 이제야 비로소 깨달았구려. 원래에 죄악이라 하는 것을 장려할 것은 아니로되 반드시 배척할 것은 아니니 어떠한 부득이한 사정으로 인연하여 지은 죄악은 사람의 동정은 당연히 받을 만한 것인데 만일 나와 같이 세상 사람들도 죄악을 절대적으로 배척하면 이 세계는 죽은 고목나무와 같아서 꽃도 없고 잎사귀도 없을 터이니 사람이라 하는 것은 결단코 그러한 것이 아니오…… 아니, 참, 이런 말은 이미 부인은 아는 일이라 지금 다시 길게 할 말도 없거니와 오늘 와서 이 정욱조가 다시 회심한 마음을 자세히 부인이 살펴 주시오. 이미 자기의 죄를 회개한 데 대하여서는 예수 그리스도 이하로 각항 종교가 모두 죄를 용서하거늘 하나님과 같이 신성치 못한 사람으로 어찌 죄라 하면 잘잘못을 물론하고 용서 아니 한다는 일이 어디 있겠소. 나는 그 후로 번민한 마음을 이기지 못하여 항상 성서(聖書)를 손에 놓지 아니하고 마음을 위로하더니 그 결과로 번연히 깨달은 바가 있어 나는 일도 광명(一道光明)을 얻었으나 그 때로부터 그와 같이 중병이 들어 십생구사에 이르렀더니 다행히 부인의 힘으로 목숨을 구하였으니 이는 하나님이 나를 불쌍히 여기사 그대를 멀리 보내신 일이라 생각하오…… 전일에도 그렇게 알지 아니한 일은 아니지마는 이번같이 그대의 두터운 은혜에 나는 진정 마음이 감동 되었소. 이와 같이 아름다운 부인의 마음을 지금까지 자세히 알지 못한 것은 진실로 후회막급이오. 그러나 내가 그렇게 병이 들어 있을 때에는 나의 뉘우친 마음을 다시 그대에게 말을 하지 못하고 인하여 죽는다 하고 마음의 슬픔을 이기지 못하였더니 부인이 간호하여 주신 덕으로 다시 목숨을 보전하여 이와 같이 내 심사를 다시 부인에게 이야기하게 된 일도 모두 부인과 나와 인연이 아주 끊이지 아니한 증거인 듯하오. 아무쪼록 부인은 나의 죄를 용서하시오"

경자는 다만 고개를 숙이고 듣더니 만감이 교집하여 앞서는 것은 눈물이라. 남편의 손 위에 떨어지는 눈물은 다시 씻지도 아니하고

"나는…… 이렇게 즐거운 일은 참 없어요"

다시 말을 이루지 못하고 남편의 얼굴을 쳐다보는 눈은 말하느니보다 무량한 뜻이 엉겼도다. 정욱조는 더욱 말을 연속하여

"그러나 금이라 하는 것은 불에 단련하고 사람의 마음은 곤란으로 단련하는 것이라. 부인과 나는 이미 그 단련을 받은지라. 과일의 생각은 다시 하지 말고 다시 밝은 세상에 나아가서 정신적으로 서로 사랑을 마지아니하여 봅시다. 오늘 밤에 이 배는 신혼여행 하는 사람을 태운 줄 압시다그려"

경자는 가슴이 메어

"예―, 나는 그저 반가운 마음에 눈물만 나오고 무엇이라 대답이 아니 나옵니다"

남편의 무릎에 몸을 의지하여 황연히 말이 없는데 교교한 명월은 두 사람의 부부의 마음을 비추는도다.

평양 적십자 병원에서는 꽃과 같은 간호부장을 잃었으니 이는 경자가 다시 간호부장으로 나아가지 아니함이라. 그러나 경자의 감화로 다른 간호부들도 아름다운 성질을 지금껏 잃지 아니하였더라.

정욱조의 신용은 날로 더하여 세상의 인망이 전일보다 배승하고 경자는 정 협판의 영부인으로 모든 사람이 흠앙한다. 수삭을 지나지 못하여 경자는 다시 몸에 태기 있으니 이제 이르러서는 근심 없는 몸이라. 남편과 서로 향하여 이번 출생하는 아이는 힘써 가정교육을 시켜 유익한 인물을 만들고자 남편과 한가지로 즐거이 의논한다.

낱말 풀이

ㄱ

가대(家垈): 집터와 그에 딸린 논밭이나 산림 따위를 통틀어 이르는 말.

가증 가애(可憎可哀): 미워하거나 불쌍히 여길 만함.

각항(各項): 각기 다른 여러 가지. 각가지.

간사위: 치밀하고 융통성이 있는 수단.

강잉(強仍): 억지로 참음. 마지못하여 그대로 함.

강작(強作): 억지로 기운을 냄. 억지로 지어냄.

개구멍받이: 남이 개구멍으로 들이밀거나 대문 밖에 버리고 간 것을 데려와 기른
　　　아이.

거년(去年): 지난해.

거생(居生): 일정한 곳에 머물러 살아감.

거운: 거의.

건즐(巾櫛): 수건과 빗.

건즐을 받들다: 여자가 아내로서 남편을 받들다.

걸어앉다: 높은 곳에 궁둥이를 대고 두 다리를 늘어뜨려 앉다.

겟토(ケット): 블랭킷(ブランケット, blanket)을 줄여 부른 일본말. 담요. 모포.

견마지로(犬馬之勞): 개나 말 정도의 하찮은 힘, 즉 윗사람이나 임금 또는 나라를
　　　위하여 바치는 자신의 노력을 겸손하게 이르는 말. 견마지역(犬馬之役).

견확(堅確): 굳고 확실함.

겸두겸두: 겸사겸사(兼事兼事).

겸전(兼全): 여러 가지를 완전하게 갖춤.

경경(耿耿): 마음에서 잊히지 않고 늘 염려가 됨.

경경(惸惸): 외롭고 걱정스러움.

경도(經度): 달거리. 월경(月經).

경동(驚動): 놀라서 움직임.

경박재자(輕薄才子): 재주는 있으나 경박한 사람.

경연(慶宴): 경사스러운 잔치.

고기(顧忌): 뒷일을 염려하고 꺼림.

고단(孤單): 단출하고 외로움.

고대: 옷깃의 뒷부분. 특히 깃 달 때에 목뒤로 돌아가는 곳. 깃고대.

고식지계(姑息之計): 우선 당장 편한 것만을 택하는 꾀나 방법. 한때의 안정을 얻
　기 위하여 임시로 둘러맞추어 처리하거나 이리저리 주선하여 꾸며 내는
　계책을 이른다.

곤뇌(困惱): 휘져서 고달픔. 고달프고 번거로움.

곱다: 손가락이나 발가락이 얼어서 감각이 없고 놀리기가 어렵다.

공구지중(恐懼之中): 몹시 두려운 가운데.

공동(恐動): 위험한 말을 하여 두려워하게 함.

공변되다: 행동이나 일 처리가 사사롭거나 한쪽으로 치우치지 않고 공평하다.

공순(恭順): 공손하고 온순함.

과거(寡居): 홀어미(과부)로 지냄.

과일(過日): 지난날.

광구(廣求): 직업이나 인재 따위를 널리 구함.

괴벽(乖僻): 성격 따위가 이상야릇하고 까다로움.

괴화(槐花)나무: 회화나무. 콩과의 낙엽 활엽 교목.

교(驕): 잘난 체하며 뽐내고 건방짐. 교만(驕慢).

교군(轎軍): 가마.

교배(交拜): 전통 결혼식에서 신랑과 신부가 서로 절을 주고받는 예(禮).

교주고슬(膠柱鼓瑟): 갖풀로 비파나 거문고의 기러기발을 붙여 놓으면 음조를 바
　꿀 수 없음, 즉 고지식하여 조금도 융통성이 없음.

교집(交集): 이런저런 생각들이 뒤얽히어 서림.

교칠(膠漆): 아교와 옻칠처럼 사귀는 사이가 매우 친밀하여 서로 떨어질 수 없는
　관계.

교풍(矯風): 옳지 못한 풍속이나 습관을 고쳐 바로잡음.

교회사(敎誨師): 잘 가르치고 타일러서 지난날의 잘못을 깨우치게 하는 스승.

구리개[銅峴]: 지금의 서울시 중구 을지로(乙支路) 입구에서 을지로 2가 일대의 나지막한 고개. 조선 시대 이래 약종상(藥種商)들이 밀집해 전매 특권을 장악하고 있었던 곳이다. 1914년 경성부제(京城府制)가 실시되면서 황금정(黃金町)으로 이름이 바뀌었다.

구몰(俱沒): 부모가 모두 세상을 떠남.

구수(仇讐, 寇讎): 원수(怨讐).

구쓰(くつ, 靴): 가죽으로 만든 서양식 신. 구두.

구의(舊誼): 예전에 가까이 지내던 정분.

구중(九重): 아홉 겹, 즉 여러 겹이나 층.

국량(局量): 남의 잘못을 이해하고 감싸주며 일을 능히 처리하는 힘.

국화잠(菊花簪): 머리를 국화 모양으로 꾸민 비녀. 국잠(菊簪). '화잠(花簪)'이란 새색시가 머리를 치장하는 데 쓰는 비녀를 가리키는 것으로 잔 새김을 한 옥판 위에 금, 은, 주옥 따위를 박아 꾸미고 떨새를 앉힌 것이다.

권도(權道): 목적 달성을 위하여 그때그때의 형편에 따라 임기응변으로 일을 처리하는 방도.

궐랭(厥冷): 체온이 내려가며 손발 끝에서부터 차가워지는 증상.

궐련[卷煙]: 얇은 종이로 가늘고 길게 말아 놓은 담배.

귀밑머리를 마주 풀다: 예식을 갖추어 결혼하다.

극가(極嘉): 성질이나 언행이 매우 아름다움.

극미(極美): 극히 아름다움.

근념(勤念): 마음을 써서 돌보아 줌. 애쓰고 수고함.

근리(近理): 이치에 거의 맞음.

근지(根地): 사물의 본바탕. 자라 온 환경과 경력.

금병몽(金屛夢): 금칠을 하여 꾸민 병풍 아래에서 꾸는 꿈.

금석(金石)을 가투(可透)라: 쇠붙이와 돌도 가히 뚫을지라.

금성철벽(金城鐵壁): 쇠로 만든 성과 철로 만든 벽, 즉 방어 시설이 잘되어 있어서 공격하기 어려운 성. 견고하고 빈틈이 없는 사물.

긍측(矜惻): 가엾고 불쌍함. 긍련(矜憐).

기망(冀望): 어떤 기대를 가지고 바람. 어떤 일이 잘될 가능성. 희망(希望).

기반(羈絆): 굴레.

기상(氣相): 기색(氣色).

기이다: 어떤 일을 숨기고 바른대로 말하지 않다.

기인(幾人): 몇 사람.

기일(幾日): 몇 날.

기출(己出): 자기가 낳은 자식.

기허(幾許): 얼마.

길래: 오래도록 길게.

길일양신(吉日良辰): 길한 날과 좋은 때.

끽경(喫驚): 몹시 놀람.

ㄴ

나사(羅紗): 양털 또는 양털에 무명, 명주, 인조 견사 따위를 섞어서 짠 모직물. 보
　　온성이 풍부하여 겨울용 양복감이나 코트감으로 쓰인다.

낙담상혼(落膽喪魂): 몹시 놀라거나 마음이 상해서 얼이 빠짐.

낙심상혼(落心喪魂): 몹시 놀라거나 마음이 상해서 얼이 빠짐.

낙지이후(落地以後): 세상에 태어난 후.

낙척(落拓): 어렵거나 불행한 환경에 빠짐.

낙화유수(落花流水): 떨어지는 꽃에 정이 있으면 물에도 또한 정이 있어 떨어지는
　　꽃은 물이 흐르는 대로 흐르기를 바라고 유수는 떨어지는 꽃을 띄워 흐르
　　기를 바람, 즉 남녀가 서로 그리워함.

난다이몬(なんだいまん): 남대문(南大門).

날나다: '날카롭다'의 옛말.

내종(內從): 고모의 자녀. 고종(姑從).

내평: 속내.

냉독(冷毒): 몹시 모질고 심함.

노: 언제나 변함없이. 노상. 늘.

노들: 지금의 서울시 동작구 노량진동(鷺梁津洞)에 해당하는 한강 남쪽 동네.

누거만(累巨萬): 여러 거만(巨萬). 매우 많음.

누수(淚水): 눈물.

눈살피다: 눈을 돌려 살피다.

눈주어보다: 눈여겨보다.

눌러보다: 잘못을 탓하지 않고 너그럽게 보다.

ㄷ

단장지정(斷腸之情): 몹시 슬퍼서 창자가 끊어지는 듯한 느낌.

달야(達夜): 밤을 새움.

당삭(當朔): 아이를 낳을 달. 해산달.

대기(大忌): 몹시 꺼리거나 싫어함.

대기(大朞): 사람이 죽은 지 두 돌 만에 지내는 제사. 대상(大祥).

대사동(大寺洞): 지금의 서울시 종로구 인사동(仁寺洞).

대상(大祥): 사람이 죽은 지 두 돌 만에 지내는 제사. 대기(大朞). 상사(祥事).

대잡다: '바로잡다'의 옛말.

대전골[竹洞]: 지금의 서울시 중구 수표동(水標洞), 을지로(乙支路) 2가, 장교동
     (長橋洞) 일대. 대나무와 대그릇을 파는 죽전이 있었다 하여 붙은 이름.

대흥산성(大興山城): 개성시 박연리에 있는 고려 때의 산성. 천마산성이라고도 한
     다. 북한 사적 제52호.

더위잡다: 높은 데로 오르려고 무엇을 끌어 잡다.

덕국(德國): '도이칠란트(Deutschland)'를 음역(音譯)한 이름. 독일(獨逸).

도랑방자(跳踉放恣): 행동이나 생각하는 것이 제멋대로임.

도사(島司): 도지사의 감독하에 섬의 행정 사무를 맡아보던 일제 강점기의 관직.
     군수 급에 해당하며 대개 경찰서장을 겸하였다.

도일(度日): 세월을 보냄.

도지(倒地): 물구나무섬.

도척(盜跖): 중국 춘추 시대 진(秦) 나라의 큰 도둑. 공자(孔子)의 친구이자 성인

(聖人)인 유하혜(柳下惠)의 아우로 《장자(莊子)》의 〈잡편(雜篇)〉에 고사가 전한다.

독 틈에 탕관(湯罐): 작은 약탕관이 큰 독들 틈에 끼어 어쩔 줄 모름. 자기 잘못은 없이 남의 탓으로 고초를 겪음.

독마(毒魔): 악독한 마귀.

돈수백배(頓首百拜): 머리가 땅에 닿도록 수없이 계속 절을 함.

돈연(頓然): 조금도 돌아봄이 없음. 소식 따위가 끊어져 감감함.

돌라보다: '둘러보다'의 작은말.

동관: 경복궁 동쪽에 있는 창덕궁을 이르는 말. '동관 대궐', '동구안 대궐', '동궐 (東闕)'이라고도 한다.

되다: 말, 되, 홉 따위로 가루, 곡식, 액체 따위의 분량을 헤아리다.

두류(逗留, 逗遛): 객지에서 오랫동안 머물러 묵음. 체류(滯留).

두목지풍채(頭目之風采): 두목의 풍채.

뒤받이: 잘못을 지적받거나 꾸지람에 도리어 맞대꾸하거나 맞섬. 남의 의견에 반대가 되는 말로 받음.

뒷길: 뒷날을 기약하는 앞으로의 과정.

드난: 임시로 남의 집 행랑에 붙어 지내며 그 집의 일을 도와줌. 또는 그런 사람.

득달(得達): 목적한 곳에 도달함. 목적을 이룸.

득리(得理): 사물의 이치를 깨달음.

들레다: 와자지껄하게 떠들다.

들춰나다: 들추어져 드러나다.

등교의(籐交椅): 등나무의 줄기로 엮어 만든 의자.

등기(等棄): 탐탁지 않게 여겨서 버림.

떠들다: 가리거나 덮인 물건의 한 부분을 걷어 젖히거나 쳐들다.

■

마권찰장(摩拳擦掌): 주먹과 손바닥을 비빔, 즉 기운을 모아 돌진할 때를 기다림.

막지르다: 앞질러 가로막다.

만곡(萬斛): 아주 많은 분량.

만당온화(滿堂溫和): 온화한 기운이 방이나 집 등에 가득함.

만뢰구적(萬籟俱寂): 밤이 깊어 아무 소리 없이 아주 고요함.

만사무석(萬死無惜): 만 번 죽어도 아까울 것이 없음.

만수받이: 아주 귀찮게 구는 말이나 행동을 싫증 내지 않고 잘 받아 주는 일.

만정(滿庭): 뜰에 무엇이 가득함.

만행(萬幸): 아주 다행함.

망야하래(罔夜下來): 밤을 새워 내려옴.

망연(茫然): 아무 생각이 없이 멍함.

망지소조(罔知所措): 너무 당황하거나 급하여 어찌할 줄을 모르고 갈팡질팡함.

망창(茫蒼): 갑자기 큰일을 당하여 앞이 아득하다.

맞다: '마치다' 의 준말.

맥연(驀然)히: 언뜻.

맹동(萌動): 싹이 남. 어떤 생각이나 일이 일어나기 시작함.

면려(勉勵): 스스로 애써 노력하거나 힘씀.

면주(綿紬): 명주(明紬).

명명지중(冥冥之中): 어두운 저승.

명박(命薄): 운명이나 팔자가 기구하고 복이 없음.

모피(謀避): 피하려고 꾀를 냄. 꾀를 내어 피함.

목불시사색(目不視邪色) 이불청음성(耳不聽淫聲): 눈으로는 사악한 것을 보지 아니하고 귀로는 잡된 소리를 듣지 아니한다.

목우인(木偶人): 나무로 만든 사람의 형상. 목인(木人). 목우(木偶).

몰풍(沒風): 아무런 풍치(風致)나 풍정(風情)이 없이 멋쩍음.

몰풍정(沒風情): 풍정(風情)이 전혀 없음.

몹시굴다: 학대하다.

묘묘(森森): 넓고 끝이 없어 아득함.

묘전(墓前): 무덤 앞.

무료(無聊): 부끄럽고 열없음.

물론모사(勿論某事): 어떠한 일을 말할 것이 없음.

미거(未擧): 철이 없고 사리에 어두움.

미선(尾扇): 대오리의 한끝을 가늘게 쪼개어 둥글게 펴고 실로 엮은 뒤 종이로 앞 뒤를 바른 둥그스름한 모양의 부채.

민적(民籍): 예전에 호적(戶籍)을 달리 이르던 말.

밓다: '미치다'의 준말.

ㅂ

박부득이(迫不得已): 일이 매우 급하게 닥쳐와서 어찌할 수 없이.

반결음: 기름을 완전히 먹이지 않고 반쯤만 결은 가죽신. 주로 여자나 아이들이 신는다.

반반하다: 잠이 오지 아니하여 눈이 말똥말똥하다.

반분(半分): 절반 정도의 분량. 절반으로 나눔.

발명(發明): 변명(辨明).

발연변색(勃然變色): 왈칵 성을 내어 얼굴빛이 달라짐.

발정(發程): 길을 떠남.

발종: 발을 움직여 소리 낼 수 있게 되어 있는 작은 종.

밟다듬이: 피륙이나 종이 따위를 발로 밟아서 구김살이 펴지게 다듬는 일.

방게: 바위겟과의 하나.

방불(彷彿, 髣髴): 거의 비슷함.

방축(放逐): 자리에서 쫓아냄.

배설(排設): 의식이나 연회에서 필요한 것들을 벌여 베풂.

배승(倍勝): 갑절이나 더 나음.

백담(白痰): 묽고 빛깔이 허연 가래.

백랍(白蠟): 표백한 밀랍.

백반(百般): 여러 가지나 온갖 것.

백이(百二): 백의 곱절.

백태(白苔): 신열이나 위의 병 때문에 혓바닥에 끼는 누르스름한 물질.

버럭: 하늘이나 신령이 사람의 죄악을 징계하려고 내리는 벌.

버르적거리다: 고통스러운 일이나 어려운 고비에서 벗어나려고 팔다리를 내저으며 큰 몸을 자꾸 움직이다.

번롱(翻弄): 이리저리 마음대로 놀림.

번조(煩燥): 몸과 마음이 답답하고 열이 나서 손과 발을 가만히 두지 못함.

병문(屛門): 골목 어귀의 길가.

보태(補胎): 임신한 여자의 원기를 더하여 줌.

보혈지제(補血之劑): 몸의 조혈 작용을 돕는 강장제. 보혈제(補血劑).

복록(福祿): 타고난 복과 벼슬아치의 녹봉, 즉 복되고 영화로운 삶.

본제(本第): 고향에 있는 본집.

부액(扶腋): 겨드랑이를 붙잡아 걷는 것을 도움. 곁부축

부요(富饒): 재물이 넉넉함. 부유(富有).

부허(浮虛): 마음이 들떠 있어 미덥지 못함.

분요(紛繞): 서로 어지럽게 뒤얽힘.

불기지회(不冀之會): 바라거나 기대하지 않은 채 이루어진 만남.

불빈(不貧): 가난하지 아니함.

불울(怫鬱): 불평이나 불만으로 화가 치밀고 속이 답답함.

붓니다: '들러붙다'의 옛말.

비색(否塞): 운수가 꽉 막힘. 불행해짐.

비슥비슥: 어떠한 일에 대하여 탐탁히 여기지 아니하고 자꾸 따로 떨어져 행동하는 모양.

비양: 얄미운 태도로 빈정거림.

비익연리(比翼連理): 암컷과 수컷의 눈과 날개가 하나씩이어서 짝을 짓지 아니하면 날지 못한다는 전설상의 새를 가리키는 '비익조(比翼鳥)'와 두 나무의 가지가 서로 맞닿아서 결이 서로 통한 것을 가리키는 '연리지(連理枝)', 즉 부부가 아주 화목함을 뜻하는 말.

비회(悲懷): 마음속에 서린 슬픈 시름이나 회포.

빈삭(頻數): 거듭되는 횟수가 매우 잦음.

빼쏘다: 성격이나 모습이 꼭 닮다.

삐다: 괸 물이 빠지거나 잦아져서 줄다.

삐치다: 일에 시달려서 몸이나 마음이 몹시 느른하고 기운이 없어지다.

ㅅ

사갈(蛇蝎): 뱀과 전갈. 남을 해치거나 심한 혐오감을 주는 사람.

사량(思量): 생각하여 헤아림.

사무여한(死無餘恨): 죽을지라도 남은 한이 없음.

사무한신(事無閑身): 별로 하는 일이 없는 한가한 사람.

사부가(士夫家): 사대부가(士大夫家).

사사망념(邪思妄念): 좋지 못하고 망령된 생각.

사시(沙匙): 사기로 만든 숟가락.

사실(査實): 사실을 조사하여 알아봄.

사위스럽다: 마음에 불길한 느낌이 들고 꺼림칙하다.

사인교(四人轎): 앞뒤에 각각 두 사람씩 모두 네 사람이 메는 가마.

사직골: 지금의 서울시 종로구 사직동(社稷洞). 토지신과 곡신에게 제사를 드리
　　　는 사직단(社稷壇)이 있어 붙은 이름이다.

사출(査出): 조사하여 드러냄.

사태(死胎): 배 속에서 이미 죽어서 나온 태아(胎兒).

사통(私通): 부부가 아닌 남녀가 몰래 서로 정을 통함.

사환(仕宦): 벼슬살이를 함.

산과의(産科醫): 임신과 분만에 관련한 분야의 의사.

산명곡응(山鳴谷應): 산이 울면 골짜기가 응함, 즉 소리가 산과 골짜기에 울림.

산삭(産朔): 해산달.

산용수태(山容水態): 산의 솟은 모양과 물의 흐르는 모양, 즉 산천의 형세. 산용수
　　　상(山容水相).

산점(産漸): 산기(産氣).

삼년초토(三年草土): 삼년상.

삼을 가르다: 아이를 낳은 뒤에 탯줄을 끊다. 태아를 싸고 있는 막과 태반을 '삼'

이라 한다.

삼춘(三春): 봄의 석 달. 맹춘(孟春), 중춘(仲春), 계춘(季春)을 이른다.

삼패(三牌): 매춘 자체를 업으로 삼는, 가장 낮은 등급의 기생. 탑앙모리(搭仰謀利).

삽삽(颯颯): 바람이 몸으로 느끼기에 쌀쌀함.

상각부(上脚部): 다리의 윗부분. 넓적다리.

상거(相距): 떨어져 있는 두 곳의 거리.

상고(詳考): 꼼꼼하게 따져서 검토하거나 참고함.

상없다: 상리(常理)에 벗어나다. 막되고 상스럽다.

상우례(相遇禮): 신랑이나 신부가 처가나 시가의 친척과 정식으로 처음 만나 보는 예식.

상직꾼: 집 안에서 부녀의 시중을 드는 늙은 여자. 상직파(上直婆).

상직잠: 상직꾼이 잠자리에서 시중을 들기 위하여 주인 부녀와 함께 자는 잠.

생리사별(生離死別): 살아 있을 때에는 멀리 떨어져 있고 죽어서는 영원히 헤어짐.

생즉동주(生則同住) 사즉동혈(死則同穴): 살아서는 함께 지내고 죽은 뒤에는 한 무덤에 묻힘, 즉 부부의 사이가 매우 좋음.

서설(緖設): 처음 갖춰 나감.

서어(鉏鋙, 齟齬): 뜻이 잘 맞지 않아 좀 서름서름하고 서먹함.

서장(西藏, 시짱): 중국 남서부에 있는 티베트 족 자치구.

서중(暑中): 여름의 더운 때.

선불선(善不善): 잘됨과 잘되지 못함.

설유(說諭): 말로 타이름.

섬어(譫語): 헛소리.

성병(成病): 근심이나 걱정 따위로 병이 됨.

성식(盛飾): 잘 차려입은 차림. 성장(盛裝).

성심소도(誠心所到): 정성스러운 마음을 다한 결과.

셈나다: 사물을 분별하는 판단력이 나다.

소(沼): 늪.

소복(蘇復): 원기가 회복됨.

소사(召史): 홀어미(과부)를 가리키는 말.

소성(蘇醒): 중병을 치르고 난 뒤에 다시 회복함.

소장(所掌): 맡아보는 일.

속량(贖良): 속죄(贖罪).

속발(束髮): 머리털을 가지런히 하여 흐트러지지 아니하게 잡아 묶음.

속현(續絃): 거문고와 비파의 끊어진 줄을 다시 이음, 즉 아내를 여읜 뒤에 다시
　　　 새 아내를 맞는 일.

송성(頌聲): 공덕을 기리어 말하는 소리.

쇠년(衰年): 늙어서 점점 쇠약하여 가는 나이. 쇠령(衰齡).

쇠패(衰敗): 늙어서 기력이 약해짐.

수구문(水口門): 서울의 사소문(四小門) 가운데 하나인 광희문(光熙門). 이 문을
　　　 통해 백성의 주검을 성 밖으로 내보냈다.

수굿하다: 고개를 조금 숙이다.

수모(手母): 전통 혼례에서 신부의 단장 및 그 밖의 일을 곁에서 도와주는 여자.

수문수답(隨問隨答): 묻는 대로 거침없이 대답함.

수수러지다: 돛 따위가 바람에 부풀어 올라 둥글게 되다.

수요(愁擾): 시름이 많아 정신이 어지러움. 수란(愁亂).

수욕(羞辱): 부끄럽고 욕됨.

수운(愁雲): 근심스러운 기색.

수음(樹陰): 나무 그늘.

수지기: 건물이나 물건을 맡아 지키는 사람.

수토(水土): 물과 흙. 물과 풍토.

숙덕(淑德): 착하고 아름다운 덕행. 여성의 정숙하고 단아한 덕행.

숙친(熟親): 오래 사귀어 친분이 아주 가까움.

시랑(豺狼): 승냥이와 이리.

시비(侍婢): 곁에서 시중을 드는 계집종.

시체(時體): 그 시대의 풍습이나 유행 따위.

신양(身恙): 몸에 생긴 병. 신병(身病).

신칙(申飭): 단단히 타일러서 경계함.

실진(失眞): 실성(失性).

실행(失行): 도의에 어그러진 좋지 못한 행동을 함.

심경 담전(心驚膽顫): 마음이 몹시 놀랍고 떨림.

심두(心肚): 마음속.

심방(尋訪): 방문하여 찾아봄.

심신(審愼): 말이나 행동 따위를 조심하고 삼감.

심축(心祝): 마음으로 축원함. 진심으로 축원함.

십생구사(十生九死): 열 번 살고 아홉 번 죽음, 즉 위태로운 지경에서 겨우 벗어남.

써다: 밀물이나 밀린 물이 물러 나가다.

ㅇ

안동(眼同): 사람을 데리고 함께 가거나 물건을 지니고 감.

안주장: 집안일에 관하여 아내가 자신의 뜻을 내세움. 내주장(內主張).

암독(暗毒): 암상스럽고 독살스러움.

암상(巖上): 바위 위.

암합(暗合): 우연히 맞음. 우합(偶合).

앙망(仰望): 존경하는 마음으로 우러러봄.

애애(靄靄): 분위기가 부드럽고 포근하여 평화로움.

애자(愛子): 아들을 사랑함.

야소교회(耶蘇敎會): '예수교회'의 음역어(音譯語).

양구(良久): 시간이 꽤 오래됨.

양협(兩頰): 두 뺨.

억조창생(億兆蒼生): 수많은 백성.

언언사사(言言事事): 모든 말과 일.

얼른얼른: 무엇이 자꾸 보이다 말다 하는 모양.

얼푸시: 얼풋. 얼른. 후딱.

엄절(嚴切): 성질이 몹시 엄하여 맺고 끊은 듯함.

엇걸다: 서로 어긋나게 맞추어 걸다.

엇메다: 엇비스듬하게 둘러메다.

엉벙: 쓸데없는 말을 너절하게 지껄이며 허풍을 치는 모양. 엉정벙정.

여겨보다: 눈에 익혀 가며 기억할 수 있도록 자세히 보다.

여사(如斯): 이러함.

여얼(餘孽): 이미 당한 재앙 외에 아직 남아 있는 재앙이나 액운. 여액(餘厄).

여원여모(如怨如慕): 원망하는 것 같기도 하고 사모하는 것 같기도 함.

여증(餘症): 병이 나은 뒤에 남아 있는 증상.

여칠여밀(如漆如蜜): 옻칠과 꿀처럼 사귀는 사이가 매우 친밀하여 서로 떨어질 수
      없는 관계.

연구세심(年久歲深): 세월이 매우 오래됨.

연락부절(連落不絶): 왕래가 잦아 소식이 끊이지 아니함.

연복(連服): 약을 일정한 기간 동안 계속하여 복용함.

연죽(煙竹): 담뱃대.

열뜨리다: '열다'를 강조하는 말.

염념재자(念念在玆): 자꾸 생각이 나서 잊지 못함. 염념불망(念念不忘).

옴나위: 꼼짝할 만큼의 적은 여유.

와가(瓦家): 기와집.

왕연(汪然): 눈물이 줄줄 흐르는 모양.

왜장녀: 몸이 크고 부끄럼이 없는 여자.

왜증(倭繒): 바탕이 얇은 비단. 왜비단.

외다: 같은 말을 되풀이하다.

외당(外堂): 집의 안채와 떨어져 있어서 바깥주인이 거처하며 손님을 접대하는
      곳. 사랑(舍廊).

우거(寓居): 남의 집이나 타향에서 임시로 몸을 부쳐 삶. 또는 그런 집.

우수사려(憂愁思慮): 근심과 시름에 찬 생각함. 또는 그런 생각.

욱욱청청(郁郁靑靑): 향기가 대단히 좋고 나무가 우거져 푸름.

원범(原犯): 자기 의사에 따라 범죄를 실제로 저지른 사람. 정범(正犯).

원유회(園遊會): 여러 사람이 산이나 들, 정원 등에 나가서 노는 모임.

원정(原情): 사정을 하소연함.

원정(怨情): 원망하는 심정.

위경(危境): 위태로운 처지.

위수(渭水): 태공망(太公望) 강상(姜尙)이 낚시질하다가 주나라 문왕(文王)을 만났다는 웨이수이 강.

위연(喟然): 서글프게 한숨을 쉬는 모양.

위황병(萎黃病): 젊은 여성에게 많은 철 결핍성 빈혈증.

유도(乳道): 젖이 나는 분량.

유련(留連): 객지에 묵고 있음.

유발승(有髮僧): 머리를 깎지 아니한 중. 불도를 닦는 속인.

유벽(幽僻): 한적하고 외짐.

유산객(遊山客): 산으로 놀러 다니는 사람.

유처취처(有妻娶妻): 아내가 있는 사람이 또 아내를 얻음.

은복(隱伏): 엎드려 숨음.

은휘(隱諱): 꺼리어 감추거나 숨김.

응종(應從): 명령이나 요구 따위에 응하여 그대로 따름.

의기저상(意氣沮喪): 기운이 없어지고 풀이 죽음. 의기소침(意氣銷沈).

의희(依稀, 依俙): 어렴풋함.

이사(離思): 이별할 때의 슬픈 생각.

이시(伊時, 爾時): 그때.

이오지심(以吾之心) 탁타인지심(托他人之心): 자기의 생각에 비춰 다른 이의 마음을 판단함.

이우(貽憂): 남에게 근심과 걱정을 끼침.

이위(已爲): 이미.

이접(移接): 거처를 옮겨 자리를 잡음.

이허(裏許): 속내평.

인비목석(人非木石): 사람은 목석이 아님, 즉 사람은 누구나 감정과 분별력을 가지고 있음.

인순(因循): 내키지 아니하여 머뭇거림.

일래(日來): 지난 며칠 동안.

일야(日夜): 밤낮.

일주야(一晝夜): 만 하루. 24시간.

일촌간장(一寸肝腸): 한 토막의 간과 창자, 즉 애달프거나 애가 타는 마음.

일통(一統): 한데 합함.

일표 단기(一驃單騎): 혼자서 한 필의 말을 타고 감.

일향(一向): 언제나 한결같이. 꾸준히.

입명(立命): 천명(天命)을 좇아 마음의 안정을 얻음.

ㅈ

자격(刺激): 자극을 받아 급하고 세차게 움직임.

자닝하다: 애처롭고 불쌍하여 차마 보기 어렵다.

자단향(紫檀香): 콩과의 상록 활엽 교목인 자단(紫檀)을 잘게 깎아서 만든 향.

자량(自量): 스스로 헤아림.

자래(自來): 예로부터 지금까지의 동안. 자고이래(自古以來).

자소(自少): 어렸을 때. 자소시(自少時).

자수(自手): 자기의 손으로 목을 매거나 베어서 자살함.

자처(自處): 스스로 자신의 목숨을 끊음. 자결(自決).

장감(長感): 유행성 감기로 열이 계속 나는 병.

장기(長崎, 나가사키): 일본 규슈(九州)의 나가사키(長崎) 현. 일본의 대표적인 수산 도시이자 서구와의 교역 및 문화 교류 창구가 되었던 무역항이다.

장기 의학교(長崎醫學校): 나가사키 의학교. 일본에서 가장 오랜 역사를 지니고 있는 의학교이자 최초로 서양 의학을 교육한 기관이다. 의학 전습소(醫學傳習所, 1857), 의학소 양생소(醫學所養生所, 1861), 정득관(精得館, 1866)을 전신으로 하여 나가사키 부 의학교(長崎府醫學校, 1868)로 개편된 뒤 1871년에 나가사키 의학교로 개칭하였다. 1901년 나가사키 의학 전문학교로, 1923년 나가사키 의과 대학으로 승격하였다.

장식(葬式): 장례식.

장취성(將就性): 앞으로 진보하여 나아갈 수 있는 가능성.

장탄(長歎): 긴 한숨을 지으며 깊이 탄식함. 장탄식(長歎息).

저저이: 있는 사실대로 낱낱이 모두. 저저(這這).

저희(沮戱): 귀찮게 굴어서 방해함.

적덕(積德): 덕을 많이 베풀어 쌓음.

전거(轉居): 살던 곳을 떠나 다른 곳으로 옮겨 삶.

전안(奠雁): 신랑이 기러기를 가지고 신부 집에 가서 상 위에 놓고 절하는 예(禮).

점두(點頭): 동의나 수긍의 뜻으로 고개를 약간 끄덕임.

정세(情勢): 일이 되어 가는 형편.

정소(呈訴): 소장(訴狀)을 관청에 냄. 정장(呈狀).

정충증(怔忡症): 심한 정신적 자극을 받거나 심장이 허할 때 가슴이 울렁거리고 불안한 증상. 정충(怔忡).

조비비다: 잘 비벼지지 않는 조를 비비듯이 마음만 조급하고 초조해 하다. 마음을 몹시 졸이거나 조바심을 내다.

조마경(照魔鏡): 마귀의 본성을 비추어서 그의 참된 형상을 드러내 보인다는 신통한 거울.

조섭(調攝): 건강이 회복되도록 몸을 보살피고 병을 다스림. 조리(調理).

조제화소(鳥啼花咲): 새가 지저귀고 꽃이 미소 지음.

조조(懆懆): 마음이 편안하지 못하고 조마조마함.

졸연(猝然): 쉬움. 쉽게 할 수 있는 상태에 있음. 어떤 일의 상태가 갑작스러움.

종고지락(鐘鼓之樂): 종과 북을 치며 즐김. 즉 부부 사이의 화목한 정.

종시속(從時俗): 세상의 풍속대로 따름.

종현(鍾峴) 천주교당(天主敎堂): 지금의 서울시 중구 명동(明洞) 2가에 있는 명동 성당. 1898년에 완공되었으며 종현 성당, 명동 천주교당으로도 불렸다. 종현은 옛날에 종을 달았던 곳이라 하여 붙은 이름으로 임진왜란 때 명나라 장수 양호(楊鎬)가 진을 치고 남대문에 있던 북을 옮겨 달았던 고개라는 뜻에서 북고개, 북달재라고도 불렸다.

좌사우량(左思右量): 이리저리 생각하고 헤아림. 좌사우고(左思右考).

죄만(罪萬): 매우 죄스럽고 죄송한 느낌이 있음. 더할 수 없이 죄송함. 죄송만만(罪悚萬萬).

죄얼(罪孽): 죄악에 대한 재앙.

주소(晝宵): 밤낮.

주장(主掌): 어떤 일을 책임지고 맡음.

주지(周紙): 두루마리.

주향(炷香): 향을 피움.

중위(重圍): 여러 겹으로 에워쌈.

증열(蒸熱, 烝熱): 증기로 열을 가하여 쪄 냄. 무더위.

증이파의(甑已破矣): 시루가 이미 깨어졌음, 즉 그릇된 일을 뉘우쳐도 소용이 없음.

지게문: 밖에서 방으로 드나들 수 있게 만든 외짝 문.

지그르: 걸죽한 액체가 갑자기 끓다가 멎거나 잠깐 동안 끓어오르는 소리 혹은 모양.

지기(志氣): 의지와 기개.

지수굿하다: 고개 따위를 숙인 듯하다.

지우금(至于今): 예로부터 오늘에 이르기까지. 지금.

지이(至易): 매우 쉬움.

지재지삼(至再至三): 두 번 세 번, 즉 여러 차례.

지함(地陷): 땅이 움푹 가라앉아 꺼진 곳.

진기력(盡其力): 있는 힘을 다함. 진력(盡力).

진담누설(陳談陋說): 낡고 진부한 말과 쓸데없는 너절한 이야기.

진솔: 옷이나 버선 따위가 한 번도 빨지 않은 새것 그대로인 것.

진적(眞的): 참되고 틀림없음.

집증(執症): 병의 증세를 살펴 알아냄.

짓쳐들어오다: 세게 몰아쳐 들어오다.

ㅊ

차치물론(且置勿論): 내버려 두고 문제 삼지 아니함.

참인(慘忍): 무자비하고 잔인함.

창연(悵然): 몹시 서운하고 섭섭함.

창일(漲溢): 불어 넘침. 의욕 따위가 왕성하게 일어남. 창만(漲滿).

창칼: 작은 칼.

창황망조(蒼黃罔措): 너무 급하여 어찌할 바를 모름.

채롱: 껍질을 벗긴 싸릿개비나 버들가지 따위의 오리를 결어서 함(函) 모양으로 만든 채그릇.

처창(悽愴, 悽悵): 몹시 구슬프고 애달픔.

천도(薦度): 죽은 이의 넋이 정토나 천상에 나도록 기원함.

천사만려(千思萬慮): 여러 가지로 생각하고 걱정함.

천수(天數): 천명(天命).

천심(天心): 눈에 보이는 하늘의 한가운데.

천위(天爲): 하늘이 하는 일.

천지자연지주(天地自然之主): 천지자연의 주인, 즉 조물주.

천진(天津, 톈진): 중국 화베이(華北) 평원 북동부의 직할시. 근대 초창기의 개항 장이자 조계지(租界地)로서 중국 북부 지방의 최대 무역항이다.

천촉(喘促): 숨을 몹시 가쁘게 쉬며 헐떡거림.

철석심장(鐵石心臟): 쇠나 돌같이 굳고 단단한 마음. 굳센 의지나 지조가 있는 마음. 철석간장(鐵石肝腸).

청랑(晴朗): 맑고 화창함.

청문(聽聞): 들리는 소문. 남의 이목.

청요(請邀): 남을 청하여 맞이함.

청태(靑苔): 푸른 이끼. 녹태(綠苔).

체읍(涕泣): 눈물을 흘리며 슬피 욺.

초동목수(樵童牧豎): 땔나무를 하는 아이와 가축을 치는 아이.

초솔(草率): 거칠고 엉성하여 볼품이 없음.

초원(超遠): 아득히 멂.

초인(超人): 보통 사람으로는 생각할 수 없을 만큼 뛰어남.

초종범절(初終凡節): 초상을 치르는 것에 관한 모든 절차.

초하(初夏): 초여름.

촉처(觸處): 가서 닥치는 곳.

추루(麤陋): 거칠고 촌스러움.

추신(抽身): 바쁘거나 어려운 처지에서 몸을 뺌.

추축(追逐): 서로 오가며 사귐.

축(縮): 생기가 없음.

치부(置簿): 돈이나 물건의 드나드는 것을 적음.

치신무지(置身無地): 두렵거나 부끄러워 몸 둘 바를 모름. 몸 둘 곳이 없음.

친소(親疏): 친함과 친하지 아니함.

친좁다: 지내는 사이가 매우 친숙하고 가깝다.

침변(枕邊): 베갯머리.

침음(沈吟): 속으로 깊이 생각함.

침작(斟酌): '짐작(斟酌)' 의 본딧말.

침정(沈靜): 마음이 차분히 가라앉을 수 있을 만큼 조용함.

침혹(沈惑): 어떤 것을 몹시 좋아하여 정신을 잃고 거기에 빠져듦.

칭도(稱道): 입으로 늘 칭찬하여 말함.

칭량(稱量): 사정이나 형편 따위를 헤아림.

칭탁(稱託): 사정이 어떠하다고 핑계를 댐.

ㅋ

키이다: 마음에 걸리다.

ㅌ

타래버선: 돌 전후의 어린이가 신는 누비버선의 하나로서 양 볼에 수를 놓고 코에
　　　색실로 술을 단 것.

탁랑 노도(濁浪怒濤): 흐린 물결과 무섭게 밀려오는 큰 파도.

탄상(嘆賞): 탄복하여 몹시 칭찬함.

태전(太田): 지금의 대전(大田).

토만두(土饅頭): '무덤' 을 속되게 이르는 말.

토반(土班): 여러 대를 이어서 그 지방에서 붙박이로 사는 양반.

통간(通姦): 결혼하여 배우자가 있는 사람이 배우자가 아닌 사람과 성적(性的) 관
　　　계를 맺음. 간통(姦通).

통기(通寄): 기별을 보내 알게 함. 통지(通知).

통기(通氣): 바람이나 기운이 통함. 통풍(通風).

통내외(通內外): 두 집 사이에 남녀가 내외 없이 지냄.

특지(特志): 좋은 일을 위한 특별한 뜻.

ㅍ

파란: 광물을 원료로 하여 만든 유약(釉藥). 법랑(琺瑯).

파양(罷養): 양자 관계의 인연을 끊음.

편답(遍踏): 이곳저곳을 널리 돌아다님. 편력(遍歷).

평대문(平大門): 행랑채와 기둥의 높이 또는 정문과 협문의 높이를 같게 한 대문.

평복(平復): 병이 나아 건강이 회복됨.

펴다: '펴이다'의 준말.

포양(襃揚): 칭찬하여 장려함. 포장(襃獎).

피접(避接): 앓는 사람이 자리를 옮겨서 병을 다스리는 일. '비접'의 본딧말.

필유곡절(必有曲折): 반드시 무슨 까닭이 있음.

ㅎ

학부협판(學部協辦): 대한 제국 시기의 학부에 속한 벼슬. 학부대신의 다음 서열
　　　이며 칙임관이다.

학슬풍(鶴膝風): 무릎이 붓고 아프며 다리 살이 여위어 마치 학의 다리처럼 된 병.

학질(瘧疾): 말라리아 원충을 가진 학질모기에게 물려서 감염되는 전염병. 말라리

아(malaria).

한래서왕(寒來暑往): 추위가 오고 더위가 감, 즉 세월이 흐름.

한양(閒養): 한가로이 몸과 마음을 안정하여 휴양함.

항라(亢羅): 명주실이나 모시실, 무명실 등으로 짜되 몇 올마다 한 올씩 비워서 짜는 여름 옷감용 피륙.

해거(駭擧): 괴상하고 얄궂은 짓.

해복(解腹): 해산(解産).

해색(海色): 바다의 경치.

해중(海中): 바다 속. 바다 가운데.

행검(行檢): 점잖고 바른 품행.

행기(行氣): 기운을 차려 몸을 움직임.

행리(行李): 여행할 때 쓰이는 물건. 행구(行具). 행장(行裝).

행술(行術): 의술(醫術), 복술(卜術), 지술(地術) 따위로 행세함.

행티: 행짜를 부리는 버릇.

향당(鄕黨): 자기가 태어났거나 사는 시골 마을. 또는 그 마을 사람들.

향양(向陽): 햇볕을 마주 받음.

향화(香火): 향불. 향을 피움. 제사를 지내는 일.

헌앙(軒昂): 풍채가 좋고 의기가 당당함. 헌거(軒擧).

현혁(顯赫): 이름이 높이 드러나 빛남.

호읍(號泣): 목 놓아 큰 소리로 욺.

호접(胡蝶)의 꿈: 나비에 관한 꿈, 즉 인생의 덧없음. 호접몽(胡蝶夢). 호접지몽(胡蝶之夢).

호정출입(戶庭出入): 병자나 노인이 겨우 마당 안에서만 드나듦.

호활(浩闊): 막힌 데 없이 넓고 시원시원함.

혹선혹후(或先或後): 혹은 앞서기도 하고 혹은 뒤서기도 함.

혼침(昏沈): 정신이 아주 혼미하여 흐리고 가물가물함. 폭 까부라짐.

화류(樺榴): 붉은빛을 띠며 결이 곱고 몹시 단단하여 건축이나 가구, 미술품 등의 고급 재료로 널리 쓰이는 자단(紫檀)의 목재.

화성돈(華盛頓): 미국의 초대 대통령(1789~97)인 워싱턴(George Washington, 1732~99)을 음역(音譯)한 이름. 그의 전기는 1900년대 한·중·일 삼국에서 널리 읽혔는데, 한국에서는 이해조(李海朝)가 국한문 혼용 문장으로 번역한 《화성돈전》(회동서관, 1908)이 널리 읽혔다.

화타 편작(華佗扁鵲): 동한(東漢)의 명의 화타(華佗)와 전국 시대(戰國時代) 제(齊) 나라의 명의 편작(扁鵲). 명의(名醫). 신의(神醫).

환천희지(歡天喜地): 하늘도 즐거워하고 땅도 기뻐함, 즉 아주 즐거워하고 기뻐함.

황연(荒然): 아무 생각이 없이 멍하고 얼떨떨함.

황차(況且): 하물며. 항차. 하황(何況).

황천후토(皇天后土): 하늘의 신과 땅의 신.

황토현(黃土峴): 지금의 서울시 광화문(光化門) 네거리.

회과(悔過): 허물을 뉘우침.

회장(會葬): 장례를 지내는 자리에 참여함.

회중(懷中): 품속. 마음속.

회화나무: 콩과의 낙엽 활엽 교목.

후분(後分): 늙은 뒤의 운수나 처지.

후욕(詬辱): 꾸짖어서 욕함.

훤자(喧藉): 여러 사람의 입으로 퍼져서 와자하게 됨.

휘달리다: 정신을 차릴 수 없을 정도로 몹시 시달리다.

흉용(洶湧): 물결이 매우 세차게 일어남.

흔전흔전: 생활이 넉넉하여 아쉬움이 없이 돈을 잘 쓰며 지냄.

흠앙(欽仰): 공경하여 우러러 사모함.

흥성(興盛): 흥정.

희불자승(喜不自勝): 어찌할 바를 모를 만큼 매우 기쁨.

번역 회고: 《장한몽》과 《쌍옥루》

조중환

　　지금도 길을 지나다가 무심히 아이들이 "대동강 변 산보하는 이 수일과 심순애" 하는 노랫소리를 들으면 저도 모르게 발을 멈추고 한참 귀를 기울이다가 도로 가곤, 가곤 한다. 그러고는 가느다란 흥분이 가슴 한편으로 끓어오름을 깨닫는다.

　　생각하면 벌써 옛날 일이다. 내가 명치(明治) 문호 미기홍엽(尾崎紅葉, 오자키 고요)의 《금색야차(金色夜叉, 곤지키야샤)》를 장한몽(長恨夢)이란 이름으로 번안하여 낸 것이 그것이 기미(己未) 전이었으니 벌써 이십여 년의 세월이 그사이를 흘렀다.

　　그때 내 나이 스물일곱 살이다. 지금 같으면 이십 세만 되어도 조선 청년도 선배의 창작과 번역을 통하여 소설과 시 등 문예적 교양을 쉽사리 얻어 가질 수 있었지마는 이십사오 년 전 우리가 청년일 때에는 한 조각의 소설, 한 편의 시가를 얻어 보기가 참으로 어려웠다. 겨우 간행물로는 〈매일신보〉가 있었고 잡지도 육당(六堂)의 〈청춘〉과 〈소년〉과 〈아이들보이〉들이 있었을 뿐.

　　선배로 맞을 사람이 오직 한 분이 있었으니 그는 《귀의 성》,《혈의 누》를 쓰던 위대한 선구자 이인직 씨일 뿐.

*

　　《장한몽》을 번안함에 있어 가장 중요한 내 의견은

1. 사건에 나오는 배경 등을 순 조선 냄새 나게 할 것.

2. 인물의 이름도 조선 사람 이름으로 개작할 것.

3. 플롯을 과히 상하지 않을 정도로 문채(文彩)와 회화(會話)를 자유롭게 할 것.

이 세 가지였다. 그래서 제일 고심한 것이《장한몽》속 가장 화려하자 중요한 골자인 '열해(熱海, 아타미)의 해안'의 그 수탄장(愁歎場)을 어디로 할까, 조선 강산의 어느 모퉁이에 이식(移植)하면 격에 맞을까? 함이었다.

나는 원작을 두세 번 읽으면서 내 머릿속으로 서울 부근으로 할까, 한강에 거품 쳐 흐르는 물결이 있고 노들 강변이 수석이 매우 아름다우니 여기에다가 두 청춘 남녀의 주인공을 세워 놓고 '정월 열나흘날' 달을 쳐다보면서 사랑의 원한(怨恨)을 속삭이게 할까 그렇게도 생각하였다. 그러나 다시 생각하면 열해라 하면 전국적으로 유명한 명승지다. 홍엽이 열해를 택한 것은 일대의 고심을 들여 적어도 문학사상으로 그 꽃다운 이름을 천추(千秋)에 날리고자 하여 그러함이었을 듯, 그렇다면 절경(絶景)이라고 못 할 한강 연안을 갖다 쓰는 것이 어쩐지 한층 격에 떨어지는 착상인 듯, 이리하여 인천 만국 공원 부근도 생각하였고 진주 촉석루도 생각하여 보다가 결국 제일강산인 평양으로 택하였다. 이렇게 생각이 결정되자 마침 신문사 일로 평양을 다녀올 일이 있어 매우 흥분하면서 평양으로 갔다. 대동강을 다시 한번 유심히 보았다. 달밤에 부벽루로도 올라가 보았다.

을밀대, 능라도, 모란봉 등을 휘—휘— 둘러보았다. 이때에 내 머리 위로는 이수일과 심순애가 둘이 걸어 다니는 모양도 보였다. 김중배의 보석 낀 손가락도 보였다. 최만경이도 보였다. 달빛이 흐르는 양양한 저 대동강물, 그 위로 일진청풍(一陣淸風)이 스쳐 지나갈 때 배따라기도 수심가(愁心歌)도 아닌 새로운 양식(樣式)의 비가(悲歌) 한 곡조가 귓가를 스치고 지나갔다.

능라도 수풀 사이로 우짖는 꾀꼬리 소리, 칠성문 기둥에 비낀 아스라한 달빛, 모두 다 나의 붓을 격려하여 주는 절경이었다.

나는 흥분하며 서울로 돌아갔다.

그래서 'かるた會(가루타 모임)'을 '윷놀이 판'으로 김 소사(召史)의 집의 일 장면을 만들고 곧 계속하여 대동강 변의 장면을 갖다 붙였다. 정직하게 말하면 나는 대동강안(大同江岸)의 정월 십사일 월명야(月明夜)의 두 사람의 비련(悲戀)을 그리면서 울었다. 소년 정열에 끓어오르는 마음의 불길이 그냥 눈물이 되어 떨어졌다. 움직이는 펜을 몇번 버렸던가. 버리고는 베개로 얼굴을 비비면서 울었던가. 꼭 나 자신이 돈 때문에 사랑하는 여자를 잃고 실연 낙백(失戀落魄)의 청년의 몸이 된 듯. 이수일이 곧 나인 듯. 심순애는 내가 그리워하고 늘 꿈에 보던 미지(未知)의 애인인 듯. 그 애인이 부자를 따라 사랑의 길을 달리디딜 때 어째서 비통하지 않으랴.

내 원고지는 눈물에 점점이 젖었다.

*

그 뒤에도 고리대금업자가 되어 이수일이 얻어맞고서 병원에 입원하였을 때, 순애가 뉘우치는 가슴을 안고 찾아올 때 그 장면을 그릴 적에도 나는 울었고 백낙관이 이수일을 만나 '사람에 다시 돌아가라'

고 권하던 대목에도 내 자신은 울었다.

아지 못게라, 나는 이렇게 울며 쓴 《장한몽》을 몇 사람의 청춘들이 보고 울어 주기나 하였던고.

*

그다음 고심한 것이 이름이었다. 고등학교 생도 '間貫一(간이치)'를 무어라 할까. 나는 성(姓)은 보통 있는 '이(李)'가를 떼어 오고 그 사람은 오직 한 사람만 지키는 순진무구한 청년이매 '수일(守一)'이라 하였고, 'お宮(미야)'는 비록 한번 그릇하게 마음을 먹었으나 그 성질이 끝없이 부드럽고 순한 여성이었기에 '심순애(沈順愛)'라 하였다. 그 밖에 '김중배(金重培)', '최만경(崔滿慶)' 모두 그럴듯하게 생각나는 대로 붙였다.

그런 중에 지금 생각하여도 가장 유쾌한 것은 '백낙관(白樂觀)'이란 이름이다. 이 이름만에는 나는 자신이 있다. 그리고 가장 내 마음에 들어맞는 유쾌한 이름이다. 그 활달하고 호방하고 의리에 굳으며 줏대가 실(實)하고 그러면서 어디까지든지 낙천적인 이 남자의 이름을 '백낙관'이라고 붙인 것은 나는 꼭 잘 표현된 이름으로 믿는다.

백낙관을 진주군수로 보낸 것도, 하필 많은 군 중에 진주를 택한 것도 영남인의 성격이 백낙관이 정치하기에 어울려서가 아니었던가.

나는 《장한몽》의 독자로부터 많은 호평을 받으며 그 당시 오직 유일의 일간지이던 〈매일신보〉에 연재하던 것이 거지반 종말에 가까워 오자 당시 편집국장의 권(勸)도 있어 또 다른 소설을 번안하기로 생각하고 이것저것 뒤적거리다가 국지유방(菊池幽芳, 기쿠치 유호)의 《己が罪(오노가츠미, 나의 죄)》를 착수하여 보려 하였다.

그때 제목을 나는 《쌍옥루(雙玉淚)》라 하였다. 같은 슬픔의 소설이지만 《장한몽》에는 《장한몽》으로의 맛이 있고 《쌍옥루》는 《쌍옥루》로서의 맛이 있었다. 그것을 제목에서부터 표명하여야 한다. 이리하여 하나는 '장한(長恨)의 꿈', 하나는 '두 줄의 눈물'의 의미를 붙인 것이었다.

　　《己が罪》는 내게 있어서는 참으로 인상 깊은 작품이었다. 그것은 내가 십오륙 세 되었을 때 하루는 어떤 친구가 나를 찾아와서 이 소설 이야기를 구수하게 하여 들려주었다. 나는 그 이야기에 퍽이나 감촉(感觸)을 받았다. 그런 뒤 다시 사오 년이 지난 뒤 그 원 책(原冊)을 얻어다가 나는 읽어 보았다. 이야기 듣던 때보다 더한 깊은 인상을 받았다. 그 뒤에 나는 생각하였다. 조선 청년 남녀의 정신적 양식(糧食)을 주기 위하여 이 소설을 '조선 것'으로 옮겨 놓아야 할 날이 오리라고.

　　그래서 끝끝내 내 손으로 이것을 성취하여 놓은 터이다.

　　이기세, 윤백남, 김도산 등 여러 동무가 《장한몽》이나 《쌍옥루》를 연극으로 꾸며 가지고 연출하였고 또 활동사진으로까지 각색되어 스크린에 이수일, 심순애가 나올 때 지금도 그 옛날 번안하던 때의 생각이 나면서 알 수 없는 회고적 센티멘털리즘에 끌리는 것을 어찌할 수 없다.

－ '외국 문학 좌담회', 〈삼천리〉 6권 9호, 1934년 9월, 234~236면

일재(一齋) 조중환(趙重桓) 연보

박진영

1884년 10월 13일 서울 출생

본관은 양주(楊州)이며, 일찍이 개화한 권문세족 출신이다. 그의 숙부 조신희(趙臣熙)는 유럽 5개국 주차 전권대신(駐箚全權大臣), 법부협판 겸 특명 전권 공사 등을 역임한 바 있다. 본적은 '한성(漢城) 서부(西部) 용산방(龍山坊) 청파(靑坡) 3계(契) 제57통 5호'니, 지금의 용산구 청파 동(靑坡洞) 2가에 해당한다. 주소는 10대 시절부터 대개 서울시 종로구 부근이었다. 한편 신문 기자 시절은 물론 영화 제작자로 활약하던 때에도 조중환은 늘 한복 두루마기 차림을 고집했다.

1900~03년(17~20세) 경성 학당(京城學堂) 수학

경성 학당은 이 당시의 대표적인 사립 일본어 학교다. 1896년 4월 대일본 해외 교육회(大日本海外敎育會)에서 설립한 미션 스쿨이자 민간 사학이지만 한국과 일본 양측 정부로부터 정책적인 지원을 받는 최고의 전문 교육 기관이기도 했다. 서울시 중구 회동(會洞)에서 개교한 뒤 이듬해 명동(明洞) 2가에 있는 지금의 중국 대사관 터로 이전했다. 학제는 소학부(小學部) 1년과 보통부(普通部) 3년의 총 4년 과정으로 편성되어 있었는데, 조중환은 제5회 정규 졸업생이다. 경성 학당의 총 재적 인원은 많았지만 대부분 재학 중에 관계나 재계 등으로 진출하는 바람에 실제로 졸업한 수는 얼마 되지 않는다. 졸업생 가운데 상당수는 일본에 유학한 뒤 문화 예술계로 나아갔다.

1904년(21세) 경성 학당 교수로 재직

그 밖에도 1905년 4월 탁지부(度支部)에서 잠시 통역을 맡은 바 있고, 1906년 3월 판임(判任) 8급의 참봉(參奉) 벼슬을 받은 것으로 보아 관료 생활을 시작했음을 알 수 있다. 1906년 12월에는 학부(學部) 소속인 관립 한성 일어 학교(官立漢城日語學校) 부교관(副敎官)으로 임명되었다. 9품 벼슬에 해당하는 판임 7급 직인데, 한 달 만인 1907년 1월에 사직했다.

1907년(24세) 니혼 대학(日本大學) 유학

니혼 대학은 니혼 법률 학교(日本法律學校)를 전신으로 한 일본 최대의 사립 종합 대학이다. 조중환은 이 대학을 정식으로 졸업한 것으로 추정되는데, 유학 시기는 정확하지 않다. 이미 1906년에 니혼 대학을 졸업했다는 언급이 남아 있긴 하지만, 여러 정황을 살펴보자면 실제로는 1907년 초반에 도일(渡日)하여 1910년 무렵에 귀국한 것으로 보인다.

1908년(25세) 아들 창호(昌鎬) 태어남

조중환은 해평(海平) 윤씨(尹氏) 부인과의 사이에서 1남 1녀를 두었다. 장남 창호는 훗날 의학 박사가 되어 함흥에서 개업했으며, 해방 직후 상경해 서울 적십자 병원 및 동양 척식 주식회사의 후신인 신한 공사(新韓公社) 의료부에서 근무했다.

1910년(27세) 매일신보사(每日申報社)에 입사

한일 병합 직후 매일신보사에 입사했다. 〈매일신보〉는 식민지 시대 최대의 언론 매체다. 특히 1910년대에는 유일한 한국어 중앙 일간지이자 장편 소설을 연재할 수 있는 단 하나의 지면이었다. 조중환은 대표적인 신소설 작가 이해조(李海朝)보다 조금 늦게 입사하여 기자로 근무하다가 번안 소설가로 활약하기 시작했다. 뒤이어 입사한 이상협(李相協), 심우섭(沈友燮), 윤백남(尹白南), 방태영(方台榮), 민태원(閔泰瑗) 등과 함께 기자 생활을 했다. 이들 대부분이 1910년대 소설계를 이끈 전문 번안 작가들이기도 하다.

1911년(28세) 《불여귀(不如歸)》 번역에 착수. 연극 운동에 관심

윤백남과 함께 혁신단(革新團)의 공연을 관람했다. 임성구(林聖九)가 주도하여 이루어진 최초의 신파극이었다. 이 무렵 조중환은 《불여귀》 번역에 한창 몰두하고 있었다. 경성 학당 시절부터 교분을 쌓아 온 윤백남은 조중환의 번역이 진척되는 동안 초고를 검토하면서 조언했으며, 소설과 연극 운동에 관한 다양한 의견을 주고받았다.

1912년(29세) 전방위적인 문예 활동

〈매일신보〉를 거점으로 삼아 눈부신 활약을 보였다. 조중환은 소설과 연극 그리고 신문을 전략적으로 결합시킬 수 있는 유일한 구심점이었다. 대중 문예의 여러 영역에서 근대적인 활력을 불어넣고 가속화하는 핵심적인 역할을 담당했으며, 이로써 문학사의 획기적인 선환점을 마련했다.

　-3월 윤백남과 함께 극단 문수성(文秀星) 창립

　문수성은 처음부터 임성구의 혁신단과는 차별화된 연극 공연을 구상했다. 창립 기념작으로 9막의 《불여귀》를 기획해 공연하고 직접 출연했다. 조중환은 나미코의 부친인 가다오카 중장 역을 맡았다.

–5월 《송백절(松柏節)》(6막)에 김영규 대위로 출연하는 등 배우로 활약
조중환은 1910년대 한국 신파극 무대의 전문적인 번안 및 각색 담당자였으며 배우로서도 큰 공적을 남겼다.

–7월부터 이듬해 2월까지 첫 번째 번안 소설 《쌍옥루(雙玉淚)》 연재
번안 소설 시대의 개막을 알리는 신호탄으로 〈매일신보〉 1면에 연재되어 큰 성공을 거두었다. 연재를 시작하기 전부터 신파극 공연을 예고했으며 매회 '금 전재(禁轉載)' 표시를 붙이기도 했다. 1913년에 단행본으로 간행되었으며, 여러 극단에 의해 신파 극 무대에 올려졌다.

–8월 번역 소설 《불여귀》 간행
《불여귀》는 도쿠토미 로카(德富盧花)의 대표작이자 메이지 시대 최고의 인기 가정 소설 《호토토기스(不如歸)》를 번역한 수작이다. 일본 요코하마(橫濱)의 후쿠인 인쇄 합자 회사(福音印刷合資會社)에서 인쇄된 뒤 한국의 유명 서점들을 통해 유통된 단행본 번역 소설이다. 발행자는 도쿄(東京)의 게이세이샤쇼텐(警醒社書店)으로 되어 있다. 《불여귀》는 1910년대를 통틀어 유일한 완역 소설이며, 초창기의 근대 소설 번역으로서도 효시가 된다. 〈매일신보〉에는 이해 10월부터 이듬해 11월 무렵까지 광고가 실렸다.

–11~12월 번안 희곡 〈희극 병자삼인(病者三人)〉 연재
대중 매체를 통해 발표된 한국 최초의 근대 희곡으로 5주 동안 〈매일신보〉 3면에 연재되었다. 제목보다 더 큰 활자로 '각본(脚

本)'이라는 명칭이 붙어 있다. 창작이 아닌 번안임이 최근에 밝혀졌다.

1913년(30세) 《장한몽(長恨夢)》, 《국(菊)의 향(香)》 연재

일본인 전속 화가 쓰루다 고로(鶴田吾郞)의 삽화를 함께 실어 소설 읽기의 재미를 한층 강조했다. 특히 '이수일과 심순애 이야기'로 잘 알려진 번안 소설《장한몽》은 연재가 미처 완료되지도 않은 시점에서 전반부의 내용이 단행본으로 간행되는 한편 곧바로 무대에도 올려졌다. 식민지 시대 최대의 베스트셀러이자 최고의 인기 신파극이며 해방 후에도 딱지본 소설 등으로 널리 유통되었다. 《장한몽》은 또한 유행 창가와 번안 가요, 연쇄극, 연극, 영화 등 다양한 장르와 양식을 넘나드는 근대 대중 문예의 한 기원이라 할 수 있다.

1914년(31세) 《단장록(斷腸錄)》, 《비봉담(飛鳳潭)》 연재

이때까지 〈매일신보〉의 연재소설란은 조중환의 독무대나 다름없다. 1913년 5월 이래 1914년 10월에 이르기까지 〈매일신보〉의 1면과 4면을 번갈아 가며 연 360여 회에 걸쳐 거의 쉼 없이 소설을 연재한 셈이다. 번안 소설《단장록》역시 연재가 마무리되기 전에 무대에 올려졌다. 기행문 〈주유삼남(周遊三南)〉을 발표하기도 했다.

1915년(32세) 단편 소설 〈인연(因緣)〉 발표, 《속편 장한몽》 연재

잡지 〈공도(公道)〉에 단편 소설 〈인연〉을 발표했다. 조중환이 창작한 유일한 단편 소설이다. 한편《장한몽》의 인기에 힘입어 이수일과 심순애의 후일담을 중심으로 창작한 신소설이《속편 장한몽》이다. 대대적으로 홍보했으나 막상 그리 큰 인기를 얻지는 못했다. 단행본으로 간행된 것은 한참 뒤인 1925년에 이르러서다.

1915~17년(32~34세) 〈매일신보〉 경파 주임(硬派主任) 역임

당시 〈매일신보〉의 편제는 정치 · 경제 부문을 담당하는 경파(硬派)와 사회 · 문화 부문을 담당하는 연파(軟派)로 구성되어 있었다. 편집장은 선우일(鮮于日), 연파 주임은 하몽(何夢) 이상협이 맡았다. 조중환은 처음에는 주로 3면의 기사를 작성했으나 이 무렵에 이르러서는 〈매일신보〉 사설의 상당수를 직접 집필했다.

1916년(33세) 연극 평론 기사 〈예성좌의 초(初) 무대—'코르시카의 형제'를 보고〉 발표

〈매일신보〉의 3면에는 연예 및 연극 관련 기사가 고정적으로 실리고 있었다. 이 가운데 제목과 필자가 명기되는 일은 드물었다. 이 글은 조중환의 실명이 처음 내걸린 연극 평론이다.

1918년(35세) 매일신보사 퇴사

사업상의 일로 분주해 잠시 붓을 놓고 퇴사했다. 구체적으로 어떤 이유인지는 알려져 있지 않으나 적어도 문화 · 예술계 방면의 일은 아니었던 것으로 보인다.

1920~21년(37~38세) 《관음상(觀音像)》 연재

매일신보사를 퇴사한 뒤에도 드문드문 발표된 몇 편의 소설은 모두 〈매일신보〉에 연재되었다. 창작 소설인 《관음상》은 별다른 성과를 보이지 못하고 있던 1920년대 초입에 연재된 보기 드문 장편 연재소설이다. 이제 막 창간된 〈조선일보〉는 연재소설에 기울일 여력이 없었고, 〈동아일보〉 역시 한동안 우보(牛步) 민태원과 천리구(千里駒) 김동성(金東成) 등의 번안 소설에 의지할 수밖에 없었다.

1922년(39세) 윤백남이 창립한 민중 극단(民衆劇團)에 참여

번역극을 주로 공연한 민중 극단은 연극 전용 극장인 중앙 극장 건립을 목표로 삼았지만 실패했다. 다른 신파극단에 비해 대본을 더 중시한 민중 극단에서 조중환은 주로 번역 및 각색을 맡았다. 1923~24년 무렵에 이르러 '개량 신파'라는 비판에 직면하면서 유명무실해지자 조중환은 영화 쪽으로 시선을 돌리게 된다.

1925년(42세) 계림 영화 협회(鷄林映畵協會) 창립과 영화 제작

고려 영화 제작소(高麗映畵製作所)에서 제작한 대작《쌍옥루》가 단성사에서 2주일 동안 상영되었다. 이후 고려 영화 제작소와 백남 프로덕션의 주요 제작진을 중심으로 계림 영화 협회를 창립해 본격적으로 영화 사업에 뛰어든다. 첫 작품으로《장한몽》을 기획해 직접 시나리오 각색을 맡았다. 춘사(春史) 나운규(羅雲奎)가 촬영 도중 부상을 당하는가 하면 이수일 역의 일본인 배우가 후반부에서 소설가 심훈(沈熏)으로 교체되어 2인 1역의 영화로도 잘 알려져 있다. 이듬해 3월 단성사에서 1주일 동안 상영되었다. 9월에는 활극 영화《산채왕(山寨王)》을 제작했는데, 역시 2인 1역의 영화가 되면서 흥행에도 실패하고 말았다.

1927년(44세) 계림 영화 협회를 주식회사로 전환,《먼동이 틀 때》제작

심훈이 〈동아일보〉에 연재했던 같은 제목의 소설을 직접 각색해 감독을 맡은 영화다. 조중환이 어느 금은방 수전노의 돈을 우려내어 제작비에 충당했으며 화려한 제작진을 자랑했다. 그러나 흥행에는 크게 실패해 계림 영화 협회가 제작한 마지막 영화가 되고 말았다.

1934~35년(51~52세) 《금척(金尺)의 꿈》 연재

약 1년 반 동안 〈매일신보〉에 연재된 역사 소설이다. 1940년 박문서관에서 단행본으로 간행되었다.

1937~38년(54~55세) 건강 악화로 함흥에서 요양

장남 창호가 근무하는 함흥 제혜 병원(濟惠病院)의 새너토리엄(sanatorium, 요양소)에서 일 년 이상 머무른다. 이 당시의 새너토리엄은 대개 결핵 환자들의 치료를 위한 것이었다. 몹시 쇠약한 상태였다.

1939~40년(56~57세) 《안동 의기(安東義妓)》, 《동지사 비화(冬至使秘話)》 연재

〈매일신보〉에 잇따라 연재된 창작 소설이다. 〈조선일보〉와 〈동아일보〉 등이 모두 폐간 조치되면서 〈매일신보〉는 다시 1910년대와 비슷하게 한국어 소설이 연재될 수 있는 유일한 일간지가 되었다.

1940~43년(57~60세) 잡지에 역사 강담(講談) 연재

조선 금융 조합 연합회(朝鮮金融組合聯合會) 간행의 기관지였던 〈가정지우(家庭之友)〉와 그 후신인 〈한토노히카리(半島の光)〉 한국어판에 몇 편의 연재물을 단속적으로 발표했다.

1941년(58세) 경성 방송국(京城放送局) 제2 방송부 촉탁(囑託) 임명

한국어와 일본어로 이원화되어 있는 경성 방송국의 제2 방송부는 한국어 방송부였다. 모윤숙(毛允淑)은 어린이 프로 담당, 조중환은 라디오 소설 담당 촉탁이었다.

1947년(64세) 《독립신문》 주필 취임, 소설 연재 도중 사망

우익 정론지를 표방한 〈독립신문〉의 주필로 취임했다. 이해 7월부터 장편 소설로 구상된 《해방 전후》를 발표하기 시작했으나 건강이 악화되면서 두 달 동안 20회를 연재하는 데 그치고 말았다. 10월 9일 서울시 용산구 후암동(厚岩洞) 자택에서 숙환으로 사망했다. 장례는 홍제리(弘濟里) 화장장(火葬場)에서 사장(社葬)으로 치러졌다. 독립신문사의 조소앙(趙素昂)·김승학(金承學)·최재웅(崔再雄) 등이 참석했으며, 정치가이자 사학자 민세(民世) 안재홍(安在鴻), 소설가 김동성, 인쇄인 방태영 등의 언론인, 그리고 평생의 지기였던 윤백남 등이 마지막을 지켰다.

새로운 시대정신의 탄생과 번안 소설

박진영

여기 한 여학생이 걸어온다. 한창 꽃다운 나이 열일곱. 경성의 이름 있는 여학교 모범생이자 우등생으로 이제 졸업을 앞두고 있다. 충남 공주 토반(土班) 이기장의 무남독녀 이경자. 새 시대의 학업을 닦기 위해 열넷에 상경, 지금은 여교사 집에 머물면서 공부에 매진하고 있다. 하지만 첫 장면부터 몹시 수상쩍다. 한 무리 여학생들의 입길에 오르내리는 주인공이 되고 만 그녀. 지난여름 개성에서 짧고도 긴 방학을 보냈기 때문이다.

다른 편짝에는 젊은 의학도가 있다. 대구 달성 출신의 서울 유학생 서병삼. 뒷돈을 걱정할 만한 처지도 아니고 기독교도의 치레를 적당히 두르기까지 했다. 그는 어느 시대에나 있게 마련인 부랑자제이고 문제아지만 그렇다고 심상한 학생 건달만은 아니다. 열아홉의 나이에 딱 어울림 직한 호기와 부박함이 자랑이요 타고난 민첩함과 세련된 솜씨가 무기인데, 공부에도 남다른 재주와 열의가 있으니 말이다. 서병삼은 이를테면 방탕한 준재이고 스캔들의 주인공 자격을 두루 갖춘 스타일리스트다.

한 시대의 요조숙녀와 한량이 만났으니, 또 바람잡이까지 사이에 들었으니 사단이야 진즉에 훤하다. 게다가 여름 방학을 맞이하여 앞뒤를 다투며 이름난 피서지로 떠났다면? 말하자면 20세기의 남녀상열지사로서는 안성맞춤이 아닐 수 없다. 풍객(風客)은 세심하게 공을 들여 처자를 호렸을 테고, 그다음 일의 얼개야 어지간히 짐작할 만하다.

그런데 어찌 됐든 세월이란 멈출 줄 모르는 법. 청춘의 불꽃이 사그라지고 얼추 십 년쯤 흐른 뒤라면 어떨까? 피 끓는 젊음이 영원할 턱이 없으니 정열의 시대는 과연 언제, 어떻게 끝날 것인가? 또 한때의 청년 남녀가 여전히 빤한 미망에 사로잡혀 있을 리도 없을 테니 그들은 과연 어떤 모습으로 변해 있을까? 바야흐로 달콤한 로맨스에서 시작해서 위험한 스캔들을 거치고 나면 그다음에는 대체 무엇이 기다리고 있는 걸까?

《쌍옥루》가 등장하는 자리

당대의 유일한 한국어 중앙 일간지 첫 면을 장식한 《쌍옥루》는 이렇게 시작한다. 조금 아슬아슬해 보이기도 하거니와 근 한 세기 전 서울 한복판에서 벌어진 세속적인 풍경의 한 조각이리라. 또한 이 광경은 '연애'와 '사랑'이라는 말이 한국인에게 막 선보이자마자 곧장 소설의 주제로 올라선 대목이기도 하다. 처음치고는 꽤 자극적이지만 사정이 그럴 수밖에 없기도 하다. 따지고 보자면 어느 누구도 건전하거나 온건한 연애와 사랑이란 것을 맛본 일은 없지 않은가? 어차피 그것은 언젠가 이루어야 할 꿈이자 소망이지 이미 주어진 무엇은 아니기 때문이다.

이렇게 해서 《쌍옥루》는 근대 초창기 한국인의 연애와 사랑을 본격적인 화두로 꺼내 들었다. 그리고 녹록치 않은 물음들을 거푸 던진다. 연애와 사랑이란 과연 무엇인가? 그 끝은 혹은 그 이후는 어떤 모습이어야 하는가? 이를 위해서는 무엇을 해야 하는가? 남성은 어떠해야 하며, 여성은 어떠해야 하는가? 지극히 사적인 일상생활의 영역이 근대 한국인에게 왜 갑자기 중요한 문제가 되는가? 그러니 이 소설은 등장만으로도 충분히 장안의 화제가 될 법했고, 오랫동안 공을 들여야 풀 수 있는 숙제가 될 만했다.

일재 조중환(1884~1947)의 첫 번째 신문 연재소설 《쌍옥루》는 1912년 7월부터 약 반년 동안 〈매일신보〉에 연재되었다. 1910년대를 통틀어 '순 한글의 한국어 문장'으로 쓴 소설이 연재될 수 있는 신문은 〈매일신보〉 단 하나뿐이었다. 그나마 이때까지 신소설 작가 이해조가 연재소설을 독점해 온 터였다. 그런데 신소설이라는 딱지를 뗀 소설, 연극으로 공연할 예정임을 미리 밝힌 소설, 아예 '금 전재(禁轉載)'라고 명기한 소설이 신문 1면에 당당하게 자리를 잡았다. 게다가 《쌍옥루》는 본격적인 근대 장편의 규모와 체재를 갖춘 소설로서도 단연 첫자리를 차지한다. 바야흐로 새로운 시대의 문학이 출현한 셈이고, 십여 년에 걸친 번안 소설의 시대가 개막되는 역사적 순간이다.

그뿐이 아니다. 《쌍옥루》는 연재 직후부터 여러 극단이 무대에 올려 흥행에 성공했다. 신문 연재소설을 각색하여 공연한 것으로서는 최초였으니 《쌍옥루》는 막 상승세를 타기 시작한 연극 열풍의 도화선 몫을 맡은 셈이다. 십여 년이 지난 뒤에도 인기는 누그러지지 않아서 영화로 만들어지기까지 했다. 영화는 단성사(團成社)에서 개봉, 두 주일 동안 전편과 후편으로 나누어 상영했다. 초창기의 흑백 무성 영화로는 보기 드문 대작이다.

이 소설의 원작은 기쿠치 유호(菊池幽芳: 1870~1947)의 《나의 죄(己が罪)》다. 1899년부터 이듬해까지 〈오사카마이니치 신문(大阪毎日新聞)〉에 절찬리에 연재된 뒤 단행본으로 간행되었고 연극으로도 큰 성공을 거둔 인기 가정 소설이다. 《쌍옥루》는 배경과 고유 명사를 모두 한국의 상황에 맞게 바꾸었지만 그 외에는 사실상 번역이라 불러도 손색이 없을 정도로 원작을 충실하게 옮겼다. 그래서 원작이 따로 있으리라 짐작하기 어려울 정도로 세련된 필치의 소설로 거듭났으니 전문적인 솜씨가 아니고서는 불가능했을 터이다. 아닌 게 아니라 조중환은 《쌍옥루》 외에도 《불여귀》와 《장한몽》의 작가이기도 하다. 일본의 메이지(明治) 시대 중엽을 대표하는 가정 소설 명작들을 맵시 있는 한국어 소설로 읽을 수 있었던 데에는 조중환의 선구적인 안목과 탁월한 역량이 숨어 있었다.

조중환의 시대와 신문 연재소설

조중환은 한국 근대 문학사 최초의 전문 번안 작가다. 게다가 1910년대를 휩쓴 이상협, 민태원 등 일군의 번안 작가들 가운데에서도 단연 빼어난 기량을 자랑한다. 〈매일신보〉에 연재된 그의 소설들은 곧장 단행본으로 간행되어 판을 거듭하며 팔려 나가는 동시에 연극이나 영화로도 각색되어 선풍적인 인기를 끌었다.

이제 막 대두한 번안 소설이 막강한 기동력을 뽐내며 약진할 수 있었던 데에는 여러 요인이 작용했다. 원작의 지명도와 인기가 보증되어 있었고, 연극 흥행에 따른 상승효과에 대한 기대도 한몫을 차지했다. 매일신보사 역시 전폭적인 신뢰와 지원을 아끼지 않았다. 신소설을 대체할 만한 새로운 감각의 연재소설, 신흥 시장으로 각광 받기 시작한 연극, 그리고 신문이라는 대중 매체를 전략적으로 융합시킬 수 있는 구심점으로서 조중환이 있었기 때문이다. 번안 소설이 급부상하는 것은 시간문제였다.

조중환은 최고의 일본어 전문 교육 기관이라 할 수 있는 경성 학당을 거쳐 니혼 대학(日本大學)을 졸업했다. 그리고 당시로서는 유일한 한국어 중앙 일간지 〈매일신보〉의 기자로 재직하고 있었다. 말하자면 정예의 지식인이자 문필가로서 늘 첨단의 위치에서 한국과 일본의 소설, 연극, 그리고 신문을 꿰뚫어 볼 수 있었던 셈이다. 조중환이 일본에서 성가를 드높인 가정 소설을 통해 근대 문학에 대한 새로운 관념과 미학을 제시할 수 있었던 것은 결코 우연이 아니다.

이 무렵 매일신보사는 사세 확장을 위한 대중성 강화의 한 방편으로 대대적인 지면 쇄신을 단행했다. 사진이나 그림, 삽화 등을 적극 활용하는 한편 사회면과 연예 기사의 비중을 대폭 높였다. 《쌍옥루》를 계기로 연재소설의 위상을 4면에서 1면으로 끌어당겼을 뿐 아니라 공연 관람 할인권을 제공하기도 했다. 신문 기사를 통해 연극의 흥행 상황이 보도되고 홍보되었음은 물론이다. 게다가 조중환은 배우이자 각색자로서 극단을 주도하고 있던 터이고, 마침 최초의 근대 희곡〈희극 병자삼인(病者三人)〉도〈매일신보〉에 나란히 연재하는 참이었다.

이 모두가 한결같이 1912년에 일어난 일들이니, 이때야말로 근대 문학사의 일대 전환점이라 해도 좋을 것이다. 그 중심에 있었던 것이 바로 전문 번안 작가 조중환이고 〈매일신보〉 연재소설이다. 대중문예의 총아이자 출중한 문화 기획자의 활약으로 번안 소설은 단숨에 새로운 시대를 대표하는 양식이 될 수 있었다.

문학사적 응전과 도약의 무기, 번안 소설

조중환의 번안 소설은 한 시대를 풍미한 신소설이 멈춰 선 자리에서 출발했다. 사실 이인직이 근대정신의 기치를 올리며 등장한 것도 그리 오래전이 아니고, 왕성한 필력을 내세운 이해조가 건재해 있기까지 했다. 하지만 신소설은 새로운 탄력을 공급 받으며 전진하기에는 힘에 부쳤고, 잠시 머뭇거리는 틈에 앞뒤를 돌아볼 새도 없이 침몰하고 말았다. 새 시대의 물결을 가르고 나아가기에는 이미 신소설이라는 거룻배가 넉넉지 않았기 때문이다.

신소설이 여러모로 새로움을 보여 주며 눈부신 성공을 거둔 것은 틀림없지만 그만큼 빠른 속도로 퇴색할 수밖에 없었다. 무엇보다 소설의 분량과 규격이 고정되면서 상상력의 확장을 감당할 만한 융통성과 대응력을 상실했다. 신소설은 장편으로나 소화할 수 있는 서사 규모를 자랑하면서도 실제로는 중편 정도의 분량을 고수했다. 독자들 역시 석 달 안팎으로 연재되는 규격을 통해 안정감 혹은 익숙함을 얻을 수 있었다. 그러다 보니 신소설은 곧 질적인 답습에 봉착했다. 복잡하고 유기적인 힘과 매력을 잃은 채 마치 줄거리를 요약해 전달하듯 구성할 수밖에 없었던 것이다. 신소설이 낯익은 갈등 구조를 되풀이하며 통속화된 것도 그래서다.

이에 반해 조중환의 번안 소설은 처음부터 파격적이었다. 연재 기간으로는 두 배, 분량으로는 무려 서너 배에 달했다. 인물의 성격은 물론 플롯과 문장의 질감 등을 최대한 보존하면서 직역했으며, 눈에 띄는 손상 없이 원작을 소화하고자 애쓴 사실상의 완역 번안이다. 조중환은 원작이 요구하는 충분한 연재 공간을 확보함으로써 새로운 활력을 창출해 낼 수 있었다. 즉 장편 소설에 걸맞은 입체적인 구성과 밀도 높은 심리 묘사, 다양한 표현 기교 등을 구현하는 데에 성공했다. 이로써 참신하고 매혹적인 상상력의 지평을 제시할 수 있었음은 물론이며, 당대 독자들의 구미를 당기게 만들 수 있었다. 그렇게 본다면 번안 소설이 신소설에 가한 타격은 분명 문학사적인 것이다.

이제 번안 소설이라는 배로 갈아탄 〈매일신보〉 연재소설이 쾌속으로 항진하기 시작했으니, 조중환의 독주였고 번안 소설의 시대였다. '순 한글의 한국어 문장' 으로 새로운 상상력을 유감없이 발휘한 번안 소설. 그것이 새로운 단계로의 출항일 수밖에 없는 이유는 자명하다. 독자들이 원하는 소설이란 이야기와는 질적으로 구분되는 것이었고, 따라서 줄거리 요약이나 사건의 전달만이어서는 결코 안 되었다. 요컨대 조중환을 필두로 하는 전문 번안 작가들이 이끌어 간 신문 연재소설의 시대, 번안 소설의 시대는 사실상 근대 소설의 시대를 의미한다. 《쌍옥루》는 그 가운데에서도 맨 앞머리에 놓여 있다.

시대의 열병, 연애에 달뜨다

앞서 든 《쌍옥루》의 첫 장면은 사실 대단히 충격적인 사태로 이어진다. 소설이 시작되자마자 주인공 이경자는 순결을 잃고, 급기야 낙태하느니 마느니 하며 섬뜩한 말이 난무한다. 게다가 본처라는 위인이 위세 당당하게 나타나기까지 한다. 장래가 촉망되는 여학생이 순식

간에 요첩이나 애물단지로 전락하게 된 판이다. 그나마도 한때의 노리 갯감으로 내팽개쳐지지 않기 위해 그녀 스스로 무던히 애쓴 덕이다. 어차피 정조를 빼앗긴 일이고 보면 자칫 스스로 목숨을 내놓을 도리밖에는 없으리라. 따지고 보자면 이 지경까지 오게 된 것도 자기 자신에서 비롯한 일이니, 그녀로서는 누구를 탓할 수도 없는 노릇이다.

연애나 사랑이라는 말만큼 청춘 남녀의 가슴을 설레게 만드는 것도 없다. 그것은 온갖 것을 다 바칠 만한 가치가 있는 생명수(生命水)이기도 하고 아직 도래하지 않은 미래의 행복을 꿈꾸게 하는 영약(靈藥)이기도 하다. 상상만으로도 곧 즐거움이 되는 말. 하물며 그것이 삶의 목표요 이상이라면, 지극히 고상하고 신성한 감정이라면 더 말할 나위도 없다.

바야흐로 연애와 사랑의 시대였다. 어릴 때부터 정해진 인연도 아니고, 집안끼리 맺은 결연의 부산물도 아니다. 생판 낯모르는 젊은 남녀가 만나 애정을 싹 틔우고 마음을 바쳐 빠져 드는 그런 미지의 것이니 말 그대로 자유연애다. 그것이야말로 의리니 인정이니 하는 덕목들과는 전혀 다른 기반 위에서 성립하는 근대적인 감성의 표상이다.

그런데 이경자는 열정적인 연애에도, 간절한 사랑에도 빠져 본적이 없다. 단지 그것을 '상상' 했을 따름이며, 아름답고 포근한 미래를 그려 보았을 뿐이다. 오히려 연애와 사랑을 부부간의 금슬이라든가 결혼이라는 것과 혼동하고 있기까지 하다. 사정이 그렇고 보니 문제가 한둘이 아니다. 뜬 사랑이나 정욕과는 달라야 하지만 실제로 다를 수 있을지는 알 수 없다. 화목하고 단란한 가정의 꿈이라는 것도 마땅히 그려 봄 직한 미래상이지만 그만큼 허약할 수밖에 없다. 그녀가 상상한 이른바 연애와 사랑이라는 것의 실상이고 정체다.

결국 연애와 사랑이란 찰나의 미혹이요 신기루라는 사실이 금세 드러난다. 끝없이 예찬할 수는 있지만 말 그대로 단 하룻밤의 일이요, 숭고하긴 하지만 모래톱 위에 쌓은 탑과 같은 것이다. 당연한 일이 아닐 수 없다. 애당초 이경자의 연애와 사랑은 서병삼과 그가 매수한 여학교 재봉 교사의 합작품에 불과하기 때문이다. 이경자가 연애와 사랑에 발휘한 상상력이란 명민한 탕아와 그 하수인의 공모에 의해 조작된 가짜 꿈이요 거짓 미래에 지나지 않는다. 기껏해야 낙태를 요구 받거나 엽서 한 장으로 간단히 정리될 수 있는 혼전 관계였을 따름이다. 요컨대 유혹의 덫에 걸려들었으니, 유효 기간이라는 게 아예 있을 턱이 없다.

이를 한바탕의 거센 회오리바람 따위로 비유하기는 어렵다. 한때의 착각이고 실책일망정 이경자에게는 평생 짊어지고 가야 할 낙인이 찍혔기 때문이다. 육신에도 영혼에도 함께 새겨진 죄악. 조금 씁쓸하지만, 한국 소설에서 처음 등장한 근대적인 연애와 사랑의 현장이다. 하지만 그게 전부 다는 아니다. 이 때문에 그녀, 이경자는 십삼 년의 세월을 송두리째 잃는다. 십일 년 뒤 다시 개성에서 되풀이된 두 주일 동안의 악몽, 그리고 목포 해변에서 보낸 지옥 같은 일주일. 또 다시 이 년……

부부애라는 것 혹은 부부라는 제도

이경자가 부친의 강권에 못 이겨 결혼을 결심했을 때부터, 그래서 십여 년에 걸친 새 삶의 첫 발짝을 뗄 때부터 그녀의 운명은 이미 허위요 기만일 수밖에 없다. 이경자가 자신의 과거를 숨겼기 때문만도,

자신의 죄과에 응당한 대가를 미뤘기 때문만도 아니다. 자신이 그토록 꿈꿔 왔던, 그러나 한낱 미망이요 환상에 지나지 않는다는 것이 판가름 난 미래상이 그만 앞당겨 실현되었기 때문이다. 화목하고 단란한 가정이 지극히 우연하게도 성취되고 만 것이다.

그것은 두 가지 점에서 문제적이다. 하나는 시대의 탕아 서병삼에 의해 잔인하게 폐기 처분된 연애와 사랑의 문법과는 정반대의 길이라는 점. 그러니까 연애 없는 결혼으로 되돌아간 셈이다. 또 다른 하나는 그럼에도 훨씬 더 근대적인 부부 관계, 돈독한 부부애의 장면을 연출하고 있다는 모순. 이 때문에 이경자의 영혼은 끊임없이 상처 받고 한결 더 혹독하게 징계된다.

이경자와 청년 귀족 정욱조의 결혼은 아예 연애니 사랑이니 하는 관념이 전제되어 있지 않은 채 부친 이기장에 대한 도리를 위한다는 명분만으로 성립한다. 이번에는 마치 어두운 밤에 술래잡기하듯이 출발한 통혼이며, 십일 년 동안이나 이치와 정의에만 의존하게 될 편벽된 방식의 인연이다. 한없이 따뜻한 애정과 빈틈없는 사랑에 의해 지속되는 것처럼 가장된 이 결연 역시 그래서 위태위태하기만 한 한바탕 봄꿈 이상은 될 수 없다.

명문거족의 후예이자 가문의 명예를 목숨과도 같이 여기는 정욱조가 내건 재혼 조건은 뜻밖이다. 백정의 딸이라도 상관없으니 단란한 가정을 꾸릴 수만 있으면 된다는 것, 단지 그뿐이다. 전처의 부정을 빌미로 이혼한 전력이 있는 그는 적어도 명예와 도덕에 관한 한 극단적으로 보수적인 반동력에 의거해 있다. 반면에 부부 관계는 물론 태교와 육아, 가정교육, 의학 등에 관해서는 근대적 합리성의 화신이라 할 정도로 철저하다. 강고한 봉건 이념을 도덕적 발판으로 삼고 있으면서도 그것과 맞서 싸우려는 서투른 투사 정욱조는 그 명백한 자기모순을 전혀 눈치 채지 못한다.

근대적인 부부애의 관념, 평등한 부부 관계를 중심으로 하는 가정 모형의 창출을 목표로 하고 있으면서도 정욱조의 결혼 생활이 한순간에 자멸을 초래할 수밖에 없었던 것도 이와 무관치 않다. 자신의 결혼 생활을 지탱하고 있는 관념적 기반이 흔들리자마자 가정의 이상은 형해만 남긴 채 붕괴하고 만다. 정욱조야말로 급진적 합리성의 의장(擬裝)을 두르고 있으면서도 실상은 피상적인 근대주의자가 아닐 수 없다.

그러고 보면 그는 참으로 인상적인 인물이다. 결벽증에 가까운 냉혹성과 온화하고 자애로운 면모를 동시에 지녔으니 예사롭지 않은 성격이다. 그도 그럴 것이 한 가정의 교사이자 훈육 담당자로서의 역할을 성실히 수행하고자 했기 때문이다. 요컨대 정욱조는 시대의 열병에 맞서 스스로를 변조한 가부장의 형용이다. 정의와 신용으로만 맺어진 부부, 애정과 연민을 소거한 인간관계로서 가정이란 것은 결국 의사(擬似) 가정, 즉 의사 가부장을 중심에 둔 변태적 재편으로 그칠 수밖에 없다. 이로써 새 시대의 새로운 가족 관계 창안을 위한 두 번째 역사적 가설 역시 긴 여정을 마치고 종언을 고한다. 부실하기 짝이 없는 또 하나의 모형이 실험되었고 다시 폐기되었다.

의사 가부장들의 역사적 패배

요컨대 서병삼을 통해 연애와 사랑의 실패, 뜬 사랑과 허튼 정욕의 무망함이 실증되었다면 정욱조를 통해 알맹이 빠진 산술적인 부부애의 파산 역시 말끔 반증되었다. 각자의 아내를 잃었고 동시에 각자의 아들을 부정한 그들은 이제 자기모순의 치유와 극복을 위한 방랑의 길에 나서야만 한다. 먼저 회개와 참회에 나선 것은 서병삼이며, 정욱조는 이 년 동안의 자기 처벌을 거친 뒤에야 돌아올 수 있었다.

그런데 서병삼의 진심 어린 사죄에도 불구하고, 이경자의 용서에도 불구하고 그와의 재결합 요구는 번번이 거절된다. 서병삼이 개성에서 이경자를 협박한 이유, 재결합을 바란 이유, 그리고 목포에서 거듭 재결합을 촉구한 이유가 서로 다르지 않기 때문이다. 집요하고도 일관성 있는 단 하나의 이유는 단지 열세 살 때 조혼한 본처가 아이를 세 번이나 사산한 뒤 죽었기 때문이다. 서병삼이 이경자와 전날의 인연을 다시 잇고자 하는 것은 결코 단란한 가정의 꿈 때문이 아니다. 어디까지나 본처와 자식의 빈자리를 대체하고 채워 넣으려는 가부장의 기획으로 그치고 만다. 이경자는 물론 그 부권적 욕망을 끝끝내, 그리고 단호하게 거부한다.

이에 비해 정욱조의 복귀는 좀 더 직접적이다. 도피적 자학에 빠지거나 자신을 육체적 위협으로 내모는 일은 언제든지 스스로와 타협할 여지를 남겨 두고 있다. 하지만 그에게 도래한 두 번째 파경 역시 자초한 일이고 보면 벼랑 끝을 찾아 나선 유랑 생활은 부부상을 재정립하고 사랑의 진정성을 회복하기 위한 깨달음의 고행이 되어야만 한다. 그가 겪은 정신적 공황을 최종적으로 치료해 줄 수 있는 구원자는 물론 이경자뿐이며, 그녀가 자신에게 주어진 몫을 마다하지 않음으로써 의사 가부장이 아니라 동반자로서 되돌아올 수 있었다.

졸지에 사고무친의 정신적 고아로 전락하고 만 서병삼과 정욱조의 행로는 결국 남성들의 역사적 패배를 대변한다. 서병삼은 끝내 이경자에게 선택 받지 못한 채 물러설 수밖에 없으며, 정욱조는 간신히 동참의 기회를 얻어 가정의 영역에 편입할 수 있었다. 용서의 형식이든 구원의 형식이든 최종적인 결정권을 쥐고 있는 것은 이제 이경자다.

이에 따라 가족 관계에서 남성이 차지하는 위상 또한 어쩔 수 없이 조정되며, 가정의 구성 원리 역시 현격하게 달라진다. 가족 혹은 의사 가정이 배태한 두 사생아는 한 시대의 제물로 바쳐지고, 공모자 이기장 역시 자살을 통해 가족의 무대에서 스스로 퇴장한다. 이로써 이경자와 그녀의 세대는 과거와 깨끗이 결별하지 않을 수 없다. 정신적 사랑에 대한 발견을 통해 부활하고, 유예된 전망을 승계할 적자를 잉태하는 이경자와 정욱조. 그들의 '신혼'은 낡은 시대에 대한 과감하고 격렬한 해체 선고이며, 가부장을 핵심으로 삼는 가족이라는 제도의 붕괴, 그리고 가부장제적 가족 관계를 통해 존속해 온 봉건적 이데올로기의 궁극적인 철폐를 상징한다.

근대 여성의 서사시적 전망, 《쌍옥루》

흥미로운 점 가운데 하나는 결정적인 파국에 대처하는 이경자의 자세다. 두 아들의 죽음과 부친의 자결은 물론이려니와 정욱조의 결별 통고만 하더라도 서병삼에게 버림받은 일 따위와는 비교할 수 없을 정도로 치명적임에 틀림없다. 하지만 그녀의 태도는 놀랄 만큼 차분하다. 이번에는 목숨을 끊지도, 광기를 보이지도 않는다.

절체절명의 위기에 맞닥뜨린 그녀는 뜻밖에도 간호사의 길을 걷기 시작한다. 이 년 뒤에 정욱조를 구조하고 갱생시켜 내기 위한 조금 밋밋한 설정이지만 느닷없는 행보만은 아니다. 용산 철교 위에서 투신을 머뭇거릴 때부터, 우연히 구조될 때부터, 그리고 평생 독신으로 지내고자 결심할 때부터 마음먹었던 일을 뒤늦게 실행에 옮긴 것이다. 다만 이때까지는 어떤 신념도, 구체적인 실천력도 뒷받침되어 있지 않았으나 지금은 사정이 전혀 다르다.

겁탈당한 여학생, 버림받은 여성이 나아가야 할 길이란 기실 정해져 있는 것이나 다름없다. 연애에 병들어 한껏 농락당한 뒤에 혼외정사라는 죄악의 열매까지 배었다면 더 말할 나위도 없다. 이를테면 몸을 더럽힌 것이고, 그 죗값을 치러야만 한다. 이경자가 만삭의 몸으로 투신자살에 나설 수밖에 없는 도덕적 이유다. 이경자의 자기 단죄는 결국 이루어지지 않지만 어차피 원점으로 되돌아갈 수는 없는 처지다. 결백을 증명하기 위한 자살이 아닌 바에야 성공하든 실패하든 별 의미는 없는 일 아닌가?

또 다른 문제도 있다. 투신 직전 그녀는 이미 충분한 벌을 받았다고 생각하고 있다. 자신의 몸을 하나님의 소유로 내맡기며 모종의 헌신을 다짐한 것도 이 때문이다. 말하자면 스스로를 용서한 셈이니, 단죄가 아니라 속죄가 필요하게 된다. 그것이 실천되지 못한 것은 육체의 죄악에 대한 처벌이 생략되자마자 영혼에 대한 가혹한 응징이 시작되기 때문이다. 히스테리 혹은 정신 착란이라고 명명된 정신병. 끊임없이 되풀이되는 죄의식이자 쉽사리 종료되지 않는 정신적 징벌의 다른 이름이다.

따라서 이경자는 시종일관 육체적 순결이나 정조가 아니라 영혼의 정결함이 훼손되었다는 것이 문제의 핵심임을 뚜렷이 간파하고 있다. 공주로 돌아온 뒤에 막연하나마 자선 사업을 떠올릴 때도 마찬가지다. 몸의 죄가 아니라 마음의 죄를 씻는 일이 요구되지만 이 구상 역시 일찌감치 차단된다. 정욱조와의 결혼 때문이다. 부친의 설득에 의해 성립되고 부친에 대한 도리 때문에 유지된 결혼이다. 불결한 영혼을 속죄의 길로 인도하는 유일한 방법은 오로지 자복(自服)뿐이지만 이번에는 부친뿐 아니라 남편에 대한 의리까지 더해진다. 결국 최종적인 속죄는 두 가부장에 의해 계속 지연될 수밖에 없다.

그렇다면 이경자에게는 십일 년 동안이나 유예시켜 온 결단을 감행하는 일이야말로 진정한 자기 구원을 향한 필연적인 출발점이 아닐 수 없다. 망설임 없이 평양으로 떠나는 이경자는 이제 자기 자신의 운명을 짊어지고 나아가기 위한 준비가 되어 있다. 그녀가 의탁해야 할 가부장, 그녀를 장악하고 있는 가부장이 모두 제거되었기 때문이다. 그것은 속죄와 구원을 위한 윤리적이고 실천적인 선택일 뿐만 아니라 그녀만의 삶을 재생하고 그녀만의 운명을 개척하는 자주적이고 주체적인 투쟁의 첫걸음이다. 요컨대 가부장의 인력권에서 벗어나는 순간 그녀 고유의 내면을 얻을 수 있었고, 제삼의 길을 모색할 수 있었다. 가정이라는 제도가 쟁취한 궁극적인 승리는 그녀, 이경자가 여성으로서 자신과 겨룬 기나긴 승부의 결과였다.

한 시대의 몰락과 새로운 역사적 전망의 틈에서 고통 받고 희생당한 여성, 이경자. 그녀 역시 시대가 낳고 시대가 키운 사생아임에 틀림없다. 그러나 사이비 가부장과 유기(遺棄)된 자식들을 향해 겨누어진 단죄의 칼날과 속죄의 피를 고스란히 받아들임으로써 새로운 시대정신의 어머니로 거듭난 영웅이기도 하다. 그런 의미에서 그녀의 내면적 성장과 윤리적 승리는 역사적인 것이니, 한국의 근대 소설을 출발시킨 원동력의 정수다.

《쌍옥루》는 선과 악, 선인과 악인을 명쾌하게 가르지 않는다. 경계선에 올라선 근대 한국인, 특히 여성이 감당해야만 할 이중의 몫에 초점을 두었기 때문이다. 여성의 내면에 주어진 근대적 자각과 열망의 구현, 그리고 가정이라는 사회적 단위에서 벌어진 주체로서의 투쟁. 그 지난한 역사적 고투의 주역이 비단 그녀, 이경자만일 리는 없다. 그러고 보면 여성의 삶과 운명이 왜 근대 한국의 가족 문제에서 핵심이 되는지, 그녀들이 내다본 전망과 치러야 했던 희생이 지금 우리 시대의 삶에 어떻게 새겨져 있는지도 짐작해 볼 일이다. 그래서 한고비를 더 넘어서고자 한다면, 다음의 시대정신을 모색하고자 한다면《쌍옥루》와는 또 다른 답을 마련해야 하지 않을까?